KB267687

任晳宰全集 ⑥

韓國口傳說話

忠淸北道 篇
忠淸南道 篇

임석재 전집 ⑥

한국구전설화

충청북도 편
충청남도 편

평민사

일러두기

1. 說話의 배열은 소위 分類法으로 하지 않고 類話 위주로 하였다.
2. 우리 나라 說話는 說話題名이 없는 것이 常例이다. 그런데 여기서는 설화에 각각 특정 題名을 붙였다. 說話題名은 編者의 판단 내지 查定에 의하여 설화내용을 어렴풋하게나마 파악할 수 있게 便法的 假定題目으로 하였다. 설화의 내용이나 구성이 비슷하여도 그 전체에서 풍기는 意義나 興趣가 다른 것은 다른 題名으로 붙였고 또 그와 반대로 설화의 내용이나 구성이 다르더라도 兩者가 풍기는 의의나 興趣가 같아 보이는 것은 같은 제명을 붙였다.

   說話題名은 표준어로 표기하였다.
3. 各說話의 末尾에는 採集年月, 採集場所, 採集者 姓名을 付記하였다.

   敍述이 약간 달라도 내포한 사항·意義·興趣 등이 별 차이가 없는 것은 同一話로 간주하고 일괄하여 同一題名을 붙이고 채집년월, 채집장소, 채집자 성명을 末尾에 付記했다. 同一題名의 설화 중 특이하게 다른 점이 있는 것은 그것을 명시하기 위하여 略述하였다. 同一題名의 설화의 서술내용은 최초에 입수한 것을 대표로 제시하였다.
4. 方言 중 同義語가 여러 가지 있는 것은 그중 하나로 대표화하지 않고 모든 것을 전부 다 표시하기로 하였다.

     例 1. 내기 : 내기상 / 내기새
     例 2. 묶는다 : 꽁진다 / 동진다
     例 3. 옷 : 입성 / 닙성 / 우테
     例 4. 거짓말 : 거짓뿌리 / 거리뿌리 / 겁소리 / 겁쏘리
     例 5. 떠든다 / 큰소리친다 : 과틴다 / 곤다
5. 표기는 한글 맞춤법에 따랐으나 맞춤법대로 하였을 때 그 발음이 方言대로 되지 않는 것은 맞춤법에 따르지 않고 지방의 방언대로 하였다.

     例 1. 꽃이 : 꼿시 / 꼬시
     例 2. 닭이 : 달기 / 닥이

忠清北道 篇

충청북도 군별 설화채록수 표시도 [忠淸北道 郡別 說話採錄數 表示図]

堤川市 제천시	堤川郡 제천군	丹陽郡 단양군	中原郡 중원군
忠州市 충주시	陰城郡 음성군	鎭川郡 진천군	槐山郡 괴산군
淸州市 청주시	淸原郡 청원군	報恩郡 보은군	沃川郡 옥천군
永同郡 영동군			

책 머리에

여기에 수록한 說話는 1918年부터 1944年 사이에 採錄한 것과 1960年 이후에 採錄한 것이다.

1918년에서 1944년 사이에 採錄한 것은 編者의 學友·知友·先輩·後輩 그리고 同僚 中 忠淸南北道 各地 출신의 人士에게서 수시로 청취한 說話를 기억에 따라서 될 수 있는 대로 口述 그대로를 記述하려고 노력한 것이고, 1960년 이후의 것은 編者가 本道內 各地를 현지답사하여 本鄕地에서 本鄕地 居住人이 구술한 것을 녹음기에 녹음하고 그에 의거하여 採記한 것이다.

編者의 本道 출신의 學友, 知友, 先輩, 後輩 그리고 同僚들은 모두 다 近代의 학교교육을 修學한 사람들이고 그 중에는 외국에 유학하여 높은 學識 技術을 익혔고 넓은 見聞과 높은 知見을 가진 이도 있었다. 그늘은 本鄕地를 떠나서 객지 생활을 오래 했기 때문에 그들의 생활양식이나 생활태도나 사고방식 등은 本鄕地에 눌러 사는 사람의 그것과는 많은 차이와 변모가 있는 것을 感知케 했다. 그들의 말씨 어조가 本鄕人의 것과는 다른 것만 봐도 알 수 있었다. 그러한 탓으로 그들이 들려준 說話는 그 내용과 구성과 취지나 의의는 변모가 없었지만 그 지역 특유의 方言·熟語·慣用語句·賤語·卑語 등은 說話 口述에 충분히 나타나지 않은 것 같다. 說話 記述은 說話 내용을 충실하고 면밀·정확하게 採記하는 것이 本領이지마는 方言·熟語·慣用語句·賤語·卑語 등도 아울러 採記하여야 說話가 생생하게 문자화되기 때문이다. 그래서 이런 것의 採記가 所期의 企圖대로 이루어지지 않은 것 같아서 아쉬움으로 여긴다.

1960年 이후에 채록한 說話는 說話 口述을 녹음기에다 녹음하였으

므로 그 녹음된 것은 口述 그대로를 知悉하는 편익이 있기는 하지마는 이것을 그대로 문헌화하기에는 주저되었다. 녹음한 것을 그대로 문자화하여 읽어보면 난삽하여 說話의 本旨를 파악하고 이해하는 데 혼미를 일으켰다. 토씨의 誤用, 시제의 불일치, 能動 被動의 混交, 동일서술의 連用과 중복, 서술의 전후 顚到, 說話 문맥과는 상관없는 삽입 서술, 口述者의 부정확한 지식으로 인한 장황한 해석과 註解的 敍述 등등은 說話 문맥을 더듬어나가는 데 지장을 주는 交雜事項이 되었다.

口述된 說話를 문헌화함에 있어서는 구술된 것을 충분히 살리면서도 문맥을 더듬는 데 지장을 주는 交雜事項을 줄이는 整齊作業을 하여야 했다. 정제작업을 할 때 編者의 취향에 맞게 整齊해서도 안 되고, 說話 문장의 효과를 올리고 높이기 위하여 口述者가 구술하지 않은 것을 보완하려고 별개 사항을 첨가한다든가 說話 문맥상에 지장이 된다고 해서 口述 내용을 改變한다든가 삭제한다든가 해서는 안 된다. 이러한 정제작업은 說話 문헌화의 가치를 半減하거나 심하게는 零化하게 된다. 編者는 녹음된 說話 資料를 문헌화함에 있어서 구술된 說話를 손상하지 않으려고 세심한 노력을 하였다.

1927년 2월 採記한 것으로 된 說話는 咸秉業 學兄이 普通學校 學生을 통하여 간접수집한 자료를 인수하여 編者가 整齊한 것임을 이에 付記하여 둔다.

鷄鳴山 | 우리 고장 忠州에 지금 忠州市 동쪽에 속해 있는

높은 산이 있는데, 그 산에는 예전에 하도 지네가
많이 나와서 지네와 닭은 相克인 까닭에 그 산 이름을 鷄足山이라고
해서 불렀드니 지네가 전부 읊어졌드라 이런 이얘깁니다. 그런데 지금
으로 와서 鷄足山으로 부르고 보니 鷄足이라고 할 것 같으면 닭은 파
헤치는 이런 성질을 가지고 있기 때문에 충주 지방에 재산가가 생기질
않는다, 즉 예전에 말하자면 부자가 나지 않고 大富라고 할 수 있는 재
벌이 생기지 않는 까닭에 근자에 와서 그 산에 이름을 다시 고쳐야 하
겠다고 해서 그런 방면에 조예가 깊고 고명한 분들이 서로 모여가주고
서 최근에 와서 닭 鷄자는 그냥 붙여가주구 닭이 운다는 울 鳴자를 붙
여서 鷄鳴山이라고 지금 이름을 곤쳐 부르게 된 사실이 있습니다.

＊1974년 10월 10일 中原郡 嚴政面 美內里 李孝承 (65세, 男)

삽작고개 | 여 우리 忠淸北道에 사는 분은 삽작고개 — 報

恩의 삽작고개라면 다아 알겁니다. 에 삽작고
개라는 것은 하나의 우스갯소린데 우리 급한 일을 당하면은 대략 이
제 남자들보다는 퍼뜩 착안해 내는 면민한 머리가 부인들이 더 빨른가
봅니다. 그 이전에 몇 해 전만 하드래도 삽작고개가 산이 험준하고 그
래서 거기에 참 호랑이네 먼 산짐승들이 늑대니 뭐니 이렇게 많이 나
와각고 보은에서 장을 보고 경상도 땅으로 재를 넘을 분들이면 그 재
를 넘으야 하는디 워낙 산짐승들이 많기 때문에 그 고개를 單身으로
하나 둘 셋 이런 정도로는 못 넘고 적어도 십여 수가 늠어야만 그 재를
늠었는디 이 경상도 聞慶 지방에 친정을 둔 색시가 충청도에 보은 땅
에 와서 시집살이를 하다가 갑작스럽게 고향에서 부모님이 돌아갔다
는 訃音을 받고 상제로서에 친정을 가야 하는데, 아 이 늠어가는 고개
는 삽작고개를 늠어가야 되는디, 이거 참 남자들도 수십 명이 뫼여서
야 늠어가는 고개인디 女子가 혼자서 단신으로 늠어갈라고 그 상제의
訃音을 받았으니까 상제의 몸으로서 머리를 풀고 걸음을 재촉한다. 그

이제 삽작고개 밑에 주막집을 뜨윽 가니까 사람들이 네대 여섯 명 뫼여가주구 "이 고개를 늠을라면 같이 늠어갑시다." "아 그 당신들 언제 늠을지 모르나 나는 지금 父母喪을 당해서 시간이 급해 가야 되니까 언제 당신들 늠어가는 걸 기다릴 수 읎소. 나 혼자 가겠소."

게 인제 이 고개가 이렇게 산짐승들에 人害가 심해서 늠어가지 못하고 남자들도 여럿이 뫼각고[1] 지금 사람 모이기를 기다리는데 으떻게 부녀자로 혼자 갈 수가 있느냐, 그 못 간다고 만류하는데도 불고하고 "이 고개에 산짐승에 머 虎患에 갔다거나 짐승들한데 피해를 입은 그 사례를 나도 허다하게 들으서 아는 바지만 부득이 길이 급하니까 나는 나대로 가야겠이니 여러분들은 그러면 사람이 모인 담에 당신들은 당신네로 오시유 나는 나대로 가유." 근데 뫼었든 사람들이 만류를 해도 듣지도 않고 여자가 넘으간다니까 저 여자가 담력이 얼마나 시고 힘이 얼매나 傑人知力을 가졌는지는 모르나 저 여자 늠어가는 것 상황을 한번 보자고 그래 이제 주막집 툇마루에 나와서 여자 늠어가는 동정을 보는데 이 여자가 머 아무런 끄리낌 읎이 그저 급한 글음 그대로 총총이 가드니 산마루특을 다아 올라가서 소위 범이 나온다 늑대가 나온다 이러한 그 위험한 지역에 떡 가드니 이 여자가 아래위의 의복을 활활 벗어서 아조 그냥 머 풀오래기 한 개 안 걸친 알몸이 돼가주구 자기가 벗은 옷은 뚤뚤 말아서 허리끈에다 매각고 등에다가 바싹 붙여 업구서 아 올라가는디 벗구 올라가려니 했드니 벗구 올라가는 게 아니라 쏙 업듸러저가주구서는 뒤로 아 가꾸로 올라가는 겁니다. 그렇게 우리가 상상을 해보면 능히 남자도 아닌 여자가 머리를 풀어 산발을 하구 궁뎅이 앞으로 치어 올라가니 그게 가관인 거 아니요.

아 얼마쯤 가니까 아아 얼룩얼룩한 큰 猛虎 한 놈이 떠억 나와서 인내를 맡고 나와가주구 사람이니깐 이거 한번 먹어 보리라고 나와서 쫑마주서 보니, 아 이거 짐승은 짐승인데 아 기어올라오는디 다리도 네 다리를 가졌고 꽁댕이도 달렸는데 앞을 떡 대하고 보니 아 이놈의 얼굴이 어떻게 된 게 입이 보통 가로 째져야 할 텐데 이놈의 입은 세로 쿡 째져각고 아이 이놈에 아 그 입 가력에 쉬엄이 싯꺼면 쉬엄이 아주 볼품 있게 난 데다가 가마안이 뒤를 보니 꽁댕이는 새까먼데 ─ 그 여상제가 머리를 풀었으니까 ─ 꽁댕이가 눈깔이 달렸단 말이여. 근데 꽁댕이도 입이 하나 붙었거던. 아 이 짐승이 이거 앞에 달린 입은 세로 째졌고 꽁댕이 붙은 입은 가로 째졌단 말이여. 거다 또 눈깔이 있어. 아이쿠 야 이거 내가 百獸에 王이라고 자처하고 산중에서 살아왔지만 이러한 동물이란 건 본 데가 읎어 이 동물을 잘못 다쳤다가는 이거 날 잡아먹는 담부가 있다더니 이놈으 짐승이야 날 잡아먹는 담분가 보다고 에거 뜨거워라고 호랭이는 응 도망을 해 버렸어. 그적에는 일어나더니 벗었던 의복 제대루 착착 입구서 가야 할 바쁜 부모에 計音을 받은 길을 총총히 가더랍니다.

그러니 그렇게 응 급한 지역에서두 여자지만 남자들 못지않게 자기가 가야 할 길을 헤치는 데는 그 따뜻한 생각, 말 못하는 짐승을 내몰리는 걸 어떻게 그런 자기 신체를 이용해각고 그 위험한 고개를 넘을 수 있었다는 것이 남자보다는 머리가 빨리 돌아가고 그래서 그 고개 이름을 거 무식하게 이야기허면 그대로 고개라고 못하고 삽작고개라고 했다는 것이 그 여자에 멋 뒤집어엎고 넘어갔이니께 그래서 삽작고개라고 했다는 말이 있어유.

＊1974년 10월 5일 淸州市 牛岩洞 尹亭南 (57세, 男)

※구술자는 黃海道 信川 태생으로 일찍이 남하하여 각지에서 공무원 생활을 하다가 20년 전부터 淸州에 살며 國樂院을 운영하고 있음. 이야기는 忠淸道에서 들었다 함.

1) 모여가지고

거북바위 |

報恩 俗離山 水晶寺 거북바우에 이얘깁니다. 거북바우라고 참 유명합니다. 꼭 거북같이 생겼는데 머리도 거북같이 버언쩍 들고서 저어 서쪽을 바라보고 있는데 전설이 그럽니다. 中國 使臣이 朝鮮 나와 보고서는 그 거북바우를 보고서 中國 物質가 말금 朝鮮으로 뺏기는 건 이 거북바우 까닭이라

고 해서 그 모가지를 잘라 떨어트렸드랍니다. 그런데 그 전설이 세상에 퍼져가주구 모두 떠들고 이랬넌데 忠淸 監司 李氏, 이럼은 잊었십니다. 그분이 와가주고선 속리산에 왔다가 그것을 보고서 그 모가지를 다시 이어 놨다는 말이 있어요. 있넌데 시방 그 水晶峯 밑에 碑閣이 하나 섰넌데 그 비각으로 말할 것 같으면 尤庵이 짓고 東春이 쓴 글씹니다. 그런데 그 비각의 말이 모두 그 얘기요. 근데 근자에 와서는 이전에는 그 모가지를 이어놨다 해두 머 별것이 없구 그저 돌로 괴아서 이렇게 논 겐데 지금 와서는 다시 잘 사무리 해가주구서 잘 위해 놨다는 말이 있십니다.

*1974년 10월 11일 報恩郡 報恩邑 三山里 徐載皓 (79세, 男)

거북돌 | 거북돌 이야기를 하라시니까 자가 아는 범위 내에서 잠관 말씀을 드리겠십니다.

그 거북돌이 소재하고 있는 곳은 中原郡 可金面 長川里의 들판에 있는데 그 可金面 長川里와 嚴政面 牧溪와 사이에는 南漢江 상류가 흘러 가고 있어서 강이 격하고 있습니다. 그러나 嚴政面 牧溪 사람들이 대부분 長川里의 들판에 가서 농사를 짓는디 그 들판 가운테에는 거북과 흡사한 바우가 있어가지고 長川里 사람들은 그 거북 머리를 될 수 있으면 牧溪 쪽으로 돌려놓고 牧溪 사람들은 長川里 쪽으로 돌려놓습니다. 거북은 福을 먹고 똥을 누는데 그 똥은 福똥이 돼서 그 똥이 長川里 쪽으로 향해서 누게 되면 長川里가 부자가 되고 牧溪 쪽으로 향해서 누게 되면 牧溪가 부자가 된다고 합니다. 그래서 이 두 동네 사람들은 서로 거북의 머리를 돌려서 거북 밑구녁이 저의 동네 쪽으로 향하도록 애를 씁니다. 여기에 뚜렷한 무슨 증거가 나타난 것은 아무 것도 읎지만 그러한 전설이 있기 때문에 오늘날까지도 거북돌 머리를 돌려놓는 일이 계속되고 있습니다.

*1974년 10월 10일 中原郡 嚴政面 美內里 李孝承 (65세, 男)

서운마바위 |

永同郡 黃澗面 신흥리 서운마라는 디에, 큰 바우가 강물 가운데에 있는디 이 바우에 대해서 전해 내려오는 전설이 있다.

옛날에 어떤 집 메누리가 아침 일찍이 샘으로 물을 질르로 나갔었는디 그때 무심코 앞으 강물을 보니께 무신 고래등 같은 시커먼 것이 떠내려오고 있어서 깜짝 놀래서 정신읎이 집이까지 뛰어와서 집채만한 귀신이 이리로 달려오고 있다고 큰소리로 고함쳤다. 사람들은 이 소리를 듣고 강가로 뛰어나가 봤다. 그랬드니 강 가운데에는 여태까지 읎었든 곱배집만한 큰 바우가 있었다.

이 바우는 公州에 가서 머물러서 公州가 百濟 서울이 되게 하려는 바우이었는디 그만 여자으 고함소리에 天機가 누설되어서 신흥리서 머물고 말았다는 것이다.

이 바우에 가 보면 바우에 큰 사람 발자국이 두 개가 있고 큰 가새자국도 있다. 그 발자국이라는 것은 이 바우를 굴리고 가든 장수으 발자국이고 가새자국은 집게자국이라고 사람들은 말하고 있다.

＊1962년 5월 永同郡 黃澗面 신흥里 全泰順

남매바위 |

우리 마을 앞에 통뫼산이라는 野山이 있는디 이 산 밑에는 남매바우라는 바우가 있다. 이 바우는 두 개가 아니고 하나이고 그 모양이 남매 같은 것도 아니다. 그런데도 이 바우를 남매바우라고 하는 디에는 다음과 같은 이야기가 전해지고 있기 때문이다.

옛날 이 바우 근처에 한 집이 있었는데 이 집으 남매 아이가 늘 바우우에 올라가서 놀았다.

어느 날 아버지는 장에 가서 아들한티 갖신을 사다주었다. 생전 처음으로 갖신을 얻어신게 되니께 이 아들은 여간만 좋와하지 안했다. 누이는 오래비가 갖신을 가진 것이 퍽 부러웠다. 아버지는 이것을 눈치채고 요담 장날에는 네 갖신을 사다주마 하고 위로했다.

다음날 남매는 늘 놀든 바우로 가서 놀았는디 이 오래비는 생전 처음으로 갓신을 얻어신게 돼서 이 신을 그저 신기가 아까워서 바우 우에다 벗어놓고 바라보면서 놀았다. 누이도 그 갓신을 보고 놀았는디 보면 볼수록 탐이 났다. 다음 장날 사다준다고 아버지가 말했지만 그것을 그때까지 기다릴 수가 읎었다. 오래비만 읎이면 저것이 내 것이 되겠다 하는 생각이 들어서 그래서 오래비를 읎앨 생각으로 오래비가 바우 갓으로 갔을 때 벌컥 떠다밀어서 그 아래로 떨어지게 했다.

아 참 잊었네요. 옛날에는 이 바우 밑에 큰 연못이 있었다는디 지금은 연못은 읎어지고 논에 물을 대는 또랑만 있게 되었어. 그래 오래비는 바우에서 떨어져서 그 밑에 있는 연못에 그만 빠져죽고 말았다.

이 아들의 부모는 아들이 연못에 빠져죽은 것을 발을 헛디뎌서 바우서 떨어져 죽은 줄로만 여기고 있었다.

이 아가 빠져죽은 후에 이 바우 밑에서 대나무가 많이 났다. 동네 아들들은 이 대나무를 비어서 퉁수를 만들어서 불었다. 그랬드니 퉁수에서 소리가 나는디, "갓신 한 켤레 바래고 나를 죽인 내 누이" 하고 소리가 났다. 그래서 이 오래비가 발을 헛디뎌서 연못에 빠져죽은 것이 아니고 누이가 갓신을 갖고 싶어서 오래비를 일부러 연못에 빠져죽게 한 것을 알게 됐다. 누이는 지가 저지른 죄가 탄로되니께 그만 부끄러워서 그랬는지 저도 연못에 빠져서 죽었다. 이런 일이 있어서 이 바우를 사람들은 남매바우라고 부르게 됐다고 한다.

*1962년 10월 槐山郡 增坪邑 射谷里 延斗欽

두무소 ｜

忠州에 두무소라는 아조 짚은 소가 있는디 이 소가 있는디에는 옛날에는 큰 부자가 살았든 곳이라고 한다. 이 부자는 어찌나 인색하든지 남한티 인심 써 본 일이 통 읎었다고 한다.

하루는 이 부자가 외양간에서 두엄을 치고 있었는디 그때 중 하나가 와서 동냥을 달라고 하니까 이것밖에 줄 것 읎다 함서 쇠두엄을 한 쇠

시랑 떠서 중으 바리에다 담아주었다. 중은 암말 않고 기냥 갔다. 그런
디 이런 광경을 본 이 집 메누리는 하도 딱해서 광에 가서 쌀을 한 말
퍼서 시아부지 모르게 가서 중한티 줌서 "우리집 시아부지가 잘못한
것을 용서하고 이 쌀을 부처님한티 공양하시요" 하고 말했다. 중은 쌀
을 받고서는 메누리보고 자기 뒤를 따러오라고 함서 무신 소리가 나드
래도 뒤를 절대로 돌아다보지 말고 따라오라고 하면서 산이 있는 쪽으
로 올라갔다.

　메누리는 중을 따라 올라가는디 얼매 동안 갔는디 뒤에서 천지가 무
너지는 듯한 큰 소리가 나서 깜짝 놀래서 자기도 모르게 뒤돌아다봤
다. 자기가 살든 집은 물바다가 되어 있었다. 깜짝 놀라 앞을 보니 그
중은 간 곳 읎고 메누리는 그 자리에 돌이 됐다. 돌아보지 안했드라면
이 메누리는 생불이 됐일 텐디 재물이 탐이 나서 뒤를 돌아다봤기 때
문에 돌부처가 되었다고 사람들은 말하고 있다. 이 돌부처는 지금은
彌勒里라는 동네에 있다.

＊1962년 7월 忠州郡 忠州邑 李卿東

장자늪 | 忠州邑에서 서북쪽으로 가면 넓은 들판이 나서는

디 이 들판에는 늪이 세 개가 있다. 이 늪이 생긴 유
래에 대해서 이런 이야기가 전해지고 있다.

　제일 큰 늪이 있는 자리에는 옛날에 대궐 같은 큰 집이 있었고 그 옆
에 좀 적은 늪 자리에는 가마솥이 걸려 있었고 그 옆 적은 늪 자리에는
함지가 놓여 있었다고 한다.

　옛날에 한 부자가 이런 큰 집을 지니고 살았는디 어느 날 長尾山에
있는 절으 중이 이 집으로 시주하러 와서 시주하라고 했드니 그때 이
부자는 오양간을 치고 있다가 시주하라는 말을 듣고 이 두엄이나 가져
가라 함서 두엄을 한 소시랑 떠서 주었다. — 저 우는 애나 잡어가라고
했다는 말도 있다.

　이런 광경을 본 이 집 안주인은 질겁을 하고 그러지 말라고 말리고

중보고 잘못했이니 용서하라고 빌고 쌀을 시주했다. 그랬드니 중은 안주인보고 자기를 따라오라 함서 따라오는 도중에는 절대로 뒤를 돌아다보지 말고 따라오라고 하고 長尾山 쪽으로 올라갔다. 안주인은 한참 중을 따라가고 있는디 중이 뒤돌아보지 말라는 말이 궁금해서 뒤를 돌아다봤다. 그랬드니 자기가 살든 집은 간 디 읎고 물이 가득한 늪만이 보였다. 그러고 이 안주인은 그만 돌항아리로 변하고 말었다고 한다. 이 돌항아리는 지금도 長尾山 기슭에 서서 늪을 내려다보고 있다.

부자집이 있었다는 디에 생긴 늪은 장자늪이라고 부르고 가마솥이 걸려 있었다는 디에 생긴 늪은 가마소라고 부르고 함지가 놓였다는 자리에 생긴 늪은 함지늪이라고 한다.

이 장자늪으 물을 푸면 비가 온다. 그래서 지금도 가뭄이 심할 때에는 동네 부인네들이 모두 나서서 이 장자못으 물을 퍼낸다. 그러면 꼭 비가 온다.

＊1962년 8월 忠州郡 忠州邑 申昇澈

장자늪과 애기바위 | 우리 동네 서북쪽에 장자늪이라는 꽤 큰 늪이 있십니다. 그러고 남쪽으로 가면 부모산이라는 산이 있는디 이 산으 중턱에는 애기바우라는 바우가 있십니다. 이 장자늪과 애기바우에 대해서 이런 이얘기가 옛날부터 전해지고 있십니다.

옛날에 지금 장자늪이 있는 자리에는 큰 장자가 살었드랍니다. 이 장자는 어찌 인색하든지 다른 사람한테 인심씨는 일이 전혀 읎었답니다.

어느 날 도승 하나가 이 장자네 집으로 와서 시주를 달라고 하니께 장자는 못 들은 체하고 내다보지도 않다가 중이 하도 시주하라고 목탁을 치며 가지 않고 있어서 문을 열고 나와서 우리집에는 줄 것이 읎이니 이거나 가져가라 함서 외양간에서 쇠뒤엄을 두어 소시랑 퍼서 중의 바랑에다 넣어주었답니다. 중은 암말 않고 그대로 나갔는디 이 집 메누리가 이런 꼴을 보고 얼른 쫓아나와서 중한티 가서 잘못했다고 사과

하고 시아부지 몰래 퍼온 쌀을 한 말 주었답니다. 그러니게 중은 이 메누리를 보고 일이 매우 급하게 됐으니 어서 내 뒤를 따라오라고 했답니다. 메누리는 얼른 집이로 가서 애기를 업고 머리에 멋인가 이고 중으 뒤를 따러가는디 이때 집이서 키우든 괴양이도 따라옴서 야옹야옹 하고 울더래요. 중은 가면서 메누리보고 뒤에서 무신 소리가 나도 절대로 뒤돌아다보지 말고 기양 앞으로만 가라고 해서 메누리는 중이 말해 준 대로 앞만 보고 갔는디 부모산 중턱쯤 오니게 뒤에 따라오든 괴양이가 하도 실푸게 울어싸서 뒤를 돌아다봤어요. 그랬더니 자기가 살든 집은 간 데 읎이 읎어지고 거그에는 큰 물이 쩌 있는 늪이 생겨 있더래요. 메누리는 뒤돌아보자 그만 애기 업은 채 바우가 돼 버렸대요.

이래서 된 바우가 애기바우라고 하는 바우죠. 그리고 장자가 살든 집터에 생긴 늪을 장자늪이라고 합니다. 이 늪 속에는 그 장자가 쓰든 놋동우 놋항아리가 많이 있다고 합니다.

＊1962년 12월 30일 淸原郡 江內面 新村里 趙壽石 (56세, 男)

신담 | 堤川郡 水山面 池谷里는 한강 중류에 자리잡고 있는 동네인디 이 동네 앞에는 큰 배 모양으로 된 들판이 있고 그 들판에는 신담이라고 불리우는 큰 돌더미가 세 군데나 쌓여 있다.

壬辰倭亂 때 明나라 장수 李如松이가 군사를 몰고 이곳을 지나다가 이곳으 山勢를 보고 이 고장에서 자기보다 나은 장수가 나올 만한 곳이여서 그런 장수가 나오지 못하게 하려고 이곳으로 산세 기운을 끊기 위하여 좋은 穴을 지르기로 했다. 그래서 穴을 찾어서 쇠말뚝을 박으니게 빨간 피가 공중으로 치솟았다. 그 담에 그곳으 지형이 배형으로 되어 있잉게 배가 가라앉게 하려고 배 머리 부분과 배 꼬리 부분과 뱃전 부분에다 돌열 잔득 싸 놨다. 그때 싼 돌더미가 세 군데에 있는디 이 돌더미가 신담이라는 것이다. 그래서 그랬는지 그 후부터는 이 고장에서는 장수도 나지 않고 큰 인물도 나지 않게 됐다고 한다.

이 고장 사람들은 집 옆에다 우물을 파지 않는다. 우물을 판다는 것은 배 밑창에 구멍을 뚫는 격이 돼서 물이 솟아올라 배가 가라앉게 된다고 믿기 때문이다. 그래서 멀리 있는 더러운 물을 질러다 먹고 살고 있다.

＊1962년 8월 堤川郡 水山面 綾江里 金慶鎭 (23세, 男)

梧東里 솥보 │ 淸原郡 北一面 外南里서 조금 더 넘어가면 梧東부락이라는 동네가 있는디

여기에 옛날에는 큰 둠벙이 있었는디 지금은 물을 대는 보로 되어 있는디 이 보를 솥보라고 해요. 왜 솥보라고 하는가 하면은 솥을 씨고 물에 들어갔다고 해서 이런 이름이 붙었다고 합니다.

옛날이 이 솥보가 있었든 자리에 큰 둠벙이 있었는디 그 둠벙 가까이에는 한 五六百석지기 농사를 하는 부자가 살었드랍니다. 이 부자는 딸이 있었는디 이 딸을 줄 티니 누구든지 와서 머심살이하는 총각은 와서 살라고 했답니다. 그래서 한 총각이 와서 사는디 이 부자는 이 총각을 부려만 먹고 새경도 주지 않고 딸도 주지 않드랍니다. 이 총각이 멫 해를 — 아마 십 년도 넘게 살었든 모양이요 — 그렇게 오래 살었는디도 새경 한 푼 안 주고 딸도 주지도 않고 부려만 먹고 하니게 괘씸하단 말이쥬.

하루는 여름날인디 비가 촉촉히 오니께 이 머슴놈은 일도 않고 낮잠을 잤대요. 그러니 주인은 이런 꼴을 보고만 있겠어요. 그래 머슴방에 가서 마구 깨우지요. "야 이놈아, 꼴 빌 때가 됐는디도 낮잠만 자고 있어야? 어서 일어나서 꼴이나 비어 오너라." 이렇게 소리쳐도 이놈은 생코를 골면서 일어나지도 안해. 주인이 들입다 큰소리치며 잡어 흔드니께 그제야 제우 일어나서, "나 인제부텀 머심살이 않고 갈랍니다" 이런단 말이요. 주인이 워째서 머심살이 그만두겄다는 게냐고 물응께, "내가 지금 꿈을 꾸었는디 용궁에럴 들어갔어요. 용궁에 강게 참 용궁은 좋습디다. 거그는 지와집이 훌륭한 게 많습디다. 주인댁 같은 것은 거 그 똥둑간만도 못해요. 내가 강께 식사 대접을 하고 먹을 것도 많고 심든 일 않고도 아조 편안하게 잘 살 수 있어요. 난 낼 용궁으로 가야겄

어요. 머심살이고 주인딸하고 결혼하는 거고 다 소용읎십니다. 심들게
농사짓고 살 필요가 읎어요."

이렇게 말하니까 주인은 "야, 용궁이 그렇게 좋은 디드냐? 거그는 아
무라도 가는 디냐?" 하고 물었어요. "예, 갈 수 있어요." "그럼 너 가는
길에 우리집 식구도 다 같이 가자. 십 년 이상이나 한솥밥 먹고 살었는
디 너만 용궁에 가서 편안히 산다고 해서야 되겠느냐, 같이 가자." "꼭
가실랍니까?" "암 꼭 가야지." "아 여기 있는 전답이랑 집이랑 다 어떡
허고 갈랍니까?" "아 용궁에 가면 좋은 집에 심든 일도 않고 잘 산다는
디 이까진 전답이며 집이 멀 하겠냐?" "그럼 갑시다. 그런디 거그 가실
라면 가져가야 할 귀한 물건이 있십니다. 거그는 밥해 먹는 솥이 읎어
요. 긍께[1] 주인님 식구는 씨리 무쇠솥을 하나식 가지고 가야 합니다."
"그거야 하나식 가지고 가지야."

이튿날 이 부자 영감네 식구는 살기 좋다는 용궁에 갈라고 식구가
모도 솥 하나식 들고 둠벙으로 갔어요. 머시놈은 "영감님 가마솥얼 머
리에 씨고 둠벙으로 들어가시요" 이렇게 말하고 부자 영감을 솥을 씨
워서 둠벙에 들어가게 했는디 기양 물에 들어가도 가라앉는디 무거운
솥을 썼이니 오죽 잘 가라앉어요. 가라앉이면서 거품이 보골보골 올
라오니게 주인 마나님 보고 "저거 보시요. 주인 영감님이 어서 들어오
라고 저렇게 부르고 있십니다. 자 들어가시요" 이렇게 말해서 주인 마
님을 둠벙 속에 들어가게 해놓고 그 집 아들 메누리도 다 둠벙에 들어
가게 했어요. 그러고 내중에 그 집 딸이 솥을 씨고 둠벙에 들어갈라고
하니게 "저기가 어디라고 들어가. 저기 들어가면 죽어. 자 집이로 가서
나하고 잘 살어 보자" 이렇게 말하고 딸을 끄집고 집이로 와서 그 주인
영감으 전답과 집을 차지하고 잘 살었다는 거요.

지금 梧東里에 가면 그 후손이 살고 있다고 하는디 오동리에 있든
둠벙은 지금은 읎어지고 보가 있는디 이 보를 솥보라고 하는디 솥을
씨고 들어간 디라서 이런 이름이 붙어 있다고 해요.

*1974년 10월 5일 淸州市 牛岩洞 尹亭南 (57세, 男)

1) 그러니까

달래 江

忠州에 달래江 전설이 있는디요.

옛날에 딸이 친정에 왔다가서 시집에를 가는디 동생이 뉘를 데리구서 가는디 뉘는 앞에서 가구 동생은 뒤에 따라가는디 마침 달래江 옆에 왔일 적에 쏘내기를 맞아서 뉘가 호졸건히 얇은 옷에다가 쏘내기를 맞아서 아조 흠빡 젖어노니까 얇은 옷에 몸이 비치니까 동생이 뒤로 따라가면설라무니 따라갔는디, 아 그 신이 動하니께 그 동생이 자책을 해서 이 괘씸한 놈, 어디 뉘가 앞에 가는디 그래 그것이 동하다니 될 말이냐고 그래 도루 돌아와서 다리 밑이 와서 그거를 돌 위에다 놓고서 찌겨설라믄 죽었거든요. 그런데 뉘이는 아무리 가다가설람 돌아다보니까 동생이 오들 않으니께 쫓아와서 다리 밑이 와서 보니까 아 그 즛을 하고 죽었이니께 "아 야 이놈아, 달래나 보구 죽지. 왜 그랬느냐"고 그러므느랑 울구 그래서 그 강 이름이 달래강이라구 됐다는 겁니다.

*1974년 10월 11일 報恩郡 報恩邑 三山里 李京洙 (65세, 男)

※구술자는 원래 平北 태생이나 10세 때 아버지를 따라와서 報恩서 50년을 살고 있다고 한다.

달래 江

忠州에는 丹陽서 탄금대로 흘러가는 江이 있어요. 그 江을 달래江이라고 하는디 으째서 달래江이라고 하느냐 하면 이런 일이 있어서 그런대요.

옛날에 어느 여름이드래요. 어느 두 남매가 길을 가는디 그 강을 건느게 됐드래요. 그 해는 가뭄이 들어서 강물이 말라서 아랫도리만 걷고서 그냥 건너갈 수가 있을 정도로 강물이 얕아졌드래요. 이 두 남매가 그 강을 건느게 됐는디 누이가 강을 건느느라고 아랫도리를 걷어 붙이고 건느는데 동생이 누이의 평소에 보지 못했든 아름다움을 보게 되자 인간의 도리에서는 할 수 없는 망칙스런 情을 느꼈드래요. 그런디 동생은 이런 情이 일어난 것을 그만 부끄럽고 수집게 생각하고 자살을 하고 말았대요.

누이는 강을 다 건느고 나서 암만 기다려도 동생이 오지 않아서 이
상히 생각하고 되돌아와서 동생 있는 디를 봤대요. 그랬더니 동생이
죽어 있어서 누이는 그것을 보고 진작 알았드라면 달래나 볼걸, 달래
나 볼걸 하고 울었대요. 그래서 그 후부터는 이 강 이름을 달래강이라
고 부르게 됐대요. 지금도 이 강물은 달래나 볼걸, 달래나 볼걸 하구
흐른다나요.

＊1974년 10월 16일 陰城郡 蘇伊面 碑山里 吳澤泳 (28세, 女)

酒泉里 | 옛날에 江原道 寧越이란 데가 있는디 이곳은 산중

두 江이 낀 험한 산중인디, 고 동네만은 아마 非山
非野으 농토도 괜찮히 농사 짓고 이란 데가 있는디 한 해에 가물이 하
이 심해서 天祭를 지내는디 돼지두 잡고 동네 사람도 다 모이구 정성
껏 지내는디, 술은 곡석이 읎는 까닭에 祭酒를 못해 씨구, 현주를 썼는
디 공중에서 하는 말이 너이가 정성을 드려서 天祭를 지내는디 祭酒
가 읎는 거는 그거는 유감이다, 그런데 龍은 어디를 가서 볼일을 보느
라고 비를 못 내리는디 고 수일 간 비가 내릴 게라, 하니께 그 제방도
하고 비 조심을 많이 하라구 그러하구 祭酒가 읎는 것은 해마두 곤란
이구 술이 곤란할 게니까 이 江가에 내레가면 샘이 하나 있일 테니 그
샘에 가서 물을 떠먹으면은 이후로는 술이 맛이 좋은 술맛이 있일 게
라, 그 술을 떠다가 제주를 씨라고 해서 무당이 가서 절을 하구 굿을
하구 이러구서 그 山祭 지내는 바가지루 물을 떠먹어보니께 술맛이
나서 그래 상근 술이 있었다. 그 후에 어떠헌 총각과 처녀가 같이 살라
구 평생 살기로 언약을 했는디 처녀는 양반이구 총각은 中人이라 부
모가 승낙지를 안해서 헐 수 읎이 못 살게 되니께 그 술을 먹으면 班常
을 안다고 하니 그 술을 먹으로 가자고 그 처녀가 그래서 가서 떠먹어
본즉, 과연 총각이 뜨는 술은 막걸리고 색시가 뜨는 술은 약주라, 그
술이 징명을 하니께 우리는 살 수가 읎다고 이얘기를 하니, 총각 말이
내가 언제든지 공부를 해가주구 벼슬을 해가주구 올 거이니, 십 년이

나 이십 년이나 기다려 달라구 그라구서 그 길루 총각은 가서 공부를
해서 과거를 봐서 寧越 郡守를 해왔는디 해오니 그 여자는 기다리지
않고 시집을 갔거던. 가서 인제는 내가 양반이 됐이니께 이 술을 한번
떠먹어 보리라구, 그래 술을 떠먹어 보니께 여전히 막걸리 맛이 나오
니께, 야 이놈으 샘 보라구 양반이 된 뒤에두 이런다 하고 이 샘은 파
읊애야 한다구 돌멩이도 넣고 흙도 퍼넣고 그래서 그만 술맛이 그 길
루 읊어지고 그 동네 이름을 酒泉里라고 원이 지어서 오늘날까장 내
려오는 말이 酒泉이라고 합니다.

＊1974년 10월 10일 中原郡 嚴政面 美內里 李晦根 (71세, 男)

峰을 잘린 山

우리 동네에 있는 산은 산이란 산은 그 산봉대기가 모두 다 멀로 잘러낸 것 같이 되어 있십니다.

옛날에 우리나라가 무신 나라하고 전쟁을 했는데 그때 우리나라 왕
이 전쟁을 피해서 어딘가 가서 숨었는디 敵軍은 우리나라 王을 잡어
죽일라고 찾어다니더랬는데 아마도 산 속에 숨어 있일 거라 하고 높은
산으 산봉오리를 잘러냈다는데 우리 동네 산들도 그때 잘려져서 그렇
게 되었다고 합니다.

＊1942년 9월 報恩郡 懷北面 中央里 德永普

三年城

新羅 때에 城을 쌌는디 삼 년을 두고 쌌다구 해서 三年城이라고도 합니다. 그런데 그 城으로 말할
것 같으면 기술이 아주 참 자랑할 만한 기술이죠. 돌로 말헐 것 같으
면 하나 정도 댄 것도 없구 人工은 하나 딜이지 않고서 그저 천적으로
생긴 돌로 갖다 쌌는디, 똑 칼로 찍은 것같이 이렇게 쌌습니다. 그래서
아주 城으루 아주 기술로는 유명한 城입니다. 그런데 그 城이 지금은
퇴락하고 온전한 곳이 별루 읊십니다만서두 시방 남은 걸 본다면 누구

든지 탄복할 만한 城입니다. 그 城을 쌌는디 돌로 말하잔대두 여기 돌이 아니구 저어 아마 팔구십 리 되는 沃川 가산이란 데, 또 그렇잖으면 저 여그서도 아마 한 삼사백 리 나가야 되는디 懷仁이라든지 이런 디서 가주구 온 돌이지 여그 근처 돌은 아닙니다. 근데 아주 유명한 城입니다.

그게 三年城이라구 하는 것은 또 王建 太祖가 여그서 三年을 싸웠단 말도 있어요. 또 남매간에 그렇게 했다는 말도 있는디, 老人이 남매를 두고서 평생을 지내는디, 남매가 다 재주가 비상하고 이래서 참 유명한데 남매가 하루는 서루 내기를 했답니다. 그 누이는 하루 食前에 城을 쌓고 또 그 동생은 송아지를 몰구서 굽 높은 나무깨를 신고서 서울을 댕겨오겠다고 서로 내기를 허는디, 거기서 지는 사람은 죽기로 내기 했답니다. 그런데 그 누이는 벌써 城을 다 싸가주구서 門을 해다 느라고 뚝딱 하는 중인디, 아아 그 동생은 안적 올 가망이 읎구 한데 그 어머니가 그 아들 살리기 위해서 일부러 콩을 많이 넣고 밥을 해가주구서는 그 딸을 시켜서 얼른 밥을 먹구 하라고 그랬거던요. 그래 아 이걸 해야지 안 된다고 하니께, 아아 안직 올 때 멀었다 하니께 어서 밥 먹구 해서, 하도 여러 번 그렇게 하기 때문에 부모의 영을 거역지 못해가주서는 밥을 먹는 중인디 그 동생이 송아지를 몰구 와서 그 애 목을 쳤다는 그런 말이 있습니다.

＊1974년 10월 11일 報恩郡 報恩邑 三山里 徐載晧 (79세, 男)

三年城 | 忠北 報恩郡에서 한 五里 山으로 올라가서 三年城이라구 하는 城이 있는디 한 할머니가 男妹를

두었는디 오빠는 이전에 나묵신이란 것을 신구서 송아지를 몰고 서울 갔다오기로 하고 또 누이는 집에서 식전에 城을 다 쌓구서 門을 해달기로 약속허구서 오빠는 서울로 송아지를 몰구 떠나구 누이는 식전에 城을 쌓는데 城을 다 쌓구 門귀돌을 해서 세우는디 예전에는 조선 풍속에 딸을 둘째로 치고 아들을 첫째로 치든 것이기로 딸은 城을 다 쌓고 문주돌이를 하는디 아들은 오덜 안하니께 아들이 죽게 생겼이니께 어머니가 야 인제 다 쌓으니 오빠가 아직 안 오고 하니 어서 밥 해놨이 니께 얼른 밥 먹구서 문지둘을 마저 해라, 그러서 밥을 막 먹구 나니까 오빠가 서울 갔다왔기 때문에 인제 딸은 인저 죽구 인저 오빠를 살리 구 했다구. 그런디 그 三年城에서 王建 太祖가 그 城에서 三年을 싸 웠기 때문에 三年城이라 그렀십니다.

＊1974년 10월 11일 報恩郡 報恩邑 三山里 李京洙 (65세, 男)

※구술자는 평안북도 宣川 태생인데 10세 때 아버지를 따라 忠淸道로 와서 50
  여 년을 지냈다.

淸州의 山城 | 淸州市에서 동쪽으로 한 십 리쯤 가면 산우에 山城이 있는디 이 산성은 다 쌓

여서 있는디 城門만 덜 쌓여서 있다. 이 산성은 여자 장수가 쌌다고 전 해지고 있다.

옛날에 이 성이 있는 산 밑에 한 과부가 살고 있었는디 하룻밤에 큰 호랭이가 이 과부 집에 와서 이 호랭이가 과부하고 자고 갔었는디 이 과부는 아럴 가져 열여덜 달 만에 애기를 낳게 됐다. 애기는 男妹 쌍 둥이였다. 이 남매 쌍둥이는 보통 애기와는 달리 낳자마자 걸어다니고 말도 하고 또 심도 세었다.

이 과부는 보통 애기와 다른 이 쌍둥이 남매를 키우고 있는디 하룻 밤에는 꿈에 하얀 노인이 나타나서, "네가 난 아이는 보통 아이가 아니 고 장수다. 장수가 한 몸에서 둘이나 태어나면 둘 다 죽는 법이니 하나 를 읎애야 한다. 둘 다 키우면 너으 집은 물론 너까지 죽는다" 이런 말 을 하고 사라졌다.

이 과부는 이런 꿈을 꾸고 나서 한 아이를 읎애야 하겠는디 어떤 아 이를 읎애야 할지 몰랐다. 여러 가지로 생각한 끝에 두 아이를 내기를 시켜 지는 아이를 읎애기로 했다. 그래서 하루는 두 아이를 불러서 딸 아이한테는 박달나무 껍질로 짠 치매를 주며 이것을 입고 돌을 날러서 성을 싸라 하고, 아들아이에게는 석 자나 되는 굽 높은 나막신을 주고 이것을 신고 서울까지 갔다오라 하고 "누가 이런 내기에 이기나 보자. 내기에 진 아는 읎애겠다"고 했다. 두 남매는 어머니 말대로 내기를 시작했다.

딸은 박달나무 껍질로 짠 치매를 입고 여그다 돌을 날러서 성을 쌓고 아들아이는 석 자나 되는 굽 높은 나막신을 신고 서울로 떠났다.

딸아이가 쌓는 성은 거짐 다 되어 가는디 아들은 돌아오는 기척이 읎었다. 어머니는 이것을 보고 아들을 살리고 싶어서 딸이 쌓는 성을 늦추고 싶어서 밤을 한 말 삶어가지고 딸한티 가서 성 쌓느라고 심이 들터이니 이것을 먹고 싸라 함서 주었다. 딸은 그 밤을 다 먹고 또 성을 쌓는디 성문을 쌀 돌 하나만 갖다 놓면 다 쌓게 됐는디도 아들은 돌아오는 기척이 읎었다. 어머니는 마음이 조급해져서 이번에는 찰밥을 한 솥 해가지고 딸한티 가서 이것을 먹고 싸라고 했다. 딸은 다 쌓고 먹겠다 하는디도 어머니는 찰밥을 먹고 싸라고 졸랐다. 그래서 딸은 찰밥을 먹었는디 그때에 아들은 돌아왔다. 딸은 내기에 져서 큰 바우에다 머리를 깨고 죽었다.

딸을 이렇게 해서 죽게 했지만 어머니는 딸을 불쌍히 여겨 산으 산봉우리에다 일곱 개으 바우를 세우고 거기에 사당을 짓고 제사를 지내주었다.

지금 이 산성에 올라가 보면 성문이 돌 하나가 읎어 완성되어 있지 않은 채로 있는 것을 보게 된다. 그리고 딸을 위하여 제사 지낸 일곱 개으 바우도 있고 딸이 머리를 깼다는 바우도 있는디 이 바우에는 피가 아직도 묻어 있다. 이 산으 중턱에는 아들이 오줌 누어서 깊이 패여서 구멍이 뚫렸다는 바우도 있고 대변을 봤다는 이상한 바우도 있다.

＊1962년 7월 8일 淸原郡 南城面 山城里 尹友園 (32세, 男)

원암장 | 報恩邑에서 남쪽으로 삼십 리쯤 가면 기름진 평야가 둘러싸여 있고 거기에 옛부터 내려오는 원암장

이라구 하는 장이 있습니다. 이 원암장은 오 일마다 한 번식 서는 장으로 보은군에서도 꽤 큰 농산물 집산지가 되어 있습니다. 그 원암장은 자고로 이상한 이야기가 내려오고 있는디 원암장을 갈라면 의례히 좆 까고 원암장 가네 하는 이얘기가 전해지고 있습니다. 속된 말이지마는 흔히 친구끼리도 까고 원암장 간다 하는 이런 이야기는 아조 보편화되어 있는 이야기인 것입니다.

그러면 이와 같은 이야기가 어떻게 돼서 비롯되었나. 원암장에는 유명한 장거리가 있십니다. 그 떡전거리는 원암시장에서 역시 남쪽으로 한 골목을 차지하고 있는 곳인데 옛날에는 村에 사는 빈한한 아낙네들이 떡을 해가주구 와서 줄지어서 많이 팔고 있었고 또 장꾼들은 의례히 거기서 요기를 하는 이러헌 광경이 지금도 많이 눈에 띠었다는 것입니다.

어느 해 이른 봄 새쑥이 파릇파릇 돋아난 무렵에 어느 아낙네가 쑥을 뜯어서 떡을 맨들어가주구 와서 파는디 어떠한 싱거운 남자가 거글 가 보니 헐벗은 그 빈한한 그 아낙네는 안옷을 입지 않은 채 치마만 입고 있었든 모양이지요. 그래 양 무릎을 세우고 앉아 있노라니 치마가 덜렁 하니 들려서 그 실읎는 남자에게 아마 그 음부가 눈에 띄게 되었든 모양입니다. 이 실읎는 남자는 거기에 접근해서 아낙네에게 쑥 넜으면 좋겠네, 이러한 이야기를 하니까 아낙네는 쑥을 뜯어서 그 떡에 넜으면 좋겠네 하는 걸로 알고 "쑥 넜습니다." "아니 쑥 넜으면 좋겠어." 이렇게 대화가 된 것이 화제돼서 그 이후부터 그 떡장사는 거히 헐벗은 빈한한 아낙네들이 나와 팔고 있으니만치 누구든 거기를 가자면 까구서만 갈 것 같으면 떡도 거저 먹을 수 있고 장을 잘 볼 수 있다 하는 이러헌 전설이 있어가주구 오늘날 까고 원암장 가네 하는 이러헌 이야기가 나왔다 하는 것입니다. 이 이야기는 報恩邑에 살고 있는 李虛風이란 사람이 이얘기했습니다.

＊1974년 10월 11일 報恩郡 報恩邑 三山里 李虛風 (49세, 男)

孝村의 楊水尺 | 淸州市에서 약 4km를 報恩 쪽으로 나가면은 南一面 孝村里라고

하는 동네가 있습니다. 孝村은 그대로 孝道 孝자 마을 村자지유. 그 유래는 高麗朝 慶증君 淸州 慶氏의 諱字는 뻗칠 延자 해 年자 하는 분에 孝子門이 거기 서 있습니다. 그래서 동명이 孝村里라고 하는 겁니다.

慶증君 그 냥반은 고려조에 불렀지마는 벼실질에 가지 안하서서 그래 慶증君이라는 세칭을 받고 있는 겁니다.

여기에 제가 말씀하고자 하는 것은 그 분의 효행은 이미 역사에 많이 남겨 있기 때민에 말씀은 생략하고 거기에서 북쪽으로 동북쪽으로 한 십 리를 올라가면은 白雲洞이란 동네가 있십니다. 흰 白자에 구름 雲자 白雲洞이 있는데, 거기서 예전에 그 당시에 淸州 楊氏에 楊水尺이란 분이 살고 있었십니다.

그 사람이 그 아버지 어머니가 晩得으로 아들을 났일 적에 그 아들이 귀엽다고 해서 아른목에서 그 아버지가 하는 말이 언내를 시켜서 웃목에 가서 엄마를 때리고 오너라, 그 가서 웃묵에 가서 어머니를 때리면 참 잘한다 하고 깔깔깔 어머니는 웃고, 또 어머니는 또 아랫묵에 가서 아부지를 때려라, 아랫묵에 가서 그 아부지를 때리면 또 좋다고 잘한다고 칭찬을 했습니다.

그 수척이란 아이는 그것을 본보기로 알고서 커났었습니다. 허다가서 그 아버지가 아마 한 오십 살 돼서 죽은 모양입니다. 그 아버지가 죽은 뒤에는 그 아들이 나무를 해가주고 오나 무슨 농사일을 하다 둘오믄 어머니를 때리는 게 일이며, 어려서는 애늘 매가 돼서 귀엽게 받았지만 나이 열대여섯 살 돼서 어머니를 때린 데는 그 어머니가 고통을 전딜 수가 읎어 그때는 그걸 하면 안 된다고 하드래도 그 아이가 들들 안햐. 어려서 상습적으로 배운 것이 돼서 그렇게 해서 그 어머니는 고생으로 아들을 두어서도 행복한 가정이 아니라, 매일 매를 맞는 환경에 놓여 있어서 고민한 생활을 지내왔든 겁니다.

한 날 楊水尺이 그 아들이 십 리 아래 있는 孝村 경중군 댁에를 거기를 심부름을 왔었십니다. 거기를 가서루 그 경증군이 효자라는 말을 들고서 그 냥반의 행동을 가만히 살펴보니께 昏定晨省하는 거와 부모에게 그 飮食凡節 또는 그 뜻을 받들어서 움직이는 것 하나하나가 자기가 자기 어머니에게 대했든 거와는 거리가 멀어. 그래 그기 하룻밤을 자면서 심부름을 하고 자면서 행동거지를 가만히 배와가지고서 그 이튿날 올라왔십니다. 저는 어려서 부모를 때리는 것을 효도로 알고 했는데, 이번에 경증군 댁에 가서 부모에게 효행을 하는 걸 보니께 전연 제 효하고는 달라 지금까지 지가 한 것은 잘못했십니다 하고, 울며 고하고 그날버텀은 그 어머니에게 극진한 효를 햐. 도저히 예전에는 사대부 가정에서도 행하지 못할 것을 楊水尺이는 배운 것도 읎는 이런 사람이 극진히 효를 햐가주고서, 거기서는 나라에서 孝子碑를 세우고서 旌門을 지어 주었든 겁니다.

그러나 세월이 지내서 이 본은 다 잊어지고 지금은 그 楊水尺의 비석만이 路傍에 외로이 서 있을 뿐이요, 아무도 그런 역사를 아는 사람이 읎습니다. 뿐만 아니라 지금 역사에도 그것이 빠지고 있습니다.

＊1974년 10월 6일 淸州市 塔洞 申哲雨 (57세, 男)

五二品松 |

예 報恩서 俗離 法住寺를 가자면 말퀴라는 재가 있어요. 재를 넘어가고 한참 갈 것 같으면 소나무가 있는디 기묘하게 생겼지요. 그 아마 수천 년 된 모양이요. 시방 거기 한짝 비어서 남은 흔적도 있십니다. 그 소나무 이름을 正二品松이라 하는디, 그 전설이 世祖大王이 등극한 후에 못된 병에 걸려가주구서는 속리에 드나들면서 그 탈골로 와서 목욕하고서 고쳤다는 말이 있는디, 그 드나들 때에 첫번 돌아올 때에 그 소나무 가지가 사방 처억척 늘어져가주구서는 거기를 가는디 그 소나무 밑이루 갈 텐데 輦이 걸린다고 해서 그래 輦거랭이라고 하는데 말인즉 그 輦이 가는디, 그 소나무 때문에 연이 걸려서 못 가겄습니다 하니께, 그러면 그 소나무를 비어라, 이렇게 했더랍니다. 게 그 소나무를 비라는 영이 내렸는디 아 소나무 가지가 버언적 치들어서 아 걸리지 않게 갔다는 말이 있어요. 그래서 연거랭이라고 하는디 시방도 유명하지요.

한 가지 생각은 그렇습니다. 그게 그렇게 아닐 것 같아요. 그 비든 흔적을 봐도 그렇고 이전에 이얘깁니다. 그 戰國 때 燕나라 아귀란 사람이 燕나라 군사를 거느리고 齊나라를 쳐가주구 齊나라를 다 망가버리게 됐는디 겨우 중무겨란 城 하나 가주구 있었는디, 田單이란 장수가 大將이 돼가주구선 그 燕나라 군사를 막는디 軍士를 모을래야 힘도 들고 그래서 神壇이 있는 디 거그 가서 여우의 소리를 하구선 시방 齊나라 運數가 다 흥해가주구서는 燕나라 軍士를 일으켜서 치라 이렇게 했단 말이 있십니다. 개 사람이 그렇게 여우 소리를 해가주구서는 인심을 돌려가주구서 燕나라를 쳤다고 차석친이 진 말이 있는디 그와 같이 그때 世祖大王이 조카를 들어내가주구 임금이 돼가주구 하니께 세상이 모두 소문이 굉장하고 모두 참 여그서도 일어나고 저그서도 일어나고 늘 불끈하고 이런 거시기가 있고 늘 우태하고 하니께 그래 그 소나무를 빌라고 하는 차에 비기를 시작했일 것입니다. 했는디 어느 신하가 그럭허지 말고서 그 술을 비지 말고서 그 소나무 가지가 번쩍 쳐들어서 그래 연이 갔다고 할 것 같으면 세상 인심이 돌아실상 싶어서 그래 그렇게 꾀를 낸 것 같습니다. 그래서 나는 생각이 그럴상 싶어서 하는 말입니다.

게 그리고, 世祖大王이 法住寺 큰절에서 福泉을 가는디, 칡이 걸려서 엎드려져서 그래 그 칡 귀양 보내라 해서 그래 칡이 읎단 말이 있습니다. 그러고 속리에는 괴살이란 논이 있었어요. 고양이 멕에 살려 주는 논이 있었는디 그 땅은 어듸 있는고 하니 尙州 땅입니다. 尙州 化北面 龍化라는 디 그 땅이 있습니다. 있는디 어떻게 됐는고 하니 世祖大王이 인제 法住寺에서 밤에 福泉庵를 가는 중인데 아 고양이가 나서가주구서는 그 龍袍자락을 물고 늘어지더랍니다. 그래 자꾸 쫓어도 되로 물고 이래싸서 이거 무슨 까닭이 있는 게라고 그 앞길을 수색을 해보니께 어짠 검객이 칼을 품고 수풀 속에 숨었더랍니다. 그래서 아 아 고양이 아니면은 내가 죽은 건데 그랬다고 그래 그 고양이를 디리

세워가주구서 또 그 대를 이어주넌디 그 괴살이에 도지 받는 것이 스물여덜 섬이 되였습니다.

＊1974년 10월 11일 報恩郡 報恩邑 三山里 徐載皓 (79세, 男)

韓山 李氏 戸長公 山所 | 남의 조상에 관한 것을 말씀하

게 돼서 극히 죄송스럽십니다마는 들은 대로 한 마디 해 보겠습니다.

韓山 李氏으 始祖되시는 분이 戸長公이신데 이 분에 관한 이야기를 하겠습니다. 그거 머 高麗時代인가버요. 韓山서 이분이 戸長으로 지내는디 그때 원님이 동헌 마루에 계시면서 南山을 쳐다보고서는 참 좋기는 좋다마는 하더란 말입니다. 戸長이 원님이 하는 말을 듣고 하하 여기가 좋은 명당인가부다 생각하고 동헌이 있는 자리에다 뫼를 씨겠다고 생각했습니다. 그 뒤 얼마 안돼서 원님은 서울 內職으로 들어갔는디 때마침 戸長으 어르신네가 돌아가서서 그 어르신네으 뫼를 동헌 마루 밑에다가 썼습니다. 밤에 남 몰래. 그러고 그 다음날 아침 일찍이 가서 봤더니 시체가 밖으로 나와 있었습니다. 아하 밤중에 급히 씨니라고 써서 시체가 잘 묻히지 못했구나 하고 다시 잘 묻고 돌아왔습니다. 그러고 다음날 새벽에 가 보니까 또 시체가 밖으로 나와 있었습니다. 이거 참 이상하다 하고 그 시체를 집으로 옮겨와서 빈소에다 모셔놓고 서울로 올라가서 그 원님을 찾어갔습니다. 찾어가서 인사를 여쭙고 이런 말 저런 말 이야기를 나누다가 넌지시 "동헌 마루 밑이가 좋기는 좋다마는 하신 일이 있지 않으셨습니까?" "아, 있었지. 그런디 그것이 큰 明堂은 明堂이지마는 못 쓰는 明堂이네." "워째서 못 씨는 明堂입니까?" 하니까 "앞 南山 너머에 뿔 같은 봉우리가 둘이 넹게다 보고 있어. 그게 窺峯이네. 그 窺峯 때문에 그래서 못 씬다는 것일세. 窺峯이 비치는 데다 뫼를 씨면 역적이 나와서 滅門之禍를 입게 되거든" 이렇게 말씀하시더랍니다. 그래서 戸長公은 "역적이 될 만하면 인물이 아니겠십니까?" 하니까 "그야 그렇지." 그래서 戸長公은 "小人은

대대로 여기서 미미하게 지냈는디 이렇게 지내는 것보다 좀 인물이 났으면 합니다." 이렇게 말하고 그분이 자기 어르신네가 돌아가서서 그 자리다 뫼를 썼더니 시체가 자꼬 밖으로 나오드란 말을 했십니다. 그러니까 원님은 "그 자리는 정성 자리가 돼놔서 일반 사람은 못 씨는 자릴세. 일반 사람이 씰라면 영정에다가 正一品崇祿大夫議政府領議政이라 씨고 大斂할 적에는 政丞官服을 입혀서 大斂을 해서 그에 맞는 예를 갖추어서 해야 되는 것이네" 이렇게 말했답니다.

戶長公은 이 말을 듣고 곧바로 고향으로 내려와서 어르신네으 시체에 政丞官服을 입혀서 大斂하고 영정은 正一品崇祿大夫議政府領議政이라 씨고 그 땅에다 모셨답니다. 그리고 다음날 아침에 가 보니까 까닥 읎었답니다. 그래서 안심했는디 그런디 뫼를 씨고 나니까 사흘 후에 밤중에 風雨가 심하고 뇌성벽력이 대작해서 아, 이거 잘못 써서 혹시 하늘이 벌 주는 것 아닌가 하고 잠도 못 자고 밤을 세웠는디 아침에 보니까 바람도 그치고 뇌성벽력도 그치고 그래서 동헌에 와서 보니까 아무 이상도 읎고 골 안에도 별 이상이 읎었습니다. 그런데 앞산을 보니게 앞 남산 너머에서 내다보이는 窺峯 둘이 읎어졌드랍니다.

韓山 李氏 戶長公의 산소는 오랫동안 동헌 마루 밑에 있었는디 李朝 중엽에 그 어떤 자손이 觀察使가 되어 와가지고 동헌을 다른 데로 옮기고 그 밑에 모신 뫼를 잘 修築했다고 합니다.

*1974년 10월 6일 淸州市 塔洞 申哲雨 (57세, 男)

崔孤雲 出生譚

이 報恩서 서북간으로 한 사십 리 갈 것 겉으면 에동골이라고 하는 디가 있어요. 面은 山外面입니다. 에동골 뒤에 큰 굴이 있답니다. 그 굴 전설이 기묘한 말이 있십니다.

그 전에 그렇게 高麗 땐가 高句麗 땐지는 모르겠십니다만서두 시방은 靑川面이라구 하는 덴디 槐山 땅입니다. 근데 그 시방 이름은 강호라고 하는 덴디 이전에는 거그 湖州란 골이 있었어요. 湖州란 골이 있었는디 호수 湖字 湖州란 골인디 거기 湖州 원이 올 것 겉으면 늘 그 마누라가 읎어져요. 그래서 잘 갈라고 하지 안했는디, 崔氏라고 하는 분이 거기 그 골을 나중에는 왔었는디 게 그 말을 듣고서 그 부인 몸에 다가서 실 ─ 명지실을 바눌에 절궈가주구서는 치마에다 꼽아두었더니 아 자고 보니께 역시 참 그 부인이 읎어졌단 말이죠. 그래서 그 실 간 데를 찾아가 보니께 거기 검단산이란 데가 또 있어요. 아 글로 향해 갔단 말이죠. 갔는디 게 인제 모도 官屬 모도 시케가주구서는 사방 찾 아보니께 글루루 갔는디 그 굴로 들어갔더랍니다. 게 들어갔는디 그 굴을 들어가 보니께 그 부인이 그리 들어간 것 같은데 굴에 들어갈라 니 좀 의심도 나고 이래서 官屬을 풀어가주구서 그 굴을 향해서 가 보 니께 아마 여간 겁을 내고 멋하겠고 들어갈 수도 읎고 한데 그만 되로 나왔는디 그래, 그래가주구서 인제 집이 와가주구선 그걸 어떻게 찾일 연구를 하고 있는디 다시 사람을 群集을 시겨가주구 모도 인제 사람 을 많이 모아가주구서 거길 가서 인제 그 굴로 들어가 보니께 그 부인 이 발서 거시기를 했답니다. 그 계책을 내가주구서. 그러니 그게 머냐 할 것 같으면 거그 여러 해 여러 千年 묵은 돼지가 있는디 말은 금돼 지라고 하는디 그 돼지가 둔갑을 해가주구 나와가주구서는 흔히 남에 여자를 데리가고 업어가기도 하는 이런 짓을 많이 했는디 사람을 여자 를 수십 명을 모아다났더랍니다. 근데 이 부인이 한번은 그 돼지가 그 부인 무룸팍을 비고 누웠는디 물었더랍니다. "그 무어가 세상에 통 무 서운 게 읎을 텐데 무서운 게 읎너냐?" 물으니께 아 다른 건 다아 무서 운 게 읎지만서두 그 鹿皮 가죽이 무서웁다구 그랬더랍니다. 그게 무 서운데 鹿皮 가죽만 가까이하기만 해두 싫고 그걸 만일 먹을 것 같으 면 죽는다고 그랬거던요. 아 그 말을 듣구서 그 열대를 찾는디 열대끈 을 鹿皮로 한 게 있드랍니다. 그래서 그 鹿皮 가죽을 끌러가주구서는 물에 달여가주구서 그걸 멕였더랍니다. 그래서 거 죽었더래요. 인제 그 돼지가 죽었는디 아 그래서 그때 마침 들어가 보니께 돼지가 죽었 는디 그래 그 부인을 데리고 나왔는디, 그 부인이 그 후에 나와서 아들 을 났는디 그가 崔孤雲이 그때 난 게 아니라 그 배가주구서 胎中에 들

어갔었는디 그래서 崔孤雲을 금돼지 자식이라고 이렇게 욕하는 사람
도 있고 그렇더랍니다. 그 그게 그렇게 됐십니다.
＊1974년 10월 11일 報恩郡 報恩邑 三山里 徐載皓 (79세, 男)

黃厖村과 巫女 | 우리가 잘 아는 淸白吏, 훌륭한 政治家, 고려 말기에서 이조 초엽에

걸친 인물로 厖村 黃喜 선생의 일화가 하나 있다. 永同에서 전해 오고
있는디 그분이 어릴 때부터 귀신을 보는 그런 안목을 가진 괴력이 있
는 분이었다. 이게 전설이겠지마는 이 얘기가 전해 내레오는디 그분이
소시적에 소년 시절에 책을 끼고 서당에 공부하러 다니고 하는 이런
무렵에 하루는 책을 끼고 서당에서 오다 보니까 웬 기집 하나가 목판
에다가 돈꾸러미 겉은 것을 담은 자루를 해서 머리 우에다 이고 오는
디, 그 우에 방촌이 가만히 보니까 綠衣紅裳한 요염한 계집 하나가 날
럼 올라 앉았더라 이거야. 방촌이 心有曲折이다 싶어서 밟엄밟엄 그
기집 가는 뒤를 따러갔더라 그거여.

그랬더니 동네 가운데로 들어가더니 어느 커다란 솟을대문을 써억
들어서 들어가더라 그거여. 그래 방촌은 대문, 남에 內庭에 들어갈 수
는 읎고 해서 그 다녀나오는 것을 가만히 기다리고서 대문간에 섰더니
들어가서 조금 있다가 웬일인지 그 집 안에서 곡성이 낭자하고 발칵
뒤집혔다 그게여. 게 이거 心有曲折이다, 그 가만히 엿보고 대문간에
섰는디 젊은 계집 하인인 모양인디 여자가 황급하게 뛰어나오면서 어
듸 가는 길이여. 게 방촌이 그 여자를 딱 붙들고서 여보 당신 댁에 무
슨 변고가 생긴 것이 아니요? 이제 곡성이 저렇게 낭자하니. 아이 여보
나 바쁜데 이얘기 마시요. 아이 글쎄 나한테 이얘기 좀 하라고 말이여.
이라니까 그 이얘기가, 우리 댁 작은 아씨가 지금 갑자기 광난이 났는
지 죽어 나자빠졌다, 그거여. 거서 어데 가냐? 이원을 불르로 가는 길
이다, 그거여. 그래 방촌이 그 나도 의학 공부를 좀 한 사람이니까 내
가 조끔 들어가 보면 안 되겠소? 아 그러느냐고 들어가 보시라고 말이

여. 그래서 그 기집을 따라서 안 內庭으로 들어갔더라 그게야.

 거 마당에 떠억 들어가서 서서 보니까, 그때가 아마 날이 더운 시절이었든지 영창을 활짝 열어 놓고서 죽어 나자빠진 시악시를 가운데 두고서 온 가족이 모여서 황황급급히 울고불고 야단이 났더라 그거지. 게 방촌이 가만히 마당에 서서 보니까 마루에 그 목판을 이고 가든 계집은 마악 마루에 앉았고 그 목판 우에 綠衣紅裳한 기집 하나가 죽어 나자빠진 시악시 배 우에 가서 가심 우에다 떠억 올라앉어서 두 손으로다가 목을 꽉 눌르고서 앉었더라 그거여. 근데 그 시악씨는 죽어 나자빠져, 근데 그게 귀신이야. 다른 가족들 눈에는 안 보이지마는 방촌 눈에는 보이더라 그거지. 그래 가만히 보니까, 그 마루에 앉인 기집이 머라고 이애기하는고 하니, "아아 댁이 왔드니 작은 아씨가 갑재기 저렇게 죽어 나자빠지고 야단이 났이니, 제가 어떻게 푸닥거리 한번 좀 해 볼까요?" 그러니까 그 주인들이 아 급하니까 해보라고 말이여. "그러면 여기 복채를 내야 되니까 복채를 좀 노시요." 상에다 갖다 돈 꾸러미를 모도 갖다놓고 이러니까 이 여자가 呪文을 외고 이렇게 하드라이거야. 게 한참 呪文을 외더니 아 이거 복채가 적으니까 복채를 더 노시요 허니게, 자꼬 그 집은 부자집이니까 大家고 그러니까 돈꾸러미를 갖다가 돈이고 머 은금보화 모도 있는 대로 모도 갖다놓고 이러드란 거지. 게 몇 번 그러고 나니까 수북하니 그 상 우에 은금보화며 돈꾸러미가 쌯이더라 그거야. 게 그렇게 되니까 배 우에 앉인 녹의홍상으 기집이 슬무시 목에 눌렀든 손을 놓더라. 그러니까 시악시가 후유 우 하고 한숨을 돌이키더라 그거야. 그러고서는 그양 올라앉었어.

 그런듸 그 밖에 있는 마루에 있는 여자가 "조금만 더 노시면 좀더 해보겠십니다." 그래 또 갖다노니까 그 제사 참 呪文을 외고 이러는 것을 보고서는 그 녹의홍상에게다가 슬무시 그 시악씨 가슴에서 내레앉더라 그거여. 그러니게 뺄떡 일어나, 그 시악시가 금방 죽었든 시악시가 일어나 앉더라 그거지. 그러더니 그 주인이 백배 사례하고 그 여자한테 다시 돈을 많이 주고 이래서 그 장면은 끝났다 그거지. 그러니까 그 돈을 모도 목판 우에다 담어서 이고 그 우에 다시 녹의홍상한 기집애 올라앉이고 이래서 대문간을 나가더라 그거여.

게 인제 방촌이 그 기집 뒤를 밟아서 따라가는 거야. 그러니께 夕陽 때가 됐는디, 저어 산골짝으로 산골짝으로 자꼬 한없이 들어가는디 사뭇 따라갔다 그거야. 게 어디만큼 가더니 그때선 땅거미가 필 무렵인디 참 無人之境까지 가가주고서 거기서 그 여자가 땅을 파고서 그 돈을 전부 갖다 묻더란 거야.

그것까지 전부 목격을 했습니다, 방촌이. 게 그걸 보고서 뒤에서 방촌이 한번 정색을 하고 호령을 했어요. 네 이년 고현 년! 네 이년 어듸 가서 도적질을 못 해서 이따위 행동을 한단 말이냐? 이년 죽일 년이라고 말이여. 그라고서 호령을 하니까, 그 기집이 돌아서더니 방촌을 쳐다보고 방촌 앞에 가서 그제사 엎디려가주고서 굴복을 하면서 "오늘 되련님이 오늘 여기 오실 것도 짐작을 했십니다. 그러니 제 — 그때는 참 머 미천한 사람들이 쉰네라고 그랬지요 — 쉰네가 이런 짓을 하는 것이 제 사복을 채울라고 하는 것이 아닙니다. 이것도 다아 나라를 위해서 하는 일이니까 용서를 해주시지요." "그러면 나라를 위하는 일이 어찌 그런 일이 있단 말이냐?" "이것이 다 되련님이 장차 이 나라를 위해서 쓰실 돈이니까 그런 줄 아시고서 이만하면 오늘로서 쉰네가 하든 일을 아주 끝을 막겠습니다. 이만해도 되련님이 장차 쓰실 돈이 아주 충족할 거 겉으니까 이걸로 끝맺겠는디 경상도 어듸, 전라도 어듸, 경기도 어듸, 충청도 어듸, 함경도 어듸, 강원도 어듸, 그 유명한 名山 골짜기 골짜기를 전부 일러주면서 여기여기 돈이 암만암만 전부 묻혀 있으니까 잘 기억하시었다가 장차 소용이 되실 때에는 캐내서 쓰십시요" 이렇게 이얘기를 하면서 忽忽不見으로 사라졌더라 그거여.

게 방촌이 하도 이상해서 그 질로 돌아왔는디 나중에 고려 末年입니다. 고려가 망하고 李朝 때가 되어서 李朝 太祖 때에 그때 방촌이 집권을 해서 정승이 된 뒤에 대궐을 짓고 서울을 건설하고 이랄 때 전부 돈을 쓰는데 돈이 모자라더라 그거여. 그래서 방촌이 그때 그 젊었을 때에 그 무당 기집이 하든 이야기가 생각이 나서 전부 사람을 풀어서 그 기억을 더듬어 가면서 그 산속을 찾어가서 찾어보니까 과연 그 무당 기집이 이야기하든 그곳을 가면 반다시 돈이 묻혀 있어서, 그걸 캐내가주고서 그때 건설 사업에 큰 공을 세울 수 있었다. 이러한 옛날 이야기가 이 고장에 전해 오고 있습니다.

＊1974년 10월 15일 永同郡 永同邑 錦洞 宋在忠 (60세, 男)

朴蘭溪와 호랑이 | 蘭溪 朴堧 선생 하면은 우리 나라에 삼대 樂聖으 한 분으

로 다 잘 알려져 있는데 그 중 가장 근대으 李氏 朝鮮 世宗大王 시절에 두드러진 명성을 냉긴 분이죠. 이분은 音樂에서뿐만 아니라 정치, 교육, 사회운동 여러 면에서도 큰 공을 남긴 분입니다. 그래서 역사상에 많은 기록이 되어 있습니다. 그렇지마는 사실 여러 가지 관계로 널리 항간에 알려져 있지 않은 것도 많아서 야속하기도 합니다.

이분은 永同 出生이죠. 이분은 효자로서 부모한테 효행이 돈독한 분이였어요. 그분으 부모는 永同郡 深川面에 살으서서 거그서 선생을 나셨지요. 부모가 돌아가서서 거그다 산소를 모셨지요. 그때으 효자들은 侍墓를 살었는디 선생도 역시 시묘를 살었어요.

선생은 음악에 천재였기 때문에 음악에 재질을 나타냈지마는 그 중 장기는 大笒이였어요. 侍墓살이하면서 산에서 대금을 불면 날짐승이고 길짐승이고 모다 모여와서 춤을 추어서 先生과 같이 질겼다는 거요.

선생이 시묘를 살 때 밤이면 꼭 호랑이가 와서 호위해 주고 守直해 주고 했답니다. 삼 년간 侍墓를 살고 삼 년째 大祥도 가까워질 무렵에 하루 저녁에 호랭이가 안 와요. 자정이 넘도록 새벽녘께꺼정 지달려도 여엉 안 와요. 그 이상하다, 삼 년을 두고 매일 밤 결한 일이 읎든 호랭이가 오늘 저녁에는 웬일일까, 한편 궁금하고 섭섭하고 이래서 지다리다가 깜박 잠이 들었는데 非夢似夢간에 아 호랑이가 현몽하드라는 게요. "아이 상제님, 제가 지금 사경에 이르렀습니다. 절 좀 살려 주십시요." 눈물을 흘리면서 애소를 하드라는 게요, 꿈에. 게 "제가 지금 당재 어느 덫에 걸려서 죽게 되었으니 상제님 곧 와서 살려 주시요." 깜짝 놀래 깨보니 꿈이다 이거요. 그 이상하다, 그래서 어떡하나 하구 또 그 꿈이란 허산가 싶어서 앉았는데 또 잠깐 잠이 드니께 또 선몽을 해요. 세 번을 그랬답니다. 거 당재란 디가 거 어딘가. 그 양반이 시묘 살던 마곡리서 한 이십 리 가량 되는 거린데 하도 꿈이 궁금해서 부랴부랴 상정 막대기를 짚고서 당재를 찾어갔답니다. 찾어가서 보니께 날이 후변히 샐 무렵인데 멀리 보니께 당재 고개에 사람들이, 동네 사람들이 허옇게 웅게중게 서성거리고 있더랍니다. 하도 이상해서 달려가서 보니까 과연 호랭이가 돗에 걸려서 동네 사람들이 그 호랭이를 꺼낼라고 하고 있더라 그거예요. 조금만 더 일쯕 갔드래도 살렸을는지 모르는데 가 보니까 이미 호랭이는 숨진 뒤였드라 이거이여요, 시간이 넘어서. 그리서 보니까 틀림없는 당신을 삼 년간이나 호위하고 守直해주든 그 호랭이가 틀림없드라 이 말이예요. 그래 기가 막혀서 이 양반이 동네 사람들을 붙들고서 사실 이 호랭이는 나한테 넹게주시요, 사실 약시약시한 호랭입니다 하고 자세히 이얘기하니까 비로소 동네 사람들도 이해하고서 호랭이 죽은 시체나마 난계 선생에게 넹게드린다고 했다는 이얘기가 있십니다.

　이 양반은 눈물을 흘리면서 호랭이 죽음을 조상하고 호랭이 시체를 당신 아버지 산소 밑이다 정중히 장사를 지내주고 거그서 아버지 묘사를 지낼 때에는 꼭 호랭이 무덤에도 제사를 같이 지내주고 이것이 그래서 그 자손들은 虎塚이라고 그러고서 그 난계 어르신네 산소에 제사를 지낼 적에는 꼭 근년꺼지도 호랭이 虎塚에 대한 제사를 결하지 않고 있다는데 이것이 난계 선생이 미물에꺼지 덕을 베풀었다는 일화입니다.

＊1974년 10월 15일 永同郡 永同邑 錦洞 宋在忠 (60세, 男)

자라를 살린 慶州 李氏 | 淸州에서 육십 리를 나가면은

報恩 쪽으로 육십 리를 나가면은 米院面이란 데가 있십니다. 여기서

는 한 오백 년 전서부터 慶州 李氏가 거기서루 世居하는 동네입니다.

그 중에 昌平 縣監을 지낸 慶州 李氏 한 분이 계셨는디 그분이 바로 端宗大王 당시에 死六臣의 한 분인 醉琴軒 朴彭年 선생에 壻郎입니다. 그분으 산소가 거기 있고 그 산소 밑에는 지금까지 그 자손이 지키고 있습니다.

그 昌平公이 朴彭年 선생님으 따님이 장개든 날 저녁에, 첫날 저녁이겠지요. 서울서 했는지는 잘 모릅니다마는 신방을 차리고 잠을 들라고 할 적에 잠이 들었더니 夢中에 하얀 노인이 창평공 꿈에 나타났습니다.

그분이 나와서 하는 말씸이, "내 자식 팔 형제가 命再頃刻이여, 곧 죽게 됐이니 구제해 주시요" 하는 이런 애원에 말을 냉기고 사라지더라 이 말씸이요. 얼로 가느냐 하니까 부엌으로 들어가더라 이 말이여. 그래서 창평공께서 그 꿈을 깨고 신부를 깨워서 꿈에 이얘기를 하는 동시에 무슨 증거가 읎느냐고 신부에게 물었더니 신부가 왈, 가만히 생각하다가서 깨달아서 하는 말이 있습니다. 뭐냐? "부엌에 솥 안에 자래새끼를 여덜 마리를 갖다가서 지금 너났습니다. 그것은 당신이 낼 아침에 국을 끓여드릴라고 지금 준비해 있습니다."

아 그러냐고 게 꿈 이야기를 하고서는 그날로 부엌에 밤중에 들어가서 솥 가운데에 잡어다놓았든 자라새끼 여덜 마리를 밤중에 그걸 내다가서 앞에 강물에다 놓와주었습니다. 그것이 放生이라고 하지요.

했는디 그래고서루 시집을 가서 그와 똑같이 한 삼줄에[1] 아들 팔 형제를 났습니다. 하나 기이한 것은 제일 자래에 제일 끄트머리 어린 자래를 낮에 아이들이 가주 놀다가 바늘로 눈을 찔러서 고 새끼 자라 하나가 눈을 멀었더랍니다. 그게 寒堂公이라는 분이시지요. 그래서 그 경주 이씨에 창평공 자제 팔 형제를 호칭 왈, 八鱉이라, 자래 鱉자 그래서 그 팔 형제 분이 전부 고기 魚 변에 외자 이름으로서다가 지은 자가 팔 형제가 지시였습니다. 그 자손 중에는 훌륭하신 碧梧, 춘전, 화곡, 이런 분이 나시고 또 西溪 같은 선생님이 나시고 해서 지금도 그 자손이 수십만을 헤아릴 정도로 전국에 퍼쳐 있습니다.

거기서 한 가지 말씀드릴 것은, 창평공 묘소가 아까 말씀한 米院 수락

동에 계신데 거그 神道碑銘을 高靈 申氏에 左議政을 지내신 분 中宗朝 당시에 이에 공 시호는 文敬公이고, 용자 개자 하는 분이신데 그 양반이 神道碑를 지었습니다. 그 양반은 누구냐 하면은 世祖朝에 保閒齋 申叔舟 선생의 바로 손주되신 분입니다. 지금 우리가 생각할 적에 死六臣과 또 世祖朝에서 베실하신 분과는 상당히 사이가 나빴으리라고 생각됩니다마는, 지금 우리네 후인들이 생각할 적에는 퍽 적이 되었으리라고 생각합니다마는, 그게 아니었던 것이, 昌平公 배위가 바로 醉琴軒 朴彭年 선생의 따님인데 그의 神道碑銘을 保閒齋 申叔舟 선생에 손주되신 분이 지었다고 하신 데는 그 당시에 세태와 지금 우리가 생각하는 거와는 상당히 거리가 멀지 않는 건가 이렇게 생각하는 겁니다.

＊1974년 10월 6일 淸州市 塔洞 申哲雨 (57세, 男)

1) 한 팃줄에

西山大師와 四溟堂 | 西山大師가 애초에 가정 생활을 타파하고 공

부하러 평안북도 妙香山으로 공부하러 갔든 그런 이얘깁니다. 서산대사가 중년에 喪妻를 하구 아들 하나 本室에서 나서 키운 것이 있었는디 後室을 얻어가주구 또 아들을 낳고 해서 인자 큰아들이 장성해서 장가를 보내는 날 그 후실이 가만히 생각을 해 보니께 재산이 좀 있는디 이것이 전부 큰아들께로 가구서 자기가 난 아들에게는 권한이 적다, 그거를 시기해서 장가가는 날 서산대사가 아들을 데리구서는 후행을 가고 그리고 장가를 갔는데 그 후실이 자객을 보내서 그쪽에서 신부 집이설라미 신부가 행실이 나빠서 姦夫를 연락을 해서 姦夫가 쥑인 것처럼 신랑을 쥑인 것처럼 첫날 저녁에 신랑을 쥑일 계획으로 자객을 보냈는데, 신랑이 大禮 후에 밤에 잠자리에 들게 됐는데 아마 나이가 엥간이 서루 내외가 성숙됐던지 아마 초저녁에 내외간에 인저 음양 合宮을 헌 모양이요. 그런데 새북에쯤 자객이 들어가서 姦夫처럼 거시기 해가주구서 신랑을 쥑였단 말이여. 신랑을 쥑였으니까 그쪽이 색시 집이서는 색시 집이라 그런 변이 났으니까 색시는 시집에 오질 못하고 인저 시체만 데리구서 집으로 운구해 와서라므니 신랑을 묻구 그리구서는 그냥저냥 속을 썩이면서 좀 살았는디 그것이 차차 발각이 돼가주구서 그것이 자기에 후실 마누라가 그런 계획을 해실라므니 그 자기의 본실 아들 쥑였다, 그것을 알게 되자 서산대사가 가족을 전부 소생한 것과 그 마누라와 전부 다 쥑이구 재산을 다 불사르고 그리고 서는 집을 떠나서 저 거시기 평안북도에서 제일 유명한 산이 묘향산인 데, 그 산에 들어가서 공부나 한다고 인간 생활은 인제 제쳐놓고설랑 공부나 한다고설랑 들어가는 것입니다.

근데 서산대사가 공부하러 갈 때 가서 먹을 양식과 치성들일 쌀을 사기 위해서 장에서 쌀을 사가주구서 들어가는디, 그 서산대사가 키가 조그마하고 아주 약하게 생겼대요. 그래서 쌀을 짊어지고 가는디 어 떤 촌노인네가 그전에는 장에 갈라믄은 머 짐을 실을라문 소바리에다 가 싣고 가곤 허는디 이 노인은 소바리에 뭘 싣고가설람 내구서[1] 빈 소바리로 오는디, "아, 젊은이, 그것 뭣인가? 그렇게 지고 가는 걸 보니 까 안됐네. 여그 소바리다 얹게" 그래도 서산대사는 자꾸 사양하구 "제 가 지고 가지요" 허면서 그러니께 노인네가 소를 머치고서 그 쌀작을 집어 얹어설람 싣고설람 앞에 가는디, 한 이십 리 길을 왔더랍니다. 한 이십 리 길을 왔는디 서산대사가 뒤를 따로오면서 가만히 생각해보니 께 내가 내 공부를 해서 내가 도통을 할 마음을 먹고서 쌀을 가주구 가 는 사람이 이거를 남을 폐를 끼친다는 것은 짐성을 욕되게 하는 것이 다 하고 내가 공부가 안 된다, 그러니께 이것은 안 되겠다, 그래서 그 노인네보고서 "그 쌀작을 인제 내려놔 주시요." "너 그래, 아직도 갈 길 이 십 리나 남았는디 왜 중간에서 달라고 하너냐?" "아니올시다. 내가 제가 지고 가야 되겠어요. 내려놔 주세요." 그러니까 부득이 "아니여. 그 머, 운님 달라 소리 안 할 테니께 걱정 말고서라므니 기냥, 젊은이 기냥 가세." 그러니까, "아니요. 내가 부득히 제가 지고 가야겠이니께 소를 좀 세워 주시요." 그렇게 하도 그러니까, "그놈 참 이상한 사람 다 보겠네" 하면설람 짐을 내려 주었답니다. 내려놔 주니께 짐을 도루 지

구서 그 신던 자리로 이십 리 길을 도루 되와가주구서 도루 지구 들어
가서 공부를 했다는 겁니다.

그런데 공부를 하는디 치성을 디리구 허는디 야중엔 쌀이 떨어져서
머어 천일 기도를 디렸다든가요. 그러니께 쌀이 떨어지니께 그전에는
쌀이 상당히 귀했든 모양이여요. 그래서 양식을 메질해서 치성디리는
쌀 따루 있구 좁쌀이란 걸 따루 구해가주구 가서 양식을 먹고 인자 그
러든 중인데, 쌀이 떨어지니까 인제 그 쌀을 메를 지어서 치성을 디리
구선 햇볕에다가 조이를 깔구서 말려가주구설람 그것을 또 메를 지어
설랑에 지내고 그랬답니다. 그런데 천일 기도 마즈막 되든 날, 지금으
로 말하면 한 20분 전쯤 돼서 아 어듸 난듸읐던 포수 일곱이서 달려들
드랍니다. 달려들어서람 막 치성을 디리고 절을 허고 그러는디, 아 종
일 점심도 안 먹고 그랬드니 배가 고파 죽겠더니 참 잘 만났다고, 그
메밥을 좀 달라구, 우리 일곱이서 시장을 좀 멈추게 해 달라고 하니
께, "아니 됩니다. 쪼금만 참으시요. 오늘이 천일 기도 마주막 날인데
몇 십분만 참을 것 같으면 선생님을 대접헐 팅께 쪼금만 좀 참아주시
오." "에잇! 그놈 참 고얀 놈, 우리 일곱이설랑이 포순데 너 정히 부득
이 안 내놔 줄 것 같으면 이 총으로 쏠 트니 그런 줄 알아라." 그러니까
그게 아마 이를테면 시험이든 모양이요. 시험이든 모양인데 이 사람이
정말 그런 성이가 있어서 그런가 하고 시험을 치든 모양인데, "안 됩니
다. 일곱 분이서 한목 총을 놔설라무니 나를 쥑인다 하드래도 이것은
될 수 읎습니다. 한 20분만 참아 주시면 내디리겠십니다." "아 이놈 뭐
어른들한테 불공하고 이런 일이 있너냐"고설랑에 "그러면 우리가 총을
한목 쏠 테니 그런 줄 알어라." "아 그래도 좋습니다." 그러니께 포수
일곱이설랑 한목 총을 쏘았답니다. 쏘니께 참 굉장하게 일곱이서 총을
쏘니께 소리가 요란했든 모양이요. 그런디 中國에 天子가, 天子도 상
당한 인물이었든 모양이요. 그러구 天子 뒤에는 선생이 있어가주구설
랑 지도허는 이가 있는데, 그래서 천자가 아 이거 무슨 총소리가 이렇
게 요란한 소리가 나느냐고 그러니께, 그 선생 말이 朝鮮에 쪼그마한
선비가 道通하는 날입니다, 그랬다구요 — 그런 전설이 있는디, 그러

니까 그 총을 맞구설람 한목 총을 놓는 바람에 꼬꾸라졌는디, 좀 있다 가설람 정신이 들어설람 차차 생각해 보니께 내가 분명히 죽었일 텐디 이것이 죽어설람 이런가 알 수 읎다고서 자기 살을 꼬집어 보니께 여전히 아픈 것을 보니께 죽든 않은 모양인디, 그르구서는 그 뒤로는 머 세상사가 화안허니 자연히 알게 돼서 그래서 비로소 서산대사께서두 정말로 道通이 됐다, 그것을 알았다는 겁니다.

　그래서 도통이 돼가주구설라므니 있는데 四溟堂이 서산대사에 제 자랍니다. 근데 사명당이 서산대사 도통했다는 것을 알고서 얼마나 잘 아는가 시험을 해 볼라고서 오는 길이랍니다. 오는 길인데 서산대사 (四溟堂의 잘못인가?)는 일테면 生而知之고 그냥 공부를 안 하고 도통 을 안 하고 그냥 生而知之로 아는 양반이고, 서산대사는 정말로 공부 를 해가주구 도통을 했는디 실로 生而知之보담 공부를 해서 도통헌 이가 더 잘 아는 모양이요. 그래가주구서 사명당은 키도 훨씬 크고 인 물이 건장하구, 그런데 서산대사는 쪼그마하니 인물이 보잘것없는 모 양이요. 그래 사명당이 서산대사를 보러 산고랑으로 인저 찾아오는데 도랑이 물이 졸졸 흘러 내려오는 도랑이 있는디 逆水木이 돼설랑에 다른 나무는 전부 뭐든지 물이 내려올 것 같으면 흘러 내려가는디 이 거는 막대기가 하나 逆水를 해서 올라오는 게 있단 말이죠. 그러니께 에이 괘씸한 놈! 누구를 시험할라구서 이런 가명을 써가주구서 오느 냐구서 침을 탁 뱉으니께 逆水木이 변해가주구 사명당이 돼가주구서 선생님 하고 엎드려 절을 했답니다. 그러구서 또 인저 선생님 허구서 서산대사를 모시고설라믄 올라감서 생각해두 아주 서운하기가 짝이 읎거든요. 원 저런 사람을 선생님 허구설람 내가 바치구설람 그러다니 아 그 생각을 허구서 올라가는디 서산대사가 홱 돌아설라믄 "웨이 괘 씸한 놈! 네가 그런 생각을 먹을 것 겉으면 아 선생 대우를 안 하면 될 거 아니냐?" "예 그런 생각을 안 먹갔십니다" 하구서 따라갔답니다. 따 라가서 인저 참 아는 것을 모두 토론을 허구 하는데 사명당께서 늘 먼 저 제의했는데, 사명당께서 먼저 그러면 제 재주를 보시구설라믄 계란 을 얼마가 됐든지간에 방바닥에서버텀 하나씩하나씩 고여설람 천장에다 갖다가설랑 딱 붙이거든요. 딱 붙이니까 서산대사가 있다가 하는 말이 아 참 굉장하게 장한 일이라고 그렇게 칭찬하구설라믄 그럼 나도 좀 해 볼 것이 아니냐고 하고서, 그래 허기 시작하는디, 이 서산대사께 서는 계란을 천장에서부터설랑 붙여서 내리다가서는 땅바닥에 딱 대 니께 그때 또 선생님이라고 했거던요.

그리고선 영 참 師弟之間이 됐어요. 돼가주구서 地方을 순회하고 다니고설랑 그러는데 한 군데는 인저 여름이든 모양이요. 여름인디 장 마가 져서 붉은 물이 풍풍 내려오고 하는디 아 사제지간에서 벗구설 랑 건너갈라고 하니께 젊은이가 한 이십여 세 난 젊은이가 나타나드니 "아아 선생님들, 그 벗으실 것 있습니까? 제가 업어 越川해 듸리지요." 그럼서 달려들어서 두 분을 다 건너다가설랑 놔 듸렸는디 고맙다고 하 고선, 서산대사가 하는 말이 그 저 젊은이 이 시각으루 죽게 해 줍소 사아, 그러고서 간단 말이지요. 그러니까 사명당이 하는 말이 아 그렇 게 고마운 사람을 이 시각으로 죽으라고 허니 그거 워디 이치에 해당 되지 않고 무슨 의미로 그런지 알 수가 없어, "선생님 그 무슨 말씸이 십니까?" 하고 물었습니다. 물으니까 허는 말이 저 사람이 지금 이 형 태루라고 나온 형태루선 귀이 될 것이 읎어, 그러니께 이 시각으루 죽 어서 이 탈을 벗어놓고 새로 태어나야만 그 사람이 야중에는 道伯을 (지금으로 말하면 道知事인데) 지낼 사람이라고 그래설랑 그런 거라 그렇 게 말씸을 하시고서는 또 한 산으로다가 걸어가는디, 아 산협에는 지 량폭이란 게 있어요. 村에 지량폭이란 것이 아조 질긴 풀인디, 그것을 산협길 좁은 길에 그 지량풀을 마주 매놔설라므니 사람들이 오는 것을 보고서, 그거 인자 사람을 자꾸 꼬꾸라지게 맨들라고 그렇게 종종 올 라가서 매놨십니다. 앞에 가는 젊은이가 그러구설람 숨어서 보고 있단 말이여. 그래설라므니 두 사람이 가다가선 자꾸 고꾸라지는 것을 보고 허허 웃으면설라므니 나타났답니다. 그러니께 서산대사가 하는 말이 그저 百歲 장수하십소사, 하구 합장을 하고서 가거든요. 그러니까 또 사명당께서 쫓아가면서 물었어요. 아 풀포기를 매설라무니 우리를 자 빠지게 만들은 사람을 百歲 장수하라니 그게 어디 해당될 말씸입니까고. 그러니까, 어 저 사람은 百歲 장수허야만 아주 요 모양 요 꼴로 살다가 이대로 살다가설라므니 아주 고생고생하다가서 죽게 생겨, 그래서 그렇게 한 말이라구, 인제 그렇게 말했답니다.

  거 인제 그러고 서산대사께선 그렇고, 인저 사명당께서 임진왜란 때 일본에 가서 항복을 받고, 일본놈들한테서 항복을 받구서, 人皮 삼백 장과 부랄 가루 서 말이라든가 일 년에 한 번씩 받기루 그렇게 항복을 받았답니다. 그런디 사명당께서 일본을 들어갔는디 일본에서 그 정부에서 한국에서 왔다구 하니까, 저놈을 당장에 거시기 쇠솥에다가, 집을 인제 늬 귀퉁이 다락처럼 맨들어가주구서 그 밑에는 인저 숯을 잔뜩 피구설람 무쇠를 담뿍 달궈 굉장하게 달궈가주구설랑 그래가주구선 인저 불에 타설람 죽게 이렇게 맨들어 놨는디, 아 인제 죽었으려니 하구서라무니 좀 식은 뒤에 문을 열구서 보니께, 아 그 사명당께서 벌벌 떨고서 "너 이놈들, 일본이 더운 지방이라드니 어째 이렇게 추냐? 사람이 얼어죽겠다" 그랬다는 겁니다. 그러니께 그것은 어떻게 해서 그러냐 헐 것 같으면, 부작을 써서 네 귀퉁이다가설랑 붙였는디 정말루 얼음이 돋구 성에가 돋아가주구설람에 그렇게 살아나가주선, 야중에 일본놈들이 정말로 어쩔 수가 읎이 항복으로서 부랄 가루 서 말하구 人皮 껍데기는 17,8세 먹은 새악씨 껍데기고 부랄 가루도 17,8세 먹은 총각에 부랄 가루랍니다. 그래설라믄 인자 부끈했는데 쪼금만 탈이 난 기운이 있어도 안 받구서 새로 받구, 그래서 일본 사람들이 壬辰年 원수를 원제 갚느냐고 그랬다는 말이 있습니다.

＊1974년 10월 11일 報恩郡 報恩邑 三山里 李京洙 (65세, 男)

※구술자는 平北 宣川 태생으로 10세에 부친을 따라 忠淸道에 이주하여 50년간 報恩에서 살았다.

1) 다 팔고 나서

申砬과 寃女 | 申砬이 申大將이라고 하는 양반이 젊어서 한 이십 되어서 공부를 할 때에 이

웃에서 어쩐 처자가 그 인물도 좋고 훌륭하게 낳잉게 사모하는 생각으로서다가서 한 번 그 글 읽는디 들어왔단 말이죠. 들어왔는디 말을 들어 주지 않고서는 종아리를 쳐서 보낸 일이 있단 말이지요. 그래서 그 처자가 가서 무렴을 취해가주구선[1] 자결하여 죽었단 말이지요. 죽은 뒤에 기후에[2] 메칠 후에 인제 글을 읽다 보니께 아 그 처자가 또 왔단 말이여. 와서는 보니께 죽었다는 말은 들었는디 와서 거시기를 하는디, 필연코 이거 사람이 아니다 하는 생각이 들었는디, 차꾸 거시기 글을 읽을라면 글자를 책을 손으로 가려서 읽지 못하게 된단 말이죠.

아 그래서 인자 공부를 못하고 차차 그러다 보니께 병이 나가주고선 죽게 됐는디 아 한번은 벵이 들어가주고 죽을 지경이 됐는디 아마 죽었던 게란 말이죠. 헌데 꿈에 어데를 가다 보니께 그 처자하고 가다보니께 아 어듸서 큰 大官 행차가 나온단 말이요. 수십 명 나졸을 데리고서 오는디 갔더니 그 행차가 오더니마는 여기 무슨 수상지기가 있이니 좀 찾이봐라 한단 말이죠. 그래서 그 나졸들이 들어와서 찾이니께 사람들이 있거던. 그래서 붙잡아 내갔는디 그 냥반이 앉어서 하는 말이 "니가 내가 누군지 아느냐? 내가 네 七代祖다. 七代孫인디 니가 조그마한 허다한 여자에 女鬼에 걸려가주구서 공부를 못하고 중로서 중지한다니 말이 되느냐, 안 된다" 그리고서 그 여자를 잡아가거던요. 인제 혼자 나와서 깨고 보니께 꿈이란 말이죠. 그렇게 해가주고 그 후에 글을 읽어도 괜찮고 여전히 공부가 된단 말이죠.

그렇게 해가주고 나중에 인제 壬辰亂을 당해가주구서는 나라 命을 받아가주서는 군사를 거느리고 나서 鳥嶺山城을 가서 지키고 있었는디, 아 그 여자가 왔단 말이죠. 왔는디 아 그때는 뭘 와서 이르는디 그 말대로 시키는 대로 하면은 일이 잘 되어나가요. 그래서 그 후부터 그 여자으 말을 듣고 시키는 대로 하면은 일이 잘 되어나가요. 倭兵이 들어와가지고 鳥嶺을 넘어올라고 하는디 거기를 지키고 있었는디 그 女鬼가 하는 말이 아이 장부가 돼가지고 이런 좁은 골목에 이런 험준한 데를 지키고 있을 것 같으면 나중에 별 이럼도 읎고 하니께 그 무슨 큰 일이라고 할 거 읎고 하니께, 退陣을 해가주고 忠州에 彈琴臺에 가서

陣을 쳐가주고, 背水陣을 쳐라 그랬단 말이여. 아 그 말을 듣고서 잘 돼가니께 들을 수밖에 읎단 말이죠.

그래 이제 탄금대에 와서 이제 背水陣을 치고 있는디 倭兵이 넘어 들어 닥처와가주고서는 전쟁을 하는디, 아 그 불과적중이지,[3] 적은 사람이 많은 사람을 이길 도리는 읎단 말이죠. 그래 背水陣을 해가주고 서는 금방 군사가 죽고 이랬는디 아 그래 申砬이, 申將軍이 할 수 읎어서 물에가 빠져서 뒤로 튀어나오는디, 거 누가 있다 보고선 장군이 시방 저렇게 살아서 나오면 얻다 써먹을라고 나오너냐고 죽는 것만 같지 못하다고 해서 아 그렇겠다고 생각해 보니께 그래 인제 탄금대를 시번을 뛰어오르고서 어으덜 내가 죽기는 죽는다마는 내 용맹을 보라 하고서 왜놈을 보고 소리를 치고선 시 번을 뛰어올랐드랍니다. 그리고 물에 빠져 죽었단 말이 있어요.

＊1974년 10월 11일 報恩郡 報恩邑 三山里 徐載皓 (79세, 男)

1) 부끄러움을 당해서　　2) 그후에　　3) 衆寡不敵의 訛音

申砬 將軍과 女寃鬼 | 忠州에는 彈琴臺가 유명한데요, 이 탄금대에

얽힌 이야기를 한 가지 드리겠십니다.

이 탄금대에 갈 것 같으면 탄금대 열두대란 바위가 있는디 이 바위는 李朝時代 申砬 將軍이 전쟁에 마주막 운명을 다한 곳이래요.

이제 신입 장군에 얽힌 이야기를 하나 들어 볼 것 같으면 申 장군이 어느 땐가 처가에를 간다고 가는 길인데 처가댁을 가느라고 가다 보니까는 높고 험한 깊은 산중을 지나게 되더래요. 그래 깊은 산중에 얼마만큼 가다 보니께 날은 저물고 갈 길은 멀었는디 어디 가서 하룻밤을 쉬어가야 할 곳을 찾는디 얼마만큼 가다 보니까는 참 근사한 집이 한 채 있더래요. 그래서 신입 장군이 마음 먹기를 내가 저곳에 가서 오늘 하루 저녁을 묵어가겠구나 하고서는 그 집 대문을 뚜드렸드래요. 근듸 그 집 대문을 뚜드리면서 사람 나올 만큼 얼마만큼 기다려도 나오지 안해서 큰 기침을 하면서 "여봐라 게 아무도 읖너냐?" 하고서는 큰 호령을 했더니 몟 번을 해도 기척이 읖더니 얼마 만에야 개미만한 소리가 울리면서 어떤 처녀가 나오면서 "어느 곳에 사시는 뉘십니까?" 하고 묻드래요. 게서 "나는 申砬이란 사람인데 길을 가다가 날은 저물고 갈 길은 멀고 해서 이곳에 머물려고 대문을 두드렸노라"고 이렇게 말을 하니까는 이 처녀가 고개를 툭 떨어트리면서 머뭇머뭇하더래요. 그래 "이 산중에서 내가 찾인 것은 이 집 한 집인데 여기서 오늘 저녁을 받아서 재워줄 수 읖느냐" 하고 물으니까는 그 처녀가 하는 말이, "물론 장군님 한 분 하루 저녁 뫼서 보기는 어렵지 않으나 저의는 어려운 사정이 있십니다" 그러드래요. 그래 "그 어려운 사정이란 무엇인가?" 하고 신입 장군이 물었더니, "다름이 아니오라 우리집에는 메칠 전부터 한밤중이 되면은 괴물이 나타나서 人命을 앗어가는디 우리 집안 식구가 많았는디 매일 저녁 하나씩 희생을 당하고 나 혼자 남아서 오늘 밤에는 내가 마주막으로 희생당할 판입니다. 이런 데서 어떻게 장군님을 묵어가라고 말씀하겠습니까?" 그리서 "그렇다면은 나도 대장분데 이런 불상한 處女의 어려운 사정을 알고서 나만 살자고 그냥 가겠는가? 기왕이면 오늘 저녁 나하고 함께 그것을 지켜보는 것이 어떻겠느냐"고 하니까는 참 이 처녀가 참 반색을 하면서, 귀한 사람을 만냈고 은인 같은 느낌이 들어서 반색을 하고서 맞아들이고 그날 저녁을 申砬 장군을 모시게 됐더래요.

그래 이 신입 장군이 저녁을 먹고 나서 이식해지니까는 한밤중이 되니까는 참 바람이[1] 으시시 불면서 괴물이 나타나더래요. 먼가 저 문고리가 흔들리면서 괴물이 나타나는디 괴물의 소리를 듣고서 신입이 하는 소리가 "너는 도대체 멋인데 이 밤중에 와서 사람을 괴롭히느냐?"고 호령을 냅다 해대치니까, 괴물이 하는 소리가 "인제사야 장군님을 만나 뵙게 되어서 저는 제가 하고 싶은 말을 드리게 됐십니다. 저는 이 집에 오래오래 함께 살든 개인데, 오래오래 이 집과 인연을 맺어 살어왔는데, 제가 먼가 바래는 바가 있어서 바래는 말을 하려고 나타나면은 그만 놀래서 제 말을 듣지도 못하고 돌아가시고 돌아가시고 해서 이 집 식구가 다아 돌아가셨습니다" 그러드래요. 그러니까 신입 장군이 하는 소리가 "그래? 그럼 늬가 하고 싶은 말이 뭐냐?"고 물으니까, "나는 이 집에 상 지둥에 매어논 모가지 끈을 풀어 달라고 온 겁니다" 이러고 말하드래요. 그러니까 신입이 "그래? 그건 어렵지 않은데 다시는 이렇게 나타나서 人命을 괴롭히거나 해치는 일이 읎도록 하라"고 그러니까, 참 이 괴물이 장군 앞에 절을 꾸벅 하고서는 물러갔어요.

그러느라니까 날이 부옇게 새서 그 이튿날이 되었는데 신입 장군은 자기 갈 길이 바쁜 사람이 돼노니까 떠날 준비를 했대요. 그랬더니 이 처녀가 신입 장군을 붙들고 하는 소리가, "기왕에 나에게 은인이고 하늘이 내려준 인연인데 나를 좀 함께 데려다 주는 것은 어떻겠너냐고 그렇게 애절한 부탁을 하는데, 人情으로 봐서는 그 처녀를 산중에다 떼어놓고 올 수도 읎는 인정이지만 자기가 가는 길은 처가집인데 그 처가에 장인이 되는 분은 權慄 장군이라 하는 자기가 굉장히 존경하는 장인인데 그 장인 앞에 또 하나에 여자를 데리고 간다는 거는 미안하고 장부로서도 할 일이 아니요 도리가 될 것 같지 않아서 그럴 수가 읎노라 아주 거절을 해 버리고, 나는 여자가 있는 몸이니까 절대로 그럴 수는 읎는 사람이라고 해 놓고서는 길을 떠났대요. 그랬더니 이 처녀가 지붕 우에 올라가설라믄 신입이 멀리멀리 가는 그 끝까지 바라다 보고서 있더니만 신입이 안 보일 만치 멀어지니까는 이 처녀는 지붕 우에서 자기 치마폭을 뒤집어쓰고 그대로 자결을 해서 죽었대요.

그리구 신입은 처가집에 왔는데 장인 되는 權慄 장군이 신입을 보고서는 "네 얼굴을 보니 무슨 일인가 있었는디 이야기를 해 봐라" 그랬더니 신입 장군이 하는 이야기가 그러한 이얘기를 하더래요. 오다가 이러이러한 처녀를 만나서 이러이러해서 같이 오기를 원했는데 같이 올 수가 읎어서 데려오지 못했더니 그만 목심을 버리게 됐다고 그랬더니 권율 장군은 무릎을 탁 치면서 "너야말로 대장부답지 못하다. 어째 그 처녀를 죽게 했느냐? 일개 장군으로서 하지 못할 일을 했다"고 대단히 꾸중을 하더래요.

그런 뒤 신입 장군에게 무슨 큰일이 있던가 하여 어려운 일을 당하게 되면 처녀의 혼신이 나타나서 이러이러하면 된다고 가르쳐 주는데, 가르쳐 준 대로만 하면 일이 잘 되더래요. 그래서 신입은 그 처녀의 혼신이 가르쳐 주는 것을 꼭 믿고 일을 하는데, 壬辰倭亂이 터져서 倭軍이 쳐들어왔을 때, 倭軍은 많고 我軍은 적고 그래서 신입 장군은 영남서 서울로 향해 오는 길을 막으려고 문경새재로 가는데 가다가 중로에서 쉬고 있을 때 깜박 조는 새에 비몽사몽간에 그 처녀의 혼신이 나타나서, "문경새재 고개를 막는 것보다는 忠州 彈琴臺에 가서 거기서 강을 끼고 背水陣을 치는 것이 유리하다" 이렇게 말하드래요. 그래서 신입 장군은 문경새재로 가든 군사를 거두어 충주로 와서 탄금대에다 배수진을 쳐가주고 倭軍을 막으려고 했는데, 신입 장군은 탄금대에 올라가 몰려오는 왜군을 향해서 있는 힘을 다해서 활을 마구 쏘아댔는데 쉴세읎이 연달아 활을 튕기다 보니까 손에 불이 나고 미끄러워져서 탄금대의 바위가 한 30미터나 되는 높은 디를 단숨에 뛰어내리여 그 강물에다 손을 적셔서 손을 식휘가주구 다시 탄금대로 뛰어 올라가서 활을 쏘고 했답니다. 이러기를 열두 번이나 했대요. 보통 사람 같으면 삥삥 돌아서 오르내릴 텐데 신입 장군이나 하니까 그 높은 바우를 단숨에 오르내렸다는 거요. 그렇게 하기를 열두 번이나 했대서 그 바위 이름을 탄금대의 열두대라고 하거던요.

그때 왜놈들은 어떻게 이쪽으로 쳐들어왔는가 하면은 소를 갖다가 수천 마리를 동원해서 소의 꽁지다가 불을 질려가주구서는 소 꼬리다 불을 질리니까 소가 뜨거우니까 사정없이 앞으로 달려서 강을 건너서 我軍 쪽으로 달려왔대요. 倭軍은 그 소를 타고 탄금대로 쳐들어와서 그만 我軍은 패하고 신입 장군은 戰死하고 말었다는 거요.

그런데 신입 장군이 전쟁에 패하게 된 거는 그 처녀의 애절한 원한을 풀어 주지 안해서 처녀의 원혼이 중대한 위기서 신입 장군을 망치게 해서 그 원한을 풀었다고 뒤에 사람들이 이얘기하고 있지요.

* 1974년 10월 16일 陰城郡 蘇伊面 碑山里 吳澤泳 (28세, 女)

1) 찬 바람이

申砬 申大將과 怨女 | 申砬 申大將에 대한 과거 이야기를 드리고

싶습니다. 그 냥반은 이 저, 권일(權慄 장군을 말함) 權 判사(書)의 사위이시고 또 同壻되는 분은 오성대감이라고 白沙 되시는 그 냥반이라고 하는 이야기를 들었십니다.

신입 신 대장이 장가든 후에 武官이 돼서 활을 메고 어듸 강완도 지방에 깊숙한 곳을 들어가는듸 人家不到處한 듸를 가니까 高樓巨閣 한 채가 있는듸 그 집이 들어가서 날은 日暮한듸 하루 저녁 자자고 하니까 어떤 처녀가 나오더니 "여기서 주무실 수가 읎습니다." "워째 못 자느냐" 물으니까, "우리집 식구가 십여 명인듸 다아 차례로 잡어가고 오늘 저녁에 내 차례요. 근듸 만약 손님이 여기서 주무시다가 禍를 당하면 남의 화를 짊어질 수 읎이니 다른 듸 가 주무시기를 바랍니다." 이렇게 말을 하니까 신입 신 대장이 아 그때 참 훌륭한 무산듸 그까짓 그 머어 귀신을 두려워하지 않고 이래서, 아아 그건 염려 마라 내가 능히 자고 갈 티니 방만 빌려다고 해서 그 처녀가 할 수 읎이 방을 빌려주는 동시에 밤이, 말하자면 五更쯤 되니께 무언가 아니나 다를가 뭐 저저이 싸리문 밖이서 우우 하더니 하늘을 덮어서 듸리오는듸 그 처녀가 그만 가무러씨니께 얼른 다락에다 집어처넣고 딱 잠궈 버리고서는 활에다가서는 화살을 빼서 조루고서는 냅다 한 방을 쏘니까 안 떨어져 세 방을 쏘니까 그게이 뚝 떨어지는듸 보니께 달기랍니다.

닭, 이전에 말하자면 鷄不三年이요, 狗不五年이라고 말하는듸 닥을 3년을 멕인 게 아니라 15년 이상을 멕였는듸 그것이 말하자면 도습을 해가주고 그 주인을 잡아가는듸 모조리 저녁마다 와서 덮어씨워서 그 소리가 요란하고 이라니께 속담에 상으로 치알구신이 온다고 이래서 그 주인들이 놀래서 한 분씩 한 분씩 다 가고 그 처녀 나이가 한 근 28 이 되었는듸 그 처녀가 마주막 가는 날인듸 그 날 신입 신 대장이 거기를 갔는듸 그래서 그 닭 대가리에서 피가 흘렀다 이런듸 야중이 날이 샌 뒤에 보니께 대가리가 떨어지지를 않고서 피만 흘리고서 갔는듸 그 뒷동산에 큰 古木나무가 있드랍니다. 그리서 그 古木 속으로 들어갔는듸 동네 사람을 영솔해서 이렇게 들여다보니께, 그 古木나무 속에 가서 그 닥이 죽었더래요.

게서 그 닥을 보고서 처녀를 깨쳐가주고 이 닥이 몇 해나 된 닥이냐 하니께 한 15년 되었십니다, 그러거던. 닭 하나로 말미암아서 그 식구가 전멸이 되고 그 처녀는 그 신입 신 대장 때민에 十生九死로 살았는데, 九死一生으로. 그래서 그 처녀가 하는 말이, "저는 장군님이 아니면은 내가 이 세상을 그 닥한티 갈 텐데 장군님께서 나를 살려 주셨이니, 내가 장군님을 받들어서 평생을 同樂을 하겠소" 이라니께, 申砬 申大將이 말이 "나는 처자가 있는 사람이여. 그러니께 내가 그렇게 할 수 읎다." 그래서 자기 본분을 지키기 위해 떼놓고서 동구 바깥에 나오는듸, 처녀가 가만히 생각하니 머 그 손님 아니면은 내가 엊저녁에 죽었일 겐듸 에 이러나저러나 그런 악귀한테 죽는 것보담 내 자신으로 스스로 죽겠다 해서 그 지벙에 올라가서 불을 놓고 불에 타죽었는듸, 이런 전설이 있십니다.

그래서 신입 장군이 그것을 보고서 그냥 집으로 도로 오는데, 權慄 權 判사께서 그 자기 壻郎의 相을 보니께 적액을 했단 말이여, 사람을 쥑이고 왔어. 그리서 "너 워데서 積厄하고 오지 안 했느냐?" 이러고 물으니께, 그 사실 이얘기를 주욱 했어요. 너는 앞으로 희망이 읎는 사람이여, 그러니께 그렇게 사랑하든 사위를 절대 사랑치도 않고 이러한 찰나 몇 해 후에 임진왜란이 일어나가주구서 신입 신 대장이 都大將이 돼서 倭敵을 막으러 워쩼든지 참 문경새재 삽짝고개란 거기다가 陣을 치야 하는듸 그 죽은 귀신이 귀에다 대고서 "거그다 陣을 치면 敗戰을 한다. 어따 陣을 치는고 하니 탄금대, 忠州 탄금대에다가 背水陣을 쳐라." 거 我軍들이 있다가, "안 됩니다. 이거 그 삽짝고개라는 요색천듸 거기를 막으야지 우째 예다가 陣을 쳐요." "아 아니여. 그건 여그다 치야 한다." 그게 발서 패망하게 하느라고 그렇게 된 게여. 그리고 그 삽짝고개에다 진을 쳤이면 승리를 하는듸 退陣하고서 탄금대에다 背水陣을 쳐가주구서 倭敵이 삽짝고개를 넘어와가주고서 오마대 패가 넘어와서 기냥 肉戰隊가 돼가주고서 쌈을 하다가 말고 申砬 申

대장하고 기냥 그 너므 탄금대 강에가 떨어져서 사망했다는 이런 전설
이 있십니다. 대강만 말씀드렸십니다.

*1974년 10월 5일 淸州市 南州洞 沈泳輔 (70세, 男)

鰲城大監의 逸話 | 鰲城이 게 丈人 權慄 將軍과 같이 朝廷에 드나댕기면서

朝會를 했답니다. 그런데 하루는 조회가 다 끝난 뒤에 같이 나오는디
그 장인 권율 장군이 발을 절룩절룩한단 말이요. "아 왜 그러십니까?"
오성이 물으시니까 요새이 발등에 종기가 나서 대단히 고통스럽다고
이렇게 하니까 "아아 그러세요? 그러면 제가 집에 돌아갔다가 다시 가
서 장인 어른께 뵙겠습니다." 鰲城이 집에 돌아와가주구 자기 장인한
테를 가서 아 종기가 어떻습니까? 좀 봅시다 하구 이얘기하니까 보선
을 벗는데 보니까 그 쇠 눈깔만한 종기가 났는디 발등이 때가 기냥 새
까맣게 끼어가주구 아조 괴상하단 말이여. "아 이렇게 더운 날씨에 보
선을 신고 이런 종기가 났는데 밤낮 이렇게 쒜자를 신고 바람을 쐬이
지 않을 것 같으면 낫겠십니까? 내일은 朝廷에 들어갈 때 보선을 신지
말구 맨발로 쒜자만 신구서루 가서 메칠 바람을 쐴 것 같으면 날 겁니
다." 이렇게 이얘기를 해 줬단 말이여.

　게 그 이튿날 자기 사위가 그런 이얘기를 하니까 어듸 그렇게 해 볼
까 하고 보선을 신지 않고서루 쒜자만 신구서루 朝廷에 들어가섰다
그 말이여. 게 인제 여러 신하들이 조회를 할 때인데 때는 여름이라놔
서 굉장히 더운 때라 그 말이요. 임금님께서 경들 아 더운데 모두 쒜자
를 벗구서루 政事를 보라구 이렇게 이얘기하니까 예에 허구 그러잖아
도 더워서 모도 그리고 있는데 王에 명령이라니까 주욱 쒜자를 벗는
단 말이여. 그런데 權慄 장군만 벗지 않거덩. 게 王이 "경은 왜 그 벗으
라는데 벗지 않는가?" 이렇게 이야기하니까 그래도 벗지 않는단 말이
여. 그래서 鰲城이 "제가 가서 벗기오리까?" 그러라고. 그래 자기 장인
이 그 벗을라고 하지 않는 것을 억지로 가서 막 벗겼단 말이여. 그러니

까 그 발등에 때가 새카맣고 하니까 부끄러울 게 아니여? 그러니까 그냥 그 여러 신하들이 기냥 拍掌大笑를 하고 웃고 그러니까 얼굴이 붉어져가주구 기냥기냥 큰 망신을 시켰단 말이요 사위가.

아 그래서 권율 장군이 괘씸하기가 짝이 없어서 하루는 오성이 다른 일루 인해가주구 그 朝廷에 나오지 안했을 때란 말이죠. 게 권율 장군이 그 앙갚음을 하기 위해서 자기 사위의 앙갚음을 하기 위해서 모든 신하들하고 짰어요. 모도다 내일은 계란을 하나씩 가주구 나오라고 그라고 임금께 들어가가주구 아 일러가주구 계란을 하나 가주구 나오도록 이얘기했단 말이요. 게 모도 그기에 응했단 말이요. 게 그 이튿날 ― 인제 오성도 거게 나오고 朝廷에 모두 죽 나왔는디 한참 政事를 보다가 왕이 그랬단 말이요. 경들은 모도 도포 자락에서 계란을 꺼내라고 명하니까 주욱 모도 계란을 꺼냈단 말이요. 그렁께 오성은 그것을 듣지 않았으니까 계란을 못 꺼낼 거 아니요? 가주구 오지 안했으니까. 게 인자 다아 끄내고들 있는디 鰲城이 머라고 허나면 두 팔을 별안간 확확 막 흔들면서 말이요, 꼬꼬오 하고 소리를 했단 말이요. 그러니까 왕이 "경은 그게 무슨 소린가?" "아 저는 알을 낳지 못하는 수탁이올시다." 아, 그래 왕이 가만히 보니까 아 자기도 암탁이 됐단 말이요. "게 나도 암탁이란 말인가?" 그렇게 하니까, "아니올시다. 임금님께서는 밑알을 넣어주는 어른입니다" 이렇게 했다는 이얘기가 있어요.

*1974년 10월 11일 報恩郡 報恩邑 校土里 全相玉 (63세, 男)

黃眞伊와 花潭과 老虎 | 開城에는 三名物이 있어요. 朴淵

瀑布·黃眞伊·徐花潭 이렇게 三名物이 있어요. 황진이는 黃進士 딸인디 이 여자는 사람이 이 세상에 나왔으면 제멋대로 먹고 입고 쓰고 맘대로 살다가 죽어야지 그리지 못하면 어디 살맛이 있겠냐고 하고 그러자면 妓生 노릇 하는 수밖에 없다 하고 자청해서 기생이 됐어요. 황진이가 기생이 되기는 했지마는 아무 남자들을 상대하지 안해요.

돈이 많고 베실이 높다 해도 아무리 영웅호걸이라도 멋도 없고 멋을
모르고 또 지조가 없으면 상대를 하지 안해요. 돈도 없이 얻어먹는 사
람이라도 멋이 있고 멋을 알고 지조가 있으면 이른 남자는 상대하고
따랐어요.

게 인자 徐花潭 선생이라는 분이 절개가 있다고 이런 말을 듣고 게
하루는 花潭 선생을 찾어갔어요. 고개를 넘어서 산골짝으로 가는디 개
울이 주욱 흘르는데 농부 하나가 있어서 "花潭 선생이 여기 어디 기신
다는디 어디쯤 기시요?" 항께 "내가 방금 봤는디 낚싯대를 들고 이 개
울로 따라 내레갑디다. 한참 내레가면 정자가 있는디 아마 그 정자에
가 있일 겁니다." 그래 농부 말을 듣고 개울 밑을 따라서 내레가니께
정자가 있는디 그 정자에 화담 선생이 젊은 제자 멫을 데리고 이야기
하고 있어요. 게 그 앞에 가서 인사를 하니께 누군가 하거든요. "開城
사는 黃明月올십니다" 항께, "아 자네가 黃進士 딸인가?" "예에, 그렇
십니다." "그래 여그 왜 왔넝고?" "고명하시다고 선생님 말씀 많이 들어
서 한번 뵈오로 왔십니다." "그리여." 이러고 이야기하고 있는데 그 옆
에 있든 제자 하나가 선생으 귀에다 대고 "저 여자가 사람입니까?" 하
니께 선생은 "응 사람이다." "여수가 둔갑해 옹 게 아닙니까?" "아 그렇
지 않다. 黃進士으 딸이다."

黃明月이가 하도 이뿌니게 보통 사람으로 안 보고 여수가 둔갑한
것 같이 보인단 말이죠. 그래 인제 이얘기를 하고 있는디 도중에 창호
지다가 물 水자를 큼직하게 써놓고 있는디 그 종우를 쪽쪽 찢어각고
한오큼 가주고 나가서 개울물이다 홱 떤지니게 그 종우가 말끔[1] 잉어
가 돼서 너울너울 놀고 있어요. 종우가 벤해서 잉어가 돼서 논단 말이
죠. 선생이 黃明月이를 돌아다보고 "이런 걸 배우로 왔냐?"고 항께 "아
이고 지가 그런 걸 배울 수가 있십니까?"

그래 인제 그 잉어를 낚으니게 주렁주렁 낚어나온단 말이요. 그러고
있는데 험살궂은 중놈 하나가 와요. 아조 늙은 노승인디 입이 짝 째지
고 머 참 눈섭이 시커머니 나고 괴상스러 험상한 중이란 말이요. 오더
니 나무애미타불 관세음보살 하고 花潭 先生한테 인사를 하더니 거그

차악 꿇어앉는단 말이요. 게 화담 선생 말씸이 "아즉 나이 어리지 않느냐?" 이랑께, "예에 멩이[2] 그까쟁[3]이올시다" 이란단 말이요. 화담 선생이 "그 靑春이 아깝구나" 이러니까, 중은 "그는 하는 도리가 없십니다" 그러더니 가 뻐린단 말이요.

중이 가니께, 화담 선생은 제자보고 "자네들 그 중을 멀로 보는가" 하고 물으니께 제자들은 "아 그 중 아닙니까?" 하고 대답했다. 그러니까 선생은 "아 그 뒤으 꼬리를 보지" 이란단 말이요. 그러면서 "뒷산에 천년 묵은 범이 있는디 이 범이 둔갑해가주고 저어기 고개 넘어 가면 한 30여 가구가 사는 동네가 있는디 그 동네에 니얄[4] 시집갈 처녀가 있어. 그래서 천 년 묵은 호랭이가 그 처녀를 오늘밤 열두 시에 잡어먹으러 가는 거다. 그래서 내가 나이 어리지 않느냐, 靑春이 아깝구나 한 말이 그 소리다" 이런단 말이여. 그러니까 黃明月이가 , "아이고 선생님, 니얄 시집갈 처녀가 호랭이한테 물려가면 그거 어턱하겠십니까? 그걸 보고만 있어야 합니까? 선생님이 모르시다면 몰라도 선생님이 아시는 이상 그 처녀를 어떻게 해서든지 虎食 못하게 못하십니까?" 이렇게 말한단 말이요. 그러니게 선생은 "글세 있기는 있지마는 대단히 어려워" 이런단 말이요. 황명월이는 "어려우니게 선생님한티 말하는 거이지 쉬운 일일 것 같으면 선생님한티 말하겠십니까? 어려웁다 해도 그 처녀를 虎食 못하게 하는 방법이 있으면 지가 가서 虎食 못하게 하겠십니다." 이러니게 화담 선생은 "황명월이가 가면 虎食 못하게 할 수는 있겠지마는 시간이 없는데" 이라더니 무신 呪文冊을 내주면서 "그 집이 가서 그 집 대청에 단정히 앉어서 정신을 차려서 읽어야 하는디 쉬지 않고 읽어야 하고 한 자도 한 줄도 빼서 읽어서는 안 된다. 만일에 쉬든가 빼놓고 읽든가 하면 처녀 대신 虎食하게 된다" 이랬단 말이요.

황명월이는 "예예, 잘 알았십니다. 先生님 말씸대로 주의해서 잘 하겠십니다" 이렇게 말하고 중이 간 데로 뒤따라갔어요. 가니게 고개 하나를 넘이니게 한 30여 가구 사는 동네가 있어서 그 동네에 들어갔더니 불을 환히 키고 사람들이 왔다갔다하며 분주히 구는 집이 있어서 그 집이로 찾어가서 이 집이 내일 혼인잔치하는 집이냐고 물었어요.

그렇다고 하니까 주인 좀 만나 보자고 하니게 그 집 사람들은 으심하면서 말을 잘 듣지 않고 워째서 주인을 만나자고 하느냐 했어요. 이 집 내일 시집갈 처녀가 오늘밤 열두 시에 虎食하게 돼서 그것을 막어 줄려고 와서 그런다고 했다. 그러니게 이 집 사람들이랑 주인은 "이거 어디서 이런 것이 다 와서 남으 경사스런 데 와서 이 무슨 해괴망칙한 소리럴 하느냐" 하면서 화를 내고, "저것이 저렇게 이뿌게 생긴 걸 보니 아매도 여수가 둔갑해가지고 와서 우리집에 괴벤을 일으키게 하는가 보다" 하고 사람을 시켜서 몽둥이로 때려 패서 죽일라고 한단 말이죠.

그래서 황명월이는 "그러지 말고 내가 하라는 대로만 해서 우선 딸으 虎食을 면해야 하지 않겠소. 나를 때려 죽이드래도 오늘밤만 넘기고 때려 죽이시요" 하면서 열심히 말해주니까 주인은 "대관절 당신은 어떤 사람이요?" 하고 물었어요. "나는 개성 사는 황명월이요, 화담 선생이 보내서 왔십니다" 하고 말을 하니까, 황명월이도 화담 선생도 다 유명한 사람으로 널리 알려져 있어서 주인도 그제서야 그러느냐 하고 미안하다고 빌었는데 한시가 급하니 나 하라는 대로만 해 달라고 하고 처녀를 큰 방 안에 가두어놓고 힘이 센 장정들을 같이 두어 처녀가 무슨 일이 있어도 밖에 나가지 못하게 꽉 붙들고 있이라고 하고 황명월이는 대청에다 불을 환하게 밝혀놓고 단정히 앉어서 주문책을 들입다 읽고 있었어요.

밤 열두 시가 되니게 지아장이 떨걱떨걱 하더니 千金大虎가 지붕을 뛰어넘어 마당으로 푹 내려와서 대청마루에다 두 발을 얹어놓고 큰 소리로 앙앙 소리를 지르면서 呪文을 읽는 황명월이를 쏘아봤어요. 그때 처녀는 밖으로 나갈라고 하는 것을 장정들이 꽉 붙들고 나가지 못하게 하는데 처녀는 자꾸 나갈라고 몸부림쳐요. 그러는 걸 나가지 못하게 붙들어 앉히고 붙들어 앉히고 했어요.

黃明月이는 주문을 쉬지 않고 계속해서 읽고 있는데 大虎으 눈에서 불이 줄줄 흘러나오는 것 같은 눈으로 쏘아보고 있어서 황명월이는 등골에서는 땀이 막 줄줄 흘르고 머리끝이 하늘로 올라가는 것 같고 겁이 나서 몸이 부들부들 떨리는데도 화담 선생이 날 죽을 데다가 보내지 안하셨겠지, 잘만 하면 무사하겠다 하고 맘을 단단히 먹고 그냥 주문을 읽었어요. 그런데 호랭이는 별안간 앙 소리를 크게 지르고 네 굽을 놓더니 그 집 상지등을 무너뜨리고 달라들려고 했어요. 명월이는 그래도 계속해서 주문을 읽었어요. 주문을 쉬지 않고 읽으니까, 호랭이는 그냥 주저앉았는데 또 한참 있다가 앙 소리 하면서 니 굽을 놓고 그 집 상지등을 무너뜨렸어요. 황명월은 호랭이가 그러던 말던 꼼작 않고 주문을 계속해서 읽으니까 호랭이는 가만히 있었는디 얼마쯤 있다가 호랭이는 다시 큰소리 치며 네 굽을 놓고 상지등을 또 무너뜨리고 달라들어요. 주문을 계속해서 읽으니까 호랭이는 더 달라들지 못했는데 닥이 꼬끼요 하고 우니게 날이 새고 하니게 호랭이는 그만 간데 온데 없이 어데론가 가 삐리고 말았어요.

날이 새고 날이 밝으니까 그 집 사람들은 모다 황명월이한테 모여와서 참 고맙소, 이 은혜를 어떻게 갚아야 하느냐고 인사를 해요. 황명월이는 이런 인사는 나한테 할 것이 아니라 화담 선생한테 해야 한다고 하고 그 집에서 떠날라고 하니까, 그 집 사람들은 아이고 워째 벌서 가야 메칠 푹 쉬고 가라고 한사코 말리는 것을 갈 일이 바뿌다 하고, 말리는 것을 뿌리치고 화담 선생한테로 곧바로 달려갔어요.

달려가니까 화담 선생은 방긋이 웃이며 "수고 많이 했네. 그러네마는 주문을 세 군데 잘못 읽었네. 한 군데 잘못 읽을 때마다 호랭이는 앙 소리 하고 지둥을 허물고 달라들었지. 세 번 그런 일이 있었지. 그럴 때마다 만약에 정신을 잃고 잘못 읽거나 중단했더라면 큰일났어" 하면서 그 중은 인자 막 나한테 당겨갔네 하고 말하더래요.

＊1974년 10월 14일 永同郡 永同邑 吳世玉 (68세, 男)

※黃明月은 黃眞伊의 妓名이다.

1) 모두 다   2) 壽命이   3) 그것뿐   4) 내일

宋尤庵 逸話 | 宋尤庵 宋時烈이라는 유명한 분이 있어요. 이분으 어렸을 때 이야기를 하나

하겠십니다. 이분이 어렸을 때 서당에 다녔는디 장가를 가게 됐는디 서당으 글공부 친구들이 "너 장가가기 전에 너으 신부될 규수를 만나보고 입도 맞출 수 있느냐? 있이면 우리가 도야지 잡어서 한턱 잘 내겄다" 이랬어요. 그때는 남녀으 내외가 심해서 장가갈 총각이 약혼한 처녀를 결혼식을 올리기 전에 만나기란 도저히 불가능하고 또 게다가 입을 맞춘다는 것은 더욱이 할 수 읂는 것이기 때문에 이러한 짓은 도저히 생각도 못할 짓이었습니다. 그런디도 우암 선생은 할 수 있다고 장담했어요. 그래 그렇기로 하고 날을 정하고 신부될 처녀를 만나보고 입을 맞추기로 했어요.

우암 선생은 처녀으 아부지가 외출할 날자를 알어가지고 그날 처가가 될 집이로 찾어가서 고모님 뵈로 왔다고 하고서 안으로 들어가서 장모될 분한티 고모님 뵙시다 하고 절을 나붓이 했어요. 장모될 분은 친정 조카라고 하니께 반가히 맞이하고 딸을 불러서 너으 외가댁으 오래비가 왔이니 나와서 인사하라고 했어요. 그러니까 신부될 처자가 들어와서 우암 선생 앞에 앉어서 인사를 하는디 우암 선생은 이 처녀를 한참 보다가 양 귀를 붙잡고 입을 쭉 맞추고 뛰어나왔어요. 그러니께 이것을 본 글동무들은 할 수 읂이 도야지를 잡어서 한턱 잘 냈답니다.

그런디 이 처가집이서는 야단이 났어요. 다 큰 처자가 남자하고 입을 맞추다니 이런 망칙한 변이 있냐고 말입니다. 그런디 처녀 아부지가 사정 이야기를 들어보고 그놈은 사우될 놈이 장난친 게라고 해서 일은 무사히 됐어요.

그 뒤에 서당 아이들은 우암 선생보고 "너 결혼식 마당에서 신부한티 말을 시킬 수 있느냐? 말을 시키면 우리가 되야지 잡어서 한턱 하겠다"고 했어요. 우암 선생은 할 수 있다고 했어요. 그래 장개가는 날 서당 동무들은 우암 선생이 장개가는 날 따라가서 봤어요.

우암 선생은 장가가는 날 혼례청에 들어서서 먼저 북향재배하고 신부가 들어와서 신부가 신랑한티 재배하는디 신랑이 신부한티 절을 할 차례가 됐는디두 우암 선생은 절을 하지 않고 뻣뻣이 서 있었어요. 그렇게 혼례식을 진행시키는 집사가 어서 신부에게 절하라고 재촉했어요. 그래도 우암 선생은 그대로 뻣뻣이 서 있기만 했어요. 그러니까 처가집 사람이며 구경꾼이며 왜 신부한티 절을 않고 서 있기만 하냐고 어서 절하라고 재촉했어요. 그러니께 우암 선생은 "우리 할머니도 버버리[1] 우리 어머니도 버버리인디 이번에 나도 버버리하고 결혼하는지 모르겠소. 그러니 신부가 버버리 아니여야 결혼하지, 버버리면 결혼 않겠소. 그러니 신부가 버버리 아니라면 말을 해 보시요." 이렇게 말하니 신부가 말을 안 할 수 있어요. 그래서 신부는 내가 왜 버버리냐고.

　이렇게 해서 우암 선생은 신부를 혼례청에서 말을 하게 하고 또 한턱 잘 얻어먹었다고 합니다.

＊1974년 10월 14일 永同郡 永同邑 中央洞 李相學 (75세, 男)

1) 벙어리

이야기때기 | 이야기때기 배때기 이건네 논때기 배나무 밑에 백자루 마루 밑에 만자루

＊1933년 2월 丹陽郡 丹陽面 方顯模

꽁지따기 | 아이고 배야 무슨 배 자루배 무슨 자루 업자루 무슨 업 질업 무슨 질 비누질 무슨 바눌 청바눌

무슨 청 딸청 무슨 딸 명덕딸 무슨 명덕 두루명덕 무슨 두리 떡두리 무슨 떡 대추떡 무슨 대추 별대추 무슨 별 촉별 무슨 촉 활촉 무슨 활 뽕나무활 무슨 뽕 줄뽕 무슨 줄 광대줄 무슨 광대 들광대 무슨 들 바아들

＊1933년 5월 永同郡 永同面 金蓮木

꽁지따기 | 아이구 배야 무신 배 자라배 무신 자라 옥자라무신 옥 서울옥 무신 서울 다박서울 무신 다박

천지다박 무신 천지 노고천지 무신 노고 질노고 무신 질 풍구질 무신

풍구 골풍구 무신 골 망근골 무신 망근 당망근 무신 당 서낭당 무신 서
낭 국서낭 무신 국 살구국 무신 살구 개살구 무신 개 버들개 무신 버들
칙버들 무신 칙 방아칙 무신 방아 물방아 무신 물 한강물 무신 한강 띠
한강 무신 띠 구레띠 무신 구레 발구레 무신 발 피야발 무신 피 자앙피
＊1933년 1월 淸州郡 梧倉面 場垈里 李用雨

개미와 메뚜기 | 옛날에 개미가 메뚜기를 만나서 친구가 됐는디 개미는 이 친구를 대접

할라고 집이로 데리고 왔다.

　개미는 부엌에 들어가서 메뚜기를 잘 멕일라고 음식을 장만하는디
메뚜기는 가만히 앉어서 얻어먹기가 멋해서 일을 좀 거들어 줄라고 밥
을 하기로 했다. 그래서 솥에 밥을 앉히고 불을 때는디 불 때다가 밥이
다 되었나 볼라고 솥뚜껑을 열고 솥 안을 들여다봤다. 그랬더니 그만
뜨거운 김이 올라와서 메뚜기 이마에 닿다. 메뚜기는 아이 뜨거 함서
발로 이마를 탁 쳤더니 이마가 활딱 벳게져서 미끈하게 됐다. 개미가
메뚜기 이마가 활딱 벳게진 것을 보고 허리를 꼭 쥐고 웃어쌌더니 그
만 허리가 잘룩하게 됐다고 한다.
＊1943년 9월 永同郡 永同邑 梧山里 宋田晃

할머니와 호랑이 | 옛적에 어떤 할머니가 밭에 가서 팥을 거두고 있는디 뒷산 호

랭이가 내레와서 할머니보고 그 팥으로 죄다 팥죽을 쑤어서 나를 주어
야지 그렇잖으면[1] 잡어먹겠다고 했다. 그러니께 할머니는 호랭이가 무
서워서 그러라고 하고서 팥을 죄다 거두어가지고 집이로 와서 큰 가마
솥에다 너서 팥죽을 끓였는디 가만히 생각해 보니 뻬빠지게 지어논 팥
을 죄다 호랭이한티 다 뺏기게 되니 그만 원통하고 분하고 서러워서
울고 있었다. 그러고 울고 있는디 어디서 왔는지 달걀이 데굴데굴 굴

러오더니 "할머니 할머니 워째 웁니까?" 하고 물었다. 할머니는 "내가 뻬빠지게 지어논 팥을 호랭이가 그 팥 다 팥죽을 쑤어서 주어야지 그렇으면 잡어먹겠다고 해서 그래서 그것이 원통하고 분하고 서러워서 운다"고 했다. 달걀은 "나 팥죽 한 그럭 주면 못 잡어먹게 하겠소." 이래서 할머니는 팥죽을 한 그럭 주었더니 달걀은 그 팥죽을 다 먹고 부석작으로 들어가서 부엌 아궁이 잿불 속에가 들어가 있었다.

할머니는 또 울고 있으니게 송곳이 와서 "할머니 할머니 워째서 웁니까?" 했다. "뒷산 호랭이가 와서 내가 뻬빠지게 지어논 팥을 모두 다 팥죽을 끓여서 주어야지 그렇으면 잡어먹겠다고 해서 그래서 원통하고 분하고 서러워서 운다"고 했다. 그러니까 송곳은 "나 팥죽 한 사발만 주면 못 잡어먹게 하겠소" 했다. 그래서 팥죽 한 사발을 주었더니 다 먹고 나서 송곳은 부엌 바닥에가 꽂혀 있었다. 할머니는 또 울고 있이니게 동애줄이 와서 "할머니 할머니 워째 웁니까?" 했다. "뒷산에 호랭이가 와서 내가 뻬빠지게 지어논 팥을 죄다 팥죽을 쑤어서 주어야지 그렇어면 잡어먹겠다고 해서 그래서 원통하고 분하고 서러워서 운다"고 했다. 그러니게 동아줄은 "나 팥죽 한 사발 주면 못 잡어 먹게 하겠소" 했다. 그래서 팥죽 한 사발을 주었더니 다 먹고 나서 동아줄은 부엌 문 밖에 도사리고 있었다.

할머니는 또 울고 있었다. 이번에는 멍석이 와서 "할머니 할머니 워째 웁니까?" 했다. "뒷산으 호랭이가 와서 내가 뻬빠지게 지어논 팥을 모두 다 팥죽을 끓여서 주어야지 그렇으면 잡어먹겠다고 해서 원통하고 분하고 서러워서 운다"고 했다. 그러니게 멍석은 "나 팥죽 한 사발 주면 못 잡어먹게 하겠소" 했다. 그래서 팥죽을 한 사발 주었더니 다 먹고 나서 멍석은 마당에 가서 펼쳐 있었다.

할머니는 또 울고 있었다. 지게가 와서 "할머니 할머니 워째서 웁니까?" 했다. "뒷산으 호랭이가 와서 내가 뻬빠지게 지어논 팥을 죄다 팥죽을 쑤어서 주어야지 그렇으면 잡어먹겠다고 해서 원통하고 분하고 서러워서 운다"고 했다. 그러니까 지게는 "나 팥죽 한 사발 주면은 못 잡어먹게 하겠소." 그래서 팥죽 한 사발을 주었더니 지게는 그 팥죽을 다 먹고 마당 구석에 가서 있었다.

그러고 있이니께 뒷산으 호랭이가 와서 팥죽을 다 쑤어 났냐고 물었다. 할머니는 "부엌에 큰 가마솥에다 한 솥 가득 쑤어 났다. 가서 먹어라" 하니께 호랭이는 부엌으로 들어가서 아궁이 앞에 서서 솥뚜경을 열라고 했다. 이때에 아궁이 속에 있든 달걀이 툭 뛰어나와서 호랭이 눈을 탁 때렸다. 호랭이는 깜짝 놀래서 넘어졌다. 그러니께 송곳한티 등거리를 찔려서 아프니께 벽 문 밖으로 뛰어나갔다. 뛰어나강게 동애줄이 있다가 호랭이를 칭칭 감었다. 그러니게 멍석이 와서 호랭이를 도르르 말었다. 지게가 와서 호랭이를 지고 강에 갖다 풍덩 던져 버렸다.

＊1943년 9월 忠州郡 忠州邑 龍山里 平沼淸熙

1) 그렇게 하지 않으면

구렁덩덩 시선비 | 몬양산 절에 중이 말이요, 마을에 동양을 내레옹께로[1] 한 집

에 오도막집에 가니께 한 할머니가 베를 맵니다. 참 베를 매는디 말이요, "아이 불그덕덕 합니다" 하니께로 "하 그 재가 놀라서 그렇십니다." 아 그거 참 난처합니다. 그래 참 절에서 내려가다 말이요, 구렝이가 큰 놈이 큰 둥구나무 밑이 있는디 그걸 때려 쥑었어요. 그 작대기를 갖다 그 할마니 젙이다 갖다가 베틀 도트마리다가 칵 찔러놓서 "여그 정성 감사 납니다" 이럭하고 갔어요.

그럭하니께 그 할마이가 그 영문을 모르고서러 고만 그 중이 꼽아논 지팽이를 가주고 말이여, 가주가서 자기 소벤 보는 벤소깐에다 집어넜어요. 그렁께로 그 벤소깐에 가서 소벤을 봤는데 말이요, 그달부터 애기가 있어요. 애기를 났는데 구렝이를 났어요. 그렇게 이 구렝이를 방이다 놔둘 수가 없어서 뒤안에다 놓고 삿갓을 씨워 놨어요. 그런디 이 구렝이는 금빛 나는 구렝이래요.

앞집 부재집에 딸이 셋이 있는데요. 할마니가 애기를 났다니께 맏이가 와서 "할마이 할마이 애기 났다더니 어디 있어요?" "뒤안에 삿갓 밑이 가 봐라." 가서 보고 "아이고 큰 구렝이를 나 났네. 쯧쯧쯧!" 세를 널름널름 널름거림서 나왔어. 또 둘째가 오더이마는 "할마이 할마이 일흔에 난 할마이가 애기 났다더이 어쨌소?" "뒤안 삿갓 밑이 가 봐라." "아이고 큰 구렝이를 나 났네!" 이럭하거덩. 셋째가 오디이만 "할마이 할마이 애기 났다더이 어떻게 했소?" "뒤안에 삿갓 밑이 가 봐라. "아이고 구룽동동 시선비를 나 났십니다, 할마이" 이럭하고 가거덩.

해가 설풋항게 "할마이 할마이" 부르거덩. "왜?" 이럭헝게 "그 앞 집에 아까 왔던 싯째 색시 그 색시한테 장가보내 달라." 같잖거덩. "앙 그러면 내가 한 손에 칼을 들고 한 손에 불을 들고 어매 뱃속으로 들어갈기다!" 이럭허거덩. 같잖애서 인제 색시한티 갔어요.

맏색시한티 가서 "야야야야 우리집에 그 구룽동동 시선비가 너한티 장가가갔단다." "아이고 망칙해라. 내가 구렝이한티 어떻게 시집을 가?" 또 둘째한티 가서 그렇게, "아이고 망칙해라. 구렝이하티 시집을 어찌 갈까?" 인제는 시째한티 가서 그렇게, "아이고 참 구룽동동 시선비 저어그 지 가장입니다" 이카거덩. 하 기특해서 데레왔다.

데레와가주고 인제 방에 들어웅게 방에 색시를 갖다놓고 구렝이가 들어와가주고 칼로 내 배꼽을 쭉 째라고 했어요. 그렁게 째주었어요. 째중게로 하 참 이렇다 하는 선비가 나왔어요. 하늘에 신선이 나왔는데, 그래 어떻게 해서 고른 구렝이 허물을 썼나 항게로 잠시 상제님께 죄를 져가주고 구렝이 허물을 썼다고 해요.

"당신과 나와 백년언약을 상제님께서 이렇게 점지해서 주셨이니 그리 아시요. 그런디 나는 이 질로 날이 새면 서울로 올라가서 나라으 덕신을 할 팅게 그리 알고, 당신은 아직은 천인으 몸이라 갈 수 없으니 내가 다시 돌아오도록 지달러야 해요." 그러면서 옷고름에다가 구렝이 허물을 채와주면서 이것을 시상없는 사람이 보자 캐도 보이지 말고 없애지도 말라고 그라거든요.

구룽동동 시선비가 서울로 떠난 뒤 성들이 챚어와서 옷고름에 차고 있는 것을 보고 그것이 멋이냐 좀 보자고 하니게 안 보인다 하고 안 보이니게 성 둘이 달라들어 옷고름에 차고 있는 것을 끌러 보고서 구렝이 허물이니께 에이 더럽다 에이 더럽다 하고 화로다 집어넣었어요. 그래 구렝이 허물이 꽁댕이가 탔어요. 셋재는 이것을 얼른 끄집어냈지만 그 구렝이 허물 타는 냄새가 서울에까지 올라가서 구룽둥둥 시선비가 그 냄새를 맡고서 아차 내으 허물을 용에 허물을 태웠다, 이거 인제는 우리 마누라 못 만나겠다, 그러고서 고만 다시 마누라한티로 가지 못하고 거그서 새로 장가들어서 살았어요.

이쪽 색시는 구룽둥둥 시선비가 돌아오기를 바래고 바래고 몇 해를 두고 바래고 있는데 통 돌아오지 안해서 이거 내가 챛어가야 하겠다 하고 열두 폭 치매를 뜯어서 한 폭 뜯어서 바랑 짓고 또 한 폭 뜯어서 장삼 짓고 또 한 폭 뜯어서 꼬깔 짓고 그래가주고 이것을 입고 씨고 메고 구룽둥둥 시선비가 있다는 서울로 올라갔어요.

올라가 봉께 참 거 머 좋은 집에 살고 있어요. 그래 그 집에 들어가서 이 댁에 동양왔십니다 하니께 동양을 주어요, 쌀을. 그래 밑 없는 자루에 받었는데 쌀이 밑이로 다 빠졌어요. 그래 바랑에서 은젓갈을 내가주고서 쌀을 한 알 한 알 줏어 너요. 그 집 여자가 나와서 빗자루로 씰어 담으라 하는데 우리 절 부처님 공양은 깨끗한 공양을 해야 하니 비로 씰어도 안 되고 손으로 씰어도 안 된다 하고 은젓갈로 한 알 한 알 줏어 담었어요. 그래 그러고 있느라니 해가 꼴딱 집니다. 그래 인제 이 댁에서 좀 자고 갑시다, 항께 못 잔다고 그러거덩요. 그러면 마루 밑이서나 자겠십니다, 이러니 그렇게 하라 해서 마루 밑이 들어가서 있었어요.

그날밤은 달이 밝았는데 이 색시는 달을 보고 "저기 저 달은 반공에 솟아서 우리 님을 보련마는 나는 두 눈을 가주고 지척에 있이면서도 지척이 千里인가 곁에다 두고도 못 보는구나" 이랬어요. 방에서 자던 구룽둥둥 시선비는 이 말을 듣고 밀창문을 열고 내다보니 아무도 없어요. 문을 닫고 드러누어 있잉께 또 "저기 저 달은 반공에 솟아서 우리 님을 보련마는 나는 두 눈 가주고 지척에 있이면서도 지척이 千里라 곁에다 두고도 못 보는구나" 하는 소리가 또 나서 문을 열고 밖으로 나와서 이리저리 살펴보다가 마루 밑에 사람이 있는 것을 보고 "귀신이냐 사람이냐 귀신이면 썩 물러가고 사람이면 이리 나오라.” “나는 사람이요.” “워쩐 사람이요. 어데소 왔소?” “나는 아무 데 사는 사람이요. 구룽둥둥 시선비 만날라꼬 여기 왔소” 이라거덩.

시선비는 아 그러냐꼬 방으로 데리고 들어가서 그 허물 있느냐고 물었어요. 성들이 억지로 뺏어서 화로에 집어넣고 꽁댕이가 쪼금 탔다 하면서 그 허물을 내뵈였어요. 그래 가만히 생각해 보니 여기서 장가든 색시가 전에 장가든 색시가 온 것을 알게 되면 시기를 할 것 같어서 펭풍 뒤에다가 감추어 두고 세수물을 떠다가 둘이 같이 세수하고 밥상을 갖다가 둘이서 먹고 지냈다. 그렇게 몇 날을 지내다가 하루는 여기서 장가든 색시를 불러다 놓고 “우리 판수를 불러다가 점을 좀 쳐보자” 했어요. “우째서 판수를 불러다 점을 치자고 합니까?” “우리가 어떻게 살아야 하는가 알아보게 점을 쳐봅시다” 이러고서 판수를 불러다가 점을 쳤어요.

판수는 산통을 떨렁떨렁 흔들더니, “당신은 천상의 신선이요. 하강할 적에 구렝이 허물을 씨고 하강하였는디 이 인간 세상에서 당신으 허물을 벳게준 부인이 있는데 그 부인을 박대하면 당신은 죄를 써서 다시 그 허물은 씬다. 그리고 저 마누라도 허물을 써서 구렝이가 된다” 이라거덩. 그러니 여기서 장가든 부인이 그럼 구렝이 허물을 벳게준 부인을 찾아와야 하겠다고 해서 구룽둥둥 시선비는 펭풍 뒤에 숨어 있는 여자를 나오라 하고 이 여자가 구렝이 허물을 벳게준 여자라 했어요.

그런디 구룽둥둥 시선비가 가만히 생각해 보니께 두 여자를 데리고 살 수가 없어서 이 둘 중에 하나를 골르야겠다 하고 두 여자보고 말했어요. 전에 장가든 여자보고는 신나무깨를 신고 물 한 동우 질러오고, 여기서 장가든 여자보고는 가죽신을 신고 물을 한 동우 질러오라고 했어요. 그래 두 여자는 물을 한 동우식 질러오는데 전에 장가든 여자는 물을 하나도 흘리지 않고 잘 질러왔는데 뒤에 장가든 여자는 물을 쏟아서 반 동이밖에 안 질러왔어요. 그 다음에 한 동우 물을 마당에 붓고 그 물을 다시 동우에다 담으라고 했어요. 전에 장가든 여자는 다시 다 담어서 한 동우 채웠는디 뒤에 장가든 여자는 물이 땅에 다 시며 들어가서 하나도 담지 못했어요.

그 다음에 앵두나무에 새가 설흔 마리 앉어 있는데 저 앵두나무에 앉어 있는 새를 한 마리도 날려보내지 말고 꺾어 오라 하니께 먼저 장가든 마누라는 새가 한 마리도 날라가지 않게 잘 앵두나무 가지를 꺾어 왔는데 뒤에 장가든 마누래는 새를 다 날려보내고 앵두나무 가지만 꺾어 왔어요. 그런데 구릉둥둥 시선비는 어떻게 해야 할지 몰라서 나라님한티 말하니께 전에 장가든 마누래를 왕대부인으로 삼고 뒤에 장가든 마누래를 후부인으로 삼어서 살으라고 해서 그래서 살더랍니다. 인제 이 얘기 끝냈십니다.

＊1972년 8월 10일 淸原郡 米院面 종암里 金기순 (58세, 女)

※구술자는 淸原郡 태생이나 이웃인 慶北 尙州郡 化北面 龍遊里에 移居하여 십여 년을 살았기 때문에 어휘 중에는 영남 말씨가 많이 섞여 있다.

1) 내려오니까

장마철에 지붕에 나는 버섯 | 옛 날 에 한 재상[1]

이 살고 있었는데 이 재상은 나이가 40이 가까워도 실하[2]에 혈육이라 곤 아들이고 딸이고 하나도 읗어서 근심으로 지내는데 하루는 어떠한 사람이 말하기를 名山大川을 찾어다니면서 아들이고 딸이고간에 낳게 해달라고 기도를 드리면 소원이 이루진다고 말했다. 이 재상은 그 말을 듣고 곧 내외가 같이 명산대천에 기도 드리기로 해서 천하 각지를 돌아다니며 열심히 아들이고 딸이고 낳게 해 달라고 빌었다. 그랬더니 산천기도를 드린 탓인지 아들을 하나 낳게 됐다.

아들을 늦게야 낳게 되니 재상 내외는 무척 기뻐서 이 아들을 금이야 옥이야 하고 애지중지하면서 키워서 한 댓 살쯤 되었는데, 하루는 중이 와서 동양을 달라고 해서 재상 내외는 쌀을 한 바리 떠서 이 아들을 주며 동양 온 중에게 갖다주라고 했다. 그래서 이 어린아는 그 쌀을 가지고 나가서 동양 온 중에게 주니까 중은 동양을 받으면서 이 아이를 한참 들여다보더니 "하아 참 잘 생겼다마는 虎患을 당할 상을 지녔으니 이거 참 아깝구나" 하고 혼잣말을 중얼거리고 나갔다. 이 아이는 이 중으 중얼거리는 말을 듣고 안으로 들어와서 아버지보고 그 말을 했다. 이 말을 들은 아버지는 깜짝 놀라 밖으로 뛰어나가 보니 중은 벌서 저만치 멀리 가고 있어서 달음쳐서 쫓어가서 중을 붙잡고 "대사, 이제 우리집 어린아보고 무어라고 했는가?" 하고 물었다. "소승은 아무 말도 한 말이 읎습니다." "호환을 당할 상을 지녔다고 했다는데." "소승이 그저 헛소리한 것입니다. 소승이 무엇을 안다고 그런 말을 하겠습니까?" "그러지 말고 바른 대로 말해 주게."

재상은 중을 붙들고 자꾸 사정하면서 아들의 호환을 면할 방도를 일러 달라고 졸랐다. 그러니 중도 재상이 조르는 바람에 이 아이는 열다섯 살을 넘기고 열여섯 살을 맞는 밤, 그러니까 열다섯 살 먹은 해으 섣달 그뭄날 밤에 호환을 당하게 되겠다고 말했다. 재상은 이 말을 듣고 호환을 면할 방도가 읎겠는가? 있다면 알려 주면 무신 짓이던 다 하겠다고 했다. 중은 이 아이를 자기한테 주어서 중노릇을 시키고 많은 고생을 하게 해야 한다고 말했다. 재상도 그렇다면 할 수 읎다고 하면서 어린 아들을 중에게 주어서 호환을 면하게 해 달라고 했다.

중은 이 아이를 데리고 절로 와서 상좌를 삼고 불경 공부를 시키고 글도 가르치고 동양하러 같이 다니고 했다. 이렇게 해서 몇 해를 지냈는데 이 아이가 열 살쯤 되였는데 하루는 스님이 이 아를 데리고 동양 다니다가 어떤 산말랑이에 와서 쉬면서 스님은 목이 마르니 물 좀 어디가서 떠오라고 했다. 그래서 이 아는 예 하고 산 아래로 내려가서 물을 떠가지고 올라와서 스님이 쉬고 있는 데에 와서 보니 스님은 읎고 스님이 짚고 다니든 석장이 땅에 꽂혀 있고 석장 우에는 스님이 쓰시든 송낙이 걸려 있었다. 스님이 아마 뒤 보로 가셨나보다 하고 스님이 돌아오시기를 기두루구 있는데 몇 식경을[3] 기두러두 스님은 돌아오지 안했다.

저녁때가 돼서 해가 넘어갈라고 해서 이 아는 산중에 혼자 있자니 무서운 생각이 들어 어데로 가야겠다 했는데 어데로 가야 할지 몰라 망설이고 있었는데 스님이 쓰던 송낙이 걸려 있는 스님으 석장이 넘어졌다. 이 아는 이것을 보고 아마 스님이 갈 방향을 갈쳐 주는 것이라 생각하고 석장이 쓰러진 방향을 향해서 산을 내레갔더니 거그 큰 동네가 있었다. 그 동네에 들어가서 동네서 제일 큰 집으로 챚어 들어가서, "나는 유리걸식하는 어린 중입니다. 같이 다니던 스님이 어디 가셨는지 가셨는디 아무리 기두러도 오시지 안해서 이렇게 혼자가 돼서 돌아다닙니다. 날도 저물고 해서 이렇게 챚어왔이니 하룻밤만 유하게 해 주십시요" 하고 말했다. 그랬더니 그 집 주인영감이 이리 들어오너라고 해서 들어갔다. 저녁을 채려다 주어서 먹었는데 저녁을 먹고 나니까 주인영감은 이 아이보고 "너는 어데 사는 아이며 부모는 누구이며 나이는 몇 살이냐"고 물었다. 이 아이는 "저는 조실부모하고 절에 들어가서 중노릇을 하고 있는데 오늘 스님하고 동양 나왔다가 스님이 어데론가 가 버려 스님을 잃어서 절에도 못 가게 되였습니다. 나이는 제우 열 살밖에 안 됐십니다" 하고 말했다.

주인영감은 이 아이를 여러 모로 뜯어보니 인물도 괜찮고 똑똑해 보이고 해서 "너 중노릇 그만두고 우리집에서 담배 심부름이나 잔일을 하면서 살면은 어떠냐?" 하고 물었다. 그러니까 이 아는 "그렇게만 해 주신다면 지 정성것 일을 잘 하겠십니다"고 대답했다. 그래서 이 아이는 그 집에서 잔심부름을 하면서 살게 됐다.

그러고 사는데 그럭저럭 세월이 흘러서 이 아이으 나이 열다섯 살이 되는 해으 섣달 그뭄날이 되었다. 해가 넘어가고 밤이 되어 가니까 이 아이는 그만 괴연히 벌벌 떨더니 넘어져서 까무러쳤다. 주인집에서는 깜작 놀라 떠메다가 방 안에다 눕혀 놓고 사지를 주무르고 더운 물을 먹인다 미음을 쑤어서 떠먹인다 하면서 간호를 하였는데 한밤중쯤 되니까 난데없이 如山大虎가 이 집 대문 밖에 뛰어들더니 이 집 안으로 뛰어넘어 들어올려고 했다.

이 집 주인영감은 이것을 보고 이 영감은 호랭이를 쫓는 주문을 외울 줄 알던가 대청마루에 단정이 앉어서 大虎를 쫓는 呪文을 들입다 소리 높이 외우고 있었다. 그러니까 호랭이는 담장을 뛰어넘어 들어올라다가 실패하고 뛰어넘어 들어올라다가 실패를 하고 뛰어넘어 올라고 애를 무척 썼는데도 멫 십 번을 실패했는데 새북 첫닭 울음 소리를 듣자 그만 물러가 버렸다.

이렇게 해서 이 아이는 중이 말한 열다섯 살에 당할 虎食으 위운을 면하여 열여섯 살으 나이를 먹게 됐다. 이렇게 해서 虎食의 虎患을 면하고 그 집에 머물러 전과 다름읎이 그 집으 잔심부름을 하면서 살고 있었다.

봄이 되어 일기는 화창하고 꽃은 여기저기 만발하였는데 이 아는 저녁밥을 먹고 하늘으 밝은 달을 바라보고 있느라니게 문득 고향의 부모님 생각이 나고 그 동안 부모님은 어떻게 지내시는지 궁금하기 짝이 읎었다. 거그다가 자기도 인제는 장가갈 만큼 컸으니 부모님을 만나 뵐라면 색시라도 얻어가지고 데리고 가서 뵈여야지 하는 생각이 났다. 이 주인집에는 딸이 셋이 있는데 딸이 셋 다 시집갈 나이가 되어 있어서 이 중에서 하나를 골라서 장가들어 보겠다 하고 우선 먼저 큰딸이 있는 방문 앞에 가서 나는 아무갠디 애기씨와 만나서 할 말이 있어 왔는데 방에 들어가도 좋으냐고 했다. 그랬더니 큰딸은 심부름하는 하인 아이 여석 따위가 주인집 딸의 방에 들어오겠다고 하는 것이 괘씸해서 문도 열어 보지도 않고, 잔말 말고 썩 물러가라고 큰소리를 질러서 쫓아버렸다. 이 아이는 둘재딸의 방 앞에 가서 나는 아무개인디 할 말이 있어서 왔으니 들어가도 좋으냐고 했다. 둘재딸도 심부름하는 하인녀석이 주인집 딸 방에 어찌 들어오겠다고 하느냐 썩 물러가라고 큰소리치면서 쫓았다.

이 아이는 셋재딸으 방문 앞에 가서 나는 아무개인디 할 말이 있어서 왔는데 들어가도 좋은가 하고 말했다. 셋재딸은 방문을 열고 내다보며 할 말이란 무신 말이냐 어디 들어 보자 하면서 들어오라고 했다. 그래서 이 아는 셋재딸 방에 들어가서 자기는 아무 데 사는 아무개 재상으 외아들로 태어나 귀엽게 자라는데 하루는 중이 와서 열다섯 살 되는 해의 섣달 그뭄날 밤에 虎食할 상이 있다 하면서 그 액을 면할라면 중이 돼서 중노릇도 하고 갖인 고생도 해야 한다고 해서 중노릇 하기 위하여 그 중을 따라서 동양도 했는데 도중에 그 중이 어디론가 가

버리고 해서 이 집에 들어와서 여러 해 동안 하인 노릇하며 지냈는데 지난번에 虎食할 번했는데 이 댁 주인어런이 호랭이 쫓는 주문을 외워 주어서 虎患은 면했는데 이제와서 고향으 부모님 생각이 간절한데 부모님 뵈로 갈라면 메누리도 데리고 같이 가야 하겠다 하는 생각이 들어서 그래서 아가씨하고 말하고 싶어서 왔노라고 자초지종을 쫘악 말했다. 셋재딸은 자초지종 말을 다 듣고 나더니 그러느냐고 그럼 내일 부모님한테 말해가지고 좌우당간 결정하자 하고 여러 가지 이야기 하다가 이 아는 셋재딸 방에서 자게 되었다.

　다음날 아침에 날이 밝았는데 집안 사람은 모두 일어나서 집안일을 하는데 셋재딸만은 일어나지 않고 있어서 그 방문을 열어보니 셋재딸은 심부름하는 하인하고 한방에서 자고 있어서 미혼전으 츠녀아이가 심부름하는 하인하고 한방에서 자고 있다니 이런 해괴망칙한 일이 어디 있겠느냐, 이거 집안 망신도 이만저만 아니다, 이런 년놈은 쥑여 버리여겠다 하고 주인영감은 크게 역정을 내각고 마당에다 멍석을 깔고 작두를 들어대여 딸과 이 아이의 목을 자를라고 했다. 이렇게 해서 이 아는 죽게 되니까 제가 죽을 죄를 져서 죽게 되여서 죽기는 하겠습니다마는 죽기 전에 저는 부모님이 아무 데 사는 아무개 재상이니 그 부모님을 한 번 만나보고 죽겠다고 말했다. 죽는 사람으 말을 아니 들어 줄 수가 읎어서 이 집 주인영감은 하인을 시켜서 이 아이의 부모님한틔 기별을 했다.

　애지중지하던 어린 외아들을 虎食을 면하게 할려고 중을 딸려보낸 후 십 년이 넘도록 만나지도 못하고 소식도 듣지 못해서 죽었는지 살었는지도 알 수 읎어서 몹시 애타고 궁금하든 차에 아들으 소식을 듣게 돼서 재상은 오만 것을 다 갖추고 많은 하인을 이끌고 아들을 맞이하러 갔다. 가 보니 그 지경이었다. 재상은 그 집 주인영감에게 그 동안 잘 키워 준 공에 대하여 또 虎食을 면하게 해 준 공에 대하여 무한 치하하고 이 아들은 이러이러한 사정이 있어서 고생시키려 내보냈다는 말을 자초지종 이야기를 쫘악 했다. 이 집 주인영감은 듣고 보니 저으 집이서 부리던 하인이 여네 아이가 아니고 자기 집보다 지체가 높고 세력 있는 집으 귀둥아들이란 것을 알게 되어 이번에는 이쪽에서 저으 셋재딸을 정승 아들하고 결혼시키 달라고 간절히 소청했다. 재상도 그렇게 하자 하고 이 집으 셋재딸을 메누리로 맞어서 신행길을 차려서 가기로 했다.

이 집으 셋재딸으 신행길은 퍽 호화시럽게 꾸며서 갔다. 이 신행길이 어떻게 호화시럽게 꾸며졌든지 동네 사람들은 모두 나서서 구경했다. 이 셋재딸으 형들 — 첫재딸과 둘재딸도 동생의 신행길이 너머 호화해서 나서서 바라다보는데 그 하인 노릇한 총각과 만나서 이야기 못하고 결혼하지 못한 것을 뉘우치고 막내동생을 부러워하기도 하고 시기하기도 하면서 바라다봤다. 동생의 신행길이 멀어지자 이것을 더 보고 싶어서 담장에 올라가서 봤다. 담장에 올라가서도 잘 안 보여서 지붕에 올라가서 멀어져 가는 동생의 신행길을 봤다. 신행길이 자꾸 더 멀리 가니까 이것을 더 보겠다고 고개를 길게 빼서 봤는데 고개를 너머 길게 빼서 보다가 그만 죽고 말었다. 첫재딸과 둘재딸의 죽은 넋은 여름 장마철에 지붕에 나는 버섯이 됐다고 한다. 이 버섯은 길게 목을 뺐다가 시들어지는데 이것은 첫재딸 두재딸이 목을 길게 뺐다가 죽은 것을 이미한다고 한다.

＊1943년 9월 忠州郡 仰城面 敦山里 白川奉善

1) 宰相, 영의정. 그런데 여기서는 지위가 높은 사람, 또는 부자의 뜻으로 봐야 한다   2) 膝下의 訛音   3) 여러 시간을

아버지 원수를 갚은 포수의 아들 |

옛날에 호랭이들 잘 잡는 포수가 있었는데 이 포수가 호랭이를 많이 잡으려고 짚은 산중으로 들어갔는데 들어가다가 백 년 묵은 大虎를 만나 이것을 쏘아 잡을라다가 그만 이 大虎한티 잡혀먹히구 말었다. 이 포수으 마누라는 포수의 유복자를 나서 이 아들이 잘 되기를 바라면서 키우면서 한 열일곱 살 돼서 글을 배우게 서당에를 보냈는데 서당 아이

들은 이 포수 아들보고 "애비 읎는 후레아들놈" 하구 놀려대구 업슨여기구 해서 이 아이는 저그 어머니보구 "우째서 아덜들이 나를 보구 애비 읎는 후레아들이라구 놀리는가. 우리 아부지는 왜 읎는가" 하구 물었다. 어머니는 "왜 너으 아버지가 읎겠느냐? 아버지가 계셨다" 그러니까, "그럼 지금은 어데 계시느냐?"고 물었다. 그래서 어머니는 "너그 아부지는 유명한 포수였다. 백 년 묵은 大虎을 잡으려고 짚은 산중으로 들어갔다가 그만 백 년 묵은 大虎한티 잡헤멕히구 말아서 그리서 지금은 너그 아버지가 안 계신다."

이런 말을 들은 포수으 유복자는 그날부터 서당에 공부하는 것을 그만두고 아버지 잡어먹은 百年大虎를 잡어죽여서 아버지 원수를 갚겠다고 총 쏘기 연습에만 열중했다.

한 십 년 동안 총 쏘기 연습을 해서 총을 참 잘 쏘게 되니까 이 아들은 어머니보고 아버지 잡어먹은 大虎를 쏘아 잡어서 아버지 원수를 갚으러 가겠다고 말했다. 어머니는 호랭이 잡으러 갔다가 무신 변을 당할지 염려가 돼서 "아이고 야야, 너가부지는 내가 십 리 밖에서 물동이에다 물을 한 동이 길러 이고 오는데 총을 쏘아서 물동이에 구멍을 뚫었다가 곧 또 한 방을 쏘아서 그 구멍을 탄환으로 막어 물 한 방울도 안 쏟아나오게 하는 그런 총 쏘는 재주가 있는데 그놈으 大虎한티 잽혀먹혔는데도 니 총 쏘는 솜씨 가지고는 어림도 없다. 가지 마라 못 간다"고 하면서 호랭이 잡으로 가는 것을 말렸다. 그런데 아들은 "나도 아버지만큼이나 잘 쏠 수 있어요. 십 리 밖에서 물동이를 이고 와 보서요" 했다.

어머니는 물동이를 이고 십 리 밖에서 왔다. 아들은 것다[1] 대고 총을 쏘아서 물동이에 구멍을 뚫고 바로 곧 한 방을 쏘아서 그 구멍을 총알로 막어서 물이 한 방울도 새지 않게 했다. 어머니는 또 "너그 아부지는 그런 재주만 아니고 십 리 밖에 있는 나뭇가지 이파리 끝이다 바늘을 매달어서 나무 이파리는 까닥도 않게 하고 바늘 구멍으로 총알이 나가게 한 재주도 있었다. 그런디도 호랑이한티 잽혀 먹혔다. 네 지금 솜씨 가지고는 호랑이한티 잽헤멕힐 티니 가지 마라" 하고 또 가지 말라고 말렸다. 아들은 나도 그만한 재주가 있다 하고 십 리 밖에 있는 나뭇잎에 바늘을 매달고 총을 쏘아서 이파리는 깐닥 않고 총알만 바늘 구멍으로 빠져나가게 했다. 어머니는 이런 용한 재주를 보고 더 말릴 수가 없어서 그럼 아버지 원수 갚으러 호랭이 잡으러 가라고 허락했다.

이 아는 호랭이 잡는 동안 산중에서 먹을 양식으로 찹쌀을 서 말 볶아서 가루로 장만해각고 자루에 너서 짊어지고 짚은 산중으로 들어갔다. 산중에 들어가니 집이라고는 읎고 나무가 빽빽히 들어서서 어디로 어떻게 가야 할지 몰랐다. 몇 날 메칠을 차꾸 들어가는데 하루는 날이 저물어서 어두워져서 잘 데 어디 읎일가 하구 사면을 둘러보니께 저어 쪽에 불빛이 빤작빤작 비친 데가 있어서 그리 찾어가서 쥐인을 찾이니께 늙은 노인이 방 안에 앉어서 어서 들오라고 했다. 워떤 아냐고 해서 아버지 잡어먹은 百年大虎를 잡어죽여서 아버지 원수 갚으러 온 사람이라고 했더니 그러냐고 참 효자다 함서 "이 산중에는 호랭이가 많어서 내가 여기 수십 년 사는데 들어간 포수는 봤어도 나오는 포수는 못 봤다. 그런 데를 어린 니가 어떻게 호랭이를 잡겠다고 들어갈라고 하느냐? 니가 그렇게 효자이나 호랭이를 잡을라면 심을 많이 길러야 하니 여기서 한 서너 달 내가 주는 밥을 먹고 심을 길러각고 들어가라"고 일러 주었다. 이 아는 고맙다 하고 가지고 온 찹쌀가루는 먹지 않고 노인이 주는 밥을 먹었다.

그 노인 집 앞에는 큰 바우가 하나 있는디 노인은 그 바우를 들어 보라고 해서 들어 볼라고 했는디 바우는 끈덕도 안 했다. 한 일헤 노인이 주는 밥을 먹고 나서 바우를 들어 보니까 쬐금 딸싹 했다. 한 열흘 후에 들어 보니 제우 땅에서 떨어졌다. 보름 후에 드니 머리 우까지 올려 들 수 있고 한 달 후에는 공기 놀리듯기 바우를 가볍게 들어올리고 가지고 놀 수 있었다.

노인은 이 아가 그 큰 바우를 공기 놀리듯 들어서 가지고 놀고 또 총 쏘는 용한 솜씨를 보고 "그만하면 됐다. 그러나 더 심을 길러각고 들어가는 것이 좋다" 하고 석 달 동안 더 있게 하고 인제는 호랭이 잡으로 들어가라고 하면서 이 산중에 호랭이는 둔갑하는 재주가 많어서 호랭이 탈을 쓰지 않고 사람 탈을 써서 나타나기도 하고 다른 짐성 탈을 씨고 나타나기도 하니 보는 족족 쏘아 죽이라고 일러 주었다.

이 아는 고맙다고 무한치사하고 산중으로 산중으로 들어갔다. 한 곳에 이르니께 젊은 남자 여자가 많이 모여서 깔깔대고 웃으며 벅작거리며 장난을 치고 있었다. 노인이 일러 준 말이 생각나서 저것들이 사람이 아니고 호랭일 것이라 하고 총을 들이대고 쏘아재꼈더니 그 젊은 남자 여자 죽은 것을 보니 모두다 사람이 아니고 호랭이였다. 거기서 또 들어가니까 바구니를 옆에 낀 여자가 나타나더니 "네놈이 내 남편을 죽인 놈이구나" 하면서 호랭이가 돼각고 잡어먹을라고 달라들었다. 이 호랑이를 쏘아죽이고 또 가니라니께 나무를 한 짐 잔득 진 건장한 남자가 오더니 "니가 내 마누라 아들 딸을 죽인 놈이구나. 너 죽어봐라" 하면서 호랭이가 돼각고 뻘건 입을 벌리고 달라들었다. 이 아는 이 놈도 쏘아서 죽였다. 그러고 나서 더 산중으로 들어가니께 큰 굴이 있었다. 이 굴 안에 百年大虎가 있겠지 하고 그 굴 안을 들여다보고 있니라니께 그 굴 안에서 百年大虎가 나타나더니 "네놈이 우리 아들 손자 고손자까지 다 죽인 놈이구나" 하고 잡어먹겄다고 큰 소리로 앙앙거리며 달라들었다. 이 아는 이 大虎를 쏘아서 죽였다.

이 아는 이렇게 해서 그 산에 있는 호랭이란 호랭이를 다 쏘아 죽이고 집이로 돌아가는데 가는 도중에 호랭이 잡는 데 여러 가지로 도움말을 해준 노인으 집을 찾어갔다. 가 보니께 집도 읊고 노인도 읊었다. 이것은 이 아가 효성이 지극해서 이 산의 산신이 노인으로 변해서 아버지 원수 갚게 도와 준 거라고 한다. 사람이 효성이 지극하면 산신이 도와 준다는 것이다.

*1943년 9월 忠州郡 忠州邑 龍山里 平沼淸熙

1) 거기에다

영감과 곰과 여우 | 옛날에 어떤 영감 하나가 밭에서 무를 뽑고 있는데 산에

서 곰 한 마리가 내려와서 "할아버지, 그 새파란 게 머요? 나 좀 하나 주시요" 했다. 영감은 "그래라" 하고 무 잎파리럴 뜯어서 주었다.

며칠 후 영감은 무를 한 짐 지고 장으로 팔로 가는데 가다가 곰을 만났다. 곰은 "할아버지, 할아버지가 진 것은 멋이요?" 하고 물었다. "이것 말이냐? 이것은 말이다, 저번에 네가 달라고 한 이파리 밑이 달린 것인디 무라는 것이다." "그래요 그럼 그 무 하나 주시요, 먹어 보게." 이래서 영감은 무를 하나 주었다. 곰은 무를 먹어 봉께 참 맛이 아조 좋거던요. "이 이녀르 영감태기, 이렇게 맛있는 것을 안 주고 저번에는 맛도 없는 것만 주었구나. 산으로 나무하로 왔다 봐라. 그때는 내가 죽여 버리겠다" 이렇게 투덜거림서 갔다.

이 말을 들은 영감은 무서워서 산으로 나무하러 가지 못했다. 그래서 집에 있는 나무를 때고 집 안에 있는 짚검부럭지며 멋이며를 줏어 때고 지내다가 그런 것도 다 없어져서 할 수 없이 산으로 나무하러 갔다. 그런데 곰이 언제 나와서 해칠까 하는 생각 때문에 나무도 못하고 울고 있었다. 그때 여우 한 마리가 지나가다가 영감이 울고 있는 것을 보고 "할아버지 워째서 울고 있십니까?" 하고 물었다. 영감은 곰이 이러이러해서 나를 죽인다고 해서 운다고 했다. 그러니께 여우는 "그래요. 그런디 우지 말고 나무나 하시요. 내가 이러이러해서 도와 디릴팅게 안심하시요" 하고 말허고 갔다.

영감은 나무를 잔득 해서 싸놓고 있이니께 곰이 오더니 "이녀르 영감태기 왔냐? 너 죽어 봐라" 하면서 달라들을라고 했다. 그때 저어쪽에서 탕 하고 총 쏘는 소리가 들려왔다. 곰은 깜작 놀래서 "앗! 할아버지, 포수가 온 모양이죠?" 했다. "그렇다. 곰이랑 호랭이랑 쏘아 잡을라고 포수가 온 모양이다" 이렇게 말하니까, 곰은 "할아버지 나를 좀 숨겨 주시요. 저 나무단 속에다 숨겨 주시요" 했다. 그래서 영감언 그래라 하고 곰을 나무단 속에 들어가 숨으라고 했다.

곰이 나무단 속에 들어가니께 막대기를 하나 어깨에다 메고 포수 같이 꾸민 여우가 와서 "할아버지 여기 곰 온 것 못 봤소?" 했다. 영감은 못 봤다 함서 아마 저쪽에 가 보면 있일 거요, 했다. 여우는 나무짐

을 들여다보더니 "저 나무짐 속에 있는 꺼먼 것은 무엇이요?" 했다. 영
감은 뭐라고 대답해야 좋을지 몰라 우물주물하고 있으니께 곰은 장작
이라고 하라고 가만히 속삭였다. 그래서 영감은 장작이요, 했다. 그러
니께 여우는 "장작이면 왜 빠개지 않고 그대로 놔 두오?" "힘이 들어서
그러요" 하니까 여우는 "그럼 내가 빠개드릴가요?" 했다. 곰은 빠개라
고 하라고 또 속삭였다. 그래서 영감은 그럼 빠개시요, 했다. 여우는 도
끼를 가지고 곰을 후리쳐서 죽여 버렸다. 곰이란 이렇게 미련한 놈이
라고 한다.

＊1943년 9월 忠州郡 忠州邑 龍山里 平沼淸熙

돌노적과 벼노적과 바꾸다 | 옛날 어떤 곳에 밥 굶

기를 부자집 밥 먹듯이 하는 가난한 사람이 있었다. 가난하게 사니께
집안 식구가 모두 죽을 지경이었다.

　하루는 이 집 아홉 살 먹은 어린 막내둥이가 저가부지보고 다른 집
은 잘 먹고 잘 사는디 우리집만은 이렇게 가난하게 살면서 고생을 하
니 "내가 戶主를 물러받어각고 집안을 잘 살게 해 볼 티니 호주를 물
러 주시요" 하고 말했다. 아버지는 이 말을 듣고 화를 버럭 내각고 "아
아니 호주를 물러 달라니 그게 무신 말이냐!" 함서 야단을 쳤다. 그런데
도 막내둥이는 호주를 물려주면 자기가 호주 노릇을 해각고 집안을 일
으키겠다고 자꾸 말해서 아버지도 가만히 생각해 보니 이 쬐그만한 놈
이 맹랑한 소리를 하니께 신기하기도 하고 기특하기도 해서 그래라 하
고 니가 이제부터 이 집 호주노릇을 해 봐라고 했다. 아버지 허락이 나
오니께 이 막내둥이는 건넛마을 부재집이 가서 "나넌 우리집 호주가 돼
서 집안을 일으킬라고 하니께 부재 어르신네 저한티 나락 수무 섬만 장
리로 꾸어주시요" 했다. 부재가 이 말얼 듣고 어린 것 말이지만 하는 짓
이 기특해서 나락 수무 섬을 선듯 꾸어주었다. 그리서 이 나락을 집으
로 날러다 놓고 집안 식구를 다 모여 놓고 "지가 아부지한티서 호주를

물러받고 저 건너 부자한티서 나락 수무 섬까지 꾸어다놨이니 이제부
터는 내 말을 듣고 우리 집안을 일으키기로 모두 열심히 일해야 한다"
고 일러 놓고 그 이튿날부터 아침 일찍이 일어나서 앞산 뒷산으 팥밭을
일구고 저녁때 집이 돌아올 때는 돌을 한 짐식 지고 와서 노적같이 싸
올려 놓자고 했다. 이렇게 말하니게 암만 어린 막내 말이지마는 이치가
닿는 말이라 집안 식구가 말 안 들을 수가 없었다. 그리서 집안 식구가
모두 나서서 팥밭을 일구고 집에 올 때는 돌을 한 짐식 지고 와서 쌌다.

　이렇게 멫 달을 하니게 팥밭이 멫 십 마지기가 일궈지고 집 안에는
돌무데기가 높다랗게 쌓여졌다.

　건넛마을 부자 영갬이 하루는 건너편으 가난한 집을 건너다보니께
그 집 높다란 돌데미 우에 큰 금뎅이가 스기[1]를 지르고 있어서 종 하
나를 그 가난한 집이로 보내서 돌데미하고 저그 집 나락 노적하고 맞
바꾸자고 말하라고 심부름 보냈다. 부재집 종이 와서 그런 말을 항께
가난헌 집 막내둥이는 그러자고 두말없이 대답했다. 그리고 바로 부재
집이 가서 나락 노적을 헐어서 나를라고 하니께 부재 영감은 나락 노
적 제일 꼭대기에 있는 한 섬을 이것은 우리집 원수시하게[2] 내레놔야
한다 함서 내려놓고 가져가라고 했다. 막내둥이는 아무 말 않고 그 한
섬을 놔두고 나머지 나락 석을 다 옮겨왔다.

　부자집이서는 막내둥이네 집 돌데미를 날르로 왔다. 막내둥이는 부
자 영갬이 한 것처럼 돌데미 제일 우구 있는 돌 한 뎅이를 내려놓고 이
것은 우리집 원수시하게 내레논넌다 하고 내레놓고 남지기를 다 가져
가라고 했다. 부재 영감은 그것도 가져가야 항께 이리 내노라고 항께
막내둥이는 "지가 영감님 댁 나락 노적을 가져올 적에 영감님이 제일
우구치를 우리집 원수시하게 내레논넌다 함서 내레논는디도 저는 암
말 않고 내레놨잉게 저도 제일 우구 있는 것을 우리집 원수시할라고
내레놨십니다"고 말항께 부자 영감은 암말도 못했다. 부자 영감은 사
실은 이 돌데미 우구 있는 돌뎅이가 금뎅이가 돼서 이것을 탐내서 나
락 노적과 맞바꾸자고 했는디 이것을 내레놓고 말었이니 아무것도 아
닌 씰모없는 돌뎅이하고 멫백 석 되는 나락 노적하고 바꾼 셈이 됐다.

　　이렇게 해서 어린 막내둥이는 호주가 돼가지고 없는 살림을 잘 일구어 났다고 하는 이얘기다.

*1962년 8월 沃川郡 東二面 石灘面 韓奎鶴

1) 瑞氣, 상서로운 기운　　2) 집안 복을 지키게 하게

당나귀 귀만한 귀를 가진 王 | 옛날에 어떤 王

이 귀가 당나귀 귀만한 큰 귀를 가지고 있었다. 귀가 너머나 커서 王은 이런 귀 가진 것을 챙피시럽고 부끄럽게 여겨서 이런 귀를 남한티 뵈지 않을라고 늘 頭巾을 써서 귀를 내놓지 안했다. 그리서 신하도 궁녀도 모르고 심지어 왕비까지도 왕의 귀가 당나귀 귀만한 것을 통 몰랐다.

　　王이 머리를 감고 새로 상투를 쫄 때에는 두건을 안 벗을 수 없지. 그렇게 상투 쪼는 사람은 왕의 귀가 당나귀 귀만큼 큰 것을 아는데 王은 이 사람을 그냥 내보냈다가는 제 부끄런 비밀을 퍼트릴까바서 상투를 쪼고 나면 죽여 버렸다. 그래서 왕의 귀가 당나귀 귀만하다는 것은 세상에서 모르고 있었다.

　　그런디 왕의 상투를 쪼로 대궐에 들어간 사람은 살어나오지 않고 모다 죽어나온다는 소문은 나라 안에 퍼졌다. 그리서 백성들은 왕의 상투 쪼로 불려 들어갈가바 겁을 먹고 있었다.

　　한번은 어떤 사람이 왕의 상투를 쪼로 대궐에 불려 들어갔다. 이 사람이 왕의 상투를 쫄라고 왕의 두건을 벳기고 봉게 귀가 당나귀 귀만해서 깜작 놀랬다. 왕이 이런 귀를 남한테 뵌 것을 챙피허고 부끄러워 하는 것을 보고 아하 그래서 그랬구나 하고 상투 쪼로 들어온 사람이 죽어나가는 이유를 알았다. 자기도 왕의 상투를 다 짜고 나면 쥑일 것을 알아채렸다.

　　이 사람은 王의 상투를 다 쪼고 나서 王한테 말했다. "소인에게는 老母 한 분 계시는데 노모는 소인만 의지하고 사는데 노모를 죽기 전에 한 번 만나보고 죽게 해 주십시요." 그러니께 왕은 노모를 만나보

고 죽겠다는 말에는 어쩔 수 없었던지 "그래라 만나보고 오너라. 그런데 내 귀가 당나귀 귀만하다는 말은 절대로 입 밖에 내지 말라"고 단단히 일렀다. 이 사람은 그렇게 하겠다고 대궐을 나와서 노모 계시는 데로 갔다.

이 사람은 노모를 만나려고 가는데 가다가 날이 저물어서 어떤 산속으 고목나무 속이 빈 홈통 속에서 밤을 새게 되었다.

깊은 산중의 밤은 죽은 듯이 고요한데 이런 데서 밤 새기를 기다리자니 무척 지루했다. 더욱이 말벗이라고는 아무것도 없으니 더욱 적적하고 답답했다. 지가 저한테 말이라도 붙여서 이 답답징을 풀 심정이었다. 그래서 나온 말이 우리 임금 귀는 당나귀 귀만하다는 말이었다. 그래서 우리 임금님 귀는 당나귀 귀만하다고 중얼댔다. 이러고 말하고서는 아풀사 이 말을 해서는 안 되는데 하고 뉘우쳤다. 그렇지만 아무도 들은 사람이 없이니 상관없다 하고 마음을 달랬다. 그런데 이상한 일이 일어났다. 고목나무 흠통에서 "우리 임금님의 귀는 당나귀 귀만하다"는 소리가 나고 그 소리가 멀리 퍼지고 산중에 빽빽히 들어선 나무들이 "우리 임금님의 귀는 당나귀 귀만하다"는 소리를 내고 있었다.

날이 새서 나무꾼들이 산에 나무하러 올라왔다. 고목 흠통에서랑 나무들이 "우리 임금님의 귀는 당나귀 귀만하다"는 소리를 내고 있어서 나무꾼들은 이 소리를 듣고 "우리 임금님 귀는 당나귀 귀만하다"고 노래처럼 불렀다. 이렇게 해서 임금님의 귀가 당나귀 귀만하다는 사실이 온 백성에게 알려지게 됐다.

그런데 백성들은 왕의 귀가 당나귀 귀만하다는 것을 왕의 흉으로 생각하지 않고 백성들의 말을 널리 들어서 좋은 政事를 할려고 그런 큰 귀를 가지신 거라 하고 왕을 더욱더 우러러보고 더욱더 위하게 되었다.

왕은 자기의 귀가 너머 큰 것을 부끄럽고 챙피한 것으로 생각했는데 백성들은 되려 왕을 더 우러러보게 하는 것으로 된 것을 알게 됐다. 그래서 상투 쫀 사람이 돌아왔을 때 왕은 이 사람을 죽이지 않고 큰 상을 내렸다고 한다.

＊1969년 6월 忠州郡 利柳面 豆井里 金泰吉

광연화의 이슬 |

한 옛날에 저어 산골에 아조 가난하게 사는 할머니가 한 분 계시는디 이 할머니는 영감도 읊고 아들도 읊고 식구라고는 아무도 읊어요. 남으 밭이나 매주고 남으 집 베나 짜주고 근근히 사는 할머닌디 이 할머니가 하루는 생각해 보니께 내가 이 시상에를 이렇게 살다가 죽으면 극낙에도 못 가고 지옥에도 못 가고 아무 디도 못 갈 팅게 절에 찾어가서 부처님한티 찾어가서 불공이나 디리고 극낙으로 가게 해 돌라고 빌어나 보겄다 하는 생각이 났어요. 그리서 헌옷이라도 깨끗이 빨어 입고 쌀을 한 서너 되 깨끗이 씰어가주고 깨끗한 자루에다 넣어서 이 쌀을 머리에다 이고 절로 찾어가는 거요. 절을 찾어가니라고 가는디 아 절이 어디에 있는지 알 수가 있이야지. 그저 자꼬 가는디 가다가 행인을 만났어요. "절을 찾어갈라면 어디로 가야 헙니까?" 하고 물으니께 "저리저리 자꼬자꼬 산중으로 가야 합니다. 가다가 물어물어 가시요" 하고 대주어서 이 할머니는 그 말을 듣고 가는디 암만 가도 절은 나터나지 않고 해는 저물어 가고 해서 이거 오늘 해전에는 절을 찾어갈 수 읊구나 하고 도로 집이로 와서 마리[1]에가 앉어서 "아, 내 팔자 더러운 놈으 팔자다. 절에 가서 부처님헌티 공양이나 올릴라고 했더니 그것도 저것도 못 허고 있구나" 험서 혼자 신세 한탄을 하고 있는디, 대사[2] 하나가 떠억 들어오더니 절을 너붓이 하고 "이 댁으 할머니, 시주 좀 하시요" 그런단 말이죠. "재가 절에 찾어가서 부처님헌티 고양[3] 올릴 쌀을 여기 가주고 있이니 이 쌀을 받어가시고 가주고 가서 부처님에게 고양을 올려 주시요" 험서 그 쌀을 쏟아서 중헌티 주었어요. 중은 고맙다고 인사하고 가면서 꽃씨를 세 알을 주면서 "이 꽃씨를 심고 새복[4]에 일찍 일어나서 남 보지 않게 깨끗한 물을 뿌려 주면서 '天下一色 강년화야 초년에는 一千石이요 末年에는 王子에 父母가 되고지구' 하고 외면서 비시요" 이렇게 일러 주고 갔어요.

할머니는 그 꽃씨를 정성들여 심고 대사가 일러 준 대로 새복 일직 일어나서 깨끗한 물을 뿌려 주면서 "天下一色 강년화야 초년에는 一千石 末年에는 王子에 父母가 되고지고" 하고 외면서 빌었어요. 이 꽃씨는 싹을 잘 트고 잘 자라서 무성하게 됐어요.

그러고 있는데 그때 나라 임금님에 太子가 병이 나서 이 약 저 약, 약이라는 약을 다 써도 병은 낫지 안했는데 그 병에는 天下一色 강년화에 이슬을 먹어야 낫는다 해서 그래서 임금님은 신하들을 풀어서 天下一色 강년화에 이슬을 구해 오게 했어요.

한 신하가 天下一色 강년화 이슬을 구하니라고 방방곡곡 돌아다니면서 구하는데 한 번은 이 할머니 집에 가 보니까 할머니가 새복에 일직 일어나서 꽃에 물을 뿌려 주면서 "天下一色 강년화야 초년에 一千石 末年에 王子에 부모가 되고지고" 하면서 빌고 있어서 신하는 이 소리를 듣고 이 할머니 집에 강년화가 있구나 하고 기뻐서 할머니보고 강년화에 이슬을 한 병만 받어 돌라고 했어요. 할머니는 멋하게 강년화에 이슬을 받어 돌라고 하느냐고 하니께 지금 나라님으 太子가 벵이 들어 벨아벨 약을 다 써 봐도 백약이 무효라 다 죽어가게 되었는데 강년화에 이슬을 먹어야 낫는다고 해서 내가 이 강년화 이슬을 구하려고 여기까지 왔다고 말했어요. 그러니까 할머니는 그러느냐 하고 강년화 이슬을 한 병 받어 주었어요.

이 신하는 강년화 이슬을 가지고 곧 나라님한티로 돌아가서 태자에게 먹였더니 죽어가든 태자는 깨끗이 병이 다 나었어요. 나라님은 크게 기뻐서 그 신하에게 쌀 일천 석을 실어 주면서 할머니에게 상으로 갖다 주라고 했어요. 신하가 임금님이 준 쌀 일천 석을 싣고 할머니한티 갖다 주니까 할머니는 좋와라고 받어서 그 동안 신세진 사람에게 나누어 주고 또 이웃으 가난한 사람과 이웃으 여러 마을으 가난한 사람에게도 나누어 주었어요. 임금님은 이런 소문을 듣고 그 할머니를 가상하게 여기어 대궐 안으로 데려다가 태자으 유모를 삼었어요. 그래서 이 할머니는 일천 석을 하게 되고 나중에는 태자으 부모가 되어서 잘 살었다고 합니다.

＊1974년 10월 14일 永同郡 永同邑 稽山洞 金德順 (65세, 女)

1) 마루　　2) 大師, 중을 높여서 부르는 말　　3) 供養, 부처님 앞에 음식을 이바지하는 일　　4) 새벽

山神이 옮겨가다 |

어떤 사람이 어떤 산 밑이서 그럭저럭 살고 있었는데 그 산으 산신이 이 사람이 거기 살고 있는 것이 못마땅해서 한번은 이 사람 앞에 나타나서, "저 산은 나쁜 산이 돼서 당신이 여기서 살어 봤자 돈도 못 모고 다복스럽게 살지도 못하니 다른 데로 이사가는 것이 좋을 것 같다"고 말했다. 그러니까 이 사람은 "이 산이 나쁜 산이라면 아마도 이 산에 있는 산신이 나쁜 신일 게요. 그 나쁜 신을 쫓아내면 되잖겠소." 이렇게 말하니까 산신은 "어떻게 산신을 쫓아낸단 말이요?" "이 산을 파서 산을 읎애면 산신도 쫓겨날 것 아니요." "아아니, 당신 혼자서 무슨 수로 저 산을 파내서 읎앤단 말이요?" "아 그야 아침 저녁으로 한 삽식 한 삽식 파내면 지 아무리 높고 큰 산이라도 읎어지지 않겠소?" "아침 저녁으로 파낸다 해도 당신 생전에 다 파내겠소?" "그야 내 평생에 못다 파내면 아들이 파내고 아들이 못다 파내면 손자가 파내고 손자가 못다 파내면 증손자 고손자 대대로 파내면 이 산이 읎어질 게 아니요?" 산신이 이 말을 듣고 이 미련한 놈이 미련하게도 그럴 것 같어서 산신은 산이 읎어지기 전에 다른 데 가야 하겠다고 그 산에서 떠나가 버렸다고 한다.

＊1943년 9월 忠州郡 忠州邑 龍山里 平沼清熙

이상한 수수께끼 |

옛날에 한 여자가 늦게야 아들을 하나 나서 잘 키웠는데 이넘은 다 커서도 밥만 그저 많이 먹기만 하고 아무것도 못 하는 미련퉁이 노릇을 하고 있었다. 그래서 으므니[1]는 속이 타고 화도 나서 하루는, "야 이놈아, 넘으 집 아들덜은 일도 잘 하고 집안일도 돕는디 너는 밥만 처먹고 암껏도 할 줄 모르니 이거 살겠냐?" 하고 야단치며 나무랬다. 그러니까 이 미련퉁이는 "나 새끼나 꼬게 짚이나 한 단 갖다 주어" 했다. 으므니는 이 말을 듣고 이넘 그래도 쓸 데가 있구나 하고 짚 한 단을 구해다 주었다.

이넘은 새끼를 꼰다고 꽜는데 밤새도록 꼰 것이 겨우 새끼 서 발을 꼬았다. 으므니가 이것을 보고 기가 막혀서 "야 이놈아, 하루 저녁 꼰 것이 겨우 이것뿐이냐? 이것 가지고 나가서 빌어먹던지 죽던지 해라" 고 야단치며 내쫓았다.

이 미련퉁이는 새끼 서 발을 가지고 나갔다. 정처없이 걸어가는데 옹기장수가 옹기짐을 붙들어맨 밧줄이 끊어져서 쩔쩔매고 있더니 이 미련퉁이가 새끼를 가지고 있는 것을 보고 동우 하나 줄 테니 그 새끼 를 달라고 했다. 이 미련퉁이는 그렇게 하라 하고 새끼 서 벌을 주고 동우 하나를 얻었다.

이 미련퉁이는 그 동우를 들고 가는데 가다가 어떤 동네 우물에 왔 다. 여인네 하나가 물동우를 깨고 어쩔 줄 모르고 있었는데 이 여인네 가 미련퉁이가 동우를 가지고 있는 것을 보고 쌀 서 말을 줄 테니 그 동우를 달라고 했다. 그러라 하고 쌀 서 말을 받고 동우를 주었다.

미련퉁이는 쌀 서 말을 가지고 가는데 가다가 죽은 말을 끌고 가는 사람을 만났다. 미련퉁이는 쌀 서 말하고 죽은 말하고 바꾸자고 했다. 그러자고 해서 미련퉁이는 쌀을 주고 죽은 말을 얻어서 끌고 갔다. 가 다가 어떤 집에 들려서 죽은 말을 마당에다 매놨다. 그랬더니 그 집 말 이 건드려서 넘어트렸다. 이 미련퉁이는 당신네 말이 내 말을 차서 쥑 였으니 말을 살려 놓든가 다른 말을 주던가 하라고 야단을 쳤다. 그러 니께 그 집 쥐인은 자기의 말을 주었다. 미련퉁이는 그 말을 끌고 갔다.

가다가 처녀 죽은 송장을 메고 가는 사람을 만났다. 미련퉁이는 이 사람보고 그 처녀 송장하고 이 말하고 바꾸자고 했다. 그러자 해서 말 과 처녀 송장과 바꿔서 처녀 송장을 지게에다 올려앉히고 지고 갔다. 가다가 어떤 동네에 와서 그 동네 우물 옆에 지게를 바쳐놓고 쉬고 있 었다. 아낙네며 처재들이 물 길러 왔다가 지게 우에 처녀가 있으니께 이 처녀를 구경하겠다고 몰려와서 보다가 한 처녀가 지게 작대기를 차 서 지게가 넘어짐서 지게 우에 있는 처녀 송장을 우물에 빠쳤다. 미련 퉁이는 이것을 보고 처녀를 쥑었다고 살려 노라고 야단을 쳤다. 그러 니께 그 처녀으 부모는 내 딸을 대신 데레가라고 했다. 미련퉁이는 마지못하는 체하고 그 처녀를 데리고 갔다. 가다가 비단을 한 짐 잔뜩 말에 싣고 가는 사람을 만났다. 비단짐을 싣고 가든 사람이 미런퉁이가 데리고 가는 처녀를 보고 이것이 욕심이 나서 뺏고 싶어서 우리 수수꺼끼 내기 하자, 내가 지면 이 비단과 말을 다 주고 당신이 지면 그 처재를 달라고 했다. 미런퉁이는 그렇게 하자 하고 미런퉁이가 먼저 수수꺼끼를 꺼냈다.

"새끼 서 발, 동우 하나, 쌀 서 말, 죽은 말 하나, 산 말 하나, 죽은 처자 하나, 산 처자가 멋이냐?"하고 말했다. 비단 싣고 가든 사람은 아무리 생각해 봐도 알 수가 없었다. 그래서 모르겠다고 하니까, 미런퉁이는 "그럼 당신 졌소. 졌으니 그 비단과 말을 내노시요" 하고 그 비단짐과 말을 얻어서 처녀를 데리고 집이로 돌아왔다. 그러니께 나가서 빌어먹던지 죽던지 하라고 쫓아내든 으므니가 너 이제 돌아오느냐 하면서 맞어 주었다고 한다.

＊1942년 12월 報恩郡 懷北面 中央里 德永普

1) 어머니

不孝를 뉘우치게 한 賢妻 | 요거넌 요 근자에 생긴 이

야깁니다. 신문에도 나고 방송에도 방송된 이얘깁니다.

淸州市에 趙 아무개라는 노인이 계세요. 이분은 아들 三兄弟를 홀애비로서 잘 키워서 큰아들은 서울 가서 무슨 대학 교수가 됐고 둘째아들은 淸州서 직장을 가지고 살고 셋재는 淸州師範學校를 나와가주고 大田 어느 국민학교 선생 노릇을 하고 있는디 둘째아들하고 淸州서 살고 있어요.

하루는 친구 하나으 환갑잔치가 있어서 초대를 받어서 거그 가야 하겠는디 기냥 갈 수는 없고 해서 부주를 가지고 갈라고 아침에 아들보고 "친구 환갑잔치에 초대받어서 가야겠으니 부주하게 돈 백원만 다오" 하니게 아들은 "날시도 불순하고 아버님이 기력도 좋지 못하고 콜

록콜록 하시는디 어디를 가시겠다고 합니까? 가시지 마시요. 나 돈 없어요" 이러드래요. "없으면 2백원 좀 꾸어다 주면 안 되느냐?" 해도 "어디 가 꾸어요?" 함서 기냥 휙 나가더랍니다.

메누리가 이런 광경을 보고 시아버지 보기가 민망해서 얼른 쫓아나가서 남편보고 "나 미장원 가게 돈 3백원만 주시요" 하니게 두말 않고 3백원을 주드랍니다. 그래서 집이로 돌아와서 시아버님께 2백원을 드리면서 어서 친구 환갑잔치에 갔다 오시라고 하드래요.

이 노인은 그 2백원을 가지고 친구 환갑잔치에 갔지만 아들이 한 행실을 생각하니 마음이 울적해져서 기냥 있다가 집이로 왔드랍니다. 와 보니께 젖먹이 어린 손주애가 울고 있어요. 그런데 메누리는 젖 줄 생각도 하지 않고 기냥 내버려 두고 있어요. 그런디 아들이 돌아왔어요. 애가 울고 있이니께 왜 젖을 먹여 달래지 않고 기냥 울리기만 하느냐고 야단을 쳐도 마누래는 들은 청도 않고 그대로 있드래요. 그렇게 서방은 화가 나서 이 사람 환장했나 미쳤나 함서 꽥 소리를 지르니께 메누리는 그까짓놈 새끼 젖 먹여 키워 뭣하느냐고 하드래요. 그래 "무신 소리여" 하니께, "여보시요, 당신 아버님은 홀애비 몸으로서 당신 삼형제를 잘 가르쳐서 모도다 직장을 갖게 해서 잘 살게 했는데도 아버님이 돈 2백원만 달라 해도 주지 않고 꾸어다가 달라 해도 꿀 데가 없다 하고 안 주더니 내가 미장원 가겠다고 3백원 달라니께 암말 않고 성큼 내주니 이놈도 크면 부모두 모르고 지 예펜네만 알 테니 이런 놈을 키워서 멋하겠소. 이런 자식놈은 키울 필요가 없소."

이 말을 들은 아들은 지가 잘못한 것을 뉘우치고 그 담부터는 늙은 아부지에게 효도했답니다.

＊1974년 10월 9일 陰城郡 陰城邑 校洞 南禮佑 (61세, 男)

＊1974년 10월 10일 淸州市 南州洞 沈泳輔 (70세, 男)

아들 16兄弟 둘 사람 | 예전에 金 서방이란 사람이 있었는데 동네서

는 남한테 대위를 별로 못 받든 모양이예요. 그래 동네서 부르기를 그저 김 서방 김 서방 이렇게 부르는데 그 사람이 인제 단가 살림을 하고 있는데 아주 아무것도 못 해요. 그저 여자가 벌어서 머 해다 주면 먹고 안 해다 주면 굶고 그 여자가 활동을 해서 그저 먹고 사는데, 게 그저 살림을 하고 그래 내우 살다 보니깐 아들을 8형제를 두었더랍니다.

아들을 8형제를 두었는데 아 이거 여자가 방아품이나 들이고 머머 무신 반질품[1]도 팔고 어떻게 이렇게 기냥 살아 나갈라고 하다 보니까 그렁 아들 8형제하고 내오하고 열 식구가 되지 않겄어요. 그 열 식구가 되는데 당최 어떻게 그 자식을 멕이지도 못하고 입히지도 못하고 참 워떻게 전딜 수가 없고 고생이 말 못하게 되지요. 그 인제 그렇게 벌어먹고 기냥 사는데 그 머 꼴이 볼 수 없겄지요, 그렁께.

하루는 방애품을 들고서 집으로 돌아오는 판인데 그 동네 어떤 사랑에 상쟁이가 와서 상을 본다고 동네 사람들이 다아 모아서 아주 분답하더랍니다. 그리서 참 자기 집으로 돌아와서 그 냄편더러 머라고 하능고 하니, 없는 게 하도 포언[2]이라 "아, 저 우리 원제 부자 될까 아무개 댁네 집에 상쟁이가 와서 상을 본다는데 언제 우리도 부자 될까 거 상 좀 보시요" 그러니깐 "그럼 가 보지" 그라고 나갔단 말이여. 그래 그 집이를 가니까 사랑에 참 동네 사람들이 다 모아서 상쟁이가 용하다고 이럭하니깐 다 모아서 아조 꽉 들어찼는데, 이 사람이 들어가니깐 "아, 저 아무개도 오느먼. 저 사람 상 좀 봐 주시요. 아마 제가 있어도 한마듸 할 게라요. 게 그 사람네도 역시 그 사램이 없어서 고상하고 하도 없는 게 포언이 된 사람이라 저 사람 언제 부자 될까 상 좀 봐 주시요" 이라거던. 그러니까 이 상쟁이가 이래 들어오는 것을 흘끗 바라보더니마는 아무것도 볼 것도 없는 상을 보라고 한다고 "아들 16형제 두면은 부자 되겠구만" 이런단 말이여. "아 그 좀 자세히 봐 주시요." "볼 것도 없는 상을 멀 봐." 그냥 앉았다가서 아무 말도 없이니깐 기냥 또 얼매 있다가 집으로 돌아왔일 것 아니요.

돌아오니깐 자기 마누라가 "상 봤어요?" "응, 봤어." "게 언제 부자 된 대여?" "아들 16형제 두면 부자된다느만" 이란단 말이여. 아 거 마누라가 생각해 볼 때 큰일났거던. 자기가 전에 아들 난 것으로 말허드래도 年年生으로 이렇게 8형제를 두었는데 이 뒤에도 年年生으로 그렇게 뽑으면 또 여덜을 낳는지도 모르겠단 말이여. 하이고[3] 여덜도 지금 못 멕여 살리고 못 입히고 이거이거 남 보매 참 자식이란 게 당초 볼 수도 없는 꼴이 되야가주고 있는데 아 이거 만약 16형제를 둔다면 이를 워텅게 할 텡가 말이여. 그 큰일났거던. 그래 자기 냄편더러 "나가시요." 아마 한 십 년 지내면 인자 아들 못난 그런 연령이 됐던 모양이지요. 거 처시하[4]라 이 사람이 마누래 하라는 대로 하게 됐단 말이요. 쫓아내면 쫓게나야 하겠어. 천상 할 수 없이 쫓게나갔단 말이여.

아 거 아무것도 할 줄도 모르고 배운 것도 없고 뭐 할라니 뭐 할 게 있느냐 말이여. 그저 얻어먹는 것백이는 못 한단 말이여. 그저 얻어먹음서 댕기자니까 그저 대단히 바쁜 것도 없고 이 동네서 얻어먹다가 또 얼매 걸어가 저 동네 가서 얻어먹다 이렇게 돌아댕겼단 말이여. 얼마가 인제 되었던지 한 군데를 가 보니깐 큰 동넨데 기와집이 질판하드랍니다. 그 중에도 기중[5] 큰 기와집으로 찾아 들어갔단 말이요. 찾아 들어가서 보니깐 아 사랑이 아조 큼직한 사랑이 존데, 허어연 노인들이 모아서 바둑 장기 이걸로 소일하고 있드랍니다. 그리서 거그 들어가서 기냥 뒷전에 앉었단 말이여. 무신 말도 할지도 모르고 그냥 뒤에 이래 앉었는데 인제 해가 설풋해서 저녁 먹을 때가 다 되야 가는데 그때에는 거그 모도 옥관자 붙이고 놀든 노인들이 다 자기 집으로 저녁 먹으로 간다고 다 가고 남아 있는 분이 허연 노인 한 분이 남아 있단 말이여. 그리 이 김 서방 생각에 아마 이분이 주인인가부다 이렇게만 생각하고 기냥 꾸욱 수시박고 앉었단 말이여.

앉었이니깐 그 주인이 머라고 하는고 하니 "웬 사람이요?" "예, 저는 姓은 金간데 정처없이 댕기는 사람이요." "거 어째 정처없이 댕기요?" "글씨 주인 양반이 물으시니깐 말이지 지가 이얘기해 디리겠습니다." 자기가 아들 八兄弟 둔 게며, 워너[6] 상쟁이한티 相을 뵈니깐 16형제 두어야 부자된다고 하는 거며 고만 마누라가 나가라고 해서 쫓겨나와서 걸식을 하고 댕기는 게며 자기 과거사를 통 이얘기를 죄다 했단 말이여. 통 이얘기를 하니깐 그 주인 노인이 "김 서방." "예." "머 볼일이 바쁜 데 워데 갈 데가 있소?" "하무 별로 뭐 갈 데라고 어데 있겠십니까? 이렇게 댕기는 사람이 기냥 이래 오늘 여그서 얻어먹다가 내일 저가 얻어먹다 그저 이런 정도인듸 어듸 바쁜 게 뭐 있겠어요" 그라니, "그러면 김 서방, 그렇게 댕기는 거부담⁷⁾ 우리집에서 기냥 사랑이나 씰어 주고 이렇게 있이면 어떻겠느냐?" 아 참 아닌게 아니라고 소원이면 不敢請이지 그 머 그렇게 댕기는 사람이 그 사랑이나 쓸어 주고 거기 있이란데야 마다고 하겠어요. "하 주인 어른이 그렇게 하라고 하신다면 그렇게 하겠지요" 그래 승낙을 했단 말이죠. 근데 승락을 하고서 앉았는데 인제 조금 있다 저녁상이 들어오는듸 저녁을 잘 차려다 주어요. 그래 그렇게는 걸식을 하고 댕기다 처음 그런 상을 받아 보게 된 모양인데, 거 저녁을 잘 먹고 거기서 사랑에 자고 아침에 역시 아침을 해다 주는데 잘 해다 주어요.

그렇게 있기를 솔챙이⁸⁾ 오래 있었든 모양이지. 그래 그 이튿날 또 그 여러 노인들이 모아서 이렇게 놀다 가고 놀다 가고 장⁹⁾ 매일 그렇게 하드랍니다. 근데 메칠이 됐넌지 하루는 그 여러 사람이 다 간 뒤에, "김 서방." "예." "나 金 서방한테 꼭 청할 말이 있는데 내 말을 들어 주겠느냐?" "아 주인 어른이 머어 하라는데야 저의 힘이 할 일 걸다면 들어 주지요." "꼭 들어 줄까?" "하 주인 어런 말씸이야 안 들을 수가 있어요? 들어 주지요." "내 꼭 들어 줄라면 이야기하고 안 들어 줄라면 이야기 아니 하겠네." "아 무신 말씸인가 해 보시지요." "김 서방은 잘 모르겠지마는 내가 아들이 없어. 아들이 없는데 내가 남이 말하기는 멫 만 석 한다고 하는데 아들이 없으니 아들을 날라고 마누라를 얻고 또 얻고 또 얻고 또 얻고 하다 보니께 마누라가 여덜이여. 여덜인데 이 여덜 마누래한테 하룻밤씩만 좀 자 주겠능가?" "하이고, 천만에 그런 말씀을 하시느냐"고. "아니여 내가 하라는데야 상관 있어. 그러니까 그렇게 해 주게." "하이고, 천만에 그런 말씸을 하시느냐"고. 당체 승락을 아니한단 말이여. "아이 이 사람아, 내 마누라여. 내가 하라는듸야 거 머머 못할 것이 있나. 그러니까 꼭 그렇게 해 주게." "아 주인 어른

이 정이 그러시다면 그럼 들어 주겄십니다" 이래 됐단 말이여.

　아 그라더니 아주 잘 멕인단 말이여. 메칠을 잘 멕이더니 "오늘 날 따라 들어가세." 아 저녁에 데리고 들어간단 말이여. 따라 들어가서 잤지. 그러니까 그 중 큰마누라한테를 갔드란 모양이죠. 그렁게 그렇게 되자면 내통은 있겄지요. 자기네끼리 내통은 있일 게여. 아마 그 인제 오늘 저녁에 여그서 자고 나오라고 이럭하고, 고만 나가 베린단 말이여. 그러니 자기 마누라하고는 자 봤지만 남우 여자라는 거는 처음 그냥 하는 모양인듸 아 머 가심이 두근두근하고 머 어듸 당치 말도 붙일 수도 없고. 그러나 밤새도록 한티 이렇게 자다 보니까 아 그 작간이 됐든 모양이죠. 그래 거기서 자고서 아침에 일찍이 나왔단 말이여.

　그 인제 거기서 나와가주고서 아 또 전과 같이 그렇게 또 메칠을 아조 잘 멕여서 이라더니 하루 저녁에는 또 들어가자 한단 말이여. 게 또 들어가니깐 게 둘째마누라한티 가서는 이얘기하고서는 이 사람하고 자라고 이렇게 하고서 또 나가 베린단 말이여. 그 인제 첨보다는 두번째라도 인제 좀 남으 여자라도 조금 더 이무럽단 말이여. 그래 거그서 또 자고서 나와가주고 그 여덜 마누라한테 메칠석 잘 멕여가주고 고롷게 다 하룻밤씩 자게 됐드랍니다. 근데 맨 끝에 마누라 거기 가서 인제 자게 되는데 근데 뭐 부자집이고 하니께 도모지 없는 것은 없고 뭐이든지 머 풍부하고 이러니깐 존 술에다 존 괴기에 그저 육삼포럼[10]에다 아조 잘 이렇게 먹고서 둘이서 앉아서 이야기하는데 말이요, 여자가 한숨을 턱 쉰단 말이요. 인제 그때만 해도 한 번 두 번 여러 번을 겪어서 여자하고 이얘기할 맛도 있고 하게 되었는데, "여보 왜 한숨을 쉬오?" "글쎄올시다. 딱한 일이요." "딱하기는 머가 딱하단 말이요." "오늘 저녁 나하고 자면 아침이면 당신이 죽소. 이 집이란 데는 나는 새라도 어데 나갈 틈이 없는 데고 오늘 저녁에 나하고 자면 당신이 죽을 티니까 그것을 생각하니까 자연 한숨이 나오요." 아 그 소리를 들으니까 아닌게 아니라 그럴 것도 같단 말이요. 그렇게 해 놓고 자기 하나 없애 노면 뭐 어디 무신 틈이 있일 게 뭐 어디 누가 알 사람이 있나 말이여. 이렇게 되니까 아예 아닌게 아니라 그럴 것 같단 말이여. 그러하니깐 맴이 좔리 없지. 이제 참 회심한 생각도 들어가고 인제 이렇게 되는데 그 여자가 머라고 하능고 하니, "걱정 마시요. 나 하라는 대로만 해 주시요. 걱정 말고 술도 자시고 괴기도 자시고 잘 자시고서 나하고 오늘밤을 기양 넹깁시다" 이런단 말이여. 그래 그 여자으 말을 듣고 맴이 좀 뇌여가주고서는 술도 먹고 괴기도 먹고 여자하고 자게 됐단 말이여.

자게 됐는데 인제 그 자고 나서 닥이 꾀꾀 우는데 일어나라고 깨운단 말이여. 그래 일어나니게 술을 갖다 또 권하고 먹으라 하고 이렇게 먹고 난 후에 "날 따라오시요" 그래 따라나갔다. 뭐 이러한 묵직한 보따리를 들고서 날 따라오라고 이럭하고 앞에 가는데 후원으로 들어서 워데로 워데로 이렇게 돌아서 저어 어데 담장에를 가더니 거기 담장 밑에 은행냉게[11] 하나 섰는데 그 은행냉기 하도 커서 이렇게 높이 올라가 가쟁이[12]가 많이 뻗고 해서 저어 밖으로 뻗어나간 가쟁이에 올라가면 내릴 만한 정도가 되드랍니다. 그래 인제 그리 올라가라고 부축을 해서 올리보내고서는 그 보따리를 가지고 온 것을 이래 주면서 "조오기 조 가쟁이로 가서 나가면 거기 가서 내릴 만한 정도가 됩니다. 그러니까 이것을 가주고 가시요"라고 보따리를 주면서 머라고 하능고 하니 "15년 전일랑 오시지 말고 15년 지나걸랑 와 한 번 댕겨가시요" 이럭하고 거기서 잭벨이 됐단 말이죠. 거그서 잭별하고 그 가쟁이를 시기는 대로 그리 타고 나가고 보니까 그짝에가 턱 늘어졌는듸 사람이 내레도 되게 되어 있단 말이여. 거기 펑 내레 보니게 인자 살았다, 아구만 참 멋 죽을 사람이 인제 살았으니 집으로 왔단 말이여.

자기 집에 와서 보니깐 아마 이맘때나 되었든 모양이요. 저녁때나 되었는데 고때가 한 8년 되었어요. 근제 떠억 자기 집에 들어가 보니깐 아들 그 쫄망쫄망하게 큰 것, 한 8년 지내면 몰라보게 될 거여. 아 큰놈은 아조 크고 그 밑에 내레 조금 덜 크고 그런데 저 아부지가 둘와도 모른단 말이지요. 그 이제 저그 집이니까 방에 들어가서 이래 앉었단 말이여. 앉았는데 저그 마누라가 어듸 가서 품을 들어가주고 와서 방을 듸다보니까 자기 냄펜이 와서 앉었단 말이여. 방에 들어가서 앉고 "10년 지내걸랑 들어오랬지. 지금이 8년뱆이 안됐소. 왜 왔소?" 아,

이럭하더니 방에 들어오도 않고 후원으로 들어가 삐린단 말이요. 얘한참 앉았다 보니깐 궁금증이 벌쩍 난단 말이요. 그리서 후원에 들어 갔는디 들어가 보니까 남게다 목을 매서 죽었단 말이여. 하 그래 얼른 쫓아가서 풀어가지고 방에다 눕혀 놓고서 무읍[13]을 달여 멕이고 참 이 렇게 구원을 하니까 시간이 오래 안돼서 깨났드랍니다.

이래 엥간이[14] 깨난 뒤에 "예보." "예." "여 나 머 좀 가져왔는디 내가 가져왔어도 내가 먼지 모르겠다고. 근데 이걸 좀 끌러 봅시다." 그러니 깐 정신을 간신이 차린 질이라 일어나서 뭣을 가져왔는가 하고서 이것 을 끌러 보니까 식식[15] 봉지로 맸는데 끌러 보니께 꼭 황금뎅이란 말 이여. 아 그걸 보니까 그만 부자가 됐지. 아 그 머어 돈 때민에도 하도 가난해서 자기 냄펜꺼지 쫓아내고 걱정이 돼서 이렇게 항 게지마는 인 제 그 부자가 됐이니깐 뭐 그 걱정할 것도 없고, 하 이걸 끌러 보니께 참 금보따린데 이거를 웃목에다 놓고 물을 떠다놓고 인제 조상께다 고 하고 이렇게 하고서 우선 옹색하니까 일부 좀 도레다가[16] 매매를 하고 보니까 아 돈이 여간 많이 나와야지요. 그래서 인제 우선 급한 대로 식 량도 사고 나무도 사고 우선 끓여먹고서는 이놈 팔아가주서 그저 그만 와가를 뚜듸려 짓고 땡[17]이 워디 난다면 난단 말이 고마워서 사고 사 고 하다 보니깐 그만 떡 벌어졌단 말이여.

그래 부자가 돼가주고서 이렇게 살기 되었는데, 그 아들 8형제를 독 선생을 앉혀 놓고서는 공부를 시기는데 아 이 아들이 말짱 재주가 있 어가주고서람 좋을 거여. 그리서 공부럴 시키고 이렇게 있는데, 그 참 자기 마누래한티 그런 이얘기를 했어요. "내가 거그서 약하약하하게 됐는데 거그서 떠나올 때에 15년 전엘랑 오지 말고 15년 지내걸랑 와 댕기가란 그런 말이 있었다"고. "그러냐"고.

그 인제 그러자니까 인제 독 선생을 앉어 놓고 아덜 공부 시기고 머 사랑이나 짓고 에헴 하고 앉았이니까 그때는 호화한 남자가 돼서 이 럭하고 있는데, 세월이 가는지 오는지도 모르고 이커고서 있었단 말이 여. 얼마가 됐던지 그 마누라가 "아무 데서 15년 지내거덜랑 한 번 댕 기가란 그런 말이 있었다 하니 인제 15년이 지냈십니다. 그러니께 한 번 가 댕겨오시지요." 아 참 생각해 보니께 15년이 지냈단 말이요. 한 번 댕겨와야겄다 해각고 그전에야 군속하게[18] 댕겼지마는 그때는 쌍 말을 잡아타고 아조 거드럭거려서 이렇게 거그를 메칠을 갔단 말이요.

그 집이를 써억 들어가서 그 사랑에를 들어가니깐 그 영감은 눈에 비도 않고 아들이 말짱 고만고만 고만한 아들이 여덜이 독선생을 앉혀 놓고 공부를 하고 있드랍니다. 모도 머리 끝이다 흰 댕기를 디리고 그전에야 상제 되면 애들이 흰 댕기를 디리지 않어요. 아 그래 생각해 보니깐 그 영감은 죽었는가 보고 그 집이 영감이 죽으면 그 집에 멋이 그럴 끼[19] 없단 말여. 자기가 그 샅샅이 요량한 노릇이 돼서 다른 멋이 걱정할 것이 없단 말이여. 그래서 인제는 아마 영갬이 죽었는가분데 아무 기탄이 없어요. 그래서 아들이 그래서 방에 앉었이니까 "원 양반이요?" "야, 여 지나다가 들렸다." 아아 그 아들한테 진지리 그런 생각을 하니까 우습기도 하고 좋기도 하고 여러 가지가 모도 이렇게 돼서 흥이 났다 이게여. 아들한테 농도 하고 아 이라다 보니께 머 못할 말 없이 지끄기[20] 됐단 말이여. 아 그래 말만 하다가 "야 이놈아, 내가 네 아비다" 이랬네. 그러나저러나 기탄이 없으니까 그 집에 그 일을 생각을 해 봐도. 한 놈이 썽얼 퍼르르 내면서 "원 양반이 지나다가 들렸이면 놀다 가던지 자다 가던지 고히 갈 것이지. 아를 대해서 늬 애비다 한다는 것은 무슨 그런 말이 있느냐"고. 열다섯 해가 지났으니까 열대여섯 살 되면 철도 날 게 아니여. 아 고거 어떤 안고 하니 기중 끄트머리 마누라 고그서[21] 난 그 애란 말이여.

그래서 아 이놈이 생각을 해 보니께 시상에 그럴 수가 있냐고. 참 양반의 집이서 말이여. 예, 요놈에 영감 나쁜 놈의 영감 내 우리 어머니한테 일러서 혼띔을 한번 내 줄 테라고 저 어머니한테 쫓아 들어갔드란 말이여. "어머니, 어머니." "와?" "사랑에 원 영감이 하나 왔는데 내가 늬 애비다, 이런 말 한다"고. "세상에 그럴 수가 있어요?" 아 이놈이 결이 나가주고서 뭐 어머니한테 이르는데 꿩장하단 말이여. 게 가만히 생각해 보니깐 15년 지나걸랑 한 번 댕겨가라고 했는데 아마 그이가 온 것 같단 말이여. "그려? 다시 한 번 이리 좀 오래라." "애 내가 데레오지요." 데레다가 저 어매한테 혼떰을 한번 낸다고 쫓아나왔단 말이여. 나와서, "우리 어매가 좀 오래요." "으, 가지." 서슴지 않고 둘온단 말이여. 요놈에 늙은이, 인제 우리 어머니한테 혼떰을 한번 낸다고 쫓아나왔단 말이여. 아마 그이가 저기 오지 하고 이래 방에서 내다보니까 그이가 틀림없거던. 그만 신 신을 새도 없이 보선발로 쫓아나가서 "아이구 인자 오시냐"고. 아아 붙잡고 정신이 하나도 없고 아 들어가시자고 머머 데리고 들어간단 말이여. 아 이걸 보니께 이놈이 당체 저 어머니한테 일러가주고 혼떰을 한번 낼라고 한 일인데 워쩌 저 어머니가 저렇게 하는지 당체 알 수도 없고 우짠 일인가 벙벙하게 섰다, 이게여. 애야 섰거나 말거나 그만 데리고 들어가더니 어째 이렇게 오셨냐고 머 정신도 없이 그렇게 반가워하고 그런단 말이여. 아 그래 이놈이 서로 생각해 봐도 도무지 모를 일이지. 우짠 일인가. 그 한참 반가이 질기고 이라다가서는 들오너라, 그래 들어갔단 말이여. "이 양반이 참으로 너의 아부지여. 그러니까 절해야." 아 지 어머니가 시기니께 절을 넙죽 한단 말이여. "이 양반이 너의 아부지라 틀림없는 양반이여." 아 그러니께 그때사 저 아분지 알 수백이 없지. 저 어마니가 그라니까.

그 인제 그렇게 반가히 그라다가서는 가서 그 여덜 동세 아무개 어머니 아무개 어머니 아무개 어머니 팔 동세가 다 모았단 말이죠. 다 모아가주고서로 척 와서 보니께 아 그이가 거 와 앉었단 말이여. 대처 어떻게 반가운지 뭐 그 팔 동세가 하 어떻게 할 줄 모르지. 아 그래 자기네 아들을 말짱 오라고 해가주고서 "너 아부지니까 너 아부지한테 절해라." 8형제지, 그러니까 8형제가 다 절을 하고 참 그때사 아부진 줄 알고 그렇게 됐단 말이여. 아 그래서 거기서 인제 그냥 지내는데 이 마누라한테 가서 하루 저녁 자고 또 저 마누라한테 가서 하루 저녁 자고 그저 없는 게 없으니게 도모지 기릉 게[22]라고는 없고 아 이렇게 지내다 보니깐 세월이 오는 겐지 가는 겐지 알도 못하고 이럭하고 거그서 지냈드랍니다.

그래서 그래 지내다가 하루는 또 팔 동세 회이를 했단 말이요. 그 작은마누라가 팔 동세 회의를 해가주고서 "우리가 외인목으로 하드래도[23] 이대로 여그서 살 수가 없어. 그러니깐 그저 영감 댁으로 가자고. 사실 전 영감으로 말하면 말이 왈 영감이지 그 무신 혈속이 떨어졌는가. 이 영갬이 참 영갬이니까 영감 댁으로 가자아"고 이라니까 如出一口며. 아 좋다고 그래서 인제 아무 날쯤 가자고 날을 떠억 받아놓고서 그 순간 그 몇만 석 하는 그 토지 집 이것은 문중으로 부쳐서 죽은 영감에 春秋 제양을 지내라고 문중으로 부쳐 주고 금은보화를 그러니께 팔 동세 8형제 자기꺼지 열일곱이 되잖겠어요. 말을 열일곱 필을 내가주고서 금은보화를 말께다 부담을 단단히 해가주고 하나석 타고서 이렇게 오는데 아마 지금 軍隊式이나 되던 모양이여. 한 열일곱이 말타고 뻗치면 굉장할 겝니다. 아 그래서 참 영감 댁으로 가게 됐어요.

　와가주고서 그만 새 터를 잡아가주고서 말하자면 16형제가 모두 살 집을 새 터를 잡아가주고 한 동네를 배치를 했드랍니다. 한 동네를 배치를 해가주고서 거그서 참 瓦家를 때리 짓고 동네를 배치해가주고서는 그 16형제를 선생을 앉혀 놓고 공부를 질내 해가주고서는 아주 그 애들이 맬짱[24] 日就月將 해가주고서 거그서 잘 살았더랍니다.

*1974년 10월 10일 中原郡 嚴政面 美內里 李晦根 (71세, 男)
*1974년 10월 15일 永同郡 永同邑 中央洞 鄭泰老 (76세, 男)

1) 바느질 품　　2) 抱寃, 원한을 가짐　　3) 아이고　　4) 妻侍下　　5) 가장(其中)　　6) 어느　　7) 보다　　8) 꽤 오랫동안　　9) 늘　　10) 肉山脯林, 고기를 산처럼 쌓아놓고 포를 숲처럼 베풀어 놓았다는 뜻　　11) 은행나무　　12) 가지 13) 미음　　14) 어지간히　　15) 단단히　　16) 떼어다가　　17) 땅　　18) 궁하게　　19) 꺼릴 것이　　20) 지껄이게　　21) 거기서　　22) 그리워할 것이, 부족한 것이　　23) 남의 이목이 두려우니　　24) 모두 다

두꺼비의 報恩 | 옛날에 처녀 하나가 있었는데 이 처녀가 아침밥을 해서 밥을 풀라고 하는데 어데서 오는지 두꺼비 한 마리가 부엌으로 기어 들어왔다. 그래

서 밥을 다 푸고 밥 한 숟갈을 두꺼비를 퍼주었더니 이 두꺼비는 그 밥을 다 먹고 어디로 갔다. 그러다가 밥때가 돼서 밥을 풀라고 하면 그 두꺼비는 또 나왔다. 처녀가 밥을 퍼주면 그것을 먹고는 어데론가 가고 가고 했다. 이렇게 해서 이 처녀는 여러 해 동안 두꺼비한테 밥을 주어서 키웠다.

이 처녀는 효성이 지극해서 부모한테 효도를 극진히 했다. 집이 가난해서 어떻게 해야 부모님을 잘 모실가 하고 남으 집 빨래도 해 주고 밭도 매 주고 해서 품을 팔아서 부모님을 잘 봉양했다.

이 처녀가 사는 마을에는 사당이 있는데 이 사당에는 일 년에 한 번식 처녀를 바쳐야지 그렇지 않으면 동네에 큰 재화가 일어나 불이 난다든가 흉년이 든다든가 큰 병이 든다든가 해서 사람들은 크게 해를 입었다. 그래서 해마다 처녀를 사서 이 사당에다 바치는 것이 준례가 되어 있었다. 사당에다 바친 처녀는 그 이튿날이면 송장이 되어서 나왔다.

그 해도 이 사당에 바칠 처녀를 구하게 되었다. 이 처녀는 사당 일을 맡아보는 어른한테 가서 자기가 사당에 바치는 처녀로 몸을 팔겠다고 했다. 그러고 사당 일을 맡아보는 어런보고 내 몸을 팔은 돈으로 전답을 사서 우리 부모에게 드리여 내가 죽은 후라도 편안하게 살게 해 달라고 부탁했다.

사당에 처녀를 바치는 날이 됐다. 이 처녀는 집에서 밥을 푸면서 밥 한 숟갈을 두꺼비에게 떠주며 "내가 너에게 주는 밥은 이 밥이 마지막 밥이다. 잘 먹고 잘 살아라" 하고 작별 인사 말을 했다.

밤이 되어서 이 처녀는 사당 집에 들어가서 앉아 있었다. 한밤중쯤 되니까 사당의 천장에서 커다란 지네가 기다란 목을 내밀고 아래로 내려와 이 처녀의 피를 빨아먹으려 했다. 그때 난데없이 두꺼비가 뛰어들어와 지네에다 대고 독기를 품겨올렸다. 그 두꺼비는 이 처녀가 여러 해 밥을 주어서 키운 두꺼비였다.

두꺼비가 독을 풍겨올리니까 지네는 처녀한테 달라들던 몸을 두꺼비에게로 돌리더니 독기를 품겨서 두꺼비에게로 보냈다. 이렇게 해서 두꺼비와 지네는 서로 독기를 품겨서 상대편 쪽으로 보냈다. 이렇게 하기를 밤새도록 하더니 날이 밝아서 보니 두꺼비도 지네도 그 독기에 쏘여서 다 죽어 있었다. 처녀는 아무 상처도 없이 그냥 살아 있었다.

날이 새니까 동네 사람은 죽은 처녀 시체를 치겠다고 왔다. 와서 사당 문을 열어 보니 죽은 줄 알았던 처녀는 죽지 않고 살아 있어서 모두들 깜작 놀랬다. 그리고 그 옆에는 생각지도 안했던 넝동만한 지네와 방독만한 두꺼비가 죽어 있어서 이거이 어쩐 일이냐고 물었다. 처녀는 본 대로 다 말했다.

처녀의 말을 들은 동네 사람들은 처녀의 효성이 지극해서 하늘이 도운 것이라 하고 두꺼비도 오래 기른 은공을 갚느라고 지네를 죽이고 자기도 죽었다고 감탄했다.

이렇게 해서 처녀는 죽지 않고 무사해서 부모님에게 돌아가서 여전히 효도하면서 잘 살았는데 그 후부터는 이 사당에 처녀를 바치는 일은 없어지게 되었다고 한다.

＊1927년 2월 淸州郡 梧倉面 倉里 郭奭鉉

무서운 이야기 │ 강을 건너가는 참인데 강을 건너는데 배를 타야만 건넨단 말이여. 그래 둘이 서서 게 나이 많은 머리 끝이 허어연 老人이 그 젊은 분을 "아 먼저 올라가시요." "老人장이 먼저 올라가시요" 그란단 말이요. 老人 양반은 "아니, 먼저 올라가시요" 자꼬 이렇게 권한단 말이여. 그래 나이 많은 분이 젊은 분을 앞으로 밀어서 권한단 말이여. 그래 할 수 읎어서 같이 배에 올라앉어서 "거 노형 나이 몇이요?" 이렇게 서로 나이를 물었어요.

아 내 나이는, 머리 껌은 분은, "한 七十 안쪽입니다" 그리고, 또 머리 허연 늙은이로 말하면, 머리가 아조 백발이요, 백발이 성성한 늙은인데, "나는 불과 한 쉰밖에 안 됩니다." "하아 그러시면 머리가 저렇게 싯십니까?" "거 머리 신 내력을 내가 말하겠십니다. 예 달리 싱게 아니라 강완도 금강산에 소금 장사를 갔십니다. 소금 장사를 가다 한 고개를 넘으니께 밤이 야심해서 한 고개를 넘어서 가다가 보니께 쌀자루가 하나 있어요. 그 쌀자루 줏어가주고서 한 고개를 넘어가니께, 오도막집에 불이 빤해서 글로 찾어갔십니다. 글로 찾어가서 쥔을 찾으니께 젊은 부인이 나와요. 젊은 부인이 나와서, 이렇게 아, 일몰해서 갈 디가 없어서 그렇게 좀 하룻밤 유해서 가겠다고, 아 그럭합니까 그리하시게여 그럼서.

방을 얻어가주서 이렇게 있넌데, '아이 소금 있습니까?' 이렇게 묻는단 말이여. 아 내 소금 장시니께 '소금 있습니다' 하고 소금을 주었단 말이여. 주고 있었는데, 그 주인의 부인이 쌀자루를 본단 말이여. 깜짝 놀라요. '아, 거 어짠 쌀자루냐?' '아, 질에 오다 줏었십니다' 하 그러냐고, 그러고 밥을 잘 해 주어요. 잘 해 준 것을 먹고서 난 뒤 한참 되니께, 주인 부인이 돌와요. 돌와서 칼을 내밀면서 '당신이 나와 같이 우리 남편이 호상을[1] 가서 이게 쌀자루 줏어온 것이 호상을 가서 이 쌀가루 우리 쌀자루니께 나랑 같이 갈라냐 안 갈라냐?' 아 그거 호상 해 갔다 하넌데 아 그거 쌀자루 그것 보고서 그렇게 발겐이 되었는데 안 간다고 할 수도 없고 간다고 할 수도 없고, 그래 솔까지 불을 써 들고서 '앞에 슬라요. 내 뒤에 슬래요. 만약에 앙 간다면 칼로 찔러 쥑일라오' 이란단 말이요. 아 죽기는 여차피라고 내 뒤에 따라 갈란다, 아 솔까지 불 들고 따라갔단 말이여.

따라가서 — 그 저 호랭이가 워데 있는 데는 알거던요. 그 강원도 사니께 — 거 근방에 가서 더듬니께 그 근방에서 비린내가 확 나더니 자기 남편을 머리를 다 몸뎅이 한 반절은 없어졌다. 허니 이거 솔까지 불을 확확 듸이밀면서 그 여자가 빼앗시요. 시체를 뺏아가주고서 떠억 이 여자가 하는 말이, 머라고 하는 게 아니라, '당신이 이미 여꺼지 왔이니 이 시체를 안고 갈라오, 솔까지 불을 뒤에 들고 따라올라오?' 이란단 말이요. 하 이거 이러지도 못하고 저라지도 못하고 안 한다고 할 수도 없고, 한다고도 할 수도 없고, 하여간 시체는 만칠 수가 없어서 솔가지 불을 들고 뒤에 따라가겠다고 이랬단 말이요. 그래 솔까지 불을 들고서 뒤에 따라갔십니다.

따라가서 인제 자기 집에 가서 시체를 안방에 뉜단 말이요. 뉘고서 아 거 저 뒷문과 앞문 거게 숯불을 벌겋게 다루어서 거기다 놔요. 그렇게 놓더니, '나는 우리 친정이 아무 데 한 십리 가량 되아, 거기 댕겨 올티니 이걸 꼭 지켜 돌라'고 이런단 말이요. 시체를 방에 앉혀가주고서 아 그러냐고 아 실지로 그런지 앙 그런지는 몰라도 요 그 고양이가 머지붕에 그 시체 있넌 데 뛰면 시체가 슨다는 그런 말이 있능개비요. 그 괴앵이가 지벙에 날면 실지로 올라가서 그런지 아 시체가 뿔끈 올라일어나 슨단 말이요. 아 이 사람이 하도 기암해서 엉겹질에 어떻게 휙달아나서 자기 워텧게 된지도 모르고 부엌에 가서 이렇게 벅골에 가서 이렇게 쑤수박고 있단 말이여.

그래 그 여자가 친정 오라비와 모도 소리해가주고서 와 보니께 시체는 섰지, 그 지키는 사람을 찾이인게 워데 갔넌지 모르지. 부엌에 가보니까 막 반치는[2] 죽었어. 안어서 그저 마음을 달이멕여서 약을 멕여가주고서 살렸이요. 게 살리고서 그 친정에 오라바니와 그 모도 같이장사를 지낸 뒤에, 다아 장례를 치른 뒤에 친정 오라버니고 모도다 전부 다 갔습니다.

다 가고 거 인제 그 자기 남편을 이렇게 같이 지케 주고 이러한 분을그 산중에 金 세 봉지가 있이요. '이거 세 봉지면 자기 일평생 지낼 티니 이거 가주고 가서 사시요. 나한티 이렇게 은혜를 많이 입히 주시고이렇게 내 은혜를 많이 입히 주시고 이렇게 내 은혜를 안 갚을 수는 없이니께 이거 가주 가서 잘 살으시요.' 아 이놈이 金 시 봉지 가주고서매매해가주고서 사니께 한 오,륙백 되드래요. 이놈은 잘 살고 이렇게나다 보니께 그 생각이 난단 말이요. 그 집이 지금도 잘 사능가 어쩡가거그 그가 봤더니, 그 집이 터문도 없이요. 그 인근 동네 가서 물으니께 고만 그 여자는 남편을 호상해 보내고서 지붕에다 불을 지르고 자기는 거기서 타 죽었단 그런 얘깁니다. 그래 내가 머리가 이렇게 싯다고 그래서 싯노라, 이렇게 나이는 적어도 시었다"고 하더랍니다.
＊1974년 10월 6일 永同郡 永同邑 山益里 張章燮 (69세, 男)
1) 虎食의 뜻   2) 반은

노루의 報恩

옛날에 머심살이하는 총각이 산에 가서 낭그를 벅벅 깔키로 긁어서 한 짐 해 놓고 쉴라고 하는데 벨안간 노루 한 마리가 뛰어와서 이 깔키 낭그 속으로 쑥 들어가서 숨었어요. 그러자 곧 포수가 쫓아오더니 노루 가는 것 봤냐고 물어서 벌서 저쪽 산으로 뛰어갔다고 항께 포수는 그쪽으로 뛰어갔어요. 포수가 간 뒤 월마쯤 있잉게 노루가 낭그단 속에서 뿌시시 나와서 "내 목심을 살려 주어서 고맙다. 내 그 은혜를 갚겠다" 이러드래요. 그때는 짐성도 말을 했다고 해요. 노루는 "당신을 보니 장개를 안 든 것 같으니 내 장개들게 해 주겠다" 함서 지 살에서 털을 세 개 뽑아 주면서 서울 朴 대감집 외동딸한티 가면 좌우간 장개들게 된다고 하더래요.

이 총각은 서울로 올라와서 朴 대감 댁을 찾는디 서울이 하도 넓어서 어디가 어딘지 몰라 이 고삿 저 고삿 빙빙 돌아댕기는디 한 군데 가니게 젊은 사람들이 무신 짐을 날름서 이 짐은 朴 대감 댁 짐이니 조심해서 날러야 한다고 해서, 그 사람한티 가서 박 대감 댁이 어디 있냐고 물었더니 저어기 저 집이 박 대감 집이라고 해요. 그럼서 너는 위쩨서 박 대감 댁을 찾너냐고 물었어요. "나는 그 댁에 가서 마당이나 씰어 주고 궂인 일도 해서 뱁이나 얻어먹을라고 그런다"고 하니게, 날 따라오라고, 그래서 따라갔더니 그 사람을 박 대감한티 가서 "대감님, 어떤 총각이 대감 댁 마당이나 씰어 주고 궂인 일도 해 주고 뱁이나 얻어먹겄다 하니 대감님 그 아를 두실랍니까?" 하니게 대감이 그러겄다고 해요. 그래 이 총각은 박 대감 댁에서 살게 됐어요.

이 총각은 박 대감 댁에서 살게 됐는디 朴 대감 딸을 어떻게 해야 만나불가 하고 그것만 연구하고 있었어요. 대감 댁 마당을 씰고 궂인 일을 하니라고 여기저기 집 안을 돌아다녀도 시상에 대감님 딸을 볼 수도 없고 만날 수도 없었어요.

그러고 지내는디 대감님 생일날이 돼서 잔치를 하니라고 음식을 작만하고 여러 대감들이 손님으로 오고 하는디 이 총각은 이 심부럼 저 심부럼 하니라고 안으로 들락날락했어요. 해가 실핏하게 되니게 대감으 딸이 집 저 귀퉁이 가서 소피를 하고 들어가요 — 아 참 이야기 하나 배놓고 했네요 — 저 노루가 지 살에서 털 시 개럴 뽑아줌서 "박 대감 딸이 소피본 데다 이 털을 꽂이면 대감 딸이 뱅이 난다. 하나 꼽으면 조금 아푸고 둘 꼽으면 더 아푸고 셋 꼽으면 아조 많이 앓는디 그런디 하나 뽑으면 뱅이 조금 낫고 둘 뽑으면 좀더 낫고 셋 다 뽑으면 완전이 낫는다"고 했어요. 그래서 이 총각놈은 얼른 소피본 자리에다 노루 털을 하나 꼽았어요. 그랬더니 대감 딸은 살에서 소리가 나면서 아프다고 해요. 그래서 이놈은 또 가서 노루털을 두 개 꼽았더니 처녀 살에서는 소리가 더 크게 났어요. 또 가서 세 개를 다 꼽았더니 대감 딸으 살에서는 더 크게 소리가 나고 아파 죽겠다고 야단을 쳤어요. 그러니까 잔치에 모였던 손님덜은 실실 다 가 버렸어요.

대감 댁에서 외동딸이 갑재기 살에서 소리가 나고 앓고 있으니께 問卜쟁이를 데레다 점을 치니께 뭘 해야 낫겠다고 해서 정객[1]을 디리다 정을 읽고 했어요. 이 총각은 정객이 정을 읽고 야단치는 것을 보고, "아이고, 그거 대수롭지도 않는 빙 각고 정을 읽고 야단칠 거 뭐여? 정 안 읽어도 나을 빙 가지고…" 이러면서 뒷말을[2] 했어요.

정을 몇날 메칠을 읽어도 시상에 대감 딸으 빙이 나어야지. 안 나니게 파정을 했어. 그런디 이 총각이 정 안 읽어도 낫는 빙을 워째서 정을 읽넌지 모르겠다고 뒷말을 들은 하인이 대감한티 가서 저 마당이나 씨는 아가 정 안 읽어도 났는다고 말하더라고 말했어요. 그러니께 대감은 그 아를 불러오라고 해서 불러다 놓고, "너넌 정 안 읽고도 벵을 나술 수 있너냐?"고 물었어요. "예 저는 정 안 읽고도 나술 수 있어요" 하고 대답하니까, "그럼 나수어 보아라" 했거던. "그럼 제가 나수어 보겠십니다. 그런데 제가 말씀 드린 대로만 해 주서야 합니다." "걱정마라. 네가 하라는 대로 하겠다." "아무 날 아무 시부텀 고치기로 하겠십니다. 그런디 저에게 새 옷을 한 벌 해 주시고, 따님 방 안에 정화수를 떠서 상에 바쳐놓고 따님 방에는 아무도 들어가서는 안 되고 또 들여다봐도 안 됩니다." "아, 그거는 걱정 마라. 다 네가 하라는 대로 그렇게 하겠다."

이 총각은 대감 딸이 있는 방으로 들어가서 정화수를 바쳐논 상 앞에 가서 빌었어요. 한 댓새 빌고 밤중에 살자기 나와서 처녀가 소피 본데 꼽아논 노루털을 한 개 뽑고 다시 방으로 들어와서 빌고 있었어요. 그러니까 딸으 병은 쪼금 낫었다고 했어요. 대감이랑 대감 마나님이랑 기뻐서 어서 다 낫게 하라고 했어요.

이 총각은 또 메칠 빌다가 밤중에 가만이 방에서 나와가지고 그 소피본 데 가서 노루 털을 하나 뽑았어요. 그랬더니 딸으 병은 많이 났어요. 이만치 해 놓고 총각은 대감보고 "지가 대감님께 한 가지 말씀드릴 말이 있십니다. 대감님께서 들어 주실는지 모르겠십니다." "아 무신 말이냐? 네가 병을 고치는데 네 말을 못 들어 줄 수가 있겠느냐? 어서 말해 보아라." "예. 그럼 말씀 드리겠십니다. 저는 아직 장개를 못 들었십니다. 못 들었이니게 저를 사우 삼어 주시요."

아 이렇게 말하니 대감은 당황했어요. 무남독녀를 고히고히 길렀는이 아 이 심부름꾼한티 준다면 그 어디 체멘이 깎이고 남 부끄러운 일이 되니 이거 야단났단 말이요. 그래서, "야야, 그러지 말고 내가 돈을 너 원하는 대로 월마던지 줄 테니 그 돈 가지고 장개를 어데던지 갈 수 있지 않느냐? 또 우리가 좋은 데로 장개도 들게 해 주마. 그런 소리 말고 그저 내 딸 병이나 다 낫게 고쳐 다오." "저는 돈도 싫고 다른 데로 장개도 들기 싫습니다. 제 말을 들어 주신다면 병을 완전히 고치겠십니다마는 안 들어 주신다면 저는 그만 물러가겠십니다." "야야, 그러지 말고 병을 완전히 고쳐만 다오. 돈은 얼마던지 줄 테니 그렇게 하라." "아아 나는 싫습니다. 사우 안 삼으신다면 나는 물러갈랍니다."

이렇게 말하고 팔짝 뛰어나가 버리네요. 그러니 대감과 대감 마나님은 서로 마주앉어서 이거를 어떻게 하면 좋와요, 하면서 걱정을 하고 있었어요. "여보시요, 대감님. 어떻게 하실랍니까? 딸으 병을 고쳐야 하지 않겠십니까?" "여보부인, 우리가 무남독녀를 그만치 키웠는데 심부름꾼을 준다면 내 위신이 당체 말이 아니지 않겠소?" "딸으 병은 고쳐야 하지 않겠습니까? 병을 못 고치면 병든 딸을 두어서 멋 하겠습니까? 병은 고쳐 놔야 하지 않습니까?"

대감 부인은 심부름군한티 딸을 주는 한이 있어도 딸으 병은 고쳐야 한다고 자꾸자꾸 말을 하니까 남자라는 것은 안에서 여러 마디로 많이 말을 하면 그만 마누라 말을 듣게 되는 것이 돼서 "아니 나는 모르겠소. 부인이 알아서 아무렇게나 하시요." 대감이 이렇게 말하니게 대감 부인이 이 총각한티로 가서, "야야 어서 들어가서 내 딸 병을 고쳐 다오. 대감께서도 네 말을 들어 주시겠다고 하셨으니, 어서 들어가서 병얼 고쳐 다오" 하면서 달래고 사정하고 하니게 총각은 "그게 정말입니까? 병을 다 고쳐 노면 또 딴 말 할라고요" 이러니까, 대감 부인은 "아니다, 참말이다. 워째서 너 보고 거짓말을 하겠느냐?"고 말했어요. 그러니까 총각 녀석은 "참말이면 들어가서 완전히 고치지요" 하고 딸으 방으로 들어가서 빌고 있다가 밤중에 살그머니 나가서 노루털을 세개째 다 뽑았어요. 그러니게 딸으 병은 아조 깨끗이 다 났습니다.

이렇게 해서 대감으 딸으 병은 완전 나서서 대감은 할 수 없이 심부름꾼을 사우로 삼었십니다. 노루를 살려 준 덕으로 이 머슴살이 하던 총각은 대감 사우가 됐다고 합니다.

*1974년 10월 6일 槐山郡 沙梨面 梨谷里 德峴部落 趙才用 (67세, 男)
1) 讀經匠, 판수. 경 읽는 사람　　2) 혼잣말

지네 美女 | 아주 옛날이올시다. 페양 땅에 아조 부호가 살았십니다. 그 부호에 장본인이 누구냐 해면 김성호란 사람이 있습니다. 김성호는 자기 멫 대를 내레오면서 아주 부호로 살아가주구 김성호란 사람이 아주 三代獨子로서 아주 귀한 자제로 태어나가주구 귀염을 혼자 받기 때문에 다른 노릇을 못했답니다. 글이라고 읽으라면 댕김서라무니 마치 못된 장난만 하구 돈이 많은 사람이니까 그저 오입만 하구 돌아댕이는데, 이 사람이 어떻게 오입을 좋아하고 돈을 물쓰듯 하는데, 저의 아버지가 도저히 그 돈 쓴 것을 말리지 안해요. 얼매를 쓰던지 맘때로 허고 "너 장성해서 크기만 잘 커서 대만 이어다오" 이렇게 부탁하는데 그래 노니게 댕기면서 피양성 내에 기생이란 기생은 새로 왔다면 전부 혼자 독점이여, 그만. 기생을

독점을 해가주구 돈이야 얼매가 들던지 그래서 놀다가도 오늘 여그서 사귀어 놀다가도, 내일은 다른 집이서 다른 좋은 기생이 왔다면 또 거기 가서 그 기생을 독점하고 이러구 일을 삼다가서 나이 한 30쯤 돼가니, 아버지도 죽구 어머니도 돌아가시구 다 具沒하고 나서, 인제 내외간백에 없는데, 살림도 다 파했이유. 그 착한 살림을 다 털어 먹구서는 나중에는 집도 절도 없게 됐는데, 워찌 할 수가 있이야지. 자기 처자를 갖다 마캉[1] 친정에다 갖다 맽겨 버리구서.

이러구서는 돌아댕기면서 그전에 사귔던 기생을 찾어가 보니 첨에 가서 인사나 할지언정 이틀밤도 못 자게 한다 말이요. 그 돈 쓸 때는 서방님 서방님 하고 그렇게 따르던 사람들이 푸대접하며 이리 가도 푸대접이고 저리 가도 푸대접이고 도저히 워디 가서 발붙일 디가 없습니다. 그걸 생각하니 가만히 생각하니 지가 돈 많이 씰 적에는 그 많든 건달들도 전부 그저 서방님 서방님 하고 그렇게 따르던 사람들이 푸대접이며, 하나도 김성호라면 그만 손을 외쓰고 이러한 참인데 가만히 생각을 해 보니 돈도 쓸 만치 썼구 이 푸대접을 받구 살기가 싫어, 에이 빌어먹을 것! 인젠 살 만치 살았이니께 죽겠다, 생각하고 아조 폐양에서는 제일 독하다는 독주를 한 병 받아들고 乙密臺 날망을 썩 올라갔십니다.

올라가서 석양판에 그 술을 독주를 다아 혼자 마시고서는 을밀대 그 淸壁 난간에 가서 따악 드러누웠다, 그 말이여. 그는 왜냐하면 쟁이 깊이 들어가주구 술짐에 그만 꿈적거리면 을밀대에 뚝 떨어져서 그만 투신 자살해 뻐릴라고 떨어져서 아조 쇠골부실해 뻐릴라고 거 떡 드러누웠는데 아 어느 때가 됐던지 눈이 번쩍 떠지는데, 인제 죽었는가 생각해본데 죽길랑 싫여, 고냥 고 자리 가만히 드러누웠더라 그 말쌈이여.

가만히 그냥 드러누웠는 것이 아니라 워떤 눈을 떠 보니께 아조 새파랗게 젊은 처녀가 와가주구 수건에다 물을 적셔가주구 이마를 자아꾸 추켜 주더라 이 말이여. 눈을 떠 보니 아 그런 미인이 와서 술을 깨와가주구 그래 자꾸 물을 떠 너주고 이러 하니까, 아 입이다 자꾸 무얼 떠넣고 이런단 말이여. 하도 신기해서 그러니까 그만 벌떡 일어나가주구 대관절 네가 귀신이지 사람 아니지 않느냐? 그러니까 왜 귀신이 될 텍이 있느냐 사람이라고. 근데 내가 이 고생을 하고 살기가 싫어서 죽어 버릴라고 작정을 하고 있는데, 왜 이런 미인이 나를 이렇게 살리느냐고.

"그게 아닙니다. 나는 묘양산에 신령님에 딸인데 우리 아버지께서 말씀이 오늘 저녁에 '네 天定配匹이 을밀대에서 자살을 하게 돼, 그러니께 네가 내레가서 그 사람을 죽지 못하게 구해가주고 네 平生 배필을 삼어라.' 이런 분부가 계시기 때문에 내가 여기를 와 보니 과연 낭군께서 이렇게 주무시기 때문에 내가 낭군을 꼭 붙잡고 내 물로 이렇게 칙이는 게라 깨났다고. 그런듸 당신은 나하고 천정배필이라구 우리 아버지가 직채하셨으니께 내 배필은 당신뿐이요. 그러니께 죽지 마시요." "아이, 내가 당신하고 살 수가 없소. 내도 수천 석 하던 사람이 내가 敗家亡身을 해 버리고 인저는 집도 절도 없는 사람이 당신허고 어떻게 산단 말이오?" "그 사는 집에 대해서는 걱정하지 마시요. 돈에 대해서도 걱정하실 것 없고 우리가 서로 夫婦間을 맺어가지고 평생에 잘 살면 그만이지 거 무슨 상관이요. 걱정 마시요. 돈에 대해서는 걱정할 것 없시다. 내가 아버지께서 금은패물을 많이 주시기 때문에 이것만 가지면 우리 생전 먹고 살 테니까, 자 그러지 말고 城內로 들어갑시다."

아 固所願이면 不敢請이지. 아 그 머 안 죽구서 잘 산다는데야 누가 죽구 싶은 사람이 있겠십니까? 아 그렇대면 좋다구, 그래 성내로 내레와가주구, 지금으로 말하면 여관 같은 데 정해가주구서, 그날밤에 그만 인연을 맺어 버리구, 그 이튿날버텀 "집을 어데 한 칸 구하시요. 구해가주고 삽시다. 근데 집을 구하되 한적한 데 구하시요. 복판에 하지 말고 아주 저어 폐양서 뚝 떨어져 大同江 옆에 저쪽에 을밀대 가넌 쪽으로 해서 뚝 떨어진 데 가서 집을 한 칸 사자구."

그때 마침 폐양 北門 바깥에 나가니까 집이 한 4,5칸 짜리가 있는데 집이 참 오래 묵은 집도 아니라 그 말씀이요. 그래 그걸 사는데 패물을 한 보따리 내주며 "이걸 갖다 팔아가주구서 이 집 값을 치러 줍시다" 그 패물을 한 보따리 내주며 이것을 갖다 파니까 그 집 사구서도 머 돈이 아직 많이 남는 거란 말이요. 인제 거그서 살게 되는데, "자 우리 그러지 말구서 우리가 이 돈을 꽂감 꼬지 빼먹듯 할 게 아니라 우리 장사를 합시다." 무슨 장사를 허는고 하니 술 장사를 한다고 하는데, 어떻게 술 장사를 허느냐? 아 할 수 있다고, 내 술솜씨가 대단한데 한 번 해 보자구.

게 그때버텀 일꾼을 한 두서넛 디려가주구서 下人두 두구 이래가주구는, 술을 시작해서 하는데, 아 술 빚는 건 이 여자가 인제 당구는데 술을 당구가주구 그 술을 맛을 보니께 아주 술맛이 썩 좋다 그 말씀이여. 그래 놓고 인제 술을 팔기 시작하는데, 다른 데서 술 한 잔에 엽전 한 푼을 받으면 여그서는 두 잔에 한 푼을 받어. 아주 다른 데보단 배나 싸게 파니께 술 먹는 사람들이 하나가 먹고 가면 둘 데리고 오고, 둘이 가면 다섯 데레오고, 차차차차 손님이 느는데, 뭐 나중에 人山人海여. 아주 저어 北門 밖에 그 이름은 간판을 오공인이라 써 붙였어. 오공인이라고 간판을 써 붙여놓고 소문이 나서 아 와서 먹어만 보면 참 값도 싸고 술맛이 어떻게 좋던지 소문이 자꾸자꾸 널리 나서 폐양성 중에서 전부 그 집이만 들끓는다, 그 말씀이여.

끓는데 아무리 헐값으로 받드래도 하도 많이 파니께 돈도 남을 게 아닙니까? 그렇게 해놓고서는 저 마누래가 메라구 하는고 하니, 자아 당신이 하루에 돈을 얼매큼씩 썼기 때문에 그 재산을 아 내가 머 하루 백 냥도 쓰구 이백 냥도 쓰구 상관이 있느냐고 막 썼다구 그까짓 것 써가주구 패하겠냐고. "우리가 지금 이렇게 돈을 버는데 당신이 암만 돈을 썼더래도 패하지 않습니다. 이제는 그러니께 그전에 쓰던 돈 그대로를 쓰고 대니면서 또 호강도 좀 해 보시요. 돈이야 내 얼매던지 대디릴팅께 한 번 해 보시요." 하 이거 듣기만 해도 여간 좋냐 말이여. 그날버텀 나가서 또 돈을 쓰는데 하루 백 냥도 쓰구, 이백 냥도 쓰구, 이러고 또 호화판으로 인저 김성호 말이라면 줄줄줄 딸트룩 이렇게 돈을 씁니다. 하루 점두룩 놀다가 저녁에 들어오니께 마누라 하는 말이, "얼마나 썼습니까?" "허 오늘은 한 삼백 냥 썼는데." "에이구 남자가 돈 한 삼백 냥 그까짓 거 쓰구서 멀 많이 썼다구 합니까? 닐랑 가서 더 써도 좋습니다."

하 이거 머 그러니께 인제 나가서 인제 건달들 옷도 해주고 돈 없는 사람 쌀도 팔아주고 인제 머 이렇게 돈을 쓰다 보니 한 오백 냥 썼다 그 말이여. 옛날 돈 오백 냥이면 머 오백 석 지기도 넘는데 그만치 썼이면 기가 맥힌데 저녁에 들어오니까, 얼매나 썼지요? 오백 냥 썼다구. 에에이구 오백 냥 거 머 오백 냥 그렇게 썼느냐구, 더 써도 좋다구. 그렇게 풍성풍성 씨기를 한 일 년 썼더랍니다.

한 일 년 씨고 난 뒤에는 그래도 여전히 장사는 잘 되고 머 돈 없는 것도 표도 안 나구. 그런데 좌우간 그렇게 돈을 썼이면 웠다 썼소? 이렇게저렇게 썼다구. 그러면 당신이 피양서 기생과 건달들을 몽땅 데리구 저어 北門 접짝에 아주 저 大同江 북쪽에 썩 올라가서 크게 잔치을 해 본 일이 있느냐고. 그건 안직 안 해봤다구. 그럼 그 부담을 전부 우리가 하기루 허고 이제부터는 게 가서 크게 잔치를 한번 해 보라고. "잔치를 해 보는데 잔치를 하시구서 꼭 내 말을 들어야 됩니다. 내 말을 듣는데 그대로 하시요. 그래야 내 소원이 풀리겠십니다." 그래라구. 아 그래가주구선 참 대동강 상류에 가가주구 큰 잔치를 벌이고 집이를 마악 저녁에 들어오는데, 혼자 흐흐흐 하면서 신명이 나서 오는데 을밀대 옆에 오니께 아 누가 뒤서, 어떤 사람이 성호야 하고 부른다 그 말이여. 두 번 시 번 불러 어쩐 일인가 하고 돌아다보니께, 허어연 백발 노인이 자기 아버지가 아 부른단 말이여. 하 그만 기가 막혀서 "돌아가신 아버님이 유명이 다른데 우째 이렇게 뵈이십니까?" "그렁게 아니라, 네 목심이 경각에 있기 때민에 내가 너를 구할라고 불렀다." 그러니 "그게 무슨 말씀입니까?" "네가 지금 데리고 사는 네 여편네가 사람이 아니고 을밀대 지네다. 지네가 化해서 사램이 돼가주고 그러는데 네 몸뎅이 피를 다 빨아먹을 것이다. 그러니께 내가 부적을 줄 테니 이걸 가주가서 들어가다 한 장 던지구, 방문에 들어가다 한 장 던지구, 그르구설라믄 자다가서라무니 한 장을 잎옆에다 딱 붙여 줄 것 같으면 지네로 화할 것이다. 그래야 늬가 산다." 하이구 이 소리를 들으니께 이상하단 말이여. 예에, 그걸 받아가주고서 오는데 아무리 생각해 봐두 그 여편네를 쥑일 수가 없어요. 자기가 그렇게 호강을 하고 잘 지내던 그 마누라를 쥑일 수가 없어서 아무리 생각해도, 에에 내가 지네한테 멕혀 죽드래두 내가 쥑일 수 없다구 부적을 그만 강물에다 내뻐리고 둘왔십니다.

아 둘왔더니 그 마누라가 버선발로 쫓어나옴서 "아이구 인저 오십니까?" 인사하구서는 저녁에 저녁을 해듸리고 자멘서라무니 메라구 하는고 허니, "당신 오시다 아버님 보셨죠?" 그리 봤다고, 하 그게 어찌 그리 아냐고. "참 고맙습니다. 왜 아버님께서 나를 쥑이라고 부적을 주었을 텐데 왜 부적을 갖다 나를 안 쥑이고서 왜 거저 왔느냐"고. "에에 우리 아버지가 그리 시키더래도 당신을 내 쥑일 수가 없다. 난 참 못 쥑이겠어 내가 내뻐렀다"고. 그러니깐 "참 고맙습니다. 참 고맙습니다. 그 아버지가 당신 아버지가 아니올시다. 아니고 을밀대에 있는 지렝이올시다. 지렝이가 변해서 그렇게 됐는데 지렝이하고 나하고 3천년 道를 닦았십니다. 道를 닦어서 누구던지 하나가 서루 해칠라고 하는 챔인데 내가 해치야 되겠십니다. 그러니께 이제부터 그쪽에 나가서 노시다가 들오면 또 부를 겝니다. 또 부를 텡께 내가 부적을 석 장을 듸리니까, 한 번 부르거든 보지 말고 뒤로 뗜지구, 두 번 부르거든 보지 말구 뗜지구, 세 번 뗜져 주면 그 뒤에서 무슨 소리가 날 테니 걱정 말고 돌아다보지도 말고 집으로 오십시요. 집으로 오시게 되면 앞에 큰 칼이 있일 겝니다. 문 앞에 칼이 있잉게 그 칼을 들구 내가 다 갈쳐듸리넝 거니까 내가 지네요. 지넨데, 내 지네 본색을 하고 방에 있일팅께 두말 말고 문을 열구서 내 지네 한복판을 칼로 내레치십시요. 그래야 우리가 인제 평생 삽니다" 그러거덩.

아 그날 가서 놀다가 오니까 또 그렇게 부른단 말이여. 돌아다보지도 않고 부적을 내버리고, 또 부르면 내뻐리고, 세 번 부르는데 내뻐리고 나니께, 고만 고놈의 자가 와르르 무너지는 소리가 나고 天地가 뒤넘는 소리가 나는데, 기가 막힌다 말이여. 그래 놓고서는 집에를 와 보니께 아무도 없고 문 앞에 큰 칼이 하나 있었십니다. 그 칼을 잡구서 문을 썩 열어 보니께 지네가 아랫묵에서 웃묵꺼정 뻘컹 지네가 뻘겋게 있는데 그 머 마누라한테 이얘기 들은 소리 있구 해서 그만 그 칼로 냅대 지내를 탁 치니께 지네가 뚝 끊어지면서 뒤에서 깔깔 웃으면서라

무네 인제 됐십니다, 돌아다보니께 지네는 간 곳 없구 마누라란 말이
여. "인제 나는 人生還生 했십니다. 그래서 보십시요." 명경을 갖다 고
남자를 뵈이는데 당신 보시요, 명경을 바래보니께 머리가 하얗게 셌
어요. 워찌 그놈의 데서 놀랬던지 하얗게 셌는듸 이거 걱정할 것 없소,
그 무슨 환약을 내서 물에다 갈아가주구 잡수시요, 그 듸리니까 먹고
나니께, 또 밍경을 보라고. 해서 "자아 우리가 술장사는 그만 두고 인
제는 우리가 완연한 사람이 됐이니께 우리가 갈 듸로 갑시다." 그래서
묘향산으로 내외가 들어갔답니다. 근데 아직까지 소식이 없어요. 예
끝났십니다.
＊1974년 10월 13일 報恩郡 水汗面 畝西里 成演基 (68세, 男)
1) 모두 다

아비 찾는 이야기 | 옛날에 착한 사람이 있는데
아주 간구하게 살아요. 간구
하게 사는데 他道 지방에 내외 같이 품을 팔아 묵고 객지에 가서 살림
을 사는데 마참 딸 하나뱎이 없어요. 딸 하나를 키울 적에 그렇게 인제
언간히 한 여나문 살 먹고 아 어머니가 죽었어요. 홀애비가 딸만 데리
고 살림을 사는데 기가 맥힐 정도로 살다가 어떻게 근근히 품도 팔고
해가주고서 밭이다 외를 놨드랍니다. 외를 놔서 몇 해 동안 그럴 적에
이 애가 열일곱 살, 열여덜 살 정도가 됐이요.

그러니께 홀애비 딸이라는 게 옛날에도 가리기 때문에 여우기가 어
려워서 미처 못 여우고 이럴 때에 그 외가 익어서 오뉴월쯤 돼서 그 외
를 따가주고서 팔 테니 늬가 그 윈두막에 가서 있거라, 그래 부탁을 해
서 "예 그렇게 하지요." 아 윈두막에 가서 인제 도로변인듸 윈도막에
앉었고 저 아부지는 외를 각고 팔로 나가서 없고, 아 앉었다 보니께 아
한 오정쯤 되듸만 난듸없이 구름이 왔다갔다하더니만 쏘내기가 내리
기 시작해요. 그럴 순간에 어떤 행차 하나가 거기를 당하는데 아여 갈
데 올데가 없이니께, 어째서 그 인제 육마차라 해서 우로 기어올라 오

고 그 밑에 가매 든 사람은 밑이 칭에 가 있는듸 아 육마치가 올라와보니까 과년한 큰애기가 하나 있는데 그때 마침 어떤 생각이 있든가 욕심이 났어요. 그래가지고 큰애기를 참 강간을 했어요. 하다 보니까 꼼짝없이 당했지요.

그러고 나서 얼마 동안 있다가 날이 훤근 좋았어요. 그래서 그 사람이 가 버렸으니 생각해 보니까 이 사람이 성이 뭣인지 어데 사는 사람인지도 모르지요. 혼자만 그러고 생각하고 고통을 하고 있는듸, 그런듸 그래서 저 아부지가 생각할 적에 기가 막히거던요. 이거 어떻게 이야기할 수도 없고 그래서 차차 배가 부르는데 十朔이 웬간이 차갈 만치 배가 대단히 불러올라오는데, 물었어요. "니가 바른 말을 해라. 우째서 그렇게 됐느냐?" "예에, 이 지경 됐으니께, 지가 아부지한테 못할 말이 내가 없십니다. 아무 년분에 이래저러해가지고 아부님이 외 팔로 가시면서 왼두막에 좀 가 보라고 안 했십니까?" "그랬지." "그때 마침 지가 왼두막에 갔일 때, 외를 따놓고 손님이 없일 적에 그 왼두막 위에 올라 앉었었십니다. 그때 어떤 행차가 와가주구 각중에 오는 순간에 비가 쏟아져가주구 그 행차가 그저 들어와서 비를 피하는 중인데 그 가마 탄 분이 나 있는 듸로 올라왔어요. 그래서 사실이 약하지차하게 된 일입니다. 그러니 그 사람 성도 모르고 어데 산 곳도 모릅니다." 아 생각하니 그렇거던요.

그려, 그러자 애기는 낳고 보니께, 아들을 났어요. 아들을 났는듸, 아들을 참 커가주구서 인제 그때 한문 선생이라도 ― 자본이 있다면 뭐라도 할 수가 있는듸 그 짓도 못하게 돼서, 남으 참 ― 선생한테 근근 사정해 가지고 쪼그맣게 준비를 하고 이렇게 서당에다 보냈는듸 아, 그러자마자 이 애가 차차로 커서 한 여나무 살 열두서너 살쯤이 됐는듸, 아이 모도 학도들이 저놈은 애비 없는 놈이니께 저거 뭣 하는 게냐. 그런듸 어깨 너머로 공부를 하는 것 같어도 재주가 좋아서 공부를 일품 잘하는 사람인듸, 아 공부를 잘 하다 보니께 더 미움을 받어가주고서 애비 없는 호로 자식이라고 해서 아 이거 당초 놀려서 견딜 수가 없어요.

그래서 저 어머니한테 말하기를 "서당에서 약하지차하니 워째 나는 애비가 없단 말입니까? 어머니가 애비를 찾어 주시요.” “오냐 찾어 주마.” 그럭저럭 댕기다 보니께 열다섯 먹었어요. 그런듸 오늘은 아부지를 안 가르쳐 준다면 이 칼로 죽을 테니 아 그러니, 부득 사실 이얘기 안 할 도리가 없었어요. 그래서 “전일에 若下之次했는데 이런 이유가 있다. 내 죄가 그렇게 되어 있이니 그 사람이 워데 사는지 성이 뭣인지 알 수가 있겠냐. 그러니 내가 어떻게 갈쳐 준단 말이냐. 그러니까 니가 어떻게 나가서 찾일 경우가 있이면 찾어 보도록 해라.” 그래가주구 여비를 충분하게 해 줄 수도 없는 형편이고 해서 인제 집이서 얼매만큼 뭘 좀 해가주구 할 수 없이 저 어머니 머리를 깎아서 타루를 맸어요. 그전에 그래가지고 그놈을 판 것을 보니께 석 냥이여. 이 돈 석냥을 꿩곤할 적에 써라. 그리고 그놈을 주는듸, 참 몇 해를 댕겼던가 몇 달을 댕겼던가 서울로 올라왔어요.

서울로 가서도 아무 종무소식이지요. 어떤 사람보고 아부지라고 할 도리가 없고 그래서 서울 문 안팎이 거게 봉사가 점을 하는데, 돈도 똑 석 냥밖에 없는디 인자 고것은 정연하게 써라는 돈 석 냥이 있어요. 점이라도 한 장 해 보고 말 수밖에 없다, 이래서 아부지를 못 찾이면 이 질로 내가 죽던지 해야지 안 되겠다, 이런 생각이 있어가주고서 그 봉사한테 점을 했십니다. 가서 “占을 할 팅게 卜債가 얼맙니까?” “응, 석 냥이다.” “예에, 그러면 점을 한 장 지어 주시요.” “그래 무신 占을 질랴고 하너냐?” “예에, 그렁게 아니라 지가 이러저러해서 早失父母하고 히서 이래서 아부지를 간 곳이 없어서 아부지를 찾일랴고 그랍니다.” “응 그려.” 그래 占을 하듸니마는 그때 한 午正쯤 됐는듸 낮 열두시 요새 말로 하면 열두시쯤 됐는듸, 占을 하니께 응 그려, 저어기 저 골목으로 조리 들어가면, 고 안에 들어가면, 거그 미나리꽹에서 봉사가 서이 나올 기다. 봉사가 서이 나올라컨 거저 아무 소리도 말고 그 봉사를 미나리꽹에다 떠넹게라. 그러면 거그서 너 아부지 종적을 알 것이다” 그 말뿐이여.

아, 그래서 그 시긴 대로 그 골목으로 참 둘오다 보니께, 과연 참 미나리꽹이 있는듸, 봉사 서이 나옴서 멀 군담을 하고 있었어요. 그래 물어 볼 것 없이 참 그 미나리꽹에다 떠넹겠어요. 봉사 서이를 떠넹기다 보니까, 아 이 봉사들이 눈을 번둥거리며 "시상에 만고에 어떤 몰상식한 놈이 앞 못 보는 이런 맹인을 갖다 이 지경을 하니 이놈을 점을 해가주고 애비를 찾아가주구서 우리가 그놈 더리고 가서 먹고 살던지 무슨 수를 내자 안 되겠다." 아 서이서 점을 해 보더니만 산통을 내고 점을 하더니 "아 이놈이 아무 데 아무 골목에 오늘 환갑 잔치하는 배비장의 자식일세." "응 이놈의 배비장이란 놈이 본시 자식이 없다고 한 놈인데 저런 불량한 자식을 두어가주구서 우리를 이렇게 망신을 시키니 다른 듸 갈 것 없이 그놈 집으로 가세. 가가주고 의복도 해내라 하고 우리를 살려 달라고 하자, 이거 안 되겠다." 아 그리고서 봉사가 털고 모도 가요. 가는데 봉사만 살살 따라갔거던요.

가다 보니까 참말로 그 집이 과연 잔치를 해요. 참 빈객도 많고 잔치도 하는 중인데 아 이 봉사들이 들어가듸만 문 앞에서 가만히 딜여다 보니께, 봉사 뒤만 따라가서 섰으니께, 문 앞에 섰으니께 "아, 이놈 배비장놈. 자석 없다더니만 우리겉이 불상한 놈을 갖다가 이놈 상한 막대한 자석을 불효막심한 놈을 두어가주고 우리를 이만큼 고초를 시키니 늬가 우리를 옷도 해내야 되고 이것 무엇을 보수라도 주어야지. 시상에 만고에 그런 불량한 놈이 어듸 있느냐"고, 막 머 야단을 치는데 아 거 빈객들도 듣다 보니께 분명히 그 사람은 자석은 없는데, 그 참 희안한 일이거던요.

그런 순간에 이 애가 들어갔어요. 들어가가주고 "아부지 뵈입시다" 하고 절을 하는데 참 꿈밖에 일이거던. 근듸 사람이라는 것은 잘한 역사는 잊어버려도 못한 역사는 생전 가도 기억이 있거던요. "아 그래 늬가 워째서 이러느냐?" "예에, 저는 시골 아무 듸 사는, 저까지 해서 어머니하고 이렇게저렇게 사는 사람인데 아부지 없다는 사람인데 아부지 없다고 포언져서 아부지 찾일라고 하다 보니까, 여꺼지 올라와서 여 봉사님한티 이래서 아부지를 찾어왔십니다." 아 생각해 보니께, 참 그 원두막에서 그 짓 한 일이 있는듸 그때 참 자식이 생긴 모양 같어요. 그리 나도 적어 보고 햇수를 생각해 보니께 그때가 맞었거던요.

    그래서 그 사람이 아부지를 찾고 또 봉사들도 후둑하게 해 주었고,
인제 지 어머니와 지 외할아버지를 모셔다가 그렇게 참 잘 살면서 옛
날 이얘기 해감서 아조 잘 살았더랍니다.

＊1974년 10월 15일 永同郡 永同邑 中央洞 朴然夏 (72세, 男)

天子 病을 고친 머슴 | 肅宗大王 시대입니
다. 숙종대왕 시절에

는 時和年豊이라, 萬百姓이 豊年歌를 부를 때요. 그 시골에 한 백성
이 어려서 부텀 넘으 집을 살다가서 장개를 못 들고 총각 무뎅이로 댕
기다가서 한 군데 장에를 떠억 가는데 모도 여럿이 광고판을 보고설랑
은 모두 숭성숭성하거던. "아 여보시요. 나는 그 광고가 머인지도 모릅
니다. 그 뭣입니까?" "하 야 이거 저어 서울설랑의 묘한 알아맞히는 사
람 있으면은 大國서 인재를 고른다는데 야, 내가 알기만 알았이면은
그런 듸 가면은 큰 베실하고 내가 一平生을 잘살고 부귀공명을 누릴
노릇인데 이거 알어야지, 허허 안 그렇습니까?" "지가 가겠십니다, 지
가." "아 아 늬가 아나?" 험서 "알면은 이 골 원님한티 가설랑 고해라."

    하 이 一字無識이 가설랑은, 내가 괴기 반찬에 좋은 음식을 갖다 실
컨 먹고 맞아 죽으나 뚜드러 죽으나, 그저 실컨 먹고나 한 번 호강이나
하고 죽겠다, 그런 뜻으로 관가에 떠억 찾아가설랑은 그 관가에 있어
서 원님도 인자를 구할라고 암만 그 수소문해도 나서야지. 아 웬놈으
게 총각 몽두리란 놈이 하나 써억 나서듸마는 들어오드마는 원님한티,
"원님 성주님 아뢰오." "그래 너 무슨 연고로 왔는고?" "예에, 제가 다름
이 아닙니다. 멀 제가 좀 압니다. 아는 걸로 그 재주를 품었다가설랑은
그저 그 소원성취를 할라, 전하께서 부른다 소리를 듣고설랑 성주님을
찾아왔십니다." "아이고 이 사람아, 참 이게 듣든 중에 이 어떻게 인재
를 구할라는데 올라오시라고 그래. 신하가 임금 보러 갈 적에는 총각
이라도 상투를 올리야 하네." 상투를 올리가주고서 갓망을 잘 해가주
구설랑은 참 말을 태와설람 서울을 보냈십니다.

서울을 가서 전하에 가서 찾아설랑은 전하를 뵈우고서 "시골 아무데 성주님이 보내서 왔십니다." "그래 니가 정이 그렇게 안다니, 그랴 大國 使臣을 딜여보내는 데로 가겠느냐?" "예에, 가겠십니다." 전하께서 인재를 八道江山에 방을 붙여서 인재를 구했는데 인재가 나서가지구 오직히 반가와요. "야아 주안상 차려라." 그 참 宮女를 데려다가설랑은 참 三絃六角을 잽히서 주안상을 차려내다가 大國에 딜이보낼 선상님을 모시었으니 말이여. 그 거문고를 놓고 뚱땅거리고 아조 시상에 이런 신선도 그런 신선이 없단 말이요. 내가 오늘 죽드래도 포혼이 없다, 大國서 죽으나 조선서 죽으나 내 뜻대로 한 번 해 보겠다, 그리고서 배짱을 튼튼이 먹고 잘 대우를 받고서 그날부터 호이호식으로 잘 지낸단 말이요.

그래 중국을 들어갔십니다. 중국 줏나라를 들어설랑은 天子에게 가서 참 조선 사신 들어왔다 하니께로 줏나라 王이 잘 영접을 했드랍니다. "그 경이 그렇게 참 연파 萬里에 오느라고 대단히 수고했소." "천만에 말씀이요. 전하께서 이 모른 미척한 백성을 부르니 대단히 감사합니다." 참 대우를 자알 받었십니다. "그래 경이 알면은?" "하여간 제가 당장에는 지금 못 합니다. 사람이란 것은 왕명을 받고 온 백성이기에 정성을 딜여야 합니다. 정성을 딜이게 석 달 말미를 주시요. 저어 외따로에 사람 인간도 범접 못 한 듸 가서 정성을 딜이야 합니다." 그래 그의 뜻대로 하기로 하였다. 그래설랑 후미진 데다가설랑 정각을 하나 잘 지어가주고설랑은 음식 날르는 사람만 두고설랑은 만날 잘 얻어먹고 놀아. 하 이거 참말로 넘으 집 살고 보리 시근 밥뎅이 얻어먹든 놈이 그 좋은 음식을 다 먹으니 좀 좋와.

석 달 열흘이 떠억 그럭저럭해서 세월은 흘러가고 석 달이 어연간에 닥쳐왔십니다. 석 달 열흘 마지막 찬을 내라니까 마지막 찬을 보고 이밥 한 거럭은 내가 사자밥이구나, 아 밥을 보고 나니까 눈물이 자르르르 흐른단 말이여, 故國 생각도 나고 잘먹은 생각도 나. 모든 것을 생각하니까 오늘은 가서 알기는 멀 알아, 아무것도 모르는 백성이. 아 그러자 벡에설랑은 천장에설랑은 흑[1]이 우쉬쉬 무너진단 말이여. 뚝 떨어져. 하이구 나 죽으니께 천동을 해설랑 하누님 베락쳐설랑은 이 방이 다 울려서 이 흙이 떨어지는구나. 그 흙 떨어진 것을 가서 그 밥 바리에 떨어진다. 그 밥 있는 데도 떨어지고 해서 이것을 슬슬 걷어내고설랑 그저 밥을 먹었단 말이여. 배가 고푸니깐 먹고설랑 술도 그날 주안상을 잘 차려서 실컨 먹었단 말이여.

실컨 먹고 수심에 앉아설랑은 흙하고 밥하고설랑은 앉아 자꼬 주물렀단 말이여. 주무르나께로 고약겉이 된단 말이여. 이것이 날 살리난가 약을 맨들어설랑은 종우맹이²⁾다가 싸놨단 말이여. 천자가 그날 아침에는 부르니께 인제 마지막 전날이라 천자 앞에 가설랑은 병을 고치달라는 기여. 頭上에 이게 막 터져가주구 한데 그걸 고쳐달라는 거여. "예에 소인이 이렇게 정성을 딜이서 약을 좀 맨들었십니다. 이걸 붙이십시요." 아아 이 약을 갖다 붙여노니께로 그만 근질근질 섬섬섬섬 하되만, 그만 그 짓물이 줄줄줄, 신하들이 딲기가 바뻐나게 시원해. 아 그 욱신거리는 것도 없어지고 그만 아 대번에 잠을 펜이 잔단 말이여. 그러자 그 참 용한 의원 왔다고, 머 天子께설랑은 자알 대우를 한단 말이여. 참 宮女들 속에설랑은 참 닐리리 쿵닥쿵 차리고 어진 성군 밑에서 왕을 갖다 이렇게 병을 본다 하니께, 참 머 대우가 극진하단 말이여. 이래서 세월을 보내는데 아아 이거 그 열흘을 치료하니께 그만 그 약을 쏵 그만 둘리빠져서 새 살이 차올라서 나왔단 말이여.

그래 중국에, 그 이름나는 그 中國에 의술덜이 좀 많겠십니까? 천자께설랑은 벵이 나서서 천주창이 나섰다니께, 이것은 당체 한국에 小國에도 저런 名士가 있는가 참 이상한 노릇이라고 한 의술이 있다가서, 지가 이를테면은 낙방석에 壁上破 아니면은 그 약을 아니면은 그 천자에 천주창을 고치지 못하는데 그 약을 어디서 구했을까? 알기는 알드래도. 그 의원도 그래설랑은 銀金寶貨에 많이 타가주고설랑은 참 義州 압록강을 건너올 적에 닐리리 쿵타쿵 하고서 조선에설랑은 참 숙종대왕 때야 그때야 좀 기후가 좋습니까. 使臣 들어갔다 잘 나온다니께로 잘 모셔다가서 나라에서 장개를 딜이서 가설랑 훌륭한 大家집으로 장개를 딜여서 아조 참 만대 유지³⁾하고 자알 삽데다.

＊1974년 10월 15일 永同郡 永同邑 舊校洞 朴海善 (72세, 男)
1) 흙　　2) 종이덩어리　　3) 萬代遺傳

膽이 큰 男子 | 그 전에 張건달이라는 사람이 있어요. 내가 張가니까 張가 이얘기를 하겄십니다.

張건달이란 사람이 한 베 千石을 저 아부지 그 재산을 다 팔아먹고 아조 건달이 됐어요. 아조 아무것도 없는 무자본한 건달이 됐단 말이요. 그래 화류계도 댕기다가 에이 이렇게 된 놈이 시골서 이렇게 천석을 팔아먹고 할 수 없으니까 서울에 올라갔어요.

서울 올라가서 골목골목 댕기다 보니께 아주 이렇단 絶色美人이 눈에 번쩍 띈단 말이여. 아 이 젊은 여자 한 번 오늘밤에 자 본다, 이렇게 뒤를 바람바람 따라가 보지요. 따라가 보니 어떤 골목에 쑥 들어가, 쑥 들어가서 저녁을 해돌라캐서 먹고서 같이 가서 동품을 함께 아조 반갑게 받어요. 또 그 여자가 받어서 하룻밤을 자는데, 아랫묵에 떠억 이불을 피고 침금을 다 구비해서 피고서 벌개벗고서 꽉 끌어안고서 잔단 말이여.

자는데 밤중쯤 되더니 아 꿍꿍꿍 소리가 난단 말이여. 아 그 여자가 아 일어나요, "저쪽에 피했다 달아나요. 잘못하면 죽십니다. 우리 남편 되는 사람이니께 피해 달아나요." 그래도 마음 태연히 놓고 꽉 거머쥐고서 놓들 안해요. 대문을 뚱뚱 뚜드려도 나가 열 수도 없고 이거 약한 여자의 몸으로서 웅키고 보니께 기냥 할 수 없이 있었지요. 있잉께 담을 뛰어넘어 와가주고 문을 열어도 기척 없단 말이여. 그래 불을 콱 키어놓고 보니께 어떤 한 남자를 아조 꽉 끌어안고서 서로 잔단 말이여.

머 이거 내가 와도 일어나도 아니하고 일어나라고, 이 벌거벗은 채 일어나고서, 옷 입고서 떠억 앉었어. 앉고서 "너는 어뗘한 놈이냐? 이 놈!" "내가 머 길에 가다가 이런 絶色美人을 보고서 그냥 있을 수 없어서 내가 둘와서 같이 잤다. 그뿐이다. 다른 거 아니다." 그러냐고. 자기 부인도 있는데 "술 몇 동우 딜에오너라." 한 두어 동우 가량 딜여왔단 말이여. 딜여와서, 그 전에 투가리가 있던가 투가리로 한 사발 자기가 딜이키고 "너 이거 한 툭배기 먹어라!" 쪽 들이켰단 말이여. 소고기도 쇠다리 같은 걸 가져와서 칼로 쪽 비각고 자기도 먹고 칼로 이렇게 뭉텅 비각고 "너 이거 받아 먹어라!" 냉큼 받아 먹었이요.

"이제 참 보니게 男子다. 너 오늘 저녁에 내가 글 한 수 못 지면은 너는 내 손에 죽넌다." 그래 처음에 돌아갈 歸字 날 飛字 심을 植字 머 몇 자 徑句를 허니까, 그걸 맞차라, 이락 했다 말이여. 하 거 몇 분 안 되더니 詩를 지었다고 한단 말이여. 머라고 지었나고 하니께, 長安歸路에 大醉歸하니 桃花一點에 行人飛라. 君何 植樹繁華地에 折者非乎 植者非라. 이런 데 심은 자가 그른 거지, 내가 그른 것이 아니다. 그래 그 사람 못 쥑이고 마누래를 그 사람 주고 小妾이라, 그 사람 주고 늬가 대장부 남자니께 넌 여자도 없고 하니께 너를 준다. 그럼서 그 사람 호강을 시키드라.

＊1974년 10월 14일 永同郡 永同邑 山益里 張章燮 (69세, 男)

對句 이야기 三題 |

전에 참 그 전에 漢文 글을 다아 배워 가지요. 배워서 누가 참 잘 갈치 주는 사람이 없어서 자앙 먹고 들어앉었는 게 일이에요. 그래서 어너 분이 하는 소리가 그만침 배웠이면 사람이 한 번 나가서 활동도 해 보는 것이 좋다, 이러닝께, 어듸 갈라니 어듸 갈 수 있어요. 그 서울 아무 데 대감의 집에 朴 대감에 집에를 가면은, 그분이 내 이야기를 대까를 하는 사람이면 좌우간 베실을 하나 주겠다, 그런 분이 있이니, 한 번 가 봐라, 해서 행차를 한 번 갔었대요.

가서, 그 대감의 집에 찾어가서 朴 대감을 찾고서 인사를 디리고 "지가 지나다가 들렀십니다, 하루 저녁 유해 가것십니다." 하루 저녁 유해 가라고, 그래서, 저녁을 자알 식사를 먹구서두 그래 주인이 하는 소리가 이왕이면 심심도 하니 이야기나 좀 서로 하자고. "제가 이얘기 머

배운 것도 없고 이얘기할 게 머 있습니까?" 그 젊은 사람 말이. 그 주인이 하는 소리가 객이 먼저 하라구 그러니께 객이, "아 주인양반이 먼저 하시야죠" 그렁게, 아 서로 권커니 잣커니 하다가 결국은 가서 "매사는 주인이라니 내가 먼저 하지."

그래 주인양반이 먼저 하는데, 나는 그전에 활을 배와가주구서 활을 잘 쏘고 활을 배왔다고, 그래서 한날 참 안개가 찌고 구름이 음침하게 찌었는데 하늘을 쳐다보니까 학에 소리가 참 지줄거리고 날러가요. 그래서 냅다 거 학에 소리를 듣고서 활을 냅다 쏘니께 그 학에 짓이 떨어져 그래서 그 학의 짓을 목에다 꽂었어요. 게 목에다 꽂이니께 이게 메라고 하겠십니까? 그러니께 項羽라고 했네. 아 그러시지요. 그래서 지가 대꾸를 해 드리지요.

대가(對句?)해 준다고 대가를 하는데, 뭐냐면 저는 염소를 하나 멕였십니다. 염소를 하나 멕에서 뒷동산에다가 염소를 매고서 들에를 가노라고 가니라니께, 노루가 와서 염소를 자꾸 요리 치고 조리 치고 해서 해스럽게 해서 뺑뺑질을 시겨서 아 염소가 앵앵거리고 당체 장 괴로워 여게요. 그래서 쫒아갔십니다. 쫒아가니께 이놈으 노루가 내뺍니다. "그래서 그거 메라구 했느냐?" 그렁께 "저는 장냥(獐羊, 張良)이라고 했십니다." 그러니께, 주인 양반이 또 먼저 대까를, "내가 또 한 마디 해야지" 하서요. 그래 인제 나는 울 안에다가 복상 낭구를 사방 심었더니 복사꽂이 화안하게 피었는데, 아 지비가 날라와서 지지구 지지구 지지구 하데, 한다구 하거던. 그거 메라구 하였냐고. 도연(桃燕, 陶淵)이라구 했네. 내가 대까를 또 해서, 못가에다 낭구를 심었는데 배를 열리면 하나 따 먹지를 못하고 전부 못에 떨어지고 만다고. 못에 떨어지고 말어서 할 수 없어서 송판대기로 배를 모아서 배낭구 밑에다가 매어 놓고 있으니께, 배가 하나 없이 못에 안 떨어지고서는 전부 배에 떨어졌단 말이여. 그래서 하나의 여추없이 기냥 따 먹어. "그래 메라고 했어?" 그래 그거 이선이라고 했단 말이여. 또 다음은 한 마디 세 번 한다니 한 마디 대까럴 해라는 거여. "아아 한 날 장마가 져서 물이 많이 나려가는데 뒤에 개천을 한 번 귀경삼아 가는 거 보니께 아 쥐가 개울을 건너갈려다 말다다 건너갈라다 말다다 자꾸 대니더니 참 애를 씨고 하거던. 그래서 두레두레 보니께 송판대기가 하나 있어서 그 송판대기를 그 돌에다 걸쳐노니께 쥐가 건너갔다 왔다 건너갔다 왔다 아주 편하게 잘 건너거던요." "그래서 메라고 했더냐?" "판서(板鼠)라고 했십니다." 그래서, 또 대까를 하나 하겠다고 해서 대까를 메라구 했느냐 하면, 한 날 중이 와서 시주를 하라 그래서 시주를 하라고 해서 어머니 시주를 나와 있는데 중하고 한참 앉어서 멀 이얘기를 해서 그 아들이 어머니한테다 묻기를 이거 참 외동잔데요. 참 早失父母하고 있는데, 지가 마당가에서 논하고 노닝께, 한 날 중이 와서 시주를 하라고 해서 어머니가 참 시주를 하시는데 중이 한참 어머니하고 멋 이얘기를 합디다. 그래서 메라구 말씀을 하셨는가, 가서 여쭈니께, 어머니 말씸이 그 중이 하는 소리는 늬 밍이 短命하니 좌우간 절에다가 팔면은 늬 명이 질다고 하니 그라고 하더라. 그래서 그 애가 하는 소리가 아이 그러면 지가 그럼 절에 가서 공부를 하겠십니다. 게서 참 절에를 갔십니다. 가가주고 서로 참 중에 시주 노릇을 하다가 그 어너 심부름을 어듸 갔다오라고 해서 바랑을 지고 심부름을 갔다오다가 한참 목이 말러서 그 샘에서 절 밑에서 샘에서 물을 한참 딜이켰십니다. 그래서 그걸 메라고 했나아? 그러니께 저는 정승(井僧)이라고 했십니다. 참 그냥 있을 수는 없어서 장완이 촌에 參奉을 얻어 왔시니다.

*1974년 10월 6일 槐山郡 沙梨面 梨谷里 德峴部落 趙才用 (67세, 男)

義兄의 賢明한 조처로 失節한 義弟嫂를 구함 |

義兄弟를 참 맺어가서요. 그래고서 참 공부를 참 많이 서로 했어요. 그래서 인자 공부를 해서는 헹이고 동생이고 과가[1]를 보면은 좌우간 헹이 잘 되면 동생을 도와주고 또 동생이 잘 되면 형을 도와주고 이렇게 해서 참 서울 과가를 본다고 해서 과가를 보러 갔어요. 봐서 형은 낙점이 되고 동생이 과가를 시험을 봐가주서루 참 어너 골을 하나 감사를 해 갔는데요.

　형이 앉어 생각을 하니께 뭐 당체 집에서 생활은 곤란되고 그래서 할 수 없이 동생한테 가서 뱁이라도 얻어먹는다고 그 동생을 찾어갔어요. 동생을 찾어갔는데 저는 아무 날 시골 감사를 가게 되니께 형님은 이왕 오신 짐에 제 집이나 봐 주시요. 그럭하라고. 그래서 그 집을 참 보고 있는데 밤이면 순행을 돌고 돌고 이러는데 그 게수되는 양반은 뒤에다가 초당을 짓고서 거게 장 거처를 하고, 이런데 게다가 거 뱁이면 참 순해를 그 게수 있는 방이고 사방 참 돌아보고 돌고 그라는데 한 날은 게수가 극장 귀경을 갔다올 팅게 펜이 계시라고 하고 극장 귀경을 갔대요.

　극장 귀경을 가각고서 그 층대에 올라앉어서루 참 귀경을 해면서루 손에 찐 반지를 가주고서 이거 빼서 쪼물락쪼물락하다가 아 그 반지를 층대 아래다가 놓쳤단 말이요. 어너 남자가 줏거던요. 줏었는데 차마 내 반지라고 달랄 수가 없어서 기양 왔다 이 말이지요. 왔는데 한날 저녁에 어너 남자가 와서 그 여자의 문 옆에 와서 문을 뚜드리면서 하는 소리가 문을 열어 달라고 하거던요. 그러니 그 여자 말이 문을 안 열어 줄 수두 없구 열어 줄 수두 없구 이래서, 차마 마지못해서 야중에 문을 열어 주었단 말이요. 문을 열어 주니께 들어와서 하는 소리가 그 남자가 아모 날 극장 귀경을 하는데 가락지를 떨어트린 것은 나를 오라고 한 거 아니냐? 이러거덩. 아 그게 아니라구, 그게 아니고 나는 그 가락지를 가주고 노다가 놓쳐서 내 체멘에 내 반지라고 할 수 없어 내가 그냥 돌오온 일이라고. 그러니께 그 남자 하는 소리가 그게 아니지 않느냐? 나를 오라는 거 아니냐? 그러니께 내가 왔으니께 내 요청을 들어 줄라냐 안 들어 줄라냐? 그러니, 그 여자는 못한다고도 할 수 없구 한다고도 할 수 없구 참 양난하거던요. 그래서 마지못해서 여자가 참 남자에게 할 수 없이 기양 응해 주었던 모양이여요. 그래서 다시는 이 앞으로는 다시는 아주 일절 여기에 범칙을 말라구 여자 말이 그러는데 남자로서야 어듸 그렁가요. 한 번 가 두 번 가노니 저녁마둑 오거던요. 와서 이로 헐 수 없이 그래서 여러 번 서루 드날으다 보니께 서루 숙

친하게 됐다 이 말이여. 숙친하게 돼서 하는 소리가 여자가 할 수 없이 그 남자에 정신이 아주 기양 거기 기양 험북 기양 팔렸다 이 말이죠. 그래서 서루 죽자 사자라고 서루서루 한 겨울을 지냈다 이게지요.

이래서 한 날 그 형되는 분이 자앙 순행을 돌다 보니께 그 草堂에서 남자 소리가 나거던요. 그래서 이게 무슨 소린가 하고서 참 엿들었거던요. 그러니 할 수 없어서 기양 와서 잤다 이 말이죠. 그리서 저녁마둥 순행을 돌고 보니께 저녁마둥 남자 소리가 나거던요. 그래서 한 날 저녁은 가니께 그 남자하고 여자하고 약속하기를 메라고 하는고 하니 아무 데 가 있는 그 남자를 쥑이자는 이 약속이라 이 말이죠. 그래서 좋다구. 그러면 이 장안에 좌우간 날고 기고 돈이라면 아주 날고 기는 사람이 있이니께, 좌우간 그 모가지를 짤러 오자 이런 약속을 하거던요. 기래서 아무 날 가겠다는 그 약속을 정해가지고서는 그 여자하구 남자하구 약속을 단단히 해서 장안에 金 아무거시를 좌우간 아무 날 모가지를 가 짤러 오라고 아 이라고 한 약속을 듣고 보니께 그 헹이란 사람이 참 자연히 맴이 불안하거던요.

그래 할 수 없어 그 간다는 날자 전에 그 게수씨더러 좌우간 집에서 떠난 지도 오래고 집도 궁금하고 하니 한 번 집이를 댕겨오겄이니 그런 중 아시요, 그러니께 그 여자가 아 참 각히 좋거던요. 그래서 노자를 후히 해 주어서 참 말을 하나 준배 주어가지고서 말을 타고서 간다는 게 집에를 안 가고 그 동생한테 갔어요. 동생한테 가서 그 건너방에 酒店에다가 참 술을 시켜서 毒酒를 시키가주고서요. 해놓고서 좌우간 그 범이자가 온다는 날 저녁에 그 동생을 불렀어요. 동생을 불러서 좌우간 헹이 왔이닝께 들어가서 같이 만나고 가자고 이라고서도 서로 인저 첨 서로 형제간에 만난 짐에 서로 술을 권커니 잣커니 하다가 그 독주란 것을 그 동생을 주었어요. 주고서 그 성이란 사람이 먹고 간 뒤에 "좌우간 동생한테 한 마디 할 게 있네." "아 뭘 성님이 지한테 할 말이 있어요?" "이게 참 사실 동생한테 어려운 일인데." "아이, 형님이 제한테 워턱하던지 뭐 죽는 일이라도 지가 은원해 디릴 텐데 워째 말씀을 못하실 것이 어디 있어요? 하세요." "그렇게 아니라 동생이 입은 그 관복을 하루 저녁 날 빌려 주어서 입고서 한 번 내가 관을 지켰이면 좋겠네.” “아, 그것 못하실 게 뭐 있어요. 아 그카세요.” 그래서 저녁에 좌우간 그 관복을 성에 다아 전해 주어서 입구서로 동생은 참 그 주점에서 자고 있었다 이 말이지요.

있는데 그날 저녁에 그 범이자가 뱀이 오래애 되니께 불을 끄고 있는데 말이 쿵쿵 소리가 있거덩. 그러닝께 “아아, 그 서울 아무 데 너 김 아무개 아니냐? 너 나 모가지 짤르러 왔지? 야 이놈아 내가 무슨 죄가 있느냐. 그 그 아무개 김 아무개 모가지 짤러라. 내 돈 이천 냥. 너 천 양 받고 왔지? 나도 이천 양 줄 테니 담방 가서 짤러 오너라.” 가만히 생각해 보니 돈 천 양 더 준다니 실상 그 대감이 무슨 죄가 있이야지. 생각을 해 보니께 이러다가, 서울 와서 참 범이자의 목아지를 기양 짤러 왔단 말이여. “예에, 예 모가지를 짤러 왔십니다.” “응 그려 그러면 거기 놓고 가거라.” 보냈단 말이죠. 그 형이 그 모가지를 공단으로다가 싸고 싸고 해서 궤짝을 요렇게 하나 맨들어가주고서는 고게다 귀짝에다가 넣어가주서는 좌우간 해놨거던요.

놓고서는 그 동생한테 가서 나 인자 집으로 올라가겠다고 허니께, 동상한테 와 있다가 머 선물이라도 하나 가주 가야지 머 선물 하나두 못 가져가면 되겠냐고, 그러니께, 저기 있는 저 귀짝 하나 거 머이 있는가 그거 하나 선물 하나 동생이 전해 주면 내 갖다줄 테니 가주가겠다고. 게 그 귀짝을 참 가주구 올라왔단 말이여. 올라와서루 그 게수한테 전하기를 좌우간 그 갔더니 집으로 댕겨서 동생도 뵙기점 갔더니 동생이 선물을 하나 해주더라고.

그래서 그 여자가 받어 놓고 밤에 피어 보니께 별 수 없는 자기에 그 좋와하던 남자에 모가지라 이게여. 기가 맥힐 거여. 가만히 생각해 보니께 그 냄편이 올러오고 보면 꼭 죽었거던요. 그래서 가만히 할 수 없어서 이것을 갖다가 어떻게 할 수 없어 그 마루에 木도지가 하나 있는데 그 木도지 속에다 넜다 이 말이여. 그렇게 해서 가만히 그 형은 참 저녁마두 어텋게 됐는가 그 순행을 도는 게여. 그 內子되는 분이 아조 철골이여요. 아 어데가 아퍼서 그렁가? 우째 이리 철골이 되었냐고 이랑게. 아 그렇게 아니라 머 묌이 괴연히 괴로워서 이렇다고 해서 약을 지어다가 참 보신을 해야 전부해서 그 기수²⁾란 분이 完人이 되었다 이 말이여. 그런 뒤에는 그 여자가 대과천신³⁾을 해서 서로 그 적을 모르고 자알 지내다가 죽더래요.

＊1974년 10월 6일 槐山郡 沙梨面 梨谷里 德峴部落 趙才用 (67세, 男)

1) 과거　 2) 계수　 3) 改過遷善

王后 揀澤 | 옛날에 어떤 왕이 金 정성¹⁾ 딸, 李 정성 딸, 朴 정성 딸 이렇게 세 정성으 딸 중에서 하나

를 왕후로 간택하기로 해서 먼저 金 정성 딸을 불러들였어요. 金 정성 딸은 조심스럽게 들어와서 벽 있는 데에서 얌전히 서 있었어요. 李 정성 딸은 들어와서 쪼그리고 앉고, 朴 정성 딸은 들어와서 두 다리를 쭉 뻗고 앉었어요. 임금님이 金 정성 딸보고 "너는 들어와서 워째서 벽을 지고 섰느냐?"고 물었어요. "예, 워니 좌석이라고 앉이란 말 없이 앉일 수가 있습니까? 그래서 서 있었십니다" 그랬어요. 다음에 李 정성 딸보고, "너는 워째서 쪼그리고 앉었느냐?" "예에, 워니 존전 앞이라고 펜히 앉이란 소리 없이 펜히 앉일 수가 있겠십니까?" 그 다음에 朴 정성 딸 보고 물으니께 "방에 들어왔이면 앉일 것이니, 앉일라면 펜히 앉일라고 두 다리럴 뻗고 앉았십니다" 이러드래요. 다음에 나랏님은 세상에서 제일 날래고 제일 무겁고 제일 단 게 무엇이냐고 물었어요. 金 정성 딸은 제일 날랜 것은 제비고, 제일 무거운 것은 쇳덩이고 제일 단 것은 엿이라고 했어요. 李 정성 딸은 제일 무거운 것은 무쇠고, 제일 단 것은 꿀이고, 제일 날랜 것은 독수립니다고 했어요. 그런데 朴 정성 딸은 제일 날랜 것은 번갯불이고, 제일 무거운 것은 나라이고 제일 단 것은 잠입니다고 했어요. 나랏님은 세 딸으 말을 다 듣고 나서 朴 정성으 딸이 활달하고 궁량이 크다고 이 朴 정성으 딸을 왕후로 간택했다고 합니다.

＊1974년 10월 14일 永同郡 永同邑 中央洞 李相學 (75세, 男)

1) 政丞

機智 있는 女子

두 사람이 있는디 이 두 사람은 아조 친한 사이여. 서로 만나면 니가 내 아들이다, 내가 니 애비다 이렇게 서로 농을 하면서 지내는 사이여.

하루는 이 사람 중으 한 사람이 무신 경사가 있어서 친구를 초청했지. 그리고 둘이 잘 먹고 놀다가 저녁 때가 돼서 집이로 갈라고 함서, "야아 자석놈아, 애비한티 효도하느라고 애썼다. 잘 먹고 애비 간다." 이렇게 말하니게 "너 이놈, 애비 집에 왔다가 네 어미도 안 보고 갈레?" "그래? 우리 어머니가 여기 계신다면 내가 뵙고 가야지. 그래 워데 계시냐?"

그러니까 친구는 부석에서 일하는 부인을 불러 "여보 자식놈이 인사드리겠다니 어서 나와서 인사 받으" 이러니까 부인이 나와서 대청으로 올라와서 섰다. 이 친구는 그 부인 앞에 가서 너붓이 절을 하고 일어나서 보니게 친구 부인은 맞절도 하지 않고 그대로 뻣뻣이 서 있거덩. 괘씸한 생각이 들어서 부인 단속곳 속으로 손을 너서 거그 난 털을 뽑을라고 했다. 부인은 점잖게 왜 이러느냐 항게, "당신이 우리 어머니면 내가 어머니한테 요강을 하나 맞춰 디리야 하겠는데 요강으 크기를 알아야 하는디 요강으 크기를 알라면 그 털으 길이를 알아야 하겠기에 그 털을 하나 뽑을라고 그럽니다" 이렇게 말하니까, 부인은 또 점잖게 "아니다. 이거는 나올 때 한 번만 보는 거지, 나온 뒤에는 다시 못 보는 거다. 내 요강을 맞춰 줄라면 네 머리털을 뽑아서 그 길이만하게 맞추어라" 이렇게 말하니 이 친구 할 말이 없어 푹 엎드리고 말었다고 한다.

＊1974년 10월 14일 永同郡 黃澗面 秋風嶺里 金鍾泰 (58세, 男)

天下 寶物

예전에 大國 天子가 조선에 인재가 있는가 알어볼라고 조선 왕한티다 무신 보물이 됐든 좋은 보물을 구해서 보내라고 기별했다. 조선 왕은 이 기별을 받고 여러 신하를 모아놓고 무신 보물을 보내야 하느냐고 이논했다. 여러 신하들은 金銀이 좋다거니 珊瑚를 보내야 한다느니 험서 제각기 여러 가지 보물을 말하고 있었다. 그런데 하루는 아이가 지나가면서 그까짓 것이 무슨 보물이냐 하고 중얼거렸다. 한 신하가 그 말을 듣고 임금님 한테다 고했다. 임금님은 그 아이를 데레오라 해서 그 아이를 데로로 나갔더니 그 아이는 간데 없이 없어지고 말았다.

2,3일 후에 그 아이가 대궐 앞을 지나가서 곧 붙들어다 임금님 앞으로 데리고 갔다. 임금님은 "金銀 비단 珊瑚 같은 것이 보물이 아니라면 너는 무엇이 좋은 보물이라고 보느냐" 하고 물었다. 그러니께 이 아이는 3일만 말미를 주면 좋은 보물을 구해서 가지고 오겠다고 했다. 그래서 임금님은 3일 말미를 주어 내보냈다.

사흘 후에 이 아이는 썩은 발창지게 우게다 피 묻은 거적자리하고 독 쪼가리하고 목단 남은 종가래를 얹어서 지고 들어왔다. 여러 신하들이 이것을 보고 저놈이 미친 놈이지 저게 무신 좋은 보물이라고 가지고 왔느냐고 비웃었다. 그런디 이 아이는 점잖게 "제 말을 들어 보시면 이것이 좋은 보물인 줄 아실 겝니다" 하고 말했다. 그래서 여러 사람들은 그게 무엇이게 좋은 보물이냐고 물었다. 그러니까 이 아이는 이렇게 설명했다.

"이 피묻은 거적자리는 옛날 舜 임금님이 탄생할 때 쓰던 거적자리고, 이 썩은 발창지게는 커서 독장사 하니라고 지고 다니던 지게고, 이 독 쪼가리는 그때 팔던 독으 쪼가립니다. 그리고 이 목만 나은 종가래는 九年治水하신 夏禹氏가 治山治水하실 때 산을 들어 물을 다시릴 때 쓰던 종가래입니다. 그러니 세상에 이보다 더 좋은 보물이 어데 있겠습니까?" 하고 말했다. 그래서 임금님도 그렇겠다 하고 이런 물건을 大國으로 보냈다. 大國 天子가 이것을 받어 보고 놀래면서 조선이 소국이라드니 과연 인재가 있는 나라로구나 하고 탄복하고 그 아이를 불러서 상을 후히 주고 대대로 큰 벼실을 시켰다고 한다.

＊1927년 2월 忠州郡 嚴政面 龍山里 金正德
＊1943년 9월 忠州郡 忠州邑 龍山里 平沼清熙

智兒 | 옛날에 중국에서 우리 조선에 인재가 있는지 읎는지 알아볼라고 노인하고 닭하고 그린 그림을 내보내고 이 노인으 나이가 멫 살인가 알어서 보내라고 했습니다. 우리나라 조정에서는 임금님 이하 여러 신하들이 그 그림을 암만 들여다봐도 그림 속에 그려 있는 노인으 나이를 알아맞출 수가 없었습니다.

신하 하나가 이 그림 속에 있는 노인으 나이를 알어맞치는 사람이 어데 있겠지 하고 그 그림을 가지고 조선 팔도를 방방곡곡 돌아다녔는데 한 곳에 갔는데 그때 마침 비가 와서 질가으 한 조그마한 집으 처마 밑이로 들어가서 비를 개고 있었습니다. 그 옆에는 한 칠팔 세쯤 나 보이는 어린애가 집을 보고 있었습니다. 이 집으 저쪽에는 방앗간이 있는디 거그서 어머니는 방아를 찧고 있었어요. 방아를 찧다가 어머니는 이쪽에 있는 아보고 빗자리를 가져오라고 헝께 예 하고 대답하고서는 개으 등어리다 빗자리를 잡어매고서 어머니보고 개를 부르라고 했어요. 어머니가 워리워리 하고 개를 부르니께 개가 그리 달려갔어요. 그렇게 이 아는 비 안 맞고 어머니헌티 빗자리를 갖다준 셈이 됐지요.

신하가 그 아 하는 짓이 하도 영특해서 이 아이는 어쩌면 이 노인으 나이를 알아맞칠지 모르겠다 하고 그 그림을 내보이며 이 그림 속에 그려진 노인으 나이 몇 살인지 알겠니 하고 물었어요. 이 아이는 그림을 한참 들여다보더니 "그까짓 걸 몰라요. 이 노인 나이는 여든한 살이여요" 했습니다. 우째서 여든한 살이냐 하니께, "여기 노인 옆에 닭이 그려 있지 않어요. 닭을 부를라면 구구 하고 부르지요. 九九는 八十一인게 노인 나이 八十一세란 말이에요" 하더래요.

＊1943년 9월 忠州郡 忠州邑 龍山里 平沼淸熙

智兒 | 옛날에 한 곳에 가난한 집과 큰 부자집이 이웃해서 살고 있었습니다. 가난한 집에는 큰 감나무가 있는데 이 감나무는 가지가 잘 뻗어서 부자집 담장 안으로 넘어가 있었습니다. 이 감나무에는 감이 많이 열렸는데 부자집이서 이 감을 따먹었습니다. 워째

서 우리 감을 따 먹냐고 하니까 감나무 가지가 우리집으로 뻗어 들어온 거니까 이것은 우리 감이니까 따먹는다고 했습니다. 가난한 집에 한 일고여덜 살쯤 된 아이가 있는디, 이거 암만 해도 이치에 맞는 말 같지 안해서 그 영감한티 찾아가서 영감이 앉어 있는 방으 창문으로 주먹을 푹 들어밀고 "영감님, 이 주묵이 영감님 주먹이죠?"라고 했습니다. 영감은 "그게 왜 내 주먹이냐? 네 주먹이지." "영감님 방 안에 들어가 있잉게 영감님 주먹 아닙니까?" "아무리 내 방에 들어와 있어도 네 팔에 붙은 주먹이니 네 주먹이지." "그럼 그런 줄 아시면서 우리집 감나무 가지가 영감님 집으로 뻗어 들어왔다고 그 감을 영감님 감이라고 따먹십니까?" 이렇게 말하니까 그 영감도 깨닫고 그 후부터는 가난한 집 감을 따먹지 안했다고 합니다.

*1943년 9월 忠州郡 忠州邑 龍山里 平沼淸熙

智兒의 名判決 | 옛날에요, 워떤 내우가 있는디 집이 가난해서 살 수가 없이니께 十

年作定하고 남으 집 고공살이럴 하기로 해각고 워떤 대가집이로 안안팎이 고공살이로 들어갔어요. 남자는 바깥일을 하고 여자는 안일을 하고 이렇게 사는디 새경은 주인집이다 맽기고 맽기고 했는디 십 년을 살고 보니 아조 큰 돈이 됐단 말이죠. 하루는 주인집 영갬이 가만히 생각해 보니께 이 고공살이 내외가 그동안 맽긴 새경을 쳐 보니께 자기 집 재산을 다 주어도 모자랄 것 같어요. 그래서 이것을 어떻게 해야 안 주고 말 것인가 하고 여러 가지로 궁리를 해각고 하루는 여자를 살살 꾀여가지고 "그까짓 고공살이하는 남편하고 사는 것보다 나하고 살면은 이 재산이 다 자네 것이 되고 오직이나 좋겠는가?" 하고 말하니까, 이 여자도 그 말이 옳을 것 같아서 그러자고 했어요. 그러니게 쥐인영감은, "그럼 내가 시키는 대로 하라" 하면서 냄펜 도장을 훔쳐오라고 했어요. 여자는 주인영감 말대로 냄펜 도장을 훔쳐다 주니게, 영감은 '어느 날 돈 몇십 냥 찾어갔다. 아무 날 돈 몇백 냥 가져갔다' 하는 영수증을 씨고 거그다 도장을 꽝꽝 찍어서 그동안 산 새경을 다 챚어간 영수증을 여러 장 다 해놨어요.

 인자 이 고공살이한 남자는 십 년이나 살았잉께 인제는 새경을 계산해 보니께 이만하면 워데 가던지 남 부끄럽지 않게 잘 살 것 같어서 그래서 부자 영감한티 가서 이만치 살었잉께 저도 나가서 살겄십니다 함서 그동안 산 새경을 쳐서 주시요, 이랬단 말이죠. 그러니께 대가집 영감은 깜짝 놀램서, "아 이 사람아, 무슨 돈을 달라는가?" 이라거던. "아 우리 내외가 안안팎 10년 동안 산 새경돈 말입니다." "그 새경돈이란 그새에 자네가 다 챚어갔는데 무신 챚어갈 돈이 있다고 달라고 하능가?" "아 제가 언제 챚어갔습니까? 그동안 한 푼 찾어 간 일 없고 다 영감님한티다 맽겨놓지 안했십니까?" "아, 이 사람 정신빠진 소리 다 하네. 암 날 몇십 냥 챚어가고, 암 날에는 몇백 냥 가져가고 그러지 안했는가? 자아 이걸 보게" 함서 영수증을 여러 장 내보였어요. 영수증을 보니께 모두다 지 도장이 꽝꽝 찍혀 있어요. 저는 돈 한 푼 가져간 일이 없는디, 이렇게 가져갔다는 영수증이 있이니께 그만 이 사람은 기가 맥혀서 지 마누라보고 우리가 원제 돈 한 푼이라도 챚어갔넝가 말해 보소 이러니께, 마누래가 아 아무 때 얼매를 챚어갔고 아무 때 얼매를 챚어가지 안했소, 이란단 말이요. 이렇게 되니 이 남자는 구만 정신이 나가서 반쯤 돌았어요. 그래가지고 십 년 산 돈, 십 년 산 돈 하면서 미치괭이처럼 외침서 돌아다니게 됐어요. 원님한티 가서도 십 년 산 돈, 십 년 산 돈 하고 외쳤어요. 원님이 보니께 미친 놈이 그러는 것 같어서 사령을 시켜서 쫓아냈는디 그래도 자꼬 와서 십 년 산 돈, 십 년 산 돈 하고 외쳐요.

 원님 아들이 십여 살 난 아들이 이 사람이 날마다 와서 십 년 산 돈, 십 년 산 돈 하고 외치니까 보기가 딱하고 불상해서 저그 아부지 원님보고 "저 사람이 불상하고 딱하니 지가 잘 물어서 저 사람 사정을 풀어줄가 하니 한 열흘만 원님 노릇 하게 해 주시요" 하니까 원님도 지 아들 지기를 보고 싶어서 그래라 했어요. 원님 아들은 아부지 허락을 받고 이 사람을 불러다가 우선 밥얼 한 상 잘 차려먹이고 마음을 안정시키고 자세히 말을 하라고 하니까, 이 사람은 자기는 "가난해서 십 년 작정하고 아무 데 아무개 부자집에서 안안팎으로 고공살이를 해서 십 년 동안 사는 새경을 주인한테 맽겨서 십 년이 돼서 상당히 큰 돈이 돼서 이제는 나가서 살겠다고 새경을 달라고 하니까, 다 찾어갔다고 줄 것 없다고 합니다. 마누래보고 물어 보니 마누래도 부자와 한통속이 돼서 다 찾어다 썼다고 하니, 이런 억울하고 원통한 일이 있십니까" 하고 말을 했어요. 원님 아들은 그 사람 말을 다 듣고 내 잘 알었다, 그 돈 찾어 줄 테니 안심하고 나가 기다리고 있거라 하고 내보냈어요.

그러고 아무 날 공판을 할 터이니 모두 와서 구경하라고 온 골 안에다 방을 써붙였어요. 그러고 사람이 들어갈 만한 궤짝을 둘을 똑같이 만들어서 궤짝 하나에는 사령을 집어너서 꽉 닫어놓고 또 한 궤짝은 공판 구경 온 사람이 백절치듯 많이 모인 가운데서 부자 영감하고 고공살이 한 사람을 세워놓고 그 보는 앞에서 고공살이 하는 사람으 마누래를 궤짝 안에 넣고 뚜껑을 못질하고서는 저쪽에 포장쳐 논 데로 옮겼어요. 그러고 원님 아들은 부자와 고공살이한 사람 보고, "이제 저 궤짝을 다시 꺼내올 터이니 너이는 저 궤짝을 짊어지고 저어쪽에 있는 산 밑에까지 가서 한 바쿠 돌고 오너라. 누가 잘 짊어지고 갔다 오는 것을 보겠다" 이렇게 말하고 그 궤쩍을 꺼내서 우선 부자보고 짊어지고 가라고 했어요.

그래서 부자는 그 궤짝을 짊어지고 원님 아들이 말한 대로 저어쪽 산으로 갔어요. 그런데 한참 가다가 힘이 드니께 궤짝을 내려놓고 쉬 넌데 쉬면서 궤짝에 대고 말했어요. "여보게, 이따가 원님 아들이 묻거 던 말을 잘 해야 하네. 말 잘못했다가는 우리 재산이 다 올라가고 우 리는 옥에 갇히게 돼여, 죽을 고생을 하게 되네. 그러니 죽어도 새경은 다 찾어갔다고만 뻗대란 말이여"라고. 그러고 다시 지고 산모퉁이를 돌고 원님 아들 앞에다 갖다 놨어요. 이번에는 그 궤를 고공살이 한 사 람 — 십 년 산 돈, 십 년 산 돈 하고 미치꽹이처럼 외치고 다니던 사람 보고 짊어지고 갔다 오라고 해서 이 사람이 짊어지고 가지요. 가다가 심이 드니께 내레놓고 쉬는데 궤짝에다 대고 "이 더럽고 개같은 년아.

우리가 잘 살어 보자고 십 년 작정해서 그 놈으 부자집이서 고공살이 해서 모아논 새경을 네년은 그 부자놈하고 짜고 다 받어갔다고 거짓말을 해! 이 날벼락이나 맞어 데질 년아!" 함서 욕을 퍼부었어요. 그러고 다시 짊어지고 산모퉁이를 돌아서 원님 아들 있는 데다 갖다 콱 내려 놨어요.

그러니게 원님 아들은 동헌 대청에 점잖게 앉어서 부자하고 고공살이 한 사람하고를 궤짝 앞에 세워놓고 백절치덧 모여 있는 많은 사람들 앞에서 그 궤짝 뚜껑을 열게 했어요. 궤짝 안에서 나온 사람은 여자가 아니고 싯뻘근 사령이었어요. 여자를 넌 궤짝을 포장친 데로 갖다 놓고 거기서 사령이 들어 있는 궤짝하고 바꿔쳐서 내다가 부자하고 고공살이 한 사람보고 짊어지고 가라고 한 거요. 부자도, 고공살이 한 사람도 그걸 까맣게 모르고 여자가 들어 있는 궤짝으로 알고 짊어지고 가서 그렇게 말한 거요. 그래 여자가 아니고 사령이 궤짝에서 나오니게 부자는 그만 얼굴이 다 죽어가는 안색이지. 원님 아들은 부자 영감을 꿇어앉혀 놓고, "이제도 거짓말을 하겠느냐? 똑바로 말하여라!" 이렇게 큰 소리로 호통했어요. 그러니까 부자는 "예에, 소인이 잘못했십니다. 죽을 죄를 졌십니다. 그저 목심만 살려 주십시요" 이렇게 말하면서 십 년 동안 산 새경돈을 안 줄라고 여자하고 짜고서 거짓 영수증을 만들었다는 말얼 실토했어요. 이렇게 해서 부자한터서 십 년 동안 산 새경돈을 다 받아내서 고공살이 한 사람에게 주었어요. 그러고 욕심 많은 부자와 부자으 꾀임에 빠져 본냄편을 배반한 여자를 옥에 가두어 벌을 주고, 부자으 재산을 몰수하여 고공살이 한 사람에게 주었십니다. 원님으 이들은 이려도 이렇게 일을 잘 저걸했어요.

고공살이 한 사람은 십 년 동안 살어서 벌어논 새경도 찾고 또 그 욕심 많은 부자으 재산도 채지해서 잘 살었는데 엊그저께 죽어서 나한티도 부고가 와서 가봤더니 참 장사를 잘 지내더군요.

*1974년 10월 13일 永同郡 永同邑 稽山洞 鄭今泰 (58세, 男)

主人 버릇 고친 머슴

이것은 옛날 이얘기가 아니라 中年에 이얘깁니다. 이 세상에 지금도 그렇게 악독한 사람이 있습니다. 일 년에 농사를 짓는데 머심 싯을 갈아치면 새경은 한 푼도 안 주고 공짜배기로 농사를 다 짓는 사람이에요. 그저 가설랑은 서너 달 살면은 트집잡어서 워떻게 기냥 쫓아보내고, 모심어 노면은 두어 달 있이면 또 쫓아보내고 이렇게 하다 보면 새경을 한 푼도 안 주고 일 년 농사를 공짜배기로 다 짓는 사람이여요. 그리고 이 집에 헹펜을 보면은 대우를 어떻게 심하게 하고 음식 먹는 건 저으는 밥 해먹고 일꾼은 죽 쑤어주는 집이여요. 일 년에 머심 서넛을 두고 보니께, 누가 그 집이 가서 머심 살 사람이 없어요. 한 사람이 가만히 생각을 하다가 내가 그 집에 가서 올해는 머심을 살아야겠다고 — 이 사람도 참 원만한 사람이지 — 게 가설랑은 주인을 찾어서 아 댁에 일꾼을 둔다니 정말이냐고, 아 거 일꾼을 구하지 못하는 판에 아 두겄다고 그라니께, 예 살지요. 그래 새경을 싸악 질정[1]을 하고서 인자 사는데, 아 내우가 어떻게 심한지 부엌에 밥상도 못 갖다놓고 쥔 메누리 딸하고 말도 못하게 한단 말이여. 새복 쇠죽을 끓일라고 떠억 나가 보니 주머니 성냥이 떨어졌이니 불을 땔 수가 있이야지. 그래 안 부엌에를 딜이다본께, 그 따님하고 메누리하고 하나는 쌀을 일고 하나는 불을 땐단 말이여. 내우가 심해서 말은 못하고 줄바탕 줄에다가 짚토막을 끄트머리다가 달아가주 구설랑은 배깥에서 불 딩길라고 기냥 불 때는 듸로 홱 딜이밀었지. 앗 깜짝 놀래서 벌덕 자빠진단 말이여. "고게 불 좀 댕게 주시요" 내우가 심하니까 말은 못하고. 아 그래서 댕게가주서는 쇠죽을 쑤니께로 아침 먹고 떠억 나오니께 쥐인이, "김 서방, 김 서방" 불르거던요. "예에." "이리 좀 오게." 가니까 "아, 자네 사람을 놀래도 분수가 있지, 이 사람아 짚토맥을 그렇게 해가주고 사람을 놀라게 해?" "아 내우가 심하고 해서 말은 못하고 어떡합니까? 쇠죽은 끓여야 하고." "예이, 이 사람아 다시 그라지 말게." "예에."

아침상을 떠억 딜이왔넌디 보니께, 고등어 대가리만 놓고 통가리는 하나도 없어. 먹구서는 대가리를 기냥 가주가서는 부엌에 가서 한 물 여남 동우 들은 두멍에다 갖다 집어처넣었지. 메누리가 물을 뜰라고 보니께 아침에 일꾼 상에 준 고등어 대가리가 두멍에가 들어앉았거던. 아 그래 시아버이보고 이얘기했지. "김 서방, 김 서방" 불렀지. "아, 이 사람아, 멕기 싫으면 기냥 놔두면 돼지나 주던지 하지 그랴 물 두멍에 다 그걸 대가리를 갖다 처너면 어떡하냐"고 그러니까, "아아니요. 저도 속이 있어서 그랍니다. 저도 물 두멍에다 놔서 길러가주구서 가운데 동갈을 좀 먹을라고 그랍니다." "예이 사람! 다시 그라지 말게" 아 이락 한단 말이여. "예 안 그라지요."

아 그래 인자 앞에 논을 닷 마지기 논을 가는데 아 주인영감은 술을 잔뜩 먹고 와서 얼굴이가 홍당무같이 빨간하니 와서, "이 사람아, 이렇 게 갈구 저렇게 갈라니 여기가 생갈이가 가는데, 그래 그렇게 가는가?" 아 남 부애가 나는듸 와서 대꾸 그럭하거덩. 에에이 이놈의 일꾼이 메 라구냐면, 저쪽으로 몰고 나갈 적에는 안 하구서는 쥔네 집이루 인자 갈구서 들올 적에는 소를 막 때려 몰아서 대문으로 몰아서 부엌으로 기양 막 때려 몬단 말이여. 때려 몰면서, 막 "이랴이랴" 하면서 메라구 하냐 하면, 뒤로 잡아당김서 "이놈에 소야, 나도 샛술을 못먹는 술을 너조차 먹으개비 부엌으로 술 먹으로 들어가? 이놈으 소야!" 막 당긴 단 말이여.

아 주인영갬이 가만히 보니께 아 저놈이 맹낭하거던. 그래서 술을 안 주고서 있는데 아아 메칠 전버텀 큰 지사[2]가 돌아오는지 뚝딱거리고 장만하는데 크게 장만하거던. 하 이거 인자 지사나 지내면 배부른 꼴을 보겠다 하고 인자 기다리고 있는데, 그날 저녁에 지사를 지내더래요. 지 사를 지내는데 머 밤새도록 잠도 못 자고 지사를 지내고서 있는데, 아 일꾼은 사랑서 잠 한숨도 못 자고 있는데 기냥 싹 닦고 문대거던.

새복에 일찌감치 쇠죽을 끓여주고서는 그 동네 한 50호 되는 동네 를 식전에 저어 웃말서부텀 가서 "아무개 어런 기세요?" "엉 어쩐 일인 가?" "아 저으 집이 지사 지냈다고 약주 잡수로 오시래요. 아침도 잡숫 지 말고 오시라고요." 한 50호 되는 동네를 전부 다 그럭하고 일르고 왔단 말이여. 아 동네 사람이 깜짝 놀램서 "아, 그 아무개가 그 집이 와서 머심 살더니 우짠 일이여? 주인네 버릇을 고쳐났다? 이게 웬 일이여. 가야지." 아 대문간서 떠억 들어오면, "어서 들어오세요." 아 주인이 내다보니께 동네 사람이 전부 들어오거던. "김 서방, 김 서방" 하고 불렀지. "예?" "이리 좀 오게. 자네 우째 동네 사람을 전부 오랬나?" "아 쥔 네가 간밤에 큰 지사를 지내기 땜에 그 전에 남으 집 살아 보면 쥔네가 지사를 지내면 그저 동네 사람 다 청했기 땜에 쥔양반이 이얘기하기 전에 지가 전부 다 청했지요, 오시라고요." 아 이거 큰일났거던. 아 이거 안 줄 수도 없고 줄 수도 없고 말이야. 아 그래서 할 수 없이 술을 쪼끔 해서 그저 워떻게 한 잔식 주어서 보냈단 말이여. 그람서 다시 그라지 말라고 그랬지. 예 안 그라지요.

아 이럭하고 났는데 인자 메라구 하느냐 하면 "낼은 저기 열닷 마지기 모를 심어야 할 팅게로 놉을 한 이십 명 얻게. 모레 모 심게." "예." 다 얻어났지. 얻어놓고, "얻었나?" "얻었어요." "낼 그걸 일찌감치 갈게." "갈라지요." 아 그래 아침 쇠죽을 끓여 먹이고서는 논 갈로 갈 줄 알았는듸 쇠죽 판지기다가 화때뿌리 가설랑은 자기 멫 달 산 옷 헌옷을 갖다가 척척 담고 지게다가 떡 짊어지거던. 아 쥔이 가만히 보니께 나가고 있어서 쫓아나가서, "아 자네 뭐하로 가능가?" 그라니께, "나는 일년이면 빨래를 꼭 두 번 하는데 꼭 오늘입니다. 오늘 가서 빨래를 해야 돼요." 빨래를 안 해주니께. 쥔이, "하아 이 사람아, 빨래를 하다니? 그래 놉을 얻어놓고서는 낼 모레 모 심을 사람이 오늘 논 갈라는데 빨래를 하면 되냐?" 그러니까, "아 그렇지만 워떻게 해요. 나는 날 받어 논 날이니께" 그러니께, 자기 마누라보고, "아 이 와서 빨래 좀 오늘 하우, 일꾼 가서 논 갈라고." "아 그래, 일꾼, 내가 오늘 빨래 할 팅게 가서 논 갈라고."

그렇게 해요. 아 그래서 논을 간다. 가서 모를 이렇게 해서 다아 심어노니께로, 트지기를 잡넌 게, 인자 쫓아낼라고 모 심어놨이니께, 아 토닥토닥 트지기를 하더니만 쥔이 메라고 허냐면, "예이 이 사람아, 나가게!" 말 끝에 나가게 그라거던. "나가지요." 옷을 턱턱 다 싸서 짊어져 놓고, "새경 주시요. 일 년 새경 주시요. 옛날에 쥔이 나가라면 한 달을 살았어도 쥔이 나가라면 돈을 다 주는 법이고 아홉 달을 살았어도 일꾼이 살기 싫다고 나가면 돈을 새경 한 푼도 못 받는 법이요. 그러니께 새경 주시요." "아 이 사람아, 게우 두 달 살고서 새경을 다 줘? 그런 새경 줄라면 이 사람아 지내가는 거지 밥을 주겠네." "요놈에 새끼가 맛을 못 봤나? 너놈의 집구석이 그런 줄 알고 내가 일부러 온 거야! 이놈의 새끼야." 멕살을 쥐고서 제기 귓방을 응달 소나무 갈기듯 이리 치고 저리 치고 내동댕이치니께 지가 죽을 정돈게 워텧게 히야. "아 이 사람아 줄 팅게 나가게." "내시요." 새경을 척 주더래요. 그래서 그 집 버릇을 고치곤설랑은 머슴을 살고 나갔다고 하는 이런 이야기가 있어요. 이건 中年에 이얘깁니다.

＊1974년 10월 13일 永同郡 永同邑 中央洞 朴然夏 (72세, 男)

1) 작정, 결정　　2) 祭祀

上典집을 망하게 한 종 | 옛날에 어떤 곳에 부자가 사는데 그

집 젊은 샌님이 서울로 과거보로 가면서 종놈 하나를 말견마를 잼혀서 데리고 갔다. 가다가 샌님은 술이 먹고 싶어서 종놈보고 술 사오라고 돈 한 냥을 주었다. 종놈은 닷 돈 어치는 지가 사먹고, 닷 돈 어치 술을 가지고 옴서 막대기로 술사발을 점서 왔다. 샌님이 이것을 보고 워째서 술을 점서 가져오냐고 물었다. 그렁께 종놈은 "이 술 속에 지 머릿니가 빠져서 그것을 챚어서 건져낼라고 그럽니다" 항께, 샌님은 "에이 더럽다. 너나 먹어라" 함서 내주어서 이놈은 좋와라고 그 술을 먹었다.

　또 조금 가다가 샌님은 돈 한 양을 줌서 떡을 사오라고 했다. 종놈은 닷 돈 어치는 지가 사먹고 닷 돈 어치 떡을 사각고 옴서 떡을 지 배때기다 설설 문댐서 왔다. 샌님이 "워째서 떡을 배때기다 문지르냐?" 항께, "예 오다가 떡이 소똥 우에 떨어져서 소똥을 띠어내니라고 그럽니다" 했다. 샌님은 "에이 더러워 먹겄냐?" 험서 떡을 주었다. 그렁께 이놈은 또 좋와라고 그 떡을 먹었다.

이렇게 해서 샌님은 아무것도 못 먹고 배를 탈탈 곯아서 그만 화가 머리 끝까지 올라서 이놈을 어찌야 없앨꼬 함서 갔다. 가다가 어떤 강가에 큰 반석이 있잉게 샌님은 여그 좀 쉬어 가자 함서 말에서 내레서 반석 우로 내레갔다.

샌님은 바우 우에 누어서 종놈보고 다리를 좀 주무르라고 했다. 그리서 종놈은 예 하고 샌님 다리 목으로 가서 다리를 주무르고 있었다. 이놈은 샌님이 저를 차서 강에 빠지게 헐 것이라고 짐작하고 다리를 주무르고 있는디, 샌님은 소르르 잠이 들었다. 종놈은 얼른 머리맡으로 가고 머리맡에 있는 책보따리를 샌님 발 밑이다 놔 두었다. 샌님은 얼마큼 자다가 다리를 쭉 뻗는 치함서 책보따리를 종놈인지 알고 탁 차서 강 속으로 떨어트렸다. 종놈은 이것을 보고 "샌님 워째서 책보따리를 강에다 처넣십니껴?" 하고 물었다. 샌님은 그만 어이가 없어서 암 말도 못했다.

서울에 다 와서 샌님은 어떤 대감 좀 만나보고 오겄다고 함서 말을 맽김서 "야 이놈아, 서울이란 디는 산 사람 눈도 빼가는 디니께 그리 알고 말을 잘 건사해라" 하고 갔다. 샌님이 저만침 가서 안 보이게 되니게 말을 팔어먹고 손에는 말고삐를 쬐금 쥐고 손으로 눈을 가리고 남으 집 담에다 대고 엎드리고 있었다.

샌님은 볼일을 보고 와서 보니게 말이 없어서 "야 이놈아, 말은 워쨌너냐?" 항께 이놈은 깜작 놀래서 뒤돌아 서서 "아이 이게 워쩐 일이여? 샌님이 서울은 산 사람 눈을 빼가는 디라고 해서 눈을 안 빼일라고 눈을 잔득 개리고 있었더니 워떤 놈이 말고삐를 끊고 말을 가져갔네요" 이러면서 손에 쥔 쪼금 남은 말고삐를 흔들어 보였다. 샌님은 그만 화가 나서 이놈을 그대로 두었다가는 또 무신 봉변을 당할지 몰라 이놈을 집이로 보내여 없애 버리게 해야 하겄다 하고 "너는 그만 집이로 가거라" 하고 종놈 등에다 편지를 썼다. '이놈 때문에 먹을 것도 못 먹고 배만 곯고 책보따리도 강에다 버리고 말도 잃어버리고 과거도 못하고 했으니 내려가거던 작두로 잘러서 쥑여 버려라'고.

종놈은 집이로 가라니께 집이로 내레오고 있었다. 어디만침 가니께 어떤 여인네가 애기를 업고 떡방애를 찧고 있었다. 이놈은 그 여인네 한티 가서 "애기 업고 방애 찧니라고 심드시지요. 제가 애기를 봐 디릴팅게 애기를 주십시요!" 했다. 여인네는 좋와라고 애기를 맽겼다. 떡을 다 찧고 나서 이놈한티 떡을 한 뭉텡이 주어서 이 떡뭉텡이를 가지고 가는데 가다가 꿀장시를 만났다. 이놈은 꿀장시한티 떡을 쬐금 띠여 주고 꿀을 좀 얻아가지고 떡하고 꿀을 한디 버무렸다. 그러고 가니랑게 상제 한 사람을 만났다. 꿀을 버무린 떡을 쬐금 띠여 주니께 상제는 먹어 보더니 참 맛이 있어서 이것은 어떻게 만든 거냐고 물었다. 이놈은 아비 밑을 파서 송장을 꺼내서 솥에다 넣어 밤낮 사흘을 고면 이런 것이 된다고 했다. 이 말을 들은 상제는 곧 가서 저그 아버지 송장을 파내다가 가마솥에 너서 밤낮 사흘을 고왔는디 맛이 나기는커녕 썩은 내만 나서 먹을 수가 없었다.

종놈은 또 가다가 나무장시를 만났다. 그 떡을 쬐금 주니께 나무장시는 먹어 보고 어떻게 만든 거냐고 물었다. 고무신짝을 하룻밤 고면 이런 것이 된다고 했다. 나무장시는 집이 가서 집이 있는 고무신짝이란 고무신짝을 다 모아다가 고왔는디 먹을 수가 없었다.

이놈은 또 가다가 옷을 잘 입은 사람을 만났다. 그 떡을 쪼금 떼어주고 자기 등에 뭐라고 씌여 있는가 봐 달라고 했다. 이 사람은 이러이러하게 씌여 있다고 하니께, 이놈은 또 떡을 쬐금 띠여 주고 그 글을 다 지우고 아무개 때문에 먹을 것도 배불리 먹고 편안하게 서울에 와서 과거도 잘 보고 했으니 내레가거던 딸하고 결혼시켜서 앞터에다 지아집을 잘 지여서 살게 하라고 써 달라고 했다. 그러니께 이 사람온 그렇게 써 주었다.

이놈은 집에 와서 "샌님이 편지를 등에 써 주십디다. 자 보십시요" 하면서 등을 내밀었다. 상전은 그 편지를 보고 이상하다 함서도 샌님 편지니께 거그 씌여 있는 대로 딸하고 결혼시키고 앞뜰에다 지아집을 지여서 거그서 살게 했다.

얼매 후에 샌님이 돌아왔는디 전에 없던 새 지아집이 있이니께 저게 무신 집이냐고 물었다. 샌님 아버지는 니 펜지에 딸하고 아무개 놈하고 결혼시켜서 지아집을 지어서 살게 하라고 해서 아무개놈이 살게 한 집이라고 말했다. 그러니께 샌님은 그만 화가 벌컥 나서 종놈을 죽도록 뚜들겨패고 이놈을 앞에 있는 둠벙에다 처넜다. 그런디 이 종놈은 그 둠벙에서 기어나와서 먼 데로 도망갔다.

한 두어 달 있다가 이 종놈은 좋은 옷을 입고 상전 앞에 나타났다. 주인은 깜짝 놀래서 네가 워짠 일이냐고 물으니께, "샌님이 둠벙에 너 주서서 저는 참 존 데 갔습니다. 둠벙 안에는 좋은 집이 많고 먹을 것도 많고 참으로 살기 좋습디다"고 말했다. 그러니께 샌님은 귀가 솔깃해서 자기도 가 보고 싶은 생각이 나서 거그를 갈라면 어떻게 가느냐고 물었다. "거그 갈라면 주걱이나 광주리나 바가지를 들고 가면 갈 수 있십니다"고 말했다. 그러니까 샌님네 식구는 씨리 주걱 광주리 바가지를 들고 둠벙으로 갔다. 샌님 아버지가 먼저 주걱을 들고 둠벙에 뛰어 들어갔다. 물에 빠지니 손에 쥐었던 주걱을 놓게 되어 주걱은 물 우에 떠서 흔들흔들했다. "저것 보시요. 어서 들어오라고 부릅니다." 이렇게 해서 주인네 식구를 전부 둠벙에 뛰어 들어가서 죽게 하고서 주인네 재산을 다 차지해각고 살았다고 한다.

＊1927년 2월 忠州郡 嚴政面 牧港里 姜興南

奸智 있는 건달 | 그전에 한 千石 하는 부자가 있었어요. 이 부자 아들 여석이 다 털어먹고 암것도 없어져서 먹고 살 길이 맹낭해요. 그래 먹고 살 길을 찾어 보넌 거요.

한 군데 부자가 있는데 그집 아들 놈이 불회[1]여요. 지금은 그렇지 않지만 옛날에는 3천 가지 죄 중에 불회가 아조 제일가는 큰 죄에요. 살인죄나 마찬가지로 큰 죄로 몰아요. 그래서 이 건달이 그 부자집이 가서 그 불회하는 아들보고 "아 너 지금 살인죄로 몰리고 있다. 너 부모한티 불회가 막심해서 중죄로 몰리고 있다. 너네 재산 절반 주면 내가 어떻게 해서 무사하게 해 주겠다. 어떠냐?" 아들 여석이 가만히 생각해 보니 재산 두었다 멋하겠냐 재산을 절반 주어서 내 생명 구하는 것이 옳겠다 하고 재산 절반 줄 테니 무사하게만 해 둘라고 부탁하고 재산 절반 준다는 계약서까지 썼어요.

원님이 이 불회 아들을 다시리기 위해서 불렀어요. 그렇게 이 불회 아들은 안 가고 자기 대신 그 건달을 내보냈어요. "너는 워째서 부모한티 그렇게 불회한다니 어데 그런 도리가 있느냐?" 하니께 이놈은, "아 아니, 저는 부모에게 불회한 일이 없십니다. 자식으로서 워찌 부모에게 불회할 도리가 있십니까?" "그럼 너으 부모를 불러다가 물어 봐야 되겠느냐?" "에 부모를 불러다가 물어 보십시요."

그래 부모를 불러다가 대면을 시키고 "네 아들은 불회 노릇을 안했다고 하넌데 어떻게 불회했너냐?" 불회한다는 아들으 아부지가 보고서 "아, 저놈은 제 자식이 아닙니다" 이렇게 말하니, 아들 대신 나온 건달은 "저거 보십시요. 자식가지고 자식이 아니라고 하니 워디 저런 일이 있십니까? 자기 자식을 자식이 아니라고 하니 이게 노망이 들어서 하는 말이 아닙니까. 저보고 불회라 하는 것도 노망해서 그러는 것입니다."

이렇게 말하니 원님도 그렇겠다고 이 노인을 노망해서 자기 아들을 불회라 했다 하고 더 다시리지 안해요. 그래서 이 건달은 계약한 대로 그 사람으 재산을 절반 얻어가지고 얼매 동안 그럭저럭 잘 지냈는데 그것도 다 털어먹었어요. 다 털어먹고 또 거덜이 나서 고생하고 살고 있었는디 어떤 절에서 외 논 것을 동네 청년 하나가 중한티 맞어 죽었어요. 그때는 살인은 큰 죄가 돼서 중이 사람을 죽였으니 절이 결단나게 생겼거던요. 건달 여석이 이런 소문을 듣고 질에 찾어가서 내가 무사하게 해 줄 팅게 절으 재산 절반 주겠능가 했어요. 그렇게 해 주면야 절반 재산 주고말고 했어요.

그래서 이 건달은 워데서 송장 하나를 구해가지고 와서 그 송장으 머리를 깍고 중 옷을 입히고 관에 너서 절으 중하고 항께 청년들이 사는 동네로 내려가서 그 관을 동네 마당에 턱 내려놓고 동네 청년들이 모인 가운데서 "여보시요. 당신네덜이 어젯밤에 우리 절에서 가꾸어

논 외밭에 와서 외를 따먹었지요. 그때 우리 절 중 하나가 쫓일라고 하니까 당신들 중 누가 우리 중을 죽였이니 그렇게 되면 이 동네가 어텅게 되넌지 알지요" 이러니까, 동네 청년들은 누가 그랬을까 누가 그랬을까 하면서 저그덜끼리 둘러보더니 하나가 없으니까 그놈이 그래 놓고 달아났는가부다 하고 청년들은 잘못했이니 무사히만 해 달라면서 돈을 많이 내놓고 빌었어요. 이렇게 해서 이 건달은 중들을 살인죄가 안 되게 해놓고 도리여 그 동네서 돈을 울거냈다고 합니다.

＊1974년 10월 15일 永同郡 永同邑 山益里 張章燮 (69세, 男)

1) 不孝

愚郎 | 옛날 한 놈이 장개가게 됐는디 이놈은 일자무식이라 그 어머니가 아들놈이 장개가서 실수나 하지 않을가 싶어

장개가서 하는 일을 일러 주고 있단 말이여. "너 가면 큰 상을 채려다 줄팅게 또 조석상도 채려오면, 그 음식이며 반찬이 잘 채려올 거다. 그러거던 점잖이 앉어서 어어 만반진수로군 이렇게 말해라. 그리야 유식하다고 대접을 받느니라. 그리고 또 니 처가집이 어린 처남덜이 많다더라. 그 어린 처남덜이 장난하니라고 문구멍을 많이 뚫어놨일 떵게, 아랫묵에 점잖이 앉어서 '百孔靑春이로군' 그래야 한다." 어머니가 이렇게 다 갈쳐 주었어요. 그런디 이놈이 어머니가 갈쳐 주는 것을 잘못 썼어요. 조석상을 갖다 주니께 어어 百孔靑春이로군, 이랬어요. 그렁게 처가집 처남으 댁이며 처제며가 끽끽거리고 웃었어요. 실수를 하고 말었지.

신방을 차렸넌데 왜 옛날에는 신방을 엿보는 풍습이 있지 않했습니까. 그래 신방을 엿보느라고 신부집 젊은 남녀가 신랑 신부가 어턱허고 있는가 보느라고 문구멍을 여그저그 뚫고 딜이다보니랑게 이 녀석이 문구멍이 많이 뚫린 것을 보고 어어 만반진수로군, 이랬단 말이죠. 그러니 밖에서 들여다보던 사람덜이 또 끽끽거림서 웃었어요. 또 실수를 했어요.

게 인자 신부하고 자는디 저녁상에 놓였던 나박김치가 첨 먹어 본 거고 맛이 좋았던 모양이여. 또 밤참이라고 딜이온 상에 홍시가 또 달고 맛이 있었던 모양이요. 그리서 그것이 생각이 나서 신부보고, "저녁상에 납작납작하게 무를 썰어서 빨갛게 해 논 국물에 당군 게 머여?" 하고 물응게, 신부가 그건 나박김치라는 것이라고 하니께, 그거 먹고 싶은데 그거 어디 있너냐고 물어서 신부는 부뚜막에 있다고 했어요. 그러니까 이놈은 정지로 들어가서 부뚜막에 있는 나박김치 단지에 두 손을 넣어 홈빽 쥐고서 손을 꺼낼라는디 손이 빠져야지. 그래 손에 매달린 김치단지를 들고 어디 두드러 깰 디가 없넌가 하고 부석에서 나와서 보니께 달빛에 비춰서 하얗게 비친 둥근 돌이 있어서 거그다가 냅대 들어 때렸어요. 그런데 그 하얀 돌은 돌이 아니고 그때는 여름이라 장인이 마당에서 자고 있었는디 장인으 머리통이 달빛에 비쳐서 하얗게 보였던 것인디, 장인이 이렇게 얻어맞이니 깜작 놀래서 어떤 놈이냐 하고 소리를 지르는 바람에 이놈은 그만 혼이 나서 방으로 뛰어 들어오고 말었지.

새벽녘게 되니께 밤참에 먹던 홍시가 생각이 나서 밤참에 먹던 그 빨갛고 몰랑몰랑하니 맛있는 것 어디 있능가 하고 물으니까, 색시는 "홍시 말이요? 그것은 뒤안 감나무에 열려 있다"고 해서 이놈은 빨가벗고 잤는데 옷도 입지 않고 그대로 밖으로 나가 감나무에 올라가서 홍시를 따먹고 있는데 처남으 댁이 홍시를 따겄다고 올개미를 가지고 홍시를 나꿔채는디 새벽이라 캄캄하니게 대롱대롱 매달린 것을 나꿔채는데 그것은 홍시가 아니고 신랑으 불알이였어. 이것을 아무리 나꿔채도 떨어지나. 그런디 이놈은 불알을 차꾸 집이뎅기니까 아파 죽겠지, 그래도 아파 죽겄어도 아프다고 소리는 지르지 못하고 참는디 어찌 아푸던지 그만 똥을 쌌어. 밑이서 감을 따던 처남으 댁은 감이 떨어지는 줄 알고 집어먹어 보고 "이것은 벌서 너머 익어서 구린내가 나네" 하드래요.

*1974년 10월 15일 永同郡 永同邑 錦河 宋在忠 (60세, 男)

忍之爲德 | 그 옛날에 어떤 총각이 나이 삼십이 되드락 장

개도 못 가고 있었는디 어떻게 해서 어디 노
처녀가 있어서 그 처녀하고 결혼했어. 이 노처녀가 시집이라고 와 보
니 서방으 집이라고 가난하기 짝이 없어. 서발 막대기 거칠 것도 없어.
서방이란 기운은 세서 일은 곧잘 하지만 이렇게 가난하게 살아서야 쓰
겠냐, 여자 팔자는 두렁박 팔자라고 남편이 잘 돼야 여자도 잘 산다 하
고서 남편을 일만 시킬 것 아니라 공부를 시켜서 과거 급제해각고 立
身揚名하게 해야겠다 하고서 남편보고 공부하라고 했어요. 그러니까
"내가 공부하면 무얼 먹고 살라고 그러느냐?" 하니께, "그건 염려 마시
요. 내가 다 담당할 팅게 염려 말고 공부나 열심히 해서 과거급제해서
立身揚名이나 하시요" 하고 남편을 서당에 공부를 시키고 자기는 남
으 질삼도 해 주고 빨래도 해 주고 방아품도 팔고 해서 집안을 꾸려갔
단 말이지.

이놈은 서당에를 다니넌디 하늘 天 따 地를 가르치는디 한 자를 새
로히 더 갈치면 앞에 배웠던 글자를 잊어버려. 이러니께 선생은 할 수
없이 일평생 사는데 꼭 필요한 글자만 가르쳐 주어야겠다 하고 忍之
爲德이라는 글자를 가르쳤어요. 이 忍之爲德을 참을 忍자 갈 之자 하
爲자 큰 德자 하고 한 자 한 자 가르치는데 이것을 갈치는디 한 자에
석 달식 걸려서 넉 자 다 갈치는 데 일 년이 걸렸어요. 그러고 忍之爲
德으로 붙여서 가르치고 그 뜻을 다 알게 가르치는 디도 일 년이 걸렸
어. 그래서 忍之爲德이란 것을 二年 걸려서 배운 셈이죠. 다 배우고
나니까 선생은 다 배웠이니 그만 집이로 가라 했어요.

집에 돌아오니게 마누라는 이 년 동안 배운 글이 뭐냐 하니게 忍之
爲德이라고 해서 그만 기가 맥혔죠. 이것 가지고는 과거커녕 아무것도
못하겠기에 더 공부하라 하지 않고 돈이나 벌게 장사하라고 돈 몇 백
냥을 내줌서 돈이나 벌어 오라고 했어요.

그래 이놈은 돈 벌로 간다고 나가서 장사를 했는디 돈 벌기는커녕 그
밑천을 다 까먹고 할 수 없이 집이로 돌아왔지. 왔는데 마누래가 쫓아
나와서 반가이 맞어 줄지 알았는디 마누라는 나오지도 안해. 그때는 여

름날인디 방문은 활작 열려 있어서 방 안을 딜여다봉게 마누래는 어떤 상투꼽은 여석을 끼고 자고 있어. 이것을 보자 그만 화가 버럭 났어. 아 저년이 날보고 장사나가라고 돈 주어 내보내더니 서방질 할라고 그랬구나, 그만 눈이 뒤집힐밖에. 에라 이 연놈을 당장에 쥑에 버려야지 하고 마룽에 있는 큰 디딤돌을 불끈 들어 방으로 들어가서 박살을 내겠다고 하는데 그때 忍之爲德이라고 배운 글이 생각나서 忍之爲德 忍之爲德 참는 것이 德이 된다, 참는 것이 德이 된다 하고 있었어요.

마누래는 한잠 자다가 머리맡에서 무엇이 인기척이 있어서 일어나서 보니께 남편이 와 있어서 반가워서 언제 오셨소 하며 옆에 자는 사람을 깨우며 야야 일어나라 너으 형부가 돌아왔다 하니까 옆에서 자는 사람이 일어났는디 보니까 남자가 아니고 여자였어요.

이 집에는 처제가 왔었는디 여름날이 돼서 더워서 처제는 머리를 감고 풀상투처럼 머리를 올리고 쉬느라고 잤는디 얼른 보기에 남자가 자는 것같이 보인 거거던요. 忍之爲德이란 글을 몰랐드라면 두 목숨이 죽었을 거요. 忍之爲德을 배웠기 때문에 두 목숨이 무사했다는 이야깁니다.

＊1974년 10월 15일 永同郡 永同邑 錦河 宋在忠 (60세, 男)

黃 호랑이 |

한 2백 년 가까히 됐일 겝니다. 내가 保寧에 있을 때 들은 이얘긴데요. 保寧郡 嵋山面 聖住山 밑에 黃孝子라는 사람이 살았더래요. 聖住山은 深山幽谷이에요. 황 효자는 늙은 아버님을 모시고 사는데 나무나 해서 팔고 또 신도 삼어서 팔고 해서 아버님을 잘 모시는데 아버님이 고기를 좋와하시는데 고기를 살 만한 돈도 없었는데 그래도 어텋게 해서던지 고기를 구해서 대접을 했답니다. 그런데 고기를 끊임없이 구해 디리기가 어디 쉬운 일인가요. 어렵지요. 그런디 이 사람이 어텋게 해선지 몰라도 책 한 권을 얻었어요. 그 책을 읽으면 호랭이가 되고 돌아와서 또 읽으면 다시 사람이 되고 하는 그런 책을 얻었어요. 그래 이 사람은 밤이면 그

책을 읽고 호랭이가 돼서 사슴이며 머이며 산짐성을 잡어다 아버님 잡
수게 하고, 다시 사람이 되고 했어요. 마누래는 이런 걸 몰랐던 모양이
요. 남편이 밤이면 나가서 산짐성을 잡어오고 옷은 이실에 후줄근하게
젖어서 들어오고 하는 것이 이상해서 하루는 남편으 하는 짓을 지켜봤
더니 남편은 밤에 무신 책을 펴놓고 읽더니 밖으로 나가서 마당에 몇
번 펄적펄적 뛰더니 큰 호랭이가 돼각고 나가요. 그러더니 새벽녘에
사심이며 머이며 산짐성을 잡어와요.

　남편이 책을 읽고 호랭이로 둔갑하는 것을 보니까 그만 무섭고 징그
러워서 저 책만 없으면 호랭이가 되지 않겠지 하고 밤에 남펜이 호랭이
가 돼서 나간 사이에 그 책을 불태워 버렸어요. 냄펜이 산짐성을 잡어
가지고 와서 사람으로 다시 변할라고 그 책을 챚이니 있이야죠. 그래서
이 사람은 사람으로 다시 되지 못하고 호랭이로 되어서 산으로 돌아다
녔어요. 그래서 동네 사람들은 이 호랭이를 황 호랭이라고 불렀어요.
＊1974년 10월 11일 報恩郡 報恩邑 三山里 李京洙 (65세, 男)

烈女

옛날에 한 선비가 서울로 과거보로 가다가 질을 잘못 들
어서 산중을 헤매다가 날이 저물어서 잘 곳을 챚어보는
데 그 근처에는 인간이 사는 집도 없었다. 이리저리 헤매고 고생하던
판에 저어 멀리 불이 반작반작 비친 곳이 있어서 그리 찾어갔다. 그 집
은 쪼그만한 草家집인데 주인을 챚이니게 하얀 소복을 한 젊은 여자
가 나왔다. "나는 서울로 과거보로 가는 사람인데 질을 잘못 들어 헤매
다가 날이 저물어서 그러니 하룻밤만 자고 가게 해 주시요" 하고 말하
니게, 여자는 그러라고 했다. 그래서 이 선비는 그 집에 들어가서 여자
가 채려다 준 밥을 먹고 자게 되었다.

　이 여자는 亡夫를 위하여 조그만한 草家를 짓고 侍墓살이를 하는
과부였다. 이 집은 쪼그만한 草家가 돼놔서 딴 방이 있일 리가 없었다.
그런데 남녀가 유별한데 한데서 잘 수도 없고 해서 여자는 방 가운데
에 치매로 포장을 치고 따로따로 자리를 만들어 자기로 했다.

이 선비는 이 여자으 말씨며 행동이며를 살펴보니 참으로 요조숙녀였다. 그리고 그 용모를 보니 한세의 절색이었다. 그래서 마음이 동해서 百年佳約을 맺자고 말했다. 여자는 이 선비으 말을 듣더니, "소녀는 절개를 지켜 인륜으 순리를 다 하려고 했더니 이제 손님으 말을 들어 보니 이치에 맞는 것이 있으니 그 말을 좇겠소. 그렇지마는 소녀가 글 한 작을 지을 터이니 손님은 그 글에 잘 맞는 글을 보고 따르리라" 하고서 新情結於此夜라고 써서 내주었다. 선비는 그 글을 받어보고 바로 壽富貴而多男 하고 짝을 지어서 내주었다. 여자는 그 글을 받어 보더니, "그대는 선비으 몸으로서 어찌 그리 욕심이 과하오. 사람이 어찌 五福을 다 갖출 수가 있소. 내가 그 글으 짝을 지을 테니 보시요" 이렇게 말하고 亡夫哭於黃泉이라고 써서 보였다. 선비는 그 글을 보고 그만 부끄러워서 아무말도 못하고 고개를 숙이고만 있었다. 이것을 보고 여자는 아조 엄숙한 말로 나가서 매를 해오라고 했다. 선비는 나가서 매를 해다 주니까 여자는 일어서서 종아리를 걷어올리라 하더니 선비으 종아리를 때리면서, "어데서 그런 무례한 말을 배워가지고 와서 인륜으 道理에 어긋나는 말을 다 허느냐" 하면서 엄숙히 꾸짖었다.

이 선비는 거기서 떠나서 서울로 와서 어느 舍館[1]에서 유숙하게 되었다. 밤에 舍館집 주인이 가만히 찾어와서 아무개 대감으 딸이 젊어서 과부가 돼와서 있는데 이번 과거에 급제한 선비 가운데서 어진 낭군을 얻고저 하고 있는데 손님으 의향은 어떠냐고 물었다. 이 선비는 그 여인을 한 번 만나보게 해 달라고 했더니 바로 여자를 데리고 왔다. 그 여자를 보니 양가집 규수답게 요조숙녀같이 얌전하고 용모도 아름다웠다. 이 사람은 산중에서 만난 亡夫를 위하여 시묘살이를 하는 과부으 烈節에 慕仰한만큼 이 과부도 그 과부같이 본딸게 할 마음이 생겨서, "이제 내가 글을 한 짝 지을 터이니 그대는 그 글에 맞는 글을 지어 보시요" 하고 新情結於今夜라고 써서 내보였다. 그랬더니 이 여자는 머뭇머뭇거리고만 있었다. 그래서 亡夫哭於黃泉이라고 써서 보였다. 그랬더니 이 여자는 눈물을 흘리고 차후로는 다시 改嫁할 뜻을 품지 않겠다 하고 돌아갔다.

이 여자는 집에 돌아가서 아버지 대감에게 그 글을 보였다. 대감도 그 글을 보고 크게 감동하고 과거 글제를 亡夫哭於黃泉이라고 냈다. 이 대감은 과거으 試官이었다. 다른 사람은 그 글제 뜻을 몰라 시험을 잘 치르지 못했지마는 이 선비만은 잘 알아서 글을 잘 지어서 바쳐서 一天壯元及第를 했다.

이 선비는 이렇게 해서 과거에 급제해가지고 錦衣還鄕하게 되었는데 이 선비는 그 侍墓살이하는 烈女한테로 찾어가서 百拜致謝하고 그 여자와 남매으 의를 맺고서 서로 잘 지냈다고 한다.

*1927년 2월 忠州郡 嚴政面 龍山里 金遺腹

1) 여관

마음씨 착한 총각과 朴御史 | 李氏朝鮮으英

祖大王 때 유명한 재상 朴文秀 대감은 일직히 어사가 되어 八道강산을 여기저기 돌아다닌 일이 있었는디 한번은 어떤 지방에 가서 조반도 얻어 먹지 못하고 주림이 심해서 어디 가서 요기를 할가 하고 돌아다니다가 어떤 오막살이 집 앞에 가서 싸리문 밖에서 주인을 찾어 요기를 좀 시켜 달라고 했다. 그랬더니 안에서 한 수물너댓찜 되는 늙은 총각이 나오더니, "보시다시피 이렇게 가난하게 살고 있어서 나그네를 대접할 양식이 없십니다. 보아하니 먼 질을 오시니라고 피곤해 보이니 누추하지만 들어오서서 쉬어나 가십시요" 이렇게 말하면서 건넌방으로 안내했다. 朴 어사는 피곤한 몸이라 쉬어가기 위하여 그 집으로 들어갔다. 방이라고 해서 자리도 깔지도 않고 거적자리가 피어 있었다.

이 총각은 朴어사 앞에 무릎을 꿇고 앉어 朴 어사에게 요기시켜 주지 못한 것을 퍽 미안하다고 여러 가지 말을 하더니 천장을 자꾸 올려다봤다. 朴 어사도 멋을 보니라고 저러나 하고 천장을 올려다보니께 천장에는 조그만한 종이 봉지가 매달려 있었다. 노총각은 한참 있다가 그 종이 봉지를 떼어가지고 어머니가 있는 방으로 가서 뭐라고 말했다. 어사는 무신 말을 하는가 하고 가만히 들어보니께 총각은, "어머님, 지나가는 손님이 우리집에 찾어와서 요기 좀 시켜 달라는디 우리집에는 어디 그럴 양식이 있십니까? 그런디 손님은 몹시 시장해서 보기가 딱해 보입니다. 그러니 이것으로라도 밥을 지어서 요기시키는 것이 어떻십니까?" 이러니께 늙은 어머니는, "그 쌀로 밥을 지여 손님을 대접하고 나면 너으 아버지 제사는 어떻게 지낼라고 그러겄다는 거냐?" "우리 사정도 딱하지만 지금 눈앞에 배가 고파서 고생하고 있는디 그것을 그대로 보고만 있겠십니까? 이 쌀로 밥을 지여서 먹입시다." 아들이 이렇게 말하니께 늙은 어머니도 그래라고 허락했다.

총각은 부엌으로 나가서 밥을 짓고 있는디 난디없이 어떤 벙개지 쓴 놈덜이 달려들어 다짜고짜로 총각을 포박해가지고 끌고 갔다. 朴 어사는 깜짝 놀래서 어떤 연유로 총각이 잡혀가느냐고 물으니께 이 골 佐首의 딸이 나이 二八이어서 저으 老母가 매파를 보내어 청혼했더니 佐首는 怒發大發하여 자기를 망신시켰다 모욕했다 하더니 그것 때문에 이렇게 사령을 시켜서 잡어가는 모양입니다고 말했다.

朴 어사는 이 말을 듣고 당장에 御史出또를 부치고 佐首를 잡어다가 저 총각이 집이 가난하기는 하지만 심지가 고흔데 무엇이 부족해서 청혼을 망신시킨다고 저렇게 포박해서 잡어오너냐고 꾸짖고 당장에 사우를 삼으라고 했다. 그리고 나라에 報해서 후히 상주고 잘 살 수 있게 끈을 붙여 주었다고 한다.

＊1927년 忠州郡 嚴政面 龍山里 金殷相

至誠이면 感天 | 옛날에 至誠이라는 양반이 있었어요. 그 아들은 感天이라는 이름을

가지고 있었어요. 이 아들 感天을 절에 보내서 글공부를 시켰어요.

이 至誠이라는 양반으 어머니는 꼽사였어요. 그래 이 사람은 어머니가 꼽산데 폐게 할라고 여러 가지 약을 썼지마는 도모지 낫지 안했어요.

하루는 중이 와서 동냥을 달라고 해서 동냥을 주고 우리 어머니으 꼽사를 무신 약을 써야 꼽사가 페겠느냐고 물으니께 중은 한참 생각하다가 인 괴기를 먹어야 허리가 펜다고 했어요.

이 말을 듣고 이 사람은 마누라보고 이런 말을 했더니 마누라는 그럼 우리 아들을 먹이자고 해요. 이 사람은 깜작 놀라 그럴 수가 있너냐 하니게, 마누라는 우리는 젊으니까 아들을 또 나면 아들이 있지마는 어머니는 죽으면 없이니 그리 하자고 해요. 이 사람은 그 말에 감동하고 그렇게 하자 하고 아들을 데리로 절로 갔어요. 가다가 아들이 오는 것을 보고 데레다 그만 가마솥에 물이 펄펄 끓는데 집어너서 삶아서 그 국물을 어머니기 드렸더니 어머니는 손자 삶은 물을 먹고 허리가 펴서 꼽사가 다 나았어요.

그런 후 메칠 지나니까 아들이 절에서 책을 옆에 끼고 집이로 왔어요. 아버지랑 어머니는 깜짝 놀라 너는 사람이냐 귀신이냐 네가 워째서 왔너냐고 하니께 아들 感天이는 "나는 사람이요. 절에서 왔십니다" 해서 至誠 내외는 이상해서 가마솥을 열어보니 아들은 없고 山蔘이 있었어요.

至誠이가 어머니 병을 낫게 하겠다는 至誠에 하늘이 감동해서 山蔘을 내주어서 어머니 꼽사를 낫게 했다고 합니다. 그래서 至誠이면 感天이라는 말이 생겼다고 합니다.

*1974년 10월 14일 永同郡 永同邑 中央洞 李相學 (75세, 男)

眞正한 孝子 | 옛날에 어떤 노인이 있는데 아들 三兄弟를 두었다. 이 노인은 金으로 된 종

이 있는데 이 금종을 제일 효성이 많은 아들에게 줄라고 했다. 그래서 이 아들덜으 孝心을 시험해 보기 위해서 하루는 병이 났다 하고 자리에 누웠다. 아들덜은 제각지 아버지 병을 나수게 한다고 여러 가지 약을 씨며 애를 썼다. 아들덜으 효성이 지극해서 어느 아들이 제일 효성이 많은가를 알 수가 없어서, "야덜아, 내 병은 아무 약도 소용없다. 너그덜 아들 하나를 삶어 먹어야 낫는 병이다. 워쩌면 좋겠너냐?"

이렇게 말하니 큰아들과 작은아들은 아버지가 돌아가셨으면 돌아가 셨지, 아들을 어떻게 삶아 멕이겠는가 하고 제 아들을 삶아 멕일 생각을 하지 안했다. 그런데 셋째아들은, "아버님으 병이 낫는 약이 된다면 무신 약이라도 구해 디리야 하는데 아들을 삶어 자셔야 병이 나신다면 그야 아들을 삶아 드리야죠" 이렇게 말했다. 이 말을 들은 노인은 이 셋째아들이야말로 진짜 孝誠이 많은 아들이다 하고 그 금종을 셋째아들에게 주었다고 한다.

＊1927년 2월 忠州郡 嚴政面 牧溪里 申鉉七

眞正한 孝子 | 옛날에 朴文秀 朴御史가 御史가 되여 가고 조선 八道를 돌아다니는디 玄風

에 郭氏들이 효자가 많다 해서 현풍에를 갔어요. 가서 마침 날이 저물 어 夕陽판이 되었는데 한곳에 가니께 쪼그만한 오도막집이 있어요. 안을 들이다보니 늙은 안노인이 있어요. 그 집안 형편을 살펴보고 있이 니께 더벅머리 총각이 나무를 한 짐 해가지고 와서 낭구를 부려놓고서 지게를 갖다 두고 나서 마루에 터억 걸터앉이니께 그 늙은 안노인이 수건으로 얼굴 땀을 딲어 주고 발으 신을 벗기고 물을 떠다가 발을 싯 겨 주고 해요. 그런디 이 총각은 손 하나 까닥 않고 늙은이가 하는 대로 가만히 있었어요. 朴御史는 이것을 보고 저런 불효 아들이 어데 있나, 玄風은 효자가 많다고 이름나고 孝子 烈女으 旌門도 많은 덴데 저런 不孝子息이 다 있나 하고 속으로 괘씸하게 여기고 있었어요. 그래서 그 총각을 불러서, "다 큰 녀석이 늙은 어머니보고 땀을 딲어 주어도 발을 싯겨 주어도 너는 손 하나 까닥 않고 어머니한티만 시키고 있으니 이런 불효가 어데 있너냐!" 하면서 나무랬어요. 그러니께 총각은, "예에 손님한티는 제가 하는 것이 대단히 不孝하는 것같이 보일 것입니다. 저는 아버님이 일직 돌아가시어서 어머님께서는 저 하나를 믿고 살으시는디 저한티 좋은 일이나 궂인 일이나 다 해주시는 것을 낙으로 여기시는데 제가 어찌 어머니가 낙으로 삼는 일을 하지 말라고 하겠십니까. 그래서 저는 어머니께서 하시는 대로 그저 그대로 두고 보고 있을 뿐입니다" 이렇게 말해요. 朴御史는 이 말을 듣고 부모으 낙을 막지 않는 것이 진정한 효도라고 크게 칭찬했다고 합니다.

＊1974년 10월 13일 永同郡 永同邑 中央洞 李相學 (75세, 男)

과부 며느리가 홀시아버지 장가보내다 |

예전에 한 영감이 있는디 베千[1]이나 하는데 마누라가 죽어서 홀애비로 살어. 그런디 메누리가 있는데 이 메누리도 과부여. 아들이 일직 죽어서 청상과부지. 이렇게 시아버지 메누리가 홀애비 과부로 사는데 몇 해를 같이 살다 보니 시아버지가 메누리를 보니 참 안됐거던. 자기는 나이 많어서 일 읎지만 메누리는 나이 젊은디 젊은 것이 시애비 모시고 사는 것이 불상해서 하루는 메누리를 불러서 "야, 아가 너 젊은 몸이 남편도 읎이 사니 고생이 이만저만 아니구나. 어디 再嫁해 봐라" 이러니까, 메누리는 "아이고 아버님, 그게 무신 말씸입니까? 아버님 시중을 누가 들라고 제가 재가를 헙니까?" 이러면서 그런 말은 다시 말라는 게야. 그래 이 영감은 더 말하지 않고 기냥 지내는디 그래도 암만 생각해 봐도 젊은 청춘 메누리가 기냥 지내는 것이 안씨럽기 짝이 읎어서, "야아 메눌아, 젊은 청춘을 아깝게 늙어서 씨겠냐? 좋은 배필을 만나서 잘 사는 것이 좋지 않느냐. 내 한 五百石지기 떼여 줄 티니 그것 가지고 가서 살어라. 니가 안 가겠다 해도 내 너를 쫓이낼 티니 그리 알어라" 함서 내일 아침 새북에 집을 나가서 제일 첫번째 만난 남자를 네 배필로 삼어라고 엄명을 했다.

그러니 메누리도 헐 수 없이 시아버지 명에 안 따를 수 없다 허고 이튿날 아침 이른 새북에 조그만한 보따리를 챙겨서 시아버지를 두고 시집을 나섰다. 정처읎이 발 가는 대로 가는디 얼매를 가니랑게 보리밭에 오줌을 주고 가는 텁수룩한 남자가 있어 시아버지가 첨 만난 남자를 배필로 삼어서 살라고 해서 이 사람이 첨 만난 남자라놔서 먼 빛이로 그 사람 뒤를 바람바람 따라갔지. 가다가 그 사람은 조그만한 오두막집이로 들어가서 방으로 쑥 들어갔다. 이 메누리는 그 집으로 들어가서 정지로 들어갔다. 정지에는 과년한 츠녀[2]가 밥을 허느라고 아궁이에 불을 지피고 있었다. "나 지나가는 사람인디 추워서 불 좀 쬐러 들어왔다. 불 좀 쬐고 갈 팅게 불 좀 쬐게 해 줘" 이러구 말하니까 츠재가 그러라구 했다.

메누리는 불을 쬠서 이런 이야기 저런 이야기 험서 어머니는 어디가구 츠재가 밥하느냐고 물응께 어머니는 멫 해 전에 돌아가셔서서 지가 아버지 모시고 살면서 이렇게 밥도 하고 빨래도 헌다고 말했다. "그러냐고" 그러면서, "내가 과분디 아부지가 홀애비라니께 나하고 결혼해서 부부가 돼서 살면 어쩌겠느냐?" 하구 그 츠녀보고 물었다. "지가 뭘 알어요. 아버지보고 물어 보아야 알지요." "그럼 아버지 보고 들어가서 물어 봐." 메누리가 이러니께 그 집 딸은 안방으로 들어가서 무어라고 무어라고 하고서 나오더니, "우리집은 이렇게 가난해서 사람 하나 더 먹일 양식도 읎는디 어텧게 사람 하나를 더 딜이겠냐구. 그러구 아버지는 나이 사십이 넘었는디 어텧게 꽃 같은 각시를 데리구 살겠너냐니다." "그건 염려 말라. 나는 내 먹을 것을 충분히 가지고 왔고, 보아하니 이 집 사람은 모두 후덕한 사람 같으니 내가 이 집에 들어와서 살면서 잘 보살피면 집안이 잘 될 것 같구나. 이런 말을 아버지보고 잘 말해 보아라."

메누리는 이렇게 말을 하고 딸을 아버지한티로 보냈다. 딸은 아버지한티 가서 그대로 말항께 아버지도 그러자고 해서 그래서 이 메누리는 그 홀애비와 부부가 돼서 살았다. 가지고 온 五百石지기 논문서 가지고 밭도 사고 논도 사고 집도 새로 짓고 잘 살았다.

둘이는 결혼해서 일도 부지런히 해서 멫 해 지내는 동안에 성세도 늘고 더욱더 잘살게 됐는데 딸은 과년한 딸이 돼서 시집을 보내야 하게 되었다. 메누리는 — 이 딸헌티는 이붓 어머니지 — 이 딸을 저그 홀시 아버지한티로 시집보내면 서로 좋겠다는 생각이 들어서 남편과 딸한티 말해서 이향[3]을 들어 보니 그랬으면 좋겠다는 이향이여서 메누리는 전으 시아버지헌티 찾어갔다. 메누리가 오래간만에 찾어오니까 이 영감은 반가히 맞어서 그래 좋은 배필 만나서 잘 지내느냐고 물었다. "예 아버님이 허란 대로 해서 좋은 배필 만나서 잘 살고 있십니다" 이렇게 말하고, "아버지, 늙으신 몸으로 홀애비로 지내시는데 고생이 많으실텐데 장가를 새로 들으서서 편안히 지내시는 게 어떠십니까?' 하고 말했다. "아이고 이 늙은 몸이 장가는 무신 장가냐? 이 늙은이한티 시집 오겠다는 츠자[4]가 있겠너냐? 그런 말일랑 입밖에 내지도 말라."

시아버지가 이렇게 말하는데도 메누리는 지금 사는 집에 과년한 츠재가 있는디 얌전하고 부덕 있게 생겼는디 그 츠재를 맞어서 사시라고 자꾸 권하니까 이 영감도 그럴사하고 듣고 그 츠재한티로 장가 들게 됐다.

과부 메누리가 이렇게 해서 홀애비 시아버지를 장가보냈다는 그런 이야기가 있다.

*1974년 10월 14일 永同郡 永同邑 山益洞 張章燮 (69세, 男)

1) 벼를 千石을 한다는 말인데 千石꾼의 부자라는 뜻   2) 처녀   3) 意向

4) 처자, 처녀

홀시아버지와 孝婦 | 옛날에 어떤 곳에 홀아버지를 모시고 사는 젊은 부

부가 있는데 이 부부는 아버지에게 지극히 효성을 다하는데도 아버지는 밥이 설어서 어디 먹겠느냐? 밥이 질어서 못 먹겠다, 밥에 돌이 많어서 먹겠느냐? 함서 역정을 내며 상을 내부치는 일이 비일비재였다. 그리고 아무리 방을 따숩게 때주어도 추워서 못 자겠다 했다. 그래도 이 젊은 부부는 아버지으 뜻을 받드느라고 무진 애를 썼다.

그런데 하루는 이 집 아들이 돈 좀 벌어오겠다 하구 먼 데로 나갔다. 그래서 남편 읎는 메누리는 시아버지 시중을 드느라고 여러 가지로 애를 씨고 있는데 하루는 이 집에 한 젊은 여자가 들어오더니 자기는 올데 갈 데 없는 홀몸인디 입 얻어먹게 이 댁에서 두어 주신다면 무신 고된 일도 다 하겠다고 했다. 입는 것은 누추하지마는 보아하니 사람이 얌전할 것 같아서 그러라 하고 두었다. 이 여자는 부지런하고 일도 잘했다. 헌 옷이지만 갈아입히고 머리도 빗기고 목욕도 시켜서 보니 여네집 여자 같지 안했다. 반찬도 잘 하고 바느질도 잘 했다.

이렇게 해서 얼매를 데리고 부리고 있는데 메누리는 이런 여자는 안에서 내 일 같은 것을 거들게 할 게 아니라 사랑으로 내보내여 홀시아버지 시중을 들게 하는 것이 훨씬 낫겠다 하고 하루는 이 여자를 불러 가주고, "여보게 이 사람, 자네 저 사랑으로 나가서 늙으신 우리 시아버님으 등도 긁어 드리고 다리도 주물러 드리고 어깨도 쳐 드리고 아침 저녁으로 자리끼도 보살펴 주고 하는 게 어떤가?" 하고 물었다. 이 여자는 "시키시는 대로 하지요" 했다. 그래서 이 여자는 사랑으로 나가서 시아버지 몸시중을 들었다. 그랬더니 시아버지는 밥이 질다느니 돌이 많다느니 방이 춥다느니 하는 투정을 하지 안했다.

몇 해가 지나서 아들은 장사에서 돌아왔다고 돌와서 오래간만 아버지에게 인사 드린다고 사랑방 앞뜰에 덕석을 깔고 그 우에서 절을 올리려고 했다. 보니까 아버님 옆에는 보지 못한 젊은 여자가 앉어 있는데 아버지는 희색이 만연해가지고 있었다. 아들은 이것을 마누라보고 저 여자는 워떤 여자이기에 아버지 젙에 앉어 있고 아버지는 워째서 저리 좋와하시고 계시냐고 물었다. 마누라는 당신이 外他하는 동안에 웬 의지가지가 없는 여자가 들어와서 입만 먹여주면 무신 고된 일이라도 다 하겠다 해서 두어 봤더니 일새도 얌전하고 행동거지도 얌전해서 아버님 잠자리 시중을 시켰더니 그 뒤부터는 아버님은 짜증도 내지 않고 저렇게 기쁘게 지낸다고 말했다. 그러니까 이 사람은 부모에게 효성을 저보다 훨씬 낫게 한 마누라를 보고 어찌 고맙고 감득스런지 아버지에게 절하기 전에 마누라에게다 절을 자꾸 하면서 고맙다고 했다. 사랑방 안에 앉어서 아들이 제 마누라한티다 절을 자꾸 하는 것을 보더니, "야야 잘 한다, 저런 효부가 어디 있냐, 저런 효부한티 내 몫까지도 절해 주어라" 이러더라는 이야기가 있어요.

＊1974년 10월 14일 永同郡 永同邑 崔福女 (52세, 女)

孔子가 妖鬼를 죽이다 | 옛날에 孔子님은 二十지경꺼지 글만

알고 글만 읽었는디 하루는 여름날 질을 걸어서 어떤 大村에 왔십니다. 그 大村은 高樓巨閣만이 늘비하게 있었는디 사람이란 하나도 볼 수 없었습니다. 더운 날 질을 걷다 보니 몸이 피곤해서 어데 쉬어 갈 데가 없는가 하고 高臺廣室 높은 집으로 들어가서 주인을 찿었십니다. 암만 주인을 찿어도 인기척이 없고 사람은 아무도 안 나왔십니다. 사람이 안 나오니까 안으로 들어갔더니 사람은 아무도 없고 五間 대청에 올라가니 몬지가 어째 쌓였던지 발목이 푹푹 빠질 정도였십니다. 몬지를 불어제치고 대청 마루에 누었더니 점심도 굶고 질도 오래 걸어서 그런지 그만 잠이 들었십니다. 한숨 푹 자고 잠을 깨 보니까 벌써 밤이 깊었습니다. 대문이 삐걱하고 열려서 보니께 黑冠朝服한 사람과 金冠朝服한 사람이 들어오더니 "蜈公, 蜈公"하고 불러요. 그러니까 그 집 천장에서 "왜 그러오" 하고 대답해요. "오널 저녁에는 같이 안 가겠소?" 하니께, "오널 저녁에는 놀로 몬 가겠소." "왜 놀러 몬 가겠소?" 이렇게 말하니까, "우리집에 天下으 孔子라는 손님이 와 계시니 나넌 이 집을 떠날 수 없소" 이래요. 그러니께 黑冠朝服한 사람과 金冠朝服한 사람은 "그래" 하고 나가 버려요.

　孔子는 이런 말을 다 듣고 있었었지. '나는 정처없이 길을 떠났고 저녁도 못 먹고 굶고 있는 하찮은 몸인디 이 집이 어떤 蜈公이라는 사람이 天下의 孔子가 왔다고 하니 이상하다' 생각하고 "蜈公, 蜈公" 하고 불러 봤어요. 그러니게 "예, 예" 하고 대답해요. "金冠朝服하고 黑冠朝服하고 와서 대문에서 蜈公 蜈公 하고 찾던 사람이 웬 사람이냐?" "예예 그 黑冠朝服한 사람은 천 년 묵은 돼지고 金冠朝服한 사람은 천 년 묵은 닥이올시다." "거 너는 무엇이냐?" "예 저는 천 년 묵은 지네올시다." "응 그래, 그런데 이 집도 그렇거니와 이 동네는 高臺廣室 高樓巨

閣으로 잘 지은 집들인데 사람이라고는 하나도 없이니 이것은 워째서 그러는 거냐?" "예 그런 것이 아니오라, 저이가 여기서 천 년을 살다 보니 이러한 모습이 되였는데 이런 모습으로 이 집 사람덜 앞에 나서기만 하면 저이를 보자 그만 죽고 죽고 해서 이 집 사람덜은 다 죽었십니다. 그리고 우리가 다른 집이로 가면 그 집에서는 우리를 보고 놀라서 죽고 죽고 해서 이 마을 사람은 하나도 없게 됐십니다."

이런 말을 듣고 孔子느 이거 안 되겠다, 미물이 오래 살면 妖鬼가 돼서 사람을 해치는 것이구나 하고 이런 것을 그냥 두었다가는 천하가 어지러져서 사람이 온전히 살 수 없일 것이다 하고 이것을 없앨라고 큰 가마솥에 기름을 펄펄 끓게 하고 黑冠朝服한 놈을 집어넜더니 까만 돼지가 돼서 죽었습니다. 그 다음에 金冠朝服한 놈을 집어 넜더니 빨간 장닭이 돼서 죽고 蜈公을 집어넜더니 빨간 지네가 돼서 죽었습니다.

孔子는 이렇게 해서 미물이 천 년 묵어서 妖鬼가 된 것을 다 죽여 없앴는데 그 뒤에 孔子는 天下 聖人 天下 孔子가 됐다고 합니다.
＊1974년 10월 14일 永同郡 永同邑 中央洞 李相學 (75세, 男)

채패 |

채패는 어서 났너냐 하면 진시왕 시절에 萬里長城을 쌀 때 — 그 日帝때로는 保國隊랄가 자꾸 사람을 주어다 노며는 그저 가구 집 생각나서 가구 또 이래서 일이 되다가 가구 이래서 도무지 일을 할 수가 없습니다. 그래서 그 정계 夫人이라고 나이는 열네 살이지마는 그 여성이 문제를 한 문제를 내기를 머냐 걸으면 만리장성을 이룩하자면 채파가 아니면 절대루 안 되겠십니다라고 秦如 皇님에게 고하니까, 그러면 뭘로 해서 이룩할 수 있느냐? 하니까 그 채파라는 걸 하고 보면 자연히 돈은 여그서 내주는 돈은 내주고 또 그 돈이 되로 이리 둘어오고 도무지 거기 채패에 취미를 취하면은 집이 가고 싶은 생각이 없고 자꾸 사람이 모되집니다. 모되져서 그 만리장성을 가히 이룩하게끔 되어 있습니다. 그래서 이 채패를 시작한 이후에 많은 사람이 자꾸 모여가주구서 그 만리장성을 쌌습니다.

우리 조선서도 역시 그때에 大國에 屬國이 돼서 오라고 해서 거 가서 城도 같이 쌓고 채패도 같이 하고 배워가주구서 우리나라에 나와서 그것이 채패라는 것이 설식이 돼서 이렇게 했습니다.
*1974년 10월 9일 陰城郡 蘇伊面 碑山里 徐長得 (68세, 男)

空手來 空手去 | 이전에 한 사람이 질을 가다가 日暮하니까 잘 만한 집을 찾으서 한

집이 들어가니께 그 집 사람은 저으 집이서 도저히 잘 만한 디가 못 된담서 저어쪽 어떤 잘 사는 집이로 가보라고 했다. 그래서 이 사람은 그 집이로 찾어가 봤다.

이 집 주인이란 사람은 자수성가해서 살림을 늘구어서 잘 사는 사람인디 이 사람은 그래서 그런지 물건을 애끼고 돈도 쌀도 애끼고 해서 쓸디없이 空用도 않고 또 다른 사람헌티 주는 법이 읎었다. 그래서 사람덜은 되야지 되야지 하고 불렀다. 되야지라고 부르니께 더 잘 돼서 더 부재가 됐다.

이런 사람이니 그 집에서 과객을 재우는 법이 통 없었다. 그런 사람네 집에 이 사람이 찾어가서 하룻밤 유하고 가자 하니 들어 주겠느냐 말이요. 안 된다고 하는 것을 나그네는 "이 어둔 밤에 어디로 가라고 안 된다고 허시요. 하룻밤만 유하게 해 주시요" 하고 자꼬 간청허니까 어찌 생각했던지 둘오라 해서 사랑으로 들어갔어요.

과객이 들면은 저녁상을 좋으나 궂이나 한 상 채려 내주는 것이 일반 사람 인심인디 이 집이서는 그런 일이 없어. 나그네도 굶고 주인도 굶고 그냥 사랑방에 불도 안 키고 묵묵히 앉어 있지.

그러고 있느라니 밤이 짚어졌는데 쥐인은 심심하던가 이 사람보고 이야기나 하라고 했다. "이 사람은 나는 이야기할 줄 모르오. 할 이야기라고는 하나도 읎소" 이러니까, "아, 보고 들은 것도 이야기가 아니요. 그런 것 있거던 해보오." 주인이 이래서 "그럼 내 오늘 오다가 본 이야기를 해보지요" 이러면서, "내 그 어디던가 한 곳에 다다르니께 생예[1]가 나가다가 한 군데 쉬고 있는데 그 곁이로 지내다가 보니께 죽은 사람 시체으 양손이 생예 밖으로 쑥 나와 눌어지고 있어요. 그래 하도 이상해서 상제보고 물어 봤어요. 상제님 워찌서 저 양손을 생예 밖으로 내놓고 운구[2]합니까? 하고 물어 봤어요. 그랬더니 그 상제 말이 우리 아버님이 평시에 하시는 말씀이 사람이란 空手來 空手去 하는 것이다, 사람이 죽어서는 아무리 재산이 많어도 빈 손으로 가는 것이다, 그러니 내가 죽거던 빈 손을 내놓고 장사 지내라 하셔서 그렇게 양손을 밖으로 내놓고 운구하오, 허더면요."

이러니까 이 말을 들은 주인은 무신 생각이 났는지 안으로 들어가더니 잠시후에 주안상을 차려 내오고 밥상도 걸게 차려 내와서 대접했다. 다음날 아침에 이 나그네가 떠나겠다 하니께 주인은 붙잡으며 하루 더 쉬여가라고 했다. 그래서 하루를 더 쉬고 떠나려 하니까 주인은 퍽 섭섭해 하며 노자까지 후히 주었다고 한다.

이 주인이 이렇게 변한 것은 空手來 空手去라는 말 때문이라고 사람들은 말하고 있다. 참 사람이 이 세상에 태어날 때 빈 손으로 태어나고 죽어 갈 적에는 제 아무리 부자라도 빈 손으로 가는 것이니까 手中에 있는 것은 남을 도웁기 위해서는 다 써야 하겠다는 세상 이치를 이 사람은 깨닫게 돼서 그랬을 것이라고 사람들은 말하고 있다.

*1974년 10월 6일 槐山郡 沙梨面 梨谷里 德峴部落 趙才用 (67세, 男)

1) 喪輿   2) 運柩, 시체를 넣은 널을 운반함

無愁翁

옛날에 한곳에 한 노인이 있었는데 이 노인은 베천[1]이나 하고 아들 딸 여럿을 두고 모다 다 여워서 손자도 많이 두었다. 또 마누라도 살아서 해로하고 있었다. 아들이고 메누리고 효성이 지극해서 아무 근심걱정 읎이 아조 편안히 잘 지냈다. 그래서 "나는 근심걱정 읎는 老人이다. 나는 無愁翁이다" 하고 자칭하고 있었다. 이래서 이 노인은 無愁翁으로 널리 알려졌다.

임금님이 "아무 걱정 읎는 백성이 다 있다니 이거 희귀한 일이다. 내가 일국으 임금으로 모든 것을 다 갖추고 만백성을 다스리는 몸인데도 근심걱정이 있는데 일개 시골 백성이 아무 걱정근심이 읎다니 어디 한 번 만나보아야겠다” 하고 이 노인을 대궐로 불러들였다. 그러고 이 노인이게 그대는 어째서 無愁翁이라고 하느냐고 물어 봤다. “예예 소인은 베 천이나 하고 아들 딸을 많이 낳고 모두다 成婚시켜 손주도 많이 두고 할멈도 살아서 해로하고 아들 메누리가 지극히 효성을 받들어 봉양하오니 세상에 무신 근심걱정이 있으며 부러울 것이 무엇이 있으며, 그래서 근심걱정 읎는 無愁翁이라고 합니다”고 대답했다. 임금님이 듣고 보니 과연 이 노인은 근심걱정 읎는 無愁翁이었다.

그런데 이 노인에게 무슨 걱정거리를 주어도 걱정 읎이 지낼 수 있을가 하는 생각이 나서 이 노인을 집으로 내보낼 때 구슬 하나를 주머니에다 너서 주며 이 다음에 내가 다시 부를 때 가지고 오라고 말했다. 그리고 임금님은 일편 신하 하나를 시켜서 이 노인이 집에 갈 때 강을 건느느라고 배를 타고 갈 적에 같이 배를 타고 가면서 그 구슬을 보자고 하여 뺏어서 강물에다 집어던지라고 했다.

이 노인은 임금이 준 구슬을 잘 건사하면서 강을 건느면서 배를 탔는데 함께 배 탄 사람 하나가 어디 갔다오느냐고 물었다. 임금님을 뵙고 오는데 임금님은 구슬을 주시며 이 담에 불러서 올 때에는 가지고 오라 하더라고 말했다. 그러니까 같이 배 탄 사람 — 임금님 신하지 —이 그것 좀 보자고 했다. 이 노인은 자랑하니라고 구슬을 주었다. 그 사람은 한참 보더니 이거 아무것도 아니구만 하면서 강물에다 집어던졌다.

이 노인은 집에 돌아와서 걱정이 돼서 밥도 먹지 않고 끙끙 앓고 누어 있었다. 아들이랑 메누리는 걱정이 돼서 아버지게 색다른 음식을 만들어 드릴라고 밖에 나가서 구하고 있는데 마침 큰 잉어를 팔로 온 사람이 있어서 이 잉어를 사서 요리할라고 잉어 배를 땄다. 그랬더니 잉어 배에서 구슬이 나왔다. 메누리가 잉어 배에서 이런 구슬이 나왔다 하면서 그 구슬을 시아버지에게 드렸다. 노인이 보니까 임금님이 준 구슬이었다.

그 후 얼마를 지내서 임금님은 이 노인을 불렀다. 이 노인은 그 구슬을 가지고 대궐로 들어갔는데 임금님이 그 구슬을 가져왔느냐고 해서 예 하고 그 구슬을 내놨다. 임금님은 이거 어찌 된 노릇이냐고 물었다. "소인이 집에 가느라고 배를 타고 강을 건느는데 같이 배 탄 사람 하나가 임금님이 주신 구슬 좀 보자고 해서 보여 주었더니 그 사람이 보다가 이거 아뭇것도 아니다 하고 강물에 집어던져서 걱정이 돼서 집에 돌아가서 밥도 안 먹고 앓고 드러누었더니 아들 메누리가 색다른 음식을 장만해서 주겠다고 잉어를 사서 배를 땄더니 이 구슬이 나와서 그래서 잘 간직했다가 가지고 왔습니다" 하고 말했다.

임금님은 이 노인으 말을 듣고서 이 노인이야말로 하늘이 낸 無愁翁이라고 감탄하고 상을 후히 주었다고 한다.

＊1943년 9월 忠州郡 仰城面 敦山里 白川奉善

1) 벼를 千石 수확한다는 뜻

글 잘하는 사위와 글 못하는 사위 |

예전에 淸州에 사는, 성명은 자세히 모르겠십니다마는 아마 牛岩洞 워데선가 사던 사램인디 사우를 넷을 두었더랍니다. 넷 두었는디 우구로 셋은 글을 잘하는 사운디 맨 끝이 사우는 글도 배우지 못하고 무식쟁이 사우드랍니다. 그리서 우그 사우 셋은 오기만 하면 방에 앉혀서 맑은 술을 대접하고 글이나 지라고 하는디 끝이 사우, 넷재사우는 가기만 하면 장모가 나무나 딜이라 물이나 져날러라 함서 일이나 시키고 술을 준다는 것도 틉틉한 모재기¹⁾ 한 사발만 주거던요. 그러니 감정이 날 수밖에. 넷재사우가, "에잇, 이거 못씨겠다. 나도 글 좀 배워야겄다" 이러고서 집이 돌아와서 글 읽기를 심썼지. 그래 晝耕夜讀을 해서 4년 동안 했드랍니다. 4년 동안 글읽기를 했더니 문리가 나드랍니다.

장모 환갑날이 떠억 닥쳐와서 네 사우가 모였는디 그날도 우그 사우 셋은 방 안에 앉히고 맑은 술을 주며 글이나 지라 하고, 넷재사우 보고는 여전히 나무나 딜이고 물이나 질르라 하고 모재기나 한 사발 주고

해서 넷재사우는, "난 인제는 이런 일 안 해요. 나도 글 배웠어요" 이런
단 말이지. 아 전과는 아조 天壤之判으로 돌아간단 말이요.

　얼마 있다가 우으 사우덜은 글이나 하나식 지어 보세, 그럼서 연고
괴²⁾자라도 운을 내서 짓세, 하더란 말이요. 연고 故재. 그래서 큰사우
가 먼저 지었어. 山之高高는 石多高라, 산이 높은 것은 돌이 많기 때
문이라고. 그래 이 넷재사우가 그간 晝耕夜讀해서 글을 많이 읽었이
니께 天之高高도 石多故냐? 이랬단 말이죠. 하늘이 높은 것도 돌이
많은 연괴냐.

　둘째가 떠억 지였어. 鷄之신명은 갱쟁괴라³⁾, 닭이 울음 잘 우는 것
은 목이 긴 연괴다, 이랬단 말이지. 그러니께 넷재가 蛙之신명도 갱쟁
괴냐⁴⁾, 개구리가 잘 우는 것도 목이 긴 연괴냐 이랬어요. 게 셋째사우
가 路柳不長은 閱人괴라, 질개으⁵⁾ 버드나무가 잘 자라지 않는 것은
사람이 많이 지나가며 건드려서 부대낀 연괴다, 이렇게 지니께 넷재사
우는 才母不長도 閱人괴냐, 장모 키가 적은 것도 사람덜한티 많이 부
대껴서 키가 안 큰 거냐, 이러드랍니다.

＊1974년 10월 5일 淸州市 南州洞 沈泳輔 (70세, 男)

1) 모주, 막걸리　　2) 故의 訛音　　3) 鷄之善鳴 頸長故의 訛音　　4) 蛙之善鳴
頸長故의 訛音　　5) 길가의

千年 묵은 여우와
미련한 너구리 |

강완도¹⁾ 금강산은 나는 가
보지 안했지만 一萬二千峯
이 있다는디 거그 한 수천 년

묵은 여수가 살어요. 눈비가 오는디두 밤낮 바우만 안고서 펭생을 지
내게 되거던요. 근디 내가 이만침 수천 년을 살고 있는디 집도 없이 사
는디 아 저 저짝 구텡이에는 너구리란 놈이 굴을 정하고 들락거림서
살고 있어. 에이 이거 씨겄냐 하고서 하루는 야 이놈으 너구리란 놈으
집을 뺏어야겄다고 너구리한티로 갔거던요. 그래 가가주고서는 "야이
미련한 너구리놈아, 나는 수천 년 묵어서 사는디도 집이 하나 없이 사

는디 너같이 미련한 놈이 집을 정하고 살어. 너 집 내놔라” 이렇게 너구리닌, “야 이놈 여수야, 내 집을 니가 워째서 내노랴? 너 장개 들었냐?” “장개 안 들었다.” “장개도 안 든 놈이 왜 집을 내노라 마라 해? 너 장개갈 궁리를 해 주랴?” “아 해 다오.” “야 들어 봐라. 지금 서울 김 대감 집하고 시골 박 대감 집하고 혼사를 치루고 있는 중인디 너 박 대감 집이 가서 그 신랑 모심²⁾을 헐 수 있나?” 그렇게, “아 하고 말고. 여부가 있나.”

그리서 너구리는 여우한티 박 대감 집 주소랑 성명이랑 다 알켜주고서 가 보랑께 여우가 거그 가가주고서 그 신랑 모심으로 둔갑하고 있었단 말이야. 둔갑해가주고서 서울 김 대감 집이를 떠억 찾어 들어강께, 김 대감이 보고서 우짠 사람이냐고 물어요. “예 지내가다가 좀 들렀십니다.” “그랴 들어오게.” 그래서 들어갔지. 김 대감이 보니께 참 초롬돼³⁾이가 아 白面少年이 인물도 괜찮고 참 그럴듯하단 말이지. 그래 주소 셍멩⁴⁾을 물어 보니께 아 시골 박 대감으 아들, 자기 딸하고 결혼할 총각이란 말이여. 지 사윗감이 될 총각이란 말이여. 그러잖어도 내가 한 번 가서 만나 볼라고 했는디 거 마침 잘 왔다고 함서 김 대감이 좋와서 이 얘기 저 이야기 하다가 딸한티다가 너하고 定婚한 총각이 왔으니 나와 보라고 하인을 시켜서 알렸어요.

그렇게 딸은 글 句를 지어서 내보냄서 이 글에 맞는 詩句를 지어 보내라고 했어요. 이 최립돼이가 그 글 句를 보고 지가 글을 알어야지 그래서 얼른 둔갑해서 저 멀리 가서 글을 借作해다가 처녀한티 딜이보냈어요. 처녀가 받어 봉께 그 글 句는 사람으 글구가 아니거던요. 이거 아마도 妖物이 와서 무신 장나을 칠라고 하넌가부디 하고 자기가 직접 나가서 처치해야겠다 하고 아버지가 계시는 사랑으로 나갔어요. 그때 이 처녀가 어려서부터 길르던 가이 두 마리가 따라갔어요.

아버지 김 대감은 딸이 나오는 것을 보고 어서 오너라 하면서 문을 활작 열었어요. 가이는 방 안에 있는 최립돼이를 보더니마는 쏜살같이 달려들어 물어 죽였어요. 죽은 것을 보니께 사람이 아니고 꼬리가 아흔아홉 개 달린 여우였어요.

　　수천 년 묵은 여우가 미련한 너구리라고 업순여기였는디 이 미련한 너구리는 이렇게 해서 수천 년 묵은 여우를 죽을 고에다 몰아너서 죽였다고 합니다.

＊1974년 10월 6일　槐山郡 沙梨面 梨谷里 德峴部落　趙才用 (67세, 男)

1) 江原道　　2) 모습　　3) 草笠童　　4) 姓名

공부 열심히 한 사람과 공부 안 한 者 |

　　옛날에 이 정승하고 김 정승하고 있었는데 이 정승들은 둘 다 아들을 하나식 두었다. 김 정승 아들은 공부를 열심히 심써서 하는데 이 정승 아들은 공부에는 심씨지 않고 주색잡기만 일삼았다. 그래서 이 정승 아들은 과거에 급제도 못하고 벼실도 하지 못하고 아버지가 세상을 떠난 후에는 살림도 어렵게 되어 내중에는 끄니를 이어갈 수 읎이 생활이 곤난해졌다.

　　김 정승 아들은 과거에 급제해서 벼슬에 올라 차차 올라가서 펭양1) 감사가 돼서 내려가게 됐다. 이 정승 아들은 이 소문을 듣고 김 정승 아들 펭양 감사한티 찾어가서 우리 두 집안이 대대로 세교집안2)이 아닌가, 지금 와서 나는 입안에 풀칠도 못하게 궁해졌으니 자네가 펭양 감사로 내려간다니 나를 펭양 감영으 도비장을 시켜 모진 목숨을 이여가게 해 주게나, 하고 부탁했다. 펭양 감사는 그러라 하고 이 정승 아들을 펭양 감영으 도비장에 명했다.

　　이 정승 아들은 펭양 감사가 내려가기 전에 한 달쯤 앞댕겨서 펭양으로 내레갔다. 이 정승 아들 펭양 감영으 도비장은 펭양에 내려와서 펭양성 안을 여그저그 돌아다니면서 펭양으 형편을 잘 살펴놔 두었다.

　　감사가 내레온 후 얼마 지내서 도비장은 어느 날 저녁에 감사를 미복시켜 펭양성 안을 살펴보자 하고 데리고 나와서 펭양성 안을 여그저그 돌아다니다가 미리 점 찍어놨던 어떤 큰 부자집 앞에 왔다. 도비장은 감사보고 이 집 형편이 어떤가 들어가 보자 하고 높은 담장을 뛰어

넘어 들어가 봤다. 거기는 그 집 뒤안인디 거기에는 장독대가 있는데 장독대에 큰 독이 여러 개 있었다. 도비장은 돌멩이 하나 집어가지고 독 하나를 집어 깼더니 독 부서지는 소리가 요란스럽게 났다. 그 집 사람들은 장독이 깨지고 장이 퀼퀼 쏟아져나오는 소리를 듣고 도적이야, 소리치면서 쫓아나왔다. 도비장은 얼른 감사를 담장 밖으로 내보내면서 내일 아침 공사에는 이러이러하라고 일러놨다.

그 집 사람들은 쫓아나와 보니 웬 놈이 있으니까 이 도적놈아, 하고 도비장을 도적으로 몰아서 안 죽을 만침 뚜들겨 패고 가죽푸대에다 넣어서 내일 아침에 관가로 끌고 가겠다고 사랑방 앞뜰에다 놔 두었다.

한밤중이 돼서 도비장은 어텋게어텋게해서 가죽푸대를 끌르고 나와서 사랑방을 굽어다보니까 머리가 하얀 영감이 허리를 꾸부리고 자고 있었다. 도비장은 이 자는 영감을 뿔끈 들어서 가죽푸대에다 집어넣고 묶어서 마당에 놓고 담장을 넘어서 집이로 와 버렸다.

다음날 아침에 이 부자집에서는 어젯밤에 저으 집에 들어온 도적을 잡어 놨다가 지금 여기 끌고 왔십니다, 하고 펭양 감영으로 들어갔다. 도비장은 그르느냐고 어서 가죽푸대를 끌러서 도적놈을 꺼내라고 했다. 그래서 부자는 가죽푸대를 끌르고 도적을 끄낼려고 보니까 난데없는 늙은 아버지가 나와서 그만 깜짝 놀래여 어쩔 줄을 모르고 있었다. 도비장은 이것을 보고, "어째서 너는 그리 당황하느냐?"고 물었다. "예에 여기 가죽푸대 안에 들어 있는 이는 소인으 늙은 아버지가 되여서 그럽니다." "머이 어째? 네 애비를 도적이라고 잡어와? 에잇 천하에 너같은 불효한 놈이 시상에 어디 있느냐! 제 애비를 도적이라고 관가로 끌고 오다니 불효막심한 놈 어서 하옥시켜라."

펭양 부자는 생각지도 않은 죄를 짓고 옥에 갇히게 되었는데 이 부자는 옥에서 풀려 나가게 하려고 왼갖 손을 썼다. 백 석지기 土地文書를 내놓겠이니 풀어 돌라고 했다. 그까짓 백 석지기를 내놓는다고 그 중한 죄를 범한 놈을 풀어 주어야? 하고 관에서는 듣지 안했다. 부자는 이백 석지기 땅문서를 내놓겠이니 풀어 돌라고 했다. 그까짓 가지고는 안 된다고 했다. 그럼 삼백 석지기를 내놓겠다 해서 그만하면 되겠다 하고서 삼백 석지기 땅문서를 받고서 풀어 주었다.

　도비장은 이렇게 해서 평양 감사에게 삼백 석지기를 만들어 주었다. 도비장은 저도 재산을 벌어야겠다 하고 펭양성내를 이리저리 돌아다니면서 살펴봤다. 그러다가 펭양에서 인물도 제일가고 재산도 수만석지기나 있다는 유명한 기생이 있다는 것을 알아냈다. 그래서 이 기생을 잡어다가 닦달했다. "네 이년! 너는 일개 여인밖에 안되는 계집으로서 오만 사내놈으 애간장을 녹여서 수만금을 빨아먹어가지고 수만금을 모았으니 너같은 계집을 그대로 두었다가는 이후에도 얼마나 많은 사내놈덜이 너 때문에 재산을 빨리고 고생하겠느냐. 너는 살려 둘 수 읎다. 죽어 마땅하다. 그리 알어라!" 이렇게 호통을 치고 이 기생을 옥에다 가두었다.

　기생은 가만히 생각해 보니 지가 죽은 담에 재산이 수만금이 있은들 무슨 소용이 있나, 얼마큼을 써서라도 살아서 재산을 지키어야겠다 하고 오백 석지기를 내놓을 터이니 풀어 돌라고 했다. 안 된다 하니까 千石지기를 내놓겠다고 했다. 千石지기면 감사보다 훨씬 많은 재산이여서 그러라 하고 기생을 풀어 주었다.

　주색잡기만 하던 도비장은 千石지기나 벌었는데 공부만 하고 감사가 된 사람은 삼백 석지기밖에 못했다는 이야기죠.

*1974년 10월 14일 永同郡 永同邑 榮山洞 成基煥 (60세, 男)

1) 平壤　　2) 世交집, 여러 대를 거쳐 친하게 지낸 집안

新房 엿보기 | 옛날에는 아들 딸을 일찍 장개보내고 시집보내고 했어요. 그렇게 아들이 여나문

살 먹으면 부모는 중매를 내세우서 메누리감을 구하고 딸은 열댓 살 되면 사웃감을 구하느라고 애를 썼어요.

　여나문 살 아들을 장개보냄서 어머니는 첫날밤에 실수할가봐서 아들보고 첫날밤에는 각시를 벳기고 자야 한다고 했어요. 그리고 신부쪽 어머니는 딸보고 첫날밤에 신랑이 무신 짓을 해도, 아파도 참어야 한

다고 갈쳤어요.

그래 어린 신랑이 장개가서 신방을 채려서 자게 됐는디 신부를 벳게서 자라는 어머니 말이 있어서 이 어린 신랑은 신부 옷을 다 벳기고 나서 칼 가지고 가죽까지 벳기기 시작했어요. 그러니께 신부는 아펐는데 어머니 말대로 첨에는 아푼 것을 참고 있었는디 어찌 아푸던지 "아이고 아퍼 죽겠네, 아이고 어머니 아퍼 죽겠네" 하고 소리를 질렀어요. 문 밖에 있던 어머니는 이 소리를 듣고, "오냐, 참어라. 첫날밤에는 다 그러는 것이다. 아파도 참어라" 하고만 있었어요. 그러다가 아무 소리가 없어지니께 둘이는 잘 자는가부다 하고 안심하고 잤어요.

날이 새서 아침이 됐는디도 신방은 조용하고 딸도 일어나오지 안했어요. 이것덜이 너머 곤해서 자고 있는가부다 하고 있었는디 해가 대낮이 돼도 일어나지도 않고 해서 이게 워찌 된 노릇인가 하고 문구멍을 뚫고 딜이다보니께 방바닥은 피가 흥근하고 딸은 가죽이 벳게진 채 죽어 있었고, 베랑벽에는 벳긴 살가죽이 걸려 있었어요.

어린 신랑 녀석은 어머니가 첫날밤에는 신부를 벳기는 거라고 한 말을 가죽을 벳기라는 말로 알고 신부 가죽을 벳겠다는 거요. 신부는 아프다고 소리지른 것을 처녀가 첫날밤에 겪니라고 아프다고 하는 줄 알고 어머니는 첫날밤에는 그러니라 아프더라도 참어라고 했던 것인디 가죽 벳겨서 아프다는 소리로 알아듣지 못했었던 것이래요.

이런 일이 있인 후로는 신부 신랑이 신방을 채릴 때에는 그런 일이 안 일어나게 신방을 문구멍 뚫고 신방을 들여다보는 신방 엿보기 풍습이 생겼다고 합니다.

＊1974년 10월 14일 永同郡 永同邑 崔福女 (52세, 女)

腎의 順列 | 一 溫, 二 仰, 三 頭大, 四 넙죽이, 五 꼬부랭이, 六 삐뚜루기, 七 長大, 八 冷, 九 當門破, 十 搖之不動.

＊1930년 5월 報恩郡 朴東一

사이 나쁜 姑婦를 사이 좋게 하라 |

옛날에 어떤 마을에 시어머니하고 메누리하고 사이가 나뻐서 시어머니는 메누리를 볶아대고 메누리는 시어머니를 위하지도 않고 공경도 하지 안했다. 이 집 아들은 어머니와 마누래 사이에 끼여서 어찌 해야 좋을지 몰랐다.

하루는 이 아들은 저그 마누라보고 은근히 말했다. "어머니가 저렇게 몹시 굴고 볶아대니 죽게 하는 것이 어떠냐?"고 말했다. 그러니게 마누래는 시어머니를 죽게 해야 내가 편히 살겠다고 했다.

남편은 장에 가서 밤을 한 말 사다가 마누래한티 줌서 이것을 날마다 아침에 세 개씩만 구어서 어머니 디리라, 디릴 적에 공손히 이거 자십시요 함서 디리라, 그렇게 해야 먹을 티니 그렇게 하라 함서 이 밤이 다 없어지게 되면 그때에는 어머니가 죽게 될 것이라고 했다.

마누래는 서방으 말을 듣고 그날부터 날마다 밤을 세 개 구어서 시어머니한티 갖다줌서 "어머니 이것 좀 자서 보십시요" 하고 공손히 말하고 드렸다. 이렇게 날마다 메누리가 밤을 구어서 주니게 시어머니는 저런 메누리를 내가 괴연히 못 살게 볶아댔구나 하는 생각이 들어 그 뒤부터는 메누리를 못 살게 볶아대지 안했다. 이렇게 해서 시어머니와 메누리는 사이 좋게 지내게 됐다고 한다. 아들은 이렇게 해서 사이가 나쁜 姑婦 사이를 좋게 했다는 이야깁니다.

＊1943년 9월 永同郡 永同邑 梧山里 宋田晃

養子와 친딸 |

들은 이얘기라 놔서 姓名은 모르겠십니다마는 한 노인이 계셨는디 딸만 三兄弟를 두고 아들은 없었어요. 딸을 다 여우고 참 고적하다 보니게 양자를 두었어요. 그런디 딸 삼형제는 아버지 재산이 말짱 양자한티로 갈 성부리니게 딸들은 이 재산을 탐내서 아버지한티 와서 "저그들도 아버지 자식인디 워텡게 받들어서 평생을 안락하게 모실 턴디 홰필[1] 양자를 할 필요가 있십니까?" 이렇게 말하니까 아버지는 제 핏줄이 이렇게 말하니께 귀가 솔깃해서 그러겄다 하고 양자한 양아들을 땅 멫 섬지기 떼여 줌서 "너그덜 이것 가지고 멀리 가서 살어라" 하고 내보내고 딸덜한티 땅 멫 백석 지기를 골고루 나누어 주고 딸네 집이로 여기 가서 한 달, 저기 가서 두 달, 돌아댕김서 얻어먹기로 했어요. 그래서 그렇게 지내넌디 얼매 동안은 딸덜이 그렇게 하더니 나중에는 아버지 모시기가 싫어져서 아무개 동생네 집이 가 계시지요, 성네 집에 계시지 않고 워째서 오셨어요, 이러면서 이리 가라 저리 가라 서로 미루면서 잘 모시지 않을라고 해요. 그래서 이 영감은 그만 마음이 울적하고 속이 상해서 바람이나 쏘이겄다고 이리저리 돌아다녔는데 한 번은 어디를 갔더니 동네 샘에서 물을 질르는 여자가 있어서 물 한 그럭 좀 달라고 하니까 떠주어서 먹는데 그 여자는 "아이고 아버님, 이게 워쩐 일이요?" 해요. 보니께 집에서 내보낸 양며누리여. 며누리는 이 노인을 끌고 저그 집이로 데리고 가서 닭을 잡아서 한 상 잘 채려서 대접해요. 그런디 그 집이 분주히 멋인가 장만하고 있어요. 그래서 워째서 저리 분주히 뭣을 장만하느냐 하니께 양메누리는 오늘밤이 양어머니 기지사[2]라 지사지낼 음식을 하느라고 그런다고 한단 말이거던. 자기도 잊어 버린 마누래 지사날을 양아들 메누리는 잊지 않고 이렇게 기지사를 지내 주고 있어서 그만 감복하고 양아들 메누리를 고맙게 생각했어요.

 게 그래가지고 집이 돌아와서 딸 셋을 불러다 놓고 저번에 너그덜한티 노나준[3] 땅문서에 잘못된 것이 있이니 고치게 다 가져 오너라 하니게 딸덜은 저한티 더 존 땅이 차례가 오겄지 하고 씨리 땅문서를 갖다 아버지한테 드렸어요. 아버지는 그 땅문서를 다 움켜쥐고서 "에이 도적년덜 같으니 너덜 믿고 살라고 땅을 주었더니 너그덜힌디 속았다. 내가 너그덜 집이서 살 수가 없어서 속이 상해서 바람 쐴라고 팔도강산을 돌아다니다가 양아덜네 집이 갔더니 약시약시하더라. 나는 이 땅문서 갖고 거그 가서 살란다" 이렇게 말하고 땅문서를 말짱 딸한티서 뺏어서 양아들네 집이로 갔어요. 가가주고 그 땅문서를 내줌서 "네가 차지하라"고 했어요. 그러면 웬만한 사람 같으면 반가히 받을 턴디 "아, 아버님 기왕 주신 걸 왜 도로 뺏어오셨십니까? 도로 돌려주시지요" 이래요. "아니다, 고년덜 소행이 괘씸해서 말짱 뺏어왔다. 두말 말고 니가 가져라"
이랬어요. 그러니께 양아들은 아버님이 정 그러시니 아버님 말씀을 거
역할 수 없어 받기는 받겠십니다마는 하고 받어 두드래요.

이 노인은 거그서 양아덜하고 멫 년인가 지냈는디 하루는 양아들이
"아부님, 여기는 타관이 아닙니까? 여기서 친구를 사귄다 해도 생소하
고 고향만 못하지 않습니까? 그러니 고향으로 돌아가 사시는 것이 어
떠십니까?" 이래요. 그래서 이 노인도 그게 좋을 것 같어서 거그서 떠
나서 고향으로 와서 살었어요.

그래 고향으로 돌아와서 살었는디 멫 해를 지내서 하루는 이 양아들
이 그 누이 三兄弟럴 불러 모아놓고, "아버님이 누이덜한티 준 땅문서
를 도루 뺏어서 나한티 주셨는디, 이거 될 말입니까? 내가 아버님을 잘
모신다 해도 양아들이라 핏줄이 섞인 누이덜만 못할 겁니다. 그러니
이 땅문서를 도루 받아가주고 늙으신 아버님을 잘 모십시요" 이러면서
그 땅문서를 도루 내주었어요. 그러니께 이 딸 三兄弟는 그만 감동하
고 이 양오래비를 친 오래비처럼 여기고 친남매처럼 이[4]좋게 잘 지내
면서 아버님을 잘 모셨다고 합니다.

이런 이야기를 들은 사람 중에는 딸이란 것은 시집가 버리면 남이
된다, 차라리 양아들이 효성을 한다는 사람이 있어요. 이제 보면 그럴
것 같기도 해요. 내 핏줄인 딸보다 핏줄이 섞이지 않은 양아들이 더 나
은 수가 있거던요.

＊1974년 10월 8일 槐山郡 槐山面 東部里 李鍾國 (73세, 男)

1) 하필　　2) 期祭祀　　3) 나누어 준　　4) 誼

밤송이에 절하는 호랑이 호랭이란 山中
之王 아닙니까?

이놈은 포식하면 2, 3일이고 4, 5일이고 안 먹고 잠만 잔대요. 자다가 시
장기가 나면 일어나서 또 먹을 것을 찾니라고 돌아다닌다는 거요.

어느 가을날이었나봐요. 시장기가 나서 먹을 것을 찾느라고 살살 다

니는데 해는 아직 서산에 넘어가지 않고 있어서 동네로 내려갈 수는 없구 해서 산 언덕으로 이리저리 돌아다니는데 무신 고기 냄새가 나는데 눈앞에 쬐그만한 것이 기여가고 있어. 두리뭉싱하게 생긴 것이 먹음직해 뵈여서 시장한 판에 쥐나 개나 하고서 이놈을 덜컥 물어각고 깨밀었지. 아 깨물고 보니 세상에 이런 건 첨 먹어 본 게여. 그것이 아마 고슴도치던 모양이여. 먹을 수는 없고 입안이 온통 피가 나고 아퍼 죽겠지. 도로 탁 뱉고 저리 뛰여가서 밤나무 밑이 가서 앉어서 입에서 나오는 피를 핥어 먹고 있었지. 그러는디 그때 멋이 우에서 툭 떨어지더니 콧잔등을 때리고 앞에 떨어져. 보니께, 아까 먹다가 혼이 난 것허고 똑같은 거여. 밤송이지. 호랭이는 그 밤송이를 보고 아이고 아까는 잘못했습니다, 다시는 먹지 않겠십니다 험서 자꼬 절을 하더래요.

*1974년 10월 15일 永同郡 永同邑 金鍾顯

혀 짧은 시아버지와 며느리 | 어떤 사람이 있

어. 이 사램이 헤가 짤러[1]. 그래서 말을 허는디 제대로 발음을 잘 못해. 이 사람이 메누리를 얻었거던. 하루는 이 메누리보고 거울 ─ 아따 몸거울 말이여. 몸단장할 때 비쳐보는 거울 말여 ─ 거울 있냐 한다는 것이 혀가 짧응께 거웃 있냐? 이랬단 말이여. 메누리가 이 말을 듣고 여자로서 그것 없으면 뱅신이란 소리를 들은 게 있이니게 있다고도 할 수 없고 없다고도 할 수 없어서 결국 한다는 소리가 두 손을 비적비적 거리면서 지금 앙상앙상해요. 이랬다는 거여.

*1974년 10월 9일 陰城郡 陰城邑 校洞 南禮佑 (61세, 男)

1) 짧어

四질堂 子孫 | 나이 중년이 되면 친구덜찌리 모이면 농도 하고 욕질도 하고 허물없이 지내는

거 아니여. 그래 한 사람이 尹氏보고 이런 농을 하는 거여. 자네 꼬리가 없이면 소가 되네. 尹字에서 꼬리를 떼면 丑이 되지 않는가베. 그래서 소라는 거네. 이렇게 말하기도 하고 아, 자네 始祖를 알아봤더니 굉장한 분인데 그려. 워텋게 해서 굉장한 분이여? 아 글쎄 氏族通譜에 적혀 있는 史記를 보니께 四질堂이란 양반이두군 그래. 四질堂이라니 그게 무슨 이미가 있어서 그려? 글씨 氏族通譜에 있는 史記를 보니께,

첫째 平生所食이 여물질, 둘째 出入所事가 쟁기질, 셋째 間或娛樂이 용두질, 넷째 永訣終天 도꾸질, 이렇게 질이 넷이 있어서 四질堂이라는 거여. 그래 尹氏넌 四질堂 子孫덜이지.

*1974년 10월 10일 中原郡 嚴政面 美內里 李晦根 (71세, 男)

金삿갓의 弔問 | 金炳淵 金삿갓으 이얘기나 한 마디 하겠습니다.

金삿갓이 어디를 갔는디 날을 日暮하여 어두워가고 그때는 마침 시월 중순이 돼서 白雪은 粉粉해서 몸은 추위에 떨려서 어디 가서 어한[1]이나 할가 하고 들어갈 만한 집을 찾는디 마침 한 집에서 사람덜이 왔다갔다 들락날락해서 그 집을 찾어 들어갔어요. 그 집은 어머니의 小祥인지 大祥인지 잘을 모르는데 어쨌던 제사를 지내고 있었어요. 김삿갓은 그 집이 들어가서 영위 앞에 가서 삿갓을 벗고 상투 바람으로 꿇어 앉어서 오래오래 멫 마디 하고 절을 두 번 한 다음에 상주에게 가서 맞절을 할라고 하는데 상주가 보니께 상투 바람으로 왔는데 생전 첨 보넌 사람이라 언짢어서 상을 찌푸리고 인사를 받었어요. 알지 못한 사람이지만 어쨌던 弔問 온 사람이니께 술상을 채려서 대접했어요. 김삿갓은 어쨌던 술을 마시고 紙筆墨을 내가지고 先妣무지인데 喪主 不謁이라 써서 상주에게 주고 갔어요. 漢文字로는 아무것도 아니지만 우리말 音으로 읽으면 喪主를 욕하는 것이 되지요. 김삿갓한테는 상주가 하는 꼴이 아니꼬왔던 거였겠지요.

*1974년 10월 5일 淸州市 南州洞 沈泳輔 (70세, 男)

1) 禦寒, 추위에 언 몸을 녹임

며느리의 問安 인사 | 옛날에 어떤 영감이 메누리럴 셋을 얻었는데

생일날이 돼서 메누리덜보고 오늘은 내 생일날이니 너그덜은 내 마음을 기뿌게 하기 위해서 기뿌게 하는 글자로 인사를 하라고 말했어요. 그러니께 큰메누리는 갓을 씨고 와서 편안 安자로 뵈옵니다, 했어요. 여자가 갓을 썼으니 安字가 된 거죠. 둘째메누리넌 애기를 옆에 끼고 와서 좋 好자로 뵈옵니다, 했어요. 여자가 아들을 껴안었으니 好字가 된거요. 그런데 셋재메누리는 마땅한 글자를 생각해 내지 못했어요. 그래서 얼른 생각내가지고 궁뎅이를 까가지고 시아버지 앞에다 대고 법중 呂字로 뵈옵니다, 하더래요. 궁뎅이 구녁하고 그 아래 구녁하고 맛댔이니 呂字가 된 것이지요. 하하하.

＊1974년 10월 5일 淸州市 南州洞 沈泳輔 (70세, 男)

懶婦詩 | 에에 이전이라는 거는 어제도 이전이고 그저께도 이전입니다. 이건 예전에 懶婦詩란 게 있십니다.

懶婦詩, 그래 懶婦詩를 한 마디 하겠십니다.

懶婦詩란 게으를 懶자 메누리 婦자 글 詩자 이렇게 懶婦詩라는 거죠. 게우른 부인네를 두고 하는 詩이죠. 이 時는 四律로 되여 있어서 四句입니다. 그래 四律이라고 합니다.

첫재 句는 室然飽食午睡濃입니다. 공연히 밥을 잔득 먹고 낮잠이 무르익었다. 게으른 부인네라는 것은 게우르니께 밥만은 잔득 많이 먹지요. 그러고 일하기 싫으니께 낮잠을 실컨 자요. 그래서 空然飽食午睡濃이지요.

다음 句는 不識蠶農況野農입니다. 누에 농사를 알 중[1] 모르니 항차 들농사를 알 수 있겠느냐죠. 누에 농사도 칠 중 모르니 워찌 들농사를 할 줄 알겠느냐? 이런 말입니다.

　세번째 句는 梭閑戶布三朝織인데 이것은 북을 한가히 잡어서 한 자의 베를 사흘 걸려서 짰다는 말입니다. 베를 짤라면 북을 빨리 왔다 갔다해야 하는데 어쩌다 한 번씩 왔다갔다하기 때문에 겨우 한 자밖에 안되는 베를 사흘이나 걸려서 짠다는 말이죠.

　다음에 句는 杵倦升糧半日텐입니다. 도구대질을 게을리해서 한 되 곡식을 반날이나 걸려서 찧는다는 뜻입니다.

　다음은 舅衣秋盡堂稱砧입니다. 가을이 다 지나갔는데도 겹옷을 다 듬이질하나라고 아직 못다 지었다는 말이고 姑襪過冬每言縫이라는 것은 겨울이 다 지나갔는디도 시어머니 버선은 지어 놓지 않고 밤낮 꾸미고 있다고만 말한다는 것입니다. 그 다음은 蓬頭垢面而形如鬼인 디 이것은 게우른 여자 자신을 말하는 것입니다. 게으른 여자는 게으 르기 때문에 제 머리도 빗지 않고 낯을 씻지도 안해서 머리는 쑥대머 리가 돼서 헝클어지고 얼굴에는 때가 더덕더덕 쪄서 그 모양새가 마치 구신 같다는 것입니다. 끝에 句에 가서는 이런 게우른 여자가 그래도 멋을 잘했다고 평계대고 있습니다. 覺恨郎君不順逢. 내가 착한 낭군 을 못 만나서 내 신세가 이렇다고 한탄한다는 것입니다.

＊1974년 10월 5일 淸州市 南州洞 沈泳輔 (70세, 男)

1) 알 줄

며느리 방귀 | 예전에 어떤 집에서 새메누리를 얻어왔는 디 이 메누리가 시집을 와서는 빼빼 말르

고 얼굴이 누렇게 황퉁이가 되고 그래서 하루는 시어머니가 메누리보 고 "메눌아가, 너는 시집올 때는 얼굴도 좋고 기색도 좋더니 지금은 얼 굴이 누렇고 황퉁이가 되고 빼빼 말러 가고 있이니 이상하구나. 워째 서 그러느냐?" 하고 물었어요. 그러니께 메누리는 "예, 제가 저으 집에 있을 때는 방구를 맘놓고 맘대로 꾸었는디 시집와서는 시집어런덜 앞 에서는 그럴 수가 없어 방구 뀌는 것을 꾹 참고 못 뀌고 있어서 그럽니다” 이랬단 말이죠. 그러니께 시어머니는 “방구 못 뀌어서 빼빼 말르고 얼굴이 황퉁이가 돼서야 씨겄냐. 아무 염려 말고 네 맘껏 맘대로 뀌어라” 이러니께 메누리는, “그럼 맘놓고 뀌어 보겄어유. 그런디 시아버님은 지둥을 꽉 붙잡고 시어머니는 솥뚜껑을 꽉 붙잡고 신랑은 마루창을 꽉 붙잡고 계세야 합니다.” 이래서 시아버지는 지둥을 붙잡고 시어머니는 솥뚜껑을 붙잡고 신랑은 마루창을 붙잡고 있었는디, 메누리가 방구를 한 방 팡 하고 뀌었더니 그만 집이 반쯤 씨러지고 지둥이 흔들거리고 솥뚜껑이 우구로 날러올라가고 마루창이 덜석 했십니다.

이 집 메누리 방구가 어찌 세고 요란하던지 이 소문이 사방에 퍼졌답니다. 全羅道 그 어딘가 어떤 디에 방구를 잘 뀌는 사람이 있었답니다. 이 방구쟁이가 이 소문을 듣고 어디 한 번 방구 내기나 해 보자 하고 이 메누리 있는 디로 찾어왔드랍니다. 그래가지고 이 방구쟁이는 그 메누리네 집이다 대고 방구를 한 방 펑 하고 뀌었더니 그 집이 씨러졌어요. 메누리가 이것을 보고 분이 나서 방구를 뀌어서 씨러진 집을 반듯이 일으켜 놓고 궁덩이에다 방앗공이를 대고 전라도 방구쟁이한티다 대고 방구를 뀌었더니 방앗공이는 전라도 방구쟁이한티로 날라갔습니다. 全羅道 방구쟁이는 방앗공이가 날러서 저한티로 오니께 궁둥이를 까고 날러오는 방앗공이에다 대고 방구를 뺑 하고 뀌니게 날러오던 방앗공이는 도로 메누리 쪽으로 날라갔습니다. 메누리는 또 공중으로 날러오는 방앗공에다 대고 뀌니게 방앗공이는 도로 전라도 방구쟁이 쪽으로 갔십니다. 전라도 방구쟁이가 뀌니게 여자 쪽으로 가고 여자가 뀌니게 전라도 방구쟁이 쪽으로 가고 이렇게 해서 방앗공이는 공중에서 왔다갔다 했는데 여자가 뀐 방구하고 전라도 방구쟁이가 뀐 방구하고 공중에서 맞부딪치니게 방앗공이는 中天으로 폭 솟아 올라갔습니다. 그런디 이 방앗공이는 메칠 만에 동해바다에 떨어져서 방아라는 괴기가 됐다고 합니다.

＊1943년 9월 忠州郡 仰城面 敦山里 白川奉善

종이 양반살이 하려다가 | 옛날에 충청도 어느 곳에 남으

집 종살이를 하는 사람이 있었는데 이 사람은 일도 잘하고 부지런하고 살림을 규모있게 해서 푼푼이 모은 재산이 몇 해를 지내고 보니까 꽤 부자 소리를 들을 만큼 큰 재산이 모아졌다. 그러고 보니 이 사람은 내가 이만침 부자가 됐으니 언제까지나 남으 밑에서 종노릇만 하고 살게 머 있느냐, 나도 양반노릇 하면서 사람 대접을 받고 남으 존경도 받어가면서 살어야겠다 하구서 그곳에서는 그럴 수가 읎으니까 저어 멀리 경상도 상주 지방쯤 가서 거그다가 땅도 수백 마지기 사놓고 집도 큼직하게 지와집으로 잘 짓고 충청도에서 이사온 양반이라고 하고 그 고장으 토백이 양반들하고 교분을 맺어 어울려서 지내고 있있다. 그러고 잘 지내고 있는디 한 번은 그 동네에 사는 그 고장 토백이 양반이 지사[1]를 지내고 지사 음식을 이 집이로 종을 시켜서 보냈다.

　지사 음식을 밤늦게사 보내 주니까 이 충청도 양반이란 집이서는 이 지사 음식을 받어갖고는 마누래라는 여자는 속곳 바람으로 남자는 의복을 단정히 고쳐입지 않고 그대로 주섬주섬 집어먹었다. 경상도 양반집으 종은 이것을 보고 집에 돌아와서 충청도 양반은 우리집 지사 음식을 여자는 속곳 바람으로 남자는 자다 말고 일어난 채 옷을 고쳐입지 않고 옷이 허투린 채 먹더라고 말했다. 경상도 양반은 이 말을 듣고 양반의 예절은 어느 도나 같을 터인데 지사 음식을 옷매무새를 단정히 하지 않고 먹는다니 이것은 필시 충청도 양반이란 게 양반을 사칭하는 상놈이 아닌가 생각이 들어서 다음날 그 충청도 양반이란 자를 붙잡어다가 나무에다 매달고 패면서, "너 이놈! 천하에 못쓸 놈 같으니라고 기지사 음식을 몸을 단정히 하고 옷매무새도 고쳐서 먹어야 하는 법인데 너는 지사 음식을 몸을 단정히 하지 않고 옷도 허트러진 채로 먹었다 하니 너는 필시 양반을 사칭하는 상놈임이 분명하다. 어서 바른 대로 직고하라"고 호령했다. 그러니 이놈은, "예예, 잘못했습니다. 충청도에서 종노릇하고 살면서 사람 대접을 못 받고 사는 것이 하도 원한이 돼서 재산깨나 모았기에 여기 와서 양반 행세하고 살려고 했는데 그만 양반 행동에 어긋나는 짓을 하게 됐습니다” 하고 이실직고했다.

돈깨나 모으고 재산이 불어났다고 양반 행세를 할 수 있는 것이 아니고 양반으 행동거지를 몸에 배어야 양반노릇을 한다는 이야기다.

＊1943년 9월 忠州郡 忠州邑 龍山里 平沼淸熙

1) 제사

宗氏 | 경상도 어느 지방에 鄭춘추란 사람이 있어요. 술 잘 먹고 말 잘 하고 인물 좋고 이런 사람인데 한 번은 尙州地方을 가드랬는데 석양판이 되어 가니까 출출해지는디 시장기가 나는디 주머니를 딜이다보니께 돈은 한 푼 읎어. 이거 어쩌노 하고 사방을 둘러보고 있는데 그때는 시월달인디 저어쪽 산에서 시제를 지내느라고 사람덜이 모인 데가 보였다. 에라 저기나 가서 요기나 해 보자 하고 그 산꼭대기로 올라갔다.

시제를 지내는 사람들은 이제 시제를 지낼라고 허는데 저어 아래서 사람 하나가 걸음을 재촉험서 올라오고 있어서 어떤 일가분이 늦게야 오시는 모양인디 저 분이 올라오시면 제사지내자 하고 기다리고 있었다. 다 올라오니까 그 사람들은 어데서 오신 어르신넵니까 하고 물이니까 정춘추는 시제 시간이 늦었으니 어서 시제나 지내고 촌수를 따져 봅시다 하고 우선 시제를 먼저 지냈다.

시제를 지내고 모두 앉어서 음복을 하는데 정춘추도 거기 앉어서 출출하던 판이라 이것저것 집어먹고 있었다. 그러고 있는데 한 사람이, “저어기 앉어 계시는 일가분은 어데서 오셨소?” 하고 물었다. 그러니까 정춘추는 “예예 나는 경상도 사는 정춘추올시다.” 이 말을 듣고 또 한 사람이, “아아니 鄭氏가 우리 黃氏하고 무신 일가가 돼서 黃門時祭에 오셨소?” “우리는 宗氏가 아니요?” “黃씨하고 정씨가 워찌 宗氏란 말이요?” “아따 黃門이나 鄭門이나 매한가지 아니요”1) 이러니까 모였든 사람들은 모두가 拍掌大笑를 하고 술을 서로 권하더래요.

*1974년 10월 14일 永同郡 黃澗面 秋風嶺里 金鍾泰 (58세, 男)

1) 黃門은 肛門과 鄭門은 臀門과 비슷하니까

거센 女子 | 총각 하나가 장개가게 되었는데 동무들이 하는 말이 네 신부가 될 처자는 거세기 짝이 없

다고 소문났는데 그런 처자하고 어떻게 살라고 그 처자한티 장개갈라고 하너냐고 말했다. 그렇지마는 부모가 정해 준 처자니께 싫다고도 할 수 없어 그 처녀하고 결혼하기로 했는디 이 거센 처자으 기를 꺾어 꼼짝 못하게 할 방법이 무엇일가 하고 여러 가지로 생각해각고 장개갔다. 장가가서 예를 치르고 밤에 신방을 채려 두었는디 나는 술을 좋와하니 술 좀 먹자 하고 술을 밤늦게까지 먹고 子正쯤 해서 신방으로 떠억 들어갔다.

신부는 신방에 들어가서 신랑이 들어오기를 지달런데 이제나 들어올가 저제나 들어올가 하고 지달런데 암만 지달러도 들어오지 않어서 쪽도리를 씬 채 눌 수도 없어서 앉어서 졸고 있었다. 늦게야 신랑이 들어와 보니께 신부는 쪽도리를 씬 채 앉어서 졸고 있어서 옳다, 됐다 하고 물사발에 떠논 물을 살그머니 신부 치매 자락을 들고 신부 속곳 가랭이에다 붓어놨다.

신부는 자다가 살푸시 잠을 깨각고 보니께 속곳 가래가 축축하거던. 아 이거 내가 잠결에 오줌을 쌌구나 하고 이것을 칠라고 하는데 보니께 신랑이 곁에 앉어 있어. 이거 이거 첫날밤에 오줌을 싸다니 이런 우세를 신랑 앞에서 하다니 하고 어쩔 줄을 모르고 있는데 신랑이 보고 "워쩐 일이요?" 함서 신부 치매를 들쳐보고 공단 옷이 젖어 있는 것을 보고 "어쩌다 이리 됐소. 응 그랬구만. 그런디 이거 아무보고도 말 마오. 당신하고 나하고만 알고 있십시다. 걱정 마오. 어서 잠이나 잡시다" 이렇게 위로했다. 이렇게 해서 사는데 이 색시는 첫날밤에 그만 큰 실수를 해서 그것 때문에 거신 성질을 부리지 못하고 꾸욱 참고 몇십 년을 살았다.

　그러고 살다가 영감으 한갑날이 떠억 닥쳤다. 환갑잔치를 벌리고 아들 딸 메누리 사우 손자덜이 모다 모여서 獻酌을 하는디 이 영감은 오직이나 기뿌고 마음이 흐뭇하겄어. 그래서, "자아 애덜아, 내가 옛날 이야기를 하나 할 팅게 들어 봐라" 함서, "여기 있는 너그 어머니 너그 할머니가 말이다. 처녀 적에 어찌나 성질이 디세던지 거세다는 소문이 났어. 그래 내가 그리 장개가게 부모님이 정해 주어서 장개들었는디 이 거센 마누라를 거센 성질을 부리지 않고 살게 할가 하고 여러 가지로 궁리한 끝에 첫날밤 신방 채리는디 일부러 술을 먹고 늦게사 들어 갔더니 너으 어머니는 기다리다 지쳐서 앉어서 자고 있더라. 그래서 내가 물그럭을 속곳 가래다 몰래 붓어놨더니 너그매가 잠을 깨서 보고 잠결에 오줌을 싼 걸로 알고 그것이 부끄러서 시집온 후로 이제까지 거센 성질을 부리지 않고 오늘날까지 잘 살어 왔다."

　이렇게 말하니께 이 말을 듣고 있던 할머니는 와닥닥 영감한티 달라들어, "아이고 이넘으 영감, 이넘으 영감이 그랬구만. 그런 줄도 모르고 할 말도 못하고 할 짓도 못하고 죽을 고생을 함서 살아 왔구만!" 함서 영감으 수염을 다 뽑아 버렸다고 한다.

＊1974년 10월 14일 永同郡 黃澗面 秋風嶺里 金鍾泰 (58세, 男)

淫僧과 處女와 곰 | 옛날에요 중 하나가 촌으로 동냥을 하러 갔어요. 한 집에

들어가니께 색시가 있는데 이 색시가 참 이뻐요. 그리서 이 중은 날마다 그 집이 가서 동냥을 하는디 이러다가 종당에는 그 색시를 짚동[1]에다가 집어넣어가지고 짊어지고 저그 절로 갔어요. 가다가 관행차으 권마성 소리가 나서 이 중은 그만 겁이 나서 질갓으 덤불 구덩이에다가 그 색시를 쑤셔박고 멀리 달어났어요.

　이 관행차는 감사 관행찬디 감사가 가다 보니께 덤풀 구덩에서 영롱한 빛이 훤하게 올라오고 있어서 하인보고 저기 멋이 있길래 저렇게 훤한 빛이 올라오고 있는가 가봐라고 했어요. 하인이 거그 가 보니께 이뿐 츠재가 짚동이 안에 들어 있거던요. 그래서 감사한티 가서 이뿐 츠재가 짚동이 안에 들어 있더라고 했어요. 감사는 그 말을 듣고 그 색시를 이리 데레오고 이 곰을 그 짚동에 안에다 너 두고 오라고 했어요. 그러구 그 색시를 가마에 태워서 데리고 갔어요.

감사가 지나간 후에 이 중놈은 그 짚동에를 쑤셔박은 덤불 있는 데를 와 봉게 짚동은 그대로 있어서 중은 그 짚동에를 짊어지고 저그 절로 가고 있었지.

가는디 곰이란 놈이 오줌을 싸니께 중놈은 "좀 참어라. 깔깔 중이라도 참어라. 다 왔다. 그만 참어라" 이럼서 갔다.

절에 다 오니께 상자²⁾덜이 나와서 시님 멀 짊어지고 오십니까? 헝께 "야야 말도 마라. 오늘 저녁에 나는 장가갈라고 색시 하나 업고 왔다. 너덜은 만반진수를 차려서 가져오너라" 이러고서 지 방으로 들어 갔다.

조금 있다가 밥상이 들어오니께 중은 밥먹으라고 색시를 꺼내겠다고 짚동우리 문을 열고 손을 딜이밀었다. 그랬더니 곰은 중으 손을 싹 긁었다. "아이 암만 암상이 나도³⁾ 고만 나오시요" 하면서 끄집어냈다. 그런디 색시는 나오지 않고 생각지도 않은 곰이 나와서 중으 얼굴을 싹 핥어버렸다. 그러니께 중으 얼굴은 살점이 다 없어지고 허연 이빨을 내놓고 나자빠져서 신단지 해버렸다.⁴⁾ 곰으 셋바닥으로 핥으면 살점이 싹 없어진대요.

상자덜은 저녁밥을 먹고 스님이 어쩌고 있는가 하고 시님 방으로 갔더니 시님은 읎고 웬놈으 곰이 나와서 이 상자덜도 모두 얼굴을 핥어서 다 죽었대요. 그 절은 부처님만 남고 중은 하나도 읎이 됐대요. 그 색시는 감사가 데려다가 잘 살았대요.

＊1972년 8월 10일 淸原郡 米院面 종암里 金기순 (58세, 女)

1) 짚으로 엮은 둥우리　　2) 上佐, 승려가 되기 위해 출가한 사람으로 아직 계를 받지 못하는 사람. 行者　　3) 속이 상하고 부아가 나도　　4) 신단지는 일본 말의 죽었다는 말이다. 여기서는 죽었다는 뜻

淫僧의 봉변 |

옛날에 모향산[1] 중이 있었대요. 모향산은 以北땅이래요. 거그 중이 촌으로 동냥을 갔어요. 어떤 집에 과부가 하나 사는데요, 이 과부가 인물이 어떻게 절색인지 이놈으 중이 차꼬 눈이 가서 마을에 동냥만 가면 그 과부네 집이만 가네요. 그러니께 이 과부가 가만히 생각해 보니께 그놈으 중이 안 되겠거던요. 그래 저놈으 중을 질을 딜이놓아야겠다 하고 동네 사람과 내가 아무날 이러이러 할 팅게 여러분은 이리 이러이러 해 주시요, 하고 짜놨어요.

그래 어느 겨울날 눈이 많이 왔는디 이 중놈이 이 과댁집이로 동냥 왔어요. 이때 과댁은 나락방아를 찧고 있었는디 과댁은 중이 오는 것을 보고 "아이고 대사님 내레오십니까?" 하고 반가이 맞었어요. 그러니께 중놈은 좋와라고 예, 하고 들어와요. 과댁은 점심을 한 상 차려주고 "나는 오늘 나락방아를 찧는디 대사님 좀 찌어 주겄소?" 하니까 중은, "아 그러지요" 함서 디딜방아를 디딤서 방아를 찌었어요. 과부댁은 나락을 석 섬이나 갖다 붓어놓고 찌어진 나락을 까불고 하지. 중놈은 절이서 이쁜 여자가 앉어서 나락을 까불고 하니께 좋와서 싱글벙글하면서 열심히 방아를 찌었어요.

나락 석 섬이나 찧느라니께 아조 늦게까지 찌었어요. 과부넌 저녁[2] 한다고 부석에 들어가서 밥을 하고 중은 방으로 들어가서 앉어 있지요. 저녁을 다 해서 점상[3]을 해가주고 둘어와서 과부는 중보고 같이 먹자고 하니께 이넘은 얼매나 좋겠어요. 저분질을 딱딱 함서 히히낙락 함서 다 먹었지요. 다 먹고 상을 치우고 과부는 "염불 좀 하시요" 하니께 중놈은 염불을 했어요. 염불을 다 하고 나니께 과부는 "대사님, 오널은 나락 찧느라고 고단하실 턴디 절로 가지 말고 여기서 주무십시요" 이러면서 중으 옷을 홀딱 벗기고, 옷을 똘똘 뭉쳐서 부석작으로 휙 내놓고, "나도 옷을 벗고 자야겠다" 함서 불을 휙 껐어요. 불을 끄니께 삽작 밖에 동네 사람덜이 모여 와서, "아주머니, 벌서 자요. 우리 놀로 왔어요" 하는 소리가 나거던요. 그렁게 과부는 중보고 "아이고 대사님 큰일났네요. 이웃 사람덜이 놀러 왔는데 우리가 이렇게 자다가는 동네 사람한티 쫒게나니 이거 어떡하지요? 대사님 이 뒷문으로 나가서 밖에서 지달리고 있이시요. 내 잘 수습하고 보내거던 둘오시요" 이렇게 말하고 중을 뒷문 밖으로 내보냈어요. 그때는 눈이 많이 와서 날은 춥고 한데 홀딱 벗고 나갔으니 중은 오직이나 춥겠어요. 벌벌 떨고 있지.

이웃 사람덜은 방으로 들어와서 "아주머니, 우째 벌서 자넝가?" 항게, "방아를 늦게까지 찧어서 곤해서 잘라고 했다"고 이러고 저러고 떠들고 있어요.

중은 이제나 둘어오라나 저제나 둘어오라나 하고 지달코 있는데 마실 온 사람들은 좀체로 갈 기미가 없거던요. 알몸으로 눈 속에 있자니 추워서 전딜 수가 있이야지. 그래 절로 간다고 그 눈 속을 빨가벗은 몸으로 걸어서 제우 해서 절에 갔더니 절으 문은 모다 꼭꼭 장겨서 들어갈 수가 있이야지. 그래서 담 밑이 수채구멍이 있어서 그리고 들어갈라고 하니께 마침 밥하로 나온 상자가 이것을 보고 무신놈으 개가 들어오냐 함서 꾸정물을 쭉 찌었어요. 물베락을 맞고 기어 들어가서 법당에 가서 떨고 있이니께 상자덜이 들어오더니 야덜아 여기 호랭이가 들어왔다 함서 장작개비 가지고 와서 두들겨팼대요.

*1972년 8월 10일 淸原郡 米院面 종암리 金기순 (58세, 女)

※이 說話는 慶北 尙州郡 化北面 龍遊里서 채록했음.

1) 妙香山   2) 저녁밥   3) 겸상

還俗僧과 落榜 선비 | 李朝 肅宗 時代으 이야기인가 봅니다. 그때 어느

절 중 하나 여자 중하고 눈이 맞어서 그만 戒行을 범해서 그 절에서 쫓겨났어요. 어린 童子로서 삭발하여 중이 돼서 사십에 절에서 쫓겨나서 일반 사회인과 살자니 俗世生活에서 살만한 일을 배운 것도 없고 해서 살기가 무척 괴롭지요. 그래서 돈 몇푼 있는 것 가지고 동대문 장에 가서 그때는 五六月 때라놔서 외가 한창 많이 나고 있어서 외를 한 짐 사각고 이것을 지게에 젊어지고 서울 장안 이 거리 저 거리로 돌아댕김서 팔어요.

서울서는 왜 장사치가 물건을 팔 적에 왜 배추더렁 사려, 무더렁 사려 하고 무엇을 사라는 말을 더렁 사려 하지 안해요. 그래서 이 환속승도 외를 팔려고 외더렁 사려 함서 돌아댕겼어요. 그러고 돌아댕기는데 어떤 선비 하나가 새우젓을 지고 뒤따라오는디 이 사람이, "외더렁 사려" 하고 외치면, 이 선비는, "새우젓도" 하면서 따라와요. 이 사람은 더렁 사려 소리를 빼고 새우젓도 하고 말어요. 선비는 비록 가난해서 장사는 해먹지마는 양반 처지에 사라고까지 할 수 있겠나. 그저 팔 물건 이름만 대면 그만이다 하는 심정으로 그러는 거죠. 그래 환속승이, "외더렁 사료" 하면 선비는, "새우젓도" 함서 따라다녀요. 그러니 누가 사겠어요. 암만 돌아다녀도 사는 사람이 없어요.

이렇게 함서 돌아다니다가 날은 더웁고 힘도 들고 해서 한 언덕바지에 와서 외 짐을 받쳐놓고 쉬니게 새우젓 장수도 같이 쉬어요. "아 여보시요. 당신 때문에 나까지도 못 팔게 됐소" 함서 원망 비슷이 말했어요. 그러고 가만히 생각해 보니 내가 어쩌다가 戒行을 어겨서 절에서 쫓겨나서 이런 고생을 하는고 하고 후회하는 생각도 나고 절에서 아침 저녁으로 예불하면서 목청을 놓아서 염불하던 생각도 났어요. 그래서 그런 목청으로 외 사라고 하면 팔릴 것 같아서 한 번 해 본다 하면서 "아하아아에에 이이이어어 호오오오 외더러엉 사아료요오" 하고 한두어 번 외쳐 봤어요. 그랬더니 그 앞집으 여자가 들었어요. 이 앞집 여자가 아마 환속한 여자던 모양이요. 이 여자가 설거지하다가 절에서 예불할 적에 하던 소리를 오래간만에 듣게 되니게 자기도 모르게 어텋게 반가운지 쫓아나와서 봤어요. 보니게 바가지 수건을 씬 외 장시가 있지 않어요. 저 외 장수가 바가지 수건을 썼지만 아마도 환속한 중 같어서 "지금 뭘 사라고 했소?" 하고 물어요. 그러니께 "예, 외 사라고 했십니다." "아니요. 그런 소리가 아니던데요. 내가 듣기에는 그런 소리가 아니던데 아까 한 소리로 다시 한 번 해보시요." "예. 해보지요." 그러고 서 "나아아아에에에에으에에 으으으으어어호오오 외더렁 사아료오오" 하고 한 곡 뽑았어요. 그 앞집 여자는 "가아아아에에에으으으으어어호오오오” 하면서 손짓을 했어요. 그러니께 외 장시는 그 여자으 집이로 들어가서, “사시겠소?” “사요.” 그래 외를 세는데 千手바라식으로 목청을 돋구어서 세어요.

“다아아섯 허구우 여얼이로다아 열에 다아섯 수우물 하구 수우물에 다아섯” 이렇게 세었어요. 그래 다 세구 나니까 “그래 어느 절에 계셨소?” “예에 아무 절에 있었소.” 이러고 여자가 서로 주고 받고 하는데 외를 산 여자 남편이 “여보, 아까 외 시는 것 다시 해보시유.” 그래서 외 장시는 또 “나아아어에에으으 다아섯하고 여얼이로다 여얼하고는 여얼다섯이이요, 열다아섯하고오 수우물이로다” 하면서 세니게 여자는 바라춤을 덩그덩덩그렁 추어요. 여자 남편이 보더니 “야아, 여기 四十九齋 들었구나. 지이장 보오살 지이장 보살” 이러드래요.

그러고 나서 여자으 남편은 자기도 破戒를 한 지가 십수인디 지금은 동대문 장에서 포목점을 하고 있는데 기반이 잡혀서 꽤 살게 됐다고 하면서 이런 심든 외 장사 그만두고 우리 상점에 와서 점원 노릇이나 하라고 하네요. 아 그거야 不敢請이 固所願¹⁾이라고 당장에 응낙하고 그 집으 점원이 됐어요.

그런데 말이요. 같이 따라다니던 새우젓 장시는 새우젓은 하나도 안 팔리고 외 장시는 제꺼덕 다 팔고 그집으 점원 노릇을 하게 된 것을 보고, “아아 나도 진작 중노릇 해가주고 외장시를 했더라면 이런 고생 안 할 틴디, 이놈으 새우젓 젊어지고 돌아댕겨야 사넌 놈 없고 다 판대야 좁쌀 되도 못 팔겠이니 이런 팔자 죽을 팔자밖에 안되는구나. 선비랍시고 글공부만 해가지고 과거를 멫 번 봤건만 初試 한 장 못 하니 이게 무신 놈으 팔자냐. 예라 죽을 수밖에 없다” 이러고서 죽을라고 한강으로 갔어요.

한강에 가서 죽을라고 해 보니 막상 죽을라고 하니까 생에 애착이 휘말려서 죽지도 못하고 눈물을 흘리면서 一場痛哭을 하고 있었어요. 그러고 있는데 그때 마침 肅宗大王께서 그리 지내고 있었어요. 숙종대왕은 메칠 전에 大科를 봤는데 이번 科擧에 무신 뒷원성이나 없는가 하고 微服을 하고 侍從 하나를 데리고 서울 장안을 夜巡하러 돌아다니시다가 여기까지 오신 거요. 그래 이 사람이 통곡하고 있는 것을 보시고, "워째서 그렇게 울고 있느냐?"고 물으섰어요.

"내가 울던 말던 묻지 마시요. 밤이 깊었으니 당신 가는 질이나 가시요." "여보시요. 보아하니 이 강가에서 울고 있이니 아마도 강물에 빠져 죽을라고 그러는 것 아니요. 사람이 물에 빠져 죽는 것을 그저 보고 가겠소. 나도 당신 비슷한 사정이 있는 사람이요. 어디 당신 사정이나 들어 봅시다." 하면서 옆에 가서 앉이니께 이 사람이 지 사상 이얘기를 했어요. 자기는 선비로서 글공부에 힘서 과거에 여러 번 응시했는데 번번히 낙방하여 초시 한 장 하지 못했다고 말하고 며칠 전에 있었던 과거에서도 물 水자 한 자가 맥혀서 올바른 대답을 쓰지 못해서 낙방해서 糊口之策으로 새우젓 장시를 했는데 팔리지 않아서 좁쌀 되도 못 팔아 집에 갈 수도 없어 이런 팔자에 죽어 버리겠다고 한강까지 나왔으나 막상 죽을라 하니 생으 애착이 휘돌아서 죽지도 못하고 이렇게 통곡하고 있다고 말했어요.

"듣고 보니 나도 역시 당신 사정과 비슷하오." 숙종대왕은 이렇게 말하고 여러 가지로 이야기를 하여 보니 참 아는 것이 많았어요. 그래서 이 사람을 어떻게 해서던 과거에 급제시켜서 벼실자리를 하나 주고 싶은 생각이 났어요. 그래서, "내가 듣자니 낼모레 별과를 보인답디다. 그러니 우리 같이 그 別科를 봅시다." "나같은 無福者가 別科를 본다 해도 소용 있겠습니까? 또 낙방할건데, 내 일에 그만 상관 말고 고만 가서 당신 볼일이나 보시요."

이러고 말하고 있는데 그때 공중에서 솔개미가 비유 하고 울고 지나갔어요. 그래 숙종대왕은 이 사람더러 지금 울고 지내가는 새가 무신 새요? 하고 물었어요. "솔개미 아니요." "그럼 글자로 솔개미 鳶자를 쓸 줄 아오?" "아 여보시요. 내가 십여 년을 글공부했는데 솔개 鳶자 하나 못 씨겄소." "그럼 됐소. 암말 말고 당신하고 나하고만 둘이만 압시다. 내가 들으니 상감께서 이번 別科에는 글제를 내서 글짓기로 하는 것이 아니고 視力을 검사하는 과거랍디다. 旗에다 鳶자를 써놓고 百步 밖에서 그 글자를 알아맞추게 하는 과거랍디다. 그러니 당신 꼭 가서 보시요” 이렇게 말하고 숙종대왕은 거기서 떠났어요.

다음날 아무날 別科를 보인다는 榜이 나붙었어요. 그래서 이 사람은 과거보는 날 春塘臺로 과거보러 갔어요. 가 보니까 旗에다 무신 글자를 써서 높이 매달어 놓고 百步 밖에서 한짝 눈을 개리고 그 글자를 알어맞추는 시험이었어요. 그러니께 메칠 전 한강에서 만난 선비으 말이 옳았구나 하고 이번 과거에는 鳶字라고만 하면 꼭 及第하겠구나 하고 희망을 가지고 자기 순번이 오기를 지달렀어요. 그런데 이 사람 뒤에 있는 선비가 저기 씨여 있는 자가 무신 자요 하면서 물어서 이 사람은 솔개 연자라고 가르켜 주었어요. 그러고 나서 이 사람 차례가 와서 試官이 저기 써 있는 자가 무신 자냐 물어서 그만 빙빙 鳶자요 하고 대답하고 말었어요. 그러니까 틀렸다 하고 낙방을 시켰어요. 왜 빙빙 연자라고 했는고 하니 旗에 써 있는 글자가 빙빙 돌고 있어서 그랬단 거요.

이 사람 뒤에 섰던 사람은 그 사람이 낙방한 것을 보고 그만 안타까웠어요. 그래 차례가 와서 試官이 무슨 자냐고 물어서 시골 글자로 아뢰오리까 서울 글자로 아뢰오리까 하고 물었어요. “아니 글자에 무신 시골 글자가 있고 서울 글자가 있는가”“에에, 저으 시골에서는 저 자를 빙빙 鳶이라고 읽습니다마는 서울서는 솔개 鳶자라고 읽습니다.” 이 말을 들은 試官은 아까 빙빙 鳶자라고 해서 낙방시켰는데 그 사람은 시골 글로 읽은 것인데 맞었는데 낙방시켰구나 하고 그 사람을 다시 불러내서 급제를 시켰다고 합니다. 이런 이야기가 있십니다.

＊1974년 10월 15일 永同郡 永同邑 金鍾顯 (69세, 男)

1) 固所願이나 不敢請이 잘못된 말

그것을 잡히고 술 마시다 | 옛날에 할몸이 하나 있는

디 베를 짜서 영감을 줌서 이것을 장에 가서 팔아오라고 했다. 영감은 그 베를 지고 장에 가서 팔어각고 술을 사먹고 돈을 다 써 버렸다. 할

몸은 또 베를 짜서 영감한테 주어서 팔아오게 했는데 이번에도 영감언 술을 사먹고 왔다. 다음에 또 베를 짜서 팔로 보냈는디 또 술을 사먹고 돈은 가져오지 안했다. 할몸이 베를 짜서 팔어오라면 영감은 장 술만 사먹고 돈을 가져오지 안하니까 할몸은 베를 짜주고 팔어오라고 하면서 "당신은 베를 팔어오라면 장 술만 사먹고 돈은 한 푼도 안 가져오니 어디 당하겠소. 이번에는 술 사먹지 말고 돈을 가지고 오시요" 했다. 그러니까 영감은, "그래 술 안 사먹고 돈을 가지고 올 터이니 걱정 말어" 하고 갔다. 그런데 베를 팔고 나니 술 생각이 더 나서 술을 사먹고 돈을 다 써 버렸다.

취해가지고 집이로 돌아오는디 오다가 생각해 보니 이번에도 술 먹니라고 돈을 다 써 버렸이니 집이 가면 할몸이 가만 안 둘 것 같어서 이거 어떻게 해야지 하고 할몸이 아무 소리 못하게 할 방법이 없겄는가 하고 궁리하다가 한 꾀를 생각해각고 그것을 뒤로 재켜서 전대로 꽉 옭아매고 그것이 없어진 것처럼 해각고 집이 들어가자마자 취한 체하고 방에 쓰러져 누었다. 할멈이 영감 옷을 벳기고 자리에 잘 누일라고 하다가 영감 거그를 더듬어 보니께 그것이 없단 말이요. 할멈은 깜작 놀라서 영감얼 흔들어 깨워가지고 어떻게 된 노릇이냐고 물었어요. 그러니께 영감은, "아 내가 술얼 먹다 보니 너머 많이 먹어서 돈이 모지라서 그만 그것을 술집에 잽헤놓고 왔다"고 말했다. 이 말을 들은 할멈은, "그게 무신 소리요. 내 베를 짜 줄 테니 내일 당장 가서 챗어오시요"했다. 그러고 다음날 베를 빨리 짜서 영감을 주었다.

영감은 장에 가서 또 술을 사먹고 오면서 그것을 옭아맸던 전대를 풀어 집이로 갔다. 할몸은 쫓아나와서 영감을 방으로 끌고 들어가 챗어왔느냐고 물었다. 챗어왔다니까 어데 보자 하고 영감을 눕혀놓고 그것을 만져 봤다. "아, 이렇게 시상에 좋은 것을 잽히다니" 하면서 그것을 자꾸 주물렀다. 그러니까 그것이 꺼덕꺼덕하면서 물을 흘렸다. 할몸은 이것을 보고 "하룻밤 좀 못 봤다고 이렇게 반가워하면서 눈물을 흘리면서 꺼덕꺼덕 인사를 하네" 하면서 됴와하더라고 한다.

*1974년 10월 14일 永同郡 永同邑 中央洞 金蓮洙 (53세, 女)

누룽지와 형수 |

총각이 한 놈이 있는데 친구를 만나면, "야, 난 기운읎어 죽겄다"고 그래싼단 말이지. 그래서 친구는, "너 우째서 기운읎다고 만나기만 하면 허냐?" 헝께, "야 너 좀 생각 좀 해 봐라. 나는 아버지 어머니 다 돌아가시고 형님집이서 형수한티서 밥 얻어먹고 살고 있지 않냐. 형수는 밥을 준다는 게 맨놈으 누렁지만 주지 않느냐? 누렁지 먹기에 죽겠다. 누렁지를 한 삼 년 먹고 나니 이제는 누렁지만 보면 신물이 난다. 누렁지만 먹고 보니 기운도 읎고 정말 죽겠구나" 하구 말했다. 이 말을 들은 친구는 "그리야. 그렇다면 내 너그 형수 버릇을 고쳐 주겄다." "워덯게?" "좋은 수가 있다. 너 내일 아침에 일지감치 일어나가지고 칙간에 가서 쭈그리고 있거라. 내가 가선 내가 묻는 말에 대답만 히라."

이튿날 아침이 이 총각은 친구가 시킨 대로 일지감치 칙간에 가서 쭈구리고 있었다. 친구가 와서, "아 저 아무개 어디 있소?" 하고 형수보고 물었다. 형수는 정지서 밥허다가 나와서 "아까 봉께 칙간에 가던데." "그래요. 내가 좀 볼일이 급히서 그런디 거그 가서 이야기 좀 허겄구만" 험서 칙간으로 달려갔다. 그러더니 칙간 문 앞에 가서 칙간 문을 열어 보더니, "야 이 녀석아, 너 그것 엄청나게 크구나. 너 누룽지 밥만 몇 해 먹더니 그렇게 커졌구나. 너 한 일 년만 더 먹으면 방망이만하겄구나" 하고 큰소리로 지끌어댔다. 정지서 밥하던 형수가 이런 말을 듣고 나더니 그후부터는 시동생헌티 누렁지 밥을 주지 안허고 저그 서방헌티 누렁지만 멕엤다고 헌다.

*1974년 10월 14일 永同郡 永同邑 榮山洞 成其煥 (60세, 男)

朝酒三杯不可廢 |

옛날에 한 사람이 있는디 이 사람은 술을 참 좋와하는 사람이드래요. 이 사람은 외아들을 장개보내서 메누리를 데레왔는디 데레온 지 한 스무날쯤 돼서 이 사람으 처숙모 한갑잔치가 있었고 또 자기 먼 족 집으 환갑잔치가 있고 해서 이 사람은 처숙모 잔치에 다녀오기

로 하고 마누라와 아들은 먼 일가집 잔치에 다녀오기로 했다. 마누라
는 자기 남편이 술을 좋와하니께 잔칫집이 가서 술을 마시고 실수할가
봐서, "여보시요, 처숙모 환갑잔치에 가서서 술을 과히 자시지 말고 일
직 돌아오십시요. 메누리는 당신이 돌아오드락 저녁밥도 안 먹고 지다
를 테니 그리 알고 일찍 돌아오십시요" 이렇게 이 사람보고 단단히 이
르고, 또 새메누리보고는 "아가 새아가, 너으 시아버님이 잔칫집이 가
서 술을 자시고 오실 테니 이튿날 아침에는 해장국을 끓여 드려라" 이
렇게 메누리보고 일러놓고 떠났다.

이 사람은 처숙모 수연잔치에 가서 마누라 부탁도 있고 또 술을 너
머 마셨다가는 새메누리한테 실수할가 봐서 술을 조심조심 먹었는디
워낙 술을 좋와하기 때문에 자꾸 권하는 술을 받아마시고 받아마시고
하다 보니 그만 만취했다. 그러고 일직 집에 돌아온다는 것이 밤 아홉
시쯤 됐다. 그때 마침 메누리는 뒷간에 가서 있었다.

이 사람은 집에 와서 보니께 메누리는 보이지 안했다. 취한 걸음으로
자기 방으로 들어가 잔다는 것이 그만 잘못 들어 메누리 방에 들어가서
취해서 곯아 떨어져 잤다. 메누리는 뒷간에서 나와서 보니께 시아버지가
자기 방에서 세상 모르고 자고 있어서 깨울 수도 없어서 기양 놔 뒀다.

이 사람은 실컷 자고 눈을 떠 보니께 아침인디 아 메누리 방에서 잤
단 말이여. 야 이거 실수도 이만저만 아니다 하고 얼른 자기 방으로 건
너가서 술을 좋와하다가 이런 실수를 저질렀다 하고 다시는 술을 안
먹겠다고 맹세하기 위해서 紙筆墨을 내서 먹을 갈아 종이에다 큼직하
게 此後 飮酒之者는 馬之子 犬之子 牛之者也라고 썼다.

메누리는 시어머니으 말도 있어서 해장국을 따근하게 끓여서 술하고
가지고 가서 시아버지한테 권했다. 그러니까 이 사람은, "나는 이제부터
술 안 먹기로 했다. 어서 가져가라" 했다. 그런데 메누리는, "술 자신 뒤
에는 해장술을 하시고 풀어야 합니다. 시어머님께서도 해장시켜 드리
라고 하셨는디 해장하시지 않으신다면 저는 불효가 되지 않습니까. 어
서 해장하시지요" 이렇게 말하니 이 사람은 귀가 솔깃했다. 그런데 이
자 막 此後 飮酒之者는 馬之子 犬之子 牛之者라고 써 논 맹세에 위

배가 되게 생겨서 그래서 그 옆에다 但 朝酒一杯는 不可廢라고 써 놓고 해장술을 한 잔 마셨다. 메누리는 술을 한 잔 더 따라서 권했다. "아니다 그만 하겠다" 하니까 메누리는, "저는 친정에 있을 때 酒不單杯란 말을 들었습니다. 그러니 한 잔 더 하시지요" 하면서 한 잔 더 따라 주었다. 이 사람은 두 잔째 마시고 朝酒一杯는 不可廢라고 쓴 것으 一字 우에 한 획 하나 더 거서 朝酒二杯는 不可廢라고 해 났다. 그런데 두 잔채 마시고 나니 술 생각이 왈칵 나서, "야 메눌아가, 酒不雙杯란 말이 있느니라. 한 잔 더 마시자" 했다. 그래서 메누리는 한 잔 더 따라 주었다. 이 사람은 그 술을 마시고 나서 朝酒二杯不可廢라 쓴 二字 우에 획얼 하나 더 그어서 朝酒三杯 不可廢라고 해 났다고 한다.

＊1974년 10월 14일 永同郡 永同邑 金鍾顯 (69세, 男)

三年 朝夕 問安 받는 시아버지 |

옛날에 어떤 사람이 새메누리를 얻었는디, 이 사람은 메누리를 아침마다 아침 문안을 시켰어요. 이러기를 3년이나 시켰단 말이지. 지금은 젊은 남녀가 결혼하면 그 이튿날로 신부 친정으로 가지마는 옛날에야 어디 그랬나요. 옛날에는 첫 애기를 낳고도 잘 못 가고 빨러야 시집간 지 3년 후에나 친정에 가는 것이 그 시절으 관습이였어.

　그래 이 메누리는 시집온 지 3년 후에야 친정에를 갔지. 친정어머니가 "야야, 시집살이가 되지는 않더냐?" 하고 물으니께 딸은, "시집살이는 별로 되지는 않지만 3년이 되는 지금까지도 시아버지한티 꼭 아침이면 아침 문안을 디리고 있어요" 이랬어요. 옆에서 친정아버지가 듣고 보니 시아버지한테 아침 문안 디리는 것은 어른을 공경하는 이미에서는 좋은 일인디 메누리가 시아버지 문안드리는 것은 석 달이면 족한디 3년이란 긴 세월을 아침 문안을 시키다니 이거 너머하다는 생각이 들거던요. 이거 사둔을 어떻게 해야 아침 문안을 그만 두게 할가 하고 생각해 봤어요.

딸이 다시 시집으로 돌아가서 얼마쯤 있다가 딸한티다 편지를 했어요. 처음에는 시집으로 잘 갔너냐, 시댁도 다 편안하냐 하는 항용 안부 말을 쓰고 끝에 가서 시아버지 공경 잘 하라고 하면서 朝前步之舅席 對하야 納酌恭謁愼勿懶라고 써놨어요.

딸은 친정아버지한테서 온 편지를 받고서 언문[1]으로 써논 디는 읽어서 알었는디 끄트머리 가서 진서[2]로 써논 말이 무슨 말인지 더듬더듬 더듬거리기만 하고 읽지 못하고 있는데 마침 시아버지가 와서, "친정에서 편지가 왔다는디 별말 없이면 나도 좀 볼거나" 이러고 말하니까 메누리는 "예 보세요. 그란해도 아버님께 뵈이려고 하던 참이에요. 끄트머리 진서로 써 논 말이 무신 말인지 몰라서 아버님께 뵈이고 알어 볼라고 하던 참입니다."

시아버지가 그 편지를 받어 보니 끝에 朝前步之舅席對하야 納酌恭謁愼勿懶하라고 씨여 있는 것을 보고 아침에 시아버님 자리에 나가서 뵈옵고 술잔을 공손히 올려 드리기를 게을리하지 마라 했는데 딸보고 시아버지를 공경하여 잘 모시라는 뜻이기는 한데 漢字音으로 읽어보면 참 망칙하게 들릴 말이거던.[3] 시아버지가 가만히 생각해 보니 자기가 메누리를 3년이나 朝夕 問安시켜 메누리를 고생시킨 것을 은근히 책망하는 글이라고 보고 그날부터 朝夕 問安을 안 해도 된다고 했다고 합니다.

＊1974년 10월 5일 淸州市 南州洞 沈泳輔 (70세, 男)

1) 한글　　2) 漢字　　3) 좆언 보지 구석에 대하면 납작공알은 신(좆)을 물레라

宋氏 딸이 姜氏 며느리 되다 | 이전에 姜氏姓

을 가진 집이 있었는데 이 집에서는 새며누리를 맞이하면 시아버지가 우리집에는 대대로 내려오는 家規가 있다 하고서 새며누리의 이름을 묻고 또 시아버지의 마음을 위로하는 글을 지어 바치라고 했어요. 옛날에는 어른이 된 여자는 자기 이름을 남에게 알린다던가 남이 부르는

것을 수치로 알아서 이름을 남에게 알리지 안했어요. 그러고 옛날에는 여자가 어디 글을 배우나요. 그래서 글을 지어 바치라니 이런 고역이 어디 있어요. 이 집에 그런 家規가 있다고 하니, 이 집으로 시집오겠다 는 규수도 없고 이 집과 사둔을 맺겠다는 집도 없었어요. 첫째아들 둘 째아들은 그렁저렁해서 장가를 보내서 메누리를 얻게 됐는데 셋째아 들은 나이 스무 살이 가까워도 여우지 못하고 있었어요.

그러던 중 어떤 宋氏姓 가진 집의 규수가 무슨 생각으로 그러는지 자기가 그 姜氏 집으로 시집가겠다고 했어요. 강씨 집에서는 不敢請 이 固所願으로 얼른 청혼해가지고 메누리로 맞이했어요. 이 姜氏 집 으 시아버지는 家規에 따라 이 새메누리보고 네 이름이 무엇이냐, 물 었어요. 그러니께 이 새메누리는, "예 저는 외딸이 돼놔서 맹이 질라고 아버님께서 쥐메누리라고 지어 주시었어요. 쥐메누리올시다" 이랬단 말이죠. 시아버지가 듣고 보니 이 메누리 이름을 부른다면 자기가 쥐 가 되겠거던. 그래 그 이름을 부를 수가 없어서 다른 이름이 없느냐 하 고 물으니까 없다고 해요. 이렇게 되니 시아버지는 이 새메누리 이름 을 부를 수가 없게 됐지요.

그 다음에 글이나 한 수 지어서 바치라 했어요. 그러니까 송아지 女 가 강아지 婦가 됐다고 지어 바쳤어요. 시아버지가 이것을 보고 다른 글을 지어 보라고 했는데 步之舅席하야 納酌恭謁이라고 써서 바쳤어 요. 글 뜻은 걸어서 시아버님 자리에 가서 공손히 술잔을 드립니단데, 이렇게 새겨 보면 아조 좋은 글인데 漢字音으로만 읽어 보면 아조 거 북하거던요. 그래서 시아버지는 이후부터는 이런 家規는 없앤다고 했 다는데 宋氏 女가 姜氏 家으 괴상한 家規를 없앴다는 이야깁니다.

*1974년 10월 5일 淸州市 南州洞 沈泳輔 (70세, 男)

新房笏記 │ 옛날에 어떤 아이 하나가 서당에 다니면서 글

공부를 하는데 이 아는 글에서 배운 것을 그대
로 하였십니다. 이 아는 男女七歲 不同席이란 글을 배워서 꼭 그대로 실행해서 다른 여자하고는 같이 있을라고 하지 안했습니다.

이 아가 장개를 갔어요. 첫날밤에 신부가 옷을 입고 쪽도리를 씨고 들어와서 옆에 앉이니게 이 아는 여자하고 한 자리에 마주앉어서 마주 얼굴을 쳐다보는 것은 男女七歲 不同席이란 말과는 어긋나는 것이라고 생각하고 자리를 비끼고 뒤돌아 앉어서 베룽박[1]을 행해서 앉었어요. 男女七歲 不同席인디 워떻게 여자하고 한 자리 앉일 수 있고 말을 할꼬 하고 신부한티 말도 붙이지도 않고 손도 만져 보지도 않고 기양 그러고 앉어 있기만 했어요. 신부는 이제나 말을 붙일가 저제나 손을 잡어 줄가 하고 지달런데 통 그런 일이 없어요. 그렇게 지내는데 날이 새서 아침이 됐어요. 신부는 날이 새자 얼른 방에서 뛰어나와 자기 어머니한티 쫓아가서 아 멀쩡한 벵신한티 나를 시집보냈냐고 내 신세 망칠라고 그러느냐고 울면서 야단쳤어요. 이러한 광경을 신부 오래비가 보고 아매도 그 신랑이 男女七歲 不同席이란 말 때문에 그런 건겐가 부다 하고 이것을 잘 해보겠다고 맘먹었어요.

아침밥을 먹고 신부 오래비는 신랑 신부를 안방으로 불러다 놓고 이제부터 다시 行禮를 해야 하겠으니, 내가 笏記를 부르는 대로 해야 한다고 일러 놓고 신랑 신부를 동서로 마주보게 세워 놓고 방 웃묵에 상에다 정화수 한 거럭을 떠놓고 아랫묵에는 이부자리를 펴놓고 신랑 신부는 방 안에 두고 오래비만 밖으로 나와서 笏記를 읽는 거요.

"新郞 新婦 皆 脫衣"이랬어요. 그러니게 방 안에 있는 신랑 신부는 옷을 홀닥 벗을 거 아니요. 그 다음에, "新婦就衾枕"이러니게 新婦는 요 우에 가 누웠어요. "新郞, 新婦 兩脚之間에 跪坐"이라니, 신랑은 신부 양 다리 사이에 가서 꿇어 앉었어요. "新郞 就 新婦腹上"신랑은 신부 배 우에로 가서 엎드렸어요. 그러니게, "進 退 進 退 進 退……"이랬어요. 한참 이러니게 동생이 옆에 서 있다가, "성님 進退 소리가 너무 느리지 않습니까. 성님 지가 笏記를 읽겠십니다"그라고서는 進退進退進退進退 하고 빠르게 읽어 주었다고 합니다.

＊1974년 10월 14일 永同郡 永同邑 吳世玉 (68세, 男)

1) 벽

合宮筭記 |

옛날에 선비 샌님 한 분이 있었어요. 장가를 간지 십 년이 넘도록 원 당최 아들 하나도 못 났어요. 동생은 자기보다 늦게 장가 갔는데도 아들 딸을 많이 났는데도 자기는 아들 하나도 낳지 못해서 하루는 동생을 불러서, "여보게 동생, 자네는 나보다 늦게 장개갔는데 아들 딸을 많이 났는디 나는 워째서 아들 하나 못 났는가? 내 조상에 대해서 큰 罪得을 하고 있네. 이거 어떻게 해야 아들을 낳는가? 걱정일세" 이렇게 말하니께 동생이 하는 말이, "형님, 내가 보기에 안방에를 통 들어가시지 않는 것 같은데 안방에 들어가지 않고서야 어찌 아들을 나시겠십니까? 안방에 들어가서야 아들을 났십니다" "그려. 안방에 들어가면 아들을 날 수 있단 말이지. 그러면 안방에 들어가 보겠네." 그래 인제 이 선비 샌님은 衣冠을 정제하고 도포를 입고 안방에 들어가서 점잖게 한참 앉았다가 나왔어요. 그러고 이튿날 하인을 불러서 "너 안에 들어가서 어린애 났는가 보고 오너라"고 했어요. 하인이 안에 들어가서 보고 나와서 "아직 어린애 안 나셨십니다"고 말했어요. 그러니께 이 샌님은 동생을 불렀지. "동생 거짓말 했지?" "왜요?" "안방에 들어가면 아들 난다고 해서 내 어제 안방에 들어갔다 나왔는디 아직도 아들 낳지 안했이니 말이네." "안방에 들어가주고 워턱하구 나오셨십니까?" "아 그야 안방에 들어가서 한참 앉았다가 나왔지." "에이 그래가주고서야 안 됩니다. 안방에 들어가서 누웠다 나와야 합니다." "그리여."

　다음날 선비는 안방에 들어가서 목침을 높드랗게 비고 누웠다가 나왔십니다. 그러고 하인을 불러서 안에 가서 아들 났는가 보고 오라고 했십니다. 하인이 보고 와서 아들 낳지 안했다고 하니께 또 동생을 불렀어요. 불러가지고 안방에 들어가 누웠다 나왔는데도 아들 낳지 안했다고 하니께, "형님, 안방에 들어가서 어떻게 눕고 나오셨십니까?" "아 그거야 목침을 높다랗게 비고 누었다가 나왔지." "그렇게 해가주고는 어린애가 되지 않어요." "그러면 어떻게 하나?" "아 그거 참, 그걸 형님한테 어떻게 갈쳐야 할지 모르겠네요. 큰일났십니다." "그러면 존 수가 있이면 좀 갈쳐주어야 하지 않는가. 그 좋은 수를 동생만 알고 난 몰라서 씨나. 날 좀 갈쳐주게."

"그러면 저어 내가 처음 行禮할 때마냥 笏記를 써서 笏記를 불러 드릴 터이니 형님하고 형수님하고 내가 부르는 笏記대로만 하십시요."

"그라지."

그래서 동생은 笏記를 써가지고 밤에 와서 제 형하고 형수하고를 껌껌한 방 안에 들어가게 하고 두 분 다 옷을 다 벗고 드러눕게 하고 笏記을 불렀답니다. "형님 저어 오짐 눌 때 쓰이는 것 있지요." "응, 있지. 있어." "형수님도 그거 있일 겝니다. 형님 오짐 누는 것하고 형수님 오짐 누는 것하고 모두 한데 대십시요" 이라니 선비는 댔지. "게 인제 나갈 進자 부를 테니 나가고 물러날 退자 부르면 물러나시요."

이래 놓고 進 退 進 退 하고 笏記를 불렀어요. 한참 이렇게 進退進退 하고 부르고 있는데 형수님이 성미가 급했던지 "아이고 서방님 그렇게 느리게 부르지 말고 빨리 좀 부르시요" 이랬어요. 그래서 동생은 그러지요, 하고서는 進退進退進退進退進退…… 하더랍니다.

＊1974년 10월 14일 永同郡 永同邑 榮山洞 成基煥 (60세, 男)

甲山 원님 | 三水 甲山이란 디는 저어 멀리 함경도에 있는 깊숙한 산골이란 것은 다 알고 있지 않습니까? 거그는 중앙에서 멀리 떨어져 있는 아조 외딴 곳이기도 합니다. 이런 외딴 곳이라는 것은 베실아치는 더 잘 알고 있지요.

옛날에 한 선비가 甲山 원님이 돼서 임지에 가기 전에 각 재상 대감덜을 찾어가서 甲山 원으로 떠난다는 인사를 올렸습니다. 그러니께 잘 다녀오라는 대감도 있고 픽 웃는 대감도 있고 잘 해보게 하는 대감도 있었습니다. 이 사람은 워째서 그러는고 하고 그런 이유를 알지 못했습니다.

갑산이란 멀기도 멀어서 몇 달을 걸려서 갑산에 도임하니께 갑산 골 백성덜은 새 원님이 오셨다고 新廷 잔치를 베푼다 하면서 온 골 안이 떠들석했습니다.

이 새 원님은 새로 到任해서 골을 잘 다시림서 그렁저렁 지냈는디 八月秋夕이 닥쳐왔습니다. 갑산은 원체 북쪽이고 또 높은 산골이 돼놔서 八月秋夕이 되면 벌서 서리가 오고 첫눈이 오고 하는 뎁니다. 八月秋夕이 지나서 메칠 안되는데 六房官屬이 모여와서 "이제 저이덜은 下直합니다" 하면서 하직 인사를 했습니다. 사또는 "下直이라니 무신 下直이냐?" 하니께, "예. 내일이면 아실 겝니다. 아마 解冬이 되어야 저이덜은 사또님을 뵈옵게 되니께 하직 인사를 올립니다"고 하더래요.

이렇게 해서 육방 관속이 다 떠나갔는디 다음날 아침에 일어나 보니 밤 사이에 눈이 어텋게 많이 왔던지 지붕 우으까지 올라가고 문도 열을 수 없고 그래서 밖에도 나갈 수가 없어 방 안에만 들어박히게 됐습니다.

갑산은 아까도 말한 것과 같이 아조 먼 곳이라 원님은 室內도 데리고 갈 수 없어 혼자 가 있었지요. 육방 관속도 다 가고 없으니 원님 집은 사람이라고는 하나도 없어 그 큰 집에 혼자만 있게 되니 적적하고 갑갑하기 짝이 없지요. "이거 나는 이 눈 속에 묻혀서 죽게 되였구나" 하면서 그 너른 집 안을 이리저리 돌아다니면서 살펴보니께 저어짝 한쪽 방에 여자가 하나 있어요. "게 너는 어떤 여자냐?" 하니께, "예. 저는 사또 진지를 지어 올릴 그런 사람입니다" 그래요. "응 그래. 그러면 이 집에는 나하고 너하고 둘이만 있겠구나." "예. 그러합니다." "응. 그래, 그런데 너는 어디서 거처하느냐?" "예예. 저어기 저 방에서 거처합니다." "야 그럴 것 없이 아무도 없는데 따로따로 거처할 것 없이 내 방에 와서 함께 거처해라." "예 그렇게 하겠습니다."

이렇게 해서 사또하고 사또 밥해 주는 여자하고 한방에서 거처하게 됐어요. 눈이 지붕 우에까지 높이 쌓였으니 해를 볼 수 있나 달을 볼 수 있나, 낮도 밤 같고 밤도 밤 같고 할 일이라고는 아무것도 없고 이거 적적하고 심심하기 짝이 없지요. 그 너른 집에 사람이라고는 아무도 없고 원님이란 남자와 밥해 주는 여자와 단둘이만 있으니 생각나고 하고 싶은 것이란 단 그짓뿐이지요. 그래서 원님은 그 여자하고 맨날 하는 짓이란 그짓뿐이에요.

매일 매시 그짓만 하고 보니 코에서 코피가 나고 몸은 쇠약해져서 이거 못 씨겠다, 이러다가는 나는 죽어서 집이도 못 가겠다, 이 일을 다시는 그만두어야겠다 맘먹고 또 그것을 맹세하느라고 베랑박에다 此後 登腹者는 犬子 馬子 牛子也라고 써놨어요. 그런데 그게 어디 그렇게 되나요. 여자하고 마주보고 있느라면 그것을 또 하게 되지요. 하고 나서는 다시 하지 않겠다고 또 此後 登腹者는 犬子 馬子 牛子也라고 벼랑박에다 썼어요. 그러고 여자하고 마주보고 앉었이면 또 그짓을 해요. 하고 나서는 此後 登腹者는 犬子 馬子 牛子也라고 베랑박에다 썼어요. 이렇게 해서 한겨울 동안 지내고 보니 베랑박에는 登腹者는 犬子 馬子 牛子也라는 글씨로 가득했어요.

게 긴긴 三冬이 지나 解冬이 되고 눈도 녹고 하니까 하직하고 갔던 六房官屬이 다시 모여왔어요. 그러고 사또한테 인사를 드리며 사또 오래간만에 뵈옵니다라고 인사말을 올렸어요. 사또는 "너이덜은 집에서 가족덜과 잘 지냈너냐. 나는 이 여자 아니면 꼭 죽었을 텐데 이 여자 때문에 이 긴긴 삼동을 살아 왔다. 그런데 이 여자 때문에 나는 죽을 뻔도 했다. 저 베랑박을 봐라" 이랬어요. 그러니까 관속덜은 벼랑박을 보고 빙긋이 웃으면서 "사또께서는 구관 사또보담 조금 덜 써시었십니다" 이러드래요.

그후 이 사또는 考滿해서 서울로 올라갔어요. 서울로 올라와서 考滿해서 올라왔다는 인사를 하느라고 또 여러 대감을 찾어갔어요. 그러니께 "그래 그런디 三冬 동안 벽을 몇 칸이나 버려놨는가?" "예 한 두어 칸 버려놨십니다." "자네 몇 살이지? 나는 자네보다 젊어서 甲山 가서 벼랑박을 세 칸 버려놨네."

또 다른 대감한티 가서 甲山 골을 瓜滿해서 돌아왔다고 인사를 하니께 "응. 甲山을 갔다 왔어? 그래 三冬 동안에 벼렁박을 몇 칸이나 버려놓고 왔는가?" 이러드랍니다.

＊1974년 10월 14일 永同郡 永同邑 榮山洞 成基煥 (60세, 男)

오줌만 먹는 사람 | 옛적으 어떤 난리통에 사람들은 살 수가 없어서 모다 짚은

산중으로 피란갔다. 그때 보옥동에 사는 김진사 양주도 젖먹이 딸 하나를 업고 어떤 짚은 산중으로 피란가서 거그다가 오막살이 집을 짓고 山田을 이루어서 양식을 대고 질삼을 해서 옷을 지어입고 그럭저럭 살고 있었다. 그렇게 지내니라니께 어너덧 세월이 많이 흘러서 20년이 넘게 됐다. 그동안 딸도 둘이나 더 낳게 됐다. 식구가 늘어가고 보니께 그리 쉽게 거기를 떠날 수가 없어서 기냥 눌러 살았다. 이 산중은 워낙 짚은 산중이라 다른 사람이 와서 살지도 않고 챚어온 사람도 없었다. 이 진사 양주는 선비 집안이라 난잡한 행동은 하지 않고 점잖게 살어서 이 딸덜도 얌전하게 컸다. 그러고 사는데 이 진사 양주는 나이 많이 먹게 되니께 딸덜을 여우지도 못하고 기냥 세상을 떠나고 말었다.

이 산중이란 워낙 짚은 산 속이라 옆에 딴 집도 없거니와 그 근처에도 사람이 사는 집이 없었다. 찾어오는 사람이라고는 아무도 없어서 소위 無人之境이라고 할 수 있었다. 이 여자 삼형제는 사람이라고는 저그 부모와 저그덜 삼형제밖에는 본 일이 없었다. 그래서 다른 사람이 있는 줄을 통 몰랐다. 세상이란 산과 숲으로 되여 있고 밭뙈기나 갈어서 농사짓고 질쌈해서 옷 해입고 하는 것으로만 알고 있었다. 그래서 큰딸은 나이가 20이 넘고 둘째 셋째도 20이 가까워도 세상 물정이란 아무것도 몰랐다.

그때 어떤 총각이 산으로 사냥하러 나왔다가 짐성 잡으로 산 속으로 산 속으로 들어가다가 여기까지 챚어 들어왔다. 처녀 셋은 이 총각을 보고 그만 놀래고 무서워험서 벌벌 떨고 있었다. 총각은 생각지도 않게 짚은 산중에서 꽃 같은 처자를 하나도 아니고 셋이나 만나서 기뻐서, "여보시요, 처재덜 그렇게 무서워서 떨지 마시요. 나는 사람이요. 이 산 밖에 사는 사람이요. 산에 사냥하러 왔다가 여기까지 왔소. 무서워하지 마시요. 해도 저물고 했이니 하룻밤만 재워 주시요."

이렇게 온순한 목소리로 말을 했다. 그러니께 처녀덜은 그제서야 안심하고 들어오라 하고 저녁밥을 채려다 주었다. 총각은 저녁밥을 먹고 나서는 이 산 밖에 사람이 많이 살고 있는 세상이 있다고 말하고 세상 이야기를 여러 가지로 들려 주었더니 처녀덜은 재미있게 듣고 밤 늦도록 이런 말 저런 말을 했다. 그러다가 밤이 짚어가니께 졸음이 와서 자게 됐는데 이 총각은 딴 방으로 들어가서 자기로 했다.

총각은 혼자서 드러누워서 잘라고 하는데 잠이 오지 않고 이 집 처자 세 사람이 눈앞에 아른거렸다. 총각은 무신 생각이 들었는지 옷을 빨가벗고 이불 우에 벌떡 두러누어 백지로 쪼그만한 꼬깔을 접어 자기 좆 우에 씨웠다.

이 집 큰 처자는 한숨 자고 눈을 떠 보니게 총각으 방에 불이 환히 키여 있어서 저 총각은 여태것 자지 않고 멋 하고 있는고 하고 가만히 문 틈으로 들여다봤다. 들여다보니게 총각으 사탕구 사이에는 으짠 조그만한 사람이 끄덕끄덕하고 있었다. 총각 혼자 온 줄 알았는데 사람이 또 한 사람 있어서 이상해서 방문을 열고 총각한티 가서, "손님 혼자 오신 줄 알았는디 인제 보니 두 분이 오셨구만요. 그런디 우찌서 주무시지도 않고 이렇게 계십니까?" 이렇게 물었다. 그러니께 총각은 천연덕스럽게, "예 둘이 왔지요. 그런데 이 쬐고만 양반이 저녁을 못 자시어서 대노해가지고 주무시지 안해서 나도 자연 잠을 자지 못하고 있십니다" 이렇게 말하니게 처녀는 "그래요. 그럼 지금이라도 진지를 드리야지요. 나는 그 사람을 통 못 봐서 그 사람 밥 대접을 못했십니다. 이제 나가서 진지를 채려 오겄십니다" 하고 밖으로 나갈라고 했다. 총각은, "이 양반은 밥은 못 자십니다. 밥을 자시면 체해서 괴로워합니다." "그럼 죽을 잡숫게 죽을 쑤어 오지요." "이 양반은 죽도 못 자십니다. 이 양반은 성미가 괴팍해서 처녀 오즘밖에 먹지 않습니다." "그래요. 우리가 싸 논 요강으 오즘을 가져오지요." "요강에 싸 논 오즘은 차서 못 먹어요." "그럼 이 자리서 싸 줄 티니 멕이시요." "이 양반은 성미가 참 이상해서 넘이 주는 것을 좋와하지 안해요. 제가 직접 가져다 먹넌 것을 좋와해요. 그래서 오즘 먹는 것도 넘이 갖다주는 것은 안 먹고 지가 직접 처녀 오짐 구멍에 들어가서 지가 먹고 싶을 만큼 실컨 먹어야 해요. 이 양반이 이렇게 까다롭고 괴팍해서 나는 이 양반을 데리고 다니기가 힘듭니다. 이 양반 아니면 여기까지 찾어오지도 안했겠지만 이 양반 땜에 왔지요." 처녀는 이 총각 말얼 듣고, "내 집에 오신 손님을 굶겨서야 씨겠소. 어서 그 양반 진지 자시게 합시다" 이러면서 옷을 벗고 오줌 구멍을 내밀었다. 총각놈은 그 성미 괴팍한 쬐고만헌 양반을 처녀 오줌 나오는 구멍으로 딜이보내서 오줌을 실컨 먹게 했다.

처녀는 그 쪼그만한 양반이 오줌 구멍으로 들어오니께 이상해지고 오짐을 멕이고 있으니께 여태까지 경험해 보지 못한 좋은 기분이 일어났다. 쬐그만한 양반이 오줌을 먹고 나오니께 처녀는 더 멕이자고 했다. 총각놈은 한꺼번에 많이 멕이면 해롭다고 하면서 내일 또 멕이자고 했다. 처녀는 그런가 하고 저그 동생들이 자고 있는 디로 와서, "야 덜아, 우리집에 손님이 하나만 온 줄 알었더니 두 분이 오셨더라. 한 분은 저녁을 못 먹어서 자지도 안해서 다른 한 분도 못 자고 있더라. 그런데 또 한 분은 밥은 못 먹고 오짐만 먹고 사는 분인디 그 오짐도 다른 사람이 주는 것은 안 먹고 여자 오짐 누는 구멍에 들어가서 직접 지가 먹는디 내 오짐 구멍에 들어가서 오짐을 먹는데 나는 참 좋은 기분이 나더라. 너그덜도 가서 한 번 멕여 보아라"고 하면서 동생덜보고 오짐 멕여 보라고 권했다. 동생덜은 언니 말을 듣고 총각이 자는 방으로 들어와서 오짐을 멕이라고 했다. 오짐을 멕이고 있으니께 형이 말한 대로 이상하고도 기분이 좋와서 어쩔 줄얼 몰랐다.

다음날 날이 밝아서 총각놈은 떠나가겄다고 하니께 세 처녀는 꽉 붙들어잡고 여기서 같이 살자고 했다고 한다.

＊1927년 2월 淸州郡 梧倉面 倉里 郭奭鉉

六甲 | 예전에 한 사람이 서울 양반집이서 청지기를 사는데 그 집에 양반덜이 많이 찾어와서 여러 가지 말덜을 하는데 약 쓰는 이야기도 하고 육갑 하는 이야기도 하고 해서 여러 해 동안 이런 말을 듣고 보니 자기도 약 쓰는 법이랑 육갑 하는 일을 에지간치 알게 됐다. 이만하면 시골 내려가면 나는 약 씰 수도 있고 육갑도 잘 한

다고 소문나서 유명해질 것이다 하고 시골로 내려갔어요.

그래서 여기저기 방방곡곡을 돌아다니는디 어떤 산골에 가니까 개가 어느 골목에서 나와서 기울기울했어요. 이 사람은 이것을 보고 야아 여기서는 개가 다 己酉己酉 하고 육갑을 하고 있다고 깜작 놀랐다. 야아 이 산골에서는 개도 육갑을 할 줄 아는구나 하고 또 가다가 어떤 집이서 여자가 베를 짜고 있어서 가만 서서 들어보니 베짜는 소리가 丁丑生 丁丑生 하고 났다. 야아 여자가 베 짜면서도 육갑하면서 짠다고 감탄하고 있었다. 여자는 베를 짜다가 베틀에서 내려와서 청동요강에다 오즘을 누었어요. 오즘 누는 소리를 들어 보니게 처음에는 갑주르르르 하더니 乙亥乙亥乙亥乙亥 하더니 끝판에 가서 子丑 한단 말이요.

하 이거 야단났다. 아 이거 이 산골서는 오줌 누는 디도 육갑을 하면서 오줌을 눈다고 감탄했다. 그러고 여기서는 육갑을 할 줄 안다고 뽐내지도 행세할 수 없다 하고 거기서 떠나서 정상도[1] 榮州 지방에를 갔다. 갔더니 나무꾼이 산에 올라가서 나무를 해각고 내려오다가 지게를 턱 벗어 놓고 쉬면서 귀야 귀야 귀야 하고 아조 숨이 넘어가듯이 소리를 지르고 있어서 귀가 아파서 저러는가 부다 하고 귀를 고쳐 주겠다고 그리 쫓아 올라갔더니 이 나무꾼은 지리 지리 지리산 갈가마귀야 아으으 하고 노래를 불렀다.

이 사람은 이런 일 저런 일을 당해 보고 육갑 안다고 자랑할 수도 없고 병 고칠 수 있다고 뽐내지도 못했다고 한다.

*1974년 10월 14일 報恩郡 水汗面 畝西里 成演基 (68세, 男)

1) 경상도

36바퀴 기다 | 옛날에 한 사람이 있는디 집이 매우 간구한디 아들을 많이 나 놓고 단간방에

서 지냈다. 그런디 내외간에 재미를 볼래도 이 아이덜놈 때문에 통 재미를 볼 수 없었단 말이여. 재미 좀 볼라면 이놈덜이 잠을 깨각고 법석거리기 때문에 당할 수가 있이야지. 그래 하루는 이 내외가 약속을 했어. "내가 마실 가서 한참 놀다가 이넘덜이 잠이 집숙히 잘 적에 올 텅게 자네는 내가 돌아오는 기색이 있거던 베룽박 쪽에 붙어서 나한티로 오게" 이렇게 약속을 해놨지.

그래 마실 가서 한참 놀다가 아들놈덜이 다 자고 있일 찜 해서 돌아왔어. 예펜네가 서방이 돌아온 기색이 나니께 베룽박에 딱 붙어서 살살 기어갔지. 사내는 마누래한티 간다고 역시 베룽박에 딱 붙어서 살살 기어갔지. 기어간다는 것이 둘이 다 같은 방향으로 기여가니 만날 수가 있어야지. 그래 차꾸 기여서 방안을 도는디 돌다가 막내놈 손구락을 꽉 밟었단 말이여. 밟으니께 이넘이 잠을 깨각고 "아구, 내 손꾸락 깨지네" 하고 소리를 질렀어. 그렁께 한 놈이, "둘이 만날라면 하나는 이리 가고 또 하나는 저리 기여야 만나지. 둘 다 같은 방향으로 기니 어디 만날 수 있어" 하는디 또 한 놈이 있다가, "야 이놈아, 니가 소리만 안 질렀더라면 날샐 때까지 기었이면 2백 바꾸 기었일 턴디 니가 소리지르는 바람에 제우 설흔여섯 바꾸만 기고 말었다" 이러드래.

* 1974년 10월 14일 永同郡 永同邑 榮山洞 成其煥 (60세, 男)

忠清南道 篇

충청남도 군별 설화채록수 표시도 [忠淸南道 郡別 說話採錄數 表示図]

唐津郡 당진군	溫陽市 온양시	牙山郡 아산군	天安市 천안시
天原郡 천원군	瑞山郡 서산군	禮山郡 예산군	洪城郡 홍성군
公州市 공주시	公州郡 공주군	燕岐郡 연기군	靑陽郡 청양군
大德郡 대덕군	大川市 대천시	保寧郡 보령군	扶餘郡 부여군
大田市 대전시	論山郡 논산군	舒川郡 서천군	錦山郡 금산군

忠淸南道/ 차례

唐津 | 唐津郡은 원래는 夫只라구 했다구 한다. 그때는 당진 군은 面이 싯[1]밖에 안되는 작은 골이었다구 한다.

中國으 唐나라 때 唐나라는 우리나라 百濟나라를 칠라구 군대를 많이 보냈는데 그때 唐나라 군사는 우리 唐津郡內으 태창이라는 포구에 올라왔다구 하는디 그래서 夫只가 唐津이라구 부르게 되구 面두 八個面으로 넓혀서 그전보다 훨씬 큰 골이 됐다구 한다.

* 1941년 4월 唐津郡 高大面 城山里 朴太義

1) 셋

安眠島 | 安眠島는 오늘날은 슴[1]으로 되어 있지마는 옛날 에는 슴이 아니고 泰安半島와 이여즈 있었다고 합 니다.

壬辰倭亂 때 倭兵이 우리나라에 츠들으와스[2] 四方을 점령했는디 그때 왜놈들은 우리나라으 山川地理를 살펴보고 우리나라는 名山大川이 여그즈그 깔려 있고 그 名山大川에스 精氣가 흘르스 人材가 많이 나고 있는 굿을 봤습니다. 그래스 인재가 나오지 못하게 名山으 精氣를 끊는 짓을 많이 했습니다. 그 중에 安眠島으 지형을 보니게 용이 물을 믁는 形相이고 또 瑞氣가 뻗츠 있으스 이곳은 인재가 많이 날 곳이라고 판단하고 인재가 나오지 못하게 안면도으 정기를 끊기 위하여 泰安半島와 떨어지게 해스 슴을 만들었다고 합니다. 안면도와 태안반도 사이를 끊을 때 땅에스는 피가 많이 나와스 그 부근으 바닷물은 왼통 뻘겋게 됐다고 합니다.

안면도가 슴이 되기 즌에 태안반도 사이에는 사람이 다니든 길이 있 있는디 그 길은 지금은 바다 밑바닥에 있게 됐는디 날이 청명하고 바 닷물이 맑은 때에는 들여다보면 그 길이 뵈인다고 합니다.

* 1962년 7월 瑞山郡 安眠面 黃島里 李元配 (24세, 男)

1) 섬   2) 쳐들어와서

寶文山 | 옛날에는 大田이 바다로 되어 있읔대요. 그때 두 장수가 그 바다를 가운데다 두고 쌈을 했는디 아무리 쌈을 오래 해도 勝負가 나지 않읔대요.

그런디 한 분은 보니께 즈쪽 장수가 매가 돼스 날러 이쪽으로 치로 오그든요. 그리스 이쪽 장수가 장대를 만들으스 그그다 피를 묻흐스 바다 한가운데다가 세워 놌어요. 그랬더니 저쪽 장수가 매가 돼각고 날으오다가 느므 믄 데를 날으오느라고 피곤해스 그 장대에 쉬으 갈라고 그 장대에 앉게 됐대요. 그랬드니 그 매는 그냥 굳어즈스 바위가 되고 바닷물은 다 말라 브릈대요. 지금 大田이 있는 듸는 바닷물이 말르스 된 곳이고 寶文山이란 산은 매가 되여서 날으오다가 굳으진 장수가 된 산이래요.

＊1973년 9월 27일 大田市 大寺洞 孫仙姬 (19세, 女)

寶文山 | 寶文山은 大田市 大寺洞에 있는 山인데유, 그즌에는 이런 山이 읎읐대유.

옛날에 어느 임금님이 신하를 데리고 들로 산으로 다니다가 어뜬 논길을 지나는디 개구리가 무슨 이상한 즙시를 물고 있으스 그 즙시를 가즈오게 했대유. 그리고 그 즙시를 살펴보다가 쌀을 한 알 그 즙시에다 뜰으트렸대유. 그랬드니 즙시 안에 금방에 쌀이 수북히 차드래유. 임금님이 이글 보고 이상해서 신하에게 이긋즈것 늫으 보라고 했대유. 그랬드니 뭣이든지 그 즙시 안에 들으가면 그긋이 수북히 차드래유. 그래서 나중에는 즙시 안에다 흑[1]을 늫으 봤대유. 그랬드니 흑이 산더미같이 쌓여스 산을 이루었대유. 그 산이 바로 寶文山이 됐는디 애초에는 보물이 묻혀 있다고 해서 寶物山이라고 했는디 차차 전해 오는 동안에 말이 벤해스 지금과 같이 寶文山이라고 부르게 됐대유.

지금도 그 山을 파면 아마 어느 곳엔가 그 즙시가 나올 거라고 사람들은 말하고 있어유.

＊1973년 9월 27일 大田市 염경애 (19세, 女)

1) 흙

食藏山 | 우리 동네 동남쪽에 食藏山이라는 높은 산이 있습니다. 이 산을 食藏山이라고 부르는디 그에 대해서는 이른 즌슬[1]이 즌해 내려오고 있십니다.

옛날에 이 산 밑에 즒은 내외가 살고 있읐는디 부모에게 효성이 대단했습니다. 집이 가난해도 늙은 으므니[2]에게는 고기 반찬이며 흰 쌀밥이며를 끊치지 않고 늘 자시게 했습니다.

이 내외에게는 한 스느느듯 살 된 으린 아들이 있읐습니다. 이 으린 아이가 할므니 진지상 므리에 앉이면 할므니는 이 으린 손주를 먹이느라고 고기며 쌀밥이며를 뜨믹였습니다. 그래서 늙은 으므니는 고기며 쌀밥이며를 충분히 자시지 못했습니다. 즒은 내외는 이긋을 보고 즈 애만 읎이면 으므니가 충분히 자시겠지, 이릏게 생각하고 하루는 두 내외가 스로 이논하고 즈 애를 읎애고 으므니를 잘 봉양하기로 했습니다.

그래서 이 아이를 읍고 앞산에 올라가스 이 으린 아들을 묻을라고 땅을 팠습니다. 팠드니 땅 속에스 식기가 하나 나왔습니다. 그 식기 안에 들으 있는 흑을 쏟아버리니게 또 흑이 하나 가득 있었습니다. 쏟아브리면 또 흑이 하나 가득 찼습니다. 이긋은 예사 그륵이 아니다 하고 이 그륵을 집이로 가지고 와스 쌀을 늤다가 붓이니게 또 쌀이 하나 가득 차 있읐습니다. 쏟으면 또 하나 가득 차고 쏟으면 또 하나 가득 차고 했습니다. 이 식기는 아마도 하느님이 부모를 잘 모시라고 주신 그륫이구나 하고 그후부터는 으므니를 더 잘 모셨습니다. 그르다가 으므니가 나이도 많으지고 해서 세상을 뜨났습니다.

으므니가 세상을 뜨나고 나시니게 이 두 내외는 말했어유. 이 식기는 으므님을 잘 모시라고 하느님이 주신 긋이니게 으므님이 안 계시게 되였이니 소용 읎게 되였다, 하고스 이 식기를 도루 그 자리에다 묻어야겠다 하고 그 식기를 즌에 파냈든 자리에다 묻었습니다. 그래서 이 산에 식기를 묻었다고 해서 食藏山이라고 부르게 됐다고 합니다.

＊1962년 6월 26일 大田市 三省洞 洪文子

1) 傳說　　2) 어머니

鷄龍山과 排芳山과 설화산 | 鷄龍山과 설화산과

排芳山은 원래 형제간이었다. 天地開闢 때 이 삼형제 산은 즌에 있든 자리서 떠나서 새 자리를 잡을라고 뜨나왔는디 오다가 鷄龍山은 공주에 와서 슸고 설화산은 온양에 와서 슸고 排芳山은 공술에 와서 슸다고 헌다. 그른디 그 뒤에 排芳山과 설화산은 자리를 바꾸으 앉게 되읐는디 비가 오믄 이 두 山은 스로 츠다봄서 운다고 한다.

排芳山에는 藥水가 있는디 이 약수는 영검한 약수라고 한다. 그른디 이 약수는 삼일기도를 디리고 믁으야 藥水가 소염[1]이 난다고 한다.

공술에 사는 으뜬 사람 하나가 오십이 되두록 아들을 못 나스 심애[2]로 지내다가 이 약수트에 와서 백일기도를 디리고 약수물을 믁읐드니 아들 형제를 두게 되었다고 한다.

이 약수를 믁을라면 비린 긋 누린 긋을 안 믁고 믁으야 소음이 난다고 한다. 만일에 괴기나 물괴기 같은 비린 긋 누린 긋을 믁고 이 약수 있는 디 가면 약수가 나오는 바우 밑이스 가재가 나와서 문다고 한다.

＊1927년 2월 牙山郡 溫陽面 辛順福

1) 효험　　2) 근심, 슬픔

玉女峰 | 瑞山邑에 북쪽으로 가로막고 있는 봉우리가 玉女峰이라고 한다. 이 봉우리는 그리 큰 봉우리는 아

니지만 이 산봉우리에는 아조 좋은 明堂이 있다고 한다. 그른데 이 명당자리다가 밋[1]을 씨면 밋 씬 사람은 영화를 누리게 되지마는 서산읍에스는 많은 아이들이 죽고 가뭄이 들어스 흉년이 들고 또 이름 모를 병이 돌아스 많은 사람이 죽는다고 한다. 그래스 서산읍 사람들은 여

그다 밋은 씨지 못하게 스로 살핀다. 혹시 심한 가뭄이 든다든가 병이
돌아 사람이 많이 죽게 되면 누가 옥녀봉에다 밋을 쓰나부다 하고 모
두 나스스 밋을 찾으내서 송장을 파낸다. 이렇게 해스 송장을 파내면
병도 읆으지고 비도 오고 풍년이 된다고 한다.

＊1958년 4월 瑞山郡 瑞山邑 老人堂 韓 老人

1) 墓

浮山 | 옛날에 백제나라가 서울을 공주 땅에스 부여로 옮겼는
디 서울을 옮긴 지 을매 안돼스 비가 마구 내려스 한 달
동안 계속해스 왔다. 그 비가 보통 비가 아니고 아주 악수로[1] 쏟아즈
스 그만 온 천지가 물바다가 되고 산이 무느지고 논밭이 뜨내레가고
해스 세상은 온통 야단법슥이였다. 그때에 청주에 있든 산 하나가 밤
사이에 부여꺼지 뜨내려왔다. 아침에 한 여자가 밥 지을라고 밖으로
나왔다가 산이 뜨내려오는 굿을 보고 "아이고므니, 산이 다 뜨내레오
네" 하고 소리 질렀다. 그랬드니 뜨내레오든 산이 그만 그 자리에 들컥
주즈앉고 말았다.

　이 산은 비가 와서 그 근방이 물이 불어 물바다같이 되면 물 속에 뜨
있는 굿같이 된다. 그리서 이 산을 浮山이라고 한다.

　이 浮山이 조금만 더 아래쪽으로 내리가서 앉었드라면 百濟으 國運
이 더 오래 갔을 턴디 지금 데에스 주즈앉게 돼스 義慈王으로스 百濟
國은 마감되였다고 한다.

　이 浮山이 원래 청주에 있었든 산이였는데 청주에스는 하룻밤 사이
에 이 산이 읆으즈스 이 산이 어데로 갔는가 하고 사방으로 찾으다녔
다. 그래서 이 산이 부여에 와서 있는 굿을 보고 청주 원은 지금 부여
에 와 있지마는 그 산은 원래는 청주에 있었든 산이기 때문에 청주으
산이니까 부여는 산세를 내야 한다 하고 매년 산세를 받어갔다.

　이 浮山에는 신슨[2]이 살고 있으 바둑을 두는 소리가 그 근츠 동네에
까지 들린다고 한다. 이 산에는 기기묘묘한 바우와 꾸불꾸불한 老松도

많고 여러 가지 꽃도 많이 피여서 구경꾼이 많이 모여든다.
*1942년 9월 扶餘郡 恩山面 琴谷里 兪鎭汐
1) 억수로, 暴雨로   2) 神仙

白華山 │

泰安半島에는 白華山이라는 산이 있습니다. 이 산은 바우로만 된 산인데 높이는 꽤 높은 산입니다.

이 산은 옛날에 서울 三角山이 되고 싶어스 즈으 멀리 남쪽에스 둥둥 뜨스 서울로 가고 있있는디 여기 泰安半島에 왔을 때 으뜬 애기를 밴 여자가 이긋을 보고 "어마 산이 뜨내려가고 있네" 하고 큰 소리를 질르스 이 산은 드 가지 못하고 그 자리에 멈추고 말았다고 합니다. 이 산이 즉 白華山입니다.

이 산에 묘를 씨면 泰安에 큰 禍가 생긴다고 해서 묘 쓰는 긋을 음금하고 있습니다. 그래서 白華山에는 묘가 하나도 읎습니다.
*1962년 8월 瑞山郡 泰安面 東門里 劉弘武

牙山灣 │

牙山灣은 이즌에 '여들메'라고 했십니다. 여들메라고 하는 긋은 여들 골이 무느즜대서 여들멥니다. 당시 그르한 즌슬이 그 지방에 뜨돌아다니고 있있십니다. 그 동네에 한 노인이 늘 그긋을 극증하고 있는디 그곳 으느 주막 뒤에 영웅바우라는 바우가 있는데 그 바우에스 피가 나올 때는 이 땅이 무느진다구 빠진다구 해서 그 노인은 날마닥 그 바우를 가보고 날마닥 그그로 일과로 삼고 있었십니다.

하루는 그 동네 사람들이 가이를 잡으믁구 그 노인을 놀려 줄라구 그 피를 바우다 뿌렸십니다.

한 번은 그 노인이 보니께 바우서 피가 나오니께 노인은 집이로 을른 돌아가서 집안 식구를 데리고슬랑은 피란을 해서 즈으 唐津 쪽으로 나왔십니다. 그래서 다행히 그 집은 물에 빠지는 禍를 멘했다고 합니다.

*1973년 8월 27일 瑞山郡 聖淵面 坪里 韓基升 (70세, 男)

용천 黃龍과 활
잘 쏘는 朴한량 |

瑞山郡 대산面 독곡里라는 곳에 용천이라고 하는 못이 있다. 이 못에 대해스 다음과 같은 즌슬이 즌해지고 있다.

옛날에 이 용천못 가까이 朴한량이라고 하는 활 잘 쏘는 사람이 살고 있었다. 이 사람은 힘도 세고 담력도 큰 사람이였다고 한다.

하루는 자고 있는디 꿈에 으뜬 즘잖은 슨비가 와스, "나는 이 느머 용천에 살고 있는 황룡이유. 수일 즌부투 심술궂인 충룡이 와스 내가 살고 있는 용천을 뺏을라고 해스 나는 안 뺏기겠다고 그놈과 날마다 싸우는디, 나는 늙으스 힘이 읇고 즈놈은 즒으스 힘이 세스 나는 즈놈한티 즈스 용천을 뺏길 굿 같으니 당신이 좀 도와 주시유. 청룡은 심술궂인 놈이 돼뇌스 내 용천을 뺏으 살게 되면 이 앞바다에 많이 모여스 사는 조기떼들이 견디여 내지 못하고 모두다 延坪 바다 쪽으로 갈 굿이유. 그릏게 되면 이곳으 사람들은 살기가 곤란하게 될그유. 그르니 당신은 꼭 나를 도와 주으스 청룡이 살지 못하게 해 주으야 하겠소" 이릏게 말해스 朴한량은, "내가 으틓게 당신을 돕는단 말이유" 하니게, "당신은 활을 잘 쏘니게 니알[1] 午時에 용천에 나와스 보면 우리가 싸우는 굿을 보게 될 턴데 그때 황룡이 몸을 내밀면 황룡에다 대고 활을 쏘시유. 당신이 활을 잘 쏘지마는 그 화살이 우리가 싸우고 있는 데까지 날아오자면 시간이 글리유. 내가 뒤로 물르나게 되면 청룡이 그 자리에 나타나게 되는데 그때에 화살은 靑龍에게 맞게 되오. 그르니 꼭 그릏게 활을 쏘아 주시유" 이릏게 말해스 朴한량은 그릏게 하겠다고 약속했다.

朴한량은 잠을 깨 보니 꿈이여스 꿈이라 해도 이상해스 다음날 午時에 용천으로 가 봤다. 과연 황룡, 청룡이 싸우고 있었다. 용천에스는 벼락치는 소리같이 요란한 소리가 나고 용천으 물은 뒤끓으스 하늘끝까지 솟구츠 올라가는 굿 같고 용 두 마리가 스루 엉키여 뒤재비를 하고 있었다. 기운도 세고 담력도 있으 웬만한 일에는 눈습 하나 까닥 안하는 朴한량이지만 무습고 급이 나스 감히 활을 쏠 용기가 나지 안해스 활을 쏘지 못하고 바라보고만 있었다. 한참 싸우다가 午時가 한참 지나고 나니게 싸움은 믐췄는지 용은 읎으지고 용천은 고요해지고 아무 일도 읎었는 듯이 잔잔해줬다.

그날밤 朴한량으 꿈에 황룡이 또 나타나스 워째스 활을 쏘지 안했느냐고 픅 원망스럽게 말했다. 朴한량은 싸우는 광경이 하도 무스워스 감히 활을 쏘지 못했다고 말하니게 무스워하지 말고 니얄은 꼭 쏘아달라고 신신당부하고 사라줬다.

다음날 朴한량은 午時에 용천으로 갔다. 으제츠름 요란한 소리가 나고 물은 뒤끓고 용들이 뒤재비하며 싸워스 황룡이다 대고 활을 쏘아야 청룡에 가스 맞는다고 했지만 황룡에 대고 쏘면 황룡이 맞으죽을 것 같으스 청룡에다 대고 활을 쏘았다. 그른디 화살이 날아가는 동안에 청룡은 뒤로 물르가고 황룡이 앞으로 나와스 화살은 황룡에게 맞으스 그만 황룡은 죽고 말았다.

이릏게 해스 용천은 청룡이 채지해스 살게 됐는데 이 몹쓸 청룡 때문에 그 앞으 바다에 몰려 살든 조기떼는 살 수 읎게 되여 모두다 延坪 바다 쪽으로 가 브릀다. 그래스 여기스는 조기가 잡히지 않게 되여 그 고장 사람들은 살기가 으렵게 됐다고 한다.

비가 안 와스 가뭄이 들면 원님이 용천에스 기우제를 지내면 비가 온다고 한다.

＊1962년 7월 瑞山郡 지곡면 화천리 李殷佑

1) 내일

곰나루 | 옛날에 워뜬 사람이 산에 나무하러 갔드래유. 나무를 하르 갔는디 곰이 — 큰 암콤이 하나 나타나가주

고서 그 사람을 읍고 굴 속으로 들어갔드래유. 굴 속으로 들으가가주
고는 아침즈늑으로 믁을 긋을 구해다 주드래유, 나가가주고. 근디 나
갈 즉에는 그 사람이 내뺄까 무스워서 큰 독을 갖다 문을 막으 놓고 다
니그든. 그래스 멫 해를 지냈든지 그기서 같이 지내면스 그릏게 믁을
긋도 풍부히 존 글로 갖다주고 허니께 잘 믁고 지내는 그시키로다가,
그 암콤이 사람같이 볼름 자빠즈스 자고 으짜고 하니께 그기스 아마
해스 그기스 새끼를 두 마리를 났드래유. 츰음에 한 마리를 또 한 마리
를 낳고 그릏게 그륵즈륵 멫 해가 되읐그든유.

　근데 그 곰은 인젠 안심을 하고 그 사람 믁을 글 구하로 나가는 판
에, "에이 인자 안심이지. 자식도 있고 그르니게 그그 워두루 가단 안
할 테지" 하구스 독문을 그냥 열으놓고 갔드래유. 그래 독문을 열으놓
고 간 뒤에 가만히 그 사램이 생각하니게 암만해도 워틓게 내빼야긌
그든. 그래 일변 독문을 열으놓고 간 뒤에 사뭇 내빼스 고 아래 — 그
즌에도 시방도 곰나루[1]라고 하지만 — 나루가 있으스 그기를 불나게[2]
쫓아와가주고스 배를 타고 즙짝으로 근느갔그든유. 백사장께를 배를
내레가주고 가니게 곰이 그때 돌아왔단 말이유. 둘어와서 보니께 아
그 사람이 볼세[3] 강 근느스 가그든. 가니께 소리를 듣고[4] 질르도 본
치 않고 가고 그르니께 나중에는 자식 큰놈을 집으내가주고스는 들구
스는 늬 안 오믄은 이그[5] 쥑인다고 해도 본 치도 않고스 그냥 가니께
그놈 집으늫고 또 들으가주고스 즉은놈 또 붙잡으가주고스 또 물이다
집으늫고 그르니께 둘 죽은 뒤에 즈도 그기 빠즈 죽읐드래유.

　죽은 뒤에 아 인제 그기 그즌에는 그 무웃인가 신고서 그리 댕기는
디 그 뒤에 江에 배가 댕길라믄 그그스 복슨[6]을 해유. 다른 배는 괜찮
애도 시방으로 말하면 국곤가[7] 그 곡식을 실고스 워데로 운반한다든
가 서울로 가즈갈라고 하는 배가 그그를[8] 지낼 직은 그놈이 복슨하고,
복슨하고, 아 그래스루는 므 그그 한 해 두 해가 아니구스는 자꼬 그릏
게 되니께 곰이 그렇게 죽읐다는 그 뒤에부터 그러니께스르는 아마 그
그다 사당을 지읐든 모양이지. 그래가주고 여그 관찰사 있일 즉으 관
찰사가 초하루 보름으로 댕기구 인제 그글 위하구 그란 뒤부틈은 복슨

이 안 되드래요. 그래 그 여그 관찰사 오는 대로다 초하루 보름으로 댕기고 부임하면 일변 그그 믄즈 가고 그래스루는 그기다가 곰 사당 집을 짓고 그기 사당지기도 두고 그리가주고스는 왜증9) 때 되니께 다 읎으지고 그 집도 헐으 뻐리고 지금은 읎으즜으유.

＊1973년 9월 26일 公州邑 中洞 李致雨 (75세, 男)

1) 고마나루라고도 함　　2) 부리나케, 빨리　　3) 벌써　　4) 자주, 연속해서　　5) 이것을　　6) 覆船, 배가 뒤집힘　　7) 國穀, 나라에 稅로 들어가는 穀物　8) 거기를　　9) 倭政

오가리살 │ 옛날에 한 총각이 있읐는디 30이 늠도록 장개도 못 갔이유. 하루는 장에 갔다가 밤 늦게사

집이로 돌아오는디 고개를 늠게 되는디 그 고개에 스낭당 당집이 있는디 그 당집 안에 사람이 여남이 앉으스 므라고 므라고 공논을 하고 있으스 이 총각이 지내가다가 지침을 크게 에헴, 에헴 하고 했이유. 그랬드니 당 안에 있든 사람들이 온데간데 읎이 읎으지드래유. 그래스 이 총각은 그 스낭당 집에 모여 있든 사람이 사람이 아니고 도깨비겠구나 하는 생각이 들읐이유. 그래 그 당집 안에 들으가 보니께 이만한 표조가리1)가 하나 있읐이유. 그굿을 집으가주고 집이로 왔는디 도깨비 물근은 집안에 두으스는 안 된다는 말을 들은 일이 생각나스 이굿을 닭장 안에다 늫으 두었이유.

　그른 뒤 메칠 뒤에 밤중에 누가 와스 오세원2) 오세원 하고 불르유. 이 사람 승이 뭇가였이유. 그래 밖을 나가 보니께 "아아 오세원, 아무 그씨 아닙니까?" "그래유" 그릏다고 하니께 "일즌에 아무 데 고개 당집에 이른 표조가리를 놔두고 온 굿이 있읐는디 당신이 줏으가지고 온 일이 있소?" 하고 묻는단 말이유. 그래서 "아아, 내가 그른 그 줏으 가지고 왔소" 이릏게 말하니게 그 사람은 "그글 찾이르 왔소." "그게 뭐이게 찾이르 왔소?" 하니까 "그그는 우리에게는 대단한 보물이유. 그그 읎이는 우리는 아무굿도 못 해유. 그그를 돌려주면 당신이 평생 믁고 살 긋으로 보답하겠소" 이릏게 말을 해유.

그래스 이 사람은 닭장에스 그 표주가리를 끄내주었으유. 그 사람은 그 표주가리를 받으가지고 가면스 아무 날 들릴 티니 그리 아시유, 하고 가드래유. 그래 갔는디 온다고 하든 날 밤에 바깥에스 뭇이 꿍꿍하고 뭇을 갖다 부려놓는 소리가 났으유. 나가 보니게 나락슴이 자꾸 늠으와스 마당에 가득히 쌓이드래유. 그래스 이 사람은 묵고 살기가 극증읆게 됐대유. 그른데 메칠 후에 그 사람이 ― 이 사람이란 게 도깨비유 ― 그 도깨비가 밤에 찾으와스 "당신은 양식은 되여 있지만 돈이 읆이니 돈도 있으야 할 그 아니유. 아무 날까지만 지달르 보시유" 이라고스 가드래유. 그르드니 그 날이 되니게 또 밤중에 층[3]에 뭇이 쾅 하면스 벼락치는 소리가 나드래유. 나가 보니게 층에 그만 돈이, 옛날에는 엽즌 아닙니까, 그 엽즌이 한 뭉테기 놓여 있으래유. 이래스 이 사람은 돈도 많이 생겼는디 한 사날 지내니게 그 사람이 와스 "당신은 양식도 있고 돈도 있지만 30이 늠도록 장개도 못 가고 있이니 장개가야 하지 않겠소. 내가 장개가게 해 줄 티니 모레 즈녁에는 미음이나 쑤으 놓고 지다리시유" 하고슨 가 쁘리드래유.

이틀밤을 자고 나스 미음을 쑤으 놓고 지달코 있었드니 또 쿵 하는 소리가 나스 나가 보니게 웬 츠녀가 층에 쓰러즈스 기진맥진하고 있드래유. 방으로 끌고 들으가스 왼몸을 주물르 주고 드운 물을 믹이구 했드니 숨을 돌리고 해스 미음을 뜨믹있드니 기운을 채리고 일으나드래유. 그래스 이 사람은 츠녀보고 으디스 사는 누군데 여기를 왔느냐고 물었드니 츠녀는 "즈는 全羅道 아무 데 사는디 밤에 오즘누로 밖에 나와스 오즘을 누고 있는데 뭣이 홱 하고 읍었는디 그 뒤로는 으찌 됐는지 모르갔다" 하면스 여기가 으디냐고 하드래유. 여기는 충청도인데 충청도스 전라도 갈라면 멀지 않으유. 그래스 갈 수도 읆으스 이 츠녀는 그 총각하고 내우가 돼스 살게 됐이유.

이래스 이 사람은 양식 있긋다 돈 있긋다 마누래까지 있이니 아조 아무 극증 읆이 지내는디 한 븐은 또 도깨비가 오드니, "오세완, 당신은 인제 양식 있다 돈 있다 마누래 있다 하지만 반찬이 읆으스 괴로울티니 즈

강에 여울을 맹글으스 고기를 많이 잡게 해 주겠소. 그리 아시유" 하고 가드니 메칠 후에 도깨비가 도깨비를 수읎이 많이 데리고 와스 강 — 그 강은 금강인디 그 강에다 독뎅이를 싸스 여울을 만들고 또 옆이다가 못을 파가주고 여울에 올라온 고기를 못 안에 들으가게 해 놨으유.

이렇게 되니 이 사람은 도깨비 때믄에 양식도 생기고 돈도 생기고 마누래도 생기고 또 반찬까지도 극중 읎이 되니까 도깨비가 고마워스 기냥 있을 수 읎다 하고 도깨비는 묵을 좋와한단 말을 들읐기 때문에 묵을 많이 쑤으가지고 묵을 한 상식 도깨비한티다 대즙했이유. 그른디 묵을 많이 쑤읐는디 그래도 모자랐든가 도깨비 하나가 묵을 못 믁읐이유. 그르니게 묵을 못 믁은 이 도깨비가 속이 상했든 모양이죠. "에에 내가 막은 데를 홀으 브리여야겠다" 하고 그기를 홀으 브렸대유.

그 뒤에 사람들이 그 홀으 브린 데를 큰 바웃돌로 막었는디도 큰 물만 나면 흐물으진대유. 도깨비들이 싼 데는 작은 돌로 쌓으도 흐물으지지 않고 끄뜩 읎대유. 도깨비들은 여울을 쌓는 데 암돌 숫돌을 잘 맞추으스 쌓기 때문에 그릏대유. 돌에도 암돌 숫돌이 있다는데 사람들은 그글 모르지유. 암돌 숫돌을 잘 짝을 맞추으 싸 노면 아무리 즉은 돌이라도 장마에도 큰 물에도 흐물으지지 않는대유.

그 도깨비들이 쌓은 살을 사람들은 오가리살이라고 불르고 있이유. 뭇哥집의 살이라는 뜻이지유. 지금 신탄진스 쪼금 내레가면 오가리살이란 데가 있는디 고기가 많이 잡혀유.

이 사람은 도깨비하고 많이 사귀면 해가 된다는 말을 들읐기 때문에 도깨비를 못 오게 하느라고 닥[4]을 여르 마리 잡아스 닥피를 집 안으 사방에다 뿌렸대유. 도깨비는 닥피를 질색이래유. 그래스 나중에 도깨비가 이 사람 집에 왔다가 이게 무신 냄새냐 하고 가드니 그 뒤에는 안 오드래유.

오가리살은 報恩郡에도 있고 沃川郡에도 있다고 하는디 자세히는 모르겠이유.

*1973년 10월 23일 大德郡 東面 梧河里 2區 金樂順 (48세, 女)

1) 바가지 조각 같은 것   2) 뭇生員   3) 대청   4) 닭

釣龍臺 |

부여으 扶蘇山 밑이로 흐르는 강안에는 釣龍臺라고 하는 큰 바우가 있습니다. 옛날 신라가 당나라 군사하고 연합해스 백제를 공략할 즉에 당나라 蘇定方이라는 장수가 이 바우에스 용을 낚었다고 해서 이 바우를 釣龍臺라고 부르게 됐다고 합니다.

신라가 백제를 치기 위하여 당나라에다 倭兵을 층했는디 당나라스는 蘇定方이를 대장으로 해스 많은 군사를 내보냈는디 소정방이 백제를 칠려고 강을 근느려고 하니게 용이 나타나스 비바람을 일으켜스 강을 근느는 굿을 방해했답니다. 그래서 蘇定方은 龍을 잡으스 읎애기 위하스 龍을 낚을라고 이 바우에다 白馬를 놓고 龍을 낚는 미끼로 삼었답니다. 그랬드니 龍은 이 백마 미끼에 걸려스 낚으즈서 소정방이가 용을 끌으올리는디 용은 브둥그리느라고 이 바우를 발톱으로 할퀴면서 끌으올렸답니다. 그래스 이 바우에는 용으 발톱으로 긁힌 자국이 남으 있습니다. 소정방은 이렇게 해서 龍을 낚었다고 해스 이 바우를 釣龍臺라고 부르게 됐다고 합니다.

이 바우가 있는 강으 이름을 白馬江이라고 하는디 용을 낚을 때 白馬를 씄다고 해서 그렇게 부르게 됐다고 합니다.

*1973년 9월 27일 公州邑 山城洞 金基星 (56세, 男)

自溫臺 |

白馬江 기슭에 自溫臺라고 하는 큰 바우가 있습니다. 이 바우는 우에가 사람이 열 사람 중도 앉으 놀 수가 있을 만한 바우입니다. 이 바우는 水上으로 25m가 될 만큼 높이 솟아 올라 있습니다. 이 바우에 대해스 三國遺事에는 百濟王이 마주편 멀리 있는 興王寺 절으 부체에 대해스 禮佛할 즉에 이 바우는 제즐로 따듯해즈스 왕이 禮佛하게 편하게 했다고 기록되여 있습니다. 그른디 이 지방 사람들은 다르게 즌하고 있습니다.

百濟王 가운데 어뜬 王, 義慈王이라고도 합니다마는 그 왕이 낚시질 하기를 좋와해스 늘 낚시질하르 이 바우에 올라와서 낚시질하는디

왕이 낚시질하르 나오기 즌에 조증으 奸臣들이 미리 이 바우에다 불을 펴스 따듯하게 해 놓고 왕이 와서 앉어 보고 으째스 이 바우가 따듯하냐고 물으면 간신들은 임금님으 德이 하늘에까지 미츠스 하늘이 이릏게 따듯하게 해 논 굿입니다고 대답했다고 합니다. 왕은 이 말을 듣고 기쁘스 그 바우를 自溫臺라고 하라고 했다는 것입니다.

＊1973년 9월 27일 公州邑 山城洞 金基星 (56세, 男)

靈바위 | 우리 동네스 한 일 리쯤 떨으진 곳에 높이 열 자가 늠는 바우가 있는디 이 바우를 靈바우라고 한다. 이 바우스 피가 나면 黃海으 潮水가 산을 뚫고 밀으닥츠스 동네를 전멸시킨다고 믿고 있다.

이 바우는 옛날에는 바다 가운데에 있었다고 한다. 그때 이 바우는 조수가 밀으닥치그나 조수가 나가그나 물 우로 나오는 높이는 늘 일증했다고 한다. 그르고 날이 흐리고 궂인 날에는 여르 가지 동물들이 이 바우에 와서 놀았다고 한다.

＊1927년 2월 牙山郡 仁川面 靈岩里 姜大善

浮石三怪 | 瑞山郡 浮石面에 三怪가 있는디 이 三怪는 되비산(島飛山)에 동절[1]이란 절이 있는디 그 절은 앞에 있는 큰 바위가 있는디 그 바우를 돌멩이로 때리면 징소리 같이 산이 지릉지릉 울려스 이굿을 三怪 중으 一怪로 삼고, 二怪는 어느 논두룩 우에 있는 여슷 평 되는 돌을 말하는디 이굿을 어느 곳에 가스 구리도 그 돌이 굴립니다. 큰 돌인디 그리스 이굿을 二怪라고 하고요. 三怪는 馬龍里 뒷산에 있는 길을 말하는디 이 길은 자듸잔 자갈돌이 백혀스 그 자갈돌에 길같이 쏘옥 나 있십니다. 그굿을 그그 사람들은 鬼路라고 귀신으 질이라고 합니다. 애들이 가스 낮에 막으 놓면 하루 밤을 지내고 나스 가 보면 자갈돌이 헤츠즈스 길이 나는디 이굿을

밤새에 귀신이 다니느라고 막은 자갈돌을 치워놓스 그런다고 합니다.

＊1973년 8월 23일 瑞山郡 聖淵面 坪里 韓基升 (70세, 男)

1) 寺

人不救岩 | 公州郡 反浦面 馬岩里에 '人不救'라고 새긴 벼랑이 있십니다. 公州에스 錦江을 9km쯤

그슬러 올라가면 강가에서 볼 수 있십니다. 이릏게 '人不救'라고 새긴 데에는 다음과 같은 사실에스 생긴 굿이라고 합니다.

아득한 옛날에 큰 홍수가 나스 뱀과 사슴이 떠내려와스 물 구경을 하고 있든 사람 하나가 불상히 여기고 뱀과 사슴을 물에서 건즈스 살려 주웠습니다. 그랬드니 뱀과 사슴은 즈 갈 데로 가 버렸습니다. 쪼금 있으니깐 집 한 채가 뜨내려오는데 그 집 지붕 우에 사람이 앉으스 사람 살리라고 고함을 치고 있웄십니다. 짐승 같은 미물도 살려 주웠는디 사람을 안 살리겠냐 하고 이 사람도 구해 주웠십니다. 그르자 날이 들고 했는디 물에 빠즜든 그 사람은 갈 곳도 읎으스 할 수 읎으스 집 한 채를 주으스 그 집 옆에스 같이 살게 됐십니다.

하루는 물 구경하든 사람이 산으로 나무하로 갔는디 그때 구해 준 사슴이 나와서 이 사람으 옷깃을 물고 잡으당기여스 따르가 봤드니 사슴은 앞발로 땅을 파라는 시늉을 하고 있웄습니다. 그래스 이 사람은 그곳을 파 봤드니 금이며 은이 많이 나왔십니다. 그래서 이 사람은 그 금과 은을 가즈다가 잘 살게 됐십니다.

그른디 집을 잃은 사람은 그굿을 보고 시기가 나스 官家에다 즈 사람은 도즉질해스 갑자기 즈룽게 잘 산다고 무고했십니다. 밀고를 받은 官家는 그 사람을 잡아다가 "니가 일증한 블이도 읎는 놈이 으찌 그리 잘 사느냐?" 하면서 문초했십니다.

이 사람은 사실대로 큰 홍수가 났을 때 구렝이하고 사슴하고 사람하고를 구해 주웄는디 하루는 산으로 나무하로 갔더니 구해 준 사슴이 나와서 옷깃을 물고 따라오라 하드니 땅을 파라고 가르츠 주으스 그기

를 파 봤드니 금이랑 은이 많이 나와서 그글 가주구 잘 살게 됐다고 말
했십니다. 그른디 官家에스는 도무지 그 사람 말을 받어들이지 않고
매를 죽도록 때리고 옥에다 가두웠십니다.

어느 날 사또가 東軒에서 잠을 자고 있는디 큰 구렝이가 와서 사또
발을 물고 도망갔십니다. 그래스 사또는 몸이 깍지동같이 붓고 약을
쓰도 효력이 읎고 百藥이 無效였습니다. 그르든중 옥에 갇힌 이 사람
도 잠이 마악 들 무렵에 큰 구렝이가 와서 발을 물고 달어났십니다. 이
사람 역시 깍지동같이 몸이 붓고 약을 쓸래야 쓸 도리도 읎으 고통을
받고 있는디 하루는 그 구렝이가 무신 풀이파리를 물고 와서 자기 앞
이다 놓고 가스 이 사람은 이 풀이파리를 가즈온 구렝이는 내가 구해
준 구렝인데 이 풀잎을 발르라는 긋 같구나 하고 생각하고 그 풀잎을
구렝이가 물은 데다 발랐십니다. 그랬드니 은제 아팠더냐는 듯이 아조
깨끗이 낫읐십니다. 그래서 이 사람은 그 풀이파리를 사또에게 주으스
발르게 했십니다. 사또도 역시 아조 깨끗이 낫읐십니다. 그래서 사또
도 그 사람이 말한 긋이 사실이란 긋을 알고 그즈스야 그 무고한 사람
을 잡으다가 문초했십니다. 그랬드니 그 사람은 시기가 나스 그짓말로
무고했다고 자백했십니다.

짐승이나 미물은 구해 주면 그 은공을 갚는디 사람은 구해 주으도
은공을 갚기는크녕 해친다고 합니다. 그래서 人不救라는 말이 생기고
이런 교훈을 뒷사람한테 알리기 위해서 바우에다 人不救라고 새겨 놨
다고 합니다.

＊1973년 9월 27일 公州邑 山城洞 金基星 (56세, 男)

쉰질바위 | 公州郡 反浦面 馬岩里에[1] 강변에 가면 쉰질
바우라는 바우가 있십니다. 이 바우에 유래인
즉슨 옛날에 으뜬 샌님이 나귀를 타고 가는디 이 샌님은 술을 믁으도
자그[2] 혼자만 믁고 나귀에게는 술도 안 줄 뿐만 아니라 여러 가지로
나귀를 심하게 부려믁고 혹사만 했드래요.

나귀란 긋은 술을 참 좋와한대요. 그래 나귀가 화가 나스 하루는 샌님을 태운 채 강가에 있는 쉰질바우로 뛰으 올라갔십니다. 올라가스 금시에 그 밑에 싯프른 강 아래로 샌님을 뜰으티릴라고 위협을 했십니다. 그르니깐 샌님이 나귀 하는 짓을 눈치채가지고 나귀드르 "아아, 우리 나귀 참 재주도 좋다. 이른 쉰질바우로 워틓게 사람을 태우고 올라왔느냐? 내 오늘 집이 가면 특별히 맛있는 음식도 해 주고 술도 멕에 주고 잘 좀 해주어야겄다."

그러니께 나귀는 애애애 소리를 하드니 그냥 그 바위를 내레오드랍니다. 그래스 그 바우를 쉰질바우라고 부른답니다.

*1973년 9월 29일 公州邑 山城洞 金基星 (56세, 男)

1) 의　　2) 자기

바위가 된 처녀 | 우리 동네스 한 십 리쯤 가면 長者못이라는 못이 있다. 이 못이 있는

자리에는 옛날에는 큰 부자가 살고 있읐는디 이 근방으 땅은 모다 그 부자으 땅이였다고 한다.

이 부자는 몹시 인색하고 무정한 사람이라스 남한티 쌀 한 톨 돈 한 푼 주으 본 일 읎고 남이 말하면 욕이나 프붓고 하는 그른 사람이였다고 한다. 어느 날 이 집에 중이 와스 佛道를 닦기를 권하고 쌀 한 되를 동양주면 그 뒤는 돈 한 푼 안 들이고 큰 부자가 되게 해 준다고 했다. 그랬드니 부자는 佛道를 닦겠다고 하고 쌀 한 되를 중에게 주었다.

인색한 부자가 동양을 주었다는 소문을 듣고 사람들은 그래도 인심 쓰는 사람이로구나 하고 그후부터는 그지들도 많이 와서 동양을 달라고 했다. 이렇게 되고 보니 부자는 화가 났다. '이놈으 중놈 다시 왔다가는 살려 주지 않겠다!' 그르자 마침 중이 와스 동양을 달라고 했다. 부자는 아따 이그나 갖다 부체님한티 바츠라 함스 쇠똥을 한 소시랑 프스 바리때[1]에 담으주읐다. 중은 암말 않고 갔다.

샘가에스 쌀을 씻고 있든 이 집 딸이 아브지가 하는 짓이 하도 보기가 민망해서 아브지 몰래 쌀을 갖다가 중에게 주웠다. 중은 쌀을 받으며, "이 집 사람은 다 나쁜 사람뿐인디 느만은 착한 사람이로구나" 하면스 사흘 후에 니가 좋와하는 물근을 챙게가지고 즈 산으로 올라오느라. 그때 뒤에서 무슨 소리가 나드래도 즐대로 뒤돌아보지 말고 올라오느라" 하고 일르고는 어디론가 사라졌다.

사흘 후에 이 딸은 바늘 상자를 므리에 이고 산으로 올라갔다. 올라가는데 사랑하는 가이도 따라왔는데 한참 올라가고 있느라니께 뒤에서 베락치는 큰 소리가 났다. 이 츠재는 엉겁결에 뒤를 돌아다봤다. 그랬드니 여태까지 살고 있든 집은 읎고 그 자리에는 큰 못이 생겨 있었다. 그리고 이 츠재는 상자를 이고 있는 채 가이와 함게 바우가 되으브릈다. 그 바우는 지금도 있다.

＊1942년 12월 牙山郡 松岳面 臣岩里 朴英洙

1) 중이 쓰는, 나무로 만든 그릇

며느리바위 |

옛날에 陽化里 앞들 한가운데에 으뜸 부자집이 한 집 있었답니다. 하루는 그 부자집에 중이 와가주고 동냥을 달라고 하드랍니다. 그르니까 이 부자가 외양간을 치다가 쇠시랑에다 쇠똥을 꿰으각고 우리 집에는 아무긋도 읎으니게 이그나 가즈 가라고 쇠똥을 집어든즈 주웠으유. 그르니까 중은 "고맙십니다" 하고 공손히 인사하고 나가드래유.

그때 마침 방에서 메누리가 베를 짜고 있다가 시아브님 말씀허는 소리를 듣고스는 안됐으유. 그래서 쫓아나와서 "아브님 그게 무신 말씸이시유" 하고스는 중한테로 쫓아가스는 아버님 대신 용스를 빌었으유. 그르고스 다시 집이로 들으와각고스 쌀을 프각고 가스 중한티 주웠으유. 중은 쌀을 받고 베 짜든 베틀을 이고 날 따라오라고 했으유.

메누리는 들으가스 시키는 대로 베틀을 므리에다 이고 중을 따르갔으유. 한참 따르가는디 산으로 올라가요. 산으로 올라가면스 므라고 하냐면 뒤에서 무슨 소리가 나드라도 뒤를 돌아봐스는 즐대로 안 된다고유. 한참 산으로 올라가는디 뒤에스 별 소리가 다 나요. 호랑이 우는 소리, 여수 우는 소리, 으린애 울음 소리, 여러 가지 소리가 나요. 그른 디 메누리는 중이 시킨 대로 뒤를 돌아다보지 않고 한참 따르 올라갔으유. 어느 정도 그이 다 올라갔는디 자기도 모르게 뒤를 돌아다봤으유. 돌아다보자마자 그 순간에 메누리는 그 자리스 베틀을 인 자세로 바우로 변했으유. 그리고 그 중은 사라져 브리고유. 지금도 바우가 베틀을 인 모습으로 陽化里 뒷산 건악산에 있는디 이 바우를 메누리바우라고 해유.

*1973년 9월 27일 燕岐郡 南面 月山里 林裁善 (19세, 男)

將軍바위 │ 論山郡 連山面에 開泰寺란 절이 있십니다. 이 즐에 將軍바우란 바우가 있는디 이 바우에 대해스 이른 즌슬이 있이유.

옛날부터 開泰寺 앞으로 질이 나 있는디 그때 이 절에는 승질이 나뿐 중이 있으가지고 그 앞으로 지나가는 新婚夫婦를 습격해스 신랑은 죽여스 즈쪽 쓱은뱀이란 되다가 던즈 브리고 신부는 급탈하고 쥑에브리고 했대유.

이렇게 이 중이 포악한 짓을 많이 했는디 그 중이 워낙 심이 장사라 아무도 으쩔 수가 읂으스 그대로 보고만 있었대유. 그르든 차에 으뜬 날 으뜬 신혼한 신랑 신부가 그리로 지내가는디 역시 이 중이 나타나스 신랑을 쥑여스 쓱은뱀이다 던즈 브리고 신부를 데려다가 살었대유. 그르고 사다 보니 이 신부는 그 중으 아들을 낳게 됐지유.

이 신부는 즐개가 있으스 본남편을 늘 생각하고 있었는디 그 아들이 차차 커스 이긋즈긋 사리를 알아들을 만큼 크스 하루는 조용히 불르스 그른 걸 이애기했시유.

"느그 아브지는 지금 즈 중이 느그 아브지다마는 본래 내 남편은 그 중이 아니다" 하면스 이르이르했다고 새로 신혼해가지고 오는디 즈 중이 내 본남편을 죽이고 나를 뺏으 산다고 말하고 느가 크면 내 본남편으 원수도 갚으 주고 나뿐 짓 하는 중놈을 읎애는 긋이 느가 할 도리다, 이릏게 말을 했이유.

그른디 이 중이 원래 힘이 세고 장사라스 으지간한 심으로는 으특할 수가 읎단 말이죠. 그래스 즈 중으 심이 으텋케 해서 즈맇게 세게 나타나나 하는 긋을 보기 위해스 중으 동작을 가만히 눈여겨보기 시작했이유.

중은 아침 일찍 일으나면 장군바우 있는 디로 가스 그 아래 있는 약수를 마시고, 약수를 마시고 나슨 장군바우를 두어 분식 들으 보곤 했이유. 그래스 이 아이도 그 약수를 마스 보니께 심이 솟고 기운이 났으유. 그래스 계속해스 약수를 마스스 힘을 기르고 장군바우도 들으 보고 했으유. 그래스 심이 세즈스 그 중을 쥑이고 말았는디 으므니으 원수를 갚기 위해스 즈그 친아브지인 중을 쥑였다든 그유.

開泰寺 뒤에 지금도 큰 바우가 있는디 이 바우가 중이 들었다는 장군바우랍니다.

＊1973년 9월 24일 論山邑 半月洞 金貴鍾 (24세, 男)

묘순바위 | 大興으 아주 깊은 산골에 한 집이 있었는디 이 집에는 홀으므니허고 딸 둘하고 이릏게 싯이

살고 있었습니다.

딸들은 둘이 다 날마다 산에 가서 나무를 하는디 으느날 나무를 하다가 동생 묘순이가 그만 질이 읏갈려스 오지 안했습니다. 그래스 은니는 으느 바우에 올가가스 "묘순아, 묘순아" 하고 불렀답니다. 그랬드니 즈으 플리스 대답하는 소리는 들려도 나타나지를 않드래유. 그르고 영영 집에 오지 않게 됐는디, 동생을 찾든 바우를 뒤에 사람들은 묘순이 바우라고 부르게 됐으유. 지금도 이 바우에 올라가스 "묘순아" 하고 부르면은 즈으 플리스 대답하는 소리가 들린다고 합니다.

＊1973년 9월 25일 禮山郡 大興面 이정숙 (19세, 女)

묘순이 바위 |

禮山郡 大興面에 大興山이라는 높은 산이 있습니다. 이 산은 鳳首山이라고도 합니다. 이 산에는 묘순이라고 하는 바우가 있십니다. 이 바우를 묘순이 바우라고 부르게 된 디에는 이른 이야기가 즌해지고 있습니다.

옛날에 이 산 밑에 으뜬 과부가 묘순이란 딸과 묘청이라는 아들을 데리고 살고 있읐습니다.

이 두 남매는 심[1]도 장사고 재주도 많았는디 두 남매는 스로 제 심과 재주를 자랑하고 있읐습니다. 하루는 묘청이는 굽 높은 나막신을 신구 서울까지 갔다오기와 묘순이는 大興山에다 승[2]을 쌓기를 하기와 스루 내기를 해서 지는 자는 죽기로 했습니다. 이릏게 내기를 하구스 묘청이는 굽 높은 나막신을 신구 서울로 갔고 묘순이는 치매에다 독이랑 흑을 싸스 날르다가 승을 쌓는디 다 싸고 승문을 세우게 됐습니다.

이릏게 해스 승문을 세우면 묘순이가 이기게 되는디 묘청이는 아직 오지 안했습니다. 이긋을 본 으므니는 아들이 이기기를 바랬는디 딸이 이길 긋 같으스 딸이 이기지 못하게 하느라고 콩밥을 지으가지고 묘순이한티 가스 이 밥을 믁고 승문을 세우라고 했습니다. 묘순이는 승문을 세우면 일이 끝나니게 승문을 세우고 믁겄다고 하는디 으므니는 심드는디 밥을 믁고 세워라고 자꼬 권했습니다. 그리스 묘순이는 할 수 읎이 일손을 믐추고 콩밥을 믁었는디 그때 묘청이는 서울 갔다와스 보고 내가 이겼다 하고 소리츴습니다. 그래스 묘순이는 즈스 그 자리스 바우로 변해 브렀습니다. 이 바우를 묘순아 콩밥이 웬수다 함서 돌로 두드리면 그래 콩밥이 웬수다 하고 대답한다고 합니다.

＊1962년 6월 禮山郡 大興面 東西里 金康子

1) 힘　　2) 城

쌀바위 |

扶餘郡 內山面에는 쌀바우라는 바우가 있다. 옛날에는 이 바우서 쌀이 나왔다고 한다. 옛날에 이 바

우 밑에 절이 있었는디 이 절으 중은 그 바우스 나오는 쌀로 근근히 살으갔다.

한 븐은 손님이 와서 그 손님 믁을 쌀도 나오게 하니라고 부지깽이로 구멍을 쑤셨드니 그만 쌀이 안 나오고 물이 나왔다고 한다. 지금도 그 바우 구뭉에스는 물 한 방울 한 방울 뜰으즈 나오고 있다.

*1973년 9월 25일 公州郡 內山面 金貞順 (19세, 女)

쌀이 나오던 바위 | 공주군 이당면 중흥리에 동혈사라는 절이 있었는디 이 절

으 뒤에는 바우로 된 즐벽에는 구멍이 뚫려 있다. 옛날에는 이 바우 구멍에스 쌀이 나왔다고 한다. 그른디 지금은 쌀이 나오지 않는다.

옛날에 이 즐벽 밑에 절이 있었는디 그 절으 중이 하루 믁을 만큼 쌀이 나왔었는디 한 븐은 손님이 하나 찾으와스 이 손님을 믁일 쌀도 나오게 할라고 쌀 나오는 구멍을 막대기로 쑤스스 쌀이 많이 나오게 했는디 쌀은 나오지 않고 피가 나왔다고 한다.

*1973년 9월 27일 公州郡 의당면 중흥리 이용란 (19세, 女)

쌀이 나왔던 古木 | 灘川에스 錦江 쪽으로 가면 변동리라는 동네가 있는디

그기 멀미라는 부락이 있으유. 그른데 그기 옛날부터 있었다는 큰 古木나무가 하나 있는디유. 그 고목나무 밑에 중간에 구멍이 나 있었다는디 그 구멍에는 파랑새가 살고 있었대유. 그리고 그 나무 옆에는 한 노파가 살고 있었대유.

이 고목나무 구멍에스는 이상하게도 아침이면 아침을 끓여 믁을 만큼 쌀이 나오곤 했대유. 그래스 그렇게 해서 이 노파는 살으가는디 하루는 이 할므니가 욕심이 나스유 그 나무 구멍을 쑤서스 더 크게 해노면 쌀이 드 많이 나올 테지, 하고스 부주깽이로 그 구멍을 쑤세 봤대유. 그랬드니 그 다음부터는 쌀이 나오지 않드래유.
*1973년 9월 24일 公州郡 灘川面 三角里 李應祥 (22세, 男)

굄 바위와 후유고개 | 保寧郡 青蘿面 白峴里

으 뒷산에 굄바우라는 바우가 있다. 옛날에 힘이 센 장수가 聖住山에 있는 큰 바우를 두 손 가락으로 집으다가 白峴里 뒷산에 있는 조그만한 바우 우에다가 괴여 놨는디 이곳이 굄바우라고 불리는 바우다.

그 장사가 바우를 괴여 놓고 후유 하고 길게 숨을 쉬웠다고 해서 이곳을 후유고개라고 부르게 되고 그 고개에 있는 동네를 후유게라고 부르게 됐다고 한다.
*1962년 6월 23일 保寧郡 大川面 목장리 李時鍾

달래보지고개 | 公州에[1] 茂盛山 밑에 사는 사람인

디 그 동생이 시집을 갔는디 친증에 를 왔든 모양이유. 오라브니하고 무송산 고개를 늠으가는디 벨안간 쏘내기가 와스 옷이 ― 여름철 잠자리 같은 모시옷이 홀조곤하게 맞었일 게 아니여. 동생이 여동생이지만스도 참 앞에 세우고 가는디 그글 보니께 괴연히 회가 동하그든. 회가 동해스는 그른디 그 이얘기를 할 수 읎구 자기 동생이 고개를 늠으가는데 할 수 읎이 차돌맹이로 지 신을 뚜들겨스 죽었단 말이여.

아아, 암만 지다려도 당체 올 때가 돼도 안 오그든. 그래 고개를 다시 늠으가 봤어. 그렇게 그 짓을 하고 죽었단 말이여.

"아이나 제기, 달래나 보지" 그냥 이렇게 죽었다구. 그래 그게 달래보지고개란 데요, 그게.
*1973년 9월 20일 牙山郡 靈仁面 牙山里 3區 李錫夏 (61세, 男)
1) 의

달래지고개 |

洪城에 달래지고개라는 고개가 있십니다. 옛날에 으뜬 남매가 이 고개를 늠고 있었는디 갑자기 소내기가 와스 이 두 남매는 옷을 흠뿍 줏었드랍니다.

비가 개스 두 남매는 가든 질을 가고 있었는디 누이는 앞스스 가고 남동생은 뒤에 따라갔습니다. 비에 줏은 누이으 옷은 몸에 착 달르붙으스 누이 살결이 비췄는디 이긋을 뒤에 따라오는 남동생이 보고 마음이 이상해즜답니다. 남동생은 이그 못된 불칙한 생각이다, 안 된다 하고 마음을 눌렀는디 나중에는 그긋마즈 일으나스 즌딜 수가 읎게 됐습니다. 안 된다 안 된다 하고 이상한 생각을 눌렀는데 그래도 그긋은 자꼬 일어났답니다. 그래스 이긋을 못 일어나게 하느라고 독으로 그긋을 마구 짓이겼는디 그래 짓이기다가 그만 죽으 쁘렸습니다.

앞에 가든 누이가 보니까 동생이 오지 안해서 뒤돌아스 가 봤드니 남동생은 그르고 죽으 있으스 누이도 동생으 심증을 알으채리고 동생으 시체를 끌으안고 달래지 달래지 하고 울다가 누이도 죽었답니다. 그래스 이 고개는 사람들은 달래지고개라고 부르게 됐답니다.

＊1962년 6월 25일 洪城郡 洪城邑 오관리 尹敬日

구린내 |

長者못에스 낚시질을 하는디 참 큰 고기가 물렸드래유. 그래 하도 커스루는 냅대 잡어챘는디 그늠이 구름내에 가서 떨어졌드래유. 그 고기가 뜰으즈가주고 고기가 하도 큰 놈이 뜰으즈가주고 썩는디 그 동네가 왼통 구리게 됐대유. 그래스 동네 이름을 구른내로 지었다고 그른 말이 있드만유.

＊1973년 9월 26일 公州邑 中洞 李致雨 (75세, 男)

※구린내는 지금 行政洞名으로는 公州郡 牛城面 銅大里라고 한다.

問童橋 |

옛날 백제 말기에 당나라 蘇定方이가 15만 대군을 이끌고 錦江을 타고 올라와스 羅浦라는 데스 자게 됐다. 그때 소정방이는 꿈에 五聖山 산신이 내려와스 백제왕은 비범한 임금이고 그 밑에는 영특한 신하가 많이 받들고 있이니 훗된 짓을 하지 말고 병사를 그두으 물러가라고 했다. 소정방은 잠을 깨각고 여르 가지로 생각하다가 여기까지 와가지고 기양 돌아간다는 굿은 일국으 장수으 할 짓이 아니다 하고 기여히 백제 서울로 쳐들으가기로 했다. 그래스 군사를 재촉해스 부여로 츠들으가는디 부여에 그짐 다 왔는디 앞산을 보니께 크다란 금송아지들이 놀고 있으스 이 금송아지를 잡귰다고 병사 몇 명을 데리고 그 산으로 올라갔다. 올라가스 금송아지를 쫓는디 금송아지는 슬금슬금 가는디도 따라잡을 수가 읎었다. 한참 쫓아가다가 그만 금송아지는 으디로 갔는지 읎으지고 말읐다. 소정방은 금송아지를 잡겠다고 가다가 다리목께스 그그스 놀고 있는 아이 보고 금송아지 으디로 간 굿을 못 봤냐 하고 물으니께 즈리 가드라고 대답했다. 소정방이는 아이가 가르츠 준 디로 갔지만 금송아지를 잡지 못했다.

뒷날에 소정방이가 아이한티 금송아지 간 곳을 물읐다는 다리를 問童橋라고 부르게 되고 금송아지가 나타난 산을 錦城山이라고 한다.

이른 굿은 모두다 백제가 위태롭게 돼스 산신들이 조화를 부려스 소정방을 혼미하게 한 것이라고 한다.

*1941년 9월 扶餘郡 恩山面 琴谷里 兪鎭汐

한다리 | 李朝 초엽에 文宗大王이 돌아가시고 端宗大王이 왕위에 올랐는디 그 叔父인 首陽大君이 端宗을 폐위시키고 자기가 왕위에 오를 야심을 믁고 있읐는디 端宗을 폐하는데 방해가 되는 신하는 黃喜 黃 政丞하고 金宗瑞 將軍이그든유. 그른디 황희 황 정승은 으떻게 해스 읎앴는디 김종서는 쥑여 읎앨 명분이 스지 않읐드랍니다. 그르다가 하루는 수양대군은 김종서와 같이 질을 갔읐습니다. 그르다가 김종서네 집 가까이 지나게 됐는디 수양대군은 망근으 관자가 뜰으쥤이니 관자 하나 갖다 달라고 했십니다. 김종서는

그르라고 같이 데리고 가든 아들을 집으로 보냈십니다. 이 아들은 심이 장사라 늘 아브지를 모시고 다녔십니다. 이 심이 센 아들이 멀리 가자 수양대군은 손짓을 해서 그 가까이 숨으 있든 장사들을 불러들여 김종서를 쇠뭉치로 때려 죽이고 시체를 난도질하고 그 가족까지 다 쥑여 브렀습니다.

김종서에게는 평소에 애끼든 말이 있었습니다. 이 말이 김종서가 죽은 굿을 보고 다리 하나를 물고 김종서으 고향으로 밤을 도와 와스 그만 죽었습니다.

그 뒤 사람들은 김종서으 다리 하나만을 묻고 묘를 썼는데 이 무듬이 있는 곳이 한다립니다. 漢字로는 大橋里라고 쓰지요. 大橋里를 발실이라고도 합니다. 김종서으 무듬에는 다리 하나만 묻혀 있다고 합니다.

＊1973년 9월 25일 公州郡 長岐面 大橋里 이돈주 (19세, 男)

長者못 |

公州郡 牛城面 玉城里에 장자못이란 못이 있는디 그 못이 원래 못이 아니고 큰 부자가 살든 터랴. 턴디 중이 동양을 하로 갔그든, 그 큰 부자집으루. 동양을 하로 갔는디 아 동양은 안 주고스는 참 무웃꺼지 까틀드라고 동양 바가지꺼지 깨뜨르 브렀단 말이여.

"남 애씨서 븐 재산을 갖다가 동양을 줄 수 있느냐?" 이릏게 해가주고스는 아 그래 그 중이 가 쁘린 뒤에 므 삽시간에 그그가 못이 돼브렀단 말이여. 그래 시방도 굉쟁이 짚으. 근데 그기 가 보면은 그즌에 즌슬에 쇠도굿대가 있느니, 쇠도구통이 있느니, 뭣이 있느니 그른 이얘기들을 하드만그려.

＊1973년 9월 26일 公州邑 中洞 李致雨 (75세, 男)

장자못 |

公州郡 牛城面 개재리라는 마을에 장자못이라고 하는 못이 있다. 이 못이 있든 자리에는 옛날에는

큰 장자가 살고 있었다고 한다.

이 장자는 어찌나 지독한 사람이든지 남에게 쌀 한 톨 주는 븝이 읎는 지독한 사람이였다.

하루는 마당에서 쇠똥을 치고 있는디 삽짝 밖에 노승이 와스 동양을 달라고 하니께 이 장자는 동양 줄 긋 읎이 이그나 받으가라 함스 쇠똥을 한 쇠시랑 푸주었다. 노승은 암말 않고 쇠똥을 받으가지고 갔다.

정지스 일하고 있든 이 집 메누리가 이 광경을 보고 시아브지 몰래 쌀 한 구룩을 프가지고 나가스 노승 뒤를 쫓아가스 시아브지으 잘못을 용스해 달라고 하면스 쌀을 주었다. 중은 쌀을 받으면스 메누리보고 "즈녁 때가 되그든 뒷산으로 올라가라. 올라갈 제 뒤에스 무신 소리가 나드래도 즐대로 뒤돌아다보지 말고 앞으로만 올라가라" 이릏게 말했다. 그리고 노승은 온데간데읎이 사라지고 말았다.

즈녁때가 되으스 메누리는 애기를 읍고 뒷산으로 올라갔는디 올라가니랑께 뇌승벽력이 일으나고 츤동븐개가 치며 폭우가 프붓드니 뒤에스 천지가 무느지는 큰 소리가 났다. 메누리는 이른 큰 소리를 듣자 노승이 말해 준 말을 잊고 뒤를 돌아다봤다. 돌아다봤드니 자기가 살든 집은 읎으지고 사람과 가이 돼지 소가 비명을 지르며 뜨내려가고 있었다.

이 메누리는 뒤돌아보자 그만 애기를 읍은 채 바우가 돼 브릈다. 장자가 살든 지리는 못이 되였는디 사람들은 이 못을 장자못이라고 부른다.

＊1962년 6월 公州邑 班竹洞 田安熙

개나리 방죽 | 論山郡 連山面에는 개나리 방죽이라는 데가 있는디 여기에는 옛날에 朴 부자라는 큰 부자가 살고 있었다고 한다.

이 朴 부자는 큰 부자인데도 느무나 인색해서 늠한티 무웃을 주는 일이 읎는 그른 지독한 사람이였다고 한다. 이릏게 지독한 사람이란 소문이 즌국에 프즈 있잉게 신령이 이 朴 부자가 사람들이 말한 긋과

같이 지독한 사람인가 아닌가 알고 싶으스 중이 되으각고 이 집이로
동냥 하로 갔다.

　朴 부자는 중이 와스 동양 달라는 소리를 듣고 나와스 우리 집은 동
양 줄 굿이 아무굿도 읎이니 이그나 받으가라, 함스 두음을 한 소시랑
프스 주웠다. 중은 암 소리 않고 두음을 받으각고 나왔는디 정지서 밥
하든 이 집 메누리가 시아브지 하는 짓이 안되여스 쌀을 을매찜 프스
시아브지 몰래 나가서 중한티 쫓어가스 시아브지가 잘못한 굿을 용스
해 달라고 함서 쌀을 주웠다. 중은 그 쌀을 받고스 내 뒤를 따르오느
라, 따르오는디 즐대로 뒤를 돌아다보지 말고 따르오라고 하고 앞산으
로 올라갔다. 메누리는 중으 말대로 뒤를 돌아다보지 않고 산으로 올
라가는디 뒤에스 느 혼자만 으디로 가느냐 하는 시으므니 목소리가 들
려스 무심코 뒤를 돌아다봤다. 보니께 자기가 살든 집은 읎으지고 그
기에는 큰 방죽이 생기고 시아브지는 크다란 이무기가 돼서 머리를 내
두르고 있었다. 그러고 시으므니는 괭이가 되여각고 있었는디 이 메누
리는 뒤돌아다본 탓으로 돌부처가 되고 말았다.

　朴 부자가 살든 집 자리가 큰 방죽이 되였는디 그 방죽갓에는 개나
리가 많이 나스 그래 사람들은 이 방죽을 개나리 방죽이라고 부르게
됐다고 한다. 그른디 지금은 방죽은 메워즈스 논밭이 되고 개나리만
많이 있다. 그리고 개나리 방죽이란 이름은 아직도 남으 있다.

＊1942년 7월 論山郡 連山面 新安重亮

黃金井 | 우리 동네에는 黃金井이라는 샘물이 있십니다. 이

샘물을 黃金井이라고 부르게 된 데에는 이른 즌슬
이 즌해지고 있십니다.

　옛날에 우리 동네에 한 사람이 살고 있었는디 이 사람은 지관질을
하고 살었지마는 집이 가난해서 츠자식을 잘 믁여 살리지 못했습니다.

　이 사람은 나이 많아즈스 늙으스 죽게 됐십니다. 평생 가난하게 지
나 츠자식을 잘 믁여 살리지 못한 굿이 안되았든지 자기가 죽은 뒤에

라도 잘 살게 해 줄려고 하루는 아들을 가만히 불르스 내가 죽그들랑
산에다 갖다 묻지 말고 동네 대동샘에다가 아무도 모르게 넣으라, 그
르고 이른 말을 즐대로 늠에게 말하지 말라, 느으 으므니한티도 즐대
로 말하지 말라고 했습니다.

그른 후 을마 안되어스 아브지는 즉었습니다. 아들은 아브지가 말한
대로 그 시체를 아무도 모르게 동네 대동샘에다가 집으늤습니다.

아브지가 돌아가시니게 으므니와 누이는 픅 슬퍼하고 밤낮으로 울
면스 아브지 산소는 으디냐고 물었습니다. 아들은 아브지가 말한 대로
아브지 시체 있는 디를 말하지 않었습니다. 으므니는 아브지으 산소
도 몰라스야 씨겠느냐고 자꼬 대달라고 졸랐습니다. 그래도 아들은 즐
대로 말하지 안했습니다. 그른디 으므니가 하도 아브지으 산소를 알고
싶으해서 하루는 으므니를 가만히 블르스 아브지가 동네 새암에다 느
라고 해스 동네 새암에다 넣다고 사실대로 말하고 이른 말을 아무보고
도 말하지 말고 혼자만 알고 있으라고 단단히 말했습니다.

으므니는 그 말을 듣고 그르갰다고 했는디 으찌다가 이른 말을 이
웃집 여자한티 무심코 말했십니다. 그랬드니 이웃집 여자는 즈그 남편
에게 말하고 남편은 동네 사랑방에 가스 이른 말을 했십니다. 이른 말
을 들은 동네 사람들은 동네 새암에다 송장을 넣으야, 함스 그 송장을
꺼낼라고 동네 사람이 모두 달라들으스 새암물을 다 프냈십니다. 새암
바닥에는 송장은 읇고 황금빛 나는 금송아지가 막 일으슬라고 하다가
바깥 바람을 쐬드니 그만 사르르 사라지고 말었십니다. 만일에 그 금
송아지가 다 돼스 밖으로 나왔드라면 그 사람으 집은 부자가 됐을 텐
디 송아지가 사라졌기 때문에 즌과 같이 구차하게 됐다고 합니다.

이 새암이 아마 명당이였든 모양이지유. 아브지는 자식을 위해서 명
당에다 뫼를 쓰게 했는디 그만 입이 싼 으므니 땜에 명당바람이 나지
못했든 겁니다. 그래서 이 새암을 사람들은 黃金井이라고 부르게 됐다
고 합니다.

*1962년 6월 25일 保寧郡 천부面 사호리 松官部落 유문동

將軍水 | 우리 동네에 千房山이라는 산이 있는디 이 산에는

山蔘이 많이 있다고 한다. 그르고 이 산에는 將軍水라고 해서 이 물을 믁으면 심이 세여진다고도 한다. 이 將軍水는 아조 큰 둥글고 미끈미끈한 바우로 듦여 있으스 보통 사람으로는 그 물을 마실 수가 읎다고 한다. 안개가 찌고 궂인 비가 오는 날이면 이 바우 밑이스 무신 쇠그륵이 부딪치는 소리같이 땡그릉 땡그릉 소리가 난다고 한다.

옛날에 이 산 밑이 사는 申 아무개라는 사람이 하루는 그 바우 있는 디를 갔드니 중이 넷이 와스 바우를 뜨들고 그 밑이 흐르는 물을 마시고 도로 듦고 갔는디 이 중들은 심이 세기로 이름난 중이였다고 한다. 신 아무개는 그 물을 마실라고 바우를 뜨올릴라고 해 봤는디 옴직달삭도 안 했다. 그래도 그 물을 마시고 싶으스 여러 가지로 해 보다가 나중에는 유둑대[1]를 끊으스 이긋으로 바우 빈 틈으로 집으스 그 물을 빨으믁읐드니 심이 나게 됐다. 그릏게 해서 여르 차례 그 물을 빨으믁읐드니 나중에는 그 바우를 뜨올릴 만큼 심이 세으줬다고 한다.

*1927년 2월 舒川郡 文山面 水岩里 李冕珪

1) 시누대 같은 야생대. 줄거리의 가운데가 비어 있는 植物.

溫陽 溫泉 | 지금으로부트 한 백여 년 즌에 으든 임금님

이 지방을 도시다가 지금 온천이 있는 동네 앞산에 오르스스 동네를 내려다보시고 계슜는디 산 밑에스 다리가 부르진 학이 그기스 솟아나는 물을 다리에 찍어바르고 찍어바르고 하는 긋을 보시였다. 다음날에도 보시니게 그 학이 또 그르고 있읐다. 이르기를 한 연일레를 하드니 학은 다리가 다 났다. 임금님은 이상히 여기고 신하를 시켜스 그 물 나는 디를 파 보게 했드니 溫水가 나왔다고 한다. 溫陽 溫泉은 이렇게 해서 임금님이 캐내스 된 거라고 한다.

*1927년 2월 牙山郡 溫陽面 溫泉里 金俊泰

하마루(下馬路) | 公州郡 鷄龍面 敬天里에 하마루라고 하는 데가 있십니다. 공주읍에스 약 8km 내지 9km 뜰으진 곳인데유.

때는 임진왜란 즉에 일어난 일이 있었는데 임진왜란 나기 즌에 연대는 잘 기윽하지 못하겠십니다마는 들은 말로만 말씸을 드리겠는데, 으뜸 드그므리 총각 하나가 甲寺를 찾으왔으유. 甲寺란 절에 찾어와서 그 절에 상좌로 있겠다고 하니깐, 느 있이면서 그름 나무나 좀 해다 주고 심부름이나 하고 있이라고 해스 있었는데 이 총각 아이가 나무를 가면은 꼭 방맹이를 한 개식 깎으가주고 옵니다. 그른데 이 총각이 하는 그는 모두 다 츤치 쑥맥 같은데 이 방망이를 꼭 해다가 마루 밑이다가 쌓고 쌓고 해스 수십 개가 되었으유.

이 甲寺 절 주지가 생각할 때, 즈놈이 쑥맥놈인데 우찌 방맹이를 해다 놓나? 그래스 하루는 그 방맹이를 한 개를 몰래 감춰 봤에요. 그랬드니 그날도 이 상좌 총각 아이가 나물 해가주고 오드니 방맹이를 깍으가주고 와스는 그 방맹이를 세 봅니다. 세 보는디 자기가 해다논 숫자에 하나가 모자라니깐 스을즉 고개를 이리 깨웃 즈리 깨웃 하고 뭘 생각하고 있는디 그 주지승이 가만히 보니깐 아무래도 이상한 즘이 있으스, "애 느 뭘 그렇게 생각하니?" 그르니까, "제가 분명히 방맹이를 몇 개를 해다 놨는디 한 개가 부족돼스 그릅니다. 그래스 내가 그 숫자를 빠칠 리는 읎는디 하도 이상해서 지금 생각중입니다" 그르니깐 그 주지 스님이 있다가, "그 방맹이 내가 하나 갖다놨는디 여기 있다" 하고 주었으유. 그러자 그후에 임진왜란이 났십니다.

壬辰倭亂이 나니깐 이 상좌 드끄므리 총각 아이가 그 甲寺 境內에 짐대라고 허는, 독으로 맨든 짐대라고 하는 게 있는데 그 짐대에 한숨에 뛰으 올라가드니, "중들은 즌부 나와스 내 말을 들으라!" 하며 그 외치는 소리가 웅장하고 그 기함이 굉장하니깐 중들 자신들도 전부 그 위음에 눌려스 그 앞에 전부 다아 나갔에요. 나가니깐 그 짐대에서 뜨윽 내레오드니 그 간직해 두었든 방맹이를 주욱 하나식 주면스, "자아 지금 倭兵이 우리나라를 쳐들으오니 우리는 가스 倭兵하고 싸워스 우리

나라를 구할 수밖에 읊다. 다 같이 싸우로 나가자아!” 그르고스 가는 고전에 公州 監察司[1]에 와스 감찰사한테, “錦山에 지금 왜병들이 츠들으오기 땜에 우리가 금산으로 쌈을 하로 가니 군인을 동원시켜 달라”고 하니깐 감찰사가 잔칫상을 벌이고 술을 믁다가 피익 웃고스 이그 므 아조 무시해 뻐리고 상대도 안 했에요. 그러니깐 헐 수 읎이 이 사람이 기냥 가스 그 중들하고 義兵 멫을 모집해가주고서 錦山 戰鬪에서 왜병과 싸우다가 옆구리에 창을 맞읐으유. 창을 맞으가주고서 으틱흘 수 읎이니깐 그 창자 나오는 긋을 한 손으로 웅켜쥐고 한 손에 칼을 들고스 내가 이 질로 공주에 가스 공주 관찰사 목을 비야겠다고 오다가 지금 敬天里 하마루란 데까지 와스 그그스 숨을 지고 죽었십니다.

그후 즌하는 말에 의하면 그 중이 바로 ‘영귀大師’라는 임진왜란 즉에 僧兵이 많이 난 그른 영귀대사가 숨진 곳을 하마루라고 하는디 영귀대사가 죽은 후에 그 자리를 공주 감찰사가 가든지 누구든지 그곳을 말을 타고 지나면 말굽이 땅에 붙어스 뜰으지지 않고 갈 수가 읎고 말에스 내레서 가야만 했답니다. 그래스 그 자리에다 비각을 세우고 영귀대사를 모시고 누구든지 그 앞을 지닐 때에는 말에스 내레스 그 비각에 焚香再拜하야만 했십니다. 그래스 그곳은 말에스 내레야 한다 해서 그곳을 下馬路라고 부르는 것이 하마루라고 하게 됐는 거지요.

＊1973년 9월 28일 公州邑 山城洞 金基孫 (60세, 男)

1) 觀察使의 訛音

형제 城 |

우리 동네 앞에는 성제바우라는 바우와 승째라는 승이 있고 또 모양과 높이가 똑같은 산이 둘이 있다. 이 산 밑이로 흐르는 냇물을 시거리내라고도 하고 明沐川이라고도 한다. 이 냇물은 錦江으로 흘러가고 있다.

옛날에도 옛날 그 시대는 잘 알 수 읎으나 이 산 밑에는 한 과부가 살고 있었는디 이 과부에게는 아들과 딸이 있었다. 아들은 심이 장사여스 씨름판에 나가기만 하면 목매기[1]를 끌고왔다.[2] 그래서 이 아는 자기는 천하장사라고 뽐내고 으시대여 교만하기 짝이 읎었다. 그런데 어느 해 씨름판에 나가서 씨름을 했는데 그만 알지 못한 아이한테 지고 말았다. 자기가 제일 장산 줄 알았는데 자기보다 센 장사가 나타나스 그만 분해가지고 집이로 와스 보니께 목매기가 있으스 이게 워찌된 노릇인가 하고 누이보고 물으봤다. 누이는 "네가 심깨나 씬다고 느므 교만하게 굴으스 내가 남복을 하고 씨름판에 나가스 느를 지우고 목매기를 타 왔다"고 말했다.

이 말을 듣고 남동생은 자기보다 힘이 센 사람이 자기 누이라는 긋을 알고 누이만 읎애면 지가 천하장사 노릇 하겠다, 생각하고 한 꾀를 생각해각고 내기하자고 했다. 그 내기란 긋은 자기는 하루 식즌에 두 자나 되는 굽 높은 나막신을 신고 목매기를 끌고 서울 갔다오기고 누이는 하루 식즌에 즈 산에다가 승을 싸 놓긴디 지는 사람은 죽기로 하자는 내기였다. 그래서 그러자고 해스 동생은 서울로 가고 누이는 승을 쌌다. 누이는 치마에다가 독이며 흑이며 싸스 날르스 승을 쌓고 승문을 쌓기 위해스 큰 바우독을 날르는디 이 바우독만 갖다 싸면 승은 다 쌓게 되였다. 그런데 동생은 아직 오는 기미가 읎었다. 으므니는 이 긋을 보고 아들을 살릴 요량으로 뜨그운 팥죽을 쑤워각고 딸한티 가스, "야야 배가 고푸고 심이 들 틴디 이그나 믁고 승을 싸라"고 하면서 팥죽을 내주었다. 딸은 승을 다 쌓고 믁겄다고 하는디도 으므니는 배고푼데 믁고 하라고 자꼬 권해스 딸은 승문을 쌀 독과 흑을 내려놓고 팥죽을 믁었다. 그르는 동안에 동생은 서울 갔다왔다. 그래스 누이는 즈스 약속대로 죽고 말았다. 누이가 이겼더라면 누이는 동생을 안 죽게 했을 것이라고 한다.

옛날에는 나라으 흐락읎이 승을 쌓지 못했다고 한다. 그른디 이 집이스는 나라 흐락읎이 승을 쌌다고 해서 일가가 즌멸을 당했다고 한다.

이 산에는 누이가 승을 싸면서 물 믁든 새암[3]이 있다. 그 새암에는 옛날에는 금복주깨가 뜨 있었는디 으뜬 사람이 그 금복주깨를 근즈 갈라고 하니께 금복주깨는 그만 새암 밑이로 가라앉었다고 한다. 그래스 지금도 햇살이 비치면 새암 밑이 금복주깨는 빛을 낸다고 한다. 으뜬 소도즉놈이 소를 도즉질해가지고 이 새암에서 잡으묵읐드니 그 뒤로부터는 이 새암물은 흑탕물이 되였다고 한다.

이 승은 그 주이[4]가 십 리가 된다고 한다.

*1942년 7월 扶餘郡 恩山面 琴谷里 兪鎭汐

1) 송아지   2) 옛날에는 씨름판에서 최우승자에게 상으로 송아지나 황소를 주었다.   3) 샘   4) 주위

꾀꼬리山城과 무란山城 | 우리 동네 뒤에 있는 산에는 꾀꼬리승과 무란승이라는 승이 둘이 있다. 이 두 승이 생긴 데 대해스 이른 즌슬이 즌해지고 있다.

옛즉으 이 산 밑이 남매를 둔 과부가 살고 있읐는디 이 남매는 둘이 다 심도 세고 재주도 비상했는디 후일에 가스는 누이가 동생을 해치게 된다고 누가 말했는지 이 남매으 으므니는 이 말을 믿고 딸은 죽으도 아들은 죽지 않게 해야 하겠다고 딸을 죽게 하는 방도를 여르 모로 생각했다. 그르다가 하루는 이 남매를 불르놓고, "느그들 승 쌓기 내기를 해 봐라. 지는 아는 죽기로 해라" 이릏게 말했다. 그래스 이 남매는 각각 산에 올라가스 승을 쌓는디 으므니가 가만히 보니께 딸은 블스 다 싸 가고 있는디 아들은 아직도 다 쌓지 못하고 있읐다. 그래스 으므니는 즘심밥을 싸가지고 딸한티 가스, "야야, 심든디 이 즘심이나 묵고 싸라"고 했다. 그래스 딸은 으므니가 준 즘심을 묵읐는디 아들은 그동안에 다 승을 쌌다. 그래스 딸은 즈스 죽을 수밖에 읎읐다고 한다.

*1927년 2월 牙山郡 鹽峙面 大洞里 尹戊男

茂盛山城 | 공주서 牛城面으로 가는 도중에 기게다뤼란 데가 있으유. 그 기게다뤼에스 한 30리쯤 되는디 茂盛山이라고 하는 산이 있는디 그 산꼭대기에 조그만 승이 있

으유. 이 승을 싼 데 관한 즌슬을 말하겠십니다.

옛날 그 산 밑이 홀으므니가 살었는디 이 홀으므니는 아들하고 딸하고 두 남매를 데리고 살드래유. 그른디 아들하고 딸하고 둘 다 장사라 둘이 내기를 글었는디유. 딸은 승을 쌓기로 하고 아들은 나막신을 신고 송아지를 타고 서울 갔다오기로 내기를 했드래유. 나중에 메칠 글려서 그이 승을 다 싸 가는디 아들이 돌아오지 않더래유.

그리서 으므니가 팥죽 끓여각고 딸한티 주면스 이것을 므고 하라고 그러는디 그 팥죽이 굉장히 뜨그웠대유. 그래스 그긋을 식히며 므는디 그때에 아들이 돌아왔다는 그유. 그른디 내기를 제일 츰에 시작할 때 으틓게 했냐 하면은 스로 목숨을 글고 하는 내긴데유. 그래스 팥죽을 므었을 때 아들이 돌아왔기 때문에 딸이 조금만 드 싸면 되는디 다 못 쌌대유. 그래스 딸은 즈스 죽었다는 이얘긴데 말하자면 옛날부터 아들은 중하고 딸은 들 중하다는 긋을 말하는 긋 같애유.

*1973년 9월 24일 公州郡 灘川面 三角里 李應祥 (22세, 男)

大鳥寺 彌勒佛 | 부여에스 서남쪽으로 30리쯤 가면 林川 舊邑이 나슨다. 이 임천 구읍

에는 聖興山이라는 산이 있는데 이 산에는 大鳥寺라는 절이 있다. 이 절 안에는 높이가 55척이나 되고 몸 둘레는 16척이나 되는 독으로 된 큰 彌勒佛이 있다. 이 미륵불은 독 하나로 조각해스 만들으진 佛體인데 그 조각해 논 품이 으찌나 잘 되었든지 보면 볼수록 훌륭한 예술품이라는 감을 준다. 이 미럭불은 원래는 다만 큰 바우였다고 한다.

이 바우 옆에 쬐그만 절이 있는디 이 절에서 도를 닦고 있든 노승이 하루는 꿈을 꾸니게 스쪽에스 금빛나는 새가 날르와스 이 바우에 앉이니께 바우가 환하게 빛을 내드니 바우는 보살 부체가 되고 빛을 비치여 그 근방을 훤하게 밝혔다. 이 노승은 깜작 놀라 잠을 깨각고 밖에 나가 보니게 새도 읎고 보살도 없었다. 그런디 그 바우는 훤하게 빛을 비치고 있었다. 이른 일이 사흘이나 계속돼서 노승은 林川으로 나가서 원님한티 보고했다. 원님은 나라에 이 사실을 보고했드니 왕은, 그때 왕은 백제왕이였는디 이 바우 있는 데다 절을 짓고 大鳥寺라고 이름지었다. 그후 고려 때에 와스 그 바우를 조각해서 오늘날 보는 굿과 같은 미륵불로 만들으 세웠다고 한다.

이 미륵불이 있는 데서 얼마 뜰으지지 않은 곳에 큰 바우가 하나 있는데 이 바우는 미륵불으 아우가 되는 바우라고 한다. 우그로 나와스는 따로 둘로 갈라즈 있지마는 땅 속에스는 이 두 바우는 붙으 있다고 한다. 이 바우는 형인 미럭을 읍수이 여기다가 그만 츤블로 불칼을 맞으스 목이 뜰으줬다고 한다. 그래서 이 바우는 머리가 잘라진 굿같이 되여 있다. 미륵불은 동생이 불칼을 맞는 바람에 등에 상처를 입게 됐다는데 그 상츠 자리가 있으 미륵불으 등이 깨즜다고 한다.

*1942년 12월 扶餘郡 恩山面 琴谷里 兪鎭汐

恩津 彌勒佛 │ 고려 光宗 19년 어느 봄날 沙梯村에 사는 한 여자가 盤藥山으로 나물을 캐

로 가스 나물을 캐고 있느라니게 으디스 으린애 우는 소리가 나스 애기 우는 소리를 따라서 가 본게 으린애기는 읆고 땅 속에스 독이 하나 솟아오르고 있었다. 이른 말을 나라에다 보했드니 나라스는 석수쟁이를 시켜스 이 독으로 부체를 맨들게 했다. 그때 부체 맨드는 공사는 慧明이라는 중이 감독해서 맨들었다고 한다. 이 독은 통은 컸지만 높이가 읆으스 제우 아랫도리만 깎었다. 웃동을 連山스 갖다가 깎었는디 이 웃동을 아랫동 우에다 올려놀라고 하는디 웃동이 크고 무그워스 읏으놀 수가 읆었다. 慧明은 으틓게 해스 올려놀꼬 하고 고심을 했는디 하루는 금강 강변에 나갔드니 조그만한 으린 童子들이 진흑으로 미륵불상을 세 토막을 맨들으가지고 미륵 쌓자 함스 노는디 가만히 보니게 밑이 동을 세우구 이굿을 모래로 싸스 높이 해놓고 다음에 가운데 토막을 모래 우로 올러스 밑이 통 우에다 올려놓고 또 그굿을 모래로 싸스 놓고 젤 웃통을 갖다가 올려놓고 있었다. 그르고스는 싸올린 모래를 다 파내니께 미륵은 완즌히 다 되여 있읐다.

혜명은 이긋을 보고 그 동자들이 한 방식에 따라스 아랫동을 흑으로 파묻으 싸고 웃동을 그 우에 올려놓고 흑을 다 파내스 미륵불을 완즌히 세웠다고 한다. 그르고 나스 강변에 가 보니께 童子들은 간 곳 읔이 읔으지고 말었는디 이긋은 慧明이가 미륵불을 올려놓기를 몰라스 애씨니께 文殊普賢이 그른 방식을 해서 올려놓는 긋을 가르친 그라고 한다.

그후 우리나라에 唐亂이 있었는디 그때 당나라스는 수만으 唐兵을 몰고 우리나라를 츠들으왔는디 당병이 압록강을 근늘 즉에 강물이 느므 짚으스 근느지 못하고 있었다. 그때 중 하나가 나타나드니 아랫도리를 쬐금 근으올리고 마치 얕은 여울을 근느가는 긋츠름 근느가스 唐兵들은 그 중이 근느가는 자리에 와서 근늘라고 했는디 들으가니께 짚으스 수만으 唐兵이 모다 물에 빠즈스 죽었다. 이긋을 본 당나라 장수는 크게 노해스 이 중이 씨고 있는 갓을 칼로 츠스 갓으 한 귀퉁이를 뜰으지게 했다. 그른디 중은 간 곳 읔이 사라지고 말었다.

이 중은 은진 미륵불이라고 한다. 나라가 위태롭게 되니께 이 佛體는 중으로 변해서 당병을 물에 빠즈죽게 했다고 한다. 그때 이 미륵불은 전신에 땀을 흘리고 손에 들었든 연꽃은 색이 희미하게 되였다고 한다.

지금 미륵불을 보면 미륵불이 씨고 있는 갓으 한 귀퉁이가 뜰으즈스 그말못으로 떼우고 있는디 이긋은 당나라 장수가 내려친 칼에 중이 썼든 갓으 한 귀퉁이가 뜰으줬든 긋이라고 하는디, 그긋이 이 미륵부체으 갓이 그렇게 한 귀퉁이가 뜰으즈스 그랬다는 긋이라고 한다.

＊1932년 5월 論山郡 崔元洛

恩津 彌勒佛 | 논산읍에서 동북쪽으로 십 리쯤 가면 盤藥山이 있는디 이 산 기슭에 灌燭寺

라는 절이 있다. 이 절 안에는 우리나라스 제일 크고 높은 미륵 佛像이 있다. 옛날에 沙梯村이라는 마을에 사는 한 여자가 반약산에 올라가스 고사리를 끊고 있었는디 으데스 애기 우는 소리가 들려와서 그 소리나는 쪽으로 가 보니까 애기는 읎고 큰 바우가 땅 속에스 솟으오르고 있었다. 이 여자는 그 이상한 바우 이야기를 관가에다 고했드니 관가에스는 나라에다 報했다. 나라스는 이른 報를 받고 이긋은 아마도 불상을 만들라고 부처님이 가르치는 긋이라고 이 바우로 불상을 만들기 위하여 팔도으 유명한 석수쟁이를 모두 모아스 石佛像을 만들게 했다. 慧明大師가 감독이 되여 이 바우로 미륵불상을 만들었는디 이 불상이 다 된 담에 일으켜세울 단계에 이르러스 이 불상이 으찌나 크든지 일으켜세울 수가 읎었다. 혜명대사는 으틓게 해서 일으켜세울가 하고 고심했는디 아무리 생각해도 일으켜세울 방법이 읎었다. 하루는 혜명대사는 沙梯村으로 동양나가다가 중도에스 童子들이 진흑으로 큰 부처를 만들고 부체으 발 밑둥으 모래를 파스 부체 윗둥에다 쌓고 쌓고 하니까 부체가 일어세워졌는디 동자들이 그럼서 노는 긋을 봤다. 혜명대사는 동자들이 하고 있는 긋을 보고 크게 감탄해서 그 방법대로 해서 석불을 일으켜세웠다고 한다. 그른데 혜명대사 앞에서 부체를 세우는 장난을 하든 동자들은 文殊菩薩이 동자로 변해서 혜명대사를 깨우츠 준 그라고 한다.

이 미륵불으 이마에는 구실이 박혀 있는디 이 구실에스는 광채가 나스 온 츤지를 비쳤다. 중국으 유명한 중 智眼大師가 이 빛깔을 보고 믈리 우리나라까지 와스 보고 그 빛깔이 마치 촛불 같다고 해서 이 불상 옆에 있는 절을 灌燭寺라고 이름지었다고 한다.

임진왜란 때 倭兵은 이곳에까지 물밀듯이 몰켜왔다고 한다. 그때 우리나라 군사와 큰 쌈이 벌으졌는디 우리 군사가 그만 패해서 자꾸 밀려나게 됐다. 그른디 난디읎이 으디스 초립돼이가 나타나스 왜병을 마구 무찔릈다. 왜병은 달라들으 칼루 초립돼이가 쓴 갓으 한 귀퉁이를 끊었다. 초립돼이는 연상 싸우먼스 뒷글음질치면서 금강에까지 와스는 바지가래츰만 추켜 올림스 금강을 근느갔다. 이긋을 본 왜병은 금강 강물이 얕은 줄 알고 그대로 강으로 뛰어들으 이 초립돼이를 쫓아갔는디 강물이 짚으스 왜병은 모두다 강물에 빠즈 죽었다고 한다.

이 초립돼이란 관촉사으 미륵불이 동자로 화해스 나타난 긋이라고 한다. 지금 미륵불으 므리에 쓴 갓으 한 구팅이가 뜰으즈 나가 있는 굿은 그때 왜병으 칼에 맞으스 뜰으즈 나갔기 때문이라고 한다.

　恩津으 미륵불은 이릏게 국난을 당했을 때에는 나라를 구하는 佛體라고 한다.

*1962년 6월 29일 大德郡 鎭岑面 松亭里 南之燮 (21세, 男)

恩津 彌勒佛 ｜ 論山으 恩津에다 절을 짓고 미륵부체를 해서 세우는데 그 미륵부체는 세 토막으로 되어 있는디 이굿을 세울 즉에 이 공사를 맡은 중이 아무리 연구해도 한데 갖다 맞추으스 세울 생각이 뜨오르지 안했어유. 하루는 마을에 내레가서 강가에 가서 다닝게 으린 아이 셋이 모래 장난을 하는디 그 으린 애들이 부체님 같은 독을 세 토막 세우면스 미륵 쌓자 미륵 쌓자 하고 소리를 하고 있그든유. 가만히 보니께 부체 밑이 토막을 세우고 모래로 쌓으올리여, 그 밑이 토막을 다 묻고는 그 다음에 가운데 토막을 끌어올리여 그 우에다 읂으놓고는 또 모래를 싸올리고 다 묻고 그 다음에 우에 토막을 갖다 읂으놓드래유. 그르고 나스 모래 싼 굿을 죄다 흩으낸단 말이유. 그르니께 미륵부체가 세 토막이 완즌히 제대로 싸올려줬드래유. 미륵부체를 만든 중은 이굿을 보고 을른 돌아와스 그 으린애들이 하는 방법대로 해스 미륵부체를 세웠다는 굿이지유. 나중에 알고 보니께 문수보살이 아이로 변해스 그 중한티다 미륵부체 쌓는 지혜를 주었다는 그래유.

　그 미륵부처으 眉間에 金으로 동그랗게 ― 그굿을 므라고 하나유? ― 그글 박고 있었는디 그 으느 전쟁땐가 중국 사람이 와스 빼갔다고 그른 이얘기도 있지유. 그른디 츳븐에는 그굿을 그릏게 미간에다 金으로 박았는디 그 미륵불이 나타내는 빛이 조선천지를 다아 환하게 다 비츠줬다는 굿이지유. 그른디 그때 마침 중국과 우리 조선이 전쟁을 해야 할 ― 마아 쌈이 일어난 때죠. 그래 중국 장수가 압록강을 근느와서 우리나라를 츠들으오는디 압록강을 근느는디 으뜬 사람이 강 위를

아장아장 근느가니까 아주 얕은 강인 줄 알고 중국 군대들이 전부 와
아 하고 달라들으 강을 근늘라고 했는디 의외로 강은 얕은 게 아니라
대단히 깊으스 전부 그그스 빠즈 죽었다는 거죠. 그래서 이상하다 하
고 그 장수가 연구를 했는디 가만히 天機를 보니까 아 그 은진미륵 있
는 논산 방면에스 화안히 빛이 비치고 하니까 이상하다 그기 뭇이 있
는게비다 해가주고 와스 보니까 아니나 다를까 미륵이 있고 그기스 빛
을 나타내고 있드라 그 말씀이예유. 그래스 홧김에 칼을 빼스 미륵이
쓰고 있는 갓을 쳤는디 그 갓 한 쪽이 쪼금 뜰으즜다고 하는 그유. 뜰
으진 갓 한 쪽이 뜰으진 긋은 중국 장수가 와서 칼로 친 그 자쿠라 하
는 이얘기가 있고 한듸 그 장수도 결국은 뜻을 이루지 못하고 본국으
로 도망을 했다는 그유.

　미륵불에스 빛이 나스 조선천지를 비췄기 때문에 이 미륵불이 있는
절으 이름을 灌燭寺라고 했다고 하죠.
＊1973년 9월 26일 論山郡 陽村面 南山里 金永敦 (57세, 男)

修德寺 보신바위와 보신꽃 | 옛날 옛즉 아주 옛날

에 지금 修德寺가 있는 자리에 草家三間을 짓고 므리를 깍지 않고 살
고 있는 보살 한 분이 있었다. 이 보살은 인물이 천하일색이라 이 美人
을 볼라고 각골으 호글들이 찾으왔다. 그 많은 사람 중에 이름난 부자
도 있었다.

　이 미인은 무신 한이 있는지 항시 수심이 가득해가지고 지냈다. 그
래스 이 부자는 이긋을 보고 "보살님은 무신 일로 그릏게 수심이 가득
하오?" 하고 물었다. 그르니께 보살은, "나는 이 자리에 절이나 크게 한
채 짓고 부채님을 모시고 살고 싶은디 그긋이 이루어지지 안해서 그래
스 그른다"고 대답했다. 부자는 이 말을 듣고 "그르면 내가 보살님 소
원대로 큰 절을 지으 주겠소. 그른디 나도 소원이 있는디 내 소원도 들
으 주겠소?" 하고 말했다. "당신 소원이 무웃이요?" 하니까 부자는 보

살님과 나의 일생을 같이 사는 굿이 소원이라고 했다. 보살은 "내 소원만 풀으 준다면야 같이 살겠소" 했다.

그래서 부자는 그때부터 절 짓기를 시작했다. 그르고 보살보고 같이 살자고 했다. 그랬드니 보살은 "당신은 으찌 그릏게 승급하고 경솔한 말을 하오. 이같이 큰 공사를 시작해 놓고 그 일에 열중해야 할 판인데 그른 말을 하다니 워디 될 말이요. 이 공사가 다 끝난 담에 소원대로 같이 살기로 합시다" 이렇게 말을 하니게 부자는 할 수 읎이 공사가 끝날 날까지 지다르기로 하고 절 짓는 데에다가 증승을 쏟았다.

절이 다 지으지고 부츠님까지 모셔놓게 돼스 보살은 부자하고 살게 될 때가 됐다. 보살은 방에 앉으스 부자보고 들으오라고 해서 들으갔드니 보살은 웃음을 띠고 맞으들였다. 그른디 부자가 자리에 앉이니게 보살은 아무말도 읎이 뒷문을 열고 나갈라고 했다. 부자는 이긋을 보고 "워데 가오?" 하면스 보살을 붙잡었는디 붙잡는다는 긋이 보신[1] 뒷축을 붙잡었다. 그랬드니 보살은 보신 한 짝을 남기고 기냥 나가 브렸다. 부자는 방에 남으 앉으스 보살이 다시 들으오리라 하고 지다르고 있었는디 암만 지달르도 들으오지 않으스 보신을 한 짝 들고 뒷문으로 밖에 나가 봤다. 그랬드니 보살은 뒤에 있는 바우 우에 올라앉으 있었다. 부자는 "워째스 들으오지 않고 그기 앉으 있소? 이 보신을 신고 으스 방으로 들으가자" 하면스 보신 한 짝을 보살한티 주었다. 그랬드니 보살은 보신을 받으스 바우 우에다 놓고 바우 속으로 들으갔다. 부자는 그글 보고 흐망한 일도 다 있다 하고 방으로 들으와스 보살 생각으로 뜬눈으로 밤을 새웠다.

다음날 아침에 날이 밝아스 뒤에 있는 바우에 가 보니게 바우 우에는 보신 한 짝이 그대로 놓여 있고 보살은 보이지 안했다. 그 뒤에 이 바우 밑에스는 보신 모양으 꼬시[2] 피게 됐다.

므리 깍지 않은 이 美女 보살은 관세음보살이 사람으로 변신해서 절을 세운 긋이라고 하는디 이 절이 修德寺라는 절이라고 한다. 보살이 사라진 바우는 보신바우라고 지금 부르고 있다.

＊1962년 11월 禮山郡 德山面 斜川里 印得洙

1) 버선   2) 꽃이

三陟 退潮碑 |
옛날에 許眉叟라는 文章이 계셨는데
이 분으 함자는 穆이라고 했다. 이분은
눈썹이 을굴을 내려덮을 만치 길으스 호를 眉叟라고 했다고 한다.

　이분이 江原道 三陟으로 원 노릇을 갔었는데 三陟 골 사람들은 바
다 潮水가 밀려 들으와서 상하는 사람이 많아서 큰 곤란을 받고 있으
스 許眉叟는 백승들으 이른 곤란을 읎애기 위하여 退潮文이란 글을
지여 이긋을 碑石에다 새겨스 해변에다 세웠다. 그랬드니 바다 조수는
비슥이 스 있는 데까지만 오고 골 안에는 들으오지 안했다.

　그후 許眉叟란 분은 가고 새로 원님이 왔는데 許眉叟가 退潮碑를
세운 후로 三陟郡民이 바다 潮水로 곤란을 받지 않는다는 말을 듣고
"碑石 따위가 워찌 바다물을 못 들으오게 하겠느냐? 그른 妖言은 믿
을 수 읎다" 하며 그 비슥을 깨트르 읎애라고 했다. 郡民들은 원님으
命이 부당하다고 여겼지만 官長으 명이라 할 수 읎이 비슥을 깨트르
버렸다. 그랬드니 潮水가 밀려와스 즌보다 드 많이 밀려왔다. 원님은
이긋을 보고 당황했는데 아즌 하나가 許眉叟가 退潮碑를 두 개 만들
으 하나는 東軒 마루 밑에 묻고 후일에 이 비슥이 쓰일 데가 있을 긋
이라고 했다는 말이 있다고 말했다. 원님은 할 수 읎이 동흔 마루 밑에
묻은 비슥을 파내스 세우라고 했다. 退潮碑를 다시 세웠드니 몰려오
든 潮水는 플리 물르나고 三陟 골 안에는 평온하게 됐다고 한다.

＊1927년 2월 公州郡 新上面 李誠文

全義李氏 都山所 |
公州 錦江에 나루트가 있는
디 옛날에 나룻배를 즈스 사
람을 강을 근느 주는 사공이 있었는디 이 사공은 사공질을 할망증 인
물이 잘생기고 수려하게 생겼드래유. 한 지관이 배를 타고 강을 근느

는디 사공을 봉께 그 사공이 비록 사공일망증 인물이 잘나고 해스 그 사람으 지기를 볼라고 강을 다 근느각고는 아 즈짝으 볼일이 있다 함스 도로 즈짝으로 가자고 했대유. 사공은 이 지관이 말한 대르 즈짝으로 근느 중께 또 즈짝에 볼 일이 있다 함스 도로 가자고 했대유. 사공이 태우고 오면 또 즈쪽으 볼 일이 있다고 하고 도로 즈쪽으로 가자고 하드래유. 이러기를 아홉 본이나 왔다갔다 했대유. 그른디도 사공은 싫으하지도 않고 화도 안 내고 했대유. 지관은 이릏게 해스 사공으 지기와 도량을 보고 나스는 사람으 므든한 긋 같으스 "여보게 내가 보아하니 사람이 므든하니 내가 자네 묏자리 하나 잡아 줄 티니 그그다 親山을 씨게" 함스 그그다 친산을 씨면 金貫子가 즉으도 세 수레 반은 나온다고 그르드래유. 그래스 지관이 잡아 준 디다가 親山을 쐈드니 金貫子가 세 수레 반이 아니라 열세 수레 반이나 나왔대유. 이 사공이란 사람이 全義李氏네 都祖上인디 이 全義李氏는 그그다 뫼를 쓰스 金貫子 베실을 수읊이 하고 그 자손도 븐승해스 각처에 그 자손이 안 사는 디가 읎게 됐대유. 公州 錦江 산소 하면은 全義李氏네 都山所라는 긋을 모르는 사람이 읎으유. 그른디 그 산소는 향이 伏虎向이래유.
＊1973년 10월 30일 公州邑 中學洞 李起德 (66세, 女)

蔣將軍 墓 | 宋나라 즉 즈으 中國 宋나라 한 7백여 년 즌으 이얘긴디유, 蔣將軍 무듬이란 게 있으유. 그 묘가 잘해 놨십니다. 그이가 宋나라 적녹 大夫를 지냈는디 그때 중국에 무슨 즉에 몰렸그나 해스 위트릅게 돼각구스는 조슨에 피란을 나왔대유. 그가 그르니께 여그 新坪골이 무느지기 즌에 그 고장에스 피란 나와가주고 그가 있는디 그그스 세상을 뜼으유. 자손을 멫 두고 세상을 뜼는디 蔣將軍은 적녹 大夫니께 조슨 임금보단 지위가 높지 않습니까?

그리고 그냥 그 자손들은 으듸로 살무시 믈리 프지고 읎읐는디 그라고 난 뒤로는 그 무듬에는 그 근체 원제든지 그기다 지(祭)를 지내야지 안 지내 주면 벌을 주고 밤낮 그릏단 말이유. 그래 그그다가 할 수 읎이 당집을 짓고스는 근츠 사람들이 해마다 위하고 그릏하고 했는디 그 당집 외에 모이 봉분에 가서 참나무가 슜으유. 아람두리 참나무가 슜는디 거럴 위한단 말씸이요. 그라난듸 그 후손들이 경상도로 프줬는디 그분들이 여르 해 찾다가 찾으스 잘 수축해 놨십니다. 그렇게 그곳에 있든 당집도 읎으지고 참나무도 내 브리스 지금은 읎으쥸지요.

*1973년 9월 20일 牙山郡 靈仁面 牙山里 3區 李錫夏 (61세, 男)

말무덤 |

忠南 洪城郡 金馬面 부평리 앞산 철마산에는 말무덤이라는 큰 무듬이 있십니다.

백제가 망하고 난 뒤 백제으 유민들은 백제 부흥 운동을 했는디 그 때 임종성으 흑치상지라는 장수도 이 부흥 운동에 앞장을 슜다고 합니다. 흑치상지는 名馬를 기르고 있었는데 이 말은 하루에 千里를 달리는 千里馬였다고 합니다.

하루는 흑치상지는 이 말이 을마나 잘 달리나 알고 싶으스 임종성 꼭대기에스 활으 시위를 댕기자마자 말을 달렸십니다. 말은 으찌나 빠르게 달렸든지 철마산 꼭대기에 왔일 때까지도 화살은 아직 날아오지 안했십니다. 그른디 나중에 날아온 화살은 그만 천리마에 맞으 말은 그만 죽고 말았십니다.

흑치상지는 천리마가 이릏게 허무하게 죽은 긋을 보고 크게 슬프하고 그 자리에다 천리마를 위하여 그렇게 무듬을 만들었습니다. 이것이 오늘날 말하는 말무듬입니다.

*1973년 9월 25일 洪城郡 金馬面 부평리 명재근 (19세, 男)

牙山이 무너지나 平澤이 깨지나 |

옛날부트 牙山이 무느지나 平澤이 깨지나 이른 속담이 있는디 6·25 動亂 때 결국은 아산은 편하고 평택은 무느즜십니다. 그 이유는 난리 때 평택은 시가지가 전멸이 됐고 아산은 하나도 상하지 안해서 결국 평택이 지고 아산이 이겼단 말입니다.

6·25 난리 때 아산에도 인민군이 그리그리 골작골작에 깔려 있고 평택에도 인민군이 시가지 전부에 깔려 있웠는디 아산 쪽은 유엔군 비행기가 폭격을 하나도 하지 않었지마는 평택은 인민군을 소탕하느라고 폭격을 드레 퍼부웠으유. 그래서 평택은 폭삭 망했지유. 그래서 아산이 무느지냐 평택이 깨지냐 하는 속담이 그대로 맞었다고 보겠지유.

*1973년 9월 20일 牙山郡 靈仁面 牙山里 3區 朴魯讚 (56세, 男)

牙山이 무너지나 平澤이 깨지나 |

아산이 무느지나 평택이 깨지나 하는 그 내막은유, 다른 굿이 아니라 여기 李土亭이 안골이라고유, 그 안골에 도임해가주고 오스가주고스 그이가 뭘 자시는고 하니 자기 몸보신으로다가 지네 생집을 자셨그든유. 지네를 자실 즉에 원제든지 밤 생집 ─ 지네 생집을 내 자시는디 밤 생집을 자스야 그게 除毒이 되지 그러지 않으면 안 되는 게유 ─ 그게 그래가주고스 줄창 그렇게 자시는디 토인(通引) 여슥이 그래 하루는 인즈 요기 高龍山이라고 앞산이 있는디 그기를 하루는 소풍차로 토인을 데리고 구경을 갔으유. 가서 놀다가 해가름에 내레오는디 토인보고, "즈으기 가스 저 바웃돌을 좀 뜨들으봐라" 그라고 말씀했든 모양이여. 참 뜨들으보니께 쉽게 뜨들으진단 말이유. 그기 참 銀石 독 金石 독이 들으 있으유. 그래 이놈이 움킬라고 그르니께 "아아 즐대즉으로 그래스는 못씬다. 그굿이 우리나라 사람이 사흘 믁을 양식그리다. 그러니께 도로 듭으두라"고 그르고스 그냥 할 수 읎이 내레오는디 아 이놈이 그굿을 야심을 두었단 말이여. 즈 양반이 지네 생집을 자시니께 으뚷게든지 즈 양반을 읎애고 그 보화를 채지하리라, 그만 앙심을 두웠단 말씀이여!

그에 토인이 은지든지 밤 생집을 츠스 꼭 지네 생집을 대즙하고스는 올리고 마련인데 아이 이놈이 지네를 갖다 따악 생집을 해스 대즙하고 나스는 브드나무다 생집을 췄십니다. 브드나무를 치면 츤상 밤 생집 같습니다. 그긋을 갖다 대즙했으요. 그긋을 싸악 깨물으다 보니께 블쓰 시간이 지냈단 말이여. 그래스 그 毒氣로다 그 양반이 참 세상을 뜨슀는디 그래스 참 자기 상전을 잡으믁는 게 아닙니까? 그래가주고 스는 돌아간 뒤에 지가 산에 올라가스 바우를 보니께 그놈도 같고 그 놈도 같으스 당초 으떻게 할 도리가 읎단 말이여. 그래스 도로 내레와스 자기 상전만 쥑이고 요렇게 됐는디 그긋은 실지는 高龍山이 앞산이 아니랍니다. 강완도(江原道) 금강산이랍니다. 李土亭이란 분이 土亭秘訣도 있지만스두 縮地를 했으요. 그이가 그래가주구 강완도 금강산에 가스 그칸 긋을 고긴 줄 알고스 그놈이 그렇게 했지 뭐요.

그르한 後에 다른 사람이 여기를 도임을 해서 오는디 그전에는 브즛하게 평택꺼지 나가스 맘대로 와서 신연해가주고 왔지만스두, 아 자기 상전을 잡으믁웄잉게 도대체 아주 여기 관속들이랑 토인들이랑 볼게 뭐 있겠에유? 자기 상전 잡으믁은 놈이라구, 그래서 牙山이 무느즜다는 게요, 평택한틱. 平澤이 깨지니께 아산이 무느즜다는 게요. 그 골에 관속들한틔 즜지. 이를테면 상즌 잡으믁웄이니 무슨 즌그가 있이유? 그래스 그 비결이 인즈 그렇게 나가 아산이 무느지나 평택이 깨지나 그글 따지는 게 그게 그게랍니다.

*1973년 9월 20일 牙山郡 靈仁面 牙山里 3區 李錫夏 (61세, 男)

成平牟氏 中始祖 | 옛날에 牟氏 姓을 가진 사람이 있읐는디 이 사람은 무失

父母한 디다가 집이 가난하고 지체도 나차움고 해스 사람들한티스 츤대를 받고 이리즈리 뜨돌아댕김스 은으믁고 살읐는디 이 사람은 키가 두 자가 웃밖에 안된 난쟁이라 사람들이 읍신여기고 상대도 안 해 주읐어.

하루는 워디를 강께 사람들이 모여서 아무드에 凶家가 있는디 그그

들으가기만 하면 죽는다고 이얘기를 하고 있으스 이 牟氏는 그 말을 듣고 "워디 내가 그 집이 챛으가스 그 집 헹펜[1]이나 살펴보아야겄다" 하고 그 집이를 챛으갔으. 가가주고 그 집 젤 큰 방에 들으가스 방바닥에 가스 드르누으 있이닝께 한밤중쯤 되니께 멋이 나오는디 보니께 아아 글세 붕그지 쓴 놈이 나타나드니 이 사람 앞에 와서 무릎을 꿇고 앉으스 "아아 大臣님 오슀십니까?" 하고 즐을 하고 물러가드랴. 그르드니 이븐에는 神將이 나와스 "대감님 오슀십니까?" 하고는 물러가드랴. 그리스 이 牟氏는 이상해스 "이게 으찌 된 일이냐?"고 물응께 大將이 말하기를, "이 집은 임진왜란 때 김 대장이 사시든 집인디 그 난리통에 으찌 되였는지 김 대장이 이 집에 다시 나타나지 안해서 즈그들이 쭈욱 이 집을 지켜 왔는디 이제야 대감님이 오슀다"고 함스 인제는 즈그들은 그만 물러가야 한다고 이르드랴.

牟氏는 그날 밤 그그스 자고 아침이 돼서 나와서 돌아댕김스 은으믁고 밤이 돼서 다시 그 집이 들으와서 자는 그야. 그르고 지내는디 하루는 워디를 가니께 사람이 많이 모여 있으. 그리 가봉께 즘쟁이가 즘을 치고 있으스 이 사람도 즘을 치고 싶으스 즘을 츠 달라고 헝께 즘쟁이는 한참 츠다보드니 "당신 봉창[2]에 돈 양 반이 있지요? 그 돈 가지고 남쪽으로 가스 몸을 피하시요. 그맇으면 신수가 좋지 않을 그요. 보름 후에 으뜬 주막 봉로방에스 자게 될 티니 그때 즌대를 팔로 온 사람이 있그든 그 즌대를 사시요. 사 두면 무신 수가 생길 그요" 이른단 말이요.

그래스 牟氏는 즘쟁이 말을 듣고 남쪽으로 가스 보름 동안 돌아다니며스 은으믁다가 으뜬 주막에 들었으요. 주막에 들으 있니랑께 즌대를 팔로 온 사람이 있으스 즘쟁이 말대로 그 즌대를 살라고 값을 물으봉께 두 냥 반 달라고 하더래유. 양 반밖에 읎이니 양 반만 받으시요, 헝께 그르라고 양 반에 즌대를 주웄으요.

다음날 牟氏는 그 즌대를 메고 여그즈그를 돌아다니는디 으뜬 큰 동네에 오게 됐이유. 그 동네는 지애집이 늘늘이 늘르 있는 동넨디 마침 해가 즈믈으스 워디 잘 만한 집이 읎는가 하고 챛으댕기다가 동네 한복판에 있는 제일 큰 집에를 챛으가스 주인을 챛읐어요. 대답이 읎으유. 그리스 대문을 열고 안으로 들으가스 안 대문에스 주인을 챛읐이요. 한참 챛이니께 즒은 여자가 나와유. 날이 즈물으스 그르니 하룻밤만 재워 주시유, 하니께 안 된다고 해유. 갈 곳이 읎으스 그르니 재와달라고 사증을 하니께, 사증사증 하니께 안에스 이뿐 츠녀가 나와스, "이 집에는 큰 변이 생겨스 당신이 이 집이스 자다가는 큰 화를 입을 굿 같으스 재울 수 읎소. 다른 데로 가스 편히 쉬시유" 이른단 말이유. "변이라니 무슨 변이유? 변을 당할라면은 나도 같이 당해 봅시다" 이릏게 말하니까 츠녀는, "증 그렇다면 들으오시유."

이래서 牟氏는 그 집이 들으가스 즈녁을 은으묵고, "변이라니 대체 무신 변이유?" 하고 물으 봤으유. 그르니께 츠녀는 "우리 집에는 식구가 열일곱 명이나 사는 큰 집인디, 그른디 한 보름 즌부트 매일밤 식구가 하나식 죽으 가스 이제는 우리 둘만 남읐는디 오늘밤에는 우리 둘 중에 누가 하나 죽게 됐으유" 이릏게 말을 해유. 牟氏는 그 말을 듣고 츠녀 모양이 츠량하고 불상해 보여스 워뜩흐든지 변을 당하지 않고 살펴 보아야겄다 하는 생각이 들으스, "극증 마시유. 내가 워뜧게 해스든지 그른 변을 막겠십니다."

이르고스는 으제 즈녁에 주막에서 산 즌대를 풀으 봤이유. 즌대 안에는 광대가 일곱 개 들으 있읐이유. 옳지 이 광대로 신장을 맨들으노면 되겠구나 하고 짚으로 크다란 흐새비[3]를 일곱 개 만들으 그 흐새비에다 각각 광대탈을 씨워 놓고 지다란 長竹에 담뱃불을 붙으스 흐새비한티 각각 하나식 물려 놓고 이굿을 대청에다 쭈욱 앉혀 놓고, 그르고 촛불을 여르 개 키어스 환하게 해 놓고 츠녀랑 여자는 안방 짚숙히 들으앉히고 牟氏는 큰방 문 앞에 가 앉으스 지켜보고 있읐으요. 그러고 있이니랑게 한밤중쯤 되니게 두드락딱딱 두드락딱딱 하고 요란한 소리가 나드니 귀신들이 몰려와스 대청을 보드니 깜작 놀램서 이크 큰일났다 함스 도망췄는디 얼매 후에 귀신 대장 같은 놈이 오드니 牟氏 앞에 무릎을 꿇고 "대감님 뵈입시다" 이르면스 즐을 해요. "대체 너이들은 무웃이냐? 이 짚은 밤에 나오다니" 이릏게 큰 소리로 물읐이유. 그르면스 "어찌스 이 집 식구들을 모다 데레가느냐?" 이릏게, "예예, 이

댁은 黃 대감 댁이온데 12대째 만석을 하는 큰 부자댁이온데 여르 대를 두고 돈과 銀을 큰 항아리에 넣으 땅 속에 묻으 두고 오랫동안 그대로 놔 두으스 이 돈과 銀은 묻혀 있는 긋이 갑갑해스 사가 돼스 나와스 우리를 끄내스 바깥바람 좀 쐬여 돌라고 말할라고 하는디 이 집 사람들은 보고 기양 말도 듣지 않고 죽읐을 뿐입니다. 우리가 잡으간 긋이 아닙니다.""그르면 느이들이 이 집 사람한테 변을 부리지 않게 할라면 워뜿게 하면 되느냐?""예에, 항아리 안에 있는 돈과 은을 끄내스 쓰면 됩니다.""그름 그 돈과 은을 늫으 둔 항아리는 워디 묻혀 있느냐?""대충 밑에 묻혀 있십니다.""그르면 느으 소원대로 해 주마" 牟氏가 이릏게 말하니게 귀신들과 귀신 대장은 물르갔어유.

귀신들이 물르간 뒤에 보니께 츠녀와 여자는 까무르츠스 죽으있으유. 그래스 팔 다리를 주무르고 드운 물을 믁인다 미음을 쑤으 믁인다 해스 살려 났이유. 그르고 다음날 날이 새자 대충 밑을 파 보니께 돈과 은이 들은 항아리가 여르 개 나왔으유.

牟氏는 그 집 츠녀보고 이 돈과 은을 쓰면은 그른 변을 당하지 않는다고 말하고 잘 살라고 하고 그 집을 떠날라고 하니까 츠녀는 이릏게 죽을 목숨을 살려 준 은인이 워디 있는가 가지 말라고 한사코 붙들읐이유. 牟氏는 그래도 가야 하겠다고 하니까 츠녀는 자기하고 백넌해로 해서 살자고 했이유. 牟氏는 나같이 볼품읎는 사람이 워뜿게 당신 같은 귀한 사람과 살 수 있겠는가, 좋은 배필 만나스 잘 사는 것이 마땅하다 하고 증 멋하면 남매으 誼나 맺자 하고 그 집이스 떠났이유.

그른디 이 牟氏는 서울에 와스 벼슬에 오르게 돼각고 나중에는 判書까지 됐다는디 이분이 成平牟氏 中始祖가 되는 분이래유.

＊1967년 8월 論山郡 可也谷面 屛岩里 金如山

1) 형편　　2) 호주머니　　3) 허수아비

<h2>尙州尙氏 ｜ 옛날에 尙州으 으뜸 원님 마누라가 천하에 읎는 미인이였읐는디 이 원님 마누라가 하루는</h2>

여름츨인데 하도 드윘든 날이여스 그랬든지 대층 시원한 되스 낮잠을
자고 있윘다. 그른데 그 자는 모습이 좀 흠했든 모양이였든가베. 그때
에 사령 한 놈이 거기 들으왔다가 원님 마나님이 자고 있는 모양을 보
고 즈른 미인을 한 븐 품고 자 봤으면 한이 읎겠다는 생각이 달칵 났단
말이지. 그른디 원님사또 마누래를 근드릈다가는 무신 재변을 당할지
몰라 그만 꾹 참고 기양 나갈라고 했는디 그렇지만 자아 사램이 이 시
상에 태으났다가 즈른 미인을 보고도 기양 근디르 보지도 못하고 만다
는 긋은 생즌 두고두고 원한이 되겠다, 에라 뒈야 으찌 되든 에라 모리
겠다 하고스는 용기를 내각고 대층으로 뛰으 올라가스 원님 마누라를
올라탔단 말이지. 그르니 이 마나님이 깜작 놀랄밖에. 그른디 소리를
지르고 야단치자니 우세만 당할 긋 같고 기양 당하자니 으울하기 짝이
읎는 긋 같고 이거 워쯔나 하고 으물으물하고 있는 동안에 그만 급탈
을 당하고 말았단 말이여. 그른 뒤에 이 원님 마누라는 태기가 있으 열
달 만에 아들을 났으. 그래서 이 아들을 원님 아들, 두째아들로 해각고
잘 키윘으.

　이 원님은 베실이 올라 내중에는 判書까지 지내고 나이가 많으스
세상을 뜨났지. 뜨난 후에 이 판스으 지사를 지내는디 이 판서으 사촌
되는 사람이 와스 같이 지사를 지내는디 이 판서으 사촌은 귀신을 볼
줄 아는 사람이든가베여. 판스 아들 형제가 지사 지내는 긋을 보니께
큰조카가 잔을 올리니까 판스가 그 잔을 받으. 그른디 작은조카가 잔
을 올리니께 짓상[1] 밑이스 붕그지 쓴 놈이 나타나스 잔을 받그든. 이
그 이상하다 하고 작은조카를 불르내가지고 "느는 내 친조카가 아니니
그른 줄 알으라" 이랬단 말이지.

　아 그래노니 이 작은아들은 기가 막혀. 지가 분명히 판스으 작은아
들인디 당숙은 내 친조카가 아니라고 하니 이게 대체 워쯘 일인가 하
고 즈그 으므니한티 가스 칼을 뻬스 지[2] 가심에다 대고 나는 아브지
아들이 아니라고 하니 이게 워째스 아니라는 그유? 그 까닭을 갈츠돌
라, 안 갈츠 주면 나는 이 칼로 찔르 죽겠노라고 이랬그든유. 그리니께
으므니는 안 갈츠 줄 수 읎단 말이여. 그리스 사실이 약하약하하다고

그 자츠지종 이야기를 사실대로 다 해 주슸유.

그리스 이 아들은 그날부터 즈그 친아브지를 챚이러 댕기는 그라. 그른디 아무리 챚으댕기여도 통 알 수가 읎어. 그리스 아부지 챚는 일을 그만두고 글 공부를 열심히 했지. 그르다가 과거를 봐스 장원급제를 했어. 그른디 과제 시흠 보는 종우[3]다가 이름만 쓰지 姓은 안 쓰으. 상감님이 이 시흠지를 봤는디 글이 으찌나 잘 지었는지 그만 크게 감탄하고 이른 인재가 으뜬 사람인가 하고 한 븐 만나보아야겄다, 하고 불러 만나보고 이름은 있으도 승이 읎는 굿은 워짠 까닭이냐고 물으슸유. 그래서 이 사람은 사실이 약차약차해서 아브지를 챚으내지 못해스 姓을 쓸 수가 읎으스 그랬십니다 하고 아뢰었어. 그러니까 상감님은 그러겠다, 그름 새로 姓을 지면 되겠다 하고 尙州스 났이니 姓은 尙氏로 하고 본을 尙州로 하라 하시고 姓을 尙州尙氏로 賜姓했다는 그여. 이게 尙州尙氏가 생긴 이야깁니다.

＊1967년 8월 論山郡 可也谷面 屛岩里 金如山

1) 祭床　　2) 자기　　3) 종이

雲山里가 망한 이유 | 우리 동네 雲山里는 옛날에는 千石꾼이 부자

가 백여 호나 살든 富村이였다고 한다. 그른디 지금은 부자라고는 하나도 읎고 가난한 사람만 사는 조그마한 동네가 되고 말았다.

옛날 雲山里에 부자들만 살든 그 시절에 으느 날 중이 와서 으뜬 부자집에 동냥을 달라고 했다. 그러니까 그 부자집 아낙네가, "아이고 이 놈으 동네 날마다 중으 동양 까트네 못 살겠네" 하면서 투들댔다. 중은 투덜대는 소리를 듣고 그렇게 중 때문에 못 살겠으면 중이 안 오게 하는 방법을 가르츠 주끄냐고 하니께 여자는 좋와라고 갈츠 달라고 했다. 중은 즈 근느편 튼태리 입구에 있는 꼿선바우를 깨트러스 읎애 브리면 중이 오지 않게 된다고 말하고 가 브맀다.

이 말을 들은 이 여자는 동네 사람들보고 이 동네에 중이 동양 안오게 하는 방뵵은 저 천태리 입구에 있는 꼿선바우를 깨트르 읎애는 것이라고 말했다. 동네 사람들은 무두 나스스 그 꼿선바우를 깨트르 브렀다. 이 바우를 반찜 깨트리니까 하늘스 뭇이 하얀 구름을 타고 동네로 내려와스 사람들은 무슨 좋은 일이 생기나 하고 모두 집으로 달려갔는디 웬일인지 불이 여그즈그 일어나스 그만 동네는 다 불타 브리고 그래스 망하고 말았다. 이렇게 해서 운산리 마을은 망하고 말았다고 한다.

＊1962년 7월 禮山郡 光時面 雲山里 李在仁 (18세, 男)

姜邯贊 ｜ 고려 때 장수 강감찬이 이얘기 좀 허겠이유. 강감찬이 아브지께스 자식을 하나 훌륭히 낳자 하기 위해스 자기 부인과 결혼하고 그렇게 단방을 하고스 약속하기를 십 년 후에 다시 만나자고 그랬십니다. 남자으 精氣를 모아스 한 븐에 정신을 쏟는다 그그지. 게 십 년 후에 다시 만나자고 그랬이유. 그르고 부부간 헤으줬십니다. 게 강감찬이 아브지가 그 후로 집을 뜨나스 돌아댕김서 십 년 동안 精氣를 모인 게유. 吐精 안 한 그지. 남으 여자 하나 안 본그지. 십 년 동안을 말하자면 吐精 안 한 그여.

　게 십 년을 채우고스 집에 오느람스 오는데 날이 스물으 으뜬 주막을 뜨윽 들으가니께 과댁이 하나 살어. 게 거기서 하룻밤을 자게 됐는데 여자가 을굴이 꿩쟁이 이쁘. 근듸 간청을 헌단 말이여. 여자 쪽이스 간청하는 기여. 그렇게 강감찬이 아브지가 안 들읐십니다. 츰에는 그다가 간청에 못 이겨스 그기스 말하자면 그 여자를 본 그요. 보고스 그 부인이 하는 말이 "나는 사람이 아니고 난 여시올시다" 말이여, "십 년 묵은 여신데 나는 사람이 아니요. 자식 나면 당신을 갖다 줄 티니 그렇게 아시요" 그러고 여시는 워듸로 가 쁘릇십니다.

　게 그후로 자기 부인을 십 년 만에 만나스 이른 이야기 즈른 이야기 하다가 그륵즈륵 지나다가 일 년이 지났십니다. 근데 바깥이스 으린애 우는 소리가 나그든. 가 보니께 가랑잎이다 쌌스 으린애를 하나 났시요 그려. 자기는 생각이 들은 이야기도 있고 한 이야기도 있잉께 짐작을 하지요. 게 갸를 키웠십니다. 키웠이요, 그 애가 강감찬이유.

키웠는디 키도 작달막하고 강감찬이가 곰봅니다. 게 인제 키워스 나중에 강감찬이란 名將이 되았는데, 츠음에 강감찬이가 고려 장수로서 임금한티 '육화지'[1]까지 받은 장순데 그때 아직도 新羅가 과거에 나라를 故國을 생각하고스 항상 증치가 되지 안하여 민심이 안정이 안 되으스 그때 임금이 강감찬이를 — 요새로 말하면 신라에 道知事라고 할까유 — 내레보냈이유, 원으로. 잘 좀 다시리라고.

그래 강감찬이가 사련교를 꾸며스 간단 말이여. 근데 조군꾼이 강감찬이가 一國 將帥라 으릏게 뒬이다보니께 키는 쪼그맣고 곰본데 온당체 이런 인물을 메고 가는게 괘씸하그든. 그래 반심을 믁었이유. 여기다 집으내브리고 가자는 그지, 가자.

강감찬이로스는 그긋을 알았십니다. "사련교를 증지하라." 증지했십니다. "느들 즈 우에 가스 쑤깽이 하나 뽑아 오느라" 이게여. 그래 뽑으왔이유. 이마안한 쑤깽이를 뽑으왔이유. "느 이 쑤깽이를 네 품안에 느바라!" 멩렝[2]인듸 으특합니까? 들으가지 않갔으유. 요고스 요고 기르기만큼 들으갈 그지. 마 자 가옷이나 두 자 좀 들으갈 그지, 품안으로. "드 못 늘그느냐?" "못 늫십니다." "이리 놔라!" 그래 그놈 받드니 소매로 쑤욱 늫드니 다 늫으쁜지. 워틓게 들으간지.

"이놈들 一年 묵은 쑤깽이도 윽제를 못 하면스 강감찬이를 니가 윽제할 반심을 믁을라고 해? 이놈!" 싹싹 빌었지 그그스.

그래스 무사히 그 사인교에 모스스 신라에 갔이유. 요새로 말하자면 신라에 군청이지요. 그때는 말하자면 이방 정방 吏戶禮兵房 아즌 六房이 조회하르 아침에 가는 기여, 거 보니께 키는 쪼그맣고 곰보가 원님자리에 뜨윽 앉았다 이 말이여. 보니께 아주 별긋도 아니여. 게 아즌 六房들이 낄낄대고 나가고 별 놈 다 있일 게 아닙니까? 거기서 참 가만히 보니께 강감찬을 아주 멸시하는 긋 같단 말이여. 그래 아즌 하나를 불렀이유. 불르스, "이 나라가 증치가 안 되는 이유가 므냐? 이 골에 증치 안 되는 게 므냐?" "예에 여기는 신라 천년 역사를 잃으브리고 그 고국을 생각해서 민심이 뒤숭숭하기 때문에 민심이 안정이 안 됩니다.”“그래? 그르면 그 민심을 안정시킬라면 으뜿게 해야 되느냐?”“이 新羅에 개구리가 많이 우는데 그 개구리를 다 잡으 죽이여야 합니다. 개구리만 울면 백성들이 웁니다” 말이여. “과그를 생각하고스 웁니다. 이 개구리를 잡으 죽이여야 합니다.”“그래 그름 여기 큰 방죽이 있느냐?”“예에 있십니다.”“그래 그러면 그 방죽 물을 푸고스 개구리 제일 큰 놈 한 마리만 잡으 오느라” 이게여.

　게 방죽 물을 푸고스 개구리를 한 마리 잡으 왔이요. 게 개구리 등에다 붓으로 메라 씨드니 도로 갔다 느라 이게여. 도로 늫드니 그후로는 개구리가 하나도 안 울으유. 신라가 그래스 강감찬이가 신라에 내려가스 민심을 안증시키고 증치를 바로잡었다는 굿이지요. 게 강감찬이 그 후로 강감찬이 대장은 대장인듸 상을 보면 비리믁을 상이여. 오디가 장군 상이 도즈히 일국 명장으 상이 들으 있지를 안히여, 아무리 오디를 뜯으보드래도 도모지 강감찬이는 관상을 보면 걸인상이랍니다. 그래스 관상쟁이가 아무리 바도 걸인지상인듸 一國名將이라 이 말이여.

　게 한 븐은 똥을 누는듸를 보니께 응 하고 똥을 누는듸 똑 팔따시만한 이만한 놈 하나 쏙 빠즈스 쿡 자빠진단 말이요. 이상하다 또 한 븐을 보니께 또 그리여. 끄응 하면 또 이마안한 팔따시만한 똥 한 자루 쏙 빠져 쿡 자빠지면 그냥 끊친단 말이여. 아 하하 이게 장군이구나 말이여. 그래 강감찬이가 똥을 그르 눈답니다. 한 븐 쿡 자빠지면 그만 꾀만 추끼는 그여. 드 안 누어. 그긋이로 끝이여. 그리스 아무리 키가 즉고 인물이 곰보라 하드래도 역시 그 무웃인가 智略과 도량은 따로 있고, 또 관상이 아무리 乞人之相이라 하드래도 그 똥 누는 굿 그긋으로스 장군이 무웃인가 달타는 굿을 오늘까지 즌해 내레오고 있지유.

*1973년 8월 26일 唐津郡 新坪面 雲井里 朴城付 (49세, 男)

1) 명예를 표시하는 말인 듯한데 어떠한 종류의 것인지 알 수 없다.　　2) 명령

無學大師

으뜸 부인이 갯굿을 팔르 오다가 으린애를 밴 여잔디, 인제 오다가 났그든요. 그기가 듬풀이

있든지 듬풀 속에다 요릏게 놔두고스람으 갯긋을 팔으각고 가다가슬
람 데리고 갈라고 하다가 인자 갯긋을 팔고스 와 보니께 학이 애기를
품고 앉었드래유. 그래스라므는 그 으린애가 무학대사라고 이렇게 즌
해유.

*1973년 8월 25일 瑞山邑 池建夏 (66세, 男)

無學大師 |

瑞山郡 부슥멘(浮石面) 芝山里라고 하는 동네
가 있십니다. 감물이[1] 써면 그냥 글으가는 그
지요. 그 감을 글으갔대요. 그 여자가 글으가스 看月島라는 듸는 인구
가 그때 36호, 그 시절에유. 그리스 그 여자가 그 애기를 데리고 가스
이긋을 워틓게 했이면 좋겠느냐 했드니 그기는 딴 슴이 있지요. 看月
島에는 뜰으진 딴 슴이 있이가지고스 그 슴은 조수가 들으오면은 슴
이요, 조수가 쓰면 육집니다. 그래가지고 그그스 그 애를 키웠답니다.
  키으스 그그스 키으 가면스 자기는 갯긋 장사를 해 가다 굴 장사를
해 가며 개를 가르췄답니다. 그래스 그분이 달빛으로 공부를 했답니
다. 달빛으로 공부를 해서 그리서 看月島라고 그 슴을 지웠답니다.
  看月庵은 절이지유. 看月庵을 맨들으스 그그스 공부를 하다가 자기
는 그만하면 修道가 다 끝난 줄 알고스 가다가 죽도라고 있십니다. 고
근느편 부섹멘 蒼里 근느스 죽도라는 슴이 있이요. 그 슴을 가다가 달
밤에 가다 보니까 웬 달이 벨안간 월식하는 식으로 달이 캉캄해스 못
가고스 도로 돌아슸답니다. 내가 수도가 들됐기 땜이 도로 돌아스야
갰다고 도로 看月庵을 또 와서 절에 가스 공부를 했답니다. 두 븐채
하고스 수도를 다 끝낸 뒤 갈 때에 그 看月庵이란 절에 붙은 팽나무
가 있으유. 팽나무 그 팽나무 속에 까치집이 있답니다. 갈 때 洞民에게
말하기를 "내가 이 수도를 다 끝내고 갈 때 그 팽나무가 죽는듸 이 팽
나무가 죽으도 비지를 말으라. 이 팽나무 새로 재생할 때는 우리나라
가 새로 재생한다" 그리스 그냥 뜨나슸답니다. 뜨나신 뒤 그 팽나무가
8·15 해방브틈 가지 하나가 살기 시작해스 지금은 완전히 그 팽나무

*1973년 8월 25일 瑞山邑 韓秉旭 (67세, 男)

1) 바닷물이

李退溪와 李栗谷의 比較評 | 우리나라 학자로스

가장 훌륭한 분을 이퇴계 슨생하고 이율곡 슨생을 치는 긋은 아마도 누구나 다 그를 긋입니다. 그른데 이 두 분 중 으느 분이 드 훌륭한 분이냐 하면 사람에 따라스 다를 긋입니다.

옛날에 이퇴계 슨생으 제자들하고 이율곡 슨생으 제자들하고 스로 만나스 제각기 즈으 슨생이 드 훌륭하다고 자랑을 하드랍니다. 즉 李退溪 슨생으 弟子들은 퇴계 슨생이 율곡 슨생보다 드 훌륭하다 하고 이율곡 슨생으 제자들은 율곡 슨생이 퇴계 슨생보다 드 훌륭하다고, 이릏게 스로 즈으 슨생이 훌륭하다고 자랑하는 그죠. 이 두 분이 다 훌륭하다는 긋은 다 알고 있는데 그 제자들은 자기 슨생이 드 훌륭하다고 하는 긋입니다. 이릏게 스로 제 슨생이 훌륭하다고 자랑해 봤자 결판이 안 나니까 그름 우리 슨생님이 일상 생활을 으뜷게 지나시는가를 보고 결판하기로 하고 우슨 믄즈 두 분이 밤에 내외간에 지내는 긋을 보고 결판내자 이릏게 이논이 됐드랍니다.

그래 믄즈 율곡 슨생 제자들이 우리 슨생님부틈 보자 하고 율곡 선생하고 부인하고 주무시는 긋을 보기로 했어유. 보니께 율곡 슨생이 내외간에 잠자는 데도 참 음숙하게 하그든유. 道袍를 입고 무릎을 단정히 꿇고 조금도 흐트르짐 읎이 증중히 하그든유. 그래서 이글 보고 이율곡 슨생님 제자들은 아아 이그 참 우리 슨생님은 안이나 그죽이나 역시 훌륭한 슨생님이시라고 감탄했대유. 그 다음에 이퇴계 슨생 차례가 돼스 퇴계 슨생으 제자와 율곡 슨생으 제자들이 다 모여가주고 같이 퇴계 슨생 댁으로 가스 그 내외분이 밤에 지내는 모습을 보았는데 아아 퇴계 슨생으 하는 짓이란 그야말로 난잡하다 할까, 므라고 할까

차마 눈뜨고는 볼 수 없는 짓이드래유. 둘이는 빨가붓고 둘이 엉키으스 방바닥을 헤매고 돌아가며 소위 四十八手, 요새는 五十手라 하지마는, 므 가진 방븝을 다 쓰가면스 아주 유쾌하게 내외간으 情事를 질급게 하드래유. 그래 그른 긋을 보고 율곡 슨생으 제자들은 아아 즈 보라고, 퇴계 슨생은 즈른 짓 한다고, 속 달코 글 달타고 밖으로는 즘잖은 체하지만 남 안 보는 데스는 그릏게 난잡하다고, 퇴계 슨생으 제자들도 즘잖은 슨생님이 즈를 수가 있느냐고 즈른 슨생 밑에스 우리가 으릏게 드 공부하겠느냐고 증나미가 뜰으죴다는 그유.

자아 이릏게 됐으니 이율곡 슨생은 聖人君子로스 드 훌륭한 분이고 이퇴계 슨생은 아조 망나니라고 이율곡 슨생만 못하다고 이릏게 결판이 난 그죠. 그래서 퇴계 슨생으 제자 가운데에 퇴계 슨생 밑에서 으릏게 배우겠느냐 남부끄러워스 드 믓 배우겄다 하고스 다른 슨생한테 배우겠다고 퇴계 슨생에게스 뜨나는 사람이 많으죴으유.

그른데 몇몇 제자들은 學德이 많은 퇴계 슨생이 으째스 그른 난잡스른 짓을 할까 하고 한 븐은 물으보로 갔으유. "先生님께 말슴드릴 게 있습니다." "게 무슨 말인가?" 하고 아조 즘잖하게 말씸하신단 말이유. "저이들은 율곡 슨생으 제자들과 스로 자기들이 모시고 있는 슨생이 드 훌륭하시다고 자랑을 했는디 결판이 나지 안해스, 슨생님들이 밤에 부인과 으릏게 잠자리를 하시는가 그긋을 보고 판결하자 하고 두 분으 잠자리를 엿봤는디, 이율곡 슨생은 도포를 입으시고 단증히 무릎을 꿇으시고 아조 음숙하고 증중히 하시는디 슨생님은 빨가붓고 온 방안을 돌아다니면스 하스스 그만 우리는 낯이 뜨그워스 차마 볼 수가 읎었습니다. 율곡 슨생은 남이 보는 앞에스나 안 보는 데스나 은제든지 근음하신데 선생님은 으째서 글과 안이 다르십니까?" 이릏게 말했단 말이유.

그르니까 슨생은 조금도 안색을 변하시지 않고 다음과 같이 말하드랍니다. "사람으 남녀 간으 이치라는 긋은 陰陽으 도에 따라스 질급게 하여야 하는 긋이지 음숙하게 하는 하는 긋이 아니다. 그긋이 인간으 본능인데 이 본능을 윽제한다든가 숨긴다든가 하여스는 陰陽之道

에 으긋나는 굿이다. 陰陽之道에 으긋나지 않게 사는 굿이 진중한 인
간으 생활이니라." 先生으 말을 듣고 제자들은 이퇴계 슨생이 인간 생
활에 대해서 이율곡 슨생보다느 드 깊고 폭넓은 지식과 이해를 가지신
굿을 알고 이퇴계 슨생을 이율곡 슨생보다 드 훌륭한 학자로스 즌보다
드 경앙하게 되었다고 합니다.

오늘날 이퇴계 슨생으 후손은 크게 번창하고 유능한 인사가 많은데
이율곡 슨생으 후손은 그리 많지 않고 유능한 인사도 별로 나오지 않
은 굿은 두 슨생으 내외간으 생활으 차이에스 말미암움이 아닌가 하는
생각도 듭니다.

＊1973년 9월 23일 論山郡 陽村面 南山里 金永敦 (57세, 男)

宋龜峰의 李栗谷 아우評 | 宋龜峰 先生 이라구 하는

큰 학자는 唐津 골에스 나섰다고 한다. 이분으 으므니는 禮山宋氏 집
의 종인디 이분으 으므니의 이름은 莫德이라구 하였다. 으므니가 종이
니께 송구봉 선생도 상놈 취급을 받구 살었다. 그릏지만 이분이 워낙
인물이 잘났고 학식도 많고 득행도 높아스 이율곡 같은 대학자하고도
붓해가면스[1] 사귀구 지냈다.

李栗谷 先生으 아우가 자기 형인 율곡이 츤인[2]인 송구봉하구 붓하
구 지내는 굿이 못마땅해스 그른 츤인하구 워틓게 붓함스 사귀느냐 그
르지 말라구 했드니, 율곡 선생은 위인이 출중하고 위음이 있는 디다
가 학식도 많고 득행도 높고 해스 범인이 아니니 그릏게 할 수밖에 읎
다구 했다. 그른디두 율곡으 아우는 송구봉이 아무리 위음이 있구 학
득이 높다 해두 나는 그를 그릏게 대하지는 안 할 굿이다구 여기구 있
었는데 하루는 송구봉 슨생이 이율곡 슨생으 집으로 찾으왔다. 마침
율곡 슨생은 출입하고 계시지 안해스 율곡 슨생으 아우가 송구봉 슨생
을 맞이하게 됐다. 율곡 슨생으 아우는 송구봉 슨생이 오는 굿을 보구
자기도 모르게 보슨발로 뛰여나가 맞으스 증중히 인사를 했다.

그랬는디두 맘속으로는 은잔했든지 즘심에는 잡곡밥을 지으스 대즙했다. 집안에 손님이 오면 하얀 쌀밥을 지여스 대즙하는 굿이 예이인디 율곡 슨생으 아우는 잡곡밥을 해스 송구봉 슨생을 대즙했다. 송구봉 슨생은 잡곡밥을 드는 둥 만 둥 하고 가면스 새 봉자 한 자를 벽에다 쓰놓구 갔다.

율곡 슨생 아우는 이굿을 보구 송구봉 슨생이 자기를 鳳凰이라구 칭찬한 줄로 알구 좋아하구 형인 율곡 슨생이 돌아오니게 자랑을 했다. 율곡 슨생이 자초지종 이야기를 듣구 송구봉 슨생이 느한티 새 鳳字를 쓰놓구 간 굿은 느를 칭찬하느라고 쓴 굿이 아니구 니가 한 짓을 보고 鳳字로 느를 평한 굿이다. 鳳字는 几字에다 새조를 쓴 굿이니 鳳字는 보잘굿읎는 새란 뜻이다. 다시 말해서 느를 보잘굿읎는 인물이라고 평한 굿이다라고 일르 주읐다는 그른 즌슬[3]이 있다.

＊1941년 4월 唐津郡 高大面 城山里 朴太義

1) 벗해가면서, 존대말을 쓰지 않고 허물없이 말하면서   2) 賤人   3) 傳說

漢陰과 鰲城의 장난 수작 | 옛날에 漢陰과 鰲城이라

는 사람이 있있는데 이 두 사람은 친구 사인데 스로 짓궂인 장난을 심하게 했다고 즌해지고 있으유.

하루는 한음이 오승네 집에 놀르갔는데 오승은 읎고 그으 아브지만 계세유. 그래 오승 아브지한테 인사를 디리고 가만히 보니까 오승 아브지 되신 으른이 코가 빨갛게 부으스 퉁퉁 부으 있드래유. 그래스 한음은, "으찌 으르신네 코가 그릏게 부으싰습니까?" 하고 물으봤으유. 그르니까 며칠 사이에 별 이유도 읎이 코가 이렇게 부읐는데 아무리 약을 쓰도 낫지 않는다고 하드래유. 그래서 한음은, "아 그르세유. 그르면 제가 존 약을 알려드리겠으니 그 약을 쓰 보시지유. 그 약 쓰는 븝은 그리 으렵지 않습니다"고 말했으유. 그르니까 오승 으르신네가 아조 반가워하며, "그게 무신 약인가? 으스 말해 주게" 하그든유. "그른데 그 방뷥은 좀 으려울 굿 같습니다.” “으렵드라도 괜찮네. 낫기만 한다면야 내 함세.”

그때는 마침 음동슬한 아조 춘 때였드래유. “창문을 코가 들으갈 만큼 뚫고 그 뚫은 창구뭉에다가 코를 밖으로 내밀고 그기다가 찬물로 자꼬 바르시면, 그 뚱뚱 부은 코는 스스로 줄으들으스 나실 겝니다” 이릏게 말씀드렸으유. 그르니까, “아 참 그래 코 부은 데 낫는 비방이라면 한븐 해 보지.” 이르고스는 바로 창문에다 구뭉을 뚫고 코를 그리로 해스 밖으로 내놓고 음동슬한인데도 찬물을 코에다 자꼬 찍으발릈단 말입니다. 한음은 그렇게 말해 놓고 집이로 돌아왔지유.

오승이 워디를 출타했다가 집에 돌아와 보니까 자기 아브지가 음동슬한에 코를 창문 문구뭉으로 밖으로 내놓고 찬물을 찍으바르고 계신단 말이여. “아이 아브님 이게 웬일이십니까? 그릏잖은데도 코가 뚱뚱 부으계시는데 찬물을 그렇게 찍으바르시면 드 붓지 않습니까?” 이릏게 말하니 아브지 말씀이 한음이 지금 막 다녀갔는데 한음이 이릏게 찬물을 찍으바르면 코가 부은 굿이 낫는 비방이라고 해스 이릏게 하고 있다고 말했으유. 이 말을 듣고 오승은, “아이고 아브지, 그 한음이 장난친 말입니다. 비방이 무슨 비방입니까? 을른 그만 두십시요. 에잇 그 한음 괘씸한 사람 같으니라고” 하고스 바로 한음 집으로 달려갔습니다. 그르고 한음을 만나가주고, “야이 이 사람아, 자네 아무리 친한 친구지만 농을 해가며 지낸다 해도 우리 으른에게까지 그르한 무례한 장난을 할 게 뭔가!” 하며 화를 내가주고 따졌단 말입니다. 그르니까 한음은 “아 이 사람아, 나는 장난으로가 아니고 제대로 좋은 비방을 알르드린 굿일세. 그른데 자네는 무을 그릏게 승을 내가지구 야단인가.” “그게 무슨 비방이여?” “허허 이 사람아, 내 과그에 그른 경훔이 있으스 고친 일이 있으스 그릏게 말씀드린 그여.” “으뜬 경훔이 있으?” “내가 으렸을 때 으느 여름날 길을 가다가 냇물을 근느게 됐는데 빨가 벗고 물 속에 들으갔드니 아 측 늘으쥤든 불알이 찬물 속에스 아조 오므라즈스 즉으지데 그려. 그르니 그그나 마찬가지로 부으스 크진 코도 찬물을 발르면 오무라즈스 즉으질 그 아니겠나. 잔말 말고 으스 가스 으르신네 부으오른 코에 찬물이나 자꼬 발라드리게.” “에잇 실읎는 소리 그만두으!”

한음한테스 이르한 짓궂인 장난을 당하고 보니 오승은 으틓게 해스 이 보복을 할고 하고 늘 마음에 두고 있읐는데, 하루는 한음에 집에를 찾으갔드니 한음은 읎고 한음으 아브지만 계시여. 인사를 올리고 쉬염이 읎는 굿을 보고, “이른 말씀 디리기가 죄송합니다마는 으르신네께스는 쉬염이 하나도 읎으스스 풍채도 안 나는 굿 같습니다” 이릏게 말하니까 한음으 으르신네도, “하, 나도 수염이 많으면 풍채도 나고 좋을 텐데 수염이 읎으스 나도 유감이네” 이릏게 말한단 말이죠. 그래스 오승은, “수염 많이 나게 하는 비방이 있는데 뭘 그리 극증하십니까?” “그래 자네는 수염 나게 하는 비방을 알고 있는가? 알면은 가르츠 주게.” “예 그그 므 으려운 굿은 아닙니다.” “하 그그 참 이야기 좀 해 보게. 그 비방대로 해스 수염 좀 길르 보겠네.” “예 그른데 그 방븝이란 좀 말씀 드리기가 으렵습니다.” “그 방븝이 므웃인데, 으려워 말고 으스 말해 보게.” “예 그름 말씀드리지요. 장에 가스스 개백증네 집이스 가이 신을 구하스스 그굿을 입에 물고 뺐다 늦다 하시면 됩니다. 이릏게 하구 계시면 틀림읎이 수염이 많이 나게 됩니다.” “그굿 참 히한한 방븝이네. 그릏다면 당장이라도 가이 신을 구해스 그래 보겠네” 이러고스 바로 장에 가스 가이 신을 구해다가 입에 물고 뺐다 늦다 하고 있읐으유.

한음이 밖에 나갔다가 돌아와스 보니까 자기 아브지가 이상한 짓을 하고 있그든유. 그래스, “아브지 그 무을 하고 계십니까?” 하고 물읐으유. “으흐 느 좀 가만히 좀 있그라. 이글 뺐다 늦다 한 담에 말하겠다” 하면스 연방 가이 신을 뺐다 늦다 하고 있그든유. 그르니 한음이 보다 못해스, “그게 무슨 짓입니까? 말씀 좀 으스 해주세유” 그르니까 한음 아브지는, “오승이 와스 내가 수염이 읎는 굿을 보고 수염이 많이 나스 풍채를 좋게 하기 위해 이르면 수염이 많이 난다고 해스 그륵 하고 있다”고 말했으유. 그르니까 한음은, “아브님 그만두세요. 아, 그 오승이란 자가 못된 장난을 한 굿입니다. 그른다고 수염이 납니까? 으스 그만두세유” 이릏게 말하고 바로 오승으 집으로 달려갔습니다. 가가주고는 오승보고, "야이 이 사람아, 장난도 유만부득이지 무슨 장난을 그릏게도 심하게 하는가. 으르신네에 감이 가이 신을 물리다니……" "아아 니 내가 뭘 잘못했다고 그르는가. 나는 어르신네 수염이 많이 나게 해 드릴려고 그른 비방을 말씀드린 근데 뭐 내가 실긇는 말씀을 드린 근 가?" "무슨 근그로 그른 말을 드린 그야?" "아 근그야 있지. 아 자네나 나나 으려스 으린 색시를 맞이했는데 그 색시가 워디 그기에 틀이 났 든가. 그른데 그기다 신을 들였다 뺐다 하니까 틀이 많이 나지 않든가. 그래스 수염이 긇는 데다 그 신을 물고스 뺐다 늫다 하면 틀이 많이 날 긋이 아니겠는가. 그래스 그릏게 말씀드린 긋이네" 이릏게 말하니까 한음은, "예잇! 이 사람. 내가 즌날 자네 으르신네한테 한 긋을 보복할 라고 그른 그지?" 하면스 둘이는 껄껄 웃었다는 그른 이얘깁니다.
*1973년 9월 27일 唐津郡 松嶽面 盤村里 李泰侯 (47세, 男)

宋尤庵과 機智 있는 兵使 | 옛날에 宋尤庵께스 노년

에 자기 향리인 華陽洞에 내레와스 살고 있겄는데 이 이야기는 그때 이야기라고 합니다.

어느 날 으뜬 兵使가 호기있게 행차를 차리고 화양동 앞을 지나가고 있었습니다. 병사 행차이니까 오직 요란하겠습니까? 벽제 소리를 요란 하게 내가면스 지나가니까 촌민들은 모두 병사 행차니까 므리를 들고 츠다보지 못하고 길가에 굴복하그나 꿇으앉으스 병사 행차를 보고 있 었으유. 그런데 우암 선생은 기인 장죽을 입에 물고 유연히 병사 행차 를 보고 계섰드래유. 兵使가 호기있게 지나다 보니까 다른 촌민들은 모 두 다 굴복하고 있는데 웬 촌노인 하나만이 긴 장죽을 물고 물그름히 그만스룹게 그즈 보고 있으스 이긋이 괘씸해스 즈른 고얀 놈이 워데 있 냐? 일개 촌늙은이가 감히 병사 행차를 즈릏게도 장죽까지 물고 물끄 름히 츠다보다니 무레하기도 짝이 긇는 놈이다, 이릏게 생각하고 부하 보고, "여봐라 즈기 즈 으뜬 늙은이기에 즈릏게 그만하게 병사 행차를 보고만 있느냐? 그놈을 당장 끌으다가 굴복 대령시키렷다” 하고 호령했습니다. 부하가 곧 가스 尤庵 슨생을 끌으다가 굴복시켜 놨으유.

병사가 하는 말이 “네가 누구간디 감히 병사 행차를 믈로 보고 그릏게 무례하게 츠다만 보는 행동을 하고 있느냐! 네 이름이 무웃이냐?” 이릏게 호령하며 물었으유. 그르니까 尤庵 슨생은, “예에 그즈 잘못되었습니다. 소생으 이름은 宋時烈이라고 합니다” 이릏게 대답했으유. 병사가 宋時烈이라는 말을 듣고 큰일났그든유. 一國으 大宰相인 宋時烈 대감을 이릏게 대줍했으니. 그른데 을른 奇智를 내스, “네가 으찌 감히 宋時烈이라고 하느냐. 尤庵 宋時烈 宰相이 누구라고 그른 으른을 몰라보고 그 으른으 함자를 도용해가주고 宋時烈이라고 하느냐? 이른 무례한 놈이 워디 있느냐? 즈놈 아마도 증신이 돈 놈이렸다. 제 증신을 가진 놈이 아닐 긋이다. 즈른 놈을 상대할 긋 읎이 이 바쁜 행차를 그즈 가자!” 그르고 그기스 뜨났으유.

尤庵 선생은 이른 꼴을 당했는데 그 젊은 병사으 그 기지와 기개가 대단해스 즈른 사람 같으면 나라에 쓸 만한 사람이다, 그릏게 생각해가주고 나라에 보해스 드 높은 벼슬에 올려스 중용하도록 했다는 이른 이야기가 전해지고 있습니다.

*1973년 9월 26일 唐津郡 松嶽面 盤村里 李泰俊 (47세, 男)

담대한 海美 營將 장지영 | 옛날에 海美 골에 張지영

이란 사람이 있읐는디 이 사람은 키가 6척이나 되고 심이 장사고 활을 잘 쏘았으유. 과녁판을 세우고 활을 쏘는데 하루는 아침에 과녁판에다 활을 쏘고 있읐는디, 그 앞으로 으뜬 여자가 물동이를 이고 가는데 이것을 피하지 않고 남자가 한 븐 맘 믁고 활을 쏘는데 그만 두으스야 씨겠냐 하고 기냥 활을 쏘았는데 그만 그 여자를 맞츠스 쥑이고 말읐으유. 이그 큰일났단 말이네. 殺人者는 死니 이그야말로 사형감이지. 그래스 여기 있다가는 관가에 붙잡혀 죽을 테니 도망츠스 살 궁리를 해야긌다 하고 그날밤으로 도망을 츠스 하룻밤 사이에 서울로 왔으. 삼백 리나 되는 서울로 왔단 말이지.

그르고스 유축기라는 대감 댁으로 뛰어갔으유. 유축기라는 대감은 우의정 베실에 있으. 生殺與奪之權을 가지고 있는 대감이란 말이지. 사람을 죽이고 살리는 그른 큰 권력을 가진 대감이란 말이여. 그래스 서울로 올라와스 밤중에 이 대감으 집으 담장을 월담해가주고 이 대감이 자고 있는 방으로 들으가스 자고 있는 대감 몸에 올라타고 칼을 빼들고 있웄지. 그르니게 대감은 자다가 잠을 깨각고, "느는 으떤 사람인디 나를 해칠라고 하느냐?" 이르니게, "나는 다른 게 아니라 내가 사람을 쥑엤소." "으틓게 사람을 쥑엤단 말이냐? 느 내레와서 차근차근 이야기 해라." "내레앉일 수 읎십니다. 대감은 生殺與奪之權을 가지신 대감이니께 대감이 죽이지 않는다는 말이 나오기 즌에는 내레오지 않겠습니다. 살려주지 못한다면 이 칼로다 대감을 죽이고 나도 죽겠십니다." 아 이그 큰일났단 말이여. 유축기 대감이 가만히 이놈 하는 짓을 보니께 참 담대하고 지기가 여간 아니그든. "아 살려주마." 살려준다니께 丈夫一言이 重千金이라 한 븐 살려준다고 했이니께 大監이 죽이지 않겠지 하고 내려왔으. "느 한 짓을 바른대로 말해라." "다름이 아니오라 즈는 살기는 海美에 삽니다. 즈는 활쏘기를 질겨스 과녁판을 세우고 식즌마다 활을 쏘는데, 아 요망한 기집년이 물동이를 이고 글로 가요. 대장부가 활 쏠라고 맘 믁고 있는데 기집년이 지나간다고 안 쏘겠십니까? 그래 쐈는데 그 기집이 맞으스 죽웠으유. 내가 이릏게 해스 사람을 죽였이니 관가스 나를 잡으면 殺人者 死라 나는 죽을 긋 아닙니까. 그래스 대감한테 와스 살려 달라고 말씀드립니다."

유축기 대감이 가만히 듣고 있다가 가만히 생각해 보는데 살릴 도리가 읎단 말이요. 그래스, "그름 으틓게 하면 느를 살리겠느냐?" 하고 물웄으유. "즈를 해미 영장을 시켜 주십시요. 영장이 되면 관가스 잡으가지 못할 긋 아닙니까?" 그래스 海美 營將을 시켜 주웄이유. 유축기 대감은 우의정이고 하니게 맘대로 내릴 수가 있그든유.

張지영은 이릏게 해스 해미 영장이 돼스 뜨으 내레오지. 그른데 유

축기 대감은 해미 산다는 놈을 영장으로 임명했지만 즈놈이 제대로 영
장 노릇을 할 수 있을가 알고 싶으스 흐름한 옷을 입고 뒤따라가스 영
장 행차가 쉴 만한 주막에 미리 가스 기다리고 있었단 말이지. 을마 있
으니까 을라커라 들라커라 하고스 장지영이가 뜨윽 들온단 말이여. 그
래 유축기 대감이 있는 방으로 들으와스 즈녁밥 믁고 나드니 유축기
대감보고, "우리 한 방에스 하룻밤 지내게 됐는데 우리 인사나 하고 지
냅시다. 당신은 뉘시요?" 하고 물으유. "나는 서울 사는 유축기요" 이르
니까 장지영은 "유축기?" 이르면스 아 귀뺨을 냅다 후려때린단 말이여.
"이놈아! 유축기란 우리나라 相公인데 유축기란 함자를 네 맘대로 부
르라는 유축기냐! 이 고연 놈 같이니라구" 이르면서 또 후려갈긴단 말
이지. 하 그그 보니까 대단하단 말이여.

  장지영이가 이만하면 영장 노릇 잘 하겠다 하고 유축기 대감은 서울
로 올라왔는데 張지영은 해미 영장을 잘 지내고 종당에는 훈련대장까
지 지냈다고 합니다.

*1973년 9월 20일 牙山郡 靈仁面 牙山里 3區 李錫夏 (61세, 男)

李土亭 | 牙山 현감으로 계시든 李土亭 이얘긴디, 이긋은 土亭이 좀 경솔하스스 재기(自己) 목숨을 잃었든

그른 이얘기여.

  土亭이 현감으로 계실 때 통인을 데리고 어느 산 모캥이 가스스 한
바우를 열고 보니께 그기 금뎅이가 들으 있는디, 시 개가 있는디, 그긋
을 들으 놓고스는 "이긋을 다시 말 말라" 그랬드니 통인이 금독을 욕심
내슬랑은 펭상 李土亭께스 지네를 자스, 지네를 자시멘스 메라 하면
신장에 신귀(心氣)를 구녕에 든 담을 쥑이기 위해스 지네를 자시는디,
지네 집을 자시면 밤을 믁으스 밤으로 除毒하는 긋인디 그놈이 그긋
을 알고슬랑은 지네 집을 디리고스 브드나무로 밤츠름 깎아스 디리고
슬랑 그 양반이 그글 잡숫다가 돌아가슀다는 그런 이얘기여.

  심장에는 구녕이 아홉개가 있으. 그리스 신귀 ― 구녕이 아홉 구녕

— 그중에 담이 많이 들면 사람이 둔탁하고 담이 빠지면은 영리하다
스, 그 양반이 도통할라고 밤을 자시고 지네를 믁었다는 게여.
＊1973년 8월 27일 瑞山郡 聖淵面 坪里 韓基升 (70세, 男)

李土亭 | 李土亭이 아는 게 많으스 — 土亭秘訣도 많이 보
슸일껩니다 — 근데 그가 안골 여그 계실 즉에 —
여그가 지금 갯마을인데요, 여그가 진펑 고을이 앉었든 데요 — 그즌
에 수원 땅으로 진펑 고을이 있었는듸 하룻밤 새에 그그가 산이고 므
이고 뭉그대고 골이 읎으지고스는 그기 바다가 됐다는게요.

　그래 그긋을 알고서 참 친한 친구가 한 분이 있으스 그가 그그를 갔
에유. 가스는 왔다갔다 하면스는 하다가는 친구를 찾으가스, "여그가
오늘 멫 시면은 바다가 될 텐데 자네 므 이릏게 이얘기하믄 다아 미친
사람으로 알글세, 그리니께 뜨나스 자네나 가세에" 그라고 하니께, "이
사람 별소리를 다 한다"고 "산이 무지한 산이 있구 허는듸." 이른 소
리를 하니께 별소리 다 한다구, "거 미친 소리 말구 으스 올라가라"구.
"그렇게 아닐세. 그르니께 워텋게든지 가세" 하니께 그 子婦되는 분이
므리를 빗드랍니다. 으린애 하나를 앉혀 놓고스, "아브님 여엉 안 가실
라느냐?"고. "아이 그게 믄 소리냐?" 할 수 읎다고 나는 군수님을 따라
가겠다고 으린애를 웁고스 그기를 나왔단 말이여.

　나스스 이 안골로 온듸 — 이를테면 닐 멩기[1] 오시[2] 메창[3]에 가멘
메심말[4]이 옥교[5]가 트질 틴듸 그 트질 데를 왔다갔다 하며 기다립니
다. 그른디 닥이 부렝이가 울마면 트질 틴듸 그그스 왔다갔다 하는듸
소곰 장사가 소곰짐을 브려 놓고 잠을 잔단 말이여. 금방 그그 트질텐
듸, 그제 그 작대기 브츠 논 끄트머리 가스는 발로 툭툭 근드리며, "여
보 여보 일으나라!"고 그르니께 아 블뜩 일으나그든. "여보 여기 쪼금
있이면 트즈스 바대가 될 틴듸 으이 비키라!"고 하니께, "으이 여보 날
랑은 그만 두고 자기나 비카라"구 그란단 말이여. 싹 비키니께 그그 작
대기 끄트므리끄중 탕 무느지고스 그냥 괜찮었다는 그여.

그래 그렇게 알든 분도 — 그 이를테면 山神이지요, 그 소곰 장사가 — 山神이 느므 아는 치하니까 그렇게 하지 말라는 그 저우대로 했다는 그유.

그래 李土亭이 그렇게 소문이 나고 — 멩인은 멩인이지요 — 그 碑도 여그 세워놓고 했지만. 워데를 그 냥반이 가는디 별안간 소내기가 쏟아즈가주고스는 내깔이 사문 북등물이 내르간단 말이여. 그른디 자기도 그그 가야 할 턴디 암만 地理도 잘 알아도 물 속은 모르긌단 말이여. 그래 물그니 그릏게 있는디 한 사람이 그문 소를 타고스 근느온단 말이여. 오는데 보니께 제우 발목밖에 안 무켜. 아 메라구 하는고니, "이놈으 소 빨리 가라고 이놈으 소 눈깔이 믈었나, 李土亭마냥 눈꺼지 믈었다"고 아 그라고 근느간단 말이여. 아 후딱후딱 근느가드니 간 곳 읎단 말이여. "아아 이상하구나" 그르고 내깔을 근느가 보니께 요그백이 안 닿아. 그래 이른 분도 물 속은 몰랐단 그여.

＊1973년 9월 20일 牙山郡 靈仁面 牙山里 3區 李錫夏 (61세, 男)

1) 밝은 때　　2) 午時　　3) 地名　　5) 地名

李土亭 | 李土亭 슨생님은 牙山스 나슀다고 합니다. 李土亭 슨생이 지네를 믁고 살었이요. 지네하고 밤하고

잡쉈십니다. 그리스 한 이얘긴데 사실은 모르겠십니다마는 한 이얘긴데 이토정 슨생이 그 으뜬 이한티 빚을 줬드래요. 그른디 빚을 갚을래도 갚을 수가 있이야쥬. 아마 사시기가 에르웠었든 모양이지. 근데 하루는 그 빚 받을 사람이 대신에 병풍이나 하나 좀 그려 줏시유, 그릏게 이토정 슨생님이 그륵하라고 말이여 대답을 했이유. 그 인제 병풍 가즈오라고. 그래 병풍을 자알 만들어스 — 참 이토정 슨생님이 그림을 잘 그렸든 모양이지유 — 그글 받을라고 가지고 갔단 말이죠.

그래 믁을 갈라고요 가는데 소락지[1]다 갈라고 하그든. 크은 소락지다가, 그 소락지다가 잔뜩 믁을 갈고스 그르고 상투를 풀고스는 아산만으로 뛰어들으가 뻐뤘으. 그르고 나오시야지, 여엉 안 나오신단 말

이여. 슬을 아 이 양반이 빚 주기가 싫은께 자살하신 근가? 을마 있잉
께 므리 산발하고 물이 뚝뚝 흐르는 산발을 틀고 올라오신단 말이여.
"믁 준비 다 됐지?" "예에 됐십니다." 그른디 그 산발된 므리, 그 므리를
소락지 믁에 늫고 흔들흔들 흔들드니 말이여, 믁이 뚝뚝 뜰으지지. 그
래 인제 병풍을 펴라 말이여. 펴니 이쪽으스브틈 그 믁에다가 흔들흔
들한 글 이릏게 쑥 빼읐단 말이여. 그릏게 아조 그 믁이 흘르 형편읎이
돼 쁘맀일 게 아니겠십니까? 그르니 이토증 슨생이 있다가스 "이만흐
면 빚 갚으스 되네" 그르신단 말이여.

　기여 화가 나스 그 병풍이 무으가 됐냐 말이여. 화가 나스 그양 그글
가지고 갔단 말이여. 으쯔유? 돈은 읎고 빚은 받을 수 읎고 그긋으로
끝인 그죠. 그후로 그 병풍이 그냥 요새 말하면 촌에 가면 소 멕이고
하는 외양간 꼭대기 슨반에 마치 느을 데가 있이니가 그그다가 집으츠
느 브맀어. 그 뭘 합니까? 그그.

　그르다가 그후에 믳십 년이 흘릈는디 아들 대라 했이니께 한 60
년 증도가 흘릈긌구만. 中國 博物學者가 한국에 天機를 보니께 瑞光
이 나아. 게 牙山 근방에스 서광이 나그든. 그래 믈 보는 자여스 그 으
뜬 집이스 서광이 난다 이 말이여. 주인을 챚어각고, "네게 보물이 있
느냐?" 말이여. "있이면 팔라" 말이여. "先代 긋이 遺物이 있그든 팔으
라." "예예 이긋도 아브지 쓰시는 그유, 할아브지 쓰시든 그유." 아니단
말이여. "읎십니다. 읎십니다." "그름 내가 들으가도 좋냐?" "예 좋십니
다" 말이여.

　그래 문을 뜨윽 따고 들으가보니께 — 말하자면 소 멕이고 하는 외
양간 그 슨반이지요 — 게스 서기가 화안하게 돋는다, 이 말이죠. 그기
를 올라가보니께 병풍이 하나 있는디 가이만 남고 종이가 쑥읐으. 펴
보니께 믁만 이렇게 그린 그 있지. 다 쑥으 브릈이요. 아, 그긋만 남으
있이유. 이긋이다 이 말이여. 아들인가 손잔가 모리겠이유. "이글 파
십시요." 게 자기 생각은 요새 말로 그즈 쌀 두 되 값이나 주읐이면 좋
겠단 말이여, 살기 어려우니께. "게 을마 주시겠십니까?" 그때 돈이지.
"만 냥을 디리지유." 그때 돈으로 만 냥, 가만히 생각을 하니께 병풍

이 암꿋도 아닌디 만 냥을 준다니게 비싼 물근 같그든. "先代 遺物이고 그래스 그렇게는 안 판다"고 버티는 그죠. 그르니게, "그르면 이만 냥 디리지요." 가만이 생각흥께 과연 돈이 되그든. 이만냥 ─ 아마 지금 돈, 이백만원찜 되는지 이십만원찜 되는지 몰르겄이유. "그렇게 안 받습니다" 그렁게 "삼만 냥 디리지요. 팔 티면 팔고 안 팔 티면 마시유" 딱 잡으떤다 이 말이여. 가만히 보니게 꼬라지가 틀렸어. "예에 삼만 냥이면 팔겄십니다." 기서 "삼만 냥을 받고 병풍을 내주슈" 내주고스 "슨생님 그 병풍 지가 팔기는 팔었십니다마는 先代遺物이지만도 그 무엇 땜에 삼만 냥 가치가 갑니까?" 이게여. "이게 삼만 냥도 늠소. 낚시 있소?" "예 있십니다." "지렝이 한 마리 잡아각고 오시요."

낚시에다가 지렝이를 뀌으각고스 말이여, 병풍을 다 쳐놓고 그놈에다가 낚시를 뜨윽 던지니게 조금 있잉게 그 지렝이는 어떻게 되읐는지 감추으즈 버렸어요. 그 물에가 쟁기읐단 말이여. 그 물에 쟁기읐드래유. 물에 가라앉읐이유.

을마후에 툭 채니게 아 큰 붕으가 이만한 게 쑥 올라와유. 여기에 무진장 들읐다 이게여. 겨울이고 여름이고 방이고 산이고 가지고 갖다 노면 막 씰어밀며 나온다 이 말이여. 이게 삼만 냥 가치만 되느냐 말이여. 마 이렇다마는 이얘긴데…….

牙山灣이 지금 아조 한 十里 廣이 늠십니다. 그른데 이토정 슨생이 아산만이 트질 줄을 알기는 알고 있지마는 멫 시 트질 주는 모르겄다 이게여. 알기는 분명히 아산만이 트지는 건 아는디 멫 시 트지는지 몰라. 그리스 이토증 슨생이 그날 트지는 날자에 ─ 아산만이 그즌에 시장이였답니다 ─ 시장에 가보니게 다 죽은 相이여, 관상을 보니게. 근데 갓쟁이 하나가 있는디 그 사람은 살았이유. 생기가 있다 이 말이여.

그른디 시간을 보니게 아직도 장을 근으칠 시간이 들읐는데 짐을 싸아 갈라고 보따리 쌀라고 갓쟁이가 그르니게 을굴은 그 사람 하나밖이 안 살았다 이게여, 다아 죽은 상이지. "오오 요놈이 異人이로구나" 말이여. 내 이놈을 뒤따르리라 급허게 싼단 말이여. 싸가지고 젊으지고 기양 가유. 게 이토증 슨생이 뒤를 따라 갔십니다. 시간을 몰라스 트지는 근 아는디 기양 따라가. 을마를 가드니 지게를 쿵 받쳐 놓그든. 후우 몰아쉰단 말이여. 근게 "자네 왜 나 따라 오지?" "아산만이 트질 줄은 알기는 압니다마는 멫 시 트지는지는 모릅니다" 말이여. "근데 관상을 보니께 다른 사람은 다아 죽은 상인데 당신 하나만 산 상이여서 내쫓아옵니다." "즈 뒤 좀 봐." 보니께 블스 물이 한 바다 돼브륬으. 땅이 몰락된 그지. 몰락돼스 바닷물이 두루 민 그지.

그렁께 그 자리가 현재 그 향담슴(行談島)이여. 아니 行談슴이 아니라 영웅바우(英雄岩), 영웅바우라스 바우가 이릏게 있고 요롷게 되았습니다.

그때 加藤淸正이가 그그를 츠들으올 즉에 안개가 보얗게 츠스 큰 배가 그그 있는 줄로 알고 일본놈이 그때 그기 주재했다는 그죠. 그리스 요샛말로 가끔 신기루라는 게 나와요.

* 1973년 8월 26일 唐津郡 新坪面 雲井里 朴城付 (49세, 男)

1) 자배기, 질그릇의 한 가지

林慶業 |

林慶業이가 으려스 早失父母했이유. 早失父母하고슨 — 丙子胡亂때 사람이여 — 그래가지구스 곤곤하게 지내지. 나무도 해팔구 지내는디 金自點이라고 그때 한참 세도할 즉 아닙니까? 세도할 즉인디, 自點이가 자기 슨츤 산소를 파스 면례를 할라고 한다한 地官을 데리고스 사방을 돌아댕기는디 가다가 뜨윽 보니께 산줄기에 林慶業이 아브지 묻은 산 그 줄기에 그그다 묘를 씄으면 將軍大爵形이 있단 그 말씸이유. 산 보는 사람이 지리를 보아야 할 텐데 책을 놓고 보드니만 여기는 발스 묘를 쓰스 장군이 났십니다 그그유. 누가 났느냐, 그릉게 임겡엡이란 사람이 났다고 그려. 그름 이 우이다가 파고 씨면 상관 있느냐고, 아 즈그 아브지 묘를 파다가 그그다 쓔단 말이여. 세도 자세니께. 임겡엡이가 나무를 가스 보니께 자기 아브지 산소 위다가 뜨윽 묘를 으뜬 놈이 쓰 놨단 말이여. 가스 그즈 쇠말뚝을 크으다란 놈을 갖다가 봉분에다 콱콱 츠박았단 말이여.

근데 金自點이가 생묘를 가스 보니께 쇠말뚝을 지이다랗게 가스 들으박아놨단 말씸이유. 그렇게 누가 그렇게 했느냐아 그렁께, 임겡엡이가 그릏게 했단 말이여. 그래 임겡엡이를 잡으딜이란게여 — 나이가 일곱이였으 그때 — 그래 들으갔지. "너 으째스 모이 봉분에다가 쇠말뚝을 박았느냐?" 그라니 "그그는 우리 아브지 산소, 우리 산이여. 우리 산손듸, 벌 뫼 갖다 못 씨는 근 그근 안단 말이여, 아조 내가 파내브릴 작증이라고. 그르니께 당장 안 파가면은 내가 파낼 티니 그른 줄 알라" 고 했단 말이여.

그르니 암만 으린애라도 그릏게 할 수가 있으야지. 그래 인제 살살 달래는 게여. 으뜧게든지 자기 후에 명 볼라구, 근데 영 말을 듣나. 그륵즈륵 몇 해가 지나 열시 살이 됐네 그려. 그에 할 수 읎이 묘를 파냈지 안 파내?

그른 뒤로 가만히 이놈을 관상을 보고 自點이가 이 담에 큰 貴人이 될 테니 그놈이 됐다가는 안 되겠네, 으뜧게 되든지 요놈을 호하야 놔야겠는듸 안 되겠단 말이여. 그래스 하인을 동원해스 달래도 보아도 영 말을 안 들으.

하루는 열시 살 믁으스 나무를 또 가스 하는디, 그때는 아 마참 매 사냥들을 하고 있는디 그즈 김자즘이 하인놈들이란 게 참 관장 차고 그르고 다니며 매 가주고 다니며 매 사냥을 하고 그를 땐듸, 나무를 하는데 매가 딸랑 하고 홀목에가 앉는단 말이여. 그래 고놈을 만지작만지작하다가 틀이 빠즀는듸 아 으관한 놈이 오드니마는 호통을 치고 야단이란 말이여. "이놈! 모가지를 빼 쥑일 놈 같으니! 매 틀을 다 빼놓는다"고 이르고 보니께 참 자즘이 하인놈이여. 그라잖으도 오옹한 적으가 있는듸 이르고 보고, "내 모가지를 빼 이놈아? 으듸 내 모가지 빼 나 니 모가지 좀 빼 보자." 아 달라들으 모가지를 뺐십니다. 13세라도 참 장사그든. 모가지 빼스 냇갈에 가스 흔들으스 물을 쪽 빼고스는 종이다 몇 겹을 쌌이요. 싸가주고스는 그 이튿날 대감집에 가스 문 앞에 가스 "이로나라 이로나라"고 부르지. 하인놈이 나와 보니 웬 아이 여슥이 꺼칠한 놈이 와스 이로나라 찾그등. "그 웬 놈이 와스 그라냐?" 항께

"느으 상즌께 들으가 아무개가 와스 찾는다고 아뢰라."

들으가스 "아 아 워뜬 놈이 와스 이라고즈라고 하니 웬일인지 모르겠십니다." 金自點이가 내다보니께 경엡이여. 속으로 아 즈놈이 나를 찾으오니 이상하다, 아 반색을 하고 들으오라구 했단 말이여. "이그 들으갈 그 읎십니다." 마루 밑이 스스는 뿌시룩뿌시룩 뭘 내놓그든. 내놓는디 봉지를 끌르는디 보니께 사람 대가리를 내놔, 깜짝 놀랬지. "이그 워짠 일이냐?" 항께 "아 다룸이 아니라 이그 대감댁 하인놈으 대가리올시다." "그 으찌된 까닭이냐?" 하니께 "지가 나무를 하는데 매가 하나 딸랑 하고 앉드니마는 내 홀목에 앉으스 하도 귀여워스 한 븐 씨다듮드니 틀이 빠즛십니다. 그른디 아이 이놈이 오드니만 모가지를 빼 줴일 놈 같으니 그르궀다고 모가지 빼 줴인다고 하드라고, 그래 내 모가지가 아니라 네 모가지를 빼자 하고스 모가지를 빼가주고 왔십니다" 그라고 한단 말이여. 담대한 말이지. 그래 으뜿게 해? "아아 그 참 잘했다!" 잘했다는 그여.

아아 즈놈을 워틍게 하야 우야 늫으야 할 튼데 당초 우야 할 수가 읎그든. 그래 그륵즈륵 베실을 해서 武科 壯元을 했으유. 武科 壯元을 해 가주고스는 지나는디 종당간 武科 壯元 되읐다가 으주(義州) 府尹으로다가 시켰어유. 義州 府尹으로 가스 그륵즈륵 지나는데 그때 丙子胡亂 난리를 즀읐는데 그때 胡兵이 들으와스는 임금에 항복꺼증 받아가주고스는 갔지 머여. 世子 샘 兄弟꺼증 다 붙잡으 가고 그 지경이 되으가주고스는 워틍게 할 수가 있어야지. 그래 이렇게 해가주고 降書를 받아가주고 으주로 브즛하게 마골대란 놈이 나오는디 할 수 읎으.

"느야말로 임금에 항스를 받읐이니께 느도 항복하라"는 게그든. 그래 겡엡이가 부애가 나니께 칼을 빼들고 막 지칬단 말이여. 그라니 그게 되나.

그래가주고 집으로 돌아올 수도 읎고 말을 달리고스는 분개하고스 서울로 올라와스 보니께, 참 항복꺼증 하고 세자꺼증 붙잡혀 갔다고 그렇게 했이니 워틍게 해? 사뭇 대성통곡을 하구 울구, 李시백이가 우의증으로 있고 할 땐데 李시백이네 집이로 가스 이얘기를 하고 그랬드믄유.

그래 그냥 베실을 하직하고스는 산중으로 도망질쳤이유. 겡엡이가
도망질가스는 큰 산중에 가스 — 그그가 아마 지금 忠北 즈그든 모양
이여 — 그그 가스는 중 상자 노릇을 했드믄. 불도 때주고 그즈 지내다
가는 중놈이 부자고 하니껜 으릏게 요놈 좀 달래가주고 즈게 할라구
한 1년 동안 그그스 기그하는듸 무슨 짓을 하는고 하니 워틓게든지 중
국에 들으가 세자대군을 모세낼라고 그 궁리를 했으유.

그때 댕기면스 중 노릇도 하고 그렇게 돌아댕이다가 하루는 뜨윽 들
으와스 주지중보고 하는 말이, "주지님, 배를 한 측 큼직하게 잘 지십
시다" 그라고 이얘기 하그든. "그근 왜 그러느냐?" 그르니께, "지가 아
무 데 가스는 동양을 해논 그 수십 석 있십니다. 물을 근느가스 배를
타고 가스 그글 가주와야 할 팅께 배를 짓자"고 하니께 솔깃해가주고
배를 한 척 큼직하게 잘 지었이유. "그런듸 그길 갈라면 役軍들이 30
명이 있이야 할 팅께 장중으로만 30명 뽑으스 달라"구. 그래 중값(重
價)을 주고 농촌에 가스 장중을 한 30명 뽑으 주웠단 말이여.

그래 그놈도 그기 타구 그래가가주구스 뜨윽 여들입바다(인천으로 건
느가는 바다 이름)로 나갔단 말이여. 그 근느가스는 무한 간단 말이여. 그
르니껜 이제 밤이두 가, 밤이구 낮이구 줄창 가 — 잠깐 갔다온다는 게
그릏게 품팔로 갔든 사람이 농민들이 이상할게 아니유? — 배로 기양
무한 바대로 띄고 나가니께 그래 들고 웅을대고 그라고 하니께 그 주
지중이 그라그든. "아, 느 워데로 가는데 무한 바대로 배를 띄느냐?" 그
라고 하니께, 아 그즈는 보따리를 끄른단 말이여. 보따리를 뜨윽 끄르
드니 甲冑를 줏으 입는듸, "나는 다른 사람이 아니라 임겡엡이다. 그런
듸 조선이야말로 胡國놈에게 항복을 하고 즈기해서 世子 大君 샘 兄
弟꺼증 붙잡혀 가고 美色도 다 데레가고 했이니께 이그 절통해 못 견
디겠이니께 내 이븐에 세자대군을 모시르 가는 길이다. 하니께 느이는
그른 줄 알고 나를 따르라"는 게여.

아아 그릏게 전부 통곡하고 야단이그든, 농민들이. "만약 내 영을 그
시를 때는 여기스 츠참을 시킬 게라"고 칼을 쓰윽 빼든단 말이여. 아
이른 대변이 있으? 꼼짝 못하고 잽혀가는 그여. 그래스 그기를 쓰윽 가

는디 그 달 물 요리속도 다 아니께 배를 타고 중국 지방으 포구를 닥치는디 그기 황재멩[1]이라는 사람이 있었으유. 황재멩이라는 사람이 중국에 그때 대원수쩜으로 있든 사람이여. 水軍都督으로 있는디 그 배를 찾아갔으요. 찾아가스는 그른 사단 이애기를 했그든. 사맥이[2] 여하하고 여하해스 세자대군을 내가 모시르 왔는디, 胡人들한티 붙잡혀왔이니 내가 모시여 갈 티니 이 길을 인도하라고. 그래 그 사람이 군사를 멫 데리고 그그를 들으가는 참인듸, 아 이 주지중놈 고놈이 믄츳 앞으로 나가드니 胡人놈들한티 고른 내력을 쏠락쏠락 해가주고스는 포위를 시켜브렸네. 포위를 당해스 산 채로 잽혔으유. 임겡엡이가.

산 채로 잽혀스는 胡王城에를 들으갔는디 胡王이 하는 말이, "니가 세자대군을 모시러 나온다드니 나를 치르 나온 그이 아니냐? 그르니까 느는 산 채로 잡혔이니 워틓게 할 기냐?" "산 채로 잽혀도 세자대군 샘 형제를 생전에 내가 모스 가겠다"고 그르자, 또 胡國에 무슨 높은 나라가 선전포고가 둘으와스 전쟁을 치르게 됐그든. 胡王으 딸이 '정혼대'라고 아조 훌륭한 딸이 있으. 그른디 게 胡王으 딸이 관상을 뜨윽 보니 三國大將 재격이여, 임겡엡이가.

이 사람을 쥑에스는 안 되니께 이븐 슨전포고가 둘오고 했이니께 이 사람을 대장을 삼으스 그로다가서 승공을 하게 하라고스 명령을 내린단 말이여. 그르니께 이 이애기를 했단 말이여. 사맥이 여하하고 이르니께 니가 이븐에 나가스 승공을 하고 둘오면은 세자대군 샘 형제는 내 내보낼 테다아, 아조 스로 약조를 하고스 그그 가스로 슥 달 만엔가 平定했으. 그르고스 본국으로 돌우왔는데 胡王이 아 그르고 보니께 훌륭한 인재고 하는디 자기 사우를 삼으야 하겠그든.

자기 딸하고 으논을 하고스, 아 즈게 朝鮮으 훌륭한 인격잔데 즈만한 자격자를 만났는디 으틓게든지 사우를 삼이야겠다아 그라고 하니께, "아브지 말심도 당연하나 三國大將인디 그 사람 이애기를 들으바야 할 게 아니냐"구. 그리스 나가스 불러가주구는, "내 여식 하나가 벤벤치 못한 굿이 있으나 츤상 林 將軍에 짝이 될 만해서 그르니께 승인을 하라"고 그르니께 안 할 수도 읎고, 그르나 서로 보고 스로가 합해야 하는 게지 본인이 안 본대면 할 수 있십니까?

그 여자가 관상을 잘 보니까 목하로다가 신을 시 치를 돋우고 들으갔으유. 시 치를 돋우고 들으가스 주렴³⁾ 자리다 스로 맞슨을 보는디 정홍대가 입맛을 쪼옥쪼옥 다시드니, "三國大將 재목인디 키가 시 치가 크기 때문에 내 짝이 안되겠다"네유 — 물러 나가라는그여 — 그래 하는 소리가 종당간 중간에 誤死를 하겠다는그여 — 誤死를 했지 — 그르니께 내 짝이 안 되니께 나가라는 그여. 그르고 세자대군 샘 형제랑 내보내 주라고 하여라고, 그 사람 고히 돌려보내 주고.

아 그래스 그그스 뜨윽 세자대군 샘 형제를 모시고 나왔지유. 그래 큰 세자대군을 모셔 胡王이 니 소원대로 해 줄 테니 뭐냐? 그라니까 "즈는 그즈 빨리 본국에 돌아가스 부모님 보기를 원하노라"고 하니까 그러긌다고.

둘재 大君보고 그르니께, "즈는 우리나라스 美色들을 전부 잡으왔는디 그 잡으온 대신 우리나라스 미색을 그만침 나도 데려 가긌다"는 게여. 그 참 훌륭하다고 그럭하라고.

셋째 大君보고 물으니까, "나는 그즈 빨리 가스 父王을 뵙기가 원이구, 내 나라스 잡혀오고 한 백성들 美色들을 일제 데리고 가기를 승인을 해 줍소사" 그르니까 아아 그륵하긌다고 그래 싹 데리고 나왔다는 게요.

그래 데리고 나오는데, 그때 김자즘이한테 죽읐십니다. 싹 데리고 나오는데 발령이 나스 즈으 義州에 근느가스 온다니께, 그그 안내자드르 호위하라 즌부 나오고 참 세자대군 샘 형제를 데리고 온다니께 굉장할 그 아니여? 그라는데 김자점이가 가만히 생각하니께 즈놈이 즈륵하고 오먼 큰 화근그리인께 즈 놈을 읎애야긌그등. 그래 勢道 辛相이니께 부하들을 전부 시켜가주고서는 그놈을 하야간 禁府都事를 보냈이유. 임금에 멩령이라 하구스. 禁府都事를 보내가주고스는 잡으 묶으오라는 게여. 중간에스 그르니께 이 사람이 忠臣이니께 잘못한 근 읎지만 금부가 내려와스 묶응께 가주고 가니께 꼼짝읎이 잡혔단 말이여. 그래 임금은 즌혀 모르는 게여.

그래 궐내에 세자대군 샘 형제는 뜨윽 들으스고 있는데 임겡엡이는 옥에다 갖다 가둔단 말이여. 그라고서 임금에 멩령이라고 그릏게 꼼작 못하구 그냥 당했그등.

아 그래가주구스는 무조근 불라는 그여. 사매로 막 패는 게여. 그래 사매로 패는디 뻬만 남고 다 죽게 됐는디도 나 죄진 그 읎다는 그여. 그기스 기양 죽으 브렸으유.

세자대군 샘 형제가 임금께 들으가스는 즌부 임겡엡이 힘으로 사맥이 여하여하해가주고 곱게 들어왔다고 하며, 그만한 忠義가 읎다고 그만한 공을 세우고 했이니께 그만한 베실을 주라고 그릏게끔 말을 하고 한데 겡엡이가 우찌 들어오지를 않느냐? 그르니께 인제 올 겝니다. 그라구 그르 인제 아들들을 다 내보낸 후에 겡엡이 들으올 때를 기다리는디 영 둘와야지. 이 양반이 상감께스 꼬박꼬박 잠시 졸았으. 졸으니께 아아 겡엡이가 칼을 꺼꾸로 들고스 피를 주르르르 흘리고 둘온단 말이여. 꿈에 둘오면스, "참 소인이 멩이 박복해스 그즈 남에게 惡刑을 만나스 이릏게 죽었십니다." 깜짝 놀래고 보니께 꿈이여. 그래슬랑 줄을 흔들으가주고슨 군인들을 전부 냅다 몰았단 말이여. 사맥에 여하하고 하니께 워틓게 된 일이냐? 빨리 나가 보라는 게여. 나가 보니께 발스 뻬만 남고 다 쥑여놨으요, 김자즘이가.

그래 자즘이 대븐 붙들으스 그즈 刑罰 내레스 점즘이 칼로 즈며스 죽이고, 그 이튿날 아침에 세자들이 와스 사뭇 울고 장례 치루고 한 담에 그 후손들을 베실을 시켰는데 통 안 했스요.

*1973년 9월 20일 牙山郡 靈仁面 牙山里 3區 李錫夏 (61세, 男)

1) 黃應쩝의 訛音?　　2) 事情 또는 事實　　3) 竹簾, 대로 엮은 발

金復先과 李栗谷 | 李栗谷 슨생은 도통하신 분인디 이분이 증승[1]으로 계실 때

가만히 앞일을 내다보니게, 십 년 후에는 倭敵이 우리나라에 몰려와스 나라를 위태롭게 할 긋 같으스 이른 國難을 워틓게 누구하구 이논해스 츠리해야 할고 하구, 이논할 만한 사람을 찾을라고 조슨 팔도를 돌

아댕길 작중으로 서울을 뜨났는디 우슨 忠淸道 合德에 왔다. 합득에 와스 그그 있는 큰 방죽가에 앉으스 쉬구 있었는디 金復先이가 쫓으 와스, "대감님 내레오셨십니까?" 하고 인사를 드렸다.

김복슨이는 新坪李氏 집안으 종인디 신분은 종이지만 지혜가 많으스 앞일도 내다보는 사람이었다. 율곡 슨생은 김복슨이를 보구 이 자는 앞일을 내다보는 인물이란 굿을 한 눈에 알으 보시고, "십 년 후면은 왜즉이 나올 줄 알지?" "예 알고 있십니다." "그르면 이 일을 워치기[2] 대츠해야 좋겠느냐?' "예 팔 년 평증이 되겠지요." "팔 년이나 글리다니…… 내가 나시면 워떻겠느냐?" "대감하구 송구봉 슨생하구는 그 안에 돌아가십니다. 두 분께스 돌아가시지 않으면 왜즉이 나오지 못합니다." "다른 무신 방책이 읎겠느냐?" "즈 아래 즐라도[3] 으디골 아무개란 백증을 시기면 사흘이면 펭증시키구 소인이 합당하면 석달이면 펭증시킬 수 있십니다. 우리나라 양반들이 하게 되면 팔 년이 걸립니다."

율곡 슨생은 조증에 들으가스 십 년 후면 왜즉이 츠들으오니 양병해야 하고 왜병이 츠들으오면 즐라도 아무디 백증이나 충충도 김복슨이나 보고 그 난을 담당케 하라고 했다. 그른디 壬辰年에 倭兵이 츠들으와서 나라꼴이 위태롭게 됐는디도 아무개 백증이나 김복슨 같은 츤인에게 맽겨스 펭증해스 씨겠느냐 하고 李舜臣을 슨봉장으로 삼으스 왜즉과 싸우게 했는디 이 왜난이 펭증하기까지는 팔 년이나 글렀다고 한다.

＊1941년 4월 唐津郡 高大面 城山里 朴太義

1) 政丞　　2) 어떻게　　3) 全羅道

金復先 │ 金復先이란 사람은 光山金氏에 종인데 종으 몸에스 金復先이란 사람이 태으났으요. 근듸 그놈이

심이 천하 장사고 나무꾼으 首徒란 말이여. 은제든지 나무를 주욱 가면 首徒으른이여. 그래가주고스는 무슨 장난을 하는고 하니 똑 즌장

(戰爭) 기구 장난을 해. 깃대 맹글으가주고 싸우는 그글 하고 훈련을 시키고 그란데 그때는 즘구[1]에 즘구 받는다고 하는듸 하루는 주욱 동무들하고 하야가주고, 초하루 보름으로 꼭 고글 즈기 한는듸 멫 시까지는 느으가 와스는 우리 즘구를 맞으야 한다, 그라고 했단 말이여.

그런데 그기 과댁 아들 하나가 외아들인듸 므리를 즈 으므니가 빗겨감스, "느 므리를 빗고 가그라." "아 ― 일테면 장군이지 ― 장군님이 을른 오라고 했는듸 가야 하야지." ― 장난하는 굿이지만소두 ― "아이 므리빗고 가야지 조금 늦이면 어뜽냐?" 그래 므리 빗느라고 시간이 좀 늦었단 말씸이여. 근데 가스 보니께 다른 아들은 전부 다 왔그든? 다 왔는듸 복선이가 뜨윽 오드니만, "느 우째스 인제 오느냐?" 그르니까 그 이얘기를 했단 말이여. 므리 좀 빗고 으므니가 츤츤히 가라스 인제 왔다니께, "이놈이 이제 軍令[2]이여!" 軍令이니만치 ― 다른 아이들보고 ― "이놈 모가지를 낫으로 짤르라!"는 게요. 그그 누가 모가지를 짤르겄으유. 그그? 그래 자기가 김복슨이가 달라들어스 모가지를 짤랐단 말이여. 그라고 즈녁이 와 가마안히 생각하니께 지가 즌딜게여? 즈으므니를 읍고 도망을 츴브렸스 김복슨이가.

그란데 과댁이 아들이 죽었다는 소문을 듣고 콩팔칠팔하고[3] 야단이지. 사못 그런듸 이놈이 워데로 갔는지 알 수가 있이야지. 그래가주고스 나무꾼으 首徒 김복슨이란 사람이 그랬다는 게유. 그라가주고스 金復先이가 뭐! 임진때두 나가스 성공해야겄는데 씨여 주으야지. 국가에스 안 씨여 줍니다 통. 그래 툰맹[4]에 돌다가 세상을 뜨고 만 사람이 그든 별수읎이.

*1973년 9월 20일 牙山郡 靈仁面 牙山里 3區 李錫夏 (61세, 男)

1) 點考, 명부에 일일이 점을 찍어가며 사람의 수효를 조사함 　2) 軍律의 訛音

3) 이러쿵저러쿵 이리저리 떠들고 　4) 의미 불명이나 '불명예스럽게'인 것 같다

金復先 | 옛날에 金復先이라는 사람이 있었는듸 이 사람은 新坪李氏 집 종으로 태으나스 그 신분은 츤해

스[1] 남한티 츤대[2]만 받는 사람이였지마는 사람 됨됨이 출중해스 앞일을 훤히 내다보는 이였다구 한다. 이 사람은 임진왜란이 일으날 굿도 알구 있었고 그때 지체도 높구 글도 잘 하는 이율곡 선생이라는 이가 찾으와스 임진왜란을 워틓게 대츠해야 하겠느냐구 으논할 굿도 알구 있었다구 한다. 그래스 김복슨이는 율곡 슨생을 잘 맞이할라구 동네 앞으 산에 날마다 올라가스 율곡 슨생이 찾으오기를 바라다봤다구 하는디, 金復先이가 날마다 올라갔든 산을 오늘날 사람들은 望客山이라구 부르구 있다.

율곡 슨생과 만나스 임진왜란에 대해스 대츠할 이야기를 이논했는디 김복슨은 자기한티 맽기믄 슥 달 안에 평증할 수 있지만 조증에스는 자기같은 츤인한티 맽기지 않을 굿이라구 말하면스 이 난리는 8년이 지나야 평증될 굿이라구 말했다구 한다.

임진왜란이 일으나기 즌에 倭將 층증[3]이란 놈이 그지 모양을 하구스 우리나라에 몰래 들으와스 방방곡곡을 돌아대님스 염탐했는디, 이 놈이 이 당진골에 들으와스 염탐을 했다. 그때 김복슨이는 아이들을 시켜스 왜장 층증이 즈그 간다, 왜장 층증 즈그 간다고 외치게 했다. 왜장 층증은 이 소리를 듣구 그만 혼줄이 나스 도망가 브릿단 말도 있다. 김복슨은 남으 집 종으로 태어났기 때문에 아무리 앞일을 내다보는 지혜가 있으두 늘 츤대만 받구 살으스 그른지 도즉으로 지탄받는 일도 많이 했다구 한다.

김복슨이는 담배 한 닢을 늘 물에다 축여가지구 페랭이 꼭지에다가 꼽고 다님스 담배 가진 사람을 보면 내 담배는 이자 막 축여스 그르니 당신 담배 한 대 주시유, 이르면스 남으 담배를 은으믁고 지 담배는 그냥 두구 남으 담배만 은으 피웠다는 말도 있다.

김복슨은 쇠경들을 울그믁었다는 이야기도 즌해지구 있다. 워틓게 해스 쇠경을 울그믁었냐 하면, 쇠경 잔치를 블린답시구 많은 쇠경들을 즈으 집으로 불르들였다. 집이다가 흐스름하게 다락을 매여 놓구 쇠경들을 그 다락에다 올려 앉혔다. 다락 밑이는 깨진 독 조가리 깨진 동이 조가리 사발 깨진 굿 사기 즙시 깨진 굿 잔득 줏으다 쌓으 놓고, 들 가

운디 돌아댕김스 소 뺍다구 개 뺍다구 같은 굿을 잔득 줏으다가 큰 가
마솥에다 넣구 불을 때스 고았다. 그렇게 묵은 소 뺍다구 개 뺍다구지
만 고니게 구수한 고깃국 냄새가 프즈 나왔다. 눈 믄 쇠경들은 이 구수
한 냄새를 맡고 김복슨이가 즈그들 대즙하니라고 애쓴다고 좋와라구
있읐다.

　김복슨이는 지다란 장대 끝이다가 물개똥을 묻혀각고 이 쇠경 즈 쇠
경 코끝이다가 댔다. 벨안간 쿠린내가 나니게 쇠경들은, "이 무신 쿠린
내여? 자네가 방구 꾸읐나 똥 쌌나?" 함스 스루 옆구리를 찔르감스 소
란을 피웠다. 흐스륵하게 달으맨 다락 우그스 쇠경들이 몸을 이리 재
치구 즈리 재치구 요동질함스 소란을 피우니 다락을 맨 줄이 끊으스스
아래로 뜰으줐다. 그르니게 다락 밑에 쌓으논 동이 조각 사발 조각이
깨지니라고 와작작작 소리를 냈다. 눈 먼 쇠경들은 즈그가 다락 우에
서 소란피여스 다락이 내레앉으스 밑에 있는 그릇들이 죄다 깨진 글로
알고 있읐다.

　김복슨은 쇠경들한티 와스 워쩌자고 다락 우에 가만 앉으 있지 않고
소란을 피워스 그 수많은 그릇을 죄다 깨놨느냐? 나는 인제 망했다구
대승통곡을 했다. 쇠경들은 자기들 땜에 김복슨이가 망해스 씨겠냐 하
구 스로 돈을 및 양 간씩 그드워서 많은 돈을 복슨이한티 주읐다. 김복
슨이는 이릏게 해서 쇠경을 울궈묵읐다고 한다.

*1941년 4월 唐津郡 高大面 城山里 朴太義

1) 賤해서　　2) 賤待　　3) 淸正, 加藤淸正을 말함

朴文秀 御史의
여러 가지 事績 |

朴御史는 어려스부터 재질이
있으가주고스는 공부를 했는디
18세에 과거에 급제해가주고스

는 暗行御史가 되었이유. 暗行御史로 나와가주고 이리즈리 돌아대니
는디 워데로 온고 하니 자기 고향 녘으로 왔다가 공주를 쓰윽 갔단 말
이여. 공주에 쓰윽 들으스 보니게 시장에서 問卜쟁이가 책을 펴놓고

점을 하고 있그든. 자기는 그지탈을 쓰고 돌아댕길티이지. 즈놈이 즈기 않았으니 나도 점 좀 해 볼밖에 읎다, 워틓게 하나 나를 알어보나 못 알어보나 하고 점을 한다는 게여.

"卜債는 얼매유?" 그르니까, 이릏게 츠다보드니, "다른 사람은 한냥씩을 받는듸 당신은 두 냥을 받으야겄소" 그라그든. "그 으째 그룷소?" 그르니께 占卦가 그릏게 난다구, 그래 한참 점을 보드니, "鷄龍山下에 桂月이 춤을 조심하라" 그릏게 글귀를 즉으준단 말이여. 그래 다 했다는 거여, 가라고.

가만히 생각하니께 이상하그등. 공주 계룡산이 그긴듸 鷄龍山下에 桂月이 춤을 조심하라 했이니께 이 점이 으틓게 되는 근지 궁굼징이 나스는 참 조심조심한단 말이여. 그래 참 스리 역졸들을 믄 거리에다 세우고 그르고스는 읍에 쓰윽 들으갔으.

읍에 들으가스는 옷을 툭툭 틀으입고스는 상방에 座定하니께 원이 나와스 굽실그리고 알례를 하고 그날 즈녁에 그기 쉬게 됐단 말이여.

아아 일등 名妓로다가 하루 즈녁 대접하고 그르는 근데 참 그날 즈녁에는 역졸들은 믈리가스 자라고 하고스 자기가 취침을 허는듸 밤이 이식한데 한 美人을 딜이보낸단 말이여, 원이. 그래 쓰윽 들으오는듸, "하루 즈녁 수청 들로 왔십니다아." 그래 잘라고 했는듸 아 桂月이 춤을 조심하라고 하는듸 이상시릅그등. 그래, "니 이름이 뭔고?" 그러니께, "예에 제 이름은 桂月이올십니다" 그런단 말이여. "桂月이, 그러면은 니가 이에 종사한 지 믵 해나 되느냐?" 그러니께, 십여 년 된다는 그여. "그리여. 그러면 그기스 자그라."

그른디 桂月이 춤을 조심하라는듸 그기에 내해스는 스년에 부순 조화가 있을른 글 알 수가 읎이유. 그래 잠을 사로사로 자는데 이년이 참 아양을 뜰고 옷을 붓고 옆댕이 와 저기하고 그러는듸 절대즉 반대여. 그륵하지 말고스는 즈리 가스 따로 자라는 그여. 그라고 술을 한 잔 딜이올 수 읎느냐 그라고 하니께 참 술을 한 잔 갖다 주으. 그라고, "니 보틈 믁으라." 지가 마시고 난 뒤에 쪼끔 믁고스 술이 취한 척하고는 생코를 고네 그려. 생코를 드릉드릉 고는디 배깥으로 나가그등. 가만히 보니게 문을 살그므니 열고 배같으로 나가. 나가드니만 월마 있다 들으오는듸 가심이스 쓰윽 삼팔 수건에다 냅다 맨 비수를 끄내 든단 말이여. 비수를 끄내 들드니마는 이칸 방에 즈마안치 뒤로다 물르나.

아 그때 불은 황초 멫 개 냅다 켜 놔 화안한듸 그래 이상항께 가마안이 눈을 속눈을 뜨고스 본단 말이여. 그른듸 이년이 뒤로 물러나드니 이를 바드득 갈고스 칼을 들고 쭈츰쭈츰 둘온단 말이여. 바짝만 들으오면 발로 찰 작증인듸, 하드니 또 뒤로 물르스드니 또 그렇게 대들으. 차마 못 찔르는 모양이지. 시븐채 나가드니 또 칼을 들고 이를 악물고 들온단 말이여. 들오는디 그때 시븐채 둘올 즉에 桂月이 춤을 조심하라싱께 그때는 운을 따라 알았단 말이여. 발스 시븐채 즈르니께 즈년이 해꼬치 하리라, 그래 눈을 딱 뜼그등. 그러니께 깜작 놀래드니 그그 틀큭 주즈앉는 게여.

그래스는 "네 나하고 무신 츨츤지 포원이 있으 나를 쥑일라고 하는 긋은 무신 뜻이냐?" 그르니게 그 즉에는 기생은 자백을 하네그려. "즈는 다른 사람이 아니라 公子님으 婢婦올시다. 公子님 아무개으." — 그게 桂月이 아니라 春月이그든, 그 기집애가 — 근데 일곱 살 믁으스 기집애가 나갔으. 그그스 "그래 나갔이먼 뭣 때문에 나를 쥑일라고 그르느냐?" 그르니게, "上典을 해꼬지하는 그는 즈기 아니라 지 애비를 대감님이 쥑였십니다" — 그 종인듸 그 뭇을 잘못해스 쥑에 쁘릇단 말이여 — 그래스는 암만 상민으 자식이지만 딸 하나 있든 그, 그 웬수를 갚아야겠으, 그래 내 일곱 살 믁으스 娼家에 아조 들으갔다. 들으가가 주고스는 지금 17센듸 십 년 娼妓에 공자님이 베실해가주고 아무때든지 이 길을 밟을 긋을 내가 알고스 이 길을 밟을 줄을 알고스는 그래 워데워데 댕기다가 公州에 여기 到任하고 하는 긋을 알고스는 여기 온 지 불과 수일 안된다는 그여. 그래 오늘 웬수를 갚을라고 이릏게 했다고. — "그르면 나를 쥑이지 못한 근 므냐?" 그르니까, "차마 大人 君子를 쥑일 수가 읎으 自白을 합니다. 그즈 쥑에 줍소사" 그라그든.

그래스 슬룽줄[1]을 흔들고슨 원을 둘오라고 했단 말이여. 들으가스는 "이 여자 갖다 옥에다가 가두으라"고 가두읐지. 가두고는 그날 즈녁에 쓰윽 자고나스, "나는 뜨나스 아무데로 가니께 암때라도 내가 이 여자를 서울로 올리라 할 제 올리라"는 게여. 그래 다른 듸스 방방곡곡이 다아 돌아다니면서 봉고 파직시킬 놈은 시키고스 쓰윽 올라갔으. 올라가스 그때 출두를 부치는듸 東大門에다 출두를 부쳤다네. 그래 朴御史가 東大門 출두꺼중 했다는 이여. 임금이 용상에 내렸다는 게여. 으뜿게 무습든지 — 그란듸 다아 제에 묻구 난 뒤 워데 가스 으특하구 워데 가슨 워틓게 되구 人民治罪를 다 하구 했는듸 한 군데 가스 내가 참 그야말로 — 그니께 大官諸臣들이 모인 데스 이얘기지 — "꼭 살릴 사람을 못 살리고 쥑였네" 할 수 읎이 그라그든. 그래 그때 오리증싱이 있일 제여. "그래 뭣 때문에 못 살렸느냐?" 그러니께, "아 내가 이렇게 그지탈을 쓰고스 한 군데 산골을 가는듸 아 워뜬 여자가 앞이 냅다 쫒겨오고 뒤는 으뜬 남자가 칼을 들고 쫒으오드라. 칼을 들고 쫒아오는듸 그 여자가 행실이 부증해가주구스 그래가주구 쥑일라구 쫒아오는듸, 아 가로막는듸 종당은 찔르가주구 죽드라. 가로막는듸 살리지 못했다" 그르니, "에이 미친 놈! 네까짓 놈, 아 그래 馬牌가 있는듸 그 馬牌를 븐쪽 들었으면 마패만 들었으면 그글 그그스 되는 근데 그 마패는 워쨌으?" "아아 그때 내가 그글 잊었다"는 게여. 그래 오리증싱이 증싱 재격이 된다는 그여.

그라고 나스 이얘기하고 나스는 임금보고 그른 이얘기 — 사맥이 여하하고 여하해스 제 집안에스 나갔다는 그 여자가 나를 쥑일라고 해스 公州 鷄龍山下에 아무데다가 그냥 가두으놓고 왔는듸 그곳은 하도 일이 크고 해스 지가 처단 못 하고 임금께 上訴²⁾합니다. "으음 그려 그르면은 그 여자를 불르 올리라"는 그여. 하니께 들땅긑이 불르왔지. 桂月이를, 그래가주고슨 읂디리그등. "네가 이름이 桂月이냐?" "예에 그릏십니다." "그래 전후 이얘기를 죄 하라"구. 사맥이 이얘기를 죄 하그든. "사실은 참 우리 상전댁인듸 우리 아브지를 쥑인 댁이여스 원수를 갚을라구 十年 靑樓에 종사한 사람이고 일등 명기가 되읐십니다. 그래 참 이 공자님을 워틓게든지 해츠스 쥑일라고 했드니 국가에 그만한 훌륭한 무그운 짐을 지고 대니시는 분을 감히 쥑일 수가 읎으스 그냥

말았는디 즈를 쥑에 줍소사 죄가 많십니다." 그래 가마안히 생각하니
께 국가를 위해 그릏게 했다 하니 말이지, 그래 忠婢그든. 그래스는 文
秀를 불르가주고스는, 아아 그긋 참 보통 여자는 아니여, 하니 그르니
께, "그르면은 내가 지시를 하는데 느는 朴文秀에 小室로 증하노라."
아 그르니 그 으릏게 해. 그래 朴文秀가 小室을 은았다는 게여.

　朴文秀가 17세에 베실을 하르 나귀를 타고스 나가는디 보통 사람
과는 틀렸으. 그래 워디를 강고 하니 하루는 뜨윽 오는디 天安까지 왔
으. — 天安 검머리라는 듸가 있드믄 — 그기 그그를 오다보니께 원 여
자가 원 素가마 하나가 조군꾼이 미고 가는디 가마 문쪽을 봉께 가마
안에 素服한 여자가 있그든. 으여뿐 아가씨여. 지금엔 벨 게 아니지만
가마문을 열고스 자기 가는 뒤를 들구 뜨들고 돌아다본단 말이여. 그
렇께 이 사람이 속으로 궁리를 하는 게여.
　하이 즈 여자가 소복을 했는디 부모 거상을 입았그나 남펜네 거상을
입았그나 이상시릅그든. 그르구 즈 여자 하는 행동이 이상시릅다. 보통
예문가집 새악씨도 같고 한디, 자기가 公子로 매끄름하게 차리고 부담
마를 지고 가니께 흠모해가주고스 보는 긋 같기도 하고 — 그르니께 행
실이 틀렸다는 게여 — 그르니께 즈 여자가 必有曲折한 여자여. 그르
니께 내 즈 여자가 워디로 가능 겡가 워디꺼증 쫓아가 본다는 게여.
　그 아닌게 아니라 뜨윽 가드니마는 天安 검머리라는 듸 가드니 큰
동네로 들으가는디 — 여기 구루물 아랫그리같은 동네로 들으가드니
큰 지와집으로 뜨윽 들으간단 말이여 — 그래 文秀는 나귀타고스 그
여자 있는 집이를 찾으가스 이르노라 이르노라 찾았단 말이여. 그릏게
하인이 하나가 나오드니 워스 오신 손님이냐고. "아아 나는 서울로 과
그를 보로 가는 질인디 날이 즈물으스 이 댁에 하룻밤만 유하고 가고
자 해스 왔노라" 하니께, "아아 이 댁이 증황중이라요" 그릏게, "머……
아 증황중이나마나 하루 즈녁 좀 암듸스라도 배깥에스라도 자고 가겠
다"고 하니께 안에 들으가스 메라고 했는지 즘잖은 노인이 장죽을 하
나 들고 나오드니 아주 悲色이 쩌여 한숨을 휴유유 하고 쉰단 말이여.

쉬드니마는, "워디로 가는 공잔가? 날이 즈물으스 그른디 난츠해 그
르니 나하고 하루 즈녁 쉬고 가게 하라"고. "아 참 고맙십니다" 인사를
듸리고스는 사랑방으로 들으갔스. 들으가니께 즈녁상을 가주고 나왔
는디 즘상³⁾을 해 나왔어. 손님 밥은 밥그륵을 놨는디 주인 영감에는
미음을 한 그륵 놨그든.

"아 그른데 진지를 워째 그럭하십니까?" 그르니까, "아 그즈……" 그
글 자시드니만 시름읎이 있드니만 메라구 하는고 하니, "즈른 공자를
보면 내 자식 생각이 간즐하다" 그게여. "하 그게 무슨 말씀입니까? 자
녀간 멫이나 두샀는디?" "나는 딸두 읎구 외아들 하나 두샀다가 행방
불명이여. 장가들인 지 불과 속 달도 못됐는디 호산⁴⁾이 간 글로 생각
한다는 게여. 그릏게 소식이 읎구 워데로 갔는지 약 3년재 나는 게여"
그리믄스 아주 시름을 하그든.

"아아 그르십니까?" "그른디 내 지금 子婦가 親家에서 왔다구 그른
디 오늘 즈녁이 大祥이여 大祥, 三年 마지막인디 내 아우는 즈으기 즈
큰 동네 살고 부자지. 나도 잘 산다. 그른디 우리 형제는 사는디 아참
내 子婦가 들으와스 아이구 지구 하구 울구 하는데 당체 내 신명이 읎
구 하는데…… 그른디 즈런 공자를 보면 내 자식 생각이 그릏게 나고
그른다"구 하고스는 "그래 는 워데 살며 워데로 으릏게 가느냐?"

그르니께 그 즌후 이야기를 하믄스, "즈는 忠北 아무데 梧洞村 삽니
다. 밴 근 읎으나 벤벤치 못하나 이븐 과그를 본다고 그르길래 과그를
좀 보르 갑니다." "으음 그려? 내 자식도 있으면 제에기 이븐에 과그를
좀 보겠는디……" 지금 멫 살이나 됐냐니께 열네 살에 장가들였대스
인제 17세라는 게여, 올에 와스. "그래 子婦는 연령이 으릏게 되았십
니까?" 두 살이 드 믁았다는 게여.

"그래 워스⁵⁾ 자부는 데레왔십니까?" 그르니께 公州 워데라는 데여.
公州 워스 장가를 데레왔는디 子婦도 참 잘 읐지, 그라고는 이 양반
이, "나는 안으로 들으갈 텐데…… 여기서 기양 쉬게. 내 아들 같고 하
니께 메칠 묵으도 좋다. 즈른 사람 보면 아주 내 자식 생각이 난다"고.
제즐로 잘 됐단 말이여.

그래 밤이 한 열두으 시 된디 변소간에를 가니라고 가서 가만히 있이니께 으 뭐가 바삭바삭 소리가 난단 말이여, 변소간 옆댕이로 지내가는 소리가. 그때 9월 달인듸 스르르 웬 키가 쑹큼한 놈이 담을 늠으가요. 그래 그 집으 후원을 쫓아가스 보니께 담에 늠으가는데 보니께 연못이 그기 있는듸 연못 안에다 초당을 지었드래요. 근듸 그 초당에스 그 여자가 유하는데 말씸이여. 연못이 큰듸 배를 그그다 부으다 놓고스 줄을 잡으댕기여 근느간단 말이여. 草堂門이 뻐드득 하고 열리드니 그기스 무슨 소리가 나고 하는듸 이상하그든.

에이 이그 쫓아들으가 볼 게라구. 그래 배를 타고스 줄을 잡아댕겨 근느가주고스 가만히 가스 보니께 아아 이긋들이 즈이찌리 이얘기를 벌으지게 하구 별소리를 다 하는듸 문구멍을 살살 뚫고스 보니께 아 을굴이 윽둑윽둑 읽은 총각놈인듸 아 그 여자하고 그릏게 스루 상대를 하고 있단 말씸이여. 그래 오옳지. 이상하구나. 내 올 적에 그 여자으 행동을 봐 과연 봤드니 李進士 — 그가 李進士여 — 李進士 아들 쥑인 게 즈놈이 분명하구나. 한듸 즈놈을 내 봤이니께 자구스 내 메칠 묵으스 즈놈 그동을 좀 알 게라.

그르고 나슨 자고 나스는 그 이튿날 그 동네를 슬슬 돌아댕겨 봤이유. 그릏게 한 군데 가니께 漢文書堂이 있는듸 애들이 한 20여 명 있단 말이여. 그래 가스 보니께 그늠이 그기 있이유. 으뚝으뚝한 놈이 그기 있단 말이여. 그래 가스 참 같은 年甲이니께 인사도 하고 하니께, 이름이 뭣인고 하니 崔철문이그든. 그래가주구서 공자는 워데서 사느냐 하니께, 공주 아무데 아무데스 살다가 일로다 공부하르 왔다는 게여. 그 여자 시집이여. 그 여자 친정 동네 놈이여. 시집을 오니께 그그를 쫓으왔단 말이여, 그그스 공부한다고. 여그 와스 멫 해나 공부하고 있십니까? 하니께, 한 삼 년 된다고 그르그든. 아조 이그 즉 맞읐으. 그래 즈녁에 쓰윽 들으와스는 — 如前 주인 영감은 미음 자시고 앉아스 밤낮 한탄을 하고 그리야 —

그러나 그글 내색해스 이얘기할 수두 읎구, 즈녁이면 이놈이 꼭 와유. 가스 보면 배를 타고 들으가는 긋을 보고 草堂에 들으가스 또 그르가주고 지랄하그든. 그놈 짓이 분명하단 말이여. 그래 사흘을 묵으스 인제 불과 7~8일 과그 일자가 남었는데 할 수 없이 그그를 가야 하겄는디 쥔 영감님보고, "이즈는 하직을 告합니다" 그르니께, "올라가 과그 일자가 을매 안 남으스 올라가겠잉게 아무쪼록 근심치 말으시구 웬수를 워데가 찾든지 찾긌지유" 그라고 하니, "아아 그게 무슨 말인가? 웬수가 무슨 말인가? 내 자식 호산해 강게 분명해. 무슨 웬수냐?"고 "그르니께 이븐 과그에 자네는 급제하기가 쉬워. 그르니께 으틓게든지 하든 못하든 내 집에 또 찾으오기를 바란다"고 한숨을 쉬으가며 그란단 말이여. 긋다 노자까장 주고 대접을 한단 말이여. 그륵하지 마시라구.

그래 작별을 하구스 나귀를 타구스 始興쯤 가스 산 고개 들으가스 쉰단 말이여. 쉬는데 만날 곰곰 생각나지. 그 이 진사 아들에 웬수를 워떻게 갚으야 하나? 내가 暗行御史만 되었다면 볼 긋 없이 그놈을 잡으 닦달할 텐데 이그 워떻게 되나, 그러고 궁리하고 있는 그여. 그 앉었는디 치국뎅이 하나가 회파람을 휘위휘위 불으가면스 온단 말이여. 그러드니 그그 와 앉으. 앉드니만 인사합시다 한단 말이여. "나는 朴文秀란 사람이요." "그르냐"고. "그래 누구냐?"고 그르니까, "나는 그즈 이름도 알 긋 없고……" "고래 워데 사느냐?"고 그르니께 수중방골 산다고 그라그등. "나는 수중방골 사는 사람이요." "그른디 즈으 공부도 많이 했일 상부른데 과그를 보지 워째 내레오느냐?" 하니께, "과거 일자가 지났는데요" 그라고 하그등.

"지나다니요?" "아이 과그 일자가 지나스 내 과그 글제 내근 긋을 보고 왔는디 으제 그즈끼 글제 내근 글 내가 봤소" 그라그든. "예에 여보, 글제가 무슨, 낼 모레가 과그날인디 글제가 무슨 글제라고." "아니라"고. "그름 글제 글귀를 으틓게 냈드라우?" 그라고 하니께 그 글제 낸 그를 즌부 이얘기 한단 말이여.

"무슨 워틓게 되고 워틓게 되고 했는디 그 밑이 자가 두 자가 무슨 자드라" 하면스 멫 자는 알으켜 주구 그근 영 해득을 못한다고 그라그등.

"그 글 똑바로 봤는디 그그 해득이 안 난다"고 그라그등. "아 여보 머 그렇게 애쓸 게 뭐 있소, 해득 안 나는데 할 수 있소. 위에 글제가 그렇게 되었드라면." "틀림읎는 그 글제올시다, 내가 분명 보고 왔시다" 그리고 하그든. "그렁께 당신도 이븐에 가갈랑 그 글 제대로 하시유" 그리고 한단 말이여. "그르고 나는 가겄시다."

"그래 살기는 수정방골 사오? 수정방골이라는 동네가 당초 그른 동네가 으데 있소?"

그래 가만히 보내고스 생각하니까 수정방골이란 게 그 집 뒤안이야말로 물 속에 있단 그 말이여. 이 진사네 연못 물 속에 있다는 그 말이여. 그게 수정방골이지 뭐여. 아 그래 해득을 했단 말이여.

아 인자 가 보니께 과그 글제를 상시관이 내그는 굿을 보니께 그 사람 말한 게 틀림읎네 그려. 글제가 그대로 기록이 됐스. 그 밑이 생각이 안 난다는 굿을 자기 생각이 슨뜻 난 글로 그대로 했단 말이여. 그볼 그므 있으. 장원급제 덩그렇게 해 브릈지.

그라고 나스는 上試官이 불르다 으조(御酒) 三杯 마시고 삼 일 遊街한 후에 니가 뭘 擇하느냐 그르니께, "즈는 그즈 소원이 人民治罪를 한 븐 하고 싶십니다." 자격이 돼서 暗行御史를 시켜브렀지유.

그래 워테를 갔는고 하니 촛재 그기브틈 가는 거유. 그래스 촛재 제일로 와스는 天安郡에 뜨윽 앉으가주고스는, 스을 역졸들을 불르가주고스는 아무듸 아무듸 가스 李進士네 子婦하고 아무듸으 崔철문이란 놈 잡으오라고 보낸단 말이여. 이상하지 스을 역졸들이 대븐 가서 崔철문이 묶으오고 여자도 묶으오고 ― 이 진사는 웬일인지 모르지 당체 ― 소복한 여자를 묶으다가 뜨윽 대틀에다 대령을 시켜놨그든. 군수도 어틓게 된 영문인지 모르지. 이상하다고. 촛븐 촛공사에 대븐 그글 잡으오라 하는데 워틓게 된 사맥인지 모르고슨 그래 그그스 하는 말이, "네 이름이 최철문이 아니냐?" 그르니 그 인사한 늠이 암행으사 됐일 이치를 모르고 있지. "쬐금이라도 그이믄 안 된다. 이 진사 아덜을 쥑인 게 니가 쥑인 게 분명하지?" 그리고 그 여자를 즈기하구스는, "네 이년! 네가 사맥이 여하하고 여하해스 네 냄펜을 쥑인 게 아니냐?" 그르니 귀신이여 당체. "그렇게 나를 쪼금도 그이 못한다. 그르니께 그만큼 아는 근게 바른 대로 고백하라!"고. 아아 죄읎는 놈들도 그르지 않는디 죄가 있이니 블블 뜰지 므, 알고 이얘기하니 꼼작을 해? 다 그릏게 됐다는 그여.

그래 李進士도 그기 쫓아와스는 워틓게 된 영문인지 몰랐는디 그때사 알았그든. 그릏게 아조 팔팔 뛰고 네 년놈들이 내 자식을 쥑인 게 아니냐, 연못을 빨리 푸고스 근즈내라는 게여.

가스 보니게 아조 살은 굿 같드라여. 노끈으로다가 모가지를 바짝 졸라가주고스 쥑여스 집어늫는듸 하나 쓱지 안 했드래여. 물 속에스 근즈냈대여. 그래 그그스부트 아주 名官이라는 이름이 났으.

그르고 그그스 나스스 워데로 간고 하니 즈으 경상도로 쓰윽 내레갔드믄 그려. 경상도로 나가는듸 만날 그지탈을 쓰고 돌아가니게.

한 군데를 가니게 중놈 하나가 글음을 긋는데 근방지단 말이여. 즈놈도 참 이상한 놈이구나, 즈놈도 내 뒤를 밟으볼가 하고 곰방대에다 보따리 하나 꾸주주하니 메고 뒤를 쫓아가멘스, "중님, 중님" 하고 불르그든. 이릏게 채다보드니 "이놈으 자식! 이놈아 大師면 大師지 중님이 므여? 즈른 츤놈으 자식 보라구." "아이 大師님." 쪼금 가다가 또 중님. "아이 즈놈으 자식 또 그런다"고. "중님 오늘 즈녁일랑 나하고 좀 자자." "으 촌놈으 새끼가."

그라드니 여관으로 으릏게 복노방에스 같이 자게 됐단 말이여. 한데 이놈이 이얘기 하는데 잡상시런 이얘기를 밤새도록 해여. 워덴 가스 으릏고 으뜨한 여자하고 으릏게 하고 으짜고 하는 이얘기를 밤새도록 하그든. 그리여라고 흥흥하며 고 맘을 뜯으보느라고 그놈으 행색이 틀리니게, 그래 이놈이 끄트므리 가스 메라구 하는고 하니, "느 이놈아, 촌놈이 외입 한 븐 못 해봤일 틴디. 아 난 중이라도 내 외입 상당히 한다" 워짜고 짖으댔다. "그래 외입한 이얘기 즌부 좀 해 봐." 밤새도록 해. 이놈이 하드니만 끄트므리 가스, "아닌 굿도 아니라 내 참 가을 워니때 여기 즈으 즐나두 개안이란 동네 그기를 갔는데 그 부자드라. 그란듸 내 가을에 목화 동양 한 븐 갔었다. 식즌에 갔었듸마는 참 이뿐 여자 한 븐 상대할라다 말았다" 그라그든.

"워틓게 상대할라다 말았느냐? 하믄 죄다 다 말하지 뭐여" 헝게, "그래 하마, 아아 가스 식즌인듸 아침 열 시쯤 되는듸 가스 문안드립니다 하고 들으가니께 아무도 읐드라. 그른듸 안으로 들으간다고 들으가스는 동양 좀 달라구 하니께 하 이뿐 여자가 시집온 지 사흘도 안 되나 부디라. 그른듸 목화를 한 보구리다 담으서는 한 주믁 요롷게 내놓고 스 들으가드라구. 가만히 보니께 아그 크나큰 집에 아무도 읐으. 에이 빌으믁을 굿 좀 쫓아 들으간다구 들으갔다구. 아 그래 문을 열구 들으가니께 아 이년이 말을 안 듣드구나."

"그래 워틓게 했으?" "기냥 나왔다"고 그라그등. 그른듸 고놈이 일을 즈지른 게 분명하단 말이여.

"그리여, 이놈아 말을 하면 똑바로 해야지 그렇게 우물쭈물하고 마니?" "아이 그럭하면 알지" 그라고 말그든. "그래 느 으듸 절에 있니?" 그라고 하니께 즐라두 그 무슨 절에 있는데 내 중 노릇 밸로 하는 줄 아니? 이렇게 돌아댕기지, 아 그럭하그등. "느 승즉 좀 보자. 승즉은 있으?" "승적이 있잉게 나도 이놈아 찾으갈 줄 알으." "그래 원제쯤 느 절이로 들으가니?" 그라니께 한 삼 일 있다 절에 들으갈 게여, 내 여그 스스로 갈라 스자, 그래 이놈아 나만 쫓아대니면 괜찮다 으쩌구. "아 나는 빌어믁는 놈이 별그냐."

사흘 후에 즐라두 그 골 관개에 들으가스 출두를 쓰윽 부췄단 말이여. 부치고슨 — 즐라두 출두 부친 게 아니겠구만 —

그럭하구서 인제 그 동네를 찾으 들으갔스. 전라도 즈으 무슨 안진 말이든가 무슨 말이여. 들으가 보니께 그 집을 찾었그든. 찾으가 보니께, "이러노라 이러노라" 하고 보니께, 그그도 그른 노인이 있는듸 나온단 말이여. 나오드니만 여기스는 자고 갈 듸는 못되나 하도 내 윽울한 경우를 당해스 여기스 자고 가고자 한다고. 그래 그 동네를 가스 돌아댕긴즉, 동네 사람들이 아조 야단났그든. 즈놈으 집은 하여간 생피 붙은 놈으 집이라구 메누리가 사흘 만에 시애비한티 칼침 맞으 죽었다는 게여. 그르니께 그녀르 집 갈 굿도 읐다고.

가만히 보니께 그 중놈이 쥑인 게 분명한듸 이상항께 그기스 묻다가 그 집이 가스 자게 되는듸, 즈녁에 그 영감이 미음을 믁고 아들이 미음을 바츠주고 나드니 즈녁에 하는 말이 그르그든. "아이 즈는 官家에 가야겄십니다" 그르니께, "그만 두으라, 내가 가지 니가 가스 뭘 하느냐" 하니께 "지가 대로도 간다"고 간단 말이여.

그 이상하그든 말소리가. "참 객으로서 꼬치꼬치 묻기는 뭐하오나고 으릏게 된 연유로 그른 말씀을 합니까" 그르니께, "이근 이른 말하기는 부끄룹십니다. 그르나 하도 이상해스, 내 자식이유 아까 그게 내 자식인듸, 내 아우가 저 근느 큰 동네스 사는듸, 요 한 1년 전에 아침에 생일이여스 이웃집 안치가 죄 가고 내 자식 장가들인 지가 그저 불과 삼 일 되는 날, 내 子婦 하나만 두고 갔었는듸 갔다 집에 돌아와보니께 열 시쯤 되었는듸 아 그즌에는 둘오면은 문을 열고 안내를 하고 하드니 아무 소리가 읎드라구. 그래 이 으린 긋이 잠이 곤히 들었나 하고스 담뱃대로다가 문을 툭툭 트니께 아무 대답이 읎드란 게여. 그래 문고리를 담뱃대로 글고 잡으댕겨 보니께 아 모가지에다 칼을 꼽고 드르누었그든, 죽으스. 그래 깜짝 놀래가주고스는 칼만 들고 아우승치고 나오는디 이웃집 노구 할매가 마침 와스 보고스는 들으와 보드니, '아 즈 늙은이가 메누리 찔르 쥑였다' 소문을 그릏게 내났네. 그 뭉즉[6]을 꼼짝읎이 뒤집으썼단 말이여. 그래가주고 내 그 뭉즉을 쓰고스는 관개에 붙잽혀가스는 일 년간 고생을 하고 있는듸 내 자식이 효자유. 그래스는 자식이 대로 가스 지금 또 살고 있는듸 그래 집안이 이릏게 참 망쪼가 되으 이르하다"고. 그 원한을 윗다 풀을 듸가 읎구 내 사돈지간에 웬수가 지고 이 지경으로 사람 꼴도 못되고 그렇다고 그래. 참 객이라도 본즉슨 즘잖한 데가 있고 해스 이른 슬화를 한다고 그르그든.

"하하 그러시냐고 그를 게라"고, "그르나 잘 잤이니께 나는 이제는 가겄십니다. 인제 또 뵐 날이 쉬 있겠다"고.

고놈이 올 날이 낼모레쯤 되니께 낼모레쯤 뜨윽 출두를 부쳤단 말이여. 부치고스는 ─ 그 영감 노인브틈 다 잡아오라는 그지 ─ 官家에 잡혀갔지. 그라고 한참 公事를 하드니만 별안간에 수츱을 꺼내드니 "아무아무 절에 가스 이르이르한 중을 잡아오느라."

아아 벨안간 고놈을 잡으왔지, 보니께 그놈이그든. 그른듸 그 중놈이 으산지 지가 알았나. "늬가 아무개 중놈이지." "예 그릏습니다." 용하게 알그든. 御史가 용하다는 소리는 들었는듸, "그르면 아무데에 가스 목화 동양을 가스 니가 시악씨 찔르 쥑인 게 분명하지." 원 귀신 아니면 이게 당초 알 수가 읎는듸 우물우물하그든. "에이! 즈놈 츠켜 매고 패라!"구. 맷바람에 달달 분단 말이으. "예, 목화 동양 갔일 때 지가 그렇게 칼로 찔러 죽였십니다." "음, 그려."

아 그래 공판한다니께 그 영감 쥑인다 하니께 삼지 사방 사람들이 즌부 모였그든. 모였는듸, 그 죽는 그 본다고. 아 벨안간에 웬 중놈을 잡으다가 놓고 닦달질하니 그놈이 쥑였다고 폐살이 난단 말이여. 야 그래스는 그 능즉 붓었다고 춤을 추구 어사 암행어사 잘 만나가주구 살었다구 하며 사뭇 춤을 추구 그 지경으 하고스는 그라고 그 능즉 벳기고 그 웬수를 갚아 주었고 그놈은 사형시켜 브리구 그래 고롷게 해가주구 朴文秀가 꾀를 쓰가주고스는 御史 노릇을 했으. 그래서 名官 이름이 났지요.

＊1973년 8월 26일 牙山郡 靈仁面 牙山里 3區 李錫夏 (61세, 男)
1) 옛날에 관가에서는 官奴를 부르기 위하여 上官 방에서 관노 방으로 길게 줄을 매어 줄을 잡아흔들면 줄에 매단 방울이 딸랑딸랑 소리가 나서 관노는 상관 방으로 가서 명을 받는다. 오늘날의 초인종 같은 것이다　　2) 上奏의 잘못　　3) 겸상　　4) 虎食의 訛音　　5) 어디서　　6) 누명

朴御史와 烈女 | 예즌에 朴文秀 朴 御史란 분이 있었는듸 이 으사가 지방을 돌아다님

스 민중을 살피는듸 南陽 골을 갔다. 그그 아즌 하나가 나라 돈을 츤양이나 축내구 있으스 이른 몹쓸 아즌을 그즈 둘 수 읎다 하고 사형에 츠했다.

그른 일이 있은 후 을마가 지나서 京畿監司가 환갑을 맞이하여 잔

치를 베풀고 각골 守令들을 초충하는디 이 박 으사도 초대했다. 경기 감사는 이 박 으사힌티 일등 기생을 붙여 주고 온갖 수발을 들게 하구 수층[1]까지 들게 했다.

밤이 되여 박 으사는 그 기생과 같이 자리에 들으 자는디 비몽사몽 간에 하얀 노인이 나타나스 느는 죽을 줄도 모르고 잠만 자느냐 해스 박 으사는 기냥 꿈이겠지 하고 별 생각 읎이 자는디 또 그 노인이 나타 나스 느는 죽을 줄도 모르고 잠만 자느냐 했다. 그제스야 박 으사는 이 꿈은 심상치 않은 꿈이구나 하구 일으나 앉으스 옆에 누으 있는 기생 을 일으나게 하구 한 대 탁 때리구 이년 바른 대루 말하라고 호령했다. 그랬드니 기생은, "죽을 죄를 지읐십니다. 수이사또[2]가 잠들기를 지두 르구 있는 판인데 사또께스 블스 믄즈 아시고 이르시는디 즈는 뭐라 구 드 말씀드리지 못하겠십니다. 그즈 죽이주십시요" 했다. "니가 나하 구 무신 측이 즜길레 나를 해칠라구 하느냐?" "예, 죄송합니다. 말씀드 리지유. 즈으 남편은 원래 南陽 골으 아즌이온데 나랏돈을 츤양이나 축을 내스 그래스 수이사또가 이른 아즌 그즈 둘 수 읎다 하시고 사형 에 츠하시였는데 즈는 그를 원한으로 삼고 사도를 원지든지 만나스 해 츠스 남편 웬수를 갚을라고 기생이 되여 기회만 노리고 있읐는디 오늘 경기 감사 환갑날에 수이사또으 수층을 들으 기회가 와스 사또를 해치 고 웬수를 갚을라고 했드니 사또께스 미리 알으슸이니 그즈 죽여만 주 십시요" 했다.

박 으사는 이 말을 듣고, "니가 그릏게 니 남펜을 죽인 나를 웬수로 여 겨 나를 죽여스 니 남편 웬수를 갚겠다고 맘 믁고 있다면 기회가 있이면 나를 꼭 죽일 수 있이면 죽이겠느냐?" "그르합니다." "그래, 그름 내가 이 릏게 앉아 있을 티니 죽여 봐라" 하고 웃목에 가서 앉았다. 그랬드니 이 기생은 가슴에 품고 있든 장도칼을 끄내들고 사도를 향하여 던줬다.

박 으사는 이것을 보구, "느는 참 烈女다" 하고 나라에 보해서 烈女 로 포상하고 또 烈女門을 세워 주읐다고 한다.

＊1962년 6월 保寧郡 大川面 목장리 李時鍾

1) 守廳　　2) 繡衣使道, 御史를 우아하게 부르는 말

朴文秀와 醜女 | 박문수 박 으사가 암행어사로다가 팔도강산을 누비고 다니는디 하루

는 즐라도 으느 땅을 지내다가 날이 즈물으스 잘 곳을 찾다가 동네 하나가 눈에 떠으스 그리 찾으갔드니 동네 샘[1]에 동네 부인네들이 쌀도 씻고 채소도 씻고 하고 있으스 그리 가스 자기는 질 가는 나그넨디 이 동네스 자고 갈 만한 집이 으디 있냐고 물읐십니다. 나잇살 믁은 여자가 나스드니 즈기 즈 집이나 가스 물으 보시요 하면스 한 집을 갈츠 주그든유. 그래스 박문수 박 으사는 그 집이로 가스 이르노라[2] 이르노라 하고 찾읐습니다. 한 사람이 나오는데 보니까 하얗게 素服한 즒은 여자인디 그야말로 천하절색 미인이란 말이여. 그릏게 팔도강산을 누비고 다녔지만 그릏게 이뿐 여자는 츰 보그든. 참 미인이여. 그근 그릏고.

"여보시요, 나는 질 가는 나그넨데 날이 즈물으스 그르니 하루 즈녁 재워주시유" 이릏게 말하니까, "우리 집에는 남자가 하나도 읎고 여자들만 있으스……" 하면스 난츠한 기색을 보이고 있그등. 그르다가 "가만히 계십시요. 즈으 시으므니하고 상이해 보겠십니다" 그르고는 안으로 들으가 쪼끔 있다가 나오드니, "이리 들으오시요" 하고 대문간 옆이 있는 큰 사랑으로 안내하그든유.

조금 있드니 즈녁상을 그 여자가 들고 나와스 박 으사는 밥상을 놓자마자 그 여자으 홀목[3]을 쥐여잡고 끌으안을라고 했그든유. 그르니까 여자는 깜짝 놀라며 "외간남자가 워데스 이른 븝을 배워믁읐느냐!" 함스 나무래그든유. 박 으사는 무안도 했지마는, "하도 이뿌게 생겨스 그만 그릏게 됐십니다. 용스하시유" 하고 빌읐으유. 그르니까 여자는, "손님이 이릏게 츤한 여자를 귀엽게 보시고 그르니 손님 맘을 알겠십니다. 내 손님 뜻을 알고 받으 줄 테니 느므 이르지 마시라"고 그르그던유. 박 으사는 좀 맘이 놓여스 잡읐든 손을 놓고 밥을 맛있게 믁읐십니다. 밥을 다 믁고 나니까 그 여자가 상을 내갈라고 와스 박 으사는 또 껴안읐으유. 그르니까 여자는 이르지 말라고 하면스 "오늘밤에는 시으므님하고 다듬이질을 하기로 했습니다. 츰에는 시으므님하고 둘이서 하는디 좀 지나면 시으므니는 팔도 아프시고 피곤도 하시여 다

듬이질을 그만두시고 누으실 굽니다. 그르면 나 혼자서 다듬이질을 하게 되는디 시으므님께서 잠이 들면 그때 나는 다듬이질을 그만두고 이리올 티이니 그리 아시고 지다려 주시요" 이른단 말이유. 그래 박 으사는 그르자 하고 여자를 내보냈으유.

박 으사는 여자를 내보내 놓고 다시 오기를 지다리고 있읐이유. 안에스는 다듬이질 소리가 두드락딱딱 두드락딱딱 하고 나는디 즈 다듬이 소리가 은제나 끝나나 하고 一刻이 女三秋로 지다르고 있으셨이유. 을마를 지다리고 있는디 둘이 뚜드리든 방망이 소리가 혼자 뚜드리는 소리로 변해스 좀드 지다리면 그 여자가 오겠지 하고 있읐이유. 방 안에 켜논 등잔불은 지름이 읎으즈스 곧 끄질 굿 같으스 심지를 돋구고 지름즙시를 이리즈리 흔들으스 불을 다시 밝히고 하는디 그만 기름이 읎으즜는지 불은 끄지고 방 안은 캄캄해즜이유. 그래 캄캄한 방 안에 누으스 여자가 오기만 지다리고 있읐단 말이유.

이슥만 해서 다듬이 소리가 끝나고 신발 끌른 소리가 나드니 방문이 바시시 열리고 여자가 들으왔으유. 박 으사는 그 여자를 을른 끌으당기여 이불 속으로 들으가스 온갖 증승을 다 들여스 한밤을 질급게 잘 지냈이유.

새북⁴⁾이 돼스 날이 밝아스 보니께 그 여자는 을굴이 아조 빡빡 고슥으로 읽으스 보기만 해도 몸스리가 날 만큼 지독한 醜物이였으유. 박 으사는 그만 화가 나스 여자를 불르내스 도대체 이게 으찌된 노릇이냐고. 나는 느를 원했는디 이른 응뚱한 여자를 앵겨 주다니 느는 나를 워틓게 보고 감히 이른 짓을 해스 사람을 놀리느냐고 나무랬단 말이유. 그르니까 여자는, "손님이 노하시는 굿은 무리가 아닙니다. 그즈 모든 굿을 느그르히 용스해 주십시유. 그르나 제 사증을 들으 보시고 즈를 책망해 주시유." "그래 니 사증이 무웃이냐?" "즈으 집에는 홀시으므님과 과부가 된 小女와 시집 못 간 시누이와 이릏게 싯이으스 살고 있습니다. 우리 시댁은 원래 지체가 있고 재산도 있고 행세하는 집안입니다. 우리 시누이는 보시다시피 빡빡 읽고 을굴이 못나스 지나가는 그지보고 데레가라도 안 데레갑니다. 시누이는 세상에 사람으로 태으났으도 시집갈 나이가 늠으도 남자으 품안에 안겨 보지 못하고 있습니다. 시누이으 이른 사증이 하도 안타까워스 소녀는 손님에게 그르한 술책을 쓰스 시누이가 남자으 품안에 안겨 보게 한 긋입니다. 이른 사증을 알으시고 소녀를 책망하여 주십시요. 죽이든 살리든 마음대로 하십시요" 이른단 말이유. 박 으사는 이른 말을 듣고 그 여자으 처사에 무으라고 나무랠 수도 읎고 해스 그냥 두고 떠나가 브렸어유. 박 으사가 뜨나갈 즉에 이 여자는 박 으사의 도포자락으 한 구퉁이를 살작 비여 두웠지유. 이른 일이 있은 후 시누이는 애기를 가즈 열 달 만에 아들을 낳으유. 이 아들은 잘 커스 공부도 잘 해스 과그를 봤는디 장원급제를 했으유. 이 아으 글이 하도 잘 되여스 조증으 여르 벼슬아치들이 칭찬이 대단했으유. 박 으사도 이 아이를 만나 보고 워데 사는 누구며 아브지는 누구며 나이는 멫 살이냐고 물읐으유. 아무데 사는 아무개인데 아브지는 한 번도 만나 본 일이 읎습니다, 하고 말하고 으므니한테스 들은 이야기를 좌악 했으유. 그르고 과그보르 올 즉에 으므니가 도포자락 한 조각을 주면서 이긋을 보이면 아브지를 만날 수가 있을 것이라 하면서 준 도포자락을 내뵜였그든유. 박 으사가 그 말을 듣고 도포자락 조각을 보니 그 아는 분명히 자기 아들이그든유. 그래서 반가히 맞읐으유. 이른 일이 있은 후로는 박문수으 집안에스는 신부를 슨보지 않고 데레왔대유. 신부 을굴이 못생겼으도 잘난 아들을 낳는다 해스 그르는 그죠.

*1973년 9월 26일 公州邑 中學洞 金健培 (65세, 男)

1) 우물   2) 이리 오너라, 즉 옛날에는 남의 집에 가서 대문 앞에서 來訪의 뜻을 전하는 말로 썼다   3) 팔목   4) 새벽

御史와 가난한 男妹 | 으느 王命을 받은 暗行 御史가 강원도으 으느

질을 가는데 을마를 가는데 갑자기 하늘에스 금은 구름이 모여들드니 큰 빗방울이 툭툭툭툭 뜰으진단 말이여, 그르니께 이 服命 御史가 화창하든 날씨가 갑자기 웬일인가 하고 하늘을 츠다보니깐 하늘이 새캄

해지구 비가 자꾸 막 즈기서버틈 몰아 들으오는디 꽹장한 위세를 부르고 있단 말이여. 그르니까 우슨 비를 피하여야겠는데 無人之處에스 人家도 읎는 데스 비를 만났으니 워데로 갈 데도 읎고 해스 당황해스 쫄쫄매고 있었는데 보니께 질가 조고마한 옴팡집이 하나 있으유. 그래스 暗行御史는 우슨 그 옴팡집으로 들으갔이유.

옴팡집에는 대체 마루가 있십니까, 뭐가 있십니까, 그즈 방 하나 부엌 하나 그즈 이릏게 초가에 찌그르진 옴팡집인데 그 큰 윽수같이 쏘내기가 막 쏟아지니께 그 집 추녀 밑이 가스 슀이유. 시간은 그때가 오후 원 네시나 됐든지 다슷시나 됐든지 즈녁때가 가까웠이유. 그른데 비는 마구 쏟아지고 낙수물이 뜰으지면스 물방울이 츠백인단 말이유. 그리스 그 추녀 밑이서 주춤주춤 하고 있는데 아 그 옴팡집 안에스 웬 츠녀 하나가 쓰윽 나오는데 보니깐 아조 과년한 츠녀예유. "아이 즈 손님 비를 피하시는데 비가 그칠 긋 같지도 않고 하니 이 방으로 들오시유" 그라드니 이 으사 손을 붙잡고 방으로 끌고 들으간만 말씀이예유.

그래 으사또가 으뜿게 되나 그 동증이나 보아야겠다고 하는 대로 방 안으로 따라 들으갔이유. 들으가니께 아 도포 끈을 끌르스 도포를 벳기드니 홧대에다 글고 "그리 앉이세유" 그래 앉었는데 비는 끄치지 않고 막 쏟아진단 말씀이유. 그래 보니깐 색시가 즉으도 나이는 스물이 훨씬 늠은 색시란 말씀이여유 — 옛날에는 조혼을 많이 할 땐데 수물이 늠으스 스물스느느듯 됐다면 아주 참 늙은 색시 아닙니까?

그래스 앉었는데 그 색시는 나갔고 — 비는 그치지 않고 쏟아지고 그르고 으둑으둑하게 으두으지는디 즈녁 할 때가 되었는데 이 색시가 둘오드니 방 복곡에 매달린 조고만 주므니 하나 따가주고 나간단 말씀이에유. 그라드니 도구질 하는 소리가 나유. 쿠웅쿠웅 하고. 그르드니 을매 있다가 즈녁 밥상을 채려스 들고 들으온단 말이유. 밥상을 보니께 하아얀 쌀밥에 반찬이야 므 있겠에유. 그즈 지렁 한 종지에다 그즈 싯퍼른 짐치, 그긋도 금방 지롱에다 즐인 짐치 한 즙시하고 그뿐이여유. 그래 으사또가 이그 이상한 일이다, 이릏게 옴팡집이스 흐슥하게 살구 색시 혼자 있는데, 그리구 이 강원도 벽촌에스는 쌀 구경을 여간 해스는 옛날에는 못 한답니다. 그른데 이릏게 하얀 쌀밥을 해다 주다니 이 그 참 이상한 일이다 하면스 그즈 아무 소리도 않고 그 밥을 다 아 믁었이유.

밥을 다아 믁고스는 상을 뜨윽 물렀는데 그리고 조금 있으니께 웬 드끄므리 총각이란 놈이 왔이유. 뜨끄므리 총각아이 하나가 쓰윽 들온단 말씸이유. 그르니께 이 츠녀 아이가 있다가, "아이고 오라버니 지금 와유?" "그래 지금 온다. 그른데 방에 누가 오셨니?" "아이 워뜬 손님 하나가 질 가시는 분인데 갑자기 비가 쏟아지고 하니께 비를 피하시느라고 이 추녀 밑이 둘오셨는데 낙수물이 자꼬 뛰으백이고 해스 지가 방으로 모셨이유."

그리고 보니 이 뜨끄므리 총각하고 이 츠녀하고는 남매간인 모양이유. 그 남매간이 둘이 이얘기하는 굽니다. 이 으사또가 듣고 있이유. "아 그르면 즈녁때가 지나가는데 즈녁을 워틓게 해스 듸렀냐?" "해듸렀이유" "아이고 뭘로 해스 디렀냐?" "으므니 지사때 씰라고 베 한 주 믁 반 복곡에다 매달아 둔 그 베 갖다 찧으스 밥 한 그륵 진지 해 듸렀이유" 그르니깐, "야아 참 잘 했다."

스을, 그 남매들이 얘기하는 긋이 이게 기가 맥힌단 말이여유. 어사또가 들으니께 기 인증미가 그릏게 있을 수가 있느냐 말이여유. 인증미가 늠치는 말이고 참 그릏게 뭔지 모르게 감동이 자꾸 돼유, 그 남매으 말을 들으 보니께.

그르드니, "오라버니는 워틓게 즈녁을 잡쉈이유?" 헝께, "아 나는 즈 아래 李同知네 집이스 낼 혼인잔치 있지 않으냐. 李同知 딸 낼 시집가는데 그그 가스 일 좀 봐 주었드니 밥을 주고 그래스 내가 잘 믁구 누루미 한 쪼각을 느를 줄라고 갖고 왔다" 그릏게 "아이구 오러버니, 우리는 그까짓 안 믁으면 워때유. 손님은 즈녁 진지도 시원찮었일 텐데 손님 듸립시다." "아 그그 참 그릏구나, 그래야지." 그르드니 누루미를 쪽쪽 쪼개가주고스는 으사또 앞에다 갖다노면스, "이그 잡수시유" 한단 말이유. 으사또는 암말도 않고 그 누루미를 다 믁었이유. 또 가마안히 드르누으스 생각하니 참 기가 맥히게 칙은히야, 그 男妹의 증경이.

그래 그 오래비 되는 총객이 쓱 방으로 들온단 말이여. 응 여태까지 그 남매는 부윽에 있었지. 둘오드니만 인사를 하는 게여.

"아이 질 가시다가 이렇게 누추한 데 오세스 참 여르 가지 불펜도 한데 비 끄칠 동안 하룻밤이라도 잘 주무시고 가시야지유.""느 여기 와 앉으라. 느도 앉으라, 둘오와 앉으라." 이렇게 말하여 그 총각 아이아 하고 츠녀 아이하고 앉혀놓고, "그래 느이들이 남매냐?""예에. 즈이들이 남매유.""부모는 으틓게 됐냐?""으렸일 때, 다 돌아가셌에유.""그래. 느는 멫 살이냐?""수물여슷 살입니다.""느넌 멫 살이냐?""수물네 살입니다" 이게여. "아하아 혼기를 놓쳤구나. 그 장가를 가지 왜 안 갔냐?""제가 이렇게 참 궁한 생활을 하고 늠으집이 가스 궂인 일이나 해주고 믁을 긋을 조금식 은으다 믁고 하는데 누가 딸을 줄 사람이 있이야지유. 그래 장가를 못 가고 있이유."

"그럼 느에 누이동생은 시집 안 보내니? 누이동생은 시집보내지." "아 동생은 달라는 사람들이 많지유. 허나 지가 야이보구 出嫁하라면은, 아이고 오라브니 그른 말씸 두 븐도 하지 마시유. 오라브니가 장가 안 가는디 아 내가 시집을 가면 逆婚이 될 뿐만 아니라 오라브니 뒷바라지 수발 다 누가 해 줍니까! 아아 얘가 고집을 부리고 안 갑니다, 시집을. 그래스 이렇게 둘이스 지금 살고 있십니다."

"그려? 근디 아까 느 이얘기 허는 긋을 들으니깐 즈 아래 李同知네 집이 낼 혼인 잔치가 있단 이얘기를 들었는데 그 워틓게 된 혼인 잔치냐?""아아 그 동네서 李同知라고 제일 부재로 잘 사는데 그 따님이 낼 시집을 가는 날입니다.""그래에.""그그스 일을 보고 왔에유. 그래스 아까 잡순 누루미도 그기스 가주고 온 겝니다.""음 그러면 느 나하고 약속을 하자. 내가 암행으사여.""암행으사가 믑니까?" 암행으사가 뭐인지도 모르는 거유.

"그거만 알아 두으라. 내가 암행으산데 낼 내가 그 李同知네 집이를 갈 게여. 가스 李同知하고 나하고 쌈이 난다. 쌈이 나고 마악 시끄릅고 막 李同知가 큰 소리를 내고 이를 때에 내가 호령을 하구 이글 봐라, 하고 마패를 뜨윽 내보이면스 이글 李同知가 보면은 살려 달라고 윺듸릴 거다. 그러글랑은 그때 늬가 '아이고 외삼춘 이게 웬일이시유?' 하고 나한테 와스 매달려라. 그렇게만 하면 되는 수가 있다." "아이고 즈 그렇게 못하겠이유." "아이 갠찮으. 하란 대로만 해 봐." 아 이놈이 므리를 그즉그즉허면스, "글세유, 그르니 그게 될라나 모르겠이유."

"자아, 암말도 말고 낼 꼭 그렇게 해라. 그 李同知가 땅에 윺듸리스 살려 달라고 할 때, 그때 나한틱 외삼춘 이게 웬일이냐고만 나한테 와, 응 앵겨라." "해 보지유." "느 꼭 그릏게 해야 된다. 해 보아야지유만 안 돼, 꼭 해야 돼." "예. 하겠이유." "응, 꼭 아조 약속이다." "네. 하겠십니다."

그러구 그날밤에 그기스 쉬고스 그 오래비 되는 총각은 李同知네 집이 일을 보로 갔고 이 으사또는 아침도 믁지 못하고 굶은 채 그그를 도로 되질르스 오든 질로 도로 내레간 그유.

을마를 가스 보니께 큰 치알을 치고 잔치가 블으즜이유. 사람이 웅 승웅승허고 그즈 그 집 울안에 동네 사람이 을추 다 모이다시피 되고 큰 부자고 그르니께, 하아 배깥에스 소리를 고래고래 지릅니다. 으사 또가 "이르노라, 이르노라!" 하고 을마를 부르니께 심부름하는 애가 나왔이유. "누굴 찾십니까?" "아 이 집 주인 李同知를 만나로 왔다." "에, 잠깐 지다려 보세유."

들으가 을마를 있드니 李同知란 사람이 쓰윽 나오는듸 탕근을 뒤집으 쓰고 지인 장죽을 물고 팔자글음 완자글음을 글으가면스 뜨윽 그드름을 피고 나온다 이 말이여. "누구를 찾소?" "이 집 주인 李同知를 찾십니다." "에 내가 李同知유. 왜 그르시유?" "다른 게 아니라 내 지나가든 행인인데 내가 아침도 믁지 못하고 지금 시장혀여. 보아하니 오늘 경사가 있는 모양인데 잔치가 있는 긋 같으스 내 요기 좀 시켜달라고 불렀시다. 찾었시다." 아 그르니께 李同知가, "아 여보시유. 아 그른 여 그 심부럼하는 애도 많고 그런데 아 그른 청을 허자면 애들드르 국수 한 그륵 달래든지 허고스 믁고 가면 그만이지 해필 바쁜 나를 찾일 게 뭐 있소, 가만 있소!" 함서 들으간단 말씀이유.

그런데 을마 있드니 웬 지집애 하나 — 심부름하는 애겠죠 — 시커

믄 모뜰으진 상에다 국수를 각고 오는데 믈근 국수를 그즈 투가리다 밀으스 믈긍게 해스 각고 오고, 나박짐치 한 그륵 각고 오고, 막걸리 대즙에다가 막글리 한 대즙 뜨윽 각고 오고 그즈 이렇다 말긇이 기냥 앞에다 떵 놓고 들으간다 이 말이여. 그르자니 으사또가 이 상을 받으 가주고스는 차츰차츰 이글 밀고 들으갑니다, 안으로. 을추 그 초례를 지내는 초례층이 있지 않습니까? 그기쯤 가스는 이 상을 븐쪽 들으스 초례층에다 집으든죘단 말씸이여. 아 그르니 즈으 야단븝석이 났일 그 아닙니까?

아 李同知가 뜩 나오드니, "아 즈른 놈 좀 보라"구 말이여. "즈런 쥑일 놈 있느냐 말이여. 응 배고푸다고 해스 요기를 시킸이면 갈 일이지, 아 이놈이 늠 지금 人倫大事에 으 이른 慶事시러운 으 이른 大事에 즈른 아 이 세상에 쥑일 놈이 으데 있느냐?"고. 퍼윽 노발대발허고 막 큰소리를 내놓고 있지. 어사또 말이, "여보 사람은 다 같고 입은 다 같으. 응 그러면 사람을 믁게끔 해주으야지. 그 개가 믁는 그여? 돼지가 믁는 그여? 응 그글 믁으라고 주는 게 사람 대접을 그렇게 허는 븝이 세상에 으디 있느냐고, 보아하니 당신 그래도 이 지방에서 살 만한 사람이여. 응, 큰 집도 지니고 李同知 李同知 허고 반명도 하는 사람 같은데 세상 그럴 수가 있느냐?"고. 막 둘이 쌈이 났이유.

쌈이 나스 한참 스로 이놈 즈놈하고 스로 멱살잽이가 막 시작될라고 하는데 아아 李同知가 보니깐 가슴 여기스 마패 꼭지가 쓰윽 나온단 말이여. 아 보니깐 암행으사란 말이여, 그러니께 李同知가 새파르즈각고 즈으 뜰 아래 꿇으읖드려스 살려주십시유, 이 말이여. 그러니께 으 사또가 大廳에 쓰윽 올라앉으가주고스는, "음, 이놈! 天下에 쥑일 놈 같으니로군, 이놈! 사람 대즙을 그리 칭하를 하여? 이놈!"

아 저 살려달라구 하는데 아 뜨끄므리 총각이 아이 이저 보니께 이 때라 이 말이여. 그러니께 을른 쫓으가서 "아이고 외삼촌 이그 웬일이 유" 그랬에유. 하아 그러니께 으사또가, "하이고 느 이게 웬일이냐? 느 를 여그스 만날 줄을 네가 워틓게 알았냐? 그래 느 으틓게 지내냐? 장 가는 갔냐?" "장가고 므이고 장가도 못 갔이유." "또 생질녀 니 동생 워틀게 됐냐?" "가도 출가 못하고 있이유." "그려 참 큰일났구나." "여보, 李同知!"

아 李同知가 이렇게 보니깐 즈으 외딴 집에 사는 웬 총각 녀석이 그 암행으사보고 외삼춘이라구 가스 둘이 기냥 그 정담이 막 나오는데 참 굉장하단 말이여. 아 그래 李同知를 부른단 말이여. "예!" 내레가스 손을 뜩 붙잡고 일으켜세우고, "이리 오시유. 李同知 나하고 사둔합시다!" "예?" "나랑 사둔합시다, 별말하지 말고." 그르니 — 옛날에 양반이라면 쪼그매도 기댈라구 하는 땐데 암행으사또가 사둔하자니 다시 볼 그 므 있십니까? — "애가 내 생질애유. 근데 애 행방을 몰라스 강원도 암행을 나와스 애를 찿일라고 그래스 여그스 만났는데 물으보니까 장가를 안 갔대여. 그러니 李同知 귀댁 따님하고 애하고 여기 스 이 초례층에스 혼인합시다. 어떻십니까?"

"하아 황송합니다. 그러나 큰 문제가 있십니다." "므가 문제란 말이유?" "아아 지금 五里 바깥에스 신랑이 신랑 아브지하고 초례를 지내로 둘오다가 으사가 출도했다는 바람에 둘오도 못하고 있이유." 李同知가 메라고 하니, "지금 신랑이 未乃에 들올 텐데 아 신랑을 으틓게 합니까?" "아아 그근 염려할 근 읎소. 나 또 그 사람하고 사둔하야겠스. 내게 생질녀가 있스, 과년한. 그래 생질녀를 데레다가 이 초례층에스 아 그 사람하고 예를 지내면 나하고 사둔하면 아 을마나 좋습니까?"

아아 李同知가 감지득지해스 하이고 참 황송하다고 말이여. "여봐라, 빨리 가스 그 아문듸 가면 애 동생 있지 않느냐, 그 동생을 분단장 해각고 가마에다 모셔오느라 — 데릿고 오느라가 아니고 — 가 빨리 모셔오느라."

아 므 특대같이 가스 가마에다 뜨윽 태워각고 왔단 말이여. "자아 신랑이 둘오다가 지금 못 둘오고 있다니 가스 신랑 아브지보고 이그 으사또으 명령이라구스 빨리 둘오라구 그래라!" 으느 영이라고 안 둘옵니까? 그래 둘왔단 말이여. 손을 뜨윽 붙잡고, "자아 나하고 사둔합시다." 다시 드 볼 것 읎지요. 으사또가 사돈하자는 데야 므 드 볼 게 있이유. 글세 으. "아이고 황송합니다 그즈……" "자아 애는 내 생질 아인데 생질녀여, 그르니 당신 아들하고 얘하고 이 초례층에스 같이 예를 지냅시다. 그 을마나 좋습니까?” 그러스 이 으사또으 지혜로스 그 불상한 남매를 다아 成婚시키고 늠한티 요만치도 積惡하지 않고 원만하게 해주었다는 이얘깁니다.

*1973년 9월 29일 公州邑 山城洞 金基孫 (60세, 男)

옛날 옛적 |

옛날옛즉 간날갔즉 다박므리 아이즉에 나무즙시 소년즉에 즙시밥 못 은으믁고 흔[1] 붕그지 초립즉에 틀붕그지 영감즉에 흔 갓모자 떼고 믁으 보자.

*1933년 1월 公州郡 新上面 嚴柱成

1) 헌

이야기는 이야기 |

이얘기는 이얘기는 때기는 때기 대문은 삐드득 나무신은 딸끅 짚신은 찍찍 가랑잎은 브슥 마른 논에 딱쟁이 진 논에 그므리.

*1933년 1월 公州郡 新上面 嚴柱成

꼬부랑 할머니 |

꼬부랑 할므니가 꼬부랑 지팽이를 짚고 꼬부랑 질을 가다가 꼬부랑 나무에 올라가스 꼬부랑 똥을 누니게 꼬부랑 가이가 와스 꼬부랑 똥을 믁으스 꼬부랑 할므니가 꼬부랑 지팽이로 꼬부랑 가이를 때리니께 꼬부랑 가이는 꼬부랑 깽깽 꼬부랑 깽깽 하고 도망갔다.

*1943년 9월 禮山郡 吳哥面 月谷里 仁張東翰

꼬부랑 할머니 |

꼬부랭이 할므니가 꼬부랭이 지팽이를 짚고 꼬부랭이 다리를 올라가스 꼬부랭이 똥을 누니게 꼬부랭이 가이가 와스 믁으스 꼬부랭이 할므니가 꼬부랭이 지팽이로 때리니게 꼬부랭이 가이가 꼬부랑 깽 꼬부랑 깽하면스 달아났다.

＊1941년 4월 唐津郡 高大面 城山里 朴太義

꽁지 따기 |

동무야 동무야, 나무 가세. 배 아파 못 가겠네. 무신 밴가, 자라밸세. 무신 자라, 읍자라. 무신 읍, 솔읍. 무신 솔, 진지솔. 무신 진지, 오양진지. 무신 오양, 담오양. 무신 담, 자축담. 무신 자축, 중이자축. 무신 중, 화주중. 무신 화주, 두레화주. 무신 두레, 용두레. 무신 용, 층용. 무신 층, 대층. 무신 대, 왕대. 무신 왕, 임금왕. 무신 임금, 순임금.

＊1933년 1월 瑞山郡 海美面 韓基夏

꽁지 따기 |

센 할아비 굽었다. 굽으면 질마다. 질마는 네 구뭉이다. 네 구뭉이면 시루다. 시루는 껌다. 껌우면 까마구다. 까마구는 나른다. 나르면 무당이다. 무당이면 뚱땅그린다. 뚱땅그리면 대장이다. 대장이면 찝는다. 찝으면 게다. 게는 구뭉에 든다. 구뭉에 들면 배암이다. 배암은 문다. 물면 븜이다. 븜은 뛴다. 뛰면 베룩이다. 베룩은 붉다. 붉으면 팥이다. 팥이면 달다. 달면 엿이다. 엿이면 붙는다. 붙으면 츱이다.

＊1933년 1월 洪城面 오관리 金和淑

원숭이와 게 |

이즌에 원숭이가 감씨를 가지고 갱변을 돌고 있는듸 그때 기[1]가 뜩을 맨들으스 잔치를 블이구 있으스 원숭이는 그리 가스 감씨하고 뜩하고 바꿔 믁자고 했다. 기가 그 감씨가 뭇하는 그냐고 물웅게 원숭이는 감씨를 땅에다 심으노면 내년에는 감나무가 나스 감이 많이 연다고 했다. 기는 그 말을 듣고 그름 그르자 하고 감씨를 받고 뜩을 주웠다.

몇 해가 지나스 원숭이가 기네 집에 가 봉게 감나무가 크스 감이 많이 열려 있었다. 기는 나무에 오를 줄을 모릉게 감만 츠다보고 있었는디 마침 원숭이가 와스 감 좀 따 달라고 했다. 원숭이는 좋와라고 감나무에 올라가스 감을 따스 즈만 믁고 기한티는 하나도 주지 안했다. 그릉게 기는 골이 나스 기들을 많이 불르다가 감나무에 씨끄뭏게 붙으스 원숭이가 내레오믄 물으뜯을라고 베루구 있었다. 원숭이는 지까짓 긋들이 물면 을매나 물겠냐 하고 나무스 내레오는디 기들이 모다 달라들으스 원숭이 똥구뭉을 물으제쳤다. 그릉게 원숭이 똥구뭉은 살즘이 뜰으즈스 뺄긓게 되였는듸 원숭이 똥구뭉이 뺄긓게 된 긋은 그때부틈이라고 한다.

＊1941년 4월 唐津郡 高大面 城山里 朴太義

1) 게

원숭이와 게 │ 원셍이가 뜩을 은으각고 나무에 올라가스 맛있게 믁고 있는듸 기가 나무 밑이

스 츠다보고 뜩을 삭은 나뭇가지다 글었다 믁으믄 맛이 드 난다고 했다. 그릉게 원셍이는 그 말을 참말로 알으듣고 뜩을 삭은 나무가지다 글었드니 그만 가지가 부르즈스 뜩은 땅으로 뜰으줬다. 기는 을른 뜩을 줏으각고 기구뭉으로 들으가스 믁고 있었다. 원셍이는 나무에스 내레와스 기가 들으 있는 구뭉을 궁딩이로 막고 뜩을 안 내노면 똥을 싸 놓겠다고 했다. 기는 을른 비켜나지 않겠느냐 하면스 앞발로 원셍이 궁딩이를 꽉 물었다. 원셍이는 아이고고 소리지르며 뜩도 싫고 아무긋도 싫으니 으스 으스 놓아 달라고 빌었다. 기는 츤츤히 문 긋을 놓아 주는듸 원셍이는 아파스 죽을 지경이라 을굴을 붉혀 가면스 뒤

도 안 돌아보고 달아났다. 그때에 붉으진 원셍이 을굴이 오늘날까지
남으 있다고 한다.

＊1927년 2월 牙山郡 鹽峙面 大洞里 李輔泳

해와 달이 된 남매 | 옛날에 한 여자가 있는데 아들 딸을 데리고 사는디 집

안 살림이 간구해스 남으 집이 가스 일두 하구 품도 팔구 해스 믁고 사
는디 하루는 즈으 믄 디 산 느므 동네 장자네 집이로 베를 매주로 갔다.
베를 다 매주고 즈늑때 올 즉에는 그 집이스 준 쑤시팥뜩[1]을 한동구리
이고 집이로 왔다. 밤늦게 산질을 글으스 오는디 고개 하나 늠을라고
고개 우에 올라가니게 호랭이가 앞질을 딱 막고 앉으스 그 쑤시팥떡 주
면 안 잡아믁지, 했다. 그래스 이 여자는 할 수 없이 쑤시팥뜩을 다 주었
다. 호랭이는 그 쑤시팥뜩을 각고 가 브맀다. 이 여자는 또 질을 글으서
다음 고개를 늠을라고 고개 우에 올라가니께 아까 그 호랭이가 앞질을
뜩 막고스 조구리 붓으 주문 안 잡으믁지, 했다. 그리스 즈구리를 붓으
주었드니 호랭이가 받아각고 갔다. 그래스 이 여자는 고개를 늠으스 갔
는데 다음 고개를 늠을라고 고개 우에 올라갔드니 아까 호랭이가 질을
막고 앉으스 치매를 붓으 주문 안 잡으믁지, 해서 치매를 붓으 주었다.
그랬드니 호랭이는 치매를 받으각고 질은 비끼고 워디로 갔다.

또 가다가 고개가 있으스 고개를 늠을라고 올라가니게 아까 그 호
랭이가 질을 막고 앉으스 팔을 떼여 주문 안 잡으믁지, 해서 팔을 떼여
주었다. 그랬드니 호랭이는 팔을 받으각고 질을 비껴주고 워데로 갔
다. 이 여자는 집이로 가니라고 또 고개를 넘니랑게 아까 그 호랭이가
질을 막고 앉으스 다리를 떼여 주면 안 잡으믁지, 했다. 여자는 할 수
없이 다리를 뜨여 주었다. 호랭이는 다리를 받고 질을 비끼고 갔다.

이 여자는 또 고개를 늠을라고 올라가니께 아까 호랭이가 질을 막고
있다가 이 여자를 잡으믁었다.

호랭이는 이 여자를 잡으믁고 이 여자으 즈구리를 입고 치매를 입

고 아그들이 있는 집이로 가스, "아가 아가, 나 왔다. 느그매 왔다. 문 따라"고 소리췄다. 아그들은 목소리를 듣구 즈그매 목소리가 아니니게 "우리 으매 목소리 아닌디" 함스 문을 따주지 안했다. "아가, 왜 내가 느그 으매 아니겠냐? 내가 옴스 찬 바람을 쐼스 와스 목이 쉬으스 쉰 소리가 난다." 아이들은 이 말을 듣고 "우리 으매라믄 문구멍으루 손 좀 딜이밀으느 봐." 호랭이는 손을 문구멍으로 딜이밀으났다. 아그들은 만즈보고 "으매 손이 왜 이리 *끄끌끄끌하지*? 우리 으매 손은 보들보들한디.""장자네 집이스 베를 매니라고 풀이 손에 말라 붙으스 그렇다. 으스 문이나 따라. 추워 죽겠다" 이렇게 말하니 아이들은 그른가 하구 문을 따 주웠다.

호랭이는 방으로 들으와스 으린애기 즞을 믁이야겠다 하고 갓난애기를 안구 웃묵으로 가스 젖 믁이는 치하고 애기를 잡으믁었다. 애기 뼈를 깨미니라구 오도독 오도독 소리를 내스 아그들은 뭘 믁으 하고 물었다. "장자네 집이스 콩 볶은 그 주으스 믁는다" 하니게 아그들이 즈그 좀 달라고 했다. 호랭이 믁든 애기 손가락을 내든즈주웠다. 아그들은 이긋을 집으보고 즈긋은 으매가 아니구 호랭이가 분명하다, 여기 있다가는 잽헤믹히겠다 하구 도망갈 생각으로, "으매 으매, 똥 매르" 했다. "그그다 누으라.""여그 누믄 방 안에 쿠린내가 나스 못쓰.""그름 마룽으다 누으라.""마룽으다 누면 나가다가 밟으문 안 돼.""그름 토방에다 누으라.""토방에다 누믄 마룽스 내레오다 밟으면 안 돼.""그름 칙간에 가스 누으라.""그름 칙간에 가스 누께." 이러고스 아그들 남매는 밖으로 나와서 칙간에 가는 치하고 그그스 뛰여나와서 샘 옆에 있는 노송나무에 올라가 있었다.

호랭이는 아이들이 똥 누로 간다 하고 나가드니 아무리 지둘르도 오지 안해서 이긋들이 워디 갔일꼬 하고 챚이로 나스스 여그즈그 챚으보는디 아무 디도 읎으스 샘 속에나 숨았나 하구 샘 속을 딜이다봉게 샘 속 즈 밑바닥에 아그들이 있었다. "아가 아가 이리 나오느라. 이리 나와!" 하고 소리질르도 아그들이 나오지 안했다. 그르니게 호랭이는 즈긋들을 근즈내야겠는디 믓으로 근질가? 함박으로 근질가 조리로 근질가 함스 궁등이 춤을 추었다. 아그들은 그 모양이 하도 우스워스 히히 하구 웃었다. 호랭이는 웃음소리를 듣구 웃음소리 나는 디를 츠다보니 게 아그들은 노송나무에 올라 있으스 "느그들 워틓게 해서 그그 올라 갔느냐?"고 물었다. 사내아그는 앞집이스 찬지름 은으다가 발르고 올라왔다, 하니게 호랭이는 앞집이스 찬지름을 은으다 발르고 올라갈라고 하는디 미끄르스 못 올라갔다. 호랭이는 "아가 워틓게 느그들은 그그 올라갔냐?"고 물은게 어린 지집아는 뒷집이스 짜구를 은으다가 나무를 찍으감스 올라왔다고 했다. 호랭이는 이 말을 듣구 뒷집이 가스 짜구를 은으다가 나무를 찍음스 우그로 올라갔다.

아그들이 가만히 봉게 호랭이는 차차 올라오는데 그짐 다 즈그들 있는 디꺼지 올라오게 됐다. 그리스 아그들은 하늘이다 빌었다. "하느님 하느님, 우리를 살려 주실라면 새 동아줄하구 새 삼태기하구 내려주시구 우리를 쥑이실려면 흔 동아줄과 흔 삼태기를 내리주시유" 이렇게 비니게 하늘스 새 동아줄과 새 삼태기가 내리와스 오래비와 누이동생은 그굿을 타구 하늘로 올라갔다.

호랭이가 나무에 다 올라가봉게 아그들이 하늘스 내레온 동아줄과 삼태기를 타구 하늘로 올라가구 있으스 호랭이도 하늘에다 대고 빌었다. "하느님 하느님, 즈를 살려 주실라면 새 동아줄과 새 삼태기를 내려주시구 즈를 죽이시려면은 흔 동아줄과 흔 삼태기를 내레주시유" 이렇게 호랭이가 비니게 하늘스 흔 동아줄과 흔 삼태기가 내레왔다. 호랭이는 그 흔 동아줄과 흔 삼태기를 타고 하늘로 올라가다가 흔 줄이 돼스 끊으스스 호랭이는 아래로 뜰으즈 죽었다. 호랭이가 뜰으진 디는 쑤시대를 비여 낸 자리가 돼스 호랭이는 쑤시대 끄틍이에 찔려스 피를 흘리구 죽었다. 오늘날 쑤시대에 뻘건 피 같은 굿이 묻으 있는 굿은 그 호랭이가 흘린 피라구 한다.

아이들은 하늘에 올라가스 오래비는 해가 되고 누이동생은 달이 됐다. 그른디 달이 된 누이동생은 밤질을 댕기기가 무습다 함스 낮에 다니게 해 달라고 했다. 그래스 오래비는 밤에 댕기기로 하고 달이 되고 누이는 낮에 댕기게 해가 되게 했다. 그른디 해가 된 누이동생은 사람

들이 많이 즈를 자꾸 츠다봐싸스 부끄르스 즈를 못 보게 하니라구 온
몸에다 바늘을 뒤집으쌌다. 그리서 지금 우리 사람들이 해를 보문 눈
을 바늘로 찌르는 긋츠름 눈이 신 긋은 그 까닭이라구 한다.
＊1941년 4월 唐津郡 高大面 城山里 朴太義
＊1943년 9월 洪城郡 長谷面 智井里 西原在一
1) 수수로 만들어 팥고물을 묻힌 떡

호랑이와 어머니와 어린아이 | 옛날에 옛날에

으므니가 아들 둘을 데리고 살고 있었는데 집이 가난해스 으므니는 믄
동네로 일하로 가는데 그 으므니는 아들들보고 으므니가 오그든 문을
따주고 다른 사람이 오믄 즐대로 문 따주지 말라고 하고 갔습니다.

　으므니는 일 가스 그 집이스 일을 마치고 즈물으스야 집이로 오는디
고개 하나를 늠으니까 호랭이가 으응 하고 나와스 나 밥 한 술만 주믄
안 잡으믁지, 했습니다. 으므니는 호랭이한티 밥을 주었드니 호랭이는
다 믁고 따라오드니 뜩 하나 주면 안 잡으믁지, 했습니다. 그래스 뜩을
주었드니 다 믁고 또 따라오드니 팔 하나 주면 안 잡으믁지, 했습니다.
팔 한 짝 읎이면 밥도 못하고 일도 못하는데 으틓게 하라고 팔을 달라
고 하느냐 항께 즈짝 팔로 밥도 하고 일도 하지, 했습니다. 그래스 할
수 읎이 팔을 하나 띠여 주었습니다. 호랭이는 그 팔을 믁고 또 따라
와스 이븐에는 발을 떼여 달라고 했습니다. 발을 떼여 주믄 어틓게 글
으다니느냐 하니께 즈짝 발로 글으다니니까 괜찮다고 했습니다. 그래
스 할 수 읎이 발을 한 짝 띠어 주었습니다. 호랑이는 그 발을 믁고 또
따라와스 또 발을 마즈 주믄 안 잡으믁지, 했습니다. 발을 띠여 주니께
믁고 이 여자가 글으갈 수가 읎으니까 잡으믁고 여자 옷을 입고 그 집
이로 가스 "아가 아가, 문 따라. 으매 왔다"고 했습니다. 아그들은 으무
니 손을 내밀으 봐, 했습니다. 내밀으 주니까 아그들은 만즈 보고 으무
니 손에 왜 틀이 났지? 했습니다. 그르니까 호랭이는 부윽으로 가스 물

로 씻고 내밀읐습니다. 만즈 보고 우리 으무니 손 아닌데, 하니까 장갑
을 껴스 그릏다고 했습니다. 발을 내밀으 보라고 해스 발을 내밀으주
니게 만즈 보고 우리 으무니 발 아닌데, 했습니다. 호랑이는 왜 느그
으므니가 아니라고 하느냐 으스 문이나 따라고 했습니다. 즉은 아는
무스워스 문을 따주읐드니 호랑이는 방으로 들으왔습니다. 아이들은
보니게 으무니가 아니고 호랑이여스 도망츠스 뒤꼍에 있는 나무 우로
올라갔습니다. 호랭이도 쫓아와서 나무에 올라갈라고 하는데 올라갈
수가 읎읐십니다. 으틓게 올라갔느냐 하니게 지름을 바르고 올라왔다
고 하니게 호랭이는 부윽에 가스 기름을 갖다가 바르고 올라갈라고 하
는디 드 미끄르스 올라가지 못했습니다. 으틓게 올라갔느냐고 또 물으
니게 도끼로 팡팡 찍으스 올라왔다고 했드니 호랭이는 도끼로 나무를
팡팡 찍음스 올라왔습니다. 아이들은 호랭이가 올라오는 굿을 보고 하
늘에다 대고 "하느님 우리를 살리시려면 새 동아줄을 내레주고 우리를
죽이시려면 흔 동아줄을 내레주시유" 하고 빌읐습니다. 그랬드니 새
동아줄이 내려와스 그 줄을 타고 하늘로 올라갔습니다. 호랑이는 나무
에 올라와 보니 아그들은 동아줄을 타고 올라가고 있으스 호랑이도 하
늘에다 대고, "하느님 나를 살리시려면 새 동아줄을 내려주시고 죽이
시려면 흔 동아줄을 내레주십시유" 하고 빌읐습니다. 그랬드니 하늘스
반은 새 동아줄이고 반은 쏙은 동아줄을 내려보내 주읐십니다. 호랭이
는 이 동아줄을 타고 하늘로 올라갔는디 올라가다가 동아줄이 뚝 끊으
즈스 호랑이는 아래로 뜰으즜는디 수수깽이 끊으낸 끌틍이 우에 뜰으
즈스 피를 흘리고 죽읐십니다. 지금도 수숫대에 빨갛게 피 같은 굿이
묻으 있는 굿을 보는디 이굿은 호랭이가 흘린 피라고 합니다.
*1973년 9월 22일 燕岐郡 錦南面 達田里 2區 成允玉 (15세, 女)

콩쥐 팥쥐 | 옛날에 옛날에 콩쥐하고 콩쥐 으매하고 콩쥐
아브지하고 이릏게 서이 살었는데 콩쥐 으매
가 병이 들으스 죽었는디 콩쥐 아브지는 새으매를 은읐십니다. 이 새

으매는 팥쥐라는 딸을 데리고 왔는데 이 팥쥐하고 팥쥐 으매는 아조 마음이 나뿐 사람이였십니다. 그래서 팥쥐 으매는 콩쥐한티 나뿐 일만 시키고 팥쥐한티는 좋은 일만 시켰습니다.

하루는 팥쥐 으매는 콩쥐한티 느는 즈그 넓은 틋밭에 가스 밭을 매라 함스 나무로 된 호맹이[1]를 주고 팥쥐한티는 쇠호맹이를 줌스 이 조그만한 틋밭을 매라고 했습니다. 콩쥐는 나무호맹이로 밭을 매는디 그만 호맹이 자루가 분지르즈스 맬 수가 읎으스 울고 있느라니께 하늘스 황소가 내려와스 "콩쥐야, 콩쥐야, 왜 우냐?"고 물었으유. "으매가 이 늪은 밭을 나무호맹이로 매라는디 호맹이 자루가 분질르즈스 맬 수가 읎으스 운다"고 했십니다. 그릉께 황소는 느는 즈기 가스 손 닦고 쉬고 있이라 하고스 지가 그 늪은 밭을 다 갈으 주고 사과랑 과자 같은 굿을 많이 주고 쇠호맹이도 주고 하늘로 올라갔십니다.

콩쥐는 집이로 돌아와 보니께 대문이 글려 있스스, "팥쥐야 팥쥐야, 문 따[2] 다오" 하고 소리를 질르도 문을 따주지 안했십니다. 그래스 "팥쥐야, 사과랑 과자 줄께 문 따라" 하니께, "니가 무신 사과랑 과자가 있으. 그짓말 말으" 함스 문을 따주지 않이유. "진짜다. 여그 사과랑 과자가 있다" 하니께, "그름 담장 안으로 든즈 봐." 그래스 든즈 주었드니 그제스야 문을 따주었십니다. 팥쥐 으매는 사과와 과자와 쇠호맹이를 보드니 으디스 훔츠왔냐고 마구 야단만 쳤이유.

그른 일이 있은 뒤에 하루는 팥쥐 으매는 팥쥐를 데리고 잔칫집에 간다고 해스 콩쥐도 가겠다고 하니께 느는 깨진 두멍[3]에다 물을 하나 가뜩 질르다 붓으놓고 나락을 열 슴 찧으놓고 베를 열 필을 짜놓고 오라고 했십니다. 콩쥐는 물을 질르다 붓는데 깨진 두멍이 돼스 아무리 질으다 붓으도 하나 가득 차지 안해스 울고 있이니께 두꺼비가 오드니 두멍 밑이로 들으가스 깨진 데를 막으 주으스 물을 하나 가득 채웠습니다.

그 담에 나락을 찔라는디 열 슴을 으뚷게 다 찔까 하고 있는디 참새들이 많이 몰려와스 나락을 까믁고 있었으요. 콩쥐는 "이 새들아, 느이가 다 까믁으면 나는 으찌라느냐?" 함스 쫓았는데 참새들이 날르간 데 보니께 나락을 까믁은 굿이 아니고 나락 열 슴을 다 까 놓었습니다.

그 담에 베를 짤라는데 하루에 한 필 짜는 것도 어려운데 열 필을 짤라니 짤 수가 읎으스 울고 있었습니다. 그랬드니 하늘스 슨녀가 내려와스 눈 깜짝 사이에 베를 열 필 다 짜주고 고흔 옷과 고흔 신을 주면스 이 옷을 입고 이 신을 신고 잔칫집에 가라고 했습니다.

콩쥐는 슨녀가 준 옷을 입고 신을 신고 잔칫집으로 가는디 가다가 여르 하인을 데리고 오는 원님 행차를 피하느라고 달아나다가 신이 한 짝 벳겨줬는디 이긋을 챙겨신지 못하고 기양 달아났습니다.

원님이 가다가 질바닥에 고흔 신 한 짝이 있는 긋을 보고 이 신 임자는 이뿐 츠녀겠다 하고 이 신 임자를 찾으스 마누라를 삼겄다고 사람이 많이 모인 잔칫집이로 갔습니다. 그르고 "이 신이 누구 신인가 신으봐라. 발에 딱 맞는 츠자는 내 마누래 삼겄다"고 했습니다. 팥쥐가 을른 나스스 "그 신은 내 신이유" 하고 신으 봤는디 통 맞지 않었습니다. 그 담에 팥쥐 으매가 내가 신으 보겄다고 신으 봤는디 이긋도 맞지 않고 또 다른 여러 츠자들이 신으 봤는디 맞는 츠자는 하나도 읎었습니다. 그르니까 동네로 들으가스 츠녀들한티다가 신겨 봤는디 아무도 맞지 않었습니다. 그른데 콩쥐가 신으니게 딱 맞으스 원님은 콩쥐를 데레다가 마누래를 삼었습니다.

콩쥐는 원님 마누래가 돼스 잘 살고 있는디 팥쥐가 찾으와스 멱 감으로 가자고 했습니다. 콩쥐는 싫다고 하는디 차꼬 가자고 꾀여스 연못가에 왔습니다. 그르고 팥쥐는 콩쥐를 으스 옷 붓고 물에 들으가자고 꾀였습니다. 콩쥐가 옷을 다 붓으니께 팥쥐는 콩쥐를 물 속으로 쓸으늫고 지가 콩쥐 옷을 입고 콩쥐츠름 채리고 원님한티 가스 마누래 노릇을 했습니다.

하루는 사또 밥상을 채리는 할므니가 사또 밥상을 채리고 있이닝께 부슥짝이스 구실이 하나 나오드니 즈붐[4]을 짝짝이로 노라고 했어요. 왜 짝짝이로 노라느냐고 항께 사또는 즈붐이 짝짝인 긋은 알으도 마누래가 바뀐 긋을 모르고 있잉께 그른다고 했습니다. 할므니는 구실이 말한 대로 밥상에 즈붐을 짝짝이로 놔스 갖다 주었습니다.

사또는 밥상을 받고 왜 즈붐을 짝짝이로 놨냐고 물었으요. 할므니는 사또는 즈붐이 짝짝인 긋은 알으도 마누래가 바뀐 긋은 모르고 계스스 그랬다고 말했습니다. 사또는 이 말을 듣고 마누래를 자세히 보니게 콩쥐가 아니여. 으 이게 으찌 된 노릇이냐고 닦달을 하니게 팥쥐는 지가 콩쥐를 연못 속에 씰으느스 죽이고 지가 콩쥐츠름 꾸미고 사또 마누래 노릇을 하고 있다고 자백했습니다. 원님은 하인을 시켜스 연못 물을 다 프내고 보니게 연못 밑바닥에 연꽃이 하나 있읐습니다. 이 연 꽃을 방에 갖다놨드니 그 연꽃 속에스 콩쥐가 나와스 다시 사또하고 살게 됬십니다.

＊1973년 9월 22일 燕岐郡 錦南面 達田里 2區 成允玉 (15세, 女)

1) 호미　　2) 열어　　3) 물 항아리　　4) 젓가락

나무꾼과 仙女 |

옛즉에 총각 하나가 있는디 날마다 산에 가스 나무를 하는디 하루는 나무를 하고 있니랑게 느닷읎이 노리[1] 한 마리가 뛰여오드니 이 총각이 해 논 나뭇단 속으로 쑥 들으가스 숨웄다. 조금 있잉게 포수 하나가 달려오드니 노리 뛰여가는 긋 못 봤냐고 물읐다. 나는 나무하니라구 못 봤는디 멋인가 즈리 뛰여가는 긋 같드라구 말했다. 그랬드니 포수는 그르냐고 함서 즈리 뛰여갔다.

포수가 간 담에 한참 있다가 노리는 나뭇단 속에서 나와서 살려 주으스 고맙다구 인사하구 내 그 은공으루 공 갚겠다구 장개들게 해 주마구 했다. 그리믄스 요 느메 가믄 큰 둠붕[2]이 있는디 그 둠붕에 하늘스 슨녀[3] 싯이 내리와서 멕을 감으니게 그 슨녀가 붓으 논 옷 하나를 감추으 두라, 그 옷을 못 입으믄 하늘로 못 올라가니게 그 슨녀를 각시 삼으스 살라, 그른디 애기를 닛을 날 때꺼지는 옷을 즐대루 내주지 말라고 말하구 가 뻐맀다.

나무꾼 총각은 노리 말을 듣구 느미를 늠으가 보니게 큰 듬붕이 있는디 그그 슨녀 싯이 내레와서 멕을 감고 있읐다. 총각은 살금살금 기여가서 슨녀 옷 하나를 훔츠스 숨으각고 엿보구 있읐다.

슨녀들은 멕을 다 감구 둘은 옷을 챙겨입구 하늘로 올라갔는디 하나는 옷이 읎인게 하늘로 못 올라가구 있었다. 그그에 총각이 나와서 나하구 같이 살자 하구 집이루 데리구 와서 각시를 삼으스 살았다. 멫 해를 사는 동안에 애기를 싯이나 났다. 애기를 싯이나 났잉게 인제는 옷을 내주으두 일읎겠지 하고 슨녀 옷을 내주었드니 슨녀는 옷을 입구 애기 하나는 등에 읍구 양 으깨 밑에 하나씩 찌구 하늘루 올라가구 말았다.

슨녀가 아이들을 다 데리구 하늘루 올라가 쁘려스 총각은 기가 막혀스 울구 있느라닝게 노리가 오드니 내중 애기 넷 날 때꺼지는 옷을 내주지 말랬는디 싯 나스 내주으스 슨녀는 하늘로 올라갔다구 함스 이제는 슨녀들이 그 둠붕에 내려와스 멕을 안 감구 둠붕 물을 두레박으로 뜨올려스 멕 감응게 그 둠붕에 가서 하늘스 두레박이 내리오그든 그 두레박에 들으앉으스 하늘로 올라가라구 대주었다. 총각은 노리 말을 듣구 등 느므 둠붕에 가 보니게 하늘스 슨녀는 내레오지 않구 두레박이 내리와서 물을 프올렀다. 총각은 두레박 물을 쏟아브리고 두레박 안에 들으가 앉었드니 하늘로 끌으올려스 그리스 하늘에 올라가게 됐다.

하늘에 올라가니게 총각으 아들들이 보구 아브지 왔다구 소리치면스 즈으 으므니한티 가스 아브지가 왔다구 했다. 슨녀는 여그가 워디라구 느가브지가 와야? 함스 쫓아나와서 보구 증말 지 남펜이 와 있인게 반가와스 즈으 집이로 데리구 갔다.

그른디 슨녀으 남동생은 이 총각을 보구 "워디 지상으 인간이 여그 츤상[4] 세계에 다 올라왔느냐? 지상으 인간이 이 츤상에 살라문 여그스 살 만한 재주가 있이야 한다. 니가 그른 재주가 있는가 시흠해 보아야겠다. 만일에 그른 재주가 읎이문 쥑이 쁘리겠다" 함스, "니얄 아침에 내가 워데 가 숨으 있일 팅게 챗으내 보라. 못 챗으내문 죽인다!"구 하구 갔다.

총각은 이 말을 듣구 걱증이 돼스 꿍꿍 앓구 있었다. 슨녀는 이것을 보구 걱증 말라, 니얄 식즌에 즈 모캥이 가스 보문 누른 가이가 쭉 뻗구 드르누웄일 팅게 그 가이보구, "으으 츠남, 뭐이 못돼스 가이가 돼스 여그 와스 드르누으 있는가? 으스 일으나게" 하라구 일르 주었다.

　총각은 다음날 아침 일직이 모캉이에 가니게 누른 가이가 다리를 쭉 뻗구 누으 있으스 "어어 츠남, 뭐이 못돼스 가이가 돼스 여그 와스 드르누으 있는가? 으스 일으나게" 했드니 가이는 츠남이 돼스 일으나각구 "매부 재주 용하이" 했다. 그 다음에 츠남은 "내가 활을 시 대를 쏠티니 가스 그 화살촉 시 개를 다 찾으와야지 그리 못 하문 죽인다"구 했다. 총각은 이 말을 듣구 극중이 돼서 집이 와스 또 꿍꿍 앓구 있었다. 슨녀가 와스 왜 그르느냐고 물으스 츠남이 이르이르해스 그른다구 하니게 극중 말구 밥이나 믁으라 함스 내가 일르 준 대루만 하라구 했다. 여그스 즈그 즈 아무 데 가믄 큰 부자집이 있는디 그 집 딸이 벵이 나스 곧 죽게 됐는디 그 집이 들으가스 내가 딸 벵을 고츠 주로 왔다 하구 딸 방에 들으가서 딸으 배를 살살 문지르믄 뱃속에서 활촉 시 개가 나올 테니 그르믄 딸은 벵이 다 낫는다, 그르믄 그 활촉을 가지고 곧바로 집이로 와야 한다, 그른디 오면서 그 활촉을 들구 보지 말구 가슴에 꽉 감추구 오라고 일르 주었다. 총각은 슨녀가 일르 준대로 즈 믈리 있는 부자집이 가서 딸으 벵을 고치로 왔다고 하니까 그 집이스는 이 총각을 딸으 방으로 안내했다. 총각은 츠녀으 배를 살살 문질렀드니 활촉 시 개가 나오구 츠녀 벵은 담방 낫었다.

　총각은 그 활촉 시 개를 가지구 오다가 이놈으 활촉이 뭣이간디 그른가 하구 내스 볼라구 하니까 워데스 까치가 날라오드니 그 활축을 툭 채각고 날라갔다. 그른데 곧 마이 한 마리가 날라와서 까치한티스 그 활촉을 뺏으각고 워디론가 날라가 브렀다. 총각은 활촉을 찾었는데 두 까치한티 뺏기구 마이가 뺏으가구 해스 빈 손으로 오게 돼스 이그 인제는 꼭 죽었다 하고 시름없이 앉으 있었다. 슨녀가 와서 활촉을 챗으왔는가? 물으스 가지구 오다가 까치한티 빼앗기구 마이한티 빼앗겨스 인제는 나는 죽게 됐다 하면서 한숨을 푸욱 쉬었다. 그르니게 슨녀는 웃으면스 활촉 시 개를 내놨다. 총각은 이긋을 보구 깜짝 놀래면서 이게 워틓게 돼스 당신 손에 가 있는가 물었다. 슨녀는 그런 게 아니라 당신이 활촉을 챗으각고 오는 긋을 내 동생으 댁이 방해하

니라고 까치가 돼각고 뺏으가길래 내가 마이가 돼스 까치한티스 뺏
으 왔다구 말했다.

　다음날 츠남이 와스 활촉 시 개를 챚으왔느냐고 해스 챚으왔다고 함
스 활촉 시 개를 다 내놨다. 그르니게 츠남은 그만한 재주가 있으니게
매부도 하늘 나라스 살 만하다 하구 하늘스 살게 했다.

　총각은 이릏게 해스 하늘스 살게 됐는디 을마 동안 살다 보니게 지
상으 고향 생각이 났다. 그래스 슨녀보구 나 지상으 고향이 궁금해스
한 븐 가 보고 싶다구 말했드니 가지 말라구 했다. 그래두 가 보구 싶
다구 자꾸 말하니게 슨녀는 말 한 마리를 주며 이 말을 타구 내레가 보
라고 하면스 지상 세상에 가그든 호박죽은 즐대로 믁지 말라, 호박죽
을 믁으믄 말은 그만 죽으 뿌릴 테니 그르면 당신은 다시 하늘에 올라
오지 못한다구 말했다. 총각은 그르겠다 말하구 슨녀가 준 말을 타구
지상으루 내레왔다. 그때는 지상은 여름츨이 돼스 지상에는 호박이 많
이 열리구 집집마다 호박죽을 끓여 믁고 있았다. 한 집이 가니게 오래
간만에 만났다 함스 호박죽을 믁으라고 자꾸 권했다. 총각은 자꾸 권
하는 바람에 호박죽을 믁았는디 타고 온 말은 죽으 뿌렸다. 그래스 이
총각은 하늘에 올라가지 못했다구 한다.

＊1926년 10월 瑞山郡 海美面 韓基夏

1) 노루　　2) 둠벙, 웅덩이　　3) 仙女　　4) 天上

버리덕이 | 옛즉에 으뜬 사람이 딸만 여슷을 나스 키우는
디 이제는 딸이라면 생므리를 내두를 지경이었

다. 그른디 또 애기를 배스 이븐에는 꼭 아들을 나야지 했는디 또 딸을
낳다. 그리스 이 딸이 지긋지긋해스 뒷산 짚은 대밭이다가 내브렀다.
그른디 으뜬 사람이 그리 지내가다가 이 애기를 보고 줏으다가 키웠
다. 이 집이스는 브린 애기라고 해스 이 애기의 이름을 브리덱이라고
지으스 키웠다. 이 애기는 감기 하나 안 들고 무룩무룩 잘 컸다.

　브리덱이가 열다슷 살 믁든 해 하루는 이 집 할므니가 브르덱이 무

륭을 비고 므리 이를 잽히고 있는디 브리덱이는 구슬프게 콧노래를 불렀다. 할므니는 그 믄 소리를 하고 있냐고 물응께 브리덱이는 즈도 모르게 그른 소리가 즈즐로 나온다고 말했다. 할므니는 핏줄이란 할 수 읎구나 하고 혼잣말을 했다. 브리덱이는 이 말을 듣고 그게 무신 말이냐고 물었다. 할므니는, "느는 우리가 낳지 않고 브린 느를 줏으다 키우고 있다"고 말했다.

그랬드니 그후부틈은 브리덱이는 지 생부모를 만나볼 굿만 생각하고 혼자 있이면,

"우리 부모 계신 곳도
하늘 아래 계시련마는
이내 다리 짧고 짧아
챛어가지 못하나니
애만 타고 속만 타네.
슬음 많은 브리덱이
이내 몸이 새가 되으
훨훨 날러 고향 가스
兩親 父母 뵈고 지고."

이렇게 노래 부르고 있었다.
이르고 있는디 하루는 제비 한 마리가 츠매 끝에 와스,

"브리덱아 우지 마라.
느그 부모 계신 곳은
내가 내가 알고 있다.
느으 효성 내가 아니
울지 말고 따라오면
느그 부모 계신 곳을
내가 내가 인도하마."

이릏게 노래했다.

브리덱이는 이 소리를 듣고 좋와라고 하고 제비가 날르가는 뒤를 따르갔다. 그리스 즈그 부모 있는 디를 챛으갔다.

그른디 그릏게 보고 싶으하든 아브지는 삼 년 전에 블스 돌아가시고 으므니마즈 숨이 지고 여슷 승들이 와스 울고 있었다. 브리덱이는 죽은 으므니를 다시 살려스 잘 살으 보겄다고 죽은 사람을 다시 살려내는 藥을 구하르 나섰다. 브리덱이는 질을 떠남스 승들보고 지가 돌아올 때까지는 으므니를 묶지도 말고 관에 눟지도 말고 또 묻지도 말고 기냥 뇌두라고 하고 뜨나갔다.

브리덱이는 죽은 사람을 다시 살리는 약을 구하로 갔는디 가고 가고 도 가스 짚은 산속까지 들으가스 산비탈스 밭을 갈고 있는 사람보고 죽은 사람을 다시 살리는 약을 구하로 나왔는디 그 약이 워디 있는가 갈치 돌라고 했다. 밭 갈든 사람은 이 밭을 다 갈으 주면 갈츠 주마고 했다. 그래스 브리덱이는 그 밭을 다 갈으 주었다. 밭을 다 갈으 주고 낭게 밭 갈든 사람은 이 산질로 한참 가다가 츰 만난 사람한티 물으 보라고 했다.

브리덱이는 갈츠 준 대로 산질을 한참 갔드니 왠 흐연 할므니가 베를 짜고 있었다. 브리덱이는 그 할므니한테 가스 으므니가 죽으스 다시 살리는 약을 구하로 나왔는디 그 약이 워디 있는가 갈츠 돌라고 항게 할므니는 이 베를 다 짜주면 갈츠 주마고 했다. 브리덱이는 밤을 새감스 그 베를 다 짰다. 베를 다 짜놓게 할므니는 즈으리 가라고 갈츠 주었다.

브리덱이는 할므니가 갈츠 준 질로 갔드니 흐연 영감이 있으스 브리덱이는 죽은 어머니를 다시 살리는 약을 구하로 나왔는디 그 약이 워디 있는가 갈츠 돌라고 했다. 영감은 니 금은 므리를 베으 주으야 갈츠 주마고 했다. 브리덱이는 지 므리를 쓱 비으 주었다. 영감은 즈리 가라고 해스 브리덱이는 갈츠 준 디로 갔다. 한참 가니께 흐연 구름이 뭉게뭉게 피어오르고 그 속에 은으로 맨든 큰 튳가 있고 그 대 우그에는 흰 옷을 입은 노인이 흰 쉬음을 질게 늘으뜨리고 있었다. 브리덱이가 그 노인 앞으로 가스 즐을 항께 노인은, "기특한 브리덱아, 이 꽃을 각고 가스 죽은 으므니를 다시 살려라" 함스 꽃 세 승이를 주었다. 그름스 이 꽃은 뻬살이 꽃이니 뻬에다 대고, 이 꽃은 살살이 꽃이니 살에다 대고, 이 꽃은 숨살이 꽃이니 코에다 대면 죽은 사람이 살으난다고 일일히 일르 주었다.

브리덱이는 꽃 세 승이를 받으들고 집이로 와스 으므니 뻬에다 뻬 살이 꽃을 대서 뻬를 살리고, 살에다 살살이 꽃을 대서 살을 살려 놓고, 코에다 숨살이 꽃을 대스 숨을 쉬게 해스 으므니를 다시 살으나게 했다.

*1927년 2월 舒川郡 文山面 支院里 姜氏 (50세, 女)

구렁덩덩 시선비 | 옛즉으 할므니 하나가 있었는디 하루는 고치밭을 매다가 무

신 알이 있으스 이 알을 줏으각고 집이로 와스 쯔스 믁었는디 그달부트 태기가 있으각고 열 달 만에 애기를 났다. 그른디 난 애기란 게 사람이 아니구 구렝이를 나났다. 그리스 할므니는 이 구렝이를 뒤안 굴뚝 모캥이다가 갖다놓고 삿갓으로 듶으 났다.

아랫집에는 큰 부자가 살구 있었는디 이 부자집에는 딸이 싯이 있었는디 이 집 큰딸이 할므니가 애기를 났다는 말을 듣구 믄즈 챛으와서 "할므니 할므니, 애기 났다드니 애기 보로 왔이유" 해스 할므니는 즈그 뒤안 굴뚝 모캥이 삿갓 듶으 논 디 가스 보아라구 말했다. 부자집 큰딸은 뒤안 굴뚝 모캥이 삿갓 듶으 논 디 와스 보구 구렝이가 있이니게, "아이 구렝이를 나났구만. 아이 드르워. 퉤퉤!" 이르면스 침을 탁 뱉구 갔다.

다음에 둘째딸이 와스 "할므니 할므니, 애기 났다는디 무웃을 났이유" 애기 좀 봐유" 해스 할므니는 뒤안 굴뚝 모캥이 삿갓 듶으 논 데 가 보라구 했다. 둘째가 할므니가 갈츠 준 대로 뒤안 굴뚝 모캥이 삿갓 듶으 논 데 가스 보구 구렝이가 있이니게, "아이 애기를 났다드니 구렝이를 나났구만. 아이 드르워 퉤퉤!" 침을 탁 뱉구 갔다.

그 담에 싯재딸이 와스, "할므니 할므니, 애기 났다드니 뭐 났이유? 애기 좀 봐유" 했다. 할므니가 뒤안 굴뚝 모캥이 삿갓 듶으 논 데 가 봐라 해서 싯재는 뒤안 굴뚝 모캥이 삿갓 듶으 논 디 와서 보구 구렝이가 있이니게, "아 구릉등등 시슨비를 나눴구만" 이르면서 구렝이를 또닥그리구 갔다.

세월이 을매 동안 흘뤘는디 하루는 이 구렝이가 할므니보고 "나 즈 아랫집 부자집 큰애기한티로 장개가구 싶으유. 그릏게 으므니는 가서 이 말 좀 하구 오시유" 했다. 그르니게 할므니는, "야 이늠아, 그 무신 소리 하느냐. 우리같이 가난한 사람이 워릏게 그 큰 부자집이 가서 사둔하자고 말할 수 있겠느냐? 드구나 느는 사람도 아니구 구렝인디 사람한티 장개들겠다구 하느냐? 나는 가스 말 못 하겠다!"고 하니게 구렝이는 "으므니가 내 말을 안 듣구 말도 않겠다문 나는 한 손에 칼을 들구 또 한 손에는 불을 들구 내가 나오든 구멍으루 도루 들으갈 테야" 했다. 이 말을 듣구 할므니는 그만 후끄르워서[1] 부자집이 가서 "글세 말입니다. 우리 집 구렝이가 장자 영감으 큰애기한티로 장가들겠다고 가서 말해서 느는 구렝인디 워릏게 사람한티로 장개들겠다고 하느냐? 나는 말할 수 읎다고 했드니 가스 말 안 하믄 한 손에 칼 들고 한 손에 불 들고 나온 구멍으로 도루 들어간다고 하니, 그만 후끄러워서 이릏게 와서 말합니다" 하구 말했다.

그르니게 부자 영감은 그르냐고 하고 딸 싯을 불르앉히고, "야 큰아가, 즈 할문네 구렝이가 우리 집으로 장가들겠다구 한다는디 느는 그 구렝이한티 시집가겠느냐?" 하구 물었다. 큰딸은, "아이 뭐 시집갈 디가 그리 읎으스 구렝이한티 시집가유? 나는 구렝이한티 시집 안 가유" 하구 말하구 달아났다.

둘째딸보구 할믄네 구렝이한티 시집가겠느냐고 물으니게 둘째딸도 성과 마찬가지루 누가 구렝이한티 시집가냐 함서 달아났다. 셋째딸보고 물으 보니게 셋째딸은, "부모님으 생각에 따르겠이유" 했다. 그래스 셋째딸하구 구렝이하구 결혼시키기로 했다.

니얄이면 구렝이가 장개가게 되는 날에 구렝이는 즈으 으므니보고 물을 한 가매 끓여 달래각고 그 드운 물로 목욕해각고 구렝이 흐물을 붓구 이릏다 한 玉骨仙風으 이뿐 슨비가 됐다.

장개가는 날 구렝이가 玉骨仙風으 슨비가 돼각고 장가들로 가니게 첫재딸 두째딸이 보구 구렝이가 즈른 玉骨仙風으 슨빈 줄 알읐드라면 지가 시집가겠다 할 긋 하구 지 동생을 몹시 부르워했다.

구룽둥둥 시슨비는 셋재딸하구 결혼해각고 잘 사는디 구룽둥둥 시슨비는 서울로 과그보로 가겠다 함스 구렝이 흐물을 각시한티 주면스, "이 흐물을 잘 간수하라. 이긋을 아무한티도 뵈이지 말고 잃으 브리지도 말으라. 만일에 이긋을 읎애든지 잃으 브리든지 하문 우리는 다시 만나지 못하고 영영 영이별이 된다"고 말했다. 그래서 각시는 구렝이 흐물을 잘 간수하기 위하여 웃즈구리 속에다가 짚이 감춰 두읐다.

구룽둥둥 시슨비가 과그 보로 서울로 뜨난 후 메칠 안돼서 두 성들이 셋재한티 와서 굴레이 흐물 좀 보자구 했다. 셋재는 보일 수 읎다 함서 보이지 않으니게 성 둘이 달라들으 몸을 이리 뒤지고 즈리 뒤지고 해스 뺏으스 에이 이 드르운 것 멋 간수하느냐 하고스 부석쟁이[2]다가 집으스서 태워 브맀다. 그르니게 구렝이 흐물 타는 냄새가 온 집안을 뒤듶구 그 냄새는 서울꺼지 프즈 올라가서 구룽둥둥 시슨비 코에까지 들으갔다. 구룽둥둥 시슨비는 이 냄새를 맡고 그릏게 잘 일르두읐는데도 흐물을 태워 읎앴다고 원망하고 다시는 그 각시한티 돌아가지 안했다.

구룽둥둥 시슨비와 결혼한 각시는 신랑이 서울로 과그 보로 간다 하고 가드니 아무리 지둘르도 돌아오지 안해서 이 색시는 신랑을 찾으가기로 하구 집을 나섰다. 발 가는 대로 따라스 가는디 워디만침 가니게 산즌[3]을 일구는 사람이 있으스, "여보시유, 구룽둥둥 시슨비 가는 긋 봤이유?" 하구 물으니게 그 사람은 이 산즌을 다 일궈 주면은 갈츠 주마구 했다. 그리스 색시는 그 너른 산즌을 죄다 일궈 주읐다. 그랬드니 그 사람은 요 느므루 갔다구 했다. 색시는 그 사람이 갈츠 준 대루 잔등을 늠으스 갔드니 까치들이 집을 짓니라구 삭중[4]을 따니라구 분주히 굴구 있읐다. "까치야 까치야, 구룽둥둥 시슨비 가는 긋 봤느냐?" 하

구 물으니게 여그 있는 삭중이를 죄다 따 주믄 갈츠 주지 해서 색시는
그 많은 삭중이를 죄다 따 주었다. 그랬드니 요 느미로 갔다고 했다.
색시는 까치가 대 준 대로 등승이를 늠으서 가니게 여자 하나가 빨래
를 하구 있었다. "여부시유, 구룽등등 시슨비 가는 굿 봤이유?" 하구 물
으니게 이 빨래를 하얀 빨래는 금게 금은 빨래는 하얗게 다 빨아주면
갈츠 주마고 했다. 그래스 이 색시는 산드미츠름 많은 빨래를 하얀 빨
래는 금게 금은 빨래는 하얗게 다 빨아 주었다. 그랬드니 이 여자는 은
복주개하구 은줏가락하구 주면서 "이 은복주개를 타고 이 은줏가락으
로 즈으 여그 있는 샘을 근느가면 니 귀에 풍경 단 지와집이 나실 티니
그 집이 바로 구룽등등 시슨비네 집이다"라구 대 주었다.

시악시는 빨래하든 여자가 준 은복주개를 타구 은줏가락으로 즈으
스 샘을 근느가니게 과연 니 귀에 풍경 단 큰 지와집이 나섰다. 각시는
그 집 대문 앞이 가스 여자 중츠름 하구 동양을 달라구 했다. 죄그만
여자 종 아이가 쌀을 한 사발 뜨다주으스 밑 읎는 자루에다 받었다. 쌀
은 모두 땅바닥으로 쏟아즜는디 각시는 그 쏟으진 쌀알을 하나하나 줏
으스 자루에다 담으섰다. 그르구 있느라니게 해는 스산[5] 으루 꿀끅 늠
으가스 밤이 돼스 각시는 이 댁이스 하룻밤 유하구 가게 해 주시유, 하
니게 이 집에는 잘 디가 읎으스 재울 수 읎다구 했다. "홋간두 좋구 마
룽 밑이두 좋으니 이 댁이서 재워만 주시유." "그룽다믄 즈그 즈 홋간
에스 자라."

각시는 홋간에 들으가스 밤을 새기로 했는디 그날 밤은 달이 유난
히도 휘영충 밝었다. 한밤중쯤 돼스 구룽등등 시슨비는 높은 다락에
스 글을 읽다가 마당으로 내리와스 그닐다가 달을 보구, "즈그 즈 달은
밝기도 하다. 즈 달은 고향에 있는 내 각시를 보근마는 나는 못 보는구
나" 하고 글 읽듯이 했다. 각시는 이 소리를 듣고, "즈그 즈 달은 밝기
도 밝다. 즈 달은 구룽등등 시슨비를 보근마는 나는 못 본다."

구룽등등 시슨비는 이른 소리를 듣구 누가 그른 소리를 하는가 하구
사방을 둘르봤는데 아무도 보이지 안했다. 그래서 또 한 븐, "즈그 즈
달은 밝기도 밝다. 즈 달은 고향으 내 각시를 보근마는 나는 못 본다.'

각시는 그 말이 끝나자, "즈그 즈 달은 밝기도 밝다. 즈 달은 우리 구릉등등 시슨비를 보근마는 나는 못 보는구나" 하고 읊조렸다.

구릉등등 시슨비는 그른 소리가 나는 데로 살금살금 글으가서 홋간에 있는 색시를 찻으냈다. 보니게 고향에 두고 온 각시여스 반가워스 방으로 데리고 가스 으뜽게 해스 그그 있느냐고 물었다. 구릉등등 시슨비가 하도 지달르도 오지 안해스 갖인 고생을 해 가면서 왔다고 말했다. 구릉등등 시슨비는, "그릉가. 그른디 나는 여그시 새로 각시 하나를 은으스 사는디 각시 둘을 데리구 살 수 읎으니 재주 좋은 각시를 데리구 살으야겠다" 하구 두 각시를 불르놓구 슥 자 시 치 되는 굽 높은 목신[6]을 신고 동이에다 물을 하나 가득 질르 늫구 므리[7]에 이구 을음판 우구를 글으스 물 한 방울도 흘리지 않는 각시를 각시로 삼갔다구 말했다. 서울스 은은 각시는 물을 짤닥짤닥 흘림스 왔는디 고향으 각시는 물 한 방울도 흘리지 않구 잘 이구 왔다.

구릉등등 시슨비는 두 각시보고 즈그 앞산 숲에 가서 많은 새가 앉인 생나무 가지를 끊으 오되 나뭇가지에 앉인 새를 한 마리도 날려 보내지 말고 가즈 오라구 했다. 서울스 은은 각시는 나뭇가지를 끊으 들고 오는디 새들을 죄다 날려 보냈는디 고향으 각시는 새 한 마리도 날려 보내지 않고 옴시르니[8] 가지구 왔다.

다음에 구릉등등 시슨비는 두 각시보고 산 호랭이 눈습 시 대를 뽑으 오라구 했다. 서울스 은은 각시는 되야지 털 퇴갱이 털 강아지 털을 뽑아왔는데 고향으 각시는 산 호랭이 눈습을 뽑을라고 짚은 산중으로 들으갔다. 산중을 한참 들으가니게 할므니가 베를 짜구 있으스 그 할므니보구 나는 이르이르한 일이 있으 산호랭이 눈습 시 개를 뽑으로 왔다구 말했다. 그르니게 할므니는 각시보구 내 치매 밑으로 들으가스 숨으 있이라구 했다. 조금 있이니게 큰아들이 왔는디 — 이 할므니 아들이고 모두다 호랭이여 — 아이구 인내 난다,[9] 아이구 인내난다 함서 코를 쿵쿵그렸다. 할므니는 벨소리 다한다 함스 이리 오느라 니 눈 좀 보자, 니 눈에 진디[10]가 붙으 있다 함서 눈으 진디를 떠는 치 하구 눈습 하나를 뽑았다. 다음에 둘재아들이 와스 아이구 인내 난다, 아이구 인내 난다,

했다. 벨놈으 소리 다하는구나, 니 눈에 진디가 붙으 있구나, 이리 오느라 내 띠 주마 하구스 진디 띠 주는 치하구 눈습 한 대 뽑았다. 그 담에 싯재아들이 와서 인내 난다고 뜨드는 것을 벨소리 다 한다 하구스 니 눈에 진디 붙으 있으니 띠 주마 하구 또 눈습 한 개를 뽑았다.

조금 있다가 아들 삼형제는 사냥 나간다고 다 나갔다. 할므니는 이 각시를 치매 밑에서 나오라 해각고 산 호랭이 눈습 시 대를 주구 이거 각고 가라고 함스 등승이 늠으갈 때마다 내 아들이 나타나스 부를 티니 아무리 불르도 뒤돌아보지 말구 기냥 가라구 일르 주었다.

이 각시는 이렇게 해스 산 호랭이 눈습 시 개를 가지구 와서 구룽등 등 시슨비하구 잘 살았다구 한다.

*1943년 9월 瑞山郡 泰安面 東門里 金川炳曄

1) 무서워서   2) 부엌 아궁이   3) 山田   4) 삭정이, 작은 나뭇가지   5) 西
山   6) 나막신   7) 머리   8) 하나도 결함 없이   9) 사람의 냄새가 난다
10) 진드기, 가축의 몸에 붙어서 피를 빨아먹는 조그마한 벌레

구렁덩덩 시선비 | 옛날에 으뜬 할므니가 있는디 하루는 마당에스 모시베를 매

고 있있는디 그때 중이 하나 와스 삽작 밖으스 목탁을 침스 동양을 달라고 했다. 그른디 이 할므니는 그들뜨보지도 않고 베만 매고 있었다. 중은 목탁을 침스 동양을 달라고 하는디도 할므니는 기냥 끄뜩 않고 베만 매고 있잉께 중은 으찌스 그른가 하고 가만히 봉께 할므니 속곳 밑으로 뭇이 뵈여스 지팡막대기로 속곳 밑으로 쿡 쑤시고 가 브맀다.

그른디 그후 이 할므니는 이긋이 빌미[1]였든지 태기가 있으서 열 달 만에 애기를 났다. 그른디 그 애기라고 나온 긋이 사람이 아니고 구렝이였다. 그리스 이 구렝이를 방에스 키울 스가 읎으스 뒤뜰안 굴둑 모퉁이다 놓고 삿갓으로 듭으 놔두었다.

할므니가 애기를 났다는 말이 소문이 나스 이 소문을 듣고 할믄네 아랫집 부자집 큰딸이 보로 와스, "할므니 애기 났다는디 그 애기 으디

있으?”하고 물었다. “즈으기 뒤안 굴둑 모퉁이에 삿갓 듶으 논디 있다”
이릏게 말하니게 부자집 큰딸은 뒤안으로 가스 굴둑 모퉁이에 삿갓 듶
으 논 긋을 뜨들으보고, “아이구메나 애기 낳다드니 구렝이를 나 놨구
만. 에이 드르워”함스 침을 탁 뱉고 갔다.

그 다음에 둘재딸이 와스, “할므니 애기 낳다드니 애기 으디 있으?”
하고 물었다. 뒤얀 굴둑 모퉁이에 삿갓 듶으 논 데 있다고 하니게 그리
가서 보고, “아이쿠메나 애기 낳다드니 구렝이를 나 놨구만, 에이 드르
워”이르면스 침을 탁 뱉고 갔다.

그 다음에는 싯째딸이 와스, “할므니 애기 낳다드니 애기는 으디 있
으?”하고 물었다. “뒤얀 굴둑 모퉁이에 삿갓 듶으 논 데 있다”그르니
께 싯째딸은 뒤얀으로 가스 굴둑 모퉁이에 삿갓 듶으 논 긋을 뜨들으
보고는, “아이구 구룽등등 시슨비를 나 노슸구만”이릏게 말하고 갔다.
할므니가 난 구렝이는 잘 컸다. 하루는 이 구렝이가 할므니보고 “으므
니 즈 아랫집 부자집 큰애기한티로 나 장개보내 주으”이릏게 말했다.
으므니는 이 말을 듣고 플쩍 뜀스, “그게 무신 말이냐? 느같이 사람도
아닌 구렝이가 으릏게 사람한티로 장개들긌다고 하느냐? 그른 말은
아예 입 밖에 내지도 말으라!”이르니께 구렝이는, “내 말 안 들으 주면
나는 한 손에 칼을 들고 한 손에는 불을 붙여 들고 나 나온 구뭉으로
도로 들으갈 티야.”

할므니는 이 말을 듣고 급이 나스 할 수 윲이 아랫집 부자집에 가스
“우리 집 구렝이가 이 댁으 큰애기한티로 장개들여 달라고 함스 안 들
으 주면 한 손에 칼을 들고 한 손에 불을 붙여 들고 나온 구뭉으로 도
로 들으가긌다고 하니 이 일을 으쯔면 좋와유? 제발 사증 좀 보아 주
시유”하면서 사증사증했다. 그르니께 부자집이스도 이 할므니 사증이
딱해스 딸 싯을 불르가지고 “구렝이가 느그들한티로 장개들고 싶다는
디 누가 구렝이한티 시집갈레?”하고 물었다. 그르니게 츳재딸은 “아이
구 누가 구렝이한티 시집가유. 나는 안 가유”하고 밖으로 나갔다. 둘
재딸도, “죽읐이면 죽읐지 구렝이한티 누가 시집가유”함스 밖으로 나
갔다. 싯째딸보고 “느는 워쯔긌느냐?”하고 물으니께, “부모님이 하라

는 대로 하겄으유" 하고 말했다. 그래스 싯째딸하고 구렝이하고 혼인하기로 했다.

혼인날 구렝이는 부자집으로 장개를 왔는디 신방을 채리고 츳날밤에 구렝이는 색시보고 물을 한 솥 끓여 달라고 했다. 그래스 물을 한 솥 끓여 주니게 구렝이는 그 끓인 물로 목욕을 싸악 하고 나니께 세상에 둘도 읎는 이룽다한 玉骨仙風으 슨비가 되였다. 색시는 이긋을 보고 이른 훌룽하게 잘생긴 신랑을 은게 되여 아조 행복감에 즞었다.

구렝이는 결혼해스 그룽즈룽 을매 동안을 지냈는디 공부를 하로 들리 떠나야 한다고 말하고 구렝이 흐물을 주면스 이것을 잘 간직하라, 만일에 이긋이 읎으지든지 하면 당신과는 영영 만나지 못하게 된다고 하면스 구렝이 흐물을 잘 간직하라고 신신당부했다. 색시는 그르겄다고 하고 구렝이 흐물을 받으스 즈구리 안슙에다 아무도 모르게 늫으두었다.

구렝이가 집을 뜨나간 뒤에 어느날 승들²⁾이 둘이 이 색시한티 챗으왔다. 즈구리 안슙에 믓이 있는 긋을 보고 그게 믓이냐고 함스 보자고 했다. 색시는 아무긋도 읎다고 함스 안 보일라고 하는디 승 둘이는 달라들으스 윽지로 뺏으 보고 "아이고, 구렝이 흐물이구나. 이 드르운 긋을 플 즈구리 안슙에다 간수하느냐? 이까짓 긋은 읎애 브리라" 함스 불 속에 집으스 태워 브렀다. 그랬드니 구렝이 흐물이 타는 냄새가 온 집 안에 프지고 그 냄새는 구렝이가 있는 데까지 프즈 갔다. 구렝이는 이 냄새를 맡고 자기 말을 듣지 않고 흐물을 태워 읎앴다고 해스 색시한티로 돌아가지 안했다.

그래스 색시는 즈그 신랑이 아무리 지다르도 돌아오지 안해스 신랑을 챗이로 집을 나섰다. 신랑이 있는 곳을 으디로 가야 하는지 몰라스 발 가는 데로 가는디 한참 으디만침 가니께 넓은 들에스 새를 보는 아이가 있었다. 색시는 그 아이한티 가스 구렝등등 시슨비가 으디로 갔는지 못 봤느냐고 물었다. 그렁께 새 보는 아이는 이 논으 새를 봐 주면 갈츠 주지, 했다. 그래스 색시는 그 너른 들으 논으 새를 봐 주었다. 그랬드니 즈 고개로 늠으가드라고 했다.

색시는 새 보는 아이가 갈츠 준 대로 고개를 늠으갔다. 늠으가니게 소들이 많이 풀을 뜯으묵고 있었다. 소한티 가스 구룽등등 시슨비가 으디로 가는 굿 못 봤냐고 물었다. 소들은 여기 있는 풀을 다 뜯으 주면 갈츠 주지, 했다. 그리스 색시는 그 느른 들으 풀을 죄다 뜯으 주었다. 그랬드니 즈 고개로 늠으갔다고 일르 주었다.

색시는 소가 일르 준 고개를 늠으갔드니 이븐에는 꿩들이 느른 밭에 스 콩을 줏으묵고 있었다. 꿩들한티 가스 "구룽등등 시슨비 가는 굿 못 봤느냐?"고 물었다. 그렇게 꿩들은 이 밭에 있는 콩을 죄다 줏으주면 일러 주지, 했다. 그래스 그 느른 밭으 콩을 죄다 줏으 주었다. 그랬드니 꿩들은 즈 고개를 늠으가드라고 했다.

색시는 꿩들이 갈츠 준 고개를 늠으갔드니 한 여자가 빨래를 하고 있었다. "여보시유, 구룽등등 시슨비가 으디로 갑디까?" 하고 물었다. 그르니께 여자는 금은 빨래는 히게 빨고 힌 빨래는 금게 빨으주면 일르주지, 했다. 그래스 색시는 산드미같이 많이 쌓인 빨래를 금은 굿은 하얗게 빨고 힌 빨래는 금게 다 빨으 주었다. 그랬드니 여자는 쬐그만 한 木船을 하나 띄으 줌스 이 배를 타고 가면 이 배가 닿는 데 구룽등 등 시슨비 집이 있다고 했다.

색시는 그 목슨을 타고 갔다. 배는 한참 가드니 한군데에 와스 닿다. 색시는 그그스 내레스 봉께 큰 지아집이 있으스 그 집이로 들으가스 동양을 달라고 했다. 그 집이스는 스숙³⁾을 한 되 갖다 주었다. 색시는 이 스숙을 밑 읎는 자루에다 받었드니 스숙은 죄다 땅으로 쏟아졌다. 색시는 놋줏가락을 내가지고 그 스숙을 한 알 한 알 줏으담었다. 이릏 게 스숙을 집으담고 있는디 구룽등등 시슨비가 지나갔다. 색시는 구룽 등등 시슨비를 보고 스방님 하고 불렀다. 시슨비는 그 소리를 듣고 돌 아다보드니 알아보고 반가워했다.

구룽등등 시슨비는 여기 와스 다른 색시를 은으스 살고 있었다. 그 른디 즌으 색시가 챗으와스 두 색시를 데리고 살 수 읎으스 어느 쪽 색 시를 데리고 살으야 할꼬 여르 모로 생각하다가 여르 가지 으려운 일 을 시켜스 잘해낸 색시를 색시로 삼기로 했다. 그래스 첫째로 줄을 한

질 높이 매으 놓고 물동우를 므리에 이고 그 줄을 뛰으늠으 물 한방울도 흘리지 않는 색시를 마누라로 삼겠다고 했다. 그래스 두 색시는 물동우를 므리에 이고 그 높은 줄을 뛰으늠는데 즌에 색시는 물 한 방울도 쏟지 안했는데 여그스 은은 색시는 물을 반 동우나 쏟았다. 구룽등등 시슨비는 또 다른 일을 시켰다. 이븐에는 산 호랑이 눈습을 시 대 뽑아오기를 시켰다. 즌으 색시는 짚은 산으로 들으가스 늙은 호랭이를 만나스 지 사중 이얘기를 하고 호랭이 눈습 시 대만 뽑아 달라고 했다. 그랬드니 늙은 호랭이는 색시를 수풀 속에다 숨겨 놓고 사냥갔다 둘으 온 새끼 시 마리를 재워 놓고 눈습 한 대식 뽑아스 주었다. 그래스 이 색시는 산 호랭이 눈습을 시 대 가지고 왔다. 그른데 여그스 은은 색시는 산으로 가지 못하고 집 근츠스 가이 틀 쇠 틀을 뽑아가지고 왔다.

이븐에는 울가지⁴⁾에 모여 앉인 참새를 한 마리도 날려보내지 말고 울가지를 꺾으 오라고 했다. 즌에 색시는 가만가만 가스 참새를 한 마리도 날려보내지 않고 그대로 울가지를 꺾으 왔는디 여그스 은은 색시는 빨리 가스 울가지를 꺾느라고 참새를 몽땅 날려보내고 빈 울가지만 꺾으각고 왔다.

구룽등등 시슨비는 이긋을 보고 즌으 색시으 재주가 훨신 나으스 즌으 색시를 다시 색시로 삼으스 잘 살았다고 한다.

＊1962년 9월 扶餘郡 扶餘邑 東南里 鄭燃友

1) 원인 또는 인연　　2) 형들이　　3) 조, 좁쌀　　4) 울타리에 심은 나뭇가지

여우 누이 ｜

옛날에 으뜬 곳에 할아브지하고 할므니가 살고 있었는데 아들은 다섯이나 있으도 딸이 하나도 읎으스 이 할아브지 할므니는 딸을 낳게 해 달라고 맨날 신령님한티 빌었습니다. 하루는 무당할므니가 와스 절에 가스 백일기도를 열심히 디리면 딸을 날 수가 있다고 말했습니다. 그래스 할므니는 절에 가스 딸을 낳게 해 달라고 열심히 백일기도를 디렸습니다. 그랬드니 딸을 낳게 됐습니다.

이 집에는 말이 많이 있었습니다. 그른데 딸을 낳은 후부트는 말이 날마다 한 마리식 읎으즈 갔습니다. 그래스 하도 이상해스 오래비들이 밤에 지켜봤드니 누이동생이 여우가 돼가지고 말 똥구뭉에다 대구 손을 딜이밀으스 창새기[1]를 빼스 믁으니까 말은 기냥 쓰르즈스 죽었습니다.

큰 오래비는 과그 보로 서울에 갔는데 과그를 보고 집에 돌아와 보니께 집은 다 흐물으지고 집안 식구는 아무도 읎고 누이동생만 혼자 있었십니다. 누이동생은 오래비를 보드니마는 "으스 오시요. 즘심 해 디릴 팅게 방에 들으와기시요" 하면스 오래비 손에 끈을 매고 끈 한쪽 끝을 지 팔에 묶고 증지로 나가스 밥을 한다고 하고 있었습니다. 오래비는 암만 해도 누이동생이 잡으믁을 굿 같으스 방에서 뛰여나와 말을 타고 마구 달아났습니다. 그랬드니 누이동생은 여수[2]가 돼각고 쫓아왔습니다. 여수는 자꾸 쫓아와스 오래비가 탄 말으 궁둥이를 잡을랑 말랑해스 병 하나를 내든지니께 큰 강이 생겼습니다. 여수는 그 강을 근느스 또 쫓아와스 말으 궁둥이를 잡을랑 말랑해스 병 하나를 내든지니께 바늘 뭉승이 쫙 깔렸습니다. 여수는 그 바늘 뭉승을 밟고 넘으와서 또 쫓아와스 말을 잡을랑 말랑했습니다. 병 하나를 또 내든지니께 그기는 불바다가 됐습니다. 여수는 그 불바다를 늠으올라고 하다가 그만 타 죽었습니다. 이릏게 해스 오래비는 무사히 살았습니다.

＊1973년 9월 22일 燕岐郡 錦南面 達田里 2區 成明淑 (16세, 女)

1) 창자　　2) 여우

怪鼠

이전에 어떤 부자영감이 있었는디 이 영감이 하루는 밖으 출입했다가[1] 돌아와 봉게 지가 그츠하는[2] 사랑방에 자기와 똑같이 생긴 영감이 앉어 있으서 웬 사람이 권두 읎는디 와 있냐구 했다. 그르니게 그 영감은 내 방에 내가 앉으 있는디 웬 영감이 와서 그 무신 소리냐 썩 나가라고 도루 야단쳤다.

이릏게 되구 보니께 둘이는 내가 이 집 주인이다, 느는 웬 놈이냐 하면스 스루 다툼질을 하구 있었다. 사랑방에서 다투는 소리가 나니게 아들과 마누래가 나와서 보니게 똑같은 영감 둘이스 내가 이 집 주인이다, 내가 이 집 주인이다 흐구 다투는데 아들과 마누라가 봐스도 어떤 영감이 아부지고 남편인지 분간할 수가 읎었다. 그리서 아들은 두 영감보구 우리 집에 밥그릇이 멫 개구 숟갈이 멫 개구 쟁기는 워데 있구 낫은 멫 개나 되느냐구 물었다. 한 영감은 낱낱이 다 대는디 한 영감은 하나두 대지 못했다. 그러니게 대지 못한 영감이 가짜 아부지라하구 내쫓으버렸다.

이 집에는 수십 년 동안 이 집 곳간으 쌀이며 콩이며를 믁고 자라스 큰 노강쥐[3]가 있었는디 이 쥐가 이 집 영감과 똑같은 모습으로 도섭[4] 해각고 있었다. 쥐는 이 집 구슥구슥을 돌아댕겨스 이 집에 있는 물근이 뭇이구 어디 있구 또 멫 개라는 긋을 잘 알구 있으서 그긋을 낱낱이 다 델 수가 있었다. 그른데 진짜 영감은 사랑방에만 있으스 그 집에 있는 물근이 뭇이 있이며 멫 갠지 통 몰랐다. 그리스 대지 못했다.

이 진짜 주인영감은 집을 쫓겨나스 할 수 읎이 이리저리 돌아댕김스 은으믁으문스 제우 목숨을 이여가다가 한 븐은 으뜬[5] 절에 찾어갔다. 그 절으 중하구 이른 이약 즈른 이약 하다가 자기는 이르이르해서 집을 쫓겨나스 여그꺼지 왔다구 말했다. 중은 말을 다 듣구 나드니 그르냐구 하드니 자기가 오랫동안 기르든 괴양이를 줌스 이 괴양이를 집으로 가지고 가스 그 가짜 영감이 들으 있는 방문을 꽉 닫으글구 이 괴양이를 놔 쥐 보라구 했다. 그래스 이 영감은 즈으 집이로 가스 사랑방으로 들으가스 방문을 꽉 닫으글구 그 가짜 영감 앞이다가 괴양이를 내놨다. 그랬드니 괴양이는 그 가짜 영감에 달라들으 멕살을 물으뜯으스 죽엤는디 그 영감은 크단 노강쥐가 돼스 죽었다. 아들과 마누라를 불르다가 이긋을 뵘스, "이그 봐라. 이게 니 애비라구 한 긋이다" 이릏게 말하구 마누라보구, "이년아 그래 쥐좆두 모르구 살었느냐?" 했다.

아무 긋두 모르는 긋을 쥐좆두 모른다는 말이 있는디 이른 말은 이른 일이 있으스 생겼다구 한다.

*1941년 4월 唐津郡 高大面 城山里 朴太義

＊1973년 10월 大德郡 東面 梧洞里 2區 金樂順 (48세, 女)

＊1927년 2월 扶餘郡 鴻山面 南村里 金瑢圭 (女)

※단 이야기의 서술 내용은 똑같은데 쥐가 변신한 것이 주인 마누라로 되어 있다. 원마누라가 가지고 온 고양이로 가짜 마누라를 죽인 후 남편보고 그래 쥐 씹도 모르고 살았느냐고 했다고 되어 있다.

1) 밖에 나갔다가   2) 거처하는   3) 크고 늙은 쥐   4) 변신해   5) 어떤

소금장수와 괴물 | 옛날에 옛날에 소금장시가 있었는디 이 소금장시가 소금을

다 팔고 집이로 돌아오는디 으디쯤 오니게 묘 앞이스 으뜬 사람이 울고 있드랍니다. 그리스 왜 우냐고 하니게 배가 고파스 운다고 그르드랍니다. 소금장시는 이 말을 듣고 불상해스 그름 우리 집으로 가자고 해스 데리고 와스 밥을 주었드니 이 사람은 밥을 믁는디 손바닥으로 밥을 뚝뚝 찍으스 을굴에다 묻히는디 묻히면 밥은 쏙쏙 들어가드랍니다. 이렇게 해스 준 밥을 다 믁드랍니다.

　이 사람은 코도 읎고 입도 읎고 아무긋도 없는 사람인디 밥을 다 믁고 나스 소금장시보고 옛날 이얘기를 해 달라 하드랍니다. 소금장시는 나는 옛날 이얘기 할 긋이 읎다고 하니게 왜 읎느냐고 소금 팔로 여그즈그 많이 돌아댕겼으면 본 긋도 많고 들은 긋도 많을 텐데 본 긋 들은 긋도 이얘기 아니겠는가, 그르면스 자꼬 이얘기해 달라고 하드랍니다. 그래스 소금장시는, "옛날에 옛날에 으뜬 소금장시가 있었는디 소금을 팔고 집이로 돌아오니라니게 으뜬 집 앞에스 으뜬 사람이 울고 있으스 왜 우냐고 물응게 배가 고파서 운다고 해스 그름 우리 집이로 가자고 데리고 와스 밥을 주었드니 이 사람은 밥을 손으로 찍으스 을굴에다 묻히니게 그냥 그 밥이 을굴 속으로 쏙쏙 들으가드래유." 이르면스 옛날 이얘기가 끝나고 하니게 그 코도 입도 아무긋도 읎는 사람이 소금장시를 달라들으스 잡으믁드랍니다.

＊1973년 9월 22일 燕岐郡 錦南面 達田里 2區 李金례 (13세, 女)

메추라기의 꽁지 | 으뜬 짚은 즈을날에 눈은 만산
하구 믁을 긋은 뜰으지구 해스

메추래기란 놈 하나가 여르 날 믁지 못하구 굶으스 으디 믁을 긋 읎을까 하구 나가스 여그즈그 돌아댕김스 믁을 긋을 챗구 있니랑게 꿩이 콩을 잔뜩 놓구 믁고 있으스 그리 가스 콩 좀 달라구 했다. 그렁게 꿩은 나두 메칠 굶다가 장리[1]해스 이 콩을 은으다가 믁고 있는디 워칭게[2] 느흔티 주겠냐 함스 안 주웠다. 메추라기는 그 콩을 워디스 장리 은웠냐고 물었다. 즈그 즈 뚝 밑이 구녁 속에 쥐가 사는디 그 쥐는 믁을 긋을 많이 싸놓구 있는디 그 쥐한티 가스 스 스방[3] 스 스방 하구 불르스 장리 좀 내 달라구 하면 믁을 긋 내줄 그라고 말했다. 그리스 메추래기는 꿩 말을 듣구 뚝 밑이 뚫린 쥐구뭉 앞이 갔다. 그른디 쥐 같은 상놈보구 스 스방이라구 부르기가 아니꼬와스 쥐야 쥐야 하구 불렀다.

이때 쥐는 상수리[4] 꼭대기 곱질루 관 해 쓰구 도토리 깍대기루 백대기[5] 해 신구 보리 끄시락[6]으루 장죽 해 물구 으린 손자 메누리 아들 마누라 앞이스 에흠 함스 양반이랍시구 아주 즘잔을 빼구 있었는디 밖이스 쥐야 쥐야 하구 무레시리 불르고 있으니 속이 상해각고 으뜬 놈이 와스 부르는가 하구 나가스 보니게 아 쬐그믄 메추래기란 놈이 근방지게 부르고 있지 않능가. 산에 사는 꿩스방두 나보고 스스방 스스방 하고 존대해스 부르는디 들판에 돌아댕기는 쬐그믄 놈이 지가 뭣이간디 무웃이기 나를 쥐야 쥐야 하구 하대해스 부르느냐고 그만 화가 나스 냅다 달라들으 메추래기 꽁무니를 물었다. 메추래기는 그만 혼이 나스 달으났는디 그만 꽁지가 죄다 뻐쥤다. 그리스 그때부틈 매추래기는 꽁지가 읎게 됐다구 한다.

＊1941년 4월 唐津郡 高大面 城山里 朴太義

1) 長利를 주고의 뜻, 즉 비싼 이자를 붙여서 2) 어떻게 3) 鼠書房 4) 상수리 나무의 열매. 도토리와 비슷함 5) 사슴 가죽으로 지은 갖신, 최상급의 갖신 6) 까끄라기

수달과 호랑이와 토끼 | 이즌에 제주 한라산 밑에 살든 수살피[1]

가 강원도 금강산 구경을 가스 여그즈그 구경을 다하고 상상봉에 올라가 앉아스 사방 풍경을 한참 재미있게 보고 있는디 즈 한편을 보니께 대가리가 산악 같고 눈이 방울 같고 광채가 日月같이 빛나는 짐승 한 마리가 으슬릉으슬릉 올라오고 있는 긋이 눈에 띄웠다. 수살피는 이긋을 보고 깜짝 놀래면스, '즈게 무슨 짐승일꼬? 시상에 호랭이가 있다드니 아마 즈긋이 호랭인가 보다. 호랭이는 산중왕이라고 하는디 그 호랭이는 아무 짐승이고 막 잘 잡으믁는다는데 즈놈이 내 옆으로 오면은 나도 즈놈한테 필연코 잡혀믁힐 티인데 이글 으쩔꼬. 도망을 칠까?' 하다가 '내가 믄즈 도망을 치는 긋은 못생긴 짓만 뵈는 그니께 도망을 치지 말고 내가 믄즈 즈놈을 쫓아 브리는 꾀를 낼 수밖에 읎다' 이렇게 생각하고 아주 큰 소리로 호령을 쳤다.

"그그 오는 긋이 호랭이 아니냐?" 이르니게 호랭이는 증신읎이 으슬릉으슬릉 올라오다가 갑자기 큰 소리를 지르는 소리를 듣고 호랭이는 깜짝 놀래스 우두카니 스스 사방을 둘르보면스, 이 세상에 으뜬 놈이 나를 헤술히 보고[2] 감히 이렇게 함부로 내 이름을 부름스 호령을 치냐? 참 우슨 놈 다 보긌다, 네 요놈 보기만 하면 그냥 두긌느냐, 잡아스 주린 창자를 채워야겠다 함스 소리 나는 데로 눈을 돌려 봤다. 수살피가 가만히 보니께 그만큼 소리를 질릋으면 그놈이 도망갈 줄을 알았는데 이놈이 도망가지도 않고 가만히 스스 보고 있으스 또 한 븐 소리쳤다.

"야 듣그라, 호랑아. 나는 백두산 산신령으로스 옥황상제으 명을 받으각고 이 세상으 호랭이란 호랭이를 다 잡아믁고 씨를 말릴라고 해스 이 金剛山까지 와스 있는 지가 여르 달이 되았다. 그른디 이 金剛山에는 한 놈도 호랭이가 눈에 띄지 안해스 으쩔꼬 하든 참인데 이제야 네 놈이 나타났으니 으스 와스 목숨을 바쳐라!" 함스 아조 츤둥같이 큰 소리로 호령을 했다. 호랭이가 이 말을 듣고 가만히 생각해 붕께 즈놈을 잡아믁기는 고사하고 잘못하다가는 지가 그놈한테 죽을 긋 같았다. 그리스 이그 죽기 즌에 나는 도망치야겠다, 에라 함스 빨리 내뺐다. 네굽

질3)을 함스 내빼 부렸다. 수살피는 이굿을 보고 흐흐 웃음스 세상으

으리슥은 자식도 다 있구나, 즈 호랭이란 놈이 내 소리에 그냥 혼이 나

스 도망가는구나 하고 있는데, 호랭이는 그 소리지른 굿한테 안 잡히

 믁힐라고 증신읇이 내뺐다. 그르다가 도중에스 퇴깽이를 만났다. 퇴깽

이가 호랭이 도망가는 굿을 보고 "호랭이 아즈씨, 으디를 이렇게 빨리

가시유?" 함스 물읐다. 호랭이는, "야 퇴깡아! 난 오늘 벨일 다 봤다. 즈

산뽁대기에스 으뜸 놈이 날 잡아믁겄다고 큰 소리로 소리질르스 그래

스 도망가는 중이다" 그릏게 토깽이는 호랭이 말을 다 듣고 나드니만

흐흐 웃임스, "아즈씨 속았소. 그굿은 아무굿도 아니유. 제주도 한라산

밑이스 살든 수살피란 놈이올시다. 아즈씨한티 잽혀믁힐까 봐스 미리

호통을 히 본 그이유. 올라가스 그놈을 잡아믁으시유" 하고 말했다.

　호랭이는 그 말을 곧이 듣지 않고 자꾸 내뺄라고 했다. 토깽이는,

"그를 굿 읎이 나랑 같이 갑시다" 함스 지 꼬랭이하고 호랭이 꼬랭이

하고 한 데 잡아매각고 같이 올라갔다.

　수살피가 호랭이를 쫓아 브리고 이제는 살았다 하고 마음 놓고 있읐

는디 방증맞은 퇴깽이란 놈이 호랭이를 디릿고 올라옹께 아 또 큰일났

다, 즈놈을 혼침을 내스 쫓아야겄다 하고스는, "내가 여그 와스 몇 달

만에 츤행으로 호랭이 하나를 만나스 잡아믁을라고 했드니 그놈이 그

냥 내빼브릇스 못 잡아믁은 것이 분하드니 퇴깡아, 네놈이 그놈을 잘

꾀으가지고 데리고 오니 내 느를 옥황상제게 잘 말해스 千金賞 萬戶

侯에 封하도록 하겄다. 으 토깽아, 으스 빨리 그 호랭이를 이리 데리고

오느라!" 이렇게 말했다. 그렇게 호랭이는, 그 소리를 듣고, 아 요놈으

토깽이란 놈 봐라, 즈놈이 분명코 나를 쇡여각고 즈놈한테다가 바치고

賞을 받아각고 호강시릅게 살라고 그러는구나 하고 그만 그기스 뒤돌

아스스 막 내빼기 시작했다. 퇴깽이는 호랭이 꽁댕이에 매달려스 끌려

갔다. 그럼스, "여보시유, 호랑 아즈씨. 왜 이리 급을 내각고 내빼시유?

아 좀 지체해각고 내 말 좀 들으 보시유."

　이렇게 말을 해도 호랭이는 듣지 않고 기냥 자꾸만 네굽질을 해스

내뺐다. 퇴깽이는 그만 그 호랭이에 끌려스 가는데 가다가 나뭇등거리

에 찔러스 똥구녁이 싯으로 찢으줬다. 그리고 꽁지는 빠즈 브렸다. 그
리스 지금 퇴깽이는 꽁지가 짧고 똥구녁이 싯으로 찢으줬다고 한다.
＊1927년 2월 扶餘郡 鴻山面 南村里 金瑢圭 (女)
1) 수달   2) 얕보고   3) 네발짐승이 네 굽을 내어젓는 것.

수달과 호랑이와 토끼 | 충청도 수살피가 金剛山 구경을 가스

여그즈그 구경을 다하고 나스 상상봉에 올라가스 사면을 내려다보고
있는데 즈 산 밑에스 호랭이 한 마리가 새끼를 데리고 가재를 잡으믁
고 있었다. 수살피는 이긋을 보고 즈놈이 차차차차 산 우그로 올라오
면은 그놈한테 필경 잡혀멕히게 될 것이다고 이렇게 생각하니 무섭기
도 하고 급도 났다. 그르나 즈놈을 쫓아 브리면은 되겠지 하고 한 꾀를
내각고 "이 金剛山에 있는 호랭이란 호랭이를 다 잡아믁었는데 이제
는 호랭이 한 마리도 읎는 줄 았았드니 아직도 네가 남아 있구나. 을른
이리로 올라오느라. 내 마즈 잡으믁을란다" 하고 큰 소리를 질렀다. 그
르니께 호랭이는 그 소리를 듣고 그냥 똥줄나게 도망쳤다.

  한참 숨차게 도망가는데 츤년 묵은 토깽이란 놈이 이 호랭이가 뛰으
가는 긋을 보고스, "호랭이 아즈씨! 왜 그렇게 달아납니까?" 하고 물었
다. 호랭이는 숨도 채 못 쉬면스, "야 말 마라. 즈 산봉대기에 뭣인가 모
르지만 나를 잡으믁겄다고 해스 이렇게 달아뛴다"고 말했다. 퇴깽이가
그 소리를 듣고스 웃임스, "그긋은 아무긋도 아니요. 수살피라고 하는
긋인데 제까짓 긋이 으뜧게 호랭이 아즈씨를 잡으믁겄이유?" 허면스,
"우리 같이 가스 그놈을 잡으믁읍시다"고 했다. 호랭이는, "수살피라고
하는 긋이 감히 날보고 잡아믁겄다고 오라고 하겄느냐. 아니다. 즈놈
은 날 필경 잡으믁을 긋이니 나는 안 가겠다" 함스 안 가겠다고 달아날
라고만 했다. 토깽으는 "그르면 나하고 같이 갑시다. 우리 꼬랭이를 스
로 붙잡아매각고 같이 올라가면은 괜찮지 않겠이유?" 하고 호랭이 꼬
랭이하고 지 꼬리하고 한티 붙잡아매가지고 올라가기로 했다. 그르니

께 호랭이는 할 수 읎이 토깽이 뒤를 따라갔다.

그른디 아 수살피란 놈이 호랭이를 쫓아 브리고 인제는 살았구나 하고 마음 놓고 있었는디 아 요망스른 토깽이라는 놈이 호랭이를 끌고 오니께 아 이긋 또 야단났그든, 그래스 또 한 꾀를 내각고, "야, 퇴깽이야, 네 할애비 때는 죽은 虎皮 츤 장을 바치드니 느는 산호랭이를 바칠라고 호랭이를 꽁댕이에다가 매각고 오는구나, 아 잘한다. 으스 이리 델고 오느라!"고 소리췄다, 호랭이는 이 소리를 듣고 퇴깽이라는 놈이 즈를 그놈한티다가 바칠라고 즈를 꾀여스 끌고가는 줄 알고 그냥 돌아스스 힘차게 막 뛰어갔다. 퇴깽이란 놈은 그냥 호랭이한테 끌려스 가는데 가다가 나뭇가지가 시 개가 있는 데 글렸다. 퇴깽이는 그래스 나뭇가지 싯에 똥구녁이 백히고 드 뛰으가는 바람에 꽁댕이는 짤룩하게 끊으줬다. 그래스 퇴깽이는 꼬리가 짧아지고 똥구녁이 싯으로 돼 있다고 한다.

＊1927년 2월 牙山郡 溫井面 新里 李龍顯

수달과 호랑이와 토끼 | 제주도 한라산에 살든 수살피가 7년 대

한 가믐을 만나스 믁을 긋이 읎으스 육지로 근느와스 강원도 금강산으로 갔다. 금강산은 경치 좋은 명산이라는 말을 든은 수살피는 금강산 일만이츤봉을 두루 다 구경해 보겠다고 이 봉우리 즈 봉우리 올라가스 금강산 구경을 하는데 으뜸 봉우리에 올라가스 산 아래를 굽으 내레다보구 있니랑게 호랭이 한 마리가 산골재기 바웃돌을 하나하나 들츠 감스 가재를 잡으믁음스 산 우로 올라오구 있었다. 즈놈이 여그까지 올라왔다가는 필시 나는 즈놈한티 잽헤믹힐 긋 같은디 이제 도망치자니 으디로 갈 수두 읎으스 이래 죽으나 즈래 죽으나 죽기는 매일반이다, 한 븐 꾀나 한 븐 내 보자 하구, "아 호랑아!" 하구 산이 쫑쫑 울리게 큰 소리를 질렀다. 가재 잡으믁니라구 그그다 증신을 팔구 있었는디 웬 놈이 산중으 으른이라고 모두들 무스워하는디 감히 호랑아 하고 큰 소리로 불르스 응급결에 예예 하구 대답하구 산 우를 올레다봤다.

"느 이놈 호랑아! 니 할애비가 호피 돈으로 삼백 냥 가즈 가고 여태까지 안 가즈 오드니 인제사 니가 가즈 오는구나. 으스 빨리 와스 바츠라!"

호랭이가 이 소리를 듣구 즈그 올라갔다가는 즈놈한티 잡헤믹힐 긋 같으스 깜작 놀래스 그만 마구 뛰으스 달아났다. 한참 뛰으스 도망츠 가는디 가다가 퇴갱이를 만났다. "아즈씨, 우찌스 이리 도망치유?" "아이구 야야 큰일났다. 즈기 즈 상상봉에 웬 놈이 앉으스 나보구 우리 할아부지가 호피 값 삼백 양 가즈 가드니 인제야 값으로 오냐고 하는디 그리 갔다가는 그놈한티 꼭 잽혀 죽게 생겨스 그래스 도망치고 있다."

이 말을 듣구 퇴갱이는 흐흐 웃구, "아즈씨, 즈기 앉인 놈 아무긋도 아니유. 제주 한라산에 살든 수달피란 놈인디 그기 7년 대한 가뭄이 들으 믁을 긋이 읎으 이 금강산으로 믁을 긋을 찾으믁을라고 온 놈이여유. 아무긋도 아니여유. 우리 같이 가스 잡으믁읍시다"고 말했다. 그래도 호랭이는 싫다고 안 가겠다고 도망칠라고 했다. "참 아즈씨는 왜 그리 급을 내시유. 산중왕이라는 아즈씨가 왜 그리 급을 내시유. 아즈씨 꼬리하구 내 꼬리하구 한디 쫌매각고 항께 갑시다. 내가 앞장 스스 갈 팅게 아즈씨는 내 뒤만 따라오시유."

퇴갱이는 이렇게 호랭이를 달래각고 지 꼬랭이하고 호랭이 꼬리하고 한디 붙잡으매각고 앞장 스스 호랭이를 끌고 수달피 있는 디로 올라 갔다.

수달피는 꾀를 쓰스 호랭이를 쫓아 브리고 안심하고 있는디 이븐에는 봉게 아 퇴갱이란 놈이 호랭이를 끌고 오라오고 있으스 이븐에는 꼭 죽게 생겼단 말이야. 에라 이븐에도 꾀를 쓰스 즈놈들을 쫓아 브리야지 하구, "오오 퇴갱이 느놈, 인제스야 니 할애비가 호피 값 삼백 냥 가즈간 긋 값으로 호랭이를 끌구 오는구나. 으스 빨리 그 호랭이놈 끌구 올라오느라!" 하구 큰 소리로 냅다 내질렀다. 그르니게 호랭이는 그 소리를 듣구 아 이놈으 퇴갱이란 놈이 지 할애비 호피 값 갚을라고 나를 쇡여스 끌구 가는구나 하고 그만 후닥닥 뛰였다. 퇴갱이는 호랭이

가 갑자기 뛰는 바람에 증신도 못 채리고 끌려가는디 호랭이 글음은
빠르고 퇴갱이 글음은 안 빨라스 도즈히 같이 갈 수가 읎으스 꼬리가
밑구녕에 쪼금 냉겨놓구 몽땅 뜰으즈나가스 지금 보는 굿과 같이 퇴갱
이 꼬리는 짧으쥤다고 한다. 호랭이는 퇴갱이 꼬리하구 잡으맸든 굿이
그대로 호랭이 꼬리에 붙으 있으스 그래스 호랭이 꼬리는 질다랗게 되
였다구 한다.

＊1941년 4월 唐津郡 高大面 城山里 朴太義

수달과 호랑이와 토끼 | 제주라 한라산 북대 편 음지짝 돌아 달[1)]

아래 累年 安居해 살든 수달피[2)]란 놈이 耕田하여 食하고 밭 갈으 믁
고 鑿井而 飮水하여 堯舜九年之水에 七年大旱 큰 가뭄을 만나스 대
장부 사내자식이 굶으 죽으스야 으찌 될 말인가 하고 개나리 봇짐을
싸스 짊으지고 竹杖芒鞋 單瓢子로 삼천리 강산 구경이라 나스스 曹
操으 銅雀臺로 泰始皇으 萬里長城으로 漢式帝 松露盤으로 두루두
루 구경하고 宇宙東方으 금강산이 좋단 말을 듣고 강원도로 즙으들으
금강산에 쑥 들으 높은 봉우에 올라스 사면을 두루 바라보니 일만이천
봉이 슬하에 끓으 있고 무사가 활을 쏘기라도 하는 굿이 볼 만하고 義
州 把撥이 왔다갔다 하는 굿도 볼 만하고 하여, 아 요 귀뚱한 수달피
란 놈이 神仙되기 奇異하다 하고 흔연 도취하여 앉으 있다가 아래를
내레다봉께 쬐고만 그이[3)] 구뭉같이 뚫린 구뭉이 있으스 그 구뭉 안을
딜이다보니께 지아집이 팥 믕슥츠름 다닥다닥 백혀 있는디 한 지아집
을 보니께 이리 빼스 즈리 짓고 즈리 빼스 이리 짓고 즈 귀 끆으 이 귀
붙이고 이 귀 끆으 즈 귀 붙이고 네 귀에 풍경 달으 동남풍이 근들 불
면 뗑그릉뗑그릉 소리내고 있는디 집치레가 즈르하니 방치레는 으뜨
한가 둘르 보니 각장 장판 수라반자 눌르 있고 백노지로 되배하고 황
노지로 띠를 둘르고 파농지로 굽을 둘르고 홍노지로 슨을 둘르고 인물
평풍 둘르치고 양금[4)] 퉁수 피리 줏대는 여기즈기 늘으 있고 육모 장기

사모 골패가 놓여 있고 벨 같은 쌍 요강 놓아 있드라.

방치레가 즈르한들 그그 사는 사람 으뜨리야. 둘르 보니 워뜬 미인 하나 나오는디 월궁으 슨녀도 같고 돋아오르는 반달 같고 빨래줄에 앉인 제비 같고 참나무 비김이 같고 쓱은 동아줄도 같고 스리 온 아침 물개똥 같고 까 논 무룻도 같고 깎은 밤도 같은 그 그 미인이 감태 같은 채므리를 반달 같은 월영수[5]로 솔솔 빗겨 내리드니 앞으로는 月桂簪이요 뒤로는 金鳳釵로 슬즉 집으읗고 轎子를 들이대라 하니 가매가 들으시니 이 가매를 타고 나가는디 그때 웬 冬至가 많은지 엿동지 팥동지 수수동지 삼동지가 모여 올라오다가, 자네 이리 가냐 항께, 장승 지골 말바지 승지영감하고 수수께끼 하르 가네 하니, 허허 으스 올라오소, 하네.

수달피가 신슨도 그만두고 美人하고 수작을 할라고 내려가스 보니 웬 놈이 하나 올라오는디 자세 보니께 대갱이는 방구 물꽉 같고 아랫도리는 승큼하고 흐리는 짤름하고 흔 긋이 아마도 말에 듣든 호랭인가 싶다. 말만 들으도 온몸이 오싹하고 그즈 블블 뜰리는 호랭이가 눈앞에 나타나스 내 앞으로 다거오고 있이니 이그 나는 꼭 잽혜멕히게 되였구나, 도망친다 해도 즈놈에게 잽혜멕히게 되니 에라 꾀를 쓰스 즈놈을 혼내스 도망치게 하겠다 하고, "오오 느 호랭이 느 잘 오든구나. 나는 이 산으 비호코끼리 삼춘 장군이다, 으스 와스 네 목심을 바쳐라!" 이렇게 산중이 쩡쩡 울리게 큰 소리로 외치니 증신없이 글으나오든 호랭이가 이 소리를 듣고 그만 혼비백산하여 뒤도 돌아다보지 않고 뛰여 달아난다.

칡등굴 속에 숨으 있든 퇴깽이란 놈이 호랭이가 뛰여 달으나는 긋을 보고, "虎丞相님 으디 갔다 이릏게 황망히 돌아오시유?" 하니 호랭이는, "荒唐之事를 만나스 그른다"하니 퇴깽이는, "그름 내 즘을 한 븐 츠 보겠소. 그 荒唐之事가 대체 무웃인가 알아 보겠소" 하고 손바닥에 침을 탁 뱉으 팅기고 나스, "虎丞相님 속았십니다. 즈긋은 아무긋도 아닙니다. 일개 수달핍니다. 일즌에 내가 그놈을 잡으믁을라다가 심이 파리 기운만치 모지라스 목 잡으믁웠십니다. 이제 虎丞相이 잡으잡숫고

뒷다리 하나만 냉겨 주시유” 함스, “자 갑시다, 혼자 가시기가 으려우
면 내 꼬랭이하고 虎丞相 꼬랭이하고 한디 잡으매스 같이 갑시다” 이
릏게 말하고 퇴깽이는 지 꼬랭이하고 호랭이 꼬랭이를 한디 잡으매각
고 같이 수달피 있는 데로 가는구나.

　수달피는 내려다보니 제우 해스 호랭이를 쫓아보냈는디 아 즈놈으
퇴깽이란 놈이 호랭이를 끌고 올라오니 이그 큰일났구나, 에라 또 한
븐 꾀를 쓰스 즈놈을 쫓아브리야지 하고, “으으, 퇴깽아!” 하고 크게 소
리질르 부르니 퇴깽이란 놈 무심코 예예 하고 대답한다. “네 이놈 퇴깽
아, 네 할애비 쪽에 虎皮 값 삼천 냥 갖다 외상으로 씨고 이제끗 갚지
않고 미르 오드니 이제야 산 호랭이로 갚으로 오는구나.”

　호랭이가 이 소리를 듣고 이긋은 퇴깽이가 즈를 쇡이고 수달피한티
바치로 온 긋이라고 생각하고 “내가 왜 네 할애비 빚감해야” 함스 냅다
뛰으스 달아났다. 퇴깽이는 미츠 뛰으갈 채비도 못한 채 끌려가다가
그만 나무 끄렁텡이에 글려스 끌려가지 못하고 꼬랭이가 쑥 빠즈브뤘
다. 그리스 퇴깽이 꼬리는 그 담부트는 읎게 됐다고 한다.

＊1962년 10월 洪城郡 홍동면 금당리 세원 이순조 (78세, 男)

1) 산　　2) 수달　　3) 게　　4) 洋琴　　5) 月形梳의 訛音. 즉, 머리빗

仙女와 이상한 구슬 | 옛즉에 한 아가 스당에
를 대니는데 집이스 스

당으로 가자면 큰 고개를 하느 늠으야 했다.

　어느 말 스당에스 집으로 돌아가너라고 이 고개를 늠을라고 하는디
바우 밑이스 슨녀 하나가 나와스 야를 불룄다. 야는 나는 바쁜 일이 있
으스 을른 가야 항께 볼일 있이면 나중에 만나자 함스 그냥 지나칠라고
했다. 그랬드니 슨녀는 을른 야 앞으로 와스 야 옷자락을 붙잡고, “나는
玉皇上帝가 느를 데리고 오라고 내려보낸 사람이다. 그르니 느는 내가
하라는 대로만 해라” 함스 조그만 구실을 하나 내줌스 입에다 늫고 하
늘을 츠다보라고 했다. 그른디 야는 싫다고 기냥 뛰으스 와 브뤘다.

이튿날 스당에 갈라고 그 고개를 늠니랑게 그 슨녀가 또 나타나스 아까 말한 굿츠름 웃자락을 붙잡고 구실 한 개를 내줌스 입에다 늫고 하늘을 츠다보라고 했다. 야는 이븐에도 뿌리치고 스당으로 와 브릿다.

이른 일이 있인 후로는 이 아가 스당에를 올 즉 갈 즉 그 슨녀가 나와스 구실을 받으라고 늘 해쌌스 하루는 스당으 슨생님보고 그 말을 했다. 슨생님은 그 구실을 받으각고 오라고 했다. 그리스 이 아는 슨녀가 주는 구실을 받으각고 올라고 항게 슨녀는 울면스, "으찌스 구실을 슨생한티 갖다줄라고 하냐. 그르지 말고 지발 즘 그 구실을 무고 하늘을 츠다봐 달라"고 사증을 했다. 이 아는 그 슨녀가 사증하는 굿이 불상해스 그 자리스 구실을 입에 늫고 하늘을 츠다볼라고 했는디 웬지 그르지 못하고 땅을 굽으다봤다. 그랬드니 슨녀는 슬피 움스, "나는 인제는 하늘로 올라갈 수 읎게 됐다. 나는 으찌면 좋단 말이냐!" 함스 시름읎이 한참 울드니 으디론가 가 브릿다.

이 아는 그후로는 땅에 일은 뭇이든지 횡하게 알게 되읬다고 한다.

＊1927년 2월 牙山郡 溫陽面 信仁里 金三公

여우의 구슬 먹은 아이 | 옛날에 으뜬 아가 스당을 다니는디

얼굴이 노래지고 병든 사람같이 되여 가스 하루는 슨생님이 느는 으찌스 을굴이 노래지고 병든 사람같이 되여 가느냐고 물읬습니다. 그르게 이 아는 스당에 올 즉 갈 즉 아무데 고개를 늠으 다니는데 그 고개에 닥치면 이쁜 츠녀가 나와스 구슬을 입에 늫으주었다가 다시 지 입으로 늫고 해스 그른다고 말했습니다. 슨생님은 이 말을 듣고, "응 그 츠녀는 사람이 아니고 여수다. 그르니 그 구슬을 네 입에 늫으주그든 그 츠녀가 다시 지 입으로 가즈가기 즌에 을른 삼켜 브려라" 이렇게 일르 주었습니다.

다음날 이 아는 그 고개를 늠을 즉에 그 츠녀가 나와스 구슬을 지 입에스 내스 이 아으 입에다 느으주었습니다. 이 아는 슨생님이 일르준

대로 츠녀가 그 구슬을 지 입으로 도로 늘라고 하는 글 을른 꿀꺽 삼켜 브렸습니다. 그랬드니 츠녀는 슬피 울고 꼬리가 열대 자나 뻗친 여수가 돼스 달아났습니다. 이 아는 여수으 구슬을 므으스 훌륭한 사람이 됐다고 합니다.

＊1943년 9월 禮山郡 禮山面 金本正雄

쌀노적과 돌노적을 바꾼 사람 | 옛 날에 으뜸 사

람이 있는디 집이 가난해스 살기가 으려웠다. 그른디 그 옆이 집은 부자로 삶스 노즉떼미를 여그즈그 크게 싸놓고 살았다. 가난한 집이스는 부자집 노즉이 부르워스 즈그도 그릏게 노즉을 싸놓고 살으 봤이면 하고 항시 말했다. 이른 말을 늘 듣든 이 집 아들은 우리는 싸놀 긋이 읎잉께 독[1]이나 줏으다 싸놓자고 했다. 그름스 우리 집 식구는 나갔다가 둘올 즉에는 꼭 독 한 개식 들고와스 싸놓자고 했다. 그릏께 부모랑 승이랑 동생이랑 그르자고 했다.

그른 뒤로 이 집 식구들은 나갔다 둘옴스 독을 줏으각고 와스 쌌드니 을매 안 가스 크다큰 독노즉이 됐다. 옆이 집 부자가 으쯔다가 옆집으 가난한 집을 봉게 그 집으 독노즉 질 우그에 금뎅이가 낧어 있었다. 그리스 하루는 가난한 집 사람보고 즈그 집 쌀노즉하고 즈 독노즉하고 옴수뢰기 바꾸자고 했다. 가난한 사람은 두말읎이 그르자고 했다.

그래스 쌀노즉하고 독노즉하고 맞바꾸기로 했는디 믄즈 가난한 사람이 부자집 쌀노즉을 왕겨가기로 했다. 쌀노즉을 욍길 때 부자는 쌀노즉으 질 우그 있는 쌀슴 하나를 내레놓고 가져가라 했다. 그 쌀슴을 왜 내려놓냐고 물으니게 이긋은 우리 집 지킴이라 했다. 가난한 사람 집 사람은 암말 않고 노즉데미를 욍겨갔다.

富者가 가난한 집 독노즉을 욍겨갈라고 항께 가난한 사람도 부자가 한 긋츠름 독노즉 질 우그 놓인 독을 내레놓고 가즈가라고 했다. 부자는 그 독도 가즈가야 한다고 그 독을 그대로 두라고 했다. 가난한 사람은 부자보고 "우리가 당신네 쌀노즉을 가즈올 즉에 질 우그 치를 내레 놓고 주으스 우리도 질 우그 독을 내레놓고 가즈가랍니다. 그 독은 우리 집 지킴독이니께유" 하고 말했다. 그렁께 부자는 드 할 말이 읎으스 할 수 읎이 아무긋도 아닌 독데미를 가즈가게 됐다.

가난한 사람은 뜻밖이 쌀슴이 생기고 금뎅이가 생겨스 잘 살게 되읐다고 한다.

*1927년 2월 扶餘郡 鴻山公立普通學校 白南珍

1) 돌

빌린 복으로 잘산다 | 옛날에 한 사람이 있는디 하루에 나무를 두 동

을 해스 이긋을 팔으스 제우제우 믁구사는디 이릏게 나무 두 동 해각고 은지까지나 제우 믁고살으스 씨겠느냐, 드 부지른히 나무를 많이 해서 잘 좀 살으 보자 하구 나무를 시 동 해스 두 동은 팔구 한 동은 집이다 싸놨다. 그랬드니 아칙[1]에 일으나 봉게 나무가 읎으스스 읎었다. '이그 누가 내 나무를 다 훔추가' 이릏게 중을대구 그 다음날에두 나무를 시 동 해스 두 동은 팔구 한 동은 집이다 싸 두읐다. 그른디 아칙에 일으나 보니게 또 나무가 읎으즈구 읎단 말이여. 또 나무 시동 해서 두 동 팔구 한 동 싸 두읐는데 아칙에 일으나 보문 또 읎으즜다 말이요.

이른 일이 날마다 일으나니게 이 사람은 누가 내 나뭇동을 훔츠가는가를 알고 싶으스 나뭇동 속에 들으가스 앉으 있니랑게 한밤중쯤 되게 회호리바람이 불드니 그 회호리바람에 싸여스 하늘로 올라가스 하늘마당에다 내레놨다. 보니게 지가 그동안 잃으 브맀든 나뭇단이 그그 다 쌓여 있읐다.

옥황상제가 나와스 그 나뭇단을 보고 있으스 이 사람은 옥황상제보고, "나는 가난해스 가닿을 멘하고 부자로 좀 살으 볼라고 부지른히 나무해스 싸 두는디 워째스 옥황상제는 내 나뭇동을 이리 다 옮겨 다 놨십니까" 하고 물읐다. 그르니께 옥황상제는 사람은 지각기 타고난 복이 있는디 니 복은 나무 두 동밖이 읎으스 그리스 한 동은 이리 올려다 논 그라고 말했다. 그리구 이 사람을 끌구다니면스 사람으 복이 들으 있는 광문을 열으 보였다. 으뜬 사람으 광에는 쌀이 열 슴, 으뜬 사람으 광에는 쌀이 멫 백슥 들으있는디 이 사람 광에는 싸래기가 한 되쯤 있었다.

이 사람은 하도 기가 맥혀스 옥황상제보고 말했으유. "나라고 인생에 태여났다가 아무리 부지른히 일해도 가난하게만 살다 죽다니 참 윽울합니다. 한때라도 괜찮으니 좀 잘 믁고 잘 입고 잘 살게 좀 해 주시유."

그릏게 옥황상제는, "니가 증 그르니 그리 해 보자. 여그 차복이란 사람으 복이 있는디 이 차복이 복을 빌려 줄 티니 이 복으로 잘 살으 봐라. 차복이는 아직 이 시상에 태어나지 안했는디 차복이가 태으나믄 태으난 즉시로 돌려 주으야 한다."고 말했다.

이 사람은 차복이으 복을 빌으각고 내리와스 그리스 잘 살았다. 그래 잘 사는디 하루는 여름날인디 옹기장시 내우가 와스 하룻밤 쉬으가겠다 해스 그르라 하구 훗간에스 쉬도록 했다. 그른디 옹기장시 마누래가 그날밤에 애기를 낳는디 므스매를 낳이유. 훗간에는 마차를 놔두 있는디 옹기장시 마누래는 그 마차 우에스 애기를 낳이유. 이 옹기장시는 아들 이름을 짓는다고 함스 마차 우그스 낳잉게 차복이라고 짓궀다고 했다.

이 말을 들은 이 사람은 아 차복이가 인제 태여났구나, 차복이 복을 돌려주으야겠다 하고 생각했는디 차복이 복을 돌려주면 이 사람은 도루 즌과 같이 그지같이 가난하게 살게 되겠단 말이여. 이 차복이를 다른 디로 내보내지 않고 이 집에다 그대로 두면 차복이 복으로 그대로 잘 살겠그든. 그래서 이 사람은 그 옹기장시 내우를 보구, "이왕 우리 집이스 애기두 낳고 했으니 다른 디로 가지 말구 이 집이스 살라" 하구 집도 한 채 내주구 믁을 긋도 충분히 대주구 했다.

그르니게 옹기장시 내외는 이 집이으스 믁을 긋 입을 긋 극증읎이 많이 대주니게 이른 고마운 사람 으디 있나 하고 그 사람 득으로 잘 지내는 줄 알았다. 그른디 이 사람은 차복이가 이 집이스 기낭 살고 있잉게 차복이 복으로 잘 사는구나 하구 있었다.
＊1941년 4월 唐津郡 高大面 城山里 朴太義
1) 아침

내 복에 산다 | 옛날에 으뜬 사람이 딸 오형제를 두었는데 하루는 이 딸들을 불르놓고 느이

들은 누구 득으로 잘 믁고 잘 사느냐고 물었다. 큰딸 작은딸 싯째 넷째
는 모두다 아브지 득으로 잘 믁고 잘 산다고 하는디 막내딸만은 "내 득
으로 잘 믁고 잘 살지 뉘 득으로 잘 살아유" 했다. 이 사람은 이 말을 듣
고 대단히 노해스 "네 득으로 믁고 산다니 나가스 니 득으로 믁고 살으
봐라!" 하고 다슷째 딸을 내쫓았다.

막내딸은 내쫓겨스 증츠읎이 가는디 가다가 짚은 산중으로 들으가
스 숯 구으믁는 총각을 만나스 그 총각하고 내우간이 돼스 살었다.

이 숯 구으믁는 총각으 집은 가난하기가 짝이 읎었다. 가난한 속에
스 그룽그룽하며 사는디 하루는 이 색시가 장광을 보니게 장광에 놓인
돌이 모두다 金뎅이였다. 그래스 색시는 숯 굽는 스방보고 이제부터는
숯 굽는 일은 그만두고 내 하라는 대로 하라 하고 장광으 돌을 조금식
떼으스 주며 이긋을 가지고 가스 을매을매에 팔아 오라고 했다.

이릏게 해스 장광 돌을 떼으 팔으스 큰 부자가 되였다. 그리스 집을
새로 짓고 대문도 새로 세우고 살었다.

어느날 이 집에 동양치가 동양하르 왔다. 막내딸은 종한테다 동양
을 내보내 주었다. 동양치는 대문 소리를 듣고 "이 대문에스는 우리
막내 딸 이름 같은 소리가 난다"고 혼잣말을 했다. 종은 이 말을 듣고
주인 아씨보고 말했다. 주인아씨는 종보고 그 동양 온 사람을 사랑으
로 모셔들이라 하고 사랑에 가스 그 사람을 봤다. 보니게 그 동양치는
즈으 아브지가 분명했다. 막내는, "아브지 뵙시다" 하고 즐을 하니게
아이고 쥑일라면 고히 쥑이지 이게 무신 짓이유 함스 나갈라고 했다.
딸은 즈는 내쫓긴 아무개올시다 하면스 새옷을 입혀 주었다. 그르니

게 그제사 알아보고, "오오 느냐?" 하면스 손을 붙잡고, "참 느는 니 득으로 잘 사는구나" 했다. 이 영감은 딸으 득으로 그 집에서 편안하게 살았다고 한다.

＊1927년 2월 扶餘郡 南面 金川里 具在會

내 복에 산다 | 이즌에 부재 영갬이 있있는디 딸을 싯을 두있는디 하루는 이 딸 싯을 앞이 앉히놓구 물었다. 츷재딸보구, "야야 큰아가, 느는 뉘 복에 잘 믁고 잘 입고 잘 사느냐?" 항게, "아부지 복에 잘 믁고 잘 입고 잘 살지유" 했다. 아부지는 그 말을 듣구 흐믓해서 둘재딸보고, "아가 둘째야, 느는 누구 복에 잘 믁고 잘 입고 잘 사느냐?" 하고 물으니게, "아 그그야 아부지 복으로 잘 믁고 잘 입고 잘 살지유" 했다. 이 영감은 또 흐믓해서 막내딸보구 물었다. "내 귀여운 막내야. 느는 누구 복으로 잘 믁고 잘 입고 잘 사느냐?" 하니게, "시상천지[1] 지[2] 복으로 잘 믁고 잘 입고 잘 살지 누구 복으로 잘 살으유" 이릏게 말하니게 아부지는 그만 화가 나가지구, "니 복으로 잘 믁고 잘 입구 잘 산다니 느는 쑥 나가서 니 복으로 잘 살으 봐라!" 하구 그만 막내딸을 내쫓았다.

싯재딸은 집이스 내쫓겨스 그냥 발 가는 대로 갔다. 가다가 가다가 산중으로 들으갔는디 날이 즈물으스 들으가서 잘 만한 디를 찾는디 마침 오두막집이 있으스 그그를 찾으 들으갔드니 방 한 칸 증지 한 칸 있는 집이였다. 집에는 아무두 읎으스 기양 들으가스 쉬구 있니랑게 느지막해스 뜨그므리 총각 하나가 들으오드니 이 싯재를 보구, "으뜬 시약시간디 여그 와 있냐?"고 물었다. "나는 집을 내쫓겨스 올 디 갈 디 읎으스 여그 와스 하룻밤 쉬구 갈라구 와 있다"구 했다. 총각은 그러느냐 하구 쉬구 가라구 했다.

싯재는 그 집이스 하룻밤을 쉬였는디 갈 디두 읎구 해서 우리 둘이 내우가 돼서 같이 살자구 하니게 총각두 그러자 해서 그리서 둘이는 내우가 돼서 살게 됐다.

이 총각은 숯을 구워서 팔으스 제우 믁고 사는디 하루는 이 시약시가 총각이 숯 굽는 디로 가 봤다. 그랬드니 숯 굽는 가마를 싼 독이며 이맛독이며 모두 다 금등이였다. 그리서 시약시는 총각보구 저 숯가마 싼 독들을 모두 다 흐물으스 집이로 다 가지구 가자구 했다. 총각은 숯가마를 흐물면 우리는 숯두 못 굽구 굶으죽게 되니게 안 된다구 했다. 그르니게 색시는 즈 독은 금뎅이니게 팔면은 큰 돈이 많이 생긴다고 했다. 총각은 그 말을 듣구 숯가마를 흘으스 그 금뎅이를 팔으스 논두 사구 밭두 사구 큰 지와집두 짓구 해서 큰 부재가 돼서 잘 살게 됐다.

싯재딸은 이릏게 해서 잘 살구 있는디 하루는 늙은 그지가 밥을 을 으믁으로 왔는디 보니게 즈으 아부지여스 싯재는 안으로 모스다 들이고 목욕을 시키구 좋은 옷을 입히구 좋은 음식을 대즙했다. 아부지는 "니가 나간 뒤로 집안이 차차 망해 가스 그래스 나는 이릏게 그지가 됐다" 함스, "느는 니 말대루 니 복에 잘 믁구 잘 입구 잘 산다"구 했다구 한다.

＊1943년 9월 洪城郡 長谷面 智井里 西原在一
＊1958년 4월 瑞山郡 瑞山邑 老人堂 韓 老人
＊1973년 10월 大德郡 東面 梧洞里 2區 金樂順 (48세, 女)
1) 世上天地의 訛音인 것 같다. 당연한 일을 새삼 들먹일 때 쓰는 말　　2) 자기. 여기서는 나라는 말

이상한 그릇조각 | 으뜬 사람이 과천 등지에 여행하다가 으뜬 주막에 들었다. 이

사람은 쉬며 담배를 피울라고 주모한테 담뱃불 좀 달라고 했드니 주모는 그그 브려진 그릇조각을 줏으다가 불을 담으스 갖다 주었다. 그른디 그릇조각에 담긴 불은 차차 불으스 그릇 안에 하나 가득 됐다. 이 사람은 이궇을 보고 이상해스 주모보고 이 그릇조각을 팔라고 했다. 주모는 그까짓 깨진 그릇자박을 뭘 팔라고 하냐면스 그즈 가즈가라고 했다.

이 사람은 그 깨진 그릇자박을 집이로 가즈와스 주므니에 든 노자돈 한 푼을 끄내스 느 봤드니 그 그릇 안에 돈이 가득 찼다. 이 사람은 좋은 보물을 은웄다고 좋와하고 매일 한 븐식 돈 한 닢을 느스 씰만치 썼다.

하루는 이 사람이 출타한 새에 이 사람으 동생이 와스 그 그릇자박에다 돈을 늦다 냈다 수웂이 해스 돈을 무측 많이 나오게 했다. 그랬드니 그때 서울 호조으 錢庫에 있는 돈이 자꾸 웂으즈스 錢庫가 비다시피 됐다. 官員들은 크게 놀래여 각츠로 추심해 봤드니 그 돈이 아무개 집에 있는 긋을 알게 됐다. 나라스는 이 돈을 모두 거두으가고 그 사람을 음한 블을 주웄다고 한다.

＊1927년 2월 舒川郡 馬山面 羅弓里 趙端九

글만 읽는 사람과 그 마누라 | 옛날에 한 사람

이 있는데 이 사람은 밤낮 글만 읽고 집안 살림이란 통 모르고 지냈다. 그래스 살기가 퍽 곤궁하니게 마누래가 들에 나가스 돌피나 훑으다가 제우 입에 풀칠하고 살윘다.

하루는 이 마누래가 돌피를 늘으 놓고 다른 디로 일을 나갔다. 그른 디 그 새이에 비가 와스 마당에 늘으 논 돌피가 다 뜨내려갔는디도 이 사람은 그긋도 모르고 글만 읽고 있윘다.

마누래가 집에 돌아와 보니 이릏게 됐이니 남편보고 야단을 츴다. 남편은 마누래가 야단을 츠도 들은 숭 만 숭 했다. 그후 이 사람은 과그보로 감스 네년과는 살 수 웂다 함스 뜨났는디 마누라는 왜 그르냐 함스 뒤쫓아갔는디도 이 사람은 모르는 치하고 그만 가 브륬다고 한다.

＊1927년 2월 牙山郡 溫陽面 李復永

도깨비 正體 | 한 사람이 마실 나갔다가 밤늦게 집이로 돌아오고 있느라니게 도깨비가 나타나

스 씨름하자고 달라들었다. 이 사람은 무스워스 그만 뛰여 달아나니게
도깨비란 놈도 뛰여스 쫓아왔다. 이 사람은 할 수 읎으스 그르자 하고
씨름을 해스 이놈을 땅에다 꽂으놓고 옆에 있는 나무에다 비끄르매놨
다. 그르고 다음날 날이 밝아스 가 보니게 흔 도리깨가 매여즈 있었다
고 한다.

＊1927년 2월 牙山郡 排芳面 中里 兪龍漢

女鬼와 詩問答 | 슨비 한 사람이 과그보로 서울로 올라가다가 날이 즈물으스 하룻밤

을 자고 갈 집을 찾고 있었는데 즈으 쪽 산중에 지애집이 보여스 그리
찾으가스 주인을 쳋았다. 주인을 아무리 쳋으도 아무 대답이 읎고 아
무도 나오지 안했다. 그릏지만 다른 데로 갈 수도 읎고 해스 기냥 그
집 사랑으로 들으갔다.

　밤은 짚으 가고 사방은 고요하고 하는 긋이란 아무긋도 읎고 하는데
슨비에게스 나오는 긋은 글밖에 읎다. 그래스, 誰家二月今四月 하고
詩를 읊었다. 그랬드니 즈쪽 안에스 女子 음승으로 對客初更復五更
하고 詩로 대답하는 소리가 났다. 슨비는 이 소리를 듣고 澤裏芙蓉深
不看 하고 다시 읊으 봤다. 그랬드니 안에스 다시 閨中桃李笑無聲 하
고 對句했다. 사람으 형체는 보이지 않고 소리만 나와스 이그 으쯘 일
인가 하고 黃昏失路無處 하고 읊었드니 麻姑山前月欲東이라고 읊는
소리가 나왔다.

　슨비는 이 소리를 듣고 이그 안 되겠다 하고 그 집이스 나와스 서울
로 가스 과그를 봤는데 그만 落榜했다. 집이로 돌아오는 질에 그 집에
다시 가 봤드니 한 즑은 女子가 죽은 시체가 있었다.

＊1927년 2월 扶餘郡 九龍面 東芳里 金壬成

도깨비 방망이 얻은 사람 | 옛즉으 으뜬 사람이 산으

로 나무하로 가스 나무를 하고 있는디 개감 한 알이 뜰으줬다. 이긋을 줏으각고 이그 우리 부모님 갖다 디리야겄다 하고 주먼치[1]에다 집으 늤다. 또 나무를 하고 있이니께 개감이 또 한 알 뜰으줬다. 이긋을 줏으각고 이긋은 마누래 갖다주자 하고 이긋도 주먼치에다 늤다. 나무를 또 하고 있니랑께 개감이 또 한 알 뜰으줬다. 이긋은 내가 믁겄다 하고 줏으스 주먼치다 늤다.

나무를 다 해각고 집이로 올라는디 날이 즈물으스 산에스 자게 됐는디 마침 다 씨르즈가는 집이 있으스 그 집에 들으가 있었다. 그랬드니 한밤중이 되니께 도깨비들이 모여들웄다. 그래스 이 사람은 무스워스 그 집 대들보 우에 올라가스 숨으 있었다.

도깨비들은 방망이를 뚝딱 뚝딱 뚜두림스 뭇이든지 원하는 긋을 내 놓고 있웄다. 이 사람은 도깨비들이 하는 짓을 보고 있다가 개감을 한 알 딱 깨물웄다. 그랬드니 딱 하는 소리가 크게 나니께 도깨비들은 놀 래스 방망이를 내든지고 다 달으났다.

날이 밝으스 이 사람은 그 방망이를 가지고 집으로 와스 그 방망이를 뚜드리며, "밥 나오라. 옷 나오라. 돈 나오라" 하니께 원하는 긋은 뭇이 든지 다 나왔다. 그래스 이 사람은 당장에 부자가 돼스 잘 살게 됐다.

그 동네에 한 사람이 있는데 이 사람이 산으로 나무하로 가스 도깨 비 방망이를 은으스 잘 산다는 말을 듣고 자기도 그 도깨비 방망이를 은겄다고 산으로 나무하로 갔다. 그래스 산에스 나무를 하고 있니랑 게 개감이 한 알 뜰으스스 이긋을 줏으각고 이긋 나 믁고 하고 주믄치 에다 늤다. 나무를 또 하고 있니랑께 개감이 또 한 알 뜰으스스 이긋을 줏으각고 이긋도 나 믁고 하고 줏으스 주믄치다 늤다. 또 나무를 괅고 있니랑께 개감이 또 한 알 뜰으스스 이긋도 줏으스 나 믁고 하고 주먼 치다 늤다.

나무를 다 해각고 집이로 오는디 날이 즈물지도 안했는디도 그 씨 르즈가는 흔집에 챗으가스 그 집 대들보 우에 올라가스 밤이 되기를

지달르고 있었다. 한밤중이 되니게 도깨비들이 모여들었다. 그르드니,
"야아 인내가 난다. 사람이 와 있는가 부다. 으디 챚어보자" 하면스 그
집을 샅샅이 뒤즈각고 대들보 우에 숨으 있는 이 사람을 끄집으내려각
고 "즈븐에도 이놈이 와스 우리 방망이를 가즈가드니 또 왔구나 이놈
혼 좀 나 봐라" 함스 방망이로 이 사람을 탕탕 뚜드렸다. 그랬드니 이
사람은 몸둥이가 차꼬 늘으나스 스지도 못하게 되였다. 그리각고 그로
인하여 병이 나스 죽고 말았다고 한다.
＊1927년 2월 牙山郡 溫陽面 左部里 李報根
＊1927년 2월 公州郡 新上面 金昌龍 (단, 도깨비 방망이를 玉방망이라고 했음)
＊1942년 12월 燕岐郡 全東面 공長里 辛本吉正 (李報根의 것과 같음)
1) 주머니

凶家에 든 한량 | 옛날에 서울에 한량 한 사람이 있
는데 돈 쓰기만 알지 돈 블지는

모르는 사람이여. 한량이란 게 다 그른 게 아닌가베. 그릉게 돈이란 게
므 있겠으. 집세도 못 내니게 그만 살든 집이스 쫓겨났단 말이여. 쫓겨
나가주고는 으디 집이 읎나 하구 이리즈리 돌아댕김스 살만한 집을 찾
는디 한 군데 가니게 비으 있는 집이 있으. 이 집은 20여 간이나 되는
꽤 큰 집이여. 그른디 이 집은 사람이 들으가기만 하면 죽고 죽고 하는
흉가라는 그여. 그릏지만 으쩌. 이른 집이라도 들으가스 살 수밖에 읎
다 하고스 그 집 쥐인을 챚으가 봉게 집 주인은 판스 베실을 하는 대감
인디 지[1] 사증 이얘기를 하고 그 집에 들겠다고 항께 大監은 쾌히 흐
락해 주그든유. 그래스 그 집이 들으가스 살기로 했지. 집이 흉가라니
게 으째스 흉간가 알고 싶으스 집에 들으가든 츳날밤에 밤을 새워감스
지켜볼 요량으로 술상을 채려놓고 술을 마시면스 지켜보고 있었지. 자
정쯤 되니게 집안이 뜨들숙하고 츤동 같은 요란한 소리가 나드니 반
자지에스 대왕구[2] 소리 같은 큰 소리가 나드니 사람으 발목 같은 긋이
쑥 내레온단 말이여. 이 사람은 술기운에 그 발목을 붙잡고 냅다 잡으

댕겼으. 그랬드니 꽝 하고 땅으로 뭣이 뜰으줬는데 보니게 크다란 돈 궤드랴. 그 돈궤를 열으 보니게 돈이 수수츤 냥이 들으 있드랴.

이 돈궤는 즌에 살든 부자가 궤에다 돈을 츠놓고스는 쓰지 않고 오래오래 놔 두으스 그 돈이 사가 돼스 요사스른 장난을 친 게여. 돈이나 寶物은 오래 쓰지 않고 가두으 노면 사가 된다는 기여. 그래스 돈이 오래 쓰지 안해스 사가 돼스 이릏게 밤중이 되면 나오는 근데 사람들은 그긋을 보고 그만 놀래스 지레 질급을 해스 죽었다는 그여. 그리스 이 집이 흉가가 된 그여. 그른디 이 한량은 그 요사스른 사가 나와도 놀래지 않은 그여. 아무리 흉가라도 운이 맞는 사람한티는 흉가가 되지 않고 아무 탈 읎이 살 수 있게 된다는 그여.

＊1947년 8월 論山郡 可也谷面 屛岩里 金如山

1) 自己　　2) 大砲

어미는 남 | 이즌에 한 군데에 아브지하구 으므니하고 아들하구 이릏게 싯이 살구 있었다. 아브지는

용한 지관이여스 남으 모잇자리를 잘 잡으 주었는디 지 모잇자리는 잡으놓지 안했다. 그리스 아들은 아브지보고, "아브지 모잇자리를 하나 잡으주시야 하지 않겠이유" 하구 말항게 내중에 내가 죽을 즉에 잡으주마 하구 뒤루 미루웠다.

그르다가 인제 죽게 되여스 아들은, "아브지 모실 모잇자리를 잡으주시유" 하구 말했다. 그릏게 아브지는 방 안을 둘르보드니, "남이 있으스 말 못 하겄다"구 함스 말하지 안했다. "방 안에는 으므니하고 즈하고 둘밖에 읎는디 늠이 있다구 해스 여그 으므니하구 즈하구 둘밖이 읎는디 늠이 있다고 하니 누가 늠이유" 항게 느그매가 늠이다구 이른단 말이지. 이 말을 듣구 으므니는 쾌씸해스 기양 밖으로 나가 브릈다. 자식까지 난 마누래보고 늠이라니 쾌씸하기 짝이 읎지.

마누래가 방 밖으로 나가스 부자찌리 하는 말을 엿들으 보니게 아브지는 내가 죽그든 훗생예를 쓰스[1] 즈그 앞산 아무디다 훗[2] 모이를 씨고 내 시체는 동네 샘이다가 암도[3] 모르게 늫으라구 했다.

아브지가 죽으스 아들은 아브지 말대로 훗생예를 쯔스 앞산에다 훗모이를 쓰 놓고는 아브지 송장은 암도 모르게 동네 샘에다 늫었다.

그리고 지내는디 을매를 지내다가 한 븐은 으므니하구 아들하구 무신 일인가로 쌈을 하게 됐다. 으므니는 그만 화가 나각고 큰 소리로 악을 났다.

"즈놈으 자식 즈이 애비 죽은 송장을 동네 샘에다 츠늫고 훗생에를 쯔스 묻은 놈이 에미 앞이서 뭐라구 지랄흐냐!"

이 악쓰는 소리를 들은 동네 사람들은 동네 샘에다 송장을 츠늫다니게 이그 야단났다구 모두들 달라들으서 샘물을 다 퍼냈다. 그랬드니 샘 밑바닥에는 송장은 금송아지가 돼가고 있었다. 금송아지가 돼서 뒷다리는 일으샀는디 앞다리는 무릎을 꿇고 막 일으슬라고 하는데 바깥바람을 쐬자 금송아지는 그만 사르르 녹아 없으지구 말았다. 조금만 드 있드라면 송장은 금송아지가 완즌히 돼서 멩당 바람이 나스 이 아네 집은 큰 부재가 됐일 틴디 이 으므니가 지각읎이 입을 놀려 악쓰는 바람에 멩당 바람이 안 나고 이 집은 폭삭 망하구 말았다구 한다.

으미란 것은 집안이 으뜧게 되는 것도 잘 생각 않고 입을 놀리기 때문에 으미는 남이라는 것이다.

*1927년 2월 扶餘郡 鴻山面 南村里 金瑠圭 (女)

*1958년 4월 瑞山郡 瑞山邑 老人堂 韓 老人

1) 송장 없는 상여를 만들어서　　2) 虛　　3) 아무도

어떤 포수 | 옛즉에 으뜬 동네에 한 포수가 있었는디 이 포수가 하루는 산으로 사냥 나갔는디 그날은

웬일이지 눈 믄 새 한 마리도 못 잡았다. 그리스 집이로 오니라고 오다가 날이 즈물으스 으뜬 주막에 들으가스 재워 달라고 했다. 그릉께 주막쟁이는 손님이 많으스 재울 수가 읎다고 했다. 그릏지만 날은 즈물고 갈 디도 읎고 해스 개개 빌으스 방 한쪽 구슥이라도 괜찮으니게 재

워만 달라고 사중사중했다. 그릏게 주막쟁이도 할 수 읎었든지 그르라고 해스 제우 자게 되여스 그그스 자게 되욌다. 한밤중 찜 되게 손님들은 다 자고 사면은 고요해졌는디 별안간 무슨 소리가 나드니 호랭이 한 마리가 붉은 기하고 파란 기하고 들고 방으로 들으와스 으뜬 손님 한틔 꼽아놓고 나갔다. 이런 기를 배에나 배꼽에 꼽힌 사람은 똥이나 오짐이 매려스 밖으로 나가게 되는디 나가면 호랭이가 문특 밑이스 지키고 있다가 잡으 먹는다는 긋이다. 이 포수는 그른 줄은 몰랐지마는 그 기가 꼽힌 긋이 아마 무신 곡즐이 있는 게다 하고 그 기를 을른 뽑아스 벽장에다 늫고 쌍총을 문특 밑이다 대고 그그 쪼그리고 앉으 있는 호랭이에다 대고 쏘아서 죽여 브릸다. 그랬드니 방 안에스 자든 사람들이 깜짝 놀래스 깨각고 포수를 꽉꽉 묶으 났다. 포수는, "당신들 왜 나를 묶소. 문 밖이나 내다보고 사람을 묶든지 말든지 할 긋이지 이게 무신 짓이유" 하고 말했다. 사람들은 이 말을 듣고 문 밖을 내다보고 호랭이 한 마리가 총에 맞으 죽으있는 긋을 보고 그제사 포수가 즈그들 목심을 살릴라고 밤중에 총을 쏜 긋을 알고 묶읐든 줄을 풀으주고 잘못했다고 빌고 즈그들을 살려 주으스 고맙다고 무수 치사하고 돈을 많이 근으스 주었다.

　포수는 호랭이 고기는 여르 사람한틔 나누으 멕이고 가죽은 지가 가지고 이긋을 팔으스 잘 살었다고 한다.

＊1927년 2월 牙山郡 溫陽面 法谷里 尹應秀

恨無大蛙 │ 옛날 肅宗大王이 야순하시는디 인가가 즉은 즉즉한 곳에 오시게 됐는디 으뜬 쪼그만한 집에 불을 쓰놓구 밤늦게 글 읽는 소리가 나스 가만히 스스 들으 보니게 周易을 읽는 글소리그든. 주역을 읽는 긋을 보니 이 사람 글공부도 많이 한 사람인가 부다 하구 그 사람을 한 븐 만나 보겠다구 그 집으로 찾으 들으갔다.

　그 집 주인은 나이 좀 든 중노인인디 말을 붙으보니 아는 긋두 많고 글두 많이 읽은 사람 같았다. 그 집 벽을 보니게 벽에 恨無大蛙라구 쓰붙으 있었다. 恨無大蛙라, 이른 글귀는 츠음 보는 글귀라 大王은, "즈 글귀는 무신 뜻이유" 하구 물으셨다. 그르니게 이 사람은 픽 웃임스, "아무긋두 아닙니다" 함스 말하지 안했다. 그래두 大王은, "내 즈른 글귀는 츠음 보는 글귀가 돼놔스 그 뜻을 알구 싶소. 말 좀 해 주시유" 하구 말 좀 해 달라고 자꾸 말했다. 그랬드니 이 사람은, "옛날 이야기에 이른 이얘기가 있십니다. 꾀꼬리하구 황새하구 소리 자랑을 하드랍니다. 내 소리가 네 소리보다 낫다 아니다, 내 소리가 니 소리보다 낫다 하구 지 소리가 드 낫다구 스루 지 소리가 낫다구 자랑을 하는디 암만 즈이들찌리 말해 봤자 판결이 나지 않으니게 즈 근네 부웅이한티 가스 부웅이보고 판단해 봐 달라구 하자 하구 그르기루 했답니다. 그른디 황새는 아무리 생각해 봐두 지 소리가 꾀꼬리 소리만 못한 긋을 알고 있으스 부웅이두 꾀꼬리 소리가 드 좋다구 판증할 긋 같으스 부웅이가 좋와하는 깨구리[1] 큼직한 놈을 몇 마리 잡으다 줌스 니얄 꾀꼬리하고 나하고 와스 소리 자랑을 할 틴디 내 소리가 드 좋다고만 판증해 주시유 하구 층질르 놨답니다. 다음날 꾀꼬리하구 황새가 부웅이한티 가스 믄즈 꾀꼬리가 고흔 목소리로 곱게 노래하니게 부웅이는 소리가 곱기는 하다마는 간사한 小人之聲이 돼서 못 씨겠다구 하구 황새 소리는 굵고 커스 將軍之聲이라 좋다구 했답니다. 내가 글공부를 많이 해스 과그를 몇십 븐 봤는디두 朝廷으 高官大爵한티 깨구리를 바치지 못해스 븐븐히 낙방만 하여스 그래스 恨無大蛙라구 내 신세를 쓰붙이구 있십니다"구 말했다.

　숙종대왕은 이 말을 듣구 이른 사람을 기용해스 나라 증사[2]를 바로 잡게 해야 하겠다 하구스, "나두 당신과 같은 경우에 있소. 듣자 하니 別科가 있다 하니 우리 같이 그 別科에 응시해 봅시다"구 말했다. 그르니게 이 사람은 "나는 紙筆墨을 살 돈두 읎구 해스 別科구 므이구 응시할 헹펭이 못 되오" 했다. 그르니까 숙종대왕은 을마즘으 돈을 내줌스, "이긋으로 紙筆墨을 마련해각고 別科에 응시하도록 하시유" 하구스 그그스 떠났다.

메칠 후 別科를 뵈인다는 傍이 나붙으스 이 사람이 응시하러 갔드니 글제가 恨無大蛙로 나와 있었다. 다른 사람들은 글제 뜻을 몰라 글을 지여올리지 못했는디 이 사람은 지가 겪은 일을 글로 지여스 올려스 급제해스 벼슬하게 됐다구 한다.

＊1943년 9월 扶餘郡 恩山面 琴谷里 兪鎭汐

1) 개구리　2) 政事

僧舞喪歌老人哭 | 옛날에 으뜸 임금님이 미복을 하구 야순을 하는데 한곳에 가

니게 여자 중은 춤을 추구 상제는 노래를 하구 노인은 울구 있었다. 이 광경이 하두 이상해스 그 집이 들으가스 이게 워짠 일이냐구 물었다. 그르니게 老人이 말했다.

"오늘은 내 환갑날이유. 집안이 하두 간구해스 환갑잔치를 차릴 형편이 못 되오. 그른데두 메누리는 환갑잔치를 차리겠다구 제 므리를 비여스 돈을 마련해스 이릏게 잔칫상을 마련했습니다. 아들과 메누리는 나를 질겁게 하겠다구 메누리는 춤을 추구 아들은 노래를 하고 있소. 마누라는 작년에 세상을 떠나스 아들은 상복을 입구 있는데 즈릏게 노래를 하오. 아들 메누리가 이릏게까지 하니 나는 그만 감동해스 울구 있소."

노인이 이릏게 말하는 말을 듣구 임금님은 이른 사람을 도와 주으야 하겠다는 생각이 나스, "여보시유, 내가 듣자 하니 며칠 후에 別科가 있다 하니 老人두 응시해 보시유" 하구 말했다. 그르니게 노인은 紙筆墨을 살 만한 돈이 읎으스 응시할 수 읎다고 했다. 임금님은 을마간으 돈을 내주며 이긋으로 紙筆墨을 마련해스 꼭 응시하도록 하시유 하구스 갔다.

며칠 후에 別科를 보인다는 방이 나붙으스 이 노인은 紙筆墨을 마련해각고 과그장에 나갔드니 글제가 僧舞喪歌老人哭이라고 나붙었다. 다른 사람들은 그 글제으 뜻을 몰라 글을 쓰올리지 못했는디 이 노인은 자기으 사증을 잘 글로 지으스 바츠스 급제해스 벼슬을 은으 잘 살었다구 한다.

＊1943년 9월 天安郡 觀城面 斗井里 新井炳喆

고수레 |

옛날에 高氏란 분이 한 분이 계시였는디 이분은 참 부자로 잘 살드래유. 게 가을에 바슴[1]하는 디를 이렇게 지내가고 있니랑께 농민들이 밥을 믁음스, "아 영감님 진지 좀 잡수시유" 그랬으유. 그릉께 이 高氏가 하 요늠 양반보고 진지 좀 잡수시유라는 게 뭐냐고 괘씸하다고 잡으다가 볼기를 쳤대유. 그르니 그 뒤로는 이분보고 진지 잡수란 말을 하는 사람이 하나도 읎게 됐답니다.

그른디 그 뒤에 이 高氏가 치패[2]해스 아조 끼니도 못 낋으믁게 됐대유. 그래스 늘 배를 곯고 다니지유. 그래도 누가 진지 잡수시유 하는 사람이 있겠이유?

한븐은 들에 모 심는 데 갔는데 농민들이 즘심을 믁고 있으스 밥 좀 은으믁을가 하고 그 앞이를 왔다갔다 하는디 아무도 밥 좀 믁으보라고 하는 사람이 읎드래유. 그르니 할 수 읎이 밥믁는 디 가스 차마 밥 좀 믁자고는 못 하고 "야아 느이 믁는 장 맛이 참 좋다드라. 좀 믁으보자" 하고스는 주즈앉으스 밥을 믁었대유. 그르다가 배가 고파스 죽었는디 농민들은 그분이 배가 고파스 죽었으니 죽은 늪이라도 밥 좀 주자 하고 들에 나가스 밥을 믁을 때에는 한 숟갈 뜨스 내든지면스 고시래 소리를 했다는 겝니다. 그래스 고시래 븝이 생겨났다는 게유.

＊1973년 10월 30일 公州邑 中學洞 李起德 (66세, 女)

1)벼 타작   2) 집안이 망하다

고려장 |

옛잘에는 부모님이 나이 많으스 늙으문 산 채로 짚은 산중에다 브리는 풍습이 있었다구 한다.

한 사람이 으므니가 늙으니게 산 채루 짊으지구 짚은 산중이다 브리구 돌아올라구 하니게 으므니는, "야야 니가 집이로 내레갈 즉에 길을 잘못 찾으스 잘못 갈가 봐스 내가 소나무 가지를 끆으 놌이니게 그 소나무가 끆인 긋을 따라스 가그라" 하구 말했다. 아들은 이 말을 듣구 으므니으 고마운 마음씨에 감동해스 으므니를 다시 짊으지구 집이로 돌아와스 으므니를 잘 모섰다구 한다.

＊1943년 9월 扶餘郡 恩山面 琴谷里 兪鎭汐

고려장 | 옛날에 고려시대에는 부모가 나이 많으스 늙으믄

산채루 산에 갖다가 묻었대유. 그른 시즐에 한 사람이 으므니가 늙으니게 이 으므니를 지게에다 지구 산으루 묻으르 갔대유. 이때 이 사람으 으린 아들이 따라갔었는디 으므니를 묻구 돌아올 즉에 지게를 내브리고 올라구 하니게 으린 아들이, "아부지 지게를 왜 브리구 가유. 가지구 갑시다" 했대유. "왜 가지구 가야?" 항게, "아브지도 늙으문 내가 이 지게로 아브지를 즈다가 묻으야 할 그 아니유" 그랬드니 이 말을 들은 아브지는 으므니를 도루 지게에다 지구 집이로 왔다는 게유. 그후부트는 고려장 븝이 읎으졌다고 해유.

＊1943년 9월 禮山郡 光時面 雲山里 李在仁 (18세, 男)

고려장이 없어진 이유 | 옛날옛즉 갠날갯즉 고추상투가 깨드락

깨드락 하든 때으 얘깁니다. 그때는 사램이 육십 살만 되면 을매 동안 믁을 음식하고 항게 묻그나, 원두막 같은 막을 지으스 그 속으다가 가두으 두으스 그 믁을 긋이 다 뜰으지면 죽게 했다고 합니다. 이릏게 하는 긋을 고린장[1]이라고 했답니다.

忠淸道 어느 산골에 효심이 지극한 사람이 있었는디 이 사람은 늙은 으므니를 산 채로 고린장을 해야겄는디 차마 할 수가 읎으스 으므니를 움 속에 숨겨 두고 남 몰래 믁을 긋을 갖다디리고 갖다디리고 했

답니다.

 그때 나라스 재로 새끼를 꼬아 오라는 명이 내렸습니다. 짚으로 새끼는 꼴 수 있지만 재로 새끼를 꼴 수가 읎으스 사람들은 아무도 나라 명대로 하지 못하였습니다. 이 효자는 재로 새끼를 꼬아 봤는데 한 발은커녕 한 치도 못 꼬았습니다. 그래스 이 효자는 움 속에 숨겨 둔 으므니에게 이른 말을 하고 아무도 재로 새끼를 못 꼬아스 야단이라고 했드니 으므니는 그그 뭇이 으려워스 그르는 그냐, 새끼를 꼬아스 태우면 재로 꼰 새끼가 되는디 그르느냐고 했습니다. 이 사람은 으므니 말대로 새끼를 꼬아스 태워스 재로 꼰 새끼를 만들읐십니다. 그리고 이것을 나랏님한티 가지고 가스 바췄드니 나랏님은 크게 감탄하고 소원이 있으면 니 소원을 들으 줄 티니 말하라고 했습니다. 이 효자는 재로 새끼를 꼰 긋은 나이 많으스 고린장 해야 할 으므니를 차마 고린장 할 수가 읎으스 움에다 숨겨 두었는데 그 으므니가 가르츠 주으스 그릏게 한 긋입니다, 그른 으므니를 고린장 하는 붑을 읎애주으면 하는 긋이 지 소원입니다고 말했습니다. 나랏님은 이 말을 듣고 이 사람으 효승을 한층 드 칭찬하고 늙은이으 지혜에 감복하고 늙었다고 해스 고린장 하는 긋은 안 된다고 다시 붑을 고츠스 명을 내렸다고 합니다. 그래스 그 뒤부트는 고린장 하는 붑이 읎으즜다고 합니다.

*1962년 8월 天安郡 觀城面 斗井里 洪氏 (女)

1)고래장, 또는 고려장

新婦 가죽 벗긴 어린 新郎 | 옛 날 에 는 으리딘 으

린 아들을 장개 보냈지유. 이른 시즐으 이얘기예유.

 으뜬 집이스 으린 아들을 장개보냄스 이긋이 실수할가 봐스 즈그 으므니가 타일릈이유. 춫날밤이는 각시를 알몸뎅이로 홀딱 벳기능 그이라고. 그릏게 이 으린 아들은 장개가스 예도 치르고 큰 상도 받고 밤이 돼스 춫날밤을 치르게 됐는디 이 으린 신랑은 즈그매가 일르 준 말이 있잉께 각시 옷을 홀딱 다 벳기고 주므니스 주므니칼을 끄내각고 각시 살가죽을 벳겼다. 각시는 아프고 즌딜 수가 읎으스 "아이구므니 아파 나 죽겄네. 아이구므니 아파스 나 죽겄네" 하고 소리 질릇이유. 이 소리를 방 밖으스 엿듣고 있든 친증으매는, "야야 참으라 츳날밤에는 그르는 그다. 아프도 참으라" 이름스 딸보고 참으라고만 했이유.

　나중에는 아무 소리가 읎으스 그대로 츳날밤을 잘 치릇는가 부다 하고 그냥 잤는디 이튿날 아침에 늦도록 딸이 일으나지도 않고 나오지도 안해스 웬일인가 하고 방문을 열고 들어가 봉께 으린 신랑은 주므니 칼을 빼스 들고 있고 딸은 가죽이 온통 다 벳게즈스 죽고 있었다. 으린 신랑은 즈그매가 츳날밤에 각시를 알몸뎅이로 홀딱 벳기는 그라고 일르 준 굿을 그만 가죽까지 다 벳기는 그로 알고 이릏게 새각시 가죽을 다 벳게 놌다는 것이다.
＊1962년 8월 錦山郡 錦山邑 桂珍里 張長根

흰나비의 由來 | 옛날에 으뜸 마을에 우아래 집에 총각하고 츠녀하고 살고 있었는데 이

츠녀와 총각은 으릴 즉스부트 친하게 지냈다. 자라스 나이가 드니께 이 두 츠녀 총각은 스로 사랑하게 되고 즈이들찌리 백년 은약을 했다. 그른디 츠녀으 부모는 이른 사증을 모르고 다른 데로 시집보내기로 하고 혼인 날자까지 받으 놌다. 총각은 지 배필 될 츠녀가 다른 디로 시집가게 되여스 그만 슬푸고 속이 타고 애통해스 슬음 속에스 지내다가 그만 죽고 말었다. 총각으 부모는 죽은 아들을 앞산 모퉁이 질가에다 묻었다.

　츠녀네 집이스는 혼인날이 다가오니게 혼수 빔으로 여르 가지 옷을 질라고 여르 가지 옷감을 사들였다. 츠녀는 혼인날에 입을 옷감을 날마다 초에다 당구었다가 빨고 빨고 했다. 그래스 그 옷감으로 옷을 해 입었다.

　시집으로 신행질을 채려각고 가매를 타고 가는데 가매가 이 총각이 묻혀 있는 묘 앞에 왔을 때 츠녀는 조군꾼보고 가매를 뭄추라고 했다. 조군꾼이 가매를 내레노니게 츠녀는 가매스 내레스 총각 무듬으로 가스, "영혼이 있다면 날 알아보리라. 날 놓아 보내려그든 그대로 있고 날 불르들일라그든 이 묘를 열으주시유" 하고 무듬을 치면스 울었다. 그랬드니 무듬이 짝 불으줬다. 츠녀는 블으진 무듬 속으로 들으가는디 조군꾼들이 이긋을 보고 쫓아와스 츠녀 옷자락을 붙잡고 끄낼라고 잡으댕겼다. 그른디 그 옷이란 게 초로 멫 븐이나 빨은 옷감으로 지은 옷이라 초에 삭으스 붙잡아댕기는 대로 빌빌 찢으줬다. 그래스 츠녀를 끄집으내지 못하고 츠녀는 무듬 안으로 들으갔다. 츠녀가 무듬 안에다 들으가자 블려져 있든 무듬은 도로 딱 붙으브렸다.

　그 뒤 봄이 돼스 이 무듬에스 흰나비가 두 마리 나와스 스로 으울려스 날아다녔다. 사람들은 이긋을 보고 그 츠녀 총각으 늦이 나비가 돼스 즈릏게 으울려스 날른다고 했다.

＊1962년 8월 扶餘郡 扶餘邑 東南里 鄭燃友

고춧잎꽃나물 | 옛날에는 시으므니가 메누리를 느므 심하게 그느렸든가 배유. 으뜬 시으므

니가 메누리보고 방아를 찌라고 해스 메누리가 방아를 찧는디 찧다가 쌀이 두 알이 도구통 옆으로 뜰으스스 이긋을 집으스 입이다가 늤드래유. 시으므니가 방에스 내다보고 아 즈년이 방아 찌라니게 쌀을 다 프믁는다고 그름스 쫓아나와스 도굿대로 메누리르 때려스 메누리는 직사하게 됐대유. 메누리는 죽음스 "쌀 두 알백에 안 믁었으유" 함스 숫바닥을 내밀었는디 숫바닥 우에는 쌀이 두 알백에 읎드래유. 그래 메누리는 죽었는디 메누리 묻은 무듬에스 풀이 나스 꽃이 피었는디 그 꽃은 숫바닥을 질게 내밀고 그 우에 하얀 쌀알 두 개가 읓히 있는 꽃이 피으 있드랍니다. 메누리가 윈이 돼스 그른 꽃이 됐다는 그유. 사람들은 이 꽃을 피는 나물을 꼬춧잎꽃나물이라고 그르지유.

＊1973년 10월 30일 公州邑 中學洞 李起德 (66세, 女)

매미 | 옛날에 한 사람이 있었는데유, 승은 姜가고 호는 太公이라고 하는 사람인디 이분이 과그를 보다가 그만 낙방을 해가주고 그게 근심이 돼가주고 아주 집이스 不顧家事하고 글공부만 하고 있었이유. 그 부인은 워틓게 해스라도 호구지책을 할라고 바가지를 들구 개천에 나가스 돌피를 훑으다가 찧으스 그글루 구명도생을 하고 있었답니다. 하루는 돌피를 한 뭉슥 늘으놓고 또 나가스 돌피를 훑었는디 마침 쏘내기가 왔이유. 그래스 돌피를 훑다 말고 집이로 와스 보니께 남편은 글만 읽고 있었이유. 마당에 늘으논 돌피는 쏘낙비에다 뜨내려갔는디두 남편은 그긋을 치워놓지도 않고 글만 읽고 있으스 이 夫人은 그만 기가 막혀스 이른 남편하고는 드 살 수 읎다 하고 달아났이유. 달아나스 딴 디 가스 사는디 역시 가난해스 돌피를 훑으스 믁고 살었대유.

멫 해가 지내스도 이 女子는 개천에스 돌피를 훑고 있는디 에라아 하고 권마승 소리가 나스 뒤돌아다보니게 즌에 자기 남편 姜太公이가 벼실을 해가고 관행차를 차리고 가고 있이유. 을매나 반가웠든지 쫓아가스, "여보시유 날 좀 한 븐 돌아다보고 가시유" 하는디도 姜太公은 돌아다보지도 않고 못 본 체하고 외면하고 가드래유. 이 女子는 그 뒤를 쫓아가면스, "날 좀 돌아다보고 가시유" 해도 그냥 가드래유. 플리 강게 이 여자는 나무에 올라가스, "여보시유 한 븐만 돌아다보고 가시유. 한 븐만 돌아다보고 가시유" 하고 암만 소리츠도 그냥 가드래유. 그래스 이 여자는, "매양 그릏게 호강하고 사는가 보자. 매양 그릏게 호강하고 사는가 보자" 하고 소리치다가 나중에는 매양 매양 하고 소리췄답니다. 그르다가 그만 매양 매양 하고 우는 매미가 돼 브뤘답니다.

＊1973년 10월 30일 公州邑 中學洞 李起德 (66세, 女)

국국새 | 한 사람이 있는디 자식도 죽고 지집도 죽고 해스, 일을 혼자 하자니 심이 들으 죽겠고 밥을 하자니 귀찮고 빨래도 해 줄 사람이 읎으스 이가 득실그리고, 그래고 살 재미가

읿으스 그만 죽고 말읬이유. 죽으가지고 새가 됐는디 이 새가 우는디 자식 죽고 국국, 지집 죽고 국국, 빨래 누가 해 주나 국국 하고 울으유. 이 새는 국국새[1]라고 그래유.

＊1973년 10월 23일 大德郡 東面 梧洞里 2區 金樂順 (48세, 女)

1) 뻐꾸기

소쩍새 | 옛날에 한 메누리가 시집살이를 하는디, 이 집 시으므니는 쌀을 쬐금 내주고 솥도 쬐깐은 긋을 내주고

밥을 하라고 했다. 밥을 해스 식구 밥을 다 퍼주고 나면 메누리는 믁을 밥이 읿읬다. 그래스 이 메누리는 늘 배를 곯아스 그만 죽읬는디 죽으스 새가 돼각고 솥 즉다 솥 즉다 하고 울읬다. 솥 즉다고 우는 새를 사람들은 소쩍새라고 하는디, 이 새는 시으므니가 솥 즉은 긋을 내주으 밥하라고 해스 배가 곯아스 죽은 메누리의 죽은 늦이 새가 된 새라고 한다.

＊1973년 10월 23일 大德郡 東面 梧洞里 2區 金樂順 (48세, 女)

惡兄善弟 | 옛즉에 으뜬 곳에 승지[1]가 사는디 하루는 산으로 나무하로 갔다. 승은 게우름뱅이라 나무

는 않고 잠만 자고 있읬는디 동생은 부지른히 나무를 많이 했다. 승은 한잠 실큰 자고 나스는, 즈는 나무가 하나도 해 논 긋이 읿잉게 동생 눈을 찔르 눈을 믈게 해 놓고 동생이 해 논 나무를 지고 집이로 왔다.

　동생은 눈이 믈으스 아무긋도 안 보이는데도 나무를 한다고 갈퀴로 나무를 긁고 있잉게, 개금이 한 톨 굴르 뜰으즜다. 동생은 그 개금을 줏으각고 이그 아브지 갖다디리야겠다 함스 개야주므니[2]에다 늦다. 또 나무를 긁고 있잉게 또 개금이 굴르 뜰으즜다. 이긋도 줏으스 이것은 으므니 갖다디리야겠다 하고 또 개야주므니에다 늦다. 또 나무하는디 개금이 또 굴르 뜰으즈스 그긋을 줏으스 이긋은 내가 믁으야지 하고 개야주므니에다 늦다.

　나무를 다 해각고 지고 집이로 갈라는디 눈이 안 뵈여스 으디로 갈지 몰랐다. 이리즈리 헤매고 다니다가 날이 즈물으스 할 수 읎이 산중에 있는 다 씨르즈가는 빈 집에 들으라스 잘라고 했다. 그 빈 집에 들으가 있잉게 밤으 으두으지니게 무웃이 들으오는지 요란한 소리가 났다. 동생은 무스워스 그 집 대들보로 올라가스 숨으 있었는디 들으온 굿들은 도깨비 떼가 한 떼 들으왔다. 들으오드니 한 놈이, "야 느그들다 들으왔냐? 다 들으왔이면 오늘 보고 들은 굿을 이얘기 해 봐라." 이르니게 한 놈이 한단 말이, "내가 오늘 즈 근느 산에 갔드니, 숭놈이 동생놈 눈을 찔르스 눈을 블게 했는디 눈 믄 데는 즈쪽 산골짜기에 있는 샘물로 싯치면 눈이 다시 환하게 보이게 되는디 사람이란 미른해스 그를 줄 모르고 고생하고 있으." 이르니게 또 다른 놈이, "즈으 쪽 동네는 물이 읎으스, 二三十里나 믄 디 가스 물을 질르다가 믁니라고 고생을 한단 말이야. 아 그 동네 한가운데 있는 느티나무를 비여내고 그 밑이 멫 자만 파면 물이 클클 나오는디 이굿을 모르고 생고생하고 있단 말이야." 이릏게 말하니게 또 한 놈이, "즈으기 아무개 동네 큰 부자 집이스는 그 집 외동딸이 벵이 들으스 날마다 무당을 데레다 굿을 하는디, 슥 달 열흘 백 일 동안 굿을 해도 안 낫으. 그 집 지붕을 뜯고 지아장 밑이 숨으 있는 지네를 잡으스 지름가마 솥에 집으느스 튀겨 죽이면 곧 낫는데 그굿도 모르고 있이니 참 사람이란 미른하기 짝이 읎으."

　동생은 대들보 우에 숨으스 이른 이얘기를 다 들었다. 도깨비들은 부작방맹이를 뚜드려스 술이야 밥이야 많이 내스 믁고 마시고 했다. 동생은 도깨비들이 술 마시고 밥 믁고 하는 굿을 보고, 자기도 시장기가 나스 개야주므니스 개금을 한 알 내스 입에 늫고 딱 깨밀었다. 그리니게 그 딱 소리를 듣고 도깨비들은 아아 이 집이 무느진다 함스 다 도망갔다. 동생은 날이 새자 산골재기 샘에 챚으가스 샘물로 눈을 싯츴드니 눈이 즌과 같이 환하게 잘 보이게 됐다. 그래서 물이 읎으스 고생한다는 동네를 챚으가서 물 한 그릇 좀 달라고 했다. 그렇게 그 동네 사람은, "야 이놈아. 이 동네는 물이 읎으스 물 한 그륵에 멫 냥 주어도 안 파는디 그른 줄 모르고 물을 달라고 하냐"고 야단을 쳤다.

"그래유? 그름 내가 물을 많이 나오게 해 줄 티니 으찌겠소?"

"그릏게 함사³⁾ 돈 千兩이고 내 주지." "그름 내가 물을 많이 나오게 해 줄 팅게 나 하라는 대로만 하겄소?" "아 하다마다." 이렇게 말해스 동생은 동네 장증 여르 사람을 시켜스, 동네 한가운데 있는 큰 느티나무를 베으내고 그 밑이를 팠다. 그랬드니 멫 자 파지 안해스 맑은 물이 콸콸 솟아나왔다. 동네 사람들은 좋와라 하고 돈을 수만 냥 모아스 주었다.

동생은 부자집 외동딸이 벵이 났다는 동네로 챂으갔다. 그 동네는 여그즈그 금줄을 츠놓고 동네 복판에 있는 큰 지아집이스 징이랑 북이랑 치면스 요란시릅게 굿을 하고 있었다. 동생은 그 집에 챂으가스, 워찌스 이릏게 굿을 하느냐 물었다. 이 부자집 외동딸이 벵이 나스 아무리 약을 쓰도 낫지 안해스, 벵이 낫이라고 굿을 한다고 했다. 동생은 내가 딸 벵을 낫우으 보겠이니 딸을 보게 해 달라고 하니게, 아 용한 이원이란 이원이 다 왔으도 못 낫우읬는디 느 같은 아가 으릏게 그른 증벵을 낫운다고 하느냐 함스 상대도 할라고 하지 안했다. 그래도 동생은 내가 낫우으 보겠이니 딸 벵이나 보게 해 달라고 간즐히 말함스 조르니게, 주인도 그름 보아 보라고 함스 딸으 방으로 데리고 갔다. 동생은 딸으 맥을 짚으 보는 치하고 이 벵은 보통 벵이 아니니 내가 하라는 대로만 하면 당장이라도 낫는다고 했다. 벵이 낫는다면야 그릏게 하겠다고 했다. 그래스 동생은 우슨 가마솥에다 지름을 느스 끓이라 하고 심이 센 장증 대여숫 사람 데리고 지붕에 올라가스, 지붕을 뜯고 지아장 밑이스 수십 발 되는 큰 지네를 잡으가지고 이놈을 가마솥에스 끓는 지름 속에 느스 튀겼다. 그랬드니 주인에 딸으 벵이 당장에 씻은 듯이 낫았다. 주인은 이굿을 보고 기쁘스, 이른 딸으 은인이 으디 있느냐 함스 동생을 사이⁴⁾를 삼고 그 집 재산까지 다 주었다.

동생은 이릏게 해스 물이 읎는 동네스 물이 나오게 해주고 받은 수만 냥과 이 부자집에스 준 재산과 합해스 큰 부자가 돼서 잘살게 됐다.

동생은 이릏게 해스 부자로 잘 사는디, 어느 날 바깥 사랑 마루에 앉으 있느라니게 그지 하나가 을으믁으로 들오왔는디 자세히 보니께 그 그지는 즈으 승이그든. 그래스 이리 들으오라고 해스 사랑방에 앉혀 놓고 좋은 음식상을 차려다 주면스 믁으라고 했다. 그르니게 승은 "왜 이러느냐, 쥑일라면 고히 쥑이지. 이게 무신 짓이냐"고 했다. 동생은 "그르지 말고 으스 자십시유. 나는 승님 동생입니다. 승님한테 대즙하 는디 왜 이르십니까?" 하면스 으스 믁으라고 했다. 승은 그제사 알아보 고 으틓게 해서 부자가 됐느냐고 물었다. 동생은 승님이 내 눈을 찔르 스 앞을 못 보게 됐지만, 이르이르해스 이릏게 잘 살게 됐다고, 자초지 종 이야기를 다 했다. 그랬드니 승은 자기도 그릏게 해스 부자가 되겠 다 하고 산으로 올라가스 지가 지 눈을 찔르스 봉사가 돼각고 나무를 했다. 개금이 한 톨 굴르오니게 이긋을 줏으스 "나 믁자" 하고, 또 굴르 오니게 그긋도 줏으스 "나 믁자" 하고, 또 굴르오니게 이긋도 "나 믁자" 하고 죄다 지가 믁겠다고 다 개야주므니다 늤다. 그르고 씨르즈 가는 빈 집에 들으가스 대들보 우에 올라가 있었다.

　밤이 되니게 도깨비들이 모여 왔다. 모여 와스 오늘 보고 들은 이야 기들을 하자 하고 하는디 한 놈이 있다가 나는 오늘 벨 놈을 다 봤다, 지가 지 눈을 찔르스 봉사가 되는 놈이 있드라고 말했다. 승은 이 말을 듣고 무스워스 개금을 끄내서 깨물었다. 딱 소리가 나니게 도깨비들은 야아 오늘 즈녁에도 즈븐 때츠름 으뜬 놈이 와스 우리가 하는 말을 엿 듣고 있구나 이놈을 잡으 내자, 하고스 모두 나스스 여그즈그 찾으봤 다. 대들보 우에 있는 승을 끌어내려스 죽도록 뚜들겨팼다고 한다.

＊1943년 9월 瑞山郡 泰安面 東門里 金川炳曄

1) 兄弟　　2) 저고리 안쪽에 달린 주머니　　3) 그렇게 하기만 하면　　4) 사위

特才 있는 六義兄弟 | 옛날에 한 장수가 있었 는디 이 장수는 쌈을 잘

해스 한 븐도 진 일이 읎었다. 그래스 이 장수는 王한테스보다는 백승 들한티스 드 신임을 받고 있었다. 한 븐은 王이 이웃 나라하고 쌈을 하

게 돼스, 王은 이 장수를 블르스 이 싸움에 나가스 꼭 이겨 달라고 했다. 그리스 이 장수는 그릏게 하겠다고 함스 군사 삼십 명만 내 달라고 했다. 王은, "아 적군은 백만이나 되는디 삼십 명 군사 각고 으릏게 하겠다고 그르느냐"고 하는데도 이 장수는 삼십 명 군사로도 충분히 이길 수 있다고 했다. 王은 삼십 명 군사를 내주었드니 사흘 동안 싸워스 이겨스 돌아왔다. 王은 대단히 기쁘스 큰 상을 내리고 높은 벼슬자리에 올려스 잘 지내게 했다.

그른디 나쁜 신하가 이 장수를 시기해가지고 이 장수를 읎앨려고 王에게 즈 장수는 王을 죽이고 지가 王이 될라고 하고 있다고 모함했다. 王은 이 말을 듣고 가만히 생각해 보니 이 장수가 백승들한티 크게 신임을 받고 있고 이 쌈에 겨우 삼십 명 군사 가지고 이기고 한 긋을 보니, 그를 긋 같으스 그대로 둘 수 읎다 하고 아무 날 증오에 종을 츠스 종소리가 끝날 때 목을 비여야겠다고 은근히 그 신하에게 명령했다. 그른디 이 장수는 그른 일을 즌혀 모르고 있었다. 니얄[1]에는 이 장수를 죽인다는 즌날 밤에 이 장수가 자고 있는 방에 으떤 사람이 하나 찾으와스, 니얄 正午에 장수님을 죽인다고 하니 빨리 도망치라고 일르 주었다. 그래스 이 장수는 자다 말고 집을 뛰츠나와스 도망쳤는데 도망츠가다가 으뜬 짚은 산중으로 올라가게 됐다. 한참 올라가니라니께 웬 사람으 말소리가 들려스, 이릏게 으두운 밤중에 드군다나 짚은 산중에 웬 사람이 와 있는가 하면스 소리나는 데로 가 보니께 웬 사람이 있었다. 당신은 무슨 사람인데 이 짚은 산중에스 무웃을 하고 있는가 하고 물으봤다. 그 사람은, "나는 한구믁구행이라는 사람인디 내가 한구믁구행 하는 소리만 내면 세상으 모든 긋이 발을 브둥그리면스 하늘로 높이 올라간다"고 했다. 장수는 그 말을 듣구 웃으며, 그름 나를 하늘로 올라가게 해 보라고 했다. 이 사람은 한구믁구행! 하고 소리질릇다. 그맀드니 장수는 발을 부둥그리면스 하늘로 높이 올라갔다. 장수는, "야 큰일났다. 으스 내려다오"하니까 그 사람은 손가락으로 지코구뭉을 막고 행 하니께 장수는 땅으로 내레왔다. 장수는 당신은 보통 사람이 아니구려, 나는 이르이르한 장순데 당신과 이형제를 맺으스 세상 구경이나 나가자 하니까, 그 사람도 그르자 하고, 이형제가 되여 가지고 세상 구경으로 나갔다. 한참 가니까 모자를 삐뚜루 쓴 사람이 있었다. 워째스 당신은 모자를 바로 쓰지 않고 삐뚜루 쓰고 있느냐고 물었다. 그릏게 그 사람은 자기는 모자를 똑바로 쓰면 왼 세상이 갑자기 추우즈스, 이렇게 삐뚜루 쓰는 그라고 했다. 두 사람은, "모자를 똑바로 씨면 왼 세상이 갑자기 추어진다니, 그런 일이 으데 있겠느냐" 하면서 비웃었다. "그름 한 븐 보겠소?" 하면스 모자를 바로 썼다. 그랬드니 여태까지 드웁든 날씨가 갑자기 추워지고 제비가 을으죽고 나뭇잎이 뜰으지고 강물이 을으붙고 이 두 사람은 블블 뜰으스 추위에 전딜 수가 읎게 됐다. 그래스 이 두 사람은 그 사람을 보고, "아아 당신 묘한 재주가 있소. 으스 모자를 삐뚜룩 쓰시요" 했다. 모자를 삐뚜룩 씨니께 도루 날씨가 드워줬다. 우리 이형제를 맺고 세상 구경 나가자 하니께 이 사람도 그르자 하고 이형제를 맺으각고 같이 갔다.

한 곳에 이르니께 웬 사람이 발을 하늘로 높이 츠들고 드르누으스 가는 사람이 있으스 그 사람보고 "당신은 워째스 그르고 가느냐"고 하니까, "나는 발을 땅에 대기만 하면 눈깜작 한 사이에 萬里를 가스 그른다"고 했다. 이 사람도 묘한 재주를 가즜다 해스 이형제를 맺으가지고 세상 구경하르 갔다. 느이스 항께 가니라니께 공중에다 대고 활을 겨누고 있는 사람이 있으스 워째스 하늘에다 대고 활을 겨누고 있느냐고 하니께 萬里 밖에 있는 큰 나무에 새가 한 마리 앉으 있으스 그 새를 쏘아스 맞칠라고 그른다고 했다. 그름 쏘아 맞츠 보라고 하니께 활을 쏘았다. 눈 깜작 한 사이에 萬里를 가 보니께 과연 새가 활에 맞으 뜰으스 있었다. 그래스 이 사람도 이형제로 삼아스 이릏게 다슷 사람이 항께 갔다.

한참 가니라니께 아조 큰 나무를 뿌리채 뽑아스 한 손으로 들고 가는 사람을 만났다. 이 사람하고도 이형제를 맺으스 같이 갔다.

여슷 사람이 이릏게 이형제를 맺으가주고 가니라니께 방이 붙으 있었다. 그 방을 보니께 이 나라 王 아들하고 달음질해스 이긴 자에게는 나라를 즐반 주겠노라고 씨여 있었다. 이 여슷 이형제는 우리가 가스 王 아들하고 달음질 경주를 겨루으 보자 하고 서울로 올라가스, 王한테다 王 아들하고 달음질 경주를 겨루어 보겠다고 했다. 王은 그렇게 하라 하고 王 아들과 달음질 경주를 하게 했다.

그 달음질 경주라는 긋은 一萬五千里 밖에 있는 새암에 가스 물을 한 동이 가득 질르스 한 방울도 흘리지 말고 각고 오기 내기였다. 그래스 육 이형제는 발을 땅에 닿기만 하면 萬里를 가는 사람을 내보내기로 했다.

달음질 경주 날이 돼서 경주하게 됐는디 王 아들은 뛰여가스 목즉지에 十里 밖에까지 갔는데도 이 쪽 사람은 발을 하늘로 뻗고 자고만 있었다. 王 아들은 一萬五千里를 다 가스 샘물에 물을 질를라고 하는디, 그때스야 이 짝 사람은 발을 땅에 댔고 그래스 왕 아들보다 믄즈 물을 질르스 오는디 오다가 쉬면스 잤다. 왕 아들은 물을 질르각고 뛰여스 와스 그짐 다 목즉지에 오게 됐다. 이 짝에스는 그만 맘이 달으스 萬里 밖에 새를 쏘아 잡는 사람이 활을 쏘아스 달리기 잘하는 사람으 발 밑에 화살이 뜰으지게 했다. 그르니까 이 사람이 그제사 일으나스 뛰으오는데, 오다가 늠으즈스 그만 물동이 물을 읂질릈다. 이 사람은 다시 새암 있는 데까지 가스 물을 질르각고 뛰으스 왕 아들보다 믄즈 목즉지에 와스, 그래스 달리기 경주에 王 아들을 이겼다.

그른데 이 달리기 경주라는 긋은, 왕 아들이 평범한 王 아들이 아니고 아조 비범한 재주를 가지고 있는 특별한 왕 아들이란 긋을 천하에 자랑하고 싶으스 한 긋인데 그만 지고 말으스, 王이나 王 아들이나 분하기도 하고 나라 즐반을 주는 것도 아까워스 이 육형제를 죽여 읎앨라고 했다.

王은 육형제가 달음질 경주에서 이겼으니 이를 축하하고 축하 잔치를 하겠다 하고 으뜬 집으로 데리고 갔다. 그기에는 큰 방이 있는디 육형제를 그 큰 방에 들여 앉히고 큰 상을 차려스 배부르게 믁게 했다. 육형제는 기쁘스 그 음식을 믁고 있는데 방 안이 자꾸 드워지고 내중에는 뜨그워스 타 죽게 되었다. 가만히 보니께 그 방이란 긋은 벽도 츨판이고 방바닥도 츨판이였다. 王은 이 방에 불을 자꾸 츠때스 쇠를 달구으스 이 육형제를 타 죽게 했다.

이 육형제는 방 안이 달궈 들으오니까 나갈라고 하는디 문을 밖에스 꽉꽉 닫으 글으놔스 나갈 수가 읎었다. 모자를 삐뚜루 쓴 사람이 모자를 똑바로 쓰니게 갑자기 방안은 추워지고 벽에는 성에까지 흐옇게 슬고 육형제는 추워스 블블 떨고 있었다.

王은 자꾸 불을 때스 쇠방 안을 블긍게 달구으 놓고 이만하면 육형제놈들은 타 죽었겠지 하고 방문을 열고 보니까 육형제들 방 안에는 승에가 하얗게 스려 있고 육형제는 추워스 뜰고 있으면서 방이 추우니 불 좀 많이 때라고 했다.

王은 이것을 보고 이놈들 말을 안 듣다가는 큰일날 굿 같으스 나라 즐반 주는 대신 나라 창고에 있는 금은보화를 을마든지 지고 갈 만큼 지고 가라고 했다. 육형제는 그릏게 하겠다 하고 큰 나무를 뿌리채 뽑아드는 사람에게 그 금은보화를 지게 했다. 이 사람이 나라 창고에 있는 금은보화를 지는디 아무리 다 즈도 개벼워스 드 지워라 드 지워라 했다. 이렇게 해스 나라 창고에 있는 금은보화를 즌부다 내스 지고스 그기를 뜨났다. 육형제는 이릏게 해스 나라 창고에 있는 금은보화를 죄다 지고 나스니게 王은 보물을 죄다 뺏긴 굿이 분해스 이굿을 다시 뺏으려고 군사를 수수천 명을 보내스 활을 비오듯 자꾸 쏘아스 육형제를 죽이려고 했다. 비오듯이 화살이 날라오니게 한구묵구행이는 음지 손가락을 코에다 대고 "한구묵구행" 하고 소리치니께 활 쏘든 군사들은 휭휭 하늘 높이 올라가고 말었다.

육형제는 이릏게 해스 王으 군사를 물리치고 그 많은 보물을 가지고 와스 한 곳에 집을 짓고 장가도 가고 해스 여슷 사람이 사이좋게 잘 살었다고 한다.

＊1942년 7월 論山郡 連山面 新安重亮

1) 내일

結義 四兄弟

옛날에 할므니 할아브지가 아들이 읎으스 매일 장독에다 단을 무으 놓고 아들 낳게 해 달라구 빌읐드니 아들을 낳게 됐는디 이 아들이란 게 꾕쟁이 쬐고맣데요. 그른디 아 쬐고마한 게 크스 나이가 믁으니께 금방 크스 힘이 센 장사가 되드래유. 하루는 아브지보고 나무를 해올 테니게 지게를 하나 맨들으 달라고 해스, 아브지는 나무로 지게를 만들으 주니께 이게 뭐냐 하면스 뿌숴 브리고 다시 맨들으 달라고 했이유. 그래 이제는 통나무로 만들으 주니께 이긋도 못 쓰겠다 하고스 통나무 지게도 뿌숴브렸이유. 이븐에는 무쇠로 큼직하게 만들으 주니께 이 무쇠 지게를 지고 산으로 가드니 조금 있으니께 큰 산봉우리가 슬슬 와유. 보니게 이 아가 나무를 으찌 많이 해스 지고 오든지 마치 산봉우리가 뜨들으오는 긋 같았이유.

그때 즌쟁이 났든 땐디 즌쟁이 나니까 이 아는 즌쟁트로 간다고 집을 뜨나스 가는디, 가다가 보니께 한 곳에 가니께 바람도 안 부는디 큰 나무가 흔들흔들 흔들리고 있으스 그 나무 밑이로 가 보니게, 으뜬 아가 자고 있는디 그 아가 숨 쉬니게 큰 나무가 흔들리고 있었다. 이 아를 깨워가주고 "느는 워데 가느냐?" 하니게, 즌쟁트로 가는 중이라고 해스 나도 즌쟁트로 가는 중인디 우리 둘이 이형제[1]가 돼스 같이 가자 항게 그르자 해스, 둘이는 이형제가 돼스 같이 갔이유.

한참 가니라니게 큰 바다가 나타났는디 가만히 보니게 바다가 아닌디가 금시에 바다가 되고 있으스 으찌스 그르는가 하고 보고 있니랑게, 으뜬 아가 오줌을 싸는디 으찌 많이 싸든지 그만 바다가 되고 있이유. 그 아한티 가스, "느는 으디 가느냐?" 하니께, "즌쟁트로 간다"고 해유. "우리도 즌쟁트로 간다. 같이 가자" 하니게 그르자고 해스 이 아 하고 이형제가 돼각고 스이스 같이 갔이유. 가니라니게 으뜬 아가 높은 산봉오리를 손으로 싹 밀으스 펑지를 맨들고 있으유. 그래서 이 아이 하고도 이형제가 돼각고 느이스 즌쟁트로 갔이유.

즌탱트에 갔드니 우리 쪽으 군사가 지고 있었이유. 그래스 오줌 누는 아가 즉군에다 대고 오줌을 누니게 바다가 돼스 즉군은 모두 물에 빠졌으유. 숨을 세게 쉬는 아가 숨을 크게 쉬으스 물을 꽁꽁 을게 해스 즉군을 대가리만 내놓고 을으붙게 했이유. 산봉오리를 평지로 만드는 아가 손으로 을음 우로 나온 즉군으 대가리를 씰으니게 즉군으 대가리 가 다 뜰으즈스 즈쪽으로 가스 산봉오리같이 쌓여 있이유.

이릏게 해스 즌쟁트스 쌈에 이겨스 돌아오는디 오다가 날이 즈물으 스 으뜬 집에스 자게 됐는디 그 집은 나쁜 놈 집이 돼서 이 나쁜 놈들 이 이 사형제를 옥에다 가두웠이유. 그러니까 심이 센 아가 옥을 부수 고 나왔는디 나쁜 놈들은 이 사형제를 잡으스 쇠로 만든 옥에다 가두 고 불을 자꼬 때스 이 사형제를 옥 안에스 타 죽게 했이유. 그른데 숨 을 세게 쉬는 아가 숨을 세게 쉬으스 그 옥 안을 을게 했이유. 나쁜 놈 들은 이만큼 불을 많이 땠으면 이놈들은 타죽웠겠지 하고 옥 문을 열 으 보니게 사형제는 죽지 않고 살으 있으스 그만 깜작 놀래고는, "당신 들은 참 훌륭한 사람이다" 하고 놔줬이유.

이 사형제는 나중에 훌륭한 대장이 됐다고 합니다.

*1973년 9월 22일 燕岐郡 錦南面 達田里 2區 成完順 (16세, 女)

1) 義兄弟

三兄弟의 妙技 | 옛날에 옛날에 아주 먼 옛날에 호 랭이가 담배 믁든 그른 옛날 시즐

에 한 사람이 있웠는디 아들 삼형제를 두웠이유. 이 사람이 아들 삼형 제를 앞에다 불르놓고, 느그들 이렇게 집이스 놀고 있지만 말고 나가 스 돈이나 블으 오라고 했이유. 그리스 삼형제는 돈 블로 집을 뜨났는 디 가다가 질이 시 갈레로 갈르진 디가 있으스, "서이가 한 군데로 갈 긋 읎이 여기스 각각 헤여즈스 가자" 하고 그그스 삼형제가 헤여즈스 스로 딴 데로 갔이유. 그리가지고 오 년 만에 다시 집으로 돌아왔이유.

돌아오니게 아브지는, "느그들 나가스 멋을 배워가지고 왔냐? 봬운 재주를 내 앞에스 뵈여 봐라" 했이유. 그르니게 큰아들은, "총을 잘 쏘 는 재주를 봬워 왔습니다" 하고, 둘재아들은 "즈는 땜질 잘 하는 재주를 배워 왔십니다" 하고, 싯재는 "즈는 관을 잘 짜는 재주를 배워 왔십니다" 하고 말했이유. 아브지는 "그름 느그들 배운 재주 솜씨를 으디 한 븐 보자" 했이유. 그르니게 아들들은 아브지한티 배워 온 재주를 뵈여드리겠다고 아브지를 딱 앉혀 놓고 큰아들이 아브지 이마에다 대고 총을 탕 쏘았이유. 아브지 이마에스 피가 나오니게 둘재는 을른 땜질해스 피가 나오지 않게 했십니다. 그른데 아브지는 죽으 쁘리지 안했으. 싯재는 을른 관을 짜스 늫스 묻었는디 아브지는 고시라니 가신 게죠.

＊1973년 9월 22일 燕岐郡 錦南面 達田里 2區 張基善 (24세, 男)

원수 갚기 위해 태어난 아들 | 옛날에 술장수

하는 사람이 있었는데 하루는 이 집에 옷감장수 시 사람이 와스 자게 됐습니다. 이 술장수는 그 옷감장수으 옷감과 돈이 탐이 나스, 이 시 사람이 잠이 든 담에 죽이고 옷감과 돈을 뺏고 죽은 시체는 마리 밑이다가 파묻었습니다.

　이 술장수는 그 뺏은 옷감과 돈을 가주고 장사해서 아조 부자가 돼서 잘 살게 됐습니다. 그르고 아들 시 쌍동이를 나스 아조 기쁘게 잘 살었이유.

　아들 시 쌍동이는 잘 크스 공부를 하는데 공부도 잘해스 서울로 과그 보로 갔드니 모두 다 과그에 급제해서 높은 벼슬을 해각고 시 쌍동이는 말을 타고 호기있게 집이로 왔습니다. 술장수는 아들 셋이 다 과그에 급제해각고 높은 벼슬을 해각고 돌아오니게 그만 좋와스 춤을 블름블름 추고 동네 사람들이 많이 와스 축하하고 있었습니다. 그른디 아들 셋은 아브지 앞에 들으오자마자 죽었습니다. 아들이 과그 해각고 높은 베슬을 해각고 오자마자 다 죽으니께, 이 사람은 그만 느므 슬푸고 애통해스 원님한티 가스, "아들을 한그븐에 다 죽게 했으니 이른 븝이 시상에 으데 있겠습니까. 이 애통을 좀 풀으 주시요" 하고 호소했습니다. 원님은 나가 있그라 하고 이 술장수를 내보내고 사령을 시켜스 염라대왕을 불러다가 으째스 한그분에 아들 셋을 잡으갔는가 물으 보기로 했이유. 그래스 소금 한 그륵하고 밥 한 그륵을 스낭당에다 놔두고 밤에 와스 누가 와스 묵그든 그 사람을 데리고 오라고 했습니다.

사령은 원님이 하라는 대로 소금 한 그륵하고 밥 한 그륵하고 스낭당에다 갖다놓고 지키고 있었습니다. 밤중이 되니께 으뜬 사람이 와스 스낭당에 놓아 둔 소금과 밥을 다 묵고, "아아 배고픈디 잘 묵었다. 이 밥을 누가 갖다 차려놨나?" 하고 혼자 말했습니다. 사령이 나가스 "그 밥과 소금은 이 골 사또가 차려놨십니다" 이렇게 말하고 사또가 모시고 오라고 했습니다, 이렇게 말했이유. 그르니께 그르자 하고 사령을 따라왔이유. 이 사람이 염라대왕이였이유.

사또는 염라대왕 보고, "으째 사람을 한그분에 시 사람이나 잡으가스 사람을 그릏게 애통하게 합니까?" 하고 물었이유. 그르니께 염라대왕은 "그 아들은 참말로 아들로 태으난 긋이 아니고 원수 갚으로 태으난 아들이라"고 말하고, "여르 해 즌에 그 주막에 든 옷감장수 싯을 죽이고 그 옷감장수으 재산과 돈을 뺏고 시체를 마리 밑이 묻읐는데 죽은 옷감장수는 원수 갚으려고 아들로 태어난 긋이라"고 말했습니다.

다음날 원님은 술장수를 불러다가 그 죄상을 캐묻고 그 집 마리 밑을 파 보니께 사람으 시체가 싯이 쓱지 않고 나왔습니다. 그래스 원님은 이 술장수 내외를 쥑였습니다.

＊1973년 9월 22일 燕岐郡 錦南面 達田里 2區 成完順 (16세, 女)

암살당한 등짐장수의 복수 | 옛즉으 한 사램[1]이 장

에 가스 소를 팔으가지고 소 판 돈을 주믄지[2]다 느스 흐리끈이다가 차고 집이로 돌아오고 있었는디, 산 질을 가다가 똥이 매리워스 흐리끈을 끌르 놓고 똥을 누고 있니라니게, 난디읎이 워디스 괴양이 한 마리가 뛰여나와서 돈이 들으 있는 주믄지를 물구 달아났다.

이 사람은 똥을 누다 말고 돈 주믄지를 도로 뺏일라고 괴양이를 뒤쫓아강게 괴양이는 그 산에 있는 으뜬 모이 구녁으로 쑥 들으갔다. 이 사람은 괴양이가 들으간 구녁으다 손을 들으스 주믄지를 끄집으낼라고 했는디 주믄지가 워데 있는지 손에 닿지 안해스 끄집으내지 못하구 날도 즈물고 해스, 니알3) 다시 와스 모이를 파스라도 찾으보겠다 하고 산을 내리와스 마침 길갓으 한 집이 들으가스 하룻밤 자기로 했다. 그 집에는 내우가 사는디 그 집 남자는 아랫묵에 누으스 자구 있는데 女子는 이 사람의 밥을 한다고 증지스 일을 했다. 밥이 돼스 밥상을 갖다주으스 이 사람은 밥을 믁을라구 밥상 앞으 앉으니게, 괴양이 한 마리가 튀여 나오드니 밥그릇 우로 뛰여감스 밥그릇을 탁 차스 아래로 뜰으트리고 자는 사람 옆이 가스 앉었다. 보니게 아까 산에스 돈 주믄지를 물구 모이 속으로 들으가든 그 괴양이여스, "즈놈으 괴양이!" 함스 옆에 있는 목침을 집으스 괴양이에다 대구 홱 든즜다. 그랬드니 괴양이한티는 안 맞고 자는 남자 브리통에가 맞으스 그만 그 남자가 죽으 브릀다. 여자가 이긋을 보고, "아 니놈이 워쩨스 우리 스방을 쥑였느냐"고 악을 쓰며 달라들으 야단을 쳤다. 이웃 사람이 이 여자 악 쓰는 소리를 듣구 모여와스 워쩨스 사람을 죽였느냐고 야단쳤다.

이 사람은 나는 사람을 죽일라고 해스 죽인 긋이 아니고 사실은 이르이르해스 괴양이한티 목침을 든진 긋이 괴양이에는 안 맞고 아랫묵에 누으 있는 男子에 맞으스 죽은 그라고 말했다. 그르니게 동네 사람들은 니 말이 옳은가 니알 가스 보자 하구 일단 이 사람 문책하는 긋을 믐추고 날이 새기를 지둘릀다.

날이 새스 동네 사람들은 이 사람과 같이 산에 올라가스 그 모이를 파스 보니게 과연 돈이 든 주믄지가 나왔다. 그른디 그 모이에 묻힌 송장을 보니게 이 사람네 집에 여르 해 단골로 다니든 등짐장시 송장이였다. 요 을매 동안 그 등짐장시가 통 보이지 안해스 이상타 했는디 여 그 모이에 묻혀 있으스 동네 사람들은 이상하다 하고 그 사실을 관가에다 고발했다.

관가에는 이 여자를 붙잡으다가 닦달했다. 그랬드니 그 등짐장시가 돈깨나 모은 긋이 있으스 그긋이 탐이 나스 내외가 죽이고 산에다 남 몰래 감쪽같이 묻었다고 자복했다.

사람들은 이긋을 보구 윽울하게 죽은 등짐장시으 죽은 혼이 괴양이가 돼스 이릏게 해스 나타나각고 도가품을 한 긋이라구들 말하구 있다.

＊1958년 4월 瑞山郡 瑞山邑 老人堂 韓 老人

1) 사람   2) 주머니   3) 내일

벌과 구렁이를 죽인 天子 | 옛즉으 대국으 으뜸 天子

가 블과 구렝이를 죆인 일이 있었다. 이 天子가 죽으스 즈승에 들어갔드니 즈승으 재판관이 책을 들츠보드니만, "당신은 아직 죽을 時가 안 되였으니 도로 나가시요" 하고 도로 이 세상으로 내보냈다. 그래스 즈승에스 나올라고 하니게 재판관은, "세상으로 나갈 즉에 여그스 한 五里쯤 가면은 누른 갓을 씨고 누른 지팽이를 짚고 누른 띠를 띤 놈이 天子를 부르며 자기도 대국이 고향이니게 같이 동행해 가자고 할 티니게, 그른 말을 들은 치 만 치하고 기냥 가시유. 그르고 또 그그스 또 좀 가면 금은 옷을 입고 금은 띠를 띠고 금은 지팽이를 짚은 놈이 나타나스 자기는 대국이 고행이니게 같이 동행하자고 할 티니 이놈으 말을 들은 치도 하지 말고 기양 가시유. 만일에 이놈들으 말을 곧이 듣고 동행하다가는 당신은 人道還生을 못 할 긋이유. 그르니 내 말을 유심히 잘 듣고 돌아가시유" 하고 말해 주었다. 天子는 그릏게 하겠다 하고 재판관을 하직하고 갔다.

그그스 한 오 리쯤 오니까 과연 누른 갓을 씨고 누른 옷을 입고 누른 지팽이를 짚고 누른 띠를 띤 놈이 나타나드니 자기는 대국이 고향이니게 항게 동행해스 가자고 했다. 天子는 그놈으 말을 들은 치도 않고 기냥 가니까 이놈은 뒤따라 옴스 동행하자고 애원했다. 그래도 天子는 들은 치도 않고 기냥 갔다. 그르니게 이놈은 내가 웬수를 갚을라고 했

드니 옥황상제가 도와 주었구나 할 수 없다, 이 담에나 만나스 갚으야
겠다” 함스 가쁘렀다. 天子는 한참 가다가 뒤돌아다보니게 그놈은 큰
왕팅이 블이 되여 있었다.

　天子는 그그스 을매쯤 오니게 이븐에는 금은 옷을 입고 금은 띠를
띤 놈이 나스드니 동행하자고 했다. 天子는 이놈 말도 듣지 않고 기냥
가니게 쫓아오다가 돌아스드니 “내가 웬수를 갚을라고 했드니 옥황상
제가 도와 주었구나 할 수 없다, 이 담에나 만나스 갚으야지” 하드니
큰 구렝이가 되여가지고 갔다고 한다.
＊1927년 2월 牙山郡 溫陽面 左部里 方氏

자귀하다 ┃ 당진에는 자귀라는 말이 있는디, 이 말은 그만
하다, 자만심이 있으 뽐낸다는 뜻으로 쓰인다.
이 말은 허자[1] 허귀[2]라구 하는 父子에스 나왔다구 한다. 즉 허자의 자
짜와 허귀의 귀짜를 따스 둘이 붙여스 만들었다구 한다.

　옛날에 허자라는 사람이 즒으스 으뜬 절에 가스 글공부를 하는디,
그 절에스 주는 밥은 은지나 찬밥이였다. 끼니마다 밥은 새로 하는디
주는 밥은 늘 찬밥이였다. 허자는 이상해스 중들이 밥하는 굿을 몰래
지켜보구 있는디, 중들은 큰 가매솥에다 밥을 많이 해스 이굿을 큰 브
륵지에다 프담으가지구 절 뒷산으로 올라가스 그그 있는 큰 굴 앞에
다가 났다. 놓니게 굴 안이스 큰 구렝이가 나와스 밥에다 코를 대구 밥
냄새를 실큰 맡구스 그르구스 굴 안으로 들으갔다. 그르느라니 시간이
오래 글리구 밥은 다 식었다. 이 밥을 갖다가 중이랑 허자랑 믁었다.

　허자는 이른 사실을 보구 나스 즈 구렝이한티 밥을 갖다놓는 일이
읎으지게 되면 드운 밥을 믁을 수 있겠다 하구 그 구렝이를 잡아 쥑여
읎앨 생각을 했다. 그리스 워디스 삼지창을 하나 구해가지구 다음날
밥을 구렝이 굴 앞에 갖다놀 즉에 따라가서 구렝이가 밥에다 대구 밥
냄새를 맡고 있을 때 삼지창으로 구렝이를 찔르스 쥑에 브렀다. 그리
구 그 죽은 구렝이를 불태워 브렀다. 그랬드니 구렝이는 파란 연기를

치솟으면스 타는데 그 파란 연기가 허자으 몸을 한 바퀴 감돌드니 둥둥 뜨스 즈 믈리 가드니 허자으 집이로 가스 사라줬다.

구렝이를 이릏게 해스 쥑여 읎앤 후로는 절에스는 찬 밥이 아니구 늘 드운 밥을 믁게 됐다.

하루는 허자으 집이스 허자으 마누라가 아들을 났다고 기별이 와스 허자는 집이로 갔다. 가스는 담장 밖에스 들으니게 애기으 울음 소리가 마치 구렝이가 삼지창으로 찔려스 죽을 때 내든 그른 소리가 났다. 허자는 이 소리를 듣구, "아흐 이그 구렝이가 내 아들로 태으났구나. 이그 그대로 키웠다가는 큰 화를 입게 되겠구나" 하구 집으로 들으가스 그 애기를 보지도 않고 읖으스 쥑에 브릈다.

허자는 절에 가스 공부를 하고 있는디 일 년쯤 지나스 아들을 났다는 기별이 와스 아들 보로 집이로 갔는데, 울 밖이스 애기 울음 소리를 들으 보니 구렝이가 죽을 때 내든 울음 소리와 같으스 이 아이도 큰 일을 즈지를 아라고 읖으 쥑였다.

허자의 마누라는 또 아들을 났는디 아들 났다는 소식을 남편에게 기별하면 와스 또 죽일 굿이 분명할 굿 같으스 이븐에는 기별도 않고 벽장에 가두으스 남 몰래 키웠다.

허자는 공부를 마치고 과그에 급제해가지고 펭양 감사가 돼스 펭양으로 내려갔다. 허자가 펭양 감사로 내레가 봉게 그그 아즌 하나가 국고금을 많이 축내고 있으스 이 아즌을 중죄로 다슬르고 사형에 츠했다. 그랬드니 그 아즌으 아들이 한 열댓 살 되는 아가 있는디 이 아가 하루는 감사한티 찾으와스, "즈는 아무개 아즌으 아들이온디 애비가 국고금을 많이 축내스 중블로 사형으로 츠블되여 죽읐습니다. 애비 읎는 으린 놈이 믁고 살 수가 읎사오니 감사께스는 즈으 츠지를 불상히 여기시고 감사 옆에 두으 잔심브름이나 시키여 믁고 살게 해 주십시유" 하구 애원했다. 감사가 듣고 보니 그 아으 사중이 딱해스 통인으로 삼으스 몸 시중을 들게 했다.

하루는 허자 감사가 관복을 만즈 보니게 병부가 읎었다. 병부란 것은 나랏님이 감사한티 내려주는 것인디 이굿을 지니고 있으야 감사 노룻을 하는 굿이고 이굿을 잃으 브린든지 읎애면 감사직을 파면당할 뿐 아니라 사형을 당하게 된다. 허자 감사는 병부가 읎으즈스 밥도 안 믁고 들으누으스 꿍꿍 잃았다. 감사 부인이 감사한티 와스 워째스 이르십니까 하니까, "병부를 잃었으니 관직을 파직당할 뿐 아니라 사형 당해스 죽게 돼스 그른다"고 했다.

감사 부인도 이 말을 듣고 같이 극증이 대스 슬픔에 잠겨 있는디 벽장에 가두으스 키우는 아들이 즈으 아브지 으무니가 하는 말을 든구스 으므니한티 살잭이 말했다. "으무니 극증 마시요. 병부를 찾는 방뵙이 있십니다." 으므니는 이 말을 듣구 반가워스, "워틓게 하면 병부를 찾느냐?"고 물었다. 그르니게 아들은, 삼문 밖에다 불을 지르고 불이야 소리츠스 아브님이 불끄로 나가시면스 관복을 붓으스 통인한티 맡기고 뛰여나가스스 불을 다 끄구 돌아오스스 통인한티스 도루 받으입으스문 병부를 찾게 됩니다" 하구 말했다.

감사 부인은 이 말대로 감사한티 말하니까 감사도 그그 좋은 이견이다 하고, 삼문 밖에 불을 지르고 불이야 소리가 나니게 감사는 관복을 붓으스 통인한티 맡기고 뛰여나가스 불을 다 끄구 돌아와스 통인한티스 관복을 도루 받으 입구 보니 잃었든 병부가 있었다. 감사는 부인으 현명한 으견을 극구 칭찬하면스, "나는 부인 때문에 죽은 목슴이 다시 살았다"고 멫 번이고 치사했다. 부인은 그른 현명한 이사를 낸 굿은 내가 아니구 아들이 낸 이사라고 말하면스 시번째 난 애기도 당신한티 알리면 죽일 굿 같으스 알리지 않고 벽장에 가두워 키우구 펭양에 올 즉에도 궤 안에 느스 데리구 와스 지금은 벽장에 숨겨두고 있다고 자초지종 이야기를 좌악 했다. 감사는 말을 듣고 그렇게 몰래 큰 아들을 만나보게 해 달라고 하니게, 부인은 벽장문을 열고 나오게 해스 父子相面을 시켰다. 감사가 아들 눈을 보니 눈에스 생기가 돌구 용모는 영리하게 생겨스 매우 기뻐했다. "니가 으틓게 병부 찾는 방뵙을 생각했느냐?"고 물으니게 그 통인이라는 아는 즈 아부지가 아브지 감사 땜에 사형 당해스 죽으스 이 아들놈이 아브지 감사를 원수로 알고 아브지를 죽게 하기 위하여 통인이 돼각고 병부를 흠츠내스 죽게 할라고 한 굿 같으스 그른 꾀를 쓰스 병부를 도루 찾게 한 그라고 말했다. 허자는 이 말을 듣고 아들으 총명함에 더욱 감탄하고 이름을 귀라고 지여 공부를 열심히 시켜 과그에 급제시켜 벼슬을 올르게 했드니, 벼슬이 차차 높 아즈서 영이증까지 되였다. 아브지 허자도 영으증 벼슬을 해스 이 허 자 허귀으 세력과 권세는 막강해스 누를 사람이 읎었다. 그리스 자귀 하다라는 말이 생겼다고 한다.

그른디 허귀는 역즉 모이를 하다가 이긋이 발각돼스 허자 허귀으 집 안은 멸문지화를 당하여 몰살하게 됐다. 이긋은 구렝이가 허자한테 찔 려 죽었는디 그 구렝이으 원혼이 아들로 태어나스 허자으 집안을 몰살 케 하여 복수한 긋이라고 사람들은 말한다.

*1941년 4월 唐津郡 高大面 城山里 朴太義

1) 許積의 訛音인 듯하다.　　2) 許堅의 訛音인 듯하다

惡漢에게 잡혀간 누이를 구해 낸 남동생 |

옛날에 으뜬 곳에 한 큰 부자가 살고 있었는디 이 부자집으 기명[1]은 모두다 金과 銀으로 되여 있었다. 구리나 놋 쇠나 무쇠로 된 긋은 하나도 읎었다. 쌀이며 콩이며 여르 가지 곡식이 가득가득 차 있는 고깐이 여르 채 있고 귀한 믈근이 차 있는 고깐도 많 았다.

그른디 이릏게 잘사는데 아들도 딸도 읎으스 이 부자는 아들이고 딸 이고 자손 낳기가 큰 소원이였다. 그래스 이 부자 내외는 한밤중에 뒷 산에 올라가스 아들이고 딸이고 낳게 해 달라고 츤지신명에게 빌었다. 이릏게 하기를 백 일 동안 온갖 증승을 들여스 치승을 들였다. 이르한 치승이 효흠이 났든지 그후에 딸을 낳게 되였다. 부자 내외는 기쁘스 이 딸을 금이야 옥이야 하고 애지중지 하여 잘 키웠다. 이 딸은 잘 크 는디 나이 열다스 살이 되니게 이 집에스는 이븐에는 아들을 낳게 됐 다. 부자 내외는 드욱 기쁘스 이 아들도 잘 키웠다. 그른디 이 아들이

돌이 잽히자 아브지가 돌아가시고 또 을매 안 가스 으므니도 돌아가슸다. 그르니게 이 딸과 으린 아들은 부모를 잃고 그 크다란 집에스 부모 읎이 살게 됐다.

어느 날 부자집 딸이 밤에 자고 있니라께 무신 통 하는 소리가 나드니 웬 흠상궂게 생긴 놈이 칼을 빼으들고 방 안으로 들으오드니, "느는 나하고 살자. 니 동생은 죽여 읎애겠다. 이놈이 크면 나를 해칠 놈이다"고 말했다. 그놈을 보니 그놈은 이 집으 종놈이였다. 그래스 부자 주인 딸은, "네가 나를 원한다면 느하고 같이 살겠다. 내 동생을 읎애야 한다니 그름 내가 죽여 읎앨 티니 느는 밖에 나가 있그라" 이릏게 말해스 종놈을 밖으로 내보냈다. 종놈을 밖으로 내보내 놓고스 츠녀는 제 손구락을 잘라스 피를 내여 홍급에다 아무 해 아무 달 아무 날이라고 동생으 生年月日과 이름을 씨고 누이는 종놈한테 잽혀간다고 쓰스 그 홍급을 동생 저구리 동증 속에다 꾸며 늫있다. 그르고 대층 마루를 뜯고 그 밑에 방을 만들고 이불 요를 두틈하게 깔고 음식도 많이 갖다 놓고 동생을 그그다 두고 나스 대층 마루 조각을 즌과 같이 잘 맞추으 놨다. 이르고 나스 종놈을 들으오라고 해각고 내 동생을 죽여스 뒷산에다 묻었다고 말했다. 그르니게 종놈은 그르느냐 하고 이 주인 딸을 데리고 믈리 갔다.

그 뒤 으뜬 갓을 파는 사람이 이 부자집 앞을 지나다가 갓을 살 만한 큰 부자집이여스 대문간이스 주인을 찾았다. 그른데 아무 대답이 읎으스 대문을 열고 안으로 들으가니 사람은 아무도 읎있다. 이 갓장수는 좀 쉬여 가겄다고 마루에 앉으 있잉게 으디스 으린애 우는 소리가 들려 왔다. 우는 소리 나는 데를 가 보니까 대층 마루 밑이스 났다. 대층 마루를 뜯고 보니게 돌이 좀 지낸 으린애가 울고 있으스 그기스 끄내여 드르운 옷을 빨으 줄라고 붓겨봤드니, 즈고리 동증 안에 이 아으 生年月日과 이름과 누이는 종한테 잡혀간다고 씨여 있는 홍급이 나왔다. 갓장수는 이 아이는 예늬 아이가 아니다 하고 그 으린애를 집이로 데레와스 친자식과 같이 잘 키웠다. 좀 자라스 글을 갈췄드니 하나를 배우면 열을 아는 영리한 아이였다. 스당에 보내여 글을 배우게 했드니 뛰으나게 잘 해스 슨생도 특별히 귀여워하고 잘 못하는 아이들을 꾸질 때에는 아무개를 본따라고 했다. 그르니 다른 스당 아이들은 이 아를 시기하고 미워해스 애비 읎는 호로자식 애비 읎는 호로자식 하고 욕하고 읍슨여겼다. 이 아는 그른 말을 듣고 갓장시한티 가스, "나는 아브지가 있는디 워쩨스 아이들이 애비 읎는 호로자식이라고 함스 읍슨여기느냐?"고 물었다. 갓장시는 그제야 사실대로 말했다. "느는 내가 난 아들이 아니다. 느는 아무데 사는 아무개 부자으 아들인디, 느그 부모가 다 돌아가스스 느그 집 종놈이 느그 누이를 잡으가고 느 혼자 그 집에 있으스 내가 데려다가 내 아들츠름 키웠다"고.

이 아이는 이 말을 듣고 누이를 찾으내 보겠다 하고 그 집을 나왔다. 그 집을 나와가주고 여기즈기 돌아다니다가 으뜬 동네에 이르렀는디 그 동네으 으뜬 큰 부자집에 챚으가스, "나는 집도 읎이 뜨돌아다니는 아이인디 이 댁에스 사랑 심부름이나 해주고 밥이나 은으믁고 싶으니 나를 이 집에 두으 주시유" 하고 말했다. 주인이 이 아를 보고 괜찮을 긋 같으스 그라고 하고 두기로 했다. 이 아는 그 집에스 일도 잘하고 부지른히 집안일을 잘 그들으 주고 했다. 그래스 주인은 좋와라고 하고 다른 하인들보고는 즈 아같이 잘 하라고 야단췄다. 그래스 다른 하인들은 이 아이를 미워하고 고된 일만 시키고 내중에는 쥑여 읎앨 궁리를 해각고 큰종이 소 다슷 마리를 내주면스, 느 산에 가스 오늘 안으로 나무를 해스 이 소 다슷 마리에 한 바리식 싣고 와야지 그르지 못하면 쥑여 읎애겠다고 했다.

이 아는 큰종 말대로 산으로 나무하르 갔는디 하루 동안에 나무 다슷 바리를 다 할 수가 읎으스, 이래 죽으나 즈래 죽으나 죽기는 마찬가지니 편히 지내다가 죽는 것이 낫겠다 하고 바우에 지대여 잤다.

한참 자고 있는디 꿈에 호연 수염을 늘어뜨린 노인이 나타나스, "소는 나무를 한 짐식 지고 땀을 흘리고 있는디 느는 웬 잠만 자고 있느냐"고 나무램스 그림 두 장을 주었다. 그 그림 한 장은 무습게 생긴 남자으 그림이고 또 하나는 이쁜 여자를 그린 그림이였다. 그 그림 두 장을 주면스, "네가 으려운 일을 당했을 때에는 이 男子 그림으 코를 두

드리고 으려운 일이 다 풀렸을 때는 이마를 두드려라. 그르고 니가 배가 고플 때에는 女子 그림으 코를 두드리고 배가 부르게 믁은 담에는 이마를 두드려라" 이릏게 말하고 사라즜다.

아 아이는 잠에스 깨스 보니께 男子 그림과 女子 그림이 두 장 있고 소는 다슷 마리가 다 나무를 한 짐식 싣고 땀을 흘리고 있으스, 소를 끌고 일지감치 집이로 갔다. 그랬드니 큰종은 이런 굿을 보고 이 아이으 재주에 깜작 놀래고 으특하지 못했다.

이 아이는 그 날부트 주인집에스 해주는 밥을 믁지 않고 여자 그림으 코를 두드르스 맛있는 음식을 믁고 지냈다. 이 아이가 주인집에스 해주는 음식을 믁지 안해스 주인은 이상해스 이 아이 밥 믁는 굿을 보니게 女子 그림으 코를 두드려스 음식을 내스 믁고 있으스 주인은 그 그림을 뺏으스 그림을 두둘겨스 음식을 내스 믁웄다. 이 아이는 주인 한티 뺏긴 그림을 도로 챛일라고 해 봤는디 주인은 그 그림을 늘 베개 속에 늫으 두고 내놓지 안해스 도로 챛으 가질 수가 읎웄다. 그래스 한 븐은 꾀를 내가지고 급히 주인 방으로 뛰여들으가스, "주인님 큰일났 십니다. 요 아래 집이스 불이 나스 막 타 들으옵니다"고 했다. 주인은 이 말을 듣고 방을 뛰여나갔다. 이 아는 이 사이에 주인 방에 들으가스 그 그림을 두 장 다 들고 나와스 도망췄다. 주인은 나가 봤는디 불난 집이 아무 데도 읎으스 집에 돌아와 보니, 그 그림이 읎으즈스 아 요놈 한테 속았다 하고 종들을 여릇을 시키스 이 아이를 잡으오라고 했다. 종들은 이 아이 뒤를 쫓아갔다. 이 아이는 급해즈스 男子 그림으 코를 때렸다. 그랬드니 붕그지 씬 사람이 수읎이 나와스 그 종들을 모두 다 뚜들겨패스 눕혀놨다. 이 아이는 그림 男子으 이마를 뚜드리니게 붕그 지 씬 사람들은 죄다 그림 속으로 들으갔다.

이릏게 해스 이 아이는 잽히지 않고 무사하게 돼스 가는디 가다가 날이 즈물으스 으디 잘 디가 읎는가 하고 사방을 둘르봤드니, 즈으 쪽에 불이 비치는 디가 있으스 그리 챛으가스 하룻밤 재워 달라고 하니게 그 집 주인 영감은 그르라고 했다. 그래 들으갔드니 주인 영감은 즈녁밥을 채려 주으스 즈녁밥을 믁고 나니게 주인 영감은, "느는 니 누님

을 챗고 있지야?" 하고 물으유. 그릏다고 하니게 느그 누님은 아무데
슴에 있다고 말했다.

그름스, "그그를 갈라면 큰 바다를 근느가야 한다. 그 슴에는 파수꾼
이 있으스 잘 들으갈 수가 읎잉게 그 파수꾼이 잠든 틈을 타스 슴에 올
라가야 한다. 슴에 올라가스 한참 가면 큰 지아집이 있는디 그 집 대문
앞에는 사나운 가이가 지키고 있으스 사람만 보면 짖으대고 달라들으
니게 이놈을 짖고 달라들지 못하게 할라면, 고기등이를 한 등이 든즈
주으야 한다. 그르면 그 고기등이를 믁니라고 짖지 않을 티니 그 새에
살작 지나가야 한다. 그그를 지내스 드 가면 게우가 있으스 사람만 보
면 깩깩 큰 소리를 질르스 낯슨 놈이 왔다고 알린다. 그르지 못하게 밥
등이를 든즈주면 그긋을 믁니라고 소리지르지 않는다. 그 사이에 살
작 들으가야 한다. 그그스 드 들으가면 참새떼가 쩩쩩거리며 낯슨 사
람 들으왔다고 알릴 팅께 그리 못 하게 좁쌀 한 되쯤 뿌려 주어야 한
다. 그그를 지내스 드 가면 강이 있고 다리가 있는디 그 다리를 근늘라
고 하면 다리에 매달은 방울이 딸랑딸랑 하고 요란한 소리를 내스 누
가 근느간다는 그를 알리니게, 그리 못 하게 방울에다 솜뭉텡이를 틀
으막고 근느가야 한다. 그 다리를 근느가면 몸채가 있는디 이 몸채에
는 느그 누이를 잡으간 놈이 있는디 그 방문을 열면은 큰 칼이 날르와
스 니 목을 칠라고 할 긋이다. 그때는 呪文을 ― 이 呪文으 말은 잊읐
다 ― 외면 칼은 땅으로 뚝 뜰으지고 만다. 그 나뿐 종놈은 그 방에스
자고 있을 틴디 눈을 감읐이면 안 자는 그고 눈을 떴이면 자는 긋이니
그리 알으라. 그 몸채를 뒤로 하고 드 가면 큰 연못이 있는디 그 연못
에 있는 배를 타고 가면 연못 가운데 슴이 있다. 그 슴에 있는 草堂에
느그 누이가 있다." 노인은 이릏게 자세히 가르츠 주읐다.

이 아이는 이 주인 영감에게 고맙다고 인사를 하고 잤는디 아침에
자고 일으나 보니 노인도 읎고 집도 읎고 바우 밑에 있읐다. 아아 그
하얀 노인은 아마도 이 산으 산신령이신가 부다 하고 드욱 감사한 마
음이 나스 그 산에다 대고 즐을 수읎이 하고 그그스 뜨나스 갔다.

한참 가니게 바다가 나스스 그 바다를 근느 슴에 이르릂다. 마침 밤

이 돼스 파수꾼이 자고 있으스 가만히 그 곳을 무사히 지나스 갔드니 큰 지아집이 나트났다. 대문에는 사나운 가이가 있으스 고기등이를 든즈주었드니 가이는 그 고기등이를 믁니라고 달라들지도 않고 짖지도 안해스 그그도 무사히 지냈다. 한참 가니라니게 게우가 있었다. 밥 등이를 든즈주니게 게우는 그긋을 믁니라고 소리내지 안했다. 그그를 지나가니까 참새떼가 있으스 좁쌀 한 되를 흩으주었드니 그 좁쌀을 줏으믁니라고 소리내지 안했다. 한참 가니게 강이 있고 다리가 있으스 다리를 근느기 즌에 그기 달려 있는 방울을 솜뭉치로 틀으 막었드니 방울은 소리내지 안했다. 다리를 무사히 근느갔드니 몸채가 있었다. 몸채 방문을 여니게 칼이 날라왔다. 노인이 갈츠 준 呪文을 외우니게 칼은 날으오다가 그만 땅에 툭 뜰으줬다. 방 안에 들으갔드니 흠상궂게 생긴 놈이 눈을 뜨고 드르누으 있었다. 그놈을 그대로 두고 몸채 뒤로 갔드니 큰 연못이 있고 연못 한가운디에 슴이 있고 그 슴에 초당이 있었다.

이 아는 배를 타고 연못을 근느 草堂에 들으갔드니 그기 있는 즒은 여자가 "니가 사람이냐 귀신이냐. 귀신이면 쓱 물르가라"고 소리췄다. 이 아는, "사람이유. 사람이니까 여기 왔수" 했다. 여자는 "으뜨한 사람이기에 여기 들으왔느냐? 여기는 나는 새도 못 들으오고 기는 짐승도 못 들으오는 딘디 여기를 으뜬 사람이기에 들으왔느냐?"고 했다.

"나는 이른 사람이유. 아무데 사는 아무개유. 내 누이를 챛이르 왔수. 이긋을 보고 말 좀 하시유" 함스 누이가 손구락을 비으스 낸 피로 씬 홍급조각을 내보였다. 그랬드니 여자는 그 홍급조각을 보드니, "아이고 내 동생이 죽지 않고 살아스 여그까지 왔구나" 하고 왈칵 달라들으 을싸안고 소리내스 울었다. 우는 소리를 듣고 흠상궂인 놈이 칼을 빼으 들고 쫓아 들으왔다. 누이는 그놈을 보드니, "즈놈이 나를 여기로 잡으온 우리 집 종놈이다"고 했다. 이 아이는 이 말을 듣고 그르냐고 즈놈을 가만 둘 수 읎다 하고 남자 그림을 끄내여 남자 그림으 코를 탁탁 치니게 붕그지 씬 사람이 수읎이 나와스 몽둥이를 들고 두들겨팼다. 종놈은 칼로 붕그지 씬 사람을 내려 췄는디 붕그지 씬 사람들은 칼에 맞으도 죽지 않고 사납게 달라들으 죽이고 말았다.

이릏게 해스 그 흠상궂인 종놈을 죽이고 그놈이 사는 집을 삳삳이 뒤줐다. 한 곳간에 金銀寶貨가 가득 쌓여 있읐고 또 한 곳간을 열으보니게 이놈이 잡으다 논 사람이 있고 또 한 곳간을 열으 보니게 여자들이 많이 있었다. 으뜬 곳간에는 쌀이 가득 있고 으뜬 곳간에는 돈이 가득 있고 곳간마다 여르 가지 재물이 가득히 쌓여 있었다. 이 아이는 곳간에 갇혀 있는 사람과 여자에게 다 쌀이며 돈이며 財物을 노나주며 갈 데로 가라고 했다. 그리고 그기 있는 金銀寶貨를 소와 말에 싣고 나오며 그 집에는 불을 질르 태워브렸다. 그리하여 누이를 데리고 나와스 그즌 집이로 돌아와스 잘 살았다고 한다.

＊1943년 9월 瑞山郡 泰安面 東門里 金川炳曄

1) 食器

원님놀이 하는 아이의 슬기 | ^{옛날에} _{으뜬 으}

사가 뜰으진 갓을 씨고 후줄근한 옷을 입고 추레한 모습을 하고스 사방을 돌아다님스 민정을 살피고 있읐는디, 한 븐은 으뜬 시골에 있는 스당에를 챛으가게 됐다. 그 스당에는 마침 슨생은 으디 나가고 읎읐다. 슨생이 읎잉게 스당 아그들은 우리 심심하니 원님놀음이나 하고 놀자 함스 아무개는 원님이 되고 아무개는 책방 노릇하고 아무개는 사령, 아무개는 죄인, 이르면스 각각 소임을 증해가지고 원님놀이를 했다. 으사는 아그들이 으릏게 하는가 하는 긋을 보느라고 방 한 구석에 가스 가만히 앉으 보고 있었다. 원님 된 아가 죄인을 닦달하는디 그 닦달하는 솜씨가 참 잘 해스 으사는 뛰츠나가스 원님 노릇하는 아으 므리를 씨다듬으면스 느 참 영리하구나 함스 칭찬을 했다. 그랬드니 원님 노릇하는 아는, "이 무례한 놈, 여그가 으디라고 감히 뛰으 들으와서 원님으 므리에 손을 대느냐, 여봐라! 이놈을 당장 묶으스 下獄시키렸다!" 하고 큰소리로 호령했다. 그러니게 사령 노릇하는 아가 나와스 으사를 묶어스 칙간 안에다 갖다 가두웠다. 으사는 아그들이 하는 대로 그대로 칙간 안에 들으가스 가만히 있었다.

을마후에 원님놀이가 끝났는데 원님 노릇 하든 아가 칙간으로 와스 으사를 칙간 밖으로 끌으내스 "아까는 으른께 무례하게 되였습니다. 아무리 아그들으 장난이지만 명색이 원님놀이기 때문에 외인이 그 마당에 들으왔고 원님 므리에 손을 대스 원님으 위신을 지켜야 하게 때문에 그릏게 한 짓입니다. 그릏게 아시고 무례하게도 으른을 이른 데다 가둔 긋을 용서해 주시유."

으사는 이른 말을 듣고 아이들으 하는 짓에 드욱 감탄하고 크게 칭찬해 주고 후한 상금까지 내주웠다고 한다.

＊1943년 8월 論山郡 上月面 新忠里 德川松太郎

智兒 | 옛날에 으느 곳에 한 여나무 살 난 아이가 있었다. 이 아이는 재주가 비상한 아이였다. 어느 날 이 아으 으므니가 방앳간에 가스 방애를 찧고 있었다. 빗자루를 안 가즈 와스 집 안에 있는 아보고 빗자루를 가즈 오라고 했다. 이 아는 빗자루를 갖다 줄라고 하는디 그때 마침 비가 좌락좌락 오고 있으스 비를 맞고 가기가 난감항께 가이 등에다 빗자루를 메 놓고 즈그매보고 가이를 부르라고 했다. 으므니는 왜 가이를 부르라고 하는 줄도 모르고 워리워리 하고 가이를 불렀다. 가이는 으므니한테 달려갔다. 가이 등에 빗자루가 있으스, "즈놈이 비 맞고 올 수가 읎이니께 이릏게 해스 빗자루를 보냈구나" 하면스 빗자루를 받았다.

그후에 어느 날 으뜬 사람이 白髮老人을 그리고 그 아래에 닥을 그린 그림을 가지고 왔다. 이 그림을 보든 사람들은 이 老人으 나이가 멫이나 됐을까 하고 칠십이라는 둥 팔십이라는 둥 각기 말하고 있었다. 그르다가 한 사람이 이 아보고, "이 노인이 멫 살인지 느는 알아 맞히겠냐?" 항께, 여든한 살 된 老人이라고 즉각 대답했다. "느는 으틓게 여든한 살이라고 하느냐?" "여그 보시유. 닥이 그려 있지 않으유. 닥을 부를 때 구구구 하고 부르니게 구구는 팔십일 여든하나가 돼서 이 노인 은 여든한 살 자신 그 아니여유" 했다구 한다.

*1927년 2월 牙山郡 溫井面 九靈里 朴百萬

智兒 | 옛날에 중국 왕은 조선에 이인이 을마나 있는가 알고 싶 으스 으르운 문제를 내보내스 풀게 하는 일이 종종 있었 다. 어느 해엔가는 모가지 읎는 동물하고 재로 꼰 새끼를 보내라는 문 제를 내보냈다. 조슨 왕은 이 문제를 받고 신하들보고 물었다. "세상에 모가지 읎는 동물이 으디 있으며 재로 으떻게 새끼를 꼰단 말인가?" 이른 으르운 문제를 으떻게 풀으야 할지 몰라스 조증에스는 큰 극증그 리가 됐다. 그래스 왕은 할 수 읎이 신하를 시키스 팔도를 돌아다니며 이 으르운 문제를 풀 수 있는 사람을 챗기로 했다.

신하 중 한 사람이 사방으로 돌아다니다가 으뜬 산골 마을에 가스 으뜬 집에 들으갔다. 집에는 으른은 읎고 조그마한 으린애가 집을 보고 있었다. 이 신하는 "느가부지[1]는 으디 갔느냐?"고 물으니게 "도독 놈 춤에 갔다"고 대답했다. 그래스 신하는, "그름 느가부지는 도둑놈이 냐?"고 물었다. 그러니게 으린애는 "이 으른 참 바보네. 남으 아브지를 도독놈이라고 하니?" 하고 말했다. 그르면스, "참 이 으른 말귀도 못 알 아듣네. 우리 아브지는 장에 갔이유" 했다. 장에 간 긋을 으찌스 도독 놈 춤에 갔다고 하느냐고 물으니게, "장이 도독놈 춤이 아니고 뭡니까? 장바닥이란 데는 물근을 사고 팔고 하는 덴디 물근을 살 사람은 값을 깍을라고 하고 팔 사람은 한 푼이라도 드 받을라고 하는데 이 긋은 마 음 심보가 나쁘스 도독놈 심보로 그르는 긋 아니유. 그러니 장이란 디 는 도독놈 춤이 아니구 무웃이유" 이렇게 말을 했다. 듣고 보니 이 으 린애 말이 맞그든. 이른 애야말로 아무리 으르운 문제도 풀 수 있겠다 하고스, "느 모가지 읎는 동물이 무웃인지 아니?" 하고 물으봤다. 그랬 드니, "으르신네는 그긋도 몰라스 물으시유? 그근 게지 뭐예유?" 하고 즉각 대답했다. 신하는 깜작 놀래여, "느 재로 새끼를 꼬겠니?" 하고 물었다. "재로 새끼는 못 꼬지만 재로 된 새끼는 만들 수 있이유" 하고 대답했다. "으틓게?" "새끼를 불로 태우면 재로 된 새끼가 돼유" 했다.

신하는 이 으린애으 말을 듣고 으른들도 알아내지 못하는 문제를 이 으린애는 직각 알아 내다니 이 아이야말로 우리나라 이인이라고 크게 감탄하고, 서울로 곧장 올라가스 게 한 마리와 새끼를 불로 태운 긋을 가지고 王 앞에 나가스 바췄다. 王도 이긋을 보고 참 용하게 문제르 풀었다고 칭찬하고 상을 많이 내렸다.

그른디 이 산하는 왕에게, "이 문제를 푼 긋은 小臣이 아니고 아무골 아무 동네에 사는 으린애가 가르츠 주으스 푼 긋입니다. 하고 여쭈읐다. 왕은 그 아으 지혜에 깜작 놀라 곧 서울로 불르 오도록 했다. 그래 블르들여 여르 가지로 물으 보고 퓩 영리허고 똑똑해스 이 아이를 養子로 삼고 이 아으 부모를 불르다가 벼슬자리도 주고, 이 신하도 증직하게 말했다고 해스 버슬을 높여 주읐다고 한다.

＊1942년 7월 論山郡 連山面 新安重亮

1) 너의 아버지

智兒 │ 옛즉으 한 가난한 사램이 있는디 집안이 가난해스 부자 한티스 돈 천 냥을 꾸으 썼는디 갚을 수가 없으스 미룩미룩해스 몇 년이 지냈다. 그릏게 하루는 돈 꾸으 준 부자가 "본즌 천 냥에다가 그동안 밀린 이자까지 츠스 이천 냥을 아무 날까지 갚으라. 못 갚그든 목새[1]로 신을 삼으 오라"고 했다. 그르니 이 사람은 돈은 이천 냥은 크녕 천 냥도 갚을 수도 읎고 목새로 으틓게 신을 삼을 수도 읎고 해스, 그것이 극증이 돼스 밥도 안 믁고 꿍꿍 앓고 드르누으 있었다.

이 사람 아들이 한 칠팔 세 된 아들이 있는디 이 아들이 아브지가 밥도 안 믁고 앓고 드르누으 있는 긋을 보고 "아브지 워째스 그르시유" 하고 물읐다. "느 알 일 아니다" 함스 말하지 않으니게 아들은 "아브지가 극증하는 것을 아들인 지가 몰라스야 씨겠십니까. 으스 말해 보시유" 하고 자꼬 말하라고 졸랐다. 그릏게 아브지는, "글쎄 말이다. 내가 아무개 부재한티스 돈 천냥을 꾸으 쌌는디 멫 해를 두고 못 갚었드니, 이제와스 이자까지 해스 이천 냥을 메칠 날까지 갚든가 못 갚으면 목새로 신을 삼으 오라니, 이게 다 으려운 일인디 그게 극증이 돼스 이르고 있단다"고 말했다. 그릏게 아들은 아브지 말을 다 듣고 나스, "아브지 극증 마시고 으스 일으나스 진지나 잡수시유. 지가 가스 잘해 보겠십니다" 이렇게 말하고스는 목새를 두 주믁을 쥐으각고 부재한티 챚으가스, "으르신네께스 우리 아브지보고 목새로 신을 삼으 오라고 하슸담시유. 그른디 목새로 신을 삼을라면 샌내키가 있이야 항께 으르신네께스 이 목새로 샌내키를 꼬아 주시면 목새로 신을 삼긌십니다라고 합디다. 그르니 이 목새로 샌내키를 꼬아 주시유" 이렇게 말했다. 부재는 이 말을 듣고 그만 감동하고 돈도 신도 그만 두라고 했다고 한다.

* 1927년 2월 扶餘郡 恩山面 恩山里 金鍾實

1) 모래, 砂

智兒 | 동네 앞 증자나무 밑에 사람이 여릇이 모여스 놀고 있는데 그 앞으로 으뜬 여자가 광주리에다가 무읏을 담으각고 이고 갔다. 사람들은 이긋을 보고 "우리 누가 즈 여자가 광주리에 담으스 이고 가는 긋이 뭇이며 그긋은 멫 갠가 알으맞츠 보자" 하고 했다. 그리스 모도 다 그긋을 알아맞츠 보겠다고 낑낑대고 있는디 아무도 알으맞추지 못하고 있읐다. 그른디 그그 일고여들 살찜 된 으린아가 있읐는디 이 아가, "나는 알으유. 즈 여자가 이고 가는 광주리 안에는 밤이 있고 그 밤 수는 예순네 개여유" 했다. 사람들은 그 여자으 광주리 안에 들으 있는 긋을 보니께 과연 밤이고 갯수도 예순네 개였다. 사람들은 놀래스 그 으린아보고, "느는 으떻게 용케 알으맞추읐느냐?"고 물읗게, "즈 여자가 갈 즉에 까치가 나뭇가지를 물고 스쪽으로 날으가기에 西木이니게 西木은 栗이 돼니께 그리스 밤인 줄 알고, 또 까치가 팔팔그리고 날으가스 팔팔은 팔팔이니 육십사니께 그리스 예순네 개라고 알읐이유" 했다. 사라들은 이 아으 재주에 그만 탄복했다

고 한다.

＊1927년 2월 牙山郡 溫陽面 左部里 趙重世

智兒 | 朴御史 朴文秀가 으느 시굴길을 가구 있는디, 워뜬 사람이 쫓게 가구 그 뒤에 한 사람이 칼을 들구 쫓으갔다. 그르드니 이 칼 든 사람은 쫓겨 가든 사람을 붙잡으라고 칼로 찔르 쥑였다.

朴御史는 이른 광경을 보고 그 사중이야 워뜧게 됐든지간에 사람 하나가 죽읐으니 쫓겨 가는 사람을 못 살려 준 긋이 사람으 도리를 다 하지 못해스 그긋이 맘에 글렀다.

그후 朴御史는 집에 돌아와스 집이스 쉬면스 손자 아이하구 한가로히 놀면스 그때 살려 주지 못한 사람으 이야기를 했다. 그랬드니 손자는, "예이 할아브지두 쫓게 가는 사람을 살릴 수 있는디 그만 죽게 했구만유." "워뜧게 해스 그 사람을 살릴 수 있단 말이냐?" "쫓게 가는 사람을 붙잡구 '네 이놈 느 잘 만났다. 나라 죄를 지구 도망친 놈 느 여기스 만났으니 잡으가야겠다' 함스 그 사람을 묶으가지구 데레가문 칼 들고 쫓아온 사람이 우째긌으유. 나라 죄인을 지가 워쯔겠으유. 그냥 두구 갈 게 아니예유. 그르면 한참 끌구 가다가 놔 주면 그 사람은 안 죽구 살게 아니여유."

朴御史는 이 으린 손자으 말을 듣구스 그 현명한 이사에 탄복했다구 한다.

＊1941년 4월 唐津郡 高大面 城山里 朴太羲

名判決 | 옛날 으뜬 사람이 살기가 으려워스 돈 좀 블까 하고 집을 팔으스 뜩 장시를 시작했다. 뜩을 쯔스 시루채 집 앞이다 내다놓고 팔라고 하는디 갑자기 집 안에 볼 일이 생겨스 안에 들으가스 일을 마치고 나와 보니께 뜩은 시루채 읆으지고 말

있다. 이 사람은 기가 막혀스 원님한티 가스 "이르이르해스 뜩과 시루를 잃으 브렸이니 지발 좀 찾으주시유" 하고 소지를 즌했다.

원님은 이 사람으 소지를 받고 뜩을 찾으 봤는디 도모지 찾으낼 수가 읎었다. 원님은 여러 가지로 궁리한 끝에 동네 사람을 다 모아 놓고 물을 한 그륵식 주고스, "이 물은 좋은 약순데 이굿을 입 안에 느스 한참 있다가 뱉으야지 믁으 브리든지 하면 죽느니라" 이릏게 말해 놓고 한참 후에 "그 그륵에다 뱉으라"고 했다. 동네 사람들은 원님이 하라는 대로 입에 물을 늦다가 다시 그 그륵에다 뱉었다. 원님은 그 뱉은 물을 일일히 조사해 보고 물 속에 뜩 찌그기가 있는 놈을 골래내고 이놈들이 뜩을 훔츠 믁은 놈으로 단증하고 뜩 값과 시루 값을 물으내도록 했다. 뜩을 훔츠 믁은 놈들은 꼼작읎이 뜩 값과 시루 값을 물었다고 한다.
＊1943년 9월 禮山郡 大述面 長福里 牧原俊馥

상며느리 | 으뜬 사람이 메누리 싯을 데리구 사는디 하루는 싯을 앞에 불르 앉히고, "메눌아가, 고개 중에스 무신 고개가 늠기 으르우냐?" 하구 물었다. 그르니게 끝이메누리는, "송학산[1] 한티고개[2]가 늠기 으르워유" 하구 대답했다. 둘재메누리는 "즈는 무신 고개가 늠기 으르운지 몰라유" 했는디 큰메누리는, "이고개 즈 고개 늠기 으르워두 오뉴월 보리고개 늠기가 제일 으르워유" 했다. 시아브지는 큰메누리 말을 듣구 참 니 말이 맞다고 했다.

다음에 눈 중에는 무신 눈이 제일 크냐고 물으니게 싯재메누리는, "소눈두 크구 말 눈도 크구 호랭이 눈두 크유" 했다. 둘재메누리는 "무신 눈이 제일 큰지 즈는 몰라유" 했다. 큰메누리는, "이 눈 즈 눈 해두 이눈[3]이 제일 큽니다" 했다. 시아브지는 또 큰메누리 니 말이 맞다고 했다.

다음에 사이 중에 무신 사이가 제일 크냐고 하니게, 초색초색하는[4] 싯재메누리는, "산새두 크구 즈그 즈 므슴새도 크유" 했다. 둘재메누리는, "즈는 무신 사이가 제일 큰지 몰라유" 했다. 큰메누리는, "이 새 즈 새 해두 믁새가 제일 큽니다" 했다. 시아브지는 이릏게 묻구 나스 큰메

누리가 그래두 다 옳은 대답을 했다구 큰메누리를 상메누리로 여겼다
구 한다.
*1941년 4월 唐津郡 高大面 城山里 朴太義
1) 唐津 내에 있는 높은 산   2) 그 산에 있는 고개의 이름   3) 서로 의논하는
것   4)경망스러운

여자 사공의 앙갚음 | 어떤 강에서 여자 사공이 배질 해서 사람을 건느

주구 있는데 한분은 으뜬 사람이 이 배에 탔으. 이 사람은 좀 싱그운
사람이든 모양이여. 이 사람은 이 여자 사공보고, "자네 배질 잘 하네"
하구 마치 지 마누라한티 하듯이 반말질을 했단 말이여. 그러니까 여
자 사공은, "워따 대구 나한티 반말질이야!" 하구 쏘아부췄다. 그렁게
이 사람은, "아 내가 당신 배에 올라탔이니 나는 당신 냄펜[1]이 된 셈이
아니야. 그르니 냄펜이 지 마누라보구 반말한 게 뭇이 잘못이야."
　이러구 보니 드 할 말이 읎지. 그런디 여사공은 이놈을 우찌야 보갚
움을 할꼬 하구 여르 가지루 생각을 했으. 배가 저쪽에 다서 이 사람이
배에스 내레스 갈라구 하니게 여사공은, "내 아들놈 잘 가그라"이랬단
말이지. 그렁게 이 사람이 그 소리를 듣구 그게 무신 말브릇이냐, 우째
스 나보구 니 아들이라구 하냐구 항게 여자 사공이, "내 뱃속에스 나가
니 내 아들놈이라구 했는디 그게 므 잘못된 말이냐?" 이르니 그 사람
암소리 못했으. 이 여자 사공은 이렇게 해스 앙갚움을 하드라.
*1958년 4월 瑞山郡 瑞山邑 老人堂 韓 老人

1) 남편

八難詩 | 옛날 어느 골으 吏房이 원을 속여스 國稅 받은 돈

을 十分之九나 믁으 브렸다. 나라에스는 臣下를
내려보내여 잘 조사하고 원을 갈고 새 원을 내려보내여 축진 國稅 돈

을 받으내게 했다. 새 원은 축낸 國稅 돈을 吏房에게 물으내게 하느라고 여르 가지로 애를 쓰다가, 으려울 難字를 韻을 달아 글을 지면 폼을 낸 國稅 돈을 탕감해 주지만 만일에 못 지면 죽인다고 吏房에게 말했다. 吏房은 원님으 말을 듣고 집에 돌아와스 難字를 韻 달으스 글을 지을라고 하는디 아무리 애쓰 봐도 지을 수가 읎었다. 그래스 식음[1]을 즌폐하고 자리에 누으스 앓고 있었다.

일곱 살 난 吏房으 아들이 즈가부지가 자리에 누으 앓는 굿을 보고, "으찌스 그러시유?"하고 물었다. 吏房은 사실 사증 이얘기를 다 하고 글을 못 지으스 그른다고 했다. 그랬드니 일곱 살 난 으린 아들이 염려 마시고 일으나스 진지 자시라고 하고는, 難之 難之 國稅難, 吾母寡婦難 心中難死 難生, 小童 七歲難이라고 지었다. 吏房은 이굿을 가지고 원님한티다 바쳤드니 원님이 보고 감동하고 또 일곱 살 난 으린아가 지었다는 말을 듣고는 드욱 감동하고 그른 활달한 意思를 가진 으린아는 장차 큰 인물이 될 굿이라고 생각하고 이 사실을 나라에 상주했다. 그랬드니 나라에스도 그 아이를 잘 키우라고 國稅 돈 폼낸 굿도 물시해 주었다고 한다.

＊1927년 2월 牙山郡 溫陽面 龍禾里 李義宅

1) 먹는 것. 즉, 음식

※漢詩 중에는 빠진 것이 많은 것 같다. 口述者가 漢詩를 올바르게 옮기지 못한 탓일 것이다.

八難詩 | 옛즉에 한 사램이 구실[1]을 수년 동안 못 바츠스 관가에 잽혀가스 매일 매를 맞고 인제는 죽게 되었다. 이 사람으 아들이 그 소문을 듣고 즈가부지가 죽기 즌에 한 븐 만나보고 싶으스 원님 있는 집 앞 대문 앞을 왔다갔다했다. 원님이 이 굿을 보고 使令을 시켜스 불르들여각고 "으찌스 대문 앞을 왔다갔다 하느냐?"고 물었다. 이 아이는 즈가부지가 구실을 못 바치고 잽혀와스 매일 매를 맞으 죽게 돼스 죽기 즌에 한 븐 만나보고 싶으스 그런

다고 했다. 원님은 그 아으 말을 듣고 나이는 멫 살이고 글을 배웠냐고 물었다. 이 아이는, "나이는 일곱 살이고 글은 大學까지 읽었다"고 대답했다.

원님은, "으려울 難 자를 여들 븐 느스 글을 지으바라. 잘만 지면 내가 그 구실을 대신 상납하고 네 애비를 내보내 주마"고 말했다. 그르니께 이 아이는 紙筆墨을 달라고 해각고 그 자리스, "難之難中 大同難, 難之難 人死難, 小童七歲失父難, 吾母靑春寡婦難" 이렇게 지웠다. 원님이 이 글을 보고 무릎을 탁 치고 그 재주에 무한 칭찬하고 그 애비를 풀으 주웠다. 그르고 돈과 紙筆墨을 줌스 잘 키우라고 일렀다고 한다.

＊1927년 2월 公州郡 新上面 嚴桂觀

1) 나라에 바쳐야 할 公金

도적 잡는 奇智 | 옛즉에 한판능이란 사람이 있웠는디 이 사람은 꾀도 있고 재주도

있는 사람이였다고 한다.

한 븐은 으뜬 술장시 하는 女子가 양푼을 잃으 브려스 이 한판능이한티 와스 잃은 양푼을 찾으 돌라고 해스 한팔능은 그 말을 듣고 그 근츠에 사는 술장시 지집들을 죄다 잡으다가 가두으 놓고 하루쥉일 암말도 않고 그대로 가두으 두웠다가 해가 질 때쯤 돼스 죄다 나가라고 했다. 하루쥉일 갖츠 있다가 그냥 나가라니께 좋와라고 우루루 나가는디 한팔능이는 "양푼 훔츠 간 년 느 그기 있그라" 하고 큰 소리로 내질릇다. 그렇게 양푼 훔츠 간 지집은 즈보고 그른 줄 알고 응급즐에 그 자리에 틀슥 주즈 앉웠다. 한팔능은 그 지집을 붙잡으다 닦달항께 과연, "지가 훔츠 갔십니다" 하고 실토하드래유. 한팔능은 이릏게 해스 잃웠든 양푼을 찾으 주웠다고 한다.

＊1927년 2월 牙山郡 溫陽面 左部里 趙重世

도적 잡는 機智 |

옛즉으 으뜬 곳에 한 사람이 사는디 이 사람은 은식기를 잃으 브리고 시매[1]가 되여스 이긋을 챛고 싶은디 도무지 찾일 길이 읎었다. 그르고 있는디 하루는 자는디 꿈에 한 노인이 나타나스 니가 잃은 은식기를 챛일라면 내가 하라는 대로 하라 하면스, "독 안에다가 물을 부으 놓고 뒷산에 가스 봉사시[2]를 쯔다가 그 나무를 가루로 만들으스 그 가루를 독 안에 물에다 타 놓고 동네 사람을 죄다 불르다가 독 속에 손을 늤다가 끄내 보라고 해라. 그때 말하기를, '이 독 속에는 독한 두끄비가 있는디 은식기 훔츠 간 사람 손을 물으스 죽게 할 게다'고 말해라. 그르고스 손이 붉은 물이 묻은 사람은 내브르 두고 손에 붉은 물이 안 묻은 사람을 잡으스 닦달하면 잃었든 은식기를 찾게 될 게다" 이렇게 말하고 사라즜다. 이 사람은 꿈 속으 노인이 일르 준 대로 뒷산에 가스 봉사시 나무을 쯔다가 가루를 만들으스 독 안으 물에다 풀으 놓고스는 동네 사람들을 죄다 불르다가, "이 독 속에는 독한 두끄비가 들으 있는디 은식기 훔츠 간 사람으 손을 물으스 죽게 하지마는 훔츠 가지 않은 사람으 손은 즐대로 물지 않는다"고 이렇게 말하고 동네 사람으 손을 씨리 독 안에 느 보라고 했다. 동네 사람들은 독 안에 손을 늤다가 끄내스 손에 빨간 물이 묻으 있읐는디 한 사람만은 손에 붉은 물이 묻으 있지 안했다. 이 사람은 그 사람을 붙잡으스 닦달했드니 그 놈이 은식기를 훔츠갔었다. 이렇게 해스 잃읐든 은식기를 도루 챛읐다고 한다.

＊1927년 2월 扶餘郡 鴻山公立普通學校 李錫峻

1) 걱정   2) 나무의 일종

딸의 機智 |

으뜬 가난하게 사는 사람이 딸을 부재집이로 시집보내게 됐이유. 그른디 이 사람은 술을 좋와해스 술을 믁으면 실수하는 수가 많읐으유. 딸이 신행질을 채려 갈라고 하는디 이 사람이 상객으로 가겄다고 항께 집안 사람들은 새사둔 집이 가스 술을 많이 마시고 실수할 팅게 가지 말라고 한사코 말렸는디, 그른데도 이 사람은 새 사둔집이스 술을 내 놔도 입에도 대지 안할 팅게 염려 말으라 하고 뿌득뿌득 상객간다고 해싸스 할 수 읎이 상객으로 가게 했이유. 그리스 상객으로 가각고 사둔집이스 술을 권해도 못 믁는다 하고 뜩이야 고기야 여르 가지 음식만 잔뜩 믁었이유. 날이 즈무니게 사돈집이스는 자고 가라고 붙드는 바람에 그르라고 하고 사둔집이스 자게 되였는디, 자다가 목이 말르고 또 뒤도 매럽고 해스 일으나스 방이스 나와각고 물을 믁겄다고 여그즈그 찾으 봉개 큰 독이 있는디 그그 종그래가 뜨 있으스 한 바가지 뜨스 믁으 봉게 물인 줄 알았드니 술이여스, 낮에는 좋와하는 술을 윽지로 안 믁고 참었는디 이릏게 술을 대하고 보니께 좋와하는 술이라 자꼬 프스 믁었이유. 을매를 믁고스는 뒷간으로 가스 뒤를 보게 되는디, 그른디 촌에스는 왜 똥통 우그다 목나무대 둘을 글츠놓고 그 우그 앉으스 뒤를 보게 해 놓지 않으유. 그래 이 사람이 똥통 우그 글츠논 목나무대에 발을 디딘단 긋이 홋디디스 그만 똥통으로 빠즜네유. 빠즈각고 간신히 나오기는 했는디 바지가 온통 똥투승이가 돼스 바지를 홀딱 붓으각고 강아지를 불르스 똥을 핥게 했이유. 강아지가 츰에는 잘 핥으 믁드니 나중에는 그 바지를 물고 달아났네유. 이 사람은 깜작 놀래각고 강아지 뒤를 쫓아가는디 강아지는 으디로 갔는지 잡을 수가 읎게 됐이유. 그리스 할 수 읎이 방으로 들으와스 두루매기를 입고 아랫도리를 개리고 앉으스 날이 밝기만 지달르고 있었이유. 날이 훤히 새스 보니께 웃묵에 으린애 바지가 있으스 우슨 이놈이라도 입으야겄다 하고 입었는디, 이 바지가 으린애 바지라놔스 밑이 트진 바지라놔스 밑 트진 디로 불알이 나와스 앞을 또닥그려스 제우 감추고 있었이유. 그른디 으린애가 잠을 깨각고 바지를 입을란디 바지가 읎다고 울그든유. 그래도 이 사람은 모르는치하고 암말 않고 그냥 보고만 있었이유.

조반상이 들으왔는데 믁은 등 만 등하고스는 뜨나야겠다 하고 대문 밖으로 나갔이유. 새 사둔네 집 사람들은 이 사람을 배웅하겠다고 모여왔이유. 이 사람은 말에 올라타는디 두루매기가 블으지고 바지가랭이가 나왔는디 으린애 바지를 입었기 때문에 밑이로 붕알이 들룽 나와스 사둔집 사람들이 보고 우스운데도 참고 있었는디 으린아가 보고 즈 사람이 내 바지 입었다고 소리치는 바람에 사둔집 사람들은 기냥 웃음을 트트렸이유. 그래스 이 사람으 딸 새메누리가 을매나 챙피할 그유. 그른디 이 딸이 새메누리가, "아이고 아브님 참 총기도 좋으시유. 제가 으렸일 즉에 으뜬 사람이 와스 이 애는 시집간 날 아브지가 사돈집 사람 앞이스 우세를 해야 잘 산다고 했는디 그 말을 잊지 않으시고 딸 잘 살게 할라고 이른 우세를 일부로 하시네유" 이릏게 말했이유. 그릉께 이 사둔집 사람들은 이 말을 듣고 즈 사둔은 딸 잘 살게 하니라고 일부로 그른 우세를 했는가 부다고 여기드래유.

*1973년 10월 23일 大德郡 東面 梧洞里 2區 金樂順 (48세, 女)

거짓말로 사위되다 | 옛즉에 果川 근방에 金長者라는 부재가 살었는디

이 사람은 가산은 요부했지만 아들은 읎고 딸 하나만 두으스 좋은 사우를 은으보겠다고 여르 가지로 생각해 보고 그짓말 이야기를 잘 하는 사람이면 재간도 많을 긋 같으스 그짓말 이얘기 시 자루 잘 하는 사람을 사이[1] 삼겠다고 자기 집 대문에다가 방을 쓰 붙였다. 그랬드니 삼사월에 과거보로 가는 슨비며 장안에 이릏다한 호글들이며 내로라 뽐내는 사람들이며 많이 모여들으스 그짓말 이야기를 했다. 그른디 이 장자는 이얘기하는 긋을 듣고 두븐째까지는 그짓말 이야기라고 하지만 시쩻븐 이얘기는 그근 참말이다 하고스 그짓말 시 자리를 못 했다고 퇴짜를 놓고 놓고 했다.

清州에 사는 생일꾼[2] 하나가 이른 소문을 듣고 이 장자네 집이 쵓으가스 지가 그짓말 이야기 시 자리 할란다고 했다. 주인 영감이 해 보라고 하니께, "즈는 청주 지방에 사는 사람인디 우리 청주 지방에스는 여름에도 드웁지 않게 지내고 겨울에도 춥지 않게 지냅니다. 으찌스 그르냐 하면은 청주 지방에스는 가을이 되면 대나무와 싸리나무를 산드미트름 츠다가[3] 채롱을 만드는디 崑崙山보다도 드 큰 채롱을 두 개

맨듭니다. 그래가주고 영남 종이로 몇 겹으로 발라스 채롱 하나에다가는 동지슫달 大寒 小寒으 雪寒風을 잡으났다가 5,6월 삼복달에 이 채롱 뚜궁을 반만 열으 놉니다. 그르면 채롱 속에 잡으났든 찬 바람이 나와스 더우를 가스[4] 중께 사람들은 시원하게 지낼 수 있십니다. 그르고 또 한 채롱에는 삼복 드위 때 드운 南風을 담북 몰아스 두었다가 小寒 大寒 雪寒風이 몰아닥칠 때 그 채롱 뚜꿍을 반만 열으 두면 드운 바람이 나와스 겨울 내내 춥지 않게 지냅니다. 그래스 우리 지방에스는 드우도 모르고 추이도 모르고 지냅니다. 그리스 우리 고장은 슨경과 다름읎십니다." 이 생일꾼이 이렇게 말하니게 장자와 그그 모여스 듣든 사람들은 "그른 그진말이 으디 있냐" 함스 방 안이 뜨나가게 웃었다.

그르고 나스 이 생일꾼은 또 이야기를 시작했다. "우리 고장에는 노인들 자시기에 아조 좋은 반찬을 만듭니다. 동지슫달이 고드름을 많이 따다가 장아찌를 박아 둡니다. 그래스 5,6월이 되면 장아찌 박은 고드름을 끄내다가 화루불에 구으도 믁고 지즈도 믁기도 하고 또 국도 끓여스 믁기도 하는디, 이굿은 뻬도 읎고 까시도 읎고 해스 그야말로 노인들 반찬으로는 천하일품이라고 하겠지유" 이렇게 말하니게 주인 영감이나 좌중에 있는 사람이나 모두 "그른 그짓말이 으디 있느냐" 하면스 크게 웃었다. 이 사람은 그 담에는, "이븐에는 그짓말이 아니고 참말을 말슴드리겠십니다" 하면스 개와주머니에스 文書 하나를 끄내가지고, "우리는 옛날에는 잘살고 장자님은 가난했습니다. 우리가 잘살 즉에 장자님께 우리 아브지가 그른만 냥을 꾸어 듸린 일이 있십니다. 이굿이 그때 쓰 논 문스올시다. 그 뀌여 드린 빚을 받을라고 그간 여르 간듸로 알으 보기도 하고 찾으다니기도 하고 하다가 오늘이야 장자님을 찾게 되였으니 지금 그 돈을 갚으스야 하겠십니다" 하고 말했다. 장자나 좌중 사람이나 이 말을 듣고 아무 말도 않고 잠잠이 있었다. 한동안 아무도 암말을 않고 있드니 장자 으찌 생각했든지, "그근 그짓말이다!" 하고 말했다. 그르닝께 이 생일꾼 총각은, "그름 즈는 그짓말 이얘기 시 자리 했십니다" 하고 말했다. 사이 취택을 그렇게 까다롭게 하든 장자는 이 생일꾼을 딸을 주으스 사이 삼았다고 한다.

＊1927년 2월 公州郡 新上面 嚴桂觀
1) 사위　　2) 육체 노동만 하는 사람　　3) 베어다가　　4) 없애

머슴이 주인 딸하고 결혼하다 | 옛날에 으뜸 마

을에 므심살이하는 총각이 있었는디 이 총각은 나이 슬흔이 되드락 장가도 못 가고 있었드랴. 어느 여름날 놉들을 데리고 *끄그락*[1]을 뒤집으쓰감스 브리 타작을 하는디 쉴참 때가 돼스 칙간에 갈라고 집 모퉁이로 돌아가는디 그그 있는 방 안을 딜이다봉게 쥔네 딸으 속곳이 글려 있으스 이 속곳을 깔쿠리로 창문에 느스 끄집으내각고 입고 타작 마당으로 가스 도리개질을 했단 말이야. 이 녀숙이 쥔네 딸 속곳을 입었이니 신이 났지. 그리스 신바람나게 도리개질 함스, "창문도 인연이유 깔쿠리도 인연이유" 함스 싱글붕글 한단 말이지. 그릏게 다른 타작꾼들이 봉게 이 므심놈이 여자 속곳을 입고 이라쌍게 모다 소리내스 웃었지. 쥔네 집 사람들이 웃음소리를 듣고 나와스 봉게 므심놈이 즈그 딸 속곳을 입고 있으스 깜짝 놀래스 아아 하고 말을 못했으. 그른디 이 소문이 그날밤으로 온 동네로 쫙 프즈스 이 딸이 시집도 못 가게 됐단 말이여. 그리스 이 쥔네는 할 수 읎이 이 므심놈한티다 딸을 시집보내게 됐다는 그여.

＊1962년 8월 錦山郡 錦山邑 桂珍里 張長根
1) 까끄라기, 벼나 보리 따위의 겉껍질에 붙은 깔끔깔끔한 수염이 떨어져서 생긴 먼지

바보가 과부에게 장가들다 | 옛날에 으뜸 마을에

과부 하나가 있는디 이 과부는 참 인물이 잘나스 天下一色이라. 그리스 그 마을 靑年들이 그 과부를 따믁을라고 야단들인디, 이 과부가 들

으믁으 주으야지.

　이 과부는 혼자스 살면스 뭘 하나 허면 묵장시를 해유. 집이스 묵을 쑤으스 넹기고 집이스는 안 팔으유. 하루는 동네 충년들이 모여앉으스 즈그 과부가 天下一色이고 츠녀 한가진디 우리는 총각이지만 그리 장가가라면 대븐 가겠는디 도모지 그 과부가 들으믁으야지 함스 이얘기를 주고받고 하고 있었는디, 그 동네 바보 총각이 하나 있는디 이 녀슥은 말도 제대로 못하고 데테하게 말하고 못나게 생긴 긋인디 이 녀슥이, "체 그까짓 긋 과부한티 왜 장개 못 가" 하그든유. 그렁께 모도들, "느같은 벵신 같은 긋이 으뜧게 장개 가?" 이랬단 말이유. 그릉께, "에이 왜 못 가? 갈라면 가지." "늬까짓 긋이 그 과부를 따믁는다면 우리가 우리 재산 즐반 주겠다" 이러니께, "그름 느그들 재산 즐반 준다는 기약스[1]를 문스해서[2] 그그다 도장까지 찍으스 내놔라" 이르그든.

　충년들은 그 바보가 지까짓 긋이 믈 할꼬 하고 재산을 즐반 준다고 기약스를 씨고 도장까지 찍으스 줬지. "느 요술이 있그든 재주끗 그 과부를 따믁으 봐라." 그래 인자, 어느 날 비가 부실부실 왔는디 이 바보 녀슥은 홀딱 옷을 붓고 울면스 그 과부네 집이로 뛰으 들으가스 과부가 묵을 쑤니라고 증지스 불을 때고 있는 디로 가스 나 좀 을른 숨겨 돌라고 했단 말이유. 그리스 과부가 으쩬 일이냐고 물응께, 나는 우리 으매한티 붙들리면 맞으죽으니께 으스으스 숨겨나 돌라고 급하게 말을 해유. 그래스 과부는 이놈을 증지 구슥에 쌓으 놓은 나뭇단 속에다 숨겨놔 줬이유. 그르고 불을 땜스, "그래스 워쨰스 느그매가 느를 때려 쥑일라고 하냐?"고 물었이유. "나는 말이지 바보라스 장개도 못가고 사내 구실도 못 하니 느같은 긋은 살으스 으따 씨겠냐, 죽으야 한다고 함스 죽일라고 하는디 워틓게 하면 좋와유. 그래 장개가믄 워틓게 하면 되는 그유. 아즈므니 그것 좀 갈치 주워유" 이런단 말이지. 그르스 이 과부는, "느 죽으스 씨겠냐, 내 장가가스 하는 븝을 갈치주마. 방으로 들으가자" 이름스 이 바보 녀슥을 방으로 끌고 들으갔으. 그르고 옷을 붓고 드르눕고는 바보보고는, "그긋을 내스 내 여기다 느 봐라. 내가 들으오라 하그든 그긋을 들으놓고 나가라 하면 내보내고 해야 한다"고 이릏게 갈츠 주었이유. 그르니 과부는 들으오느라 나가그라 연방 이르지 바보 녀슥은 과부가 하라는 대로 그긋을 과부 그그다가 댔다 뺐다 하고 있슀이유. 그때 그 과부 집 앞이를 옹기장사가 옹기짐을 지고 지나가다가 들으오라는 소리가 낭께 들으갔이유. 들으갈라고 항께 나가라 하그근유. 그리서 나가지. 나갈라고 항께 들으오라 하그든. 그리스 또 들으갔이유. 들으갈라 항께 나가라 한단 말이유. 옹기 장시는 또 나갔지유. 나갈랑께 들으오라는 그여유. 그리스 옹기 장시는 들으갔다 나갔다 하는디, 과부는 이 녀슥이 바보니께 으찔라디야 하고 하는 시늉만 하고 말라고 했는디 바보 녀슥 그긋도 사내 긋이라고 제븝 구실을 항께 오랫동안 과부로 지내다가 이른 꼴을 당하니께 그만 흥분이 돼스 들으오라 나가라 하는 소리를 빨리 하게 됐이유. 그런디 옹기장시는 들으오라 나가라 하는 소리에 맞츠으스 빨리 들랑날랑하다가 그만 삽작문에 글려스 옹기짐이 무느즈스 박삭 깼즜단 말이유. 옹기짐이 바싹 깨지는 소리에 깜작 놀래스 방에스 튀여나와스 갈라고 하는디 과부는 흥분한 끝이라 이놈을 못 가게 붙들었이유. 이래서 이 바보는 그날 즈녁을 잘 재냈단 말이유. 그리고 좋은 옷을 한 블 잘 입혔단 말이유. 그른께 이 바보녀슥도 이릏다 하는 신사가 됐이유.

그래 다음날 층년들한티 가스, "자아 보아라. 나는 이릏게 됐다. 나는 과부한티 장개들으스 이릏게 옷도 한 블 으스 입었다. 자아 느들 기약스에 씬 대로 느그들 재산 즐반을 내놔라." 그리스 층년들은 할 수 읎이 똑똑하다는 긋들이 바보한티 즈스 재산 즐반을 주었다. 그래스 이 바보는 그 많은 재산 각고 天下一色 과부하고 내오가 돼스 잘 살았다는 그른 이얘기이유.

＊1973년 10월 23일 大德郡 東面 梧洞里 2區 金樂順 (48세, 女)

1) 계약서　　2) 문서로 만들어서

처녀를 훔쳐낸 총각 | 이즌에 으뜸 동네에 한 사람이 살고 있는디 아들

三兄弟를 데리고 사는디 집이 하도 가난해서 멕에살릴 수가 읁으스 하루는 아들 三兄弟를 불르 놓고 아무리 해도 느그들을 내가 멕여살릴 수가 읁잉게 느그들은 나가스 불으뭉으라"고 했십니다. 아들 우그루 兄弟는 불으뭉으로 집을 나갔는디 싯째는 기냥 집이스 고생하드래도 부모님하고 같이 살란다고 했습니다. 집을 나간 두 아들은 으찌 됐는지 모르지마는 싯째는 이릏게 해스 그냥 부모님하고 같이 살게 됐다고 합니다.

그 동네에 부자집이 하나 있는디 그 부자집에는 이뿐 딸이 있읈십니다. 이 싯째는 그 부자집에 찾으가스, "당신 딸을 나한티로 시집보내시유" 했습니다. 부자 영감은 이 말을 듣고, "니가 뭇이간디 내 딸을 느한티 시집보내라고 하느냐"고 함스 "니가 증 내 딸을 욕심낸다면 내 딸 속곳을 훔츠가 봐라. 그만한 재주가 있이면 딸도 주고 내 재산도 즐반 주마"고 했습니다. "그름 그릏게 하지유. 오늘밤이라도 따님 속곳을 훔츠가겠십니다" 이릏게 말했그든유.

부자집이스는 그날밤 싯째가 와스 딸 속곳을 못 훔츠가게 지키기 위해스 사람을 집안 사방에다 풀으 놨십니다. 대문간에는 므슴 여릇을 앉혀스 지키게 하고, 지붕[1] 우에는 작은아들을 올라보내스 지키게 하고 마당에는 큰아들을 앉혀스 지키게 하고, 부읔에는 메누리를 앉혀스 지키게 하고, 부자 영감하고 마누래하고는 딸 방문 앞에 앉으스 지키고 있읈십니다. 그른디 그날밤 싯째는 가지 안했습니다. 이튿날 부자 영감은 싯째보고, "으찌스 으젯밤에 오지 안했냐"고 항게, "손님이 와스 못 갔십니다"고 했습니다. "오늘밤에는 꼭 가스 훔치겠십니다" 이릏게 말했습니다. 그날밤 부자집이스는 으제와 같이 사람을 집안 사방에다 앉혀 놓고 지키고 있읈십니다. 그른디 그날밤에도 싯째는 가지 안했십니다. 다음날 왜 으젯밤에 안 왔느냐고 항게, "지사[2]가 있으스 지사 지내니라고 못 갔십니다. 오늘밤에는 꼭 가겠십니다." 그리스 부자집이스는 그날밤도 지키고 있읈는디 싯째는 오지 안했습니다. 다음날 부자 영감은 싯째보고 워째스 으젯밤에 안 왔냐고 항게, "으므니가 병이 나스 약 지르 가느라고 못 갔십니다. 오늘밤에는 무신 일이 있

으도 꼭 가겠십니다" 이랬이유. 부자집에서는 으젯밤츠럼 사람을 사방
에다 앉혀 놓고 지키고 있읐습니다. 그른디 사흘 밤이나 자지 않고 지
키고 있읐기 때문에 몸이 피곤해스 지키고 있든 사람들은 지키고 있다
가 잠들읐십니다. 부자집 사람들이 곤하게 잠든 후에야 싯째는 부자집
에 갔습니다. 대문간에스 지키고 있는 므슴놈들으 상투를 풀으스 스루
붙잡아 매놓고, 지붕에 올라가스 작은아들으 므리에다 시루를 씨워 놓
고, 증지에 들으가스 메누리 입에다가 피리를 물려 놓고, 마당에 있는
큰아들 도포 소매자락 안에다가 자갈을 느놓고, 마누래 가슴에는 북
을 매달아 놓고, 부자 영감으 수염에는 황을 발라 놓고, 딸으 방에다가
이를 한 되 쏟아 놨십니다. 딸은 자다가 잠을 깨각고, 아이구 가려워라
함스 북북 긁읐십니다. 그 담에 베룩을 한 되 쏟아 늤드니, 아이구 따
그워라 함스 속곳을 붓읐십니다. 다음에 빈대를 한 되 쏟아 늤드니, 아
이구 죽겠네 함스 방 밖으로 나왔십니다. 싯째는 을른 방으로 들으가
스 속곳을 들고나와 도망침스 속곳 훔츠간다고 큰 소리를 츴십니다.
그르니께 이 소리에 부자 영감은 잠을 깨각고 으둔께 불을 붙일라고
화루불을 후후 하고 불읐십니다. 그랬드니 불은 수염에 붙으가지고 탔
습니다. 큰아들이 이긋을 보고 아브지 수염으 불을 끄겠다고 도포 소
매자락으로 치니게 소매 속에 들으 있는 자갈이 영감으 특을 탁탁 츠
스 그만 이를 다 뿌러투렸십니다. 마누라는 이긋을 보고 답답해스 가
슴을 치니게 북이 둥둥 소리냈습니다. 증지에 있는 메느리는 므라고
말하니게 말소리는 나오지 않고 삘삘 소리만 내고 있읐십니다. 지붕에
있든 작은아들은 아이고 하늘이 무느줬다고 소리만 지르고 있고, 대문
간으 므슴들은 아이고 내 상투 놔라, 아이고 내 상투 놔라 함스 즈이찌
리 쌈만 하고 있읐십니다. 이르니게 아무도 쫓아오는 사람이 읐으스
싯째는 무난히 딸으 속곳을 훔츠냈습니다.

　부자 영감은 할 수 읐이 딸을 싯째에게 주고 또 재산도 즐반 주었십
니다. 이래서 싯째는 장가들고 재산도 생겨스 잘 살았다고 합니다.

＊1943년 9월 洪城郡 長谷面 智井里 西原在一

1) 지붕　　2) 제사

白丁이 양반 되다 | 鎭川邑內에 柳進士란 분이 있었이유. 그분이 아들 십여

명을 두고 글공부를 갈치고 있었이유.

그 골에 柳 피한[1]이라고 승이 柳哥인디 피한 노릇을 하는 사람이 있는디 이 사람은 수츤 슥을 하는 사람입니다. 아들이 하나 있는데 일곱 살 되는 아들인데 이 아가 즈그 아브지보고 하는 말이, "아브지. 내가 암만 백중으 자식으로 태으났어도 글공부 좀 해야겠십니다. 그르니게 즈으 柳進士 아들 공부하는 디 가스 그기스 같이 공부 좀 했이면 좋겠이유" 이릏게 말했이유. 그르니게 아브지는, "이놈아, 백중놈으 자식이 공부를 으디다 씰라고 한단 말이냐. 다리 뻑대기가 부르질 그른 소리 으따 대고 하느냐!" 이르면스 드 말도 못 하게 했그든유. 그래스 할 수 읎이 드 말 못 하고 말았는디 여들 살 되니게 또 공부하겠다고 졸라 댔단 말이지. 그르니게 할 수 읎이 츤자책을 으릏게 으릏게 으렵게시리 해스 하나 구해 줬이유. 그르니게 아들은 아브지보고 柳進士한티 가스 공부 좀 하게 해 달라구 하라구 졸랐이유. "야 이놈아 그그 가스 그른 말 했다가는 다리 뼈대기나 부르진다. 그른 말일랑 애당초 내지 도 말으라"고 하니게 이 아가 메라는고 하니, "그르지 말고 쌀 스 말하 고 갈비 한 짝하고 짊으지고 가 보십시유" 이릏게 아들이 또 말한단 말 이유. 그래스 유피한은 아들 말대로 쌀 스 말하고 갈비 한 짝하고 짊으 지고 柳進士네 집이로 갔이유. 가스는 그 아래 뜰 아래에 읖드리고 있 있는데 柳進士가 방 안에스 내레다보니게 웬 페랑이를 쓴 놈이 읖디 라고 있으스, 글방 학생 아이 하나를 불르스 웬 놈이 즈리뜰 아래에 읖 드리고 있는가 가 보아라" 했이유. 학생이 와스 "느 누구냐?"고 물으스 "예에 즈는 柳 피한이올시다. 進士님을 뵙고 싶으스 왔십니다"고 말하 니게 학생은 進士한티 가스 그대로 말했이유. 柳進士는 이 말을 듣고, "이리 가까히 데레오라" 해스 피한은 柳進士 있는 데 가까히 가스 읖 드리고 있었그든유. "워째 왔느냐?" 해스, "예 進士님이 곤궁하게 지내 신단 말을 듣고 하찮지만 쌀 스 말하고 갈비 한 짝하고 드릴라고 왔 십니다." "응 그래." 이릏게 進士가 말해스 柳 피한은 쌀과 갈비를 그기다 두고 집이로 왔습니다. 아들이 아브지가 돌아온 굿을 보드니만, "아브지 워틍게 하고 오슀이유?" 이렇게 물으스, "이놈아 워틍게고 므이고 갠신이 가스 끓으 읊디고 있다가 디리고 왔다"고 말했이유. 그르니게 아들은, "잘 하고 왔십니다"고 해유.

메칠 지나스 아들은 갈비 두 짝하고 쌀 한 슴하고 柳進士에게 갖다 주라고 해유. 그래스 또 피한은 아들 말대로 갈비 두 짝하고 쌀 한 슴을 소에다 싣고 柳進士한테 갖다 주욌이유. 그리고 그 쌀과 갈비가 뜰으질 만하믄 갈비와 쌀을 또 갖다 주욌는디 柳進士는, "븐븐히 이릏게 갖다주니게 미안하네" 하고 그즌에는 해라 하든 말씨를 하게 말로 하그든유. 그래스 피한은 집에 돌아와스 아들보고 그른 말을 하니게, "인제 됐십니다"고 했이유.

그 담에 八月 추슥이 가까와스 이 피한으 아들은 지 아브지보고 쌀 두 슴하고 갈비 시 짝하고 비단옷 한 블하고 柳進士한테 디리로 가자 하고, 그때는 千字冊을 끼고 같이 갔이유. 柳進士는 이븐에는 드욱 반가워하는 기색으로 맞이하고 마룽 우에로 올라오라고 했습니다. 그래스 피한은 아들하고 같이 마룽 우에 올라가니게 柳進士는 즈 아는 워뜬 아냐고 물으유. "예 小人으 자식입니다." "응 그래 똑똑하게 잘 생겼구나. 그른데 네 옆에 낀 굿이 뭇이냐?" "예에 千字冊입니다." "응 그래. 느 글공부 하고 싶으냐?" "예 進士님이 흐락만 해 주신다면 공부하겠습니다." "그름 니얄부틈이라도 와스 글을 배워라" 이란단 말이유. 그래스 이 아들은 좋와라 하고스 다음날스부틈 柳進士한테 가스 글을 배우는디 으틓게 총명하든지 십일지십[2]이라드니 한 가지를 배우면 열 가지를 알게 돼스 참 柳進士가 탄복하고 잘 가르츠 주욌이유. 해가 가고 날이 가니게 공부가 늘고 아는 굿도 많아즈스 柳進士 대신 글방 아이들을 가르치게까지 됐이유. 그르니 柳進士는 글방을 이 아이에게다 맡기고 柳進士네 族譜가 들으 있는 궤으 열쇠도 다 맡겼이유. 이릏게까지 피한으 아들을 잘 가르치고 또 신임도 하니게 柳 피한은 柳進士 댁에 쌀이며 갈비며 옷이며 늘 보내주으스 柳進士는 유족하게 살게 됐이유.

柳進士에 동생이 하나 있는디 이 동생은 柳進士한테 와스, "형님은 백증놈하고 친해가주고 잘 지난다지유? 백증놈하고 친하니 좋겠십니다" 하면서 형이 상놈하고 친한 굿을 못마땅히 여겨스 이릏게 빈증대는 그유. 그르면 柳進士는, "사람이란 게 따로 있는 게 아니다. 백증놈 양반하고 차별해스는 안 되는 굿이니라" 하고 타일렀이유.

柳 피한으 아들은 글공부도 많이 했고 나이가 열다슷 살이 되니게, 하루는 즈으 아브지보고 여기 있는 토지를 죄다 팔아가주고 증상도[3] 나 즈 아랫녘에다 몇백슥 지기 땅을 남몰래 미리 작만하고 그기다 새로 집을 지라고 했이유. 그 왜 그르냐 하니게, "우리가 여기스만 살면은 사람 구실도 못하고 백증놈 소리만 듣고 사니 믈리 아무도 모르는 디 가스 살면 우리도 양반 노릇하고 뜻뜻하게 살 수 있으니 그릏게 하는 굿이 좋다"고 했단 말이유. 피한이도 아들 말을 들으 보니 그를 듯해스 그기 있는 토지를 죄다 팔아스 증상도 으느 골에다 남모르게 땅도 장만해 놓고 집도 큰 집을 지으놨이유.

하루는 柳進士가 出他한 틈을 타스 柳進士네 族譜를 훔츠내가주고 그날 밤으로 아브지 으므니 집안 식구를 모두 다 끌고 증상도에 장만해 둔 땅이 있는 데로 도망츠 갔이유. 그르고 그기스 살면스 충충도 사는 양반인데 이리로 와스 살게 됐다고 하면스 柳進士네 族譜를 내보였이유. 토지도 많고 집도 巨樓巨屋으로 진 집에 살고 글도 잘하고 하니게 증상도는 양반이 많은 고장이라 여르 양반들이 찾으와서 같이 글도 짓고 바둑도 두고 하면스 양반 행세를 하면스 살고 있었이유.

柳進士는 柳 피한이 하룻밤 사이에 읎으즈스 이놈이 으디 가스 사는가 하고 柳 피한이 사는 곳을 궁금히 여기고 있었는데 풍문에 들으니 증상도 으디 무주 구츤동[4]인가 으덴가 가스 양반 노릇하고 산다고 해스 괘씸하게 생각하고 있었이유. 柳進士가 이릏게 괘씸하게 여기고 있으니게 柳進士 동생이 으디 그놈 챛으가스 혼 좀 내 주으야겠다 하고 柳 피한이가 사는 데를 챛으갔이유. 챛으가스는 그기 모여 있는 증상도 양반들 앞에서, "야 이놈! 피한이 니놈이 여기 와스 양반 노릇하고 살고 있구나! 이 괘씸한 놈!" 하면스 소리를 북북 지른단 말이유. 그르니께 피한이 아들이 쓱 나스스, "아이고 삼춘 여기까지 오시느라고 욕보슀습니다. 으스 즈리 가스 쉬십시유" 하고는 하인들보고 이 양반을 골방으로 모셔들이고 나오지 못하게 단단히 지키고 있그라고 했이유. 그래 놓고스는 사랑에 모여 있는 양반들보고, "즈분은 우리 삼춘이신데 실승해스 즈릏게 미친 소리를 함부로 합니다. 본 고향에 살 즉에도 즈 삼춘 때문에 난츠한 일이 많이 당해스 피해스 이리 이사를 왔십니다" 이릏게 말하고 있는데 골방에 갇힌 삼춘이라는 사람은, "나를 왜 가두으 놓느냐 으스 내놔라" 하면서 소리를 고래고래 지르니께, "즈보시유. 즈릏게 미친 짓을 하니 이그 야단났습니다. 이왕 여기까지 왔으니 미친 병을 고츠 드리야겠습니다" 이릏게 말하니게 그기 모여 있든 양반들은 그 사람을 증말 미친 사람으로 여겼이유.

피한이 아들은 침쟁이를 여릇 불르다가 우리 삼춘은 침을 놓아야 미친 지랄병이 낫으니게 침을 많이 놓아 드리라고 했이유. 그르니 침쟁이들은 스로 달라들으 침을 노니 이 사람은 생침을 맞이니께 아이고 아이고 소리를 질르며 아파 죽겠다고 발악을 쓰네유. 피한이 아들은 옆에서 보면스, "삼춘 침 맞으야 병이 낫습니다. 참으유" 이라고 있단 말이유. "이놈 내가 무슨 니 삼춘이냐 이놈!" 하면스 나무래유. 그런데도 침쟁이는 자꼬 침을 노니게 아파스 전딜 수가 있이야죠. 그래스 "아이 조카야 고만 놔라. 조카야 고만 놔라" 하게 됐이유. 그르니게 이 아는 침쟁이보고 이제야 제 증신이 돌아온 모양이니 이만 해 두라고 했단 말이유. 그래 침쟁이는 침 놓기를 그만두고 갔이유.

이 아는 이 사람 있는 방에 들으와스 잘 차린 음식상을 들여다 놓고 잘 대즙하면스, "생침 맞느라 을마나 고생하슀습니까. 미안하게 되었습니다. 잘 자시고 을른 나으십시유. 그른디 삼춘, 여기 와스 피한이니 므니 하고 뜨드는 긋이 무으 있십니까. 여기 와스 우리는 양반 행세 하고 살고 여기 양반들과 잘 사귀여스 양반 노릇하고 사는데 피한이라고 뜨들으스 못살게 할 게 므 있습니가. 그즈 으르신네는 내 삼춘이라 하고 나를 조카라고만 여르 사람 앞에 가스 말해 주면 돌아가신 후에 쌀이며 돈이며 많이 보내드려스 잘살게 하겠습니다." 아 이르고 말한단 말이유. 아 이 사람이 가만히 생각해 보니 그랗했다가는 미친놈 취급이나 받고 생침이나 맞겠고 이 아가 하라는 대로만 하면 쌀도 생기고 돈도 생기고 할 긋 같으스 그릏게 하겠다고 했이유.

다음날 이 사람은 그 집에 놀르 온 양반들 앞에 나가스, "내가 미친 기가 있으스 이 조카를 여르 가지로 괴롭혀스 나를 피해서 고향을 떠나스 여기 와스 살게 됐는데 여르분께스는 잘 좀 보살펴 주시유" 하고 잘 부탁하는 말을 했이유.

며칠 지나스 이 사람은 간다고 하니게 이 아이는 이 사람을 말을 태워 보내고 쌀이며 돈을 바리바리 실으스 딸려보냈단 말이유.

이 사람은 집에 돌아가니까 형님인 柳 진사가 물었이유. "그래 가보니게 으떻든가?" 하니게, "아이고 말 마시유. 나를 미쳤다고 하면스 미친 병 고치겠다고 생침만 들읍다 놔스 죽을 뻔했십니다. 그래 할 수 읎이 그놈을 조카라고 하고 우리 집안이라고 해스 겨우 빠즈나왔습니다" 이릏게 말하니게, 형인 柳 진사는 "그 봐라. 잘난 사람한테는 당할 수 읎느니라. 아무리 백증이라도 잘났으니 제가 살 구뭉을 찾아스 잘살게 되느니라"고 했다는 그유.

* 1973년 9월 21일 牙山郡 靈仁面 牙山里 3區 李錫夏 (61세, 男)

1) 皮漢인가? 白丁인 것 같다. 白丁을 屠漢이라고도 한다   2) 知一知十의 뜻인 듯   3) 慶尚道   4) 茂朱九千洞은 전라도에 있지만, 전라도와 경상도 접경 지역에 있어서 이렇게 오해한 것 같다

거짓말 석 자리 | 옛날에 으뜬 곳에 대감이 한 븐 게 샀는디 이 대감은 방을 쓰붙였는

디 므라고 쓰붙였는고 하니 누구든지 와스 그짓말 슥 자루만 하면 돈을 많이 준다고 이릏게 방을 쓰붙였다. 그렁께 이 방을 본 사람들은 챗으와스 대감한티 그짓말을 했다. 그른디 이 대감은 그짓말 두 자루까지는 그짓말이라고 하고는 슥 자루채 가스는 그짓말이 아니고 참말이라 하고 내쫓았다. 그리서 그짓말 슥 자루 하로 갔다가 돈을 받으각

고 나오는 사람은 하나도 읎었다. 이른 소문이 쫙 프지니 그짓말 하로
오는 사람이 읎게 됐다.

　그러든중 論山에 한 사람이 이른 소문을 듣고 지가 가스 그짓말 슥
자루를 해스 돈을 블으 보겠다 하고 그 대감을 찿으가스 그짓말 슥 자
루 하로 왔다고 했다. 그릏게 대감은 그르냐고 으스 들으와스 그짓말
슥 자루 해 보라고 했다. 論山 사라은 그름 하겠십니다 함스 "즈는 살
기는 論山에 사람이온디 즈으 골에 큰 부치가 있십니다. 그 부치으 므
리 우에는 큰 대추나무가 있는디 그 대추나무에는 대추가 아조 많이
엽니다. 그 대추를 따믁을라 해도 그 대추나무 있는 디가 워낙 높아스
올라갈 수도 읎고 따믁을 수도 읎십니다. 그리스 한 꾀를 생각해각고
지다란 장대로 부치님 코구믕을 쑤스 봤드니 부치님이 재채기를 했이
유. 재채기를 항게 그 바람에 부치님 고개가 흔들흔들 흔들려스 대추
가 우수수 뜰으죴습니다. 이릏게 해스 그 높은 부채님 므리에 열린 대
추를 많이 따믁읐지유" 이르니게 대감은, "응 그짓말 잘 하는구만. 그
래 또 무신 그짓말을 할랑가?"

　"大監님 그짓말 한 자루는 했십니다. 그름 또 다른 그짓말을 하겠십
니다. 즈으 동네에는 돈 스 푼 가지고 평생 고기만 믁고 사는 사람이
있십니다." "으릏게 돈 스 푼 가지고 평생 고기만 믁고 산단 말인가?"
"예에 그 사람은 돈 한 푼으로 칼을 사고 돈 한 푼으로 되야지 새끼를
사고 또 한 푼 가지고 쇠궤짝을 사스 쇠궤짝에는 죄그만한 구믕을 뚫
으 놓고 그 궤짝 안에다가 되야지 새끼를 느스 잘 멕에 키웁니다. 그르
면 이 놈이 살이 찌는디 궤짝 안에 있잉게 살은 궤짝 구믕으로 뚫고 밖
으로 나올 긋 아닙니까. 그르믄 이 사람은 궤짝 구믕으로 나온 돼야지
살을 비으스 믁습니다. 비으 믁고 나면 하룻밤만 자고 나면 그 구믕으
로 살이 또 나옵니다. 그 살을 비으 믁고 하룻밤만 자고 나면 살이 또
나오고 해스 이릏게 해스 돈 스 푼 가지고 평생 고기만 믁고 삽니다."
"응 그래 두 자루 했네. 또 한 자루는?"

　"그름 하겠십니다" 이르먼스 봉창[1]에스 무신 종이조각을 끄내스 대
감 앞이다가 내놓고스, "대감님 이 종이문스는 대감님 아부님께스 즈

으 아부지한티 돈 츤 냥 꾸으갔다는 문스입니다. 그르니 오늘 그 꾸으
간 돈 츤 냥과 그동안 이자를 주십시유” 이릏게 말하니게, 대감은 그
긋을 그짓말이라고 할 긋 같으면 이 사람이 그짓말 시 자루를 다한 셈
이 되고 참말이라고 할 긋 같으면 츤 냥에다 그동안으 이자까지 츠스
갚으야 할 판이유. 이그 참 난츠하게 됐단 말이유. 이르나 즈르나 돈을
내 주으야 해스, 大監은 그짓말 시 자루 했다고 하고스 방에 쓰붙인 대
로 돈을 내주었다고 한다. 論山 사람은 그짓말 시 자루하고 돈을 블었
다는 이야깁니다.

*1943년 9월 論山郡 上月面 新忠里 德川松太郎

1) 품안

兄弟間의 友愛 | 옛날에 으뜬 마을에 三兄弟가 사

는디 이 三兄弟는 사이가 좋와스
우애하는 兄弟라고 남한티 칭찬을 받고 있었습니다. 그래스 이 三兄
弟는 즈이가 우애하는 긋은 즈으 마음씨가 착해스 그른다고 믿고 있
었습니다.

하루는 큰형이 즈으 마누라하고 이른 말 즈른 말 하다가 즈으 삼 형
제가 우애 있는 긋은 즈으 마음씨가 착해스 우애한다고 자랑했습니다.
그르니까 마누라는, “당신들 마음씨가 착해스 의좋게 우애하는 긋이
아니고 이 집에 들으온 메누리들이 마음씨가 곱고 착해스 그르는 긋”
이라고 했습니다. 남편은 플 여자들으 맘씨가 좋고 나뿐 게 우애에 무
신 상관 있겠는가, 이 男子들으 마음씨가 착해스 우애하는 긋이라고
우겼습니다. 그르니게 마누라는, “그름 으디 두고 보시유” 하고 드이상
그 자리스는 말하지 안했습니다.

그후 큰동스는 작은동스들을 모아 놓고 내가 이르이르할 티니 자네
들도 이르이르해 주게 이릏게 말하고, 뜩을 해스 믁었습니다. 남편이
뜩을 했으면 동생네 집이도 갖다주고 해야지 우리만 믁으스 씨겠느냐
고 했습니다. 마누라는, “뜩도 즉게 했는디 으디를 보내야”고 했습니다.

마침 조카들이 왔는디도 뜩을 주지 않고 감추기만 했습니다.

  그 다음에 둘째 작은 집에스 뜩을 해믁읐습니다. 둘째는 형님 댁에랑 작은동생 집에랑 뜩을 나누으주라고 하니께, "즈븐에 큰댁에스 뜩을 해믁음스 우리에게 보내지도 안했는디 뭘 보내야"고 우리 집 아이가 갔드니 주지도 않고 믁든 뜩을 감추드라고 말했습니다. 그르니 이 둘째는 형을 괘씸하고 은짢게 여기게 됐습니다. 그 다음에 싯째 집에스 뜩을 해믁으면스 형네 집이 보내지도 않고 즈그들찌리만 믁으면스 큰댁이란 둘째 댁이랑 마음이 변했는지 즌과 같지 않다고 은짢게 말했습니다. 이릏게 돼스 이 三兄弟는 우애 있다는 兄弟는 스로 사이가 나쁘지게 됐습니다. 이릏게 된 후 큰동스는 작은동스들을 모아 놓고 이 븐에는 이르이르하자고 했습니다. 마침 지삿날이 됐습니다. 삼 형제는 한 자리에 모였는디도 스로 말도 잘 않고 스믁스믁하게 지내고 있읐습니다. 그래스 삼 동스들은 이 삼 형제보고, "우애 있다는 兄弟들이 이게 무신 꼴이유. 다 마누라 말 듣고 그른 그 아니유" 함스 이릏게 된 이야기를 좍 했습니다. 삼 형제는 그 말을 듣고 그제스야 즈이들 삼 형제가 우애가 있다는 굿은 즈이들 마음씨가 좋와스가 아니고 동스들으 마음씨가 좋아스 그릏다는 굿을 알았다고 합니다.

＊1962년 7월 5일 論山郡 광석면 신당리 이태종

明堂자리 ｜ 그즌에 한 사람이 있는디 이 사람은 저그 아부지를 明堂에 씨고 싶으스 저그 아부지 시체를

궤짝 속에다 늫고스 댕기면스 묏자리를 이리즈리 찾으대니는데, 한 군데를 뜨윽 가 보니께 와가 진 집 가운데 참 아주 금시 發福 자리가 한 군데가 있읐십니다. 그래스 그기다가 모이를 써야 할 텐데 장광 밑이가 돼 놓아스 으릏게 할 도리가 읎구 해스 왔다갔다하다가 해그름에 그 집에 들으가스 쥔을 찾으가주고스 그 집이스 하룻밤 자기를 애원을 해가주고 그기스 자게 됐단 말이유.

  그래가지고스 밤에 자다가 쥔이 자나 안 자나 코에다가 손을 대 보고 하다가서 쥔이 코를 드릉드릉 골고 있으스 아 그래 잠이 들었구나 하고 궤짝을 짊으지고 안으로 들으가스 장광에 들으가게 되는데, 쥔이 가만이 보니께 도즉놈인지 알 수 읎으스 이상하그든유. 그래 뒤를 사 알사알 따라가 보니게 그 사람이 궤짝을 갖다 장광 옆에 뜨윽 놓드니 장광을 파고스는 궤짝에서 시체를 갖다 내놓고슨 그그다가 집으늫고 스 나온단 말이여.

즈놈 암만해도 그만한 지계를 아는 사람이다 하고슬랑 앞으 나와가 주스 本處에 와 드러누었는데, 이 사람이 와스 궤짝을 지고 와슨 그즌과 같이 잔단 말이여. 그른데 그후에 인사를 하고스 이 사람이 간 뒤에 가만히 생각하니까 참 그놈이 알기는 아는 놈인께 내가 거그다가 밋을 씨야 겄다 하고 自己 父母는 동산에다 자리를 모시고 했는데 그그를 올라가 스 모이를 파고 본즉슨 自己 아브지 山所가 물이 그뜩해 있단 말이지.

그래서 파 짊어지고 내레와서는 장광을 치고스 그 시체를 파 내놓고 자기 아브지를 그그다가 산소를 모시고 이 사람으 아부지 시체를 즈가 부지 모싰든 물구등이다 썼다. 그랬더니 그후 一年 지나 二年 지나 한 三千石 秋收를 하게 되었으.

그라자 三年 후에 그 사람이 환갑이 되웠어. 한갑 잔치를 굉쟁이 잘 하는데, 아 이 사람은 갖다 모(墓)를 그그다 씨고 난 뒤에는 즘즘 드 빌 으먹으며 댕기는 그여.

그래가주고스 그지가 되으스 그지 총중한테 쌔여가주고 돌아댕기다 가 그 집을 또 뜨윽 갔는데 그때 마침 쥔으 한갑 차례가 되야 한갑일이 되윘는듸 各處 그지들이 수십 명 모여스 왔는데 마침 비가 와스 中門 에스 웅그리구 있는 참인데 찾으온 손님들을 모두 대즙하고 그지들도 대즙하는듸, 그때 그지 하나가 뜨윽 나오드니, "이른 집은 참 워따 山 所를 모시였는지 참 山所를 잘 모시기 때민에, 이릏게 재산을 모아스 한갑 때도 푸짐하고 잘 지낸다"고 그라고 하니께, 이 사람이 하는 말 이, "이놈아 그른 소리 하지 말라구, 나두 이놈아 땅을 슥 자 속이나 딜 이다보고 地理에 다 알고 대니는듸 암만 존 데 갖다 묻으두 나는 그지 꼴을 하고 빌으믁게 산다"고 지껼여댔습니다.

쥔이 가만히 보니께 그 촌중에 그날 즈녁에 자고 간, 그 사람이 그지 탈을 쓰고 그그 와 있는디 아들을 불르가주고 즈으기 즈 노인장을 별달케 한 상 차려다 주라고 했습니다. 그래스 별달케 잘 은으믁고 다른 손님이랑 그지들이 간 뒤에, "당신은 가지를 말고스 나중에 무신 말할 게 있이니 내 집에 잠간 쉬라"고 이렇게 뜨윽 해 놓고스 그라고 난 뒤에 그 이튿날은 인제 불르가주스는 한 상을 스로 채려가지고스 당신이 나를 모르겠냐 항께 "알기야 왜 모르겠십니까. 지가 죽을 죄를 진 사람이니께 본체 알지만스두 이 그지 꼴을 이렇게 한 사람이 무슨 인사 여부가 있습니까?"

"음 그게 아니여, 당신이 알기는 뜰으지게 아는데 당신이야말로 父母 뫼를 그따가 씨고 갔는데 내가 우리 父母를 바꿔다 묻었소. 묻고 난 뒤 2~3년 후에 재산이 이릏게 일구 이렇게 잘 되고 해스 당신에게 그만한 고만 일을 생각하고 했는데, 오늘날 당신을 만나 보니께 그믄 생각하고 딱한 생각이 들으가. 그래스 당신 만나기를 원했드니 마침 이릏게 왔이니께 으디로 갈 생각은 말구 아조 한 이태 즌에 내 재산이 느는 긋으로 당신 은혜를 생각해스 논도 한 三十 마지기 따로 장만해 놓고 집도 별도로 한 채 장만해 놓고 했이니께 갈 생각 말고 아조 곁이 兄弟를 맺으스 우리 의있게 살자구, 내 생각을 했이니께 그 뜻이 으떻소?" 하니께 아아 감사하기가 이루 말할 수 읎는 게죠.

그래가주고스 — 하 그 모이를 파보니까 물이 그뜩 괴인 데 갖다 끄꾸로 묻으놨이니 므 그래스 모잇자리나 한 군데 빌려 달라 해스 모잇자리를 쓸 만한 데 빌려 주으스 인제 쓰구스는 그래가주스 소이(所謂) 結義兄弟 되구 장가를 새로 딜여 주고 그럭한 후에 아조 참 승제츠름 잘 지냈십니다.

＊1973년 9월 21일 牙山郡 靈仁面 牙山里 3區 李錫夏 (61세, 男)

진정한 친구 │ 옛날에 으뜬 부재집 아들 하나가 즈는 술 친구 놀음 친구 놀이 친구 여르 친구가 많

아스 참 살 재미가 많다구 자랑했다. 이 사람 아부지가 이 말을 듣구 하루는 불르스, "니가 친구가 그릏게 많다는디 니가 으르운 일이 생기면 그 친구들이 다 나스스 느를 돕는 친구냐?" 하구 물었다. 그르니께, "아무름유. 그 친구들은 모두다 나를 도울 친구들이유" 하구 대답했다. "그리야. 그름 한 븐 시흠해 보자" 하구 하루는 되야지를 잡으스 사람 송장같이 해각고 이긋을 그즉[1]이다 싸각고 밤에 짊으지구 아들으 친하다는 친구네 집이 가스, "여보게 내가 살인해스 시체를 짊으지구 왔는디 자네가 이 송장을 자네 집에 좀 감추으 주면 나는 살인죄를 면하겠네" 하구 말했다. 그르니께 친하다는 친구는 "자네가 내 친구라 하지마는 자네가 살인한 송장을 으찌 우리 집이다 감추으 달라구 하능가. 나는 그리 못 하겠네" 함스 드 말도 못 하게 하구 문을 탁 닫구 들으갔다. 그 다음에 또 친하다는 친구네 집이 가스 그른 말을 하구 송장 좀 집에다 감추으 달라구 하니께 이 친구두 못 하겠다구 문을 탁 닫구 들으가 브릈다. 그 다음에 친하다는 친구 집이 가스 그른 말 하구 송장 좀 감추으 달라구 하니께 이 친구도 역시 못 하겠다구 했다. 이릏게 친하다는 친구들 찾으가스 사증해 봤는디 하나도 도와 주지 안했다.

아브지는 아들보구 자아 인제는 내 친구는 으뜿게 하는가 봐라 하구 아들을 데리구 친구란 사람으로 찾으가스, "여보게 내가 살인해스 그 송장을 짊으지구 왔이니 자네는 자네 집에 이 송장을 감추으 주게. 그르믄 나는 살인죄를 멘하게 되겠네" 하니께 아브지 친구는, "그른가 염려 말게. 내 그 송장을 우리 집에 감추으 줌세" 함서 하나도 싫다는 기색도 읎이 송장을 감추으 주겠다구 했다.

아브지는 그때사 껄껄 웃임스, "우리 아들놈 친구허고 내 친구허구 으릏게 다른가 뵈여 주기 위해스 되야지를 잡으스 송장처름 꾸머스 가지고 왔일 뿐이네" 하구 말하고 아들보구, "자아 봐라. 느는 친구가 많다구 하는디 그 친구 누구 하나 느를 돕겠다고 하드냐. 나는 친구 하나밖이 읎지마는 이 친구는 내 으르운 일을 암말 않구 돕겠다구 하지 않느냐? 사람이 으르운 일에 빠즜을 때 돕는 친구가 진증한 친구다. 느는 친구가 많다구 하는디 으르운 때 돕는 친구가 하나두 읎이니 느는 친구가 읎는 거나 다름읎다”구 했다구 한다.

＊1941년 9월 唐津郡 高大面 城山里 朴太義
＊1943년 9월 洪城郡 長谷面 智井里 西原在一
1) 거적

死後生産之地 | 옛날에 으뜬 곳에 한 부자가 살었었
는디 이 부자는 오대독자 외아들이
미장가 즌에 죽으스 이긋이 느무 슬프고 애통해스, 두문불출하고 아
무도 만나지도 않고 아무 데도 나가지도 않고 지냈다. 그르고 있는데
어느 날 중이 하나 와스 하룻밤만 유하고 가겠노라고 재워 주기를 충
해스 부자는 우리 집은 과객을 들이지 않으니 다른 데로나 가 보라고
했드니 중은, “이렇게 큰 집이스 으째스 과객을 들이지 않느냐”고 물
었다. 부자는 내가 오대독자 외아들을 미장가 즌에 잃으스 증항이 읎
으1) 손님을 치를 수가 없으스 그른다고 말했다. 그르니께 중은, 그름
그 아들을 으데다 묻었느냐고 물었다. 부자는 내가 죽은 뒤에나 묻으
려고 뫼를 아직 씨지 않고 즈기 집 안에다 빈소를 해 놓고 있다고 말
했다. 그랬드니 중은, “그렇다면 내가 死後生産之地를 구해스 뫼를
쓰게 해 놀 트이니 그 시체를 나에게 내주시유” 했다. 부자는 이 말을
듣고, “내 아들이 장가라도 가스 메누리라도 있으면 사후라도 자손을
볼 수 있겠지마는, 미장가 즌에 죽은 아들이 死後生産之地에 묻힌다
한들 으틓게 子孫을 보겠소? 소용읎는 말 마우” 이릏게 말을 하니께
중은, “다 되는 수가 있으니 으스 아들으 시체나 내다주시유” 하고 간
절히 말했다. 중이 이릏게까지 진증으로 말하니게 부자는 아들으 빈
소 방에 들으가스 시체를 끄내다가 중에게 주었다. 중은 그 시체를 바
랑 속에다 느가지고 짊으지고 나갔다. 부자는 여러 해 동안 굳게 간직
했든 아들으 시체라놔스 중으 뒤를 따라갔다.
　중은 을매쯤 가드니 으뜬 연못가에 오드니, 그그다 시체를 내려놓고
연못에다 대고 무슨 眞言을 외니게 연못으 물이 출릉그리드니 물이

양쪽으로 짝 갈라지고 연못 바닥을 나타냈다. 중은 시체를 그리 가지고 가스 그그다 놓고 나와스 또 무슨 眞言을 외니게 물은 합해즈스 즌과 같이 되였다. 중은 이릏게 해 놓고 한 두으스느 발자국을 글으가드니 온데간데 읎이 사라지고 말았다. 그른 후 으느 해 그 골 원님이 갈려스 新官使道가 새로 도임하였다. 이 新官使道한테는 나이 열칠팔 세 되는 딸이 있었다. 新官이 到任할 즉에 이 딸도 四人轎를 타고 왔다. 올 즉에 이 연못 옆에스 쉬고 있었다. 쉬고 있는데 갑자기 바람이 불으스 四人轎 문을 열었다. 가마 안에 탔든 원님 딸이 바깥을 내다보니까 靑衣童子가 靑鶴을 타고 연못에스 나와가지고 이 가마 안으로 들으와스 츠녀에게 안겼다. 츠녀는 이릏게 졸지에 당해스 그만 증신을 잃고 으쯜 줄 몰랐다. 童子는 죽도라는 조그만한 칼을 도포 옷고름에 스 끌르스 츠녀에게 주면스, "내가 다녀간 자취가 반다시 있을 트이니 그때에 이긋으로 그 표즉으로 삼으 주시유" 이릏게 말하고 사라즜다.

그후 원님으 딸은 즘즘 배가 불르즈가지고 十朔 만에 아들을 났다. 원님은 이긋을 보고, "官長으 집으 딸 아이가 未嫁 前에 츠녀으 몸으로 아이를 낳다니 이는 官長의 망신이요 집안으 不吉이다. 이른 몸이 으찌 百姓을 다시리리야. 이른 딸은 죽여 읎애야겠다" 하고 죽일라고 했다. 使道 夫人은 딸을 조용히 불르스 이게 으찌된 노릇이냐고 물었다.

딸은 죽도를 내보이면스 이 고을에 들으올 즉에 아무데 연못가에스 쉬고 있느라니게 靑衣童子가 靑鶴을 타고 연못에스 나와스 가마 안에 들으와 몸에 앵긴 일이 있었다고 다 말했다. 그랬드니 夫人은 그른 사연을 그대로 원님에게 말했다. 원님은 그 말을 듣고 이상히 여기고 딸을 죽이지 않고 그대로 두고 딸에스 난 아들도 잘 키웠다.

원님은 자기으 딸이 사람인지 귀신인지 알 수 읎는 靑衣童子 때문에 애를 배고 낳고 한 긋이 이상해스 이긋을 알고 싶은 생각이 나스 하루는 六房官屬을 모아 놓고 이 고을에 知鑑이 있는 사람이 있느냐고 물었다. 그르니까 吏房이 아무개라는 富者가 知鑑이 있는 분이라고 했다. 원님은 그르면 으스 가스 그분을 모스오라고 분부했다. 이릏게 해스 그 富者 영감이 원님한테 와스 스로 인사하고 이야기를 나누게 됐는데, 그때에 원님 앞에 돌이 좀 지났을까 하는 으린 애가 있는 긋을 이 富者 영감이 보니께, 그 애기으 생김생김이 마치 죽은 아들 을굴과 똑같고 또 그 옷고름에 차고 있는 죽도가 죽은 아들 옷에 매여 준 긋이여스 이상한 생각이 드욱 들었다. 그리고 또 이 으린애가 다른 사람한테는 잘 안 가는데 이 부자 영감한테는 기으와스 무릎 우에 앉기도 하고 반가워하며 웃기도 했다. 그래스 이 부자 영감은 원님보고, 이 아이는 으뜬 아이이며 이 죽도는 으뜨한 죽도냐고 물었다. 원님은, 이 골에 到任할 때 女息이 타고 오든 四人轎가 잠간 아무 데 연못가에스 쉬고 있었는데, 연못에스 靑衣童子가 靑鶴을 타고 나타나 女息 가마 안에 들으와스 잠간 므물으고 가면스 내가 다녀간 표적이 나타날 긋이니 그 것을 알리기 위하여 이것을 준다 하며 이 죽도를 주고 간 긋이라고 말했다. 부자 영감은 그 말을 듣고 오대독자가 미혼 즌에 죽으스 그 시체를 차마 묻을 수가 읎으 집 안에 빈소 방을 두으 그기에 시체를 수년 동안 두웠는데, 하루는 으뜬 중이 와스 小人으 사증 이야기를 듣고 死後生産之地를 마련하여 주겠다 하고 그 연못에다 오대독자 아들으 시체를 늫으 두웠다는 말을 자세히 말했다. 그르고 그 연못에 가스 연못 물을 프내고 보니 죽은 子息으 시체는 그대로 있읐으나 옷고름에 채웠든 죽도는 읎었다. 이긋을 보고 그 靑衣童子는 변통 읎는 自己 아들이고 自己 아들이 원님으 딸에게 아이를 낳게 한 긋이 틀림읎다 하고 원님 딸을 메누리로 맞으들이고 그 아이를 잘 키워스 자손을 이여가게 했다고 한다.

＊1927년 2월 牙山郡 溫陽面 溫泉里 朴英來

1) 경황이 없어

아들 十兄弟 둘 사람 | 한 사람이 있는디 아들이 오 형제여. 재산이

라고 암긋도 읎고 朝飯夕粥도 으려운 데다가 아들 신 삼으 신기기에 밤낮 바쁘스 동네에 놀러갈 새도 읎으.

하로는 집이스 신을 삼고 있는디 동네 친구가, "야 아무데 친구 놀르 오라고 해라." 아들 심부름 시켜스 보내스 갔그든유. "나 신 삼으 줄랑께 못 가겄다." "아 신 삼든 긋 가주고 근느오시래유." 그래 가주고 근느갔그든.

근느강게 동네 친구도 많이 모이고 낯슨 손님이 하나가 있으. 아마 관상쟁인 긋 같으. 그래스, "저분 밤낮 신만 삼으묵고 사니 늘 신만 삼으묵고 사나 그 관상도 봐 주라." 그래 관상을 보고 한다는 소리가 뭐라고 하니, "아들 十兄弟는 두겄구만" 그라그든.

아아 이 사람이 가만히 보니까 자식 다슷을 두고스도 신 삼으묵고 곤궁하게 지내는디 게다 또 다슷을 두믄 살도 안 남게 생겼단 말이여. 집이 근느가스, "즈 근네스 놀로 오라기에 갔드니 약시 이르즈르하고 이르즈르해스 그렁께 우리 내외 갈리세. 우리가 아들 또 다슷을 두멘 우리가 살겠나." 갈리자고 하고는 不顧家事하고 나갔으유.

나가스 을매를 돌아댕겼든지 돌아댕기다가 몇 달 만에 한 골막재를 늠으가니게로 한 큰 고래당 같은 지아집이 있는디, 해는 슬픗하고 문 앞으가 신발이 잔뜩 있으 들으가 봤지. 들으가스 낯슬고 그르니께로 앉으스 꾸준히 남으 이얘기하는 소리만 듣는디, "아아 즈분 이야기 좀 하구려." "할 이야기가 있으야 이야기하지유." "아 이야기가 벨 게유. 오늘 본 긋도 이야기, 어제 들은 것도 이야기, 다아 이야기지유. 이야기라고 벨 거 아니유."

집이스 관상쟁이 관상 본 이얘기를 쭈욱 했단 말이유. 예 그 이얘기를 하니껜, 두루 듣든 사람들이 웃구 주인은 고소름이 여기드니 그 사람을 손찌금을 찍으가주고 안으로 들으간단 말이여. 안사랑으로 들으가, "거 유두 곡즐하다." 그래 바깥 손님은 냉대한 긋 같으스 말쨩 다라갔그등. 이 主人은 베 千石이나 받고 裕足하게 잘 사는디 그 사람이 아마 자식이 읎든 모양이여. 마누라 다슷을 은었으도 胎氣가 하나도 읎그든. 그래 이 사람하고 짜고스, "당신이나 알고, 내나 알고, 하늘이나 알고, 땅이나 알지. 내가 자식이 읎으 마누라 다슷을 두으도 영 胎氣가 읎이니 우리 마누라 방에 들으가스 자 주소" 하고 이야기 하지.

아 이 사람이 그기스 잘 입고, 잘 믁고 한 집안 식구츠름 하고 살았단 말이유. 그르고 그 마누라 다숫을 보고는 그만큼 지냈으니 인제는 가야겠다고 말했지유. 그렁께 가고 싶으면 가라고 함스 돈 멫 푼밖에 안 주으.

집이 식구는 죽었는지 살았는지 궁금해스 지금 십여 년 동안을 근 이십 년 동안을 있는듸 습습하지만 워틓게 해여. 그냥 갔지. 가스 집 근츠를 쭈욱 등승이스 근느다보니께 즈으 살든 데가 고라등 같은 지아집이 모두 있구 그기도 그랴.

그래 고 밑에 새 주막 하나가 났으. 그그 들으갔지. 들으가스 그 집 영유하는 사람하고 이야기도 하고.

아아 즈기 즈 지아집 트가 아무개가 살든 딘듸 즈릏게 지아집을 짓고 하니 그 누가 지금 사느냐고 하니께, "아이고 그 댁 지금 으틓게들 산다고 히여. 그 양반이 나가드니 돈 블으스 부츠 줘스 집이스 논 사고 밭 사고 지아집으로 짓고 독슨생을 앉히고 아들 오형제 다 글 읽고 말짱 관대가리 안 쓴 사람 읎소." "그러냐"고.

들으갔단 말이여. 先生이 앉었고 아들들은 관을 씨고 웃방에 앉었지. 이 사람은 아들들 을굴을 유심히 자꾸만 츠다보그든. 으렸을 때 떠나스 한 이십 년 됐으니께 자식들이 즈으 아브지 을굴을 알 긋 있나베. 그 한 애가 들으가드니 즈 으므니보고 므라고 하니, "사랑방에 오신 손님이 우리 을굴을 이상시릅게 자꼬 츠다봐유. 으므니 누군지 모르겠이유." 그래 제 으므니가 사랑으로 나가스 문틈으로 보니께 즈그 남펜이 그든. 그래 안으로 불르들여 아들들을 불러다가 인사시키고 이분이 느으 아브지다 하고 말했지.

그른듸 이 사람은 자기 읎는 새에 워틓게 해스 이릏게 지아집이랑 짓고 살게 됐느냐고 물웅께, 아 집을 나가스 돈을 블으스 부츠 주으스 땅 사고 밭 사고 지아집 짓고 잘 살게 됐다고 하그든. 그래스 그제야 그 부자가 자기 몰래 돈을 부츠 주으스 잘 살게 해 준 긋을 알게 됐지.

그리고 사는듸 하루는 웬 즒은 소년들이 부담마를 해스 말을 타고 다숫이 달라들드랴. 웬 사람이냐고 항께, 아무듸 사는 이르이르한 집이스 왔다고 하는 게여. 이 사람이 가 있든 그 부자집이스는 그 마누라들이 다슷이 다아 아들 쌍둥이를 나스 아들이 열이 됐드랴. 그래서 이 부자는 오형제를 지가 차지하고 또 오형제는 이 사람한티로 보낸 게드랴.

이렇게 해서 이 신만 삼으득든 사람은 관상쟁이 말대로 아들 십 형제를 두게 됐다는디 하 이그 다 그짓말이지. 그를 일이 있일라구.

*1973년 8월 28일 瑞山郡 聖淵面 坪里 韓斗源 (84세, 男)

忍之爲德 | 참는 게 德이다, 忍之爲德이라는 말이 있는데유, 참을 忍字.

으뜬 조그마한 농촌에 조풍년이란 사람이 있읐십니다. 이 사람이 무슨 일이든지 아무리 급하고 또 급한 일이 있으도 참고 또 세상읎이 화가 나고 속상하고 참 부애가 나는 일이 있으도 이 사람이 참으유. 그땜에 그 동네에스 존경을 받고 그른 사람인데, 단 내외간에 사는데 이 사람이 그날은 논에 나가스 참 논일을 보로 나감스 자기 부인보고 "내가 오늘 혹시 늦일지도 몰라. 그르니깐 기다리지 말고 늦그든 믄즈 즈녁 믁고스 내 상이나 따로 놔 두라"고 하고스 이 사람이 논일 하로 나갔십니다. 근데 논일을 보고 으쩌으쩌하니깐 참 스물으스 달이 훠은허게 뜼는데 그때스야 논일을 끝내고 자기 집을 뜨윽 들으가 보니깐 여름인데 큰 대충에 모그장을 치고 자기 부인이 자고 있는데 들으가도 세상 모르고 잠이 들었으유. 그래 보니깐 아 옆에 왠 므리 발갛게 깍은 중녀슥이 하나 드르누으 있그든 — 옛날에는 므 지금도 그릏지마는 므리를 다 기르지 안했십니까? 상투 꼽고 즌부 그랬는데 므리 깎았다면 중백에 므리 깎은 게 읎는디.

자아 이 사람이 보니깐 눈앞이 캉캄하고 눈에스 불이 븐즉 나면스 사람이 확 하며 노기충천이란 말이 있지 않으유. 응 그래 우르르 뒤꼍에 가스 곡괭이를 가주고 나왔이유. 곡괭이를 가주고 나와스 두 년놈을 내가 찍으쥑이야겠다, 그르고슨 마룽에 이렇게 올르슬라다가, "아

따 한 븐 참자." 참고스는 다시 한 븐 생각해 보자아. 그 참고 이렇게 있다가 참을 게 있지, 세상에 이른 일을 참는단 말이냐, 응 나하고 사는 여편네가 응 중놈하고 같이 끼고 자빠즈 자고 있는 이글 보고 내가 참는단 말이냐고. 또 올라가스 곡괭이로 연놈을 찍을라다간 다시 참고스, "가만 있으라, 또 한 븐 참으 봐야지."

그르니간 그때 자기 부인이 부시시 잠에스 깼단 말이여. 깨드니 "아이고 은제 이릏게 오셨에유? 즈녁 잡수야지유" 한단 말이여. "즈녁이고 므고 도대체 이게 누구야?" "아이고 참 영감도, 내가 늘 이얘기하지 안 했십니까? 우리 집이 외사춘 동생아이가 절에 들으가스 중이 됐다고 내가 이얘기했지유. 걔가 글세 오늘 즈녁때 왔잖애유. 와스 즈녁을 같이 믁고 고단해스 막 둘이 두르누으스 잠이 들었는데유. 얘애야 느 일으나스 인사디려라. 인사디려라."

아 보니간 자기 부인이 늘 이얘기하든 그 외사춘 그 동생이란 말이유. 그렇게 女僧이지유. 그리스 인사를 받고 그래스 이 사램이 그때도 참으가주고스 화를 멘했다는 그른 이얘기여유.

사람은 될 수 있이면 아무리 흥분하고 급하고 하드래도 감증에 느무 치우치지 말고 참으야 한다는 忍之爲德이란 이얘깁니다.

＊1973년 9월 29일 公州邑 山城洞 金基孫 (60세, 男)

名占四句 | 옛날에 한 노인이 60에 生男子를 했십니다. 아들을 하나 났이유. 게 아들을 金枝玉葉으로

키웠단 말이유. 키웄는데 그후로 기 애가 장승해스 결혼까지 시켰십니다. 시켰는데 하로는 으뜬 大師가 와스 동양을 주십시유, 항께 동양을 준 후 그 아들을 무끄렘이 츠다보드니 "이 애는 물이 빠즈 죽겠십니다" 이르는 겝니다. 스르[1] 대감이 가만히 생각해 보니께 60에 生男子을 해스 키워 놨는데 참 기가 맥힌 이야기란 말이유. "그럼 물에 빠즈 죽지 않게는 못 하겠는가?" "예 그근 모릅니다" 말이여. — 아 잘못되었구만 60이 아니라 40에 生男子유. 40입니다, 60이 아니라.

근제 그후로 장가딜인 후루 그 중한티 들은 후로 벤소를 가나 워데를 가나 일일이 그 아브지가 따라대닙니다. 죽을까 무스워스. 근제 하루는 아들도 아브지께 민망시릅고, 참 아브지도 할 일이 아니란 말이여. 똥 누르 가도 쫓아댕기며 오즘 누르 가도 쫓으댕기며 모다 이그 말이 아니란 말이여. 자르 들으가도 쫓으나오고 자는 글 보고 나스야 나오니 말이여. 이게 될 일이냐 말이여.

아들은 하루는 챗으와스, "아브지도 죄송시릅고 자식도 참 불안합니다" 말이여. "아들이 아브지 모시고 댕기면 모르겠지마는 지가 일일이 댕기는디 아브지가 따라댕이시니 이그 끄꾸로 되였이니 기왕 이릏게 된 이상 제가 증말 살 팔자면 사는 그고 죽을 팔자면 죽는 그 아닙니까? 그르니께 팔도강산 유람이나 하고 죽으면 죽게 되고 살먼 살겄십니다. 그르니 돈 좀 한 오츤 냥만 주십시유" 이게여.

재산은 부자여. 가만히 생각항께 그긋도 그릏그든유. 그긋도 못할 일이 아니라 이 말이여. "좋다! 내 오츤 냥을 줄 테니 느 팔도강산 유람이나 하고 오느라" 말이여. 그리스는 자기 마누라하고 작별인사를 하고 부모하고 작별인사 하고스 오츤 냥을 가지고스 뜨났이유. 뜨나스즈으 황해도로 해스 평안북도 평안남도로 해스 신의주 압록강을 근느갔단 말이여.

간 곳마다 믄고 하니 글인들에게 신도 사주고 믁을 글 주고 자비만 베풀고 돌아대니지유. 그그 항상 그긋뿐이여. 그르다가 義州 압록강을 들으가스 북겡(北京)에를 들으갔십니다. 그그도 강께 그지가 많그든유. 게 그그스도 역시 마찬가지로 글인들을 구제해 주웠십니다 그려. 그래스 으느 모텡이를 뜨윽 지내가니께 三千雨房이라고 쓰붙인 디가 있단 말이여. 그래 쥔을 챗으보고, "三千雨房이 뭣 하는 곳이유?" 그렇께 占을 하는데 삼츤 냥 복채를 받습니다, 이그여. 그리 그 즌대를 끌르 보니께 돈이 삼츤 냥 딱 남았다 이 말이여. "내가 즘을 할 테니 즘을 해 주시유" 이게여. "으스 왔느냐?" 하니께, "조슨스 왔십니다" 이게여. "조슨은 小國인데 삼츤 냥식이나 주고 즘을 할 사람이 읎는데 증말 삼츤 냥이 있십니까?" 이게여. "예 삼츤 냥이 있십니다" 말이여. 그래 내

났으. "그름 둘오시유" 이게여. 그래 깨끗한 방 하나를 치으주고, 참 요이불 다 페 주고 여그 거처허 줍시요 이 말이여. 그래가주고 衣冠衣服을 즌부 일습을 내놔, 바꿔 입으라고.

하로 이틀 묵으, 사흘 나흘 그륵즈륵 한 달 두 달 슥 달을 묵었십니다. 야아 식사를 굉쟁이 대즙하고 참 한단 이 말이여. 그네 아무른 이얘기가 읎으유. 근디 부인이 — 그 즘허는 부인이 — 항상 밥믁을 때 잘 때 말할 때 言動을 일일이 살펴스 남펜에게 보고하는 그유. 게 슥 달이 끝나드니 그 남자보고 오라는 그유. 즘을 다 했십니다, 이게여. 봉투 한 장을 뜨윽 주그든. 이글 가지고 가시되 여그스부트 30리 바깥에 가 뗴 바야 회렉(效力)이 있십니다, 이게여. 그릏게 뗴 바스는 안 됩니다, 이게여. 그릏게 이제 그름 제 옷을 주십시유, 제 옷을 입고 갈라고. "아니유, 당신 옷 일습과 슥 달 믁은 식대 다 삼츤 냥 속에 들으가 있십니다" 이 말이여. 그리스 복채가 삼츤 냥이여.

그래 작별인사하고는 북겡을 뜨나스 남겡(南京)을 왔단 말이여. 남겡을 왔는디 므 있습니까? 인제 그르지 생활로 은으믁지. 돈을 다 쓰이니께 하나도 읎이니께. 上海로 왔지유. 상해를 왔는디 그때 인자 한국과 중국과 무역을 했십니다. 그 무역할 때 뭐냐 하면은 배가 돛대가 하얀 광목으로 했이유. 그래스 하구라이힝[2] — 이 즈으 배 丹字 즐댕이다 흰 白字 한 자하고 올 來字하고 배 슨자 하고 舶來船이라 흰 배로 온 品이라 그릏게 하구라이힝이지. 그릏게 되면 外國物品을 말하는 긋이유. 요새도 외국 물근이 좋을 긋 같으믄 야아 그 하구라이힝인데 그 소리가 오늘까지도 사용하고 있십니다. 그게 중국과 한국과으 通商할 즉에 흰 돛대를 달고 흰 배로다가 무역하기 때문에 하구라이힝 舶來船이라고 했십니다. — 그래스 舶來船을 만나스, "제가 韓國 사람인데 路資가 읎소, 말이여. 내가 韓國에 근느갈 긋 같으면 우리 집이 살 만하오. 그 슨가 배 운임 값은 줄 테니 나 좀 실으다가 한국에 좀 보내 주시유" 이게여.

그래 가만이 생각해 보니 고국에 사람이고, 좋다 말이여. 그래 그 사람을 실었십니다. 그래스 上海스 혼당목 좋은 옷감을 끊으스 배다 그

뜩 실코 무역슨 열 측이 그기를 뜨났이유. 그리 배를 타고스 고향에 돌아오는데 그 동안 아브지가 살아 계시는가, 으므니가 으틓게 되였는가, 자기 부인은 으틓게 있나 이른 글 생각허며 오지. 즘한 생각이 그제사 난다 이 말이여. 그래스 그 생각이 나아 그스 그 봉투를 뜯으봤십니다. 뜯으보니께 아무긋도 읎고 글 늑 줄이여. 딱 글 늑 줄 쓰 있으. 므라고 쓰 있느고 하니 ― 岩下에 莫繫丹하라. 바위 밑에 배를 매지 말으라. 頭上에 油, 莫洗하라. 므리 위에 지름을 씻지 말으라. 靑蠅이 捧筆頭라, 푸른 파리가 붓대를 안으리라, 租一斗 米三升이라, 베 한 말에 쌀이 스 되라 ― 이게여.

딱 글 늑 줄이여. 그니 그게 삼츤 냥이그든유. 스읏 이게 믄가? 생각 생각해야 알 수가 읎으. 근데 으리스 아브지한티스 글도 뱄지유. 뱄지만 뭔지 알 수가 읎다 이 말이여.

그리자 배 열 측이 한국을 근느오는데 그만 갑자기 뇌승병력하고 風雲이 大作이라 갈 바가 읎다 이 말이여. 그래 믈리 보니께 즈으기 슴 하나 있그든유. 그래 게다 배를 다자, 그래 열 측이 그 태풍을 피해스 그 슴으 중심으로 해스 배를 맸이유. 쪼꼬만 슴이여, 아조 근게 다행히 인제 안증감을 가진 그죠. 그래도, 근제 그 배들이 한심을 쉬고 인제 살았다 하고스 있지. 그래 이 사람이 그 글을 생각하는 그유. 츳 귀에 므냐면 岩下에 莫繫丹하라, 바우 밑에 배를 매지 말으라, 그긋이 은뜻 므리에 스츠오그든유. 그러면 현재 우리 배 여기 매으 있는 긋이 이긋이 바우 밑이는 아니겠지마는 하여튼 슴이라 말이여. 슴인듸 사람은 살지 않으. 아닌게 아니라 바우로 되으 있다 이 말이여. 바우 밑이 배를 매지 마라, 하하 이긋이 아니냐 말이여.

게 이 사람이 나와스 슨주들을 불릈으. "여보시유 여보시유, 여기가 위흠하니 여기스부터 50보 바깥에다 배를 뗴으 맵시다." 그래 그 배 船人들이 말하기를, 즈놈이 아마 병신 육갑을 하는 모양인데 즈놈이 우리를 죽일라고 하는 긋이다 말이여. 여기스 50보 바깥에만 나가 봐라 말이여. 風波에 배가 당장 옾칠 테니 말이여. 으따 배를 대란 말이여. 안 된다 이 말이여. 그틓게 船人들이 반대하고 즈놈 미친놈 잡으쥑이라는 그지. 그러자 그 속에스 한 슨인이, "야아 狂人之言도 聖人이 擇焉이여, 미친놈 말도 聖人이란다. 하여튼 즈 미친놈 말을 들으보자 말이여. 그릏게 우릴랑은 배를 배깥이로 매자 말이여" 그리스 그 중에스 니 측은 참 50보 바깥에다 댔십니다.

아니나 가랴. 쪼끔 있드니 뇌승병력을 하드니 그 바우에 베락이 맞으 각고 말이여 착 부스즈 삐렀이유. 그리각고 배가 즌부 침몰됐십니다. 아주 돌이 산산조각이 나스 말이에 바우뎅이가. 그르드니 쪼끔 있드니 운공충츤[3]이여. 구름 하늘이 새파란 하늘이 되고 비그슥양퐁[4]이지, 바람이 다 날라가고 아주 참 明月이죠. 밝은 달이 화안히 비췄다 말이여. 물결이 잔잔하고 그제스 배 네 측 船人들이 나와스 그 사람 앞이 무릎을 꿇고, "즈이들이 슨생님을 몰라뵀십니다" 이게여. 즈이들을 살려 주슜이니 참 恩人이시라고 말이여. 그라면스 감사합니다 말이지.

그라면스 한국을 근느왔십니다. 게 船人들 이얘기가, 우리가 참 배 열 측이 뜨나왔는데, 여슷 측은 水中之魂이 되고 우리 니 측 살으 온 긋은 이 先生 땜에 살지 않았냐 말이여, 그릏게 여기스 우리가 사례금을 되리야 할 긋이 아니냐? 말이여. 게스 그분보고스 말이지 사례금쪼로 우리 배 한 측에 당목 시 필식 해스 열두 필을 되리니 가주 가시지 이게여. 긍게 그 값으로 굉장한 값이지.

"나는 이글 가주 갈 수도 읐고 그르니께 이근 내 상해스 근느준 그 배 운임으로 에끼고[5] 맙시다. 구만두십시유." "아아 그를 수가 있느냐, 댁이 으디 사냐?"고 말이여. 요새 말하면 원 마차가 있든가 혹은 짐꾼이 있든지 이놈을 시켜스 그 집까지 배달을 시켜 브렀이유. 갖다디리라고 말이여. 운임을 다 주으스 말이여.

그래스 이 남자가 집에를 와 보니 아무도 읐이유. 와 보니께 종년만 있십니다, 하나. "아브지는 으틓게 됐느냐? 으므니는 으틓게 됐느냐?" 물으니께, "스방님 나가신 후루 으므니 애글복글해 돌아가슜고 또 그 마님이 돌아가시니께 바깥 양반도 애글복글하다 돌아가슜십니다" 말이여, "금 누가 있느냐?" — 참 종년이 아니라 자기 부인만 혼자 있이유, 부인만. — 그래스 다 돌아가슜십니다, 이게그든.

그래 산소가 으디냐, 그래 산소를 찾으가스 참 이승 통곡을 하고 돌아온 후에 밥을 차려스 밥을 묵고 밤이 됐는데, 그 내막이 워치게 되얐느냐 할 굿 같으면 — 아이 참 밥을 짓는데 — 그때는 요새 말하면 초도 읎고 즌기도 읎잉께 들지름이다 요롷게 케 놓고슨 즙시다 놓고슨 심지를 불 쾝니다. 그 지름이 뜰으지면 끄즈 브리그든. 그때 마침 불이 꺼질라고 그래스 지름이 워디 있느냐고 찾다가 일으나다가 불이 툭 끄져 쁘맀으. 게스 슨반에 뒤지다가 그기 있는 지름 단지를 다스 내레 테레각고는 대글박에 찰싹 맞으각고 기름을 흘딱 뒤집으쓰 브맀으유. 그날 저녁에 지름을 짜스 마침 그따 등잔지름 할라고 그게다 올려논 게 있으 그글 흘딱 윂질르 브맀단 말이여.

자기 부인이 밥을 해각고 — 아까 말이 참 착오났십니다. 잘못됐십니다이 — 밥을 해각고 상을 받쳐스 들으와 보니게 불이 꺼즈각고 지름내가 탁 트진단 말이여. 불을 키고 보니게 오늘 짜 논 지름단지가 내레즈스 남편이 홀랑 씨고 그리고 그냥 있었단 말이여. 게 이그 웬일이냐고 말이여. 물을 대 놓고 씻이라니께 아이 싫으, 안 씻는다는 게여. 게 밥이나 잡수시라고 배가 고푸니께 밥을 묵읐십니다.

근데 그 여자는 차꼬 씻이라는 게여. 므리 좀 감고 손도 씻이야 할 게 아니냐, 옷도 내놓고 말이지, 입으라는 게지. 안해유, 않는 근 므냐?

믄즈븐에 岩下에 莫繫丹하라, 바우 밑에 배를 매지 말라는 굿이 맞읐고 頭上에 油 莫洗라, 므리 지름을 씻지 말라 그랬그든 — 하 하 이게 아니냐 이게여. 그르니께 이 사람은 안 씻는 그여 — 그굿 때문에 그래 할 수 읎이 밥을 묵고 기냥 웃묵에스 기냥 드르누으 자는 급니다. 이 남자가 옷도 안 갈아입고, 그냥 뒤집으씬 채 세수도 않고.

근듸 이 여자는 으롷게 된고 하니 애초에 시집올 즉에 姦夫가 있었십니다. 姦夫가 있었는데 윽지로 혼인한 게여, 따지면. 그래스 기회만 있으면 이 남자를 츠치하고 같이 살기로스 약속이 되고스 기양 시집을 간 그유. 따지면 그다 그른 존 찬스를 만났다 이게여. 남자 읎으즞지. 시아브지 죽읐지. 시으므니 죽읐지. 그렁께 그른 존 찬스가 으디 있십니까? 그래 그른 존 찬스를 노려스 워뜧게 약속이 되얐는고 하니 혹시

느으 남편이 살으스 돌아오면 느으 둘이 잘 그 아니냐 이 말이여. 그름 밤중에 불을 킬 긋 같으면 깰지 모르니까 밤중에 누가 누군지 아느냐 냄새를 맡으 봐스 지름내가 나면은 당신이고 지름내가 안 나면 사내놈 이 아니냐 말이여. 그때 사내놈을 죽이면 될 그 아니냐 말이여.

이렇게 약속을 했십니다. 그러나 남자는 므냐 하면은 노름꾼이여. 노름꾼이여스 으디 가스 있는지를 아지 못히여. 그런듸 그 부인이 오 늘 즈녁만은 남편이 지름을 뒤집으썼십니다. 지름 냄새가 드 납니다. 이를 알려 주으야 할 틴듸 으듸가 그 자식이 백혔는지 아느냐 이그여. 밤중이도 왔다, 새벽에 왔다, 자고도 왔다, 그 이튿날 즘심때도 왔다 하 니 알 수가 있느냐 말이여. 지다리다아 지다리다 워떻게 새앵 졸다가 아 까빡 잠들으 졸으 쁘릈네유. 기냥 씨러 자는 게라.

잠을 을마나 잘 잤겠십니까? 그르다가 자는 바람에 불까지 끄즈 브 릈다. 딱 꺼즈 브릈으. 남자는 고단해스 코를 드릉드릉 골고 여자는 밤 새두룩 지다리다가 지다리다가 잠이 들으스 을마나 고단하겠십니까? 그래 코를 드릉드릉 곤다 이게여.

姦夫가 노름허구스 돈 다아 잃고스는 새북 참에 인자 한 두으 시쯤 해스 와 보니께 아 코가 드릉드릉 고는듸 두 사람이그든. 분명히 남편 이다 이게여. 왔구나! 그 지붕 속에 감추었든 장도를 쏙 빼각고 들으 갔으. 냄새를 이렇게 맡아 보니께 웃묵에서 자는 놈이 냄새가 지름내 가 무지하게 탁 틴단 말이여. 아주 아룻묵에스 자는 놈은 냄새를 맡으 보니께 아조 단내가 나그든. 하하 그도 사내자식이라고 아랫묵에스 자 고, 그는 마누래라고 웃묵에 자는구나 말이여 웡. 그그 볼 긋이여? 칼 로다가 모가지를 톡 짤라각고 대그박 쿡 찔르스 그냥 가지고 나왔다 이 말이여. 그놈을 산골채기다 집으내브리고 그 산꼭대기를 일찌감치 다시 가 봤스. 앗세나 대그박에 낭자가 곳흤십니다 그려. 엉뚱하게 쥑 였다 이 말이여. 큰일났그든. 에에라 나 살려라고 금강산으로 뛰으 브 렸이유. 아조 나 살려라고스.

게 실큣 자고스는 휘은한듸 아 비린내가 나고 방이스, 아 이래스 보 니께 마누라 대갈박이 읎네. 기가 맥힌 이야기지. 피가 기양 방중에 그득하고 말이여. 이게 워틓게 된 일인지 알 수가 있이야지. 그르니께 인제 일으앉으스 꾸부리고 기양 앉인 게여.

아 종년이 일으났일 텐듸 안 일으나그든. "아 아씨 일으나십시유, 일으나십시유" 해도 대답이 읎다 이게여. 암만 해도 대답이 읎으. "아 스방님 일으나시유, 스방님 일으나시유" 해도 스방님도 대답이 읎다, 이게여. 문을 열고 보니께 아씨는 안부인이지. 부인은 대갈백이는 읎구 몸둥이만 피가 방이 그득하고 신랑자리는 웃묵에 그냥 다리 개고 고개 쿠겨박고 앉었다 이 말이여. 그르니께 급히 나니께 동네로 가 남편이 사람 죽였십니다 이게여, 그래 동네 사람이 오니께 그 지경이그든.

그스 자기 장인네 츠가집으로 웅 기별이 갔다, 이 말이여. 게 장인이 와스 보니 그 꼴이라 장모가 보니 그 꼴이라 이 말이여. 게 장모가 와스, "야 이 자식아! 이놈아, 이 사람아, 니 아내가 살기 싫으면 이혼하믄 그만 아니냐, 모가지 짜를 필요까지야 므 있느냐" 이게지. 그러먼스 울고 나간다 이게여. 그르나 一言半句여,[6] 안 히여, 緘口無言이여 일체.

자기 죽인 일도 읎고 워틓게 된 사건을 모르겠그든. 그르고 믈 생각하는고 하니 岩下에 莫繫舟하라, 바우 밑에 배를 대지 마라. 頭上에 油莫洗하라, 므리 지름 씻지 마라 — 그글 생각하는 그라 이 말이여, 여기는 반드시 무슨 사유가 있다는 그게지.

그래서 관가에 이놈이 고발이 되읐십니다. 게 이 남자가 끌려 들으 갔이유. "니 아내가 살기 싫으면 고만둘 긋이지 니가 집을 뜨나스 근 1년이 된다는디, 게 돌아와스 느으 아내를 모가지를 짜를 수가 있느냐?" 말이여, 그릏게 "예에 사또님 제가 여쭐 말씀이 있십니다." 말이여, "므냐?" "지필묵을 주십시요." 그래 지필묵을 주읐지요. 그른 이야기를 주욱 하는 그유.

"내가 이렇게 주욱 돌아대니다가 三千雨房이란 듸가 있으스 占을 한 게 있는듸 글귀가 있십니다. 그 글귀를 즉겠십니다." 종으다가 쓰는 그라. 岩下에 莫繫舟라, 바우 밑에 배를 대지 마라. 頭上에 油莫洗하라, 므리에 지름을 씻지 마라. 靑蠅 捧筆頭라, 푸른 파리가 푸를 靑짜 파리 蠅자, 브르 虫 딱 하니게 워듸스 파리 한 마리가 왱 하드니 붓대를 딜이 날르 돌아싸스 영 글씨를 못 씨겠으. 그놈 땜에 쫓이면 앵 하고 도망하고 또 씰라면 또 와 붙었다. 이놈이 글씨를 못 씨겠다 이 말이여. 그르니께, "사또님 못 씨겠십니다." "왜 못 씨느냐?" "지금 사또님이 보시다시피 靑蠅 捧筆頭합니다. 푸른 파리가 와서 붓대를 날르 돌아쌉니다" 말이여. 못 씨겠십니다. 보니께 과연 그렇그든. "응 그름 말로 해라" 말이여.

예에 이근 보시다시피 여까지 그릏고 믄즈 두 글귀는 썼고 마지막 글귀를 말해라. "租一斗 米三升이라, 베 한 말에 쌀 스 됩니다. 이래스 岩下에 莫繫舟하는 일은 제가 즦었십니다. 頭上에 油莫洗하라는 굿을 제가 당했십니다. 靑蠅이 捧筆頭하는 굿은 사또님도 보슜십니다" 말이여. "마주막에는 租一斗 米三升입니다" 말이여, "제가 사람을 쥑일 일이야 있겠십니까?" 말이여. "그렇느냐 옥에다 갖다 가두으라" 말이여. 말하자면 갖다 가두읐이유.

원님이 가만히 생각항께 분명히 사람 쥑인 그 아니여. 이 사람이 즐대 쥑인 게 아니여. 자기 했다는 일과 그 지름을 그렇게 당했다는 일, 푸른 파리가 한다는 일 그 그 자체가 절대로 살인자는 아니란 말이여. 그래스 원님이 소위 名官이라고 하는디 이굿을 해결을 못 하겄그든. 밥도 안 믁고 그날부트 꿍꿍 앓는 그유, 그 사또가. 게스 사또 부인이 둘오와스, "아니 무으이가 심려를 이렇게 하십니까?" "당신 알 게 읎다" 이 말이여. "알게 읎다니 夫婦之間에 모르면 누가 압니까?" 말이유. "말씸 하십시유" 말이여. "게 자네가 이얘기 하믄 알겠는가?" 말이여. "아이고 말씸해 보시야 할 게 아닙니까? 식사를 즌폐하시니 말이유. 식음을 즌폐하니 이를 수가 있십니까?" 말이여.

"이르한 소송이 있는데 租一斗 米三升을 모르겠다" 이 말이여, 벼 한 말에 쌀 스 되다 말이여. "아이고 대감님 세상에 오늘스부텀 아조 사직스를 내십시유. 고향에 돌아가스 농사나 지십시다" 말이여. "에잇! 그게 무슨 소리여." "여태 훗 글 배웠십니다. 글만 읽읐지 농사일을 모르시으 농사일도 배신 후에 사또를 하십시유 말이요." "그름 그게 무슨 소리냐?" 말이여. "하 그글 모르시고 무슨 사또 노릇을 하십니까?" 말이여. "농사꾼이 항상 하는 일이고 우리가 항상 하는 일입니다 말이여.
으스 진지나 잡수시유." "하하 그렇냐" 그 말이여. 그르고스는 밥 한 사
발을 븐득 늘름 다 믁고, "그름 워찌 되는 그냐"고 급히 묻는 그라.

"사또님 들으 보십시유. 다른 그는 사또님이 징명하숬다 하니 드 이
야기할 그 읂고 租一斗 米三升이라 하니 벼 한 말에 쌀 스 되면은 읂
으진 게 뭡니까?" 말이여. "겨가 일곱 되가 읂으즜십니다" 말이여. 겨
일곱 되 하고 쌀 스 되 보태믄 도로 벼 한 말이여. "겨 일곱 되 읂으지
지 않읐십니까?" 말이여. "그러믄 겨 糠짜 쌀 米변에다가 편안 康자 그
른 糠자는 읂을 그고 쌀 米 변 자 편안 康자 이 康자가 康가 姓이란 놈
이 있십니다. 그르고 일곱 七자 되 升짜 七升이란 놈이 있일기여, 康
七升이가 사람을 쥑였십니다" 말이여.

과연 그렇그든유. 요새 말허면 戶籍을 열람해 보니께 이웃집 놈이
여. 불과 여기스 을마 안 되으 산 쪼금 동네 늠으 있는 놈이여. 康七升
이를 잡으라, 체포령을 내렀이유. 항께 아 금강산을 다 돌았십니다. 띄
으스 블스.

그 잡으 딜이왔이유. 잡으딜이스 읂어 놓고스 무조근이여, 읂어 놓
고 매를 츠라 말이여. 긴 자 매를 한 대유, 두 대유, 二十 대유, 네 죄를
모르겠느냐? "예에 즈는 죽으도 모르겠십니다." 또 매 츠라 말이여. 긴
자 매를 한 대유, 두 대유, 열 대유, 사십 대유, 네 죄 모르겠느냐? "예에
백 븐 죽으도 제 죄는 모르겠십니다." 불지를 않는 그라. 또 매 츠라 말
이여. "또 매 츠라!"

그렇게 인제 또 열 대유, 수무 대유, 六十 대유, 니 죄 모르겄느냐?
"네가 바른 말하면 살려 주겄다." "예에 죽을 죄가 되으 제가 사람을 쥑
였십니다." 그리스 이르한 이야긴데유. 이긋은 역시 아무리 정치하드
래도 일상 생활에 관련된 그른 긋을 몰르각고스는 정치를 안 된다는
긋의 한 토막이지유.

*1973년 8월 26일 唐津郡 新坪面 雲井里 朴城付 (49세, 男)
1) 말이 막혀서 생각해 내느라고 숨 쉬면서 내는 의미 없는 소리　　2) 舶來器
을 일본어 발음으로 한 것. 이것은 선진 서양 나라에서 만든 고급물품이라는 말

로 썼다. 倭政 때 일본인은 외래의 고급품이라는 뜻으로 물품을 팔았기 때문에
우리나라 사람도 덩달아 이 말을 그대로 썼다   3) 雲捲天晴   4) 飛去夕陽風
5) 相計   6) '一言半句도없다'의 誤用인 듯

사슴의 報恩 |

옛날에 한 곳에 한 아가 있는디 일직 부모님을 여이고 남으 집에스 므슴살이를 했습니다. 하루는 산에 가스 나무를 하고 있는디 즈쪽에스 사슴이 한 마리가 마구 뛰여와스 이 아가 해 논 나뭇짐 속으로 들으갔습니다. 이 긋을 보고 이 아는 아마도 즈 사슴은 포수한티 쫓겨스 즈렇게 숨는가 부다 하고 있는디 아니나 다를가 포수가 달려왔는디 달려와스는 사슴이 뛰으가는 긋 못 봤냐고 물었습니다. 못 봤다고 하니께 포수는 기냥 가브릈습니다.

　포수가 다 간 담에 사슴은 나뭇짐 속에스 나오드니 이 아를 끄집고 한 곳에 가드니 발로 땅을 후부즉후부즉 후부즉그리드니 옆이 있는 나뭇잎을 그 판 데다 놓고 흙으로 묻는 시늉을 하고 갔습니다. 이 아는 그게 여기다 밋을 씨라는 뜻인가 부다 하고 그그다가 부모으 밋을 썼십니다. 그랬드니 이 아는 부자가 되고 자손도 많이 나스 잘 살게 됐답니다. 사슴을 살려 주었드니 사슴은 이렇게 은공을 갚았다는 급니다.

＊1943년 9월 禮山郡 大述面 長福里 牧原俊馥

호랑이의 報恩 |

옛즉으 으뜬 부인네가 질을 가다가 칙칙한 솔밭을 지내가고 있니라니게 호랭이가 입을 딱 블리고 앞질을 막고 있었다. 이 부인네는 나를 해칠라고 그르구 있느냐 항께 호랑이는 고개를 좌우로 흔들면스 아니라고 했다. 그래스 그름 입 안에 무웃이 글려스 그긋을 빼달라고 그르느냐 하고 말하니게 그릏다는 듯이 고개를 끄득끄득했다. 그래스 부인네는 소매를 근고 손을 호랭이 입 안에 늫으 봤드니 즈으 목구뭉 안에 은

비녀가 글려 있으스 이굿을 끄집으내놔 주었다. 그랬드니 호랑이는 고맙다는 몸짓을 하드니 등에 올라타라고 등을 내밀었다. 올라탔드니 호랭이는 쏜살같이 달려스 이 부인네가 가는 디까지 와스 내레놔 주고 갔다.

그른 일이 있은 후 몇십 년이 지나스 이 부인네가 죽었다. 이 부인네으 아들들은 장사지낼라고 하는디 난디읎이 호랭이가 이 집에 나타났다. 이 집 사람들은 모다 무스워스 블블 뜰고 있는디 호랭이는 상제한티 와스 옷자락을 물고 끌면스 가자고 했다. 상제는, 이 부인네으 아들은 호랭이를 따라갔드니 한군데에 와스는 땅을 흐부즉흐부즉 파고 여기다 밋을 씨라는 시늉을 했다. 그래스 이 상제는 그그다 으므니 밋을 썼드니 몇 해 안 가스 富貴多男하여 부자가 되고 자손이 번창하게 됐다고 한다.

＊1927년 2월 牙山郡 排芳面 長在里 李偧宰

호랑이가 된 孝子 | 옛날에 瑞山郡 進興面 後洞이라는 마을에 黃八道라는

사람이 살었는디 이 사람은 부모에게 효도를 잘 하는 사람이였다. 그 으므니가 벵이 들으스 이 병을 고치기 이하여[1] 이 약 즈 약 약이라는 약을 여르 가지로 많이 쓰 봤다. 그른디 아무 약도 효흠이 읎고 으므니 병은 드해 가기만 했다. 그른디 으뜬 용한 이원[2]이 으므니 병을 진찰해보고 이 병에는 가이 씰개 튼 개를 믁으야 낫는다고 했다. 그른디 黃八道으 집은 가난해스 가이를 튼 마리나 살 힘이 읎으스 이를 으틍게 해야 하나 하고 극중극중 하고 지냈다. 그르다가 근츠에 있는 즈룽산에 올라가 날마다 으므니 병이 낫게 해 달라고 열심히 빌었다. 어느 날 빌다가 깜박 잠이 들었는디 꿈에 백발노인이 나타나스 느으 효승이 지극하니 이 책을 주겠으니 이 책을 읽으면 가이 씰개 튼 개를 구할 수가 있다. 이릏게 말하고 사라졌다. 깨스 보니게 옆에 책이 하나 있으스 이 책을 읽으 보니 몸이 부르르 뜰리드니 왕근 大虎[3]로 변했다. 黃八道는 아아 이긋은 산신령님이 가이를 구해스 으므니 병에 씨라고 한 긋이라고 생각하고 산신령께 감사하고 그 책을 잘 읽으스 호랭이가 돼스 가이를 잡으스 씰개를 약으로 씨고 다시 책을 읽으스 사람으로 변했다.

黃八道는 이릏게 해스 책을 읽고 호랭이가 돼스 가이를 잡으다가 씰개를 베스 으므니에게 드리고 다시 책을 읽으스 사람이 됐다. 이러기를 날마다 했는디 이 사람으 마누래가 즈으 남편이 호랭이로 변하는 긋이 무습고 못마땅해스 남편이 호랭이가 돼스 나간 사이에 그 책을 불태워브릈다. 黃八道가 가이를 잡으가지고 와스 다시 사람으로 변할라고 책을 챗이니게 예펜네가 불태워 읎으 브르스 도로 사람으로 변할 수가 읎고 호랭이로 지낼 수밖에 읎었다. 호랭이로 변해스 있으도 여즌히 가이를 잡으스 씰개를 으므니에게 드리여 병을 낫게 했는디 으므니는 나이가 많으즈스 죽었는데 호랭이로 변한 黃八道는 삼 년 동안 시묘살이를 하다가 그 다음에는 으데론가 가 브렸다고 한다.

＊1943년 9월 瑞山郡 泰安面 南門里 松村普炯

1) 위하여　　2) 醫員　　3) 아주 큰 호랑이

孝婦 |

옛즉에 으느 곳에 시부모에게 효승이 지극한 며누리가 있었다. 그른디 시아부지가 우연히 병이 들으스 藥을 이긋즈긋 많이 쓰 봤는데도 시아브지 병은 도무지 낫지 않고 드 중해 가기만 했다. 메누리는 시아브지 병을 낫울라고 하도 애를 씨고 있이니게 동네에 사는 으뜬 여자가 그 병에는 으린애를 삶으 믁이면 낫는다고 했다. 이 말을 들은 이 메누리는 자기 남편과 이논하고 즈그 아들을 삶으스 아브님에게 디리자고 했드니 남편도 그르자고 했다. 그래스 절에 가스 공부하는 으린 아들을 찾으갈라고 하는디 마침 절에스 공부하는 아들이 돌아와스 이 아들을 가매솥에 느스 삶으스 그 국물을 시아브지에게 드렸다. 그랬드니 시아브지는 그 으린아 삶은 국물을 믁고 병은 곧 씻은 듯이 다 낫었다.

그른디 이, 삼 일이 지내스 아들이 절에스 돌아왔다. 이 돌아온 아들을 보고 이 아으 으므니 아브지는 깜작 놀래며 울었다. 아들은 부모가 우는 굿이 이상해스 워째스 우느냐고 물었다. "느는 죽은 자식 아니냐. 죽으스 원통해스 여기 온 굿 아니냐?"고 드욱 실피 울었다. 그르니게 아들은, "내가 죽기는 왜 죽으유. 이릏게 살으 있이유. 지금 절에스 내레왔십니다"고 말했다.

으므니 아브지는 이상해스 절로 가 봤다. 그랬드니 절에스는 부체 한 분이 없으줖다고 함스 뜨들고 있었다.

사실인즉 그 여자가 효승이 하도 지극해스 절으 부체가 그 아들 모양으로 변해각고 그 집이 가스 가마솥에 삶여스 시부모 병을 낫게 했다는 것이다.

＊1927년 2월 扶餘郡 九龍面 論峙里 金敦姬

孝子에게 금항아리 | 옛즉으 한 사람이 있있는디 이 사람은 집이 가난해스 부모님 공경을 제대로 잘 하지 못했다. 하루는 양식도 하나도 읎이 다뜰으즈스 으디 가스 양식을 좀 꾸으 볼가 하고 집을 나슸는디 갈 만한디도 읎으스 으쯜고 하고 있는디 가만히 보니게 질갓에 가이가 믁고 게워 논 보리쌀이 있으스 이굿으로라도 밥을 지으스 부모한티 디리야겠다 하고 집이로 가지고 와스 잘 씻고 씻고 해스 밥을 지으스 우슨 한 술 믁으 보고스는 부모님한테 디려스 요기를 시켜 드렸다.

그랬드니 조금 있이니게 별안간 하늘이 캄캄해지고 츤동 븐개가 치고 하늘땅이 뒤집혀질 듯이 되였다. 이 사람은 가이가 게운 드르운 보리쌀로 밥을 지으스 부모님한티 디려스 츤블을 받는가 부다 하고 밖으로 나가스 큰 바우 밑이 가스 읖디고 있었다. 그랬드니 베락이 딱 하고 내리췄다. 이 사람은 인제 나는 츤블로 베락을 맞으스 죽었구나 하고 있는디 죽지는 않고 날이 개여스 보니게 자기가 읖디여 있는 자리 바로 앞이 땅이 파지고 그기에는 금항아리가 있었다. 이 사람이 하

도 효승이 지극해스 하늘이 이릏게 금항아리를 내준 굿이다. 이 사람
은 그 금항아리를 팔아스 부모를 드 잘 모셨다고 한다.

＊1927년 2월 牙山郡 溫陽面 李復永

孝婦에게 내린 하늘의 福 | 옛날에 으느 집에 고부[1]

끼리 살구 있었는디 집이 가난해서 메누리는 늠으 집이 가스 일두 해
주구 품두 팔구 해스 양식되를 블으스 시으므니를 배고프지 않게 잘
모셨다.

　하루는 보니게 집안에 양식이 아무굿두 읎으스 시으므니를 진지를
해 드릴 수 읎게 돼스 워디 가스 양식을 쫌 마련하겠다 하구 아침 일찍
이 집을 나스스 가니랑게 질갓에 가이가 보리쌀을 잔뜩 믁고 게워 논
것이 있으스 우슨 이굿이라두 갖다가 잘 씻으스 진지를 해 드리야겠다
하구 그 가이가 게워논 보리쌀을 집이로 각고 와스 이 보리쌀을 씻구
씻구 또 씻구 깨끗이 씻으스 밥을 해스 시으므니게 드렸드니 갑재기
츤둥이 일으나고 븐개가 치구 소내기가 마구 프붰다. 메누리는 이
굿을 보구 이굿은 아마두 지가 가이가 게워 논 드르운 쌀로 밥을 지으
스 시으므니에게 디려스 하늘이 노해스 블[2]을 줄라구 그르는가 부다
하구 블을 받을라구 마당에 나가스 무릎을 꿇고, "지가 몹씰 죄를 지읐
이니 베락을 내려스 죽여 주십시요" 하구 빌구 있었다. 그랬드니 하늘
스 베락이 딱 츠스 이 메누리는 그만 기즐하구 말았다. 한참 있다가 깨
각고 보니게 죽지는 안했는디 옆이 구덩이가 패줬는디 그 구덩이를 보
니께 구덩이 안에는 크다만 금항아리가 있었다. 이 메누리가 가난해두
하도 시으므니를 잘 모시구 효도를 해스 하늘이 돕니라구 이릏게 베락
을 츠스 땅 속에 묻힌 금항아리를 준 굿이라고 한다.

＊1941년 4월 唐津郡 高大面 城山里 朴太義

1) 姑婦, 시어머니와 며느리　　2) 罰

늦게 깨달은 孝子 | 옛날에 어느 곳에 두 내외가 살고 있었는데 아들이고 딸

이고 나이가 많도록 낳지 못해스 아이 하나 낳기를 픅 원하고 있었는데 그르다가 아들을 낳게 돼스 이 두 내외는 픅 기쁘스 이 애기를 금이야 옥이야 하고 잘 키웠다.

이 아이가 잘 크스 두스느 살 돼스 재롱을 부리게 돼스 이 두 내외는 드욱 귀여워스 두 내외가 우아래로 갈라 앉으각고 노는 꼴을 보면스 "아가, 즈기 가스 으므니 때리고 오느라" 했다. 아이는 으므니한티 가스 뺨을 찰삭 때렸다. 아브지랑 으므니랑은 웃으면스 "아 잘 했다 잘했으, 이븐에는 이리 와스 아브지 뺨을 때려 봐라" 했다. 이 아이는 아브지한테 가스 뺨을 때렸다. 두 내외는 이긋이 신통해스, "으 잘 때렸다" 함스 웃고 기뿌했다. 이릏게 하니 이 아이는 으매 아배가 잘했다고 칭찬하고 기쁘하니까 끄듯하면 부모으 뺨을 예사로 때렸다. 그를 때마다 부모는 좋와라고 창찬하고 좋와했다. 그래스 이 아이는 크스도 부모를 때리고 했는데 이 아는 나이 장중이 되고 부모는 나이 들으스 늙고 해스 아들한테 맞는 긋이 고통이 됐다. 이른데도 이 아들은 줄창 때리기만 했다. 한 븐은 늙은 으므니는 아들한테 은으맞고 즌딜 수가 읎으스 울고 있었다. 그때 마침 이 집 앞을 지나가든 암행으사가 늙은이의 울음소리를 듣고 그 집에 들으가 보니게 장중이 으므니를 때리고 있으스 워째스 그르냐고 물었다. 늙은 으므니는 자초지종 이야기를 했드니 으사는 그름 이 아들을 한 두으 달 맽겨 달라스 해스 이 아들을 서울로 데리고 와스 으뜬 효자으 집이다 맽기고 효자 하는 븝을 배우게 했다.

어느 날 비가 주룩주룩 오니게 효자으 老母는 틋밭으 배추에다 찬지름[1]을 훌훌 뿌리고 있었다. 효자가 밖으스 돌아와스 보고, "으므니 무웃하고 게십니까?" 하니게 으므니는, "비가 와스 배추에 물이 묻으스 물 묻지 말라고 이릏게 찬지름을 뿌리고 있다"고 했다. 효자는 이 말을 듣고 화도 내지 않고 "으므니 심드시는디 그만두시유. 지가[2] 뿌리겠으 유" 이르면스 으므니를 안으로 모셔들여갔다.

또 으느 날 효자 으므니는 으린애를 가마솥에다 늫고 삶았다. 아들이 밖으스 와스 보고 "으므니, 믈 삶고 계십니까?' 하니게 되야지 괴기[3]가 믁고 싶으스 되야지를 삶고 있다고 말했다. 아들이 보니게 자기 으린애를 삶으 놓고 있으스 그글 보고도 아무말도 않고 그 아를 산에다 갖다 묻고스는 을른 되야지 괴기를 많이 사다가 으므니를 멕였다.

이 효자는 으므니가 진지를 자시고 나야 밥을 믁고 아침 즈녁으로 으므니에게 문안을 드리고 잠자리를 보살피고 했다.

효자으 집에스 두 달 동안 지내면스 부모에게 으떻게 하여야 하는 긋을 이 사람은 알게 됐다. 직 부모를 때리그나 부모에게 화를 내그나 하는 긋이 아니고 부모를 소중히 여기고 부모를 늘 질급게 하는 긋이라는 긋을 깨닫게 돼스 그후부터는 으므니를 잘 슴겼다고 한다.

＊1943년 9월 禮山郡 大遮面 長福里 牧原俊馥

1) 참기름　　2) 제가　　3) 돼지고기

不孝婦를 孝婦로 만들다 | 으뜸 집이스 늙은 아브지를

모시구 사는 사람이 있는디 이 사람으 마누라가 늙은 시아브지를 잘 모시지를 안해유. 밥두 잘 안 주구 빨래두 잘 안 해 주구 말두 불공하게 하구 즈느르 늙은이 죽지두 않는다구 투들대기두 하구 학대가 여간만 아니여유. 남펜이 그르지 말라구 해두 워디 들으믁으야지유. 우찌야 즈느르 예펜네 브릇[1]을 고칠까 하구 생각하다가 하루는 장에 갔다 와서 마누래보구, "나 참 장에 갔다가 희한한 꼴을 다 봤네" 하구 말했이유. 무신 희한한 꼴을 봤냐구 해스, "아 글쎄 늙은이 파는 장이 다 스지 안했는가 말이여. 늙은이 살찐 늙은이는 값을 많이 받고 야윈 늙은이는 값을 즉게 받는다 말이여. 우리두 아브지를 팔면 우때?" 하구 말하니게 마누래도 그그 참 좋은 생각이다, 시아브지 팔자구 했이유. "그른디 아브지는 지금 야워스 값이 안 나갈 긋 같으니게 좀 잘 멕이스 살을 찌워스 팔자."

마누라는 그르자 하구 시아브지를 살찌워스 팔기루 하구 그날부트는 괴기를 사다가 국두 끓여스 믹인다, 새때에는 밤 같은 것을 구으스 준다, 빨래두 자조 해서 입헤 준다, 했이유. 그르니게 이 시아브지는 메누리가 갑재기 잘해 주니게 좋와서 아그들을 보아 주고 나무도 정지로 들여다 주고, 물도 질러다 주고, 마당도 씰고 해서 메누리 하는 일을 많이 도와 주었단 말이유. 그러니게 메누리는 시아브지를 드욱 고마워 해서 믁을 것도 많이 주구 말도 공순한 말을 씨고 아조 고분고분했단 말이유.

이렇게 하구 지내는 동안에 시아브지는 살이 포동포동 쪘이유. 이긋을 본 남펜은 마누라보고 아브지가 즈만치 살이 쪘이니게 인제 갖다 팔면 돈을 많이 받을 것이라고 말하구 아브지를 장으로 팔로 가겠다고 했이유. 그랬드니 마누라는 시아브지는 우리 집에스는 안 계스믄은 안 될 으른이라 팔지 말라고 했다구 했이유. 이 사람은 이렇게 해서 不孝한 메누리를 孝婦로 만들었다구 해유.

＊1943년 9월 洪城郡 長谷面 智井里 西原在一

1) 버릇

孝子와 不孝子 | 옛날에 으느 임금님이 미복을 하구 민간에 돌아다니믄스 민중을 살피

는디 한 곳이 가니게 그때는 한겨울 추운 땐데 한 사람이 을음을 깨구 찬 물 속에 들으가스 괴기를 잡구 있드래유. 임금님이 보시구, "당신은 이 치운 날에 찬 물 속에 들으가스 괴기를 잡을라구 하오?" 하구 물으샀다. 그르니게 이 사람은 즈으 으므니가 물괴기를 좋와하시는디 돈이 읎으 사다 디릴 수는 읎구 해스 이릏게 잡으다가 디릴라구 한다구 말하드래유.

이 사람이 괴기를 잡으각고 집이로 가스 임금님은 이 사람 뒤를 따라스 그 집에를 가 보시였이유. 이 사람은 그 괴기를 잘 지즈스 으므니 밥상에 올려놓고 자시게 했이유. 으므니는 눈을 못 보는 노인인디 이 사람은 옆에 앉으스 이긋은 괴기요, 이긋은 가시요 함스 드렸이유. 임금님은 이 사람으 효승에 그만 감동해스 많은 상금을 내려주구 老母을 잘 모시라구 했이유.

이웃에 사는 사람 하나가 이웃 사람이 겨울에 괴기를 잡으다가 으므니를 드렸다구 해서 나라서 많은 상금을 내렸다는 말을 듣구 자기도 상금을 받고 싶은 욕심으로 겨울날 찬 물 속에 들으가스 괴기를 잡구 있읐이유. 임금님이 돌아다니시다가 이 사람이 찬 물 속에 들으가스 괴기를 잡는 것을 보고 이 치운 날에 왜 괴기를 잡느냐고 물으셨이유. 으므니가 괴기를 좋와해스 괴기를 잡는다구 했십니다. 임금님은 또 부모에 효도하는 사람이 있구나 하시고 지켜보구 계시다가 이 사람이 괴기를 잡으각고 집이로 가스 임금님도 뒤따라가 보시였이유.

이 사람은 괴기를 잘 장만해스 밥상에 올려놓고 으스 자시라구 했이유. 그랬드니 으므니는, "야아 오늘은 웬일이냐, 즌에는 괴기를 사오문 느그들찌리만 믁고 나한티는 안 주드니 오늘은 나보고 괴기를 믁으라구 하느냐?"구 했이유.

임금님은 이 말을 듣고 이놈은 평시에 부모한테 불효한 놈이로구나 하시고 그 골 원에게 말하여 곤장을 직사하게 맞게 했다구 합니다.

＊1962년 6월 保寧郡 천부면 사호리 송궁부락 유문동

孝心이 많은 아우 |
옛즉에 으뜬 곳에 홀으므니를 모시고 사는 형제가 있읐는디 이 으므니가 우연히 득병해스 앓고 있으스 아우는 약이라는 약을 이긋즈긋 쓰스 으므니 병을 낫울라고 했는디 도무지 낫지 안했다. 으뜬 이원보고 물으 봉께 그 이원이 하는 말이 그 병에는 보통 약가지고는 낫울 수 읎고 三神山에 나는 不老草를 쓰야만 낫는다고 말했다. 그리스 동생은 不老草를 구해다 으므니 병을 낫우야겄다 하고 삼신산으로 不老草를 구하로 집을 뜨났다.

삼신산은 아주 믄 곳에 있으스 많은 산을 늠고 강과 바다를 근느스 고생고생을 하면스 찾으가야 하는 곳이였다. 형은 동생이 불로초를 캐

로 갔으니 동생은 필경 불노초를 캐가지고 올 긋이라고 알고 형은 동생이 배를 타고 오는 데까지 가스 동생이 돌아오는 긋을 기다리고 있다가 동생이 캐가지고 온 不老草를 뺏으가지고는 동생으 눈을 찔러 눈을 믈게 해 놓고는 동생이 타고 온 배에다 씰으 놓고 이 배를 믈리 뜨내려 브렸다. 그르고스 집이르 와스 이 불로초는 자기가 캐 왔다고 하고 그 불로초를 댈여스 으므니에게 믁여 병을 낫우으 놨다.

동생으 배는 물결 따라 바람 따라 증츠읎이 뜨내려가다가 으뜬 슴에 닿으았다. 동생은 그 슴에 올라가스 울고 있는디 으디스 왔는지 가마구가 믁을 긋을 물으다 주으스 그긋을 믁으 감스 그그스 제우제우 연명해 감스 나날을 보내고 있으았다.

동생은 그 슴 안을 여기즈기 돌아다니다가 으뜬 대밭에 들으갔다. 그랬드니 그 대밭에는 우는 대나무가 있으스 드듬드듬 드듬으스 그 대나무를 찾으각고 그 대나무를 비으스 퉁수를 맨들으각고 불으았다. 그랬드니 이 퉁수는 소리가 잘 나스 이 퉁수 소리를 들으로 사람이 많이 모여 왔다. 이 퉁수 소리를 들은 사람들은 모두다 퉁수 잘 분다고 칭찬했는디 이 아가 퉁수 잘 분다는 소문이 늘리 프즈스 나랏님 딸으 귀에까지 가게 됐다. 그래스 나랏님 딸은 이 사람으 퉁수 소리를 듣고 싶다고 해스 대궐로 불려갔다. 이 동생은 대궐 안에스 나랏님 딸 옆에스 날마다 퉁수를 불으스 나랏님 딸을 질급게 해 주으았다.

불로초를 믁고 병이 난 으므니는 작은아들이 불로초를 캐로 간 뒤로 돌아오지 안해서 이 아가 살았는지 즉었는지 궁금하고 보고 싶은 마음이 간즐했다.

이 동생은 집에 있일 때 길르든 기르기가 있으았다. 으므니는 이 기르기보고, "야 기륵아, 느는 니 주인 있는 디를 알겠지? 내 펜지 한 장 쓰 줄 티니 이 펜지를 니 주인한티 즌해 줄레?" 함스 펜지를 쓰스 기르기 다리다 매 주으았다. 기르기는 날아스 동생이 있는 대궐로 가스 울으았다. 동생이 기르기 우는 소리를 듣고 즈 소리는 내가 기르든 기르기 소리 같은데 하고 임금님 딸보고 즈기 와스 우는 기르기를 좀 봐 돌라고 부탁했다. 나랏님 딸이 기르기한티 가스 보니게 기르기 다리에 펜지가 한 장 매여 있으스 그 펜지를 페으보고 동생한티 가스 기르기 다리에 이른 펜지가 매여 있드라고 말했다. 동생은 그게 무슨 펜진가 읽으 봐 돌라고 했다. 나랏님 딸이 읽는데 그 읽은 소리를 들으 봉께 자기 으므니가 보낸 펜지가 분명했다. 동생은 하도 반가워스 으디 "나 좀 보자" 함스 펜지를 왈칵 뺏으스 볼라고 항께 그만 눈이 븐즉 뜨스 환히 뵈었다.

  믄 눈이 뜬 이 동생은 나랏님 딸하고 결혼하게 되여 대궐스 사는데 으므니를 모스다가 같이 잘 살았다고 한다.

＊1927년 2월 扶餘郡 內山面 妙院里 趙喆九

孝子와 老人 | 옛날에 孝子 孝婦가 있으유. 이 사람으 아브지는 할아브지 즉브틈 대대로

소위 양반이라고 이릏게 지냈는디 가산은 한 40숙 중도으 재산을 가지고 지내는 집안인데 일직 상츠를 해서 혼자스 홀애비로 외롭게 지내고 계슀으유. 이 아브님은 친구도 많으스 또 남에게 후하게 하시구 그르니게 사람 즙촉이 많으스 쓰임새도 많앴습니다. 이 사람은 孝心이 지극한 사람이라 아브님 비위를 맞추으 드린다는 긋보담도 자식된 도리로다가 으릏게든지 아브님 여생을 편안하게 기분좋게 해 드리고 모실가 하는 생각에스 늘 마음을 쓰는 그죠. 그래서 아침 즘심 즈녁 심시으 진지상에는 괴기 한 즘 술 한 잔을 바램[1]이 부나 비가 오나 눈이 오나 으뜬 때를 빼지 않고 늘 한결같이 대즙해 드렸습니다. 그리고 또 아브님 방에 들으가스 방 안을 까긋히 소제하고 닦고 금침을 깔으 드리고 밤이면 금침을 깔으 드리고 아침이면 이부자리를 개스 단중히 읏으 놓고 이릏게 지냈습니다.

  이릏게 지나는디 그 동안 십여 년이라는 세월이 흘맀습니다. 옛날부터 양반이란 긋인 일도 않고 츤읍도 하지 않고 남을 시켜스 농사도 하고 집안 여르 가지 잡일도 하게 하는 긋이 양반으 붑이라 이 사람도 그릏게 살으 왔는데, 이릏게 살다 보니 을마 안 되는 재산은 축이 나면2) 축이 났지 늘지 않었지유. 늘지 않을 뿐 아니라 돈 이츤 냥이나 빚을 지게 됐으유. 빚까지 지게 됐이니 늙으신 아브지에게 좋은 옷 좋은 음식을 대즙해 드리기도 으렵게 됐이유. 그래스 하루 즈녁은 마누라를 불르앉히고 상이를 했이유. "여보 빚을 이츤 냥이나 지고 가다가는 아브님 밥 한 그륵 잘 대즙해 드리기도 으렵게 되겠소. 그르니 내가 나가스 빚 갚을 돈도 마련하고 아브님 효양할 밑츤도 장만하야겠소. 그르니 내가 읎는 동안이라도 아브님께 소홀히 하지 말고 끄니마다 괴기와 술을 대즙하고 밤이면 이부자리를 깔아 드리고 아침이면 이부자리를 개으 드리기를 게을리하지 마시유" 이르니 마누라도, "부모님 봉양하기 위하여 出他하신다는데 으뜿게 내가 븜연히 하겠소. 아무 염려 마시고 집 극중 마시고 일만 잘 되게 해가주고 돌아오십시유" 이릏게 말하는 그유. 그래스 이 사람은 안심하고 집을 뜨났는데 아브지보고는 빚 갚을 돈 마련하러 나간단 말은 一言半句도 내지 않고 그즈 볼 일이 생겨스 出他 좀 하겠다고 인사드리고 집을 뜨났이유. 그래 여기즈기 돌아다니며 돈 마련을 해 보는데 아는 친구란 모두 다 생활이 으려워스 돈 이야기를 내놀 수도 읎으스 이래스 십여 일이나 훗고생하고 할 수 읎이 집이로 빈손으로 돌아왔이유. 오다가 날이 즈물으스 으느 주막에 들으스 자게 됐이유.

그 주막에스 즈녁을 믁고 심심도 해스 밖에 나와스 여그즈그 돌아다니는데 한 곳에 가니게 으뜬 방에 나이 많이 드신 노인 한 분이 즈녁 진지를 자시고 있는디 밥상을 보니 괴기도 읎고 술도 없으유. 그래스 즈으 아브지 생각이 나스 주인보고 괴기하고 술하고 달라고 해스 가주고 가스 노인 방에 들으가스 으르신네 이긋 좀 잡수십시유 하고 술을 따라스 올렸이유. 그랬드니 노인은 받기는크녕, "에 이놈! 츤하에 브르쟁이 읎는 놈 같으니라구 내가 느를 은제 봤다구 초면에 즑은 놈이 술을 믁고 싶으면 느 혼자 믁을 일이지 늙은 노인보고 술붓이 되으 달라구? 츤하에 브르장므리 읎는 놈!" 하고 야단을 치네유. 그래스 이 사람은 무안하기가 짝이 읎지유.

"그즈 잘못했습니다. 제가 노인장께 술붓이 되으 달라고 드리는 긋이 아닙니다. 제 사증이나 들으 주시고 꾸짖이기 바랍니다. 즈는 늙으신 아브님을 모시고 있는데 아침 즈녁으로 빼놓지 않고 괴기 한 즘 술한 잔을 바치는 즈올시다. 무슨 일이 있으 객지에 나와 돌아다니다가 오늘 이 주막에 들읐는디 으르신네께스 혼자 괴기도 술도 읎이 진지를 드시는 것을 보고 이릏게 술을 드린 긋이지 술붓이 되으 달라고 술을 드리는 긋이 아닙니다" 이릏게 말하니까 그제야 노인은 허허 웃으며 이 사람으 흘목을 꽉 잡고, "야 이늠, 이리 가까이 오느라. 이 이쁘고도 미운 놈이구나. 세상에 요른 놈이 으디 또 있겠냐? 야 술 한 잔 따르라" 하며 그 술을 받으 마시드래유.

그르고 이 사람을 붙들고 이른 이약 즈른 이약 하면스 밤을 지내고 있는디 한밤중쯤 되니께 난디읎이 바깥이 요란한 소리가 나며 사람들이 우루루 달려들드니 이 노인이 들으 있는 방으로 들으와서 노인을 웃묵으로 밀츠내고 즑은 사람을 아랫묵에다 모스앉히그든유. 이릏게 해스 한방에 노인과 즑은이와 같이 자게 되읐는디 즑은이는 자기는 지금 安東 府使가 되으 가는 아무개라 하고 노인보고 으디 사는 누구냐고 물읐습니다. 노인은, "나는 이릏게 뜨돌아다니는 늙은이유" 이릏게 말할 뿐 드 말하지 않으유. "그래도 으디 사는 누군지 말해 보오. 나는 安東 府使가 되여 가는 아무개라고 말했이니 노인도 으디 사는지 姓氏가 무웃인지 말해야 하지 않는가" 이릏게 말하니께 노인은 자기는 大邱 사는디 아들은 慶尙 監司라고 했으유. 그르니께 이 말을 듣자 安東 府使가 되으 간다는 즑은이는 그만 안즐부즐하네유. 이그 호랭이 굴을 쑤신격이 됐이니 말이에유. 즑은이는 방 밖으로 나가스 부하들보고 이그 큰 일났다, 즈 노인 영감한테 무례한 짓을 했이니 이그 으특흐면 좋으냐? 으뜬 방븝을 쓰스라도 즈 노인영감으 마음을 풀으 놔야겠다, 한단 말입니다. 그르다가 즈 노인과 같이 있는 즑은이를 통해스 잘 말해스 영감으 마음을 풀도록 하기로 하자 하고 그 즑은이를 불르내스 돈 이츤 냥을 내주며 이것을 노인에게 드리여 노자에 보태 쓰시라고 하고 노인으 마음을 풀도록 애쓰 달라고 신신부탁을 했이유. 그래스 이 사람은 그 돈을 받으가주고 노인한테 와스 즈 사람이 이르이르하면스 노자에 보태 쓰시라고 이 돈을 줍니다 하고 말하고 돈 이츤 냥을 내주윘이유. 그르니까 노인은 그르냐고 하면스 그 돈을 받고스는 安東 府使를 불르들여, "객지스 우연히 생긴 일을 가지고 뭘 그리 극증하오. 오늘 일은 아무 일도 읎는 듯이 쏵 씻읍시다. 그른데 이 돈 이츤 냥은 노자하라고 주니 그 승이를 물리칠 수가 읎으 받겠소. 安東에 내레가그든 郡民일 위하여 善政이나 베프시유" 하면스 껄껄 웃읐십니다.

그러고 나스 이튿날 아침이 되여스 스로 각기 뜨나게 됐는데 노인은 이 효자를 불르가지고, "이 돈이 생긴 긋은 나 때문에 생긴 돈이 아니고 자네가 부모에게 그릏게 효승이 지극하기 때문에 하늘이 도으니라고 생긴 돈일세. 이츤 냥이나 빚을 지으스 효자가 어렵게 돼스야 되겠는가? 이 돈 이츤 냥을 가주고 가스 빚도 갚고 효도하고 하게" 이릏게 말하면스 安東 府使가 노자 하라고 준 돈을 슨듯 내주윘이유. 이 효자는 그만 노인으 느그르운 마음씨에 감격하고 감사히 받으스 집에 돌아와스 늙으신 아브지에게 드 지승으로 효도했다는 이애깁니다.

＊1973년 9월 29일 公州邑 中學洞 金健培 (65세, 男)

1) 바람   2) 줄어들면

미련한 원님 | 옛날에 으느 골에 원이 있는디 이 원은 대단히 미른한 원이였다.

옛날에 백승들은 무신 중대한 일이 생기면 원한티 소지[1]를 정하여 원으 제사[2]에 따러야 했다.

으뜬 날 아침에 한 백승이 와스 간밤에 우리 집 소가 죽윘십니다 하고 소지를 올렸다. 그르니까 이 원은 "니 소가 죽윘지 내 소가 죽윘느냐? 내가 니 소 죽은 글 으쯔란 말이냐?" 하고 혼침을 주으 내보냈다. 그르고 나스 아침밥을 믁으르 內衙[3]에 들으가스 실내[4]보고 자기가 제사한 말을 했다. 원님으 마누라가 그 말을 듣고 "그릏게 제사하는 븝이 아닙니다. 소가 죽윘이면 가죽은 벳겨스 바치고 고기는 팔으스 송아지를 한 마리 사스 키우면 되지 않느냐 하실 긋을 그릏게 하시면 안 됩니다" 하고 말했다.

　다음날 아침에 백승 하나가 와스, "간밤에 소인으 아브지가 돌아가 슀십니다" 하고 소지를 증했다. 그러니께 원님은 느으 아브지가 죽읐 다니 가죽은 벳게스 바치고 고기는 팔아스 송아지를 한 마리 사스 길 르면 느 애비가 되지 않겠느냐 하고 제사했다고 한다.

＊1927년 2월 扶餘郡 鴻山公立普通學校 李秉昭

1) 所志, 원에게 자기 사정을 호소하는 것을 이름　　2) 원의 처결, 판단　　3) 원 이 살림하는 집, 즉 원의 官舍　　4) 원의 아내를 점잖게 이르는 말

愚郎 | 옛즉에 으뜬 신랑이 츠가집에 가려고 하는데 妻家집이

있는 동네 이름을 몰라스 각시보고 츠가집 동네 이름이 무웃이냐고 물었다. 흐망동이라고 갈츠 주니게 흐망동 흐망동 하면스 가는데 가다가 개츤이 있으스 그 개츤을 근느뛰다가 그만 동네 이름을 잊으 브렸다. 그래스 그 개츤 물을 품스 잊으 브린 츠가집 동네 이름을 찾고 있읐다. 그때 한 사람이 지나가다가 보고, "그 플 하고 있소?" 하 고 물읐다. 그른데 이 신랑은 아무 대답도 하지 않고 물만 푸고 있읐 다. 지나가든 사람은 즈 사람이 아매도 보물을 잃으스 즈릏게 말도 않 고 물을 푸고 있는가 싶으스 즈도 같이 프스 잃은 보물을 찾으 가즈 보 아야겠다 하고 개츤에 들으스스 물을 풒다. 을매를 푻는지 해는 지는 데 아무긋도 나오지 않았다. 가든 사람은 화가 나스 에이 대가리가 흐 망동 같은 놈 므를 챗겠다고 이 지랄이냐 하고 욕했다. 그르니까 이 신 랑은 옳다 옳다 흐망동 하면스 갔다.

＊1942년 7월 舒川郡 舒川面 新松里 新本凱彦

愚郎 | 옛날에 미른한 신랑이 있읐는데 어느 날 으므니가 송편

을 해서 주니게 이 신랑은 끕데기를 다 벳게 브리고 속 알맹이만 믁읐다. 으므니가 이것을 보고 "이 못난놈아, 왜 끕데기를 벳

기고 속 알맹이만 믁냐? 끕데기도 믁으야 한다"고 나무랬다.

　그 뒤에 이 신랑은 츠가집에 갔다. 츠가집은 해변에 있었는데 이 츠가집에스는 조개국을 끓여스 주었다. 그르니께 이 신랑은 그 조개를 끕데기채 믁었다. 장모가 이것을 보고 "이 망칙한 사우놈 봐라. 조개를 끕데기채 믁는 놈이 으디 있느냐?" 하면스 나무라며 즈른 못난 놈한티 내 딸을 주다니 하면스 분해 했다고 한다.

＊1942년 9월 論山郡 連山面 新安重亮

바보兄 | 옛날에 형제가 있었는데 으므니가 돌아가스스 으므니를 山에다 묻으려고 동생은 兄보고 으므니 시체를 지고 믄즈 산으로 가라고 하고 자기는 으므니를 감장할 긋을 챙겨 가지고 가기로 했다. 兄은 으므니 시체를 지고 산으로 올라갔는디 힘이 들으스 시체를 내레놓고 담배를 피우고 있었는디 그런데 담뱃불이 뜰으스스 산에 나무랑 풀이랑 다 태웠다. 나무와 풀이 다 타는 바람에 으므니 시체도 탔다. 으므니 시체가 타스 으므니 시체는 하얀 이빨을 내놓고 있었는디 형은 이긋을 보고 으므니는 좋와라고 웃고 있다고 했다.

　동생은 으미니 묻을 연장을 감장해가지고 산으로 올라와 보니게 형은 동생보고 으므니가 좋와스 즈릏게 웃고 있다고 말했다. 동생은 으이가 읎으스 아무말도 못하고 믕하고 스 있기만 했다고 한다.

＊1943년 9월 禮山郡 禮山面 金本正雄

어떤 三兄弟 | 옛즉에 으뜬 곳에 삼형제가 사는디 큰놈은 심이 세도 우둔하기 짝이 읎고 둘재놈은 지금 막 본 긋도 잊으 브리기 잘 하는 놈이고 막둥이는 식탐이 많으스 믁을 긋이라면 달글들으스 막 믁는 놈인디 하루는 이 삼 형제가 산으로 나무하르 갔다. 산에 올라강게 큰 고목나무 틈새기스 블꿀이 질질 흘르나오고 있으스 막둥이란 놈이 즈그 승들이 그 꿀을 믄즈

믁을가 봐 지가 믄즈 믁었다고 을른 쫓아가스 나무통 틈새기다가 모가지를 쿡 박고 꿀을 빨으믁고 있었다. 큰놈이 이긋을 보고, "야 이놈아, 느만 혼자 믁느냐?" 함스 막둥이 두 다리를 잡고 왈칵 잡으댕겼다. 그릏게 막둥이는 나무통 틈새기에 끼웠든 모가지가 툭 뜰으즈스 나왔다. 둘재놈이 이긋을 보고 이놈이 아까도 모가지가 읎든가 하드랴.

＊1943년 8월 論山郡 上月面 新忠里 德川松太郎

호랑이를 꾀어 잡다 | 옛날에 한 여자가 있는데 아들 하나를 데리고 사는

디 이 아들놈은 아랫묵에스 밥 믁고 웃묵에 가스 똥 싸고 일이라고는 아무긋도 안 해스 으므니는 화가 나스 다른 집 아들은 매일 일을 잘 하는디 느는 아랫묵에스 밥 믁고 웃묵에 가스 똥만 싸고 일도 않으니 이 그 으찌 살겄냐고 나무랬이유. 그릏게 아들놈은 "나도 일 할게 꽹이[1] 나 하나 은으다 주으" 그래스 으므니는 꽹이를 은으다 주웠이유.

  그릏게 이놈은 툿밭에 가스 구뎅이를 짚게 파고 동네에 있는 똥이란 똥을 죄다 프다가 그 구뎅이 속에 늫고 그그다가 참깨를 한 슴 부웠이유. 그랬드니 참깨가 나스 큰 증자나무만큼 크스 참깨가 주릉주릉 많이 열었이유. 이 참깨로 지름을 짜스 수십 항아리 짜가지고 으디스 강아지 한 마리를 은으다가 찬지름을 멕이고 또 지름 항아리에 집으늫다 끄냈다 해스 강아지를 매끈매끈하게 해 놨이유. 그르고 이 강아지를 지다란[2] 밧줄에 매각고 산으로 올라가스 큰 나무 밑둥에다 매놨이유. 그릏게 고소한 참지름 냄새가 풍긍게 이 고소한 지름 냄새를 맡고 산 중 호랭이들이 모여와스 이 강아지를 훌득 집으 생겼이유. 강아지는 미끄릏게 호랭이 뱃속에 들으갔다 똥구뭉으로 쏙 나왔이유. 그 다음에 다른 호랭이가 이 강아지를 훌득 집으 생겼으요. 그르면 강아지는 그 호랭이 똥구뭉으로 쏙 나와유. 그르면 또 다른 호랭이가 이것을 집으 생키스 똥구뭉으로 나오게 하고 이렇게 해스 호랭이를 수십 마리를 꾀으 잡으스 팔으스 부자가 됐대유.

＊1973년 9월 22일 燕岐郡 錦南面 達田里 2區 成允玉 (15세, 女)
1) 괭이 2) 기다란

선생의 꿀을 먹은 아이 | 옛날에 으뜬 스당
에스 슨생이 꿀단

지스 꿀을 혼자 끄내스 믁으면스 "이긋은 으른이 믁으면 약이 되지마는 아그들이 믁으면 뱃속에스 불이 나스 죽는 것이다. 그릉게 느그들은 믁을 생각은 하지 말라" 이르면스 믁었다. 다른 아그들은 그르는 줄로만 알고 있는디 한 아는 으른이나 아이나 다 같은 사람인디 으른이 믁으면 약이 되고 아이가 믁으면 죽는다니 그를 리가 있겠는가 하고 으심하고 있었다.

한 분은 슨생이 으디 나감스 꿀단지를 벽장에다 느놓고 갔다. 이 아는 그 단지에 든 긋이 뭇인고 하고 그 단지에 손구락을 느스 찍으스 맛보니게 그긋은 꿀이였다. 그리스 다른 아이들보고, "즈 단지 안에 들으 있는 긋이 꿀이다. 우리 그 꿀을 믁자" 했다. 다른 아그들은, "슨생한티 혼날라고 그 꿀을 믁으야" 함스 슨듯 달라들지 안했다. "야들아 염려 말라. 내 혼나드래도 내가 혼자 당할 팅게 염려 말고 믁으라" 이릏게 말하니게 다른 아들도 다 달라들으스 그 꿀을 다 믁으 브렀다.

그른 뒤 이 아는 슨생님이 애끼는 베루를 깼다. 다른 아그들이 즈놈이 으쩌자고 슨생한티 혼날 짓만 하는고 하고 극증했다. 그른디 슨생님이 돌아올 때쯤 되니게 깨진 베루를 앞에다 놓고 응응 울고 있었다. 슨생님이 돌아와스 보고 워째서 우느냐고 물었다. 그릏게 이 아는 "내가 장난하다가 그만 슨생님이 애끼는 베루를 깼습니다. 혼날 긋 같으스 죽을라고 즈 단지에 든 긋을 죄다 믁고 죽을라고 하는디 죽지 안해스 울고 있습니다" 하고 말했다. 슨생은 이 말을 듣고 즈놈을 쇡일라다가 내가 즈놈한티 속았구나 하며 한탄하드라나.

＊1943년 8월 論山郡 上月面 新忠里 德川松太郎

孝子 노릇 할래도 | 옛날에 으뜸 사람이 부모한
티 효자 노릇을 잘 한다 해서

효자라고 소문나고 있었다. 이웃 마을에 사람 하나가 자기두 효자 노
릇을 해야겠다 생각하고 그 효자네 집이 가서 효자가 부모한티 하는
여르 가지 행동을 이모즈모를 잘 살폈다가 그대로 하면 효자가 되겠지
하구서 그 효자네 집에 찾으갔다.

효자는 겨울이면 아브님 방에 불을 따습게 많이 때스 방 안을 따뜻
하게 하구 아브지가 아침에 일으나기 즌에 아브지가 붓으 논 즈구리를
지가 입구서 따뜻하게 해스 입혀 드리구, 또 붓으 논 신발을 지가 신구
따뜻하게 해 두었다가 아브지가 신게 하구 했다.

효자가 하는 이른 여르 가지 행동을 일일이 다 봐 두고 즈릏게 하면
효자 노릇을 하게 되는구나 하구스 즈으 집에 돌아와스 아브지 방을
따습게 하겠다구 불을 많이 땠다. 그랬드니 아브지는 아 즈놈이 나를
태워 죽일라고 즈릏게 불을 츠질르 땐다구 야단쳤다. 아브지가 붓으논
즈구리를 따듯하게 해 놓겠다구 입구 있었드니 아 즈놈이 인제 보니
지애비 옷꺼지 뺏으 입는다구 야단치구, 신발을 따듯하게 하느라구 신
구 있었드니 즈놈으 자식 내 신꺼지 뺏으 신구 있다구 또 야단쳤다. 아
들이 효자 노릇 하겠다구 아무리 애쓰두 아브지가 이릏게 잘 받으주지
않으니 효자 노릇두 못 하겠다구 이 사람은 한탄했다구 한다.

＊1941년 4월 唐津郡 高大面 城山里 朴太義

박치기 잘 하는 사람과
코 잘 떼어 먹는 사람 | 이즌에 남쪽에는
코를 잘 떼으 믁는
사람이 있었고 북

쪽에는 대갈[1]로 박기 잘하는 사람이 있었다. 이 두 사람은 스로 상대
방으 소문을 듣고 있으스 한 븐 만나스 누구 재주가 드 나은가 한 븐
겨루으 보고 싶었다.

하루는 남쪽 코 잘 떼어 믁는 사람은 북쪽 딜이박기 잘 하는 사람을

만날라고 갔다. 또 북쪽 딜이박기 잘 하는 사람은 남쪽 코 잘 떼으 므는 사람을 만나로 갔다.

두 사람은 오고가고 하다가 도중에스 만났다. 둘이는 스로 상대방 사람을 보고 이긋은 보통 사람이 아닌 긋 같으스 북쪽 딜이박기 잘 하는 사람은 니가 남쪽 코 잘 떼어 므는 사람 아니냐 함스 눈 깜작 새에 즈쪽이 달라들 새도 읎이 대갈로 딜이받아스 늠으뜨렸다. 그리고 보니까 남쪽 코 잘 떼으 므는 사람은 늠으즈 있이면스도 무웃을 질궁길궁 씹고 있읐다. 느 믈 씹고 있느냐 항께 남쪽 코 잘 떼으 므는 사람은 니 코가 있능가 봐라 했다. 받기 잘 한 사람이 제 코를 만즈 봉게 코가 읎으즜드래유.

＊1943년 9월 洪城郡 長谷面 智井里 西原在一

1) 머리

끝없는 이야기 | 부자 영감이 하나 있는디 이 영감이 옛날 이야기를 무측 질겨스 누구든

지 자기가 듣기 싫다고 할 때까지 이야기하는 사람한티는 자기 재산 즐반을 주마고 했다. 그르니게 많은 사람들이 와스 이야기를 했는디 메칠 하다 보면 이야기 밑츤이 읎으스스 드 할 이야기가 읎으스 드 하지 못하고 그만 퇴짜를 맞구 가구 가구 했다.

그르든 중에 하루는 한 사람이 찾으와스 "영감님, 영감님은 영감님이 듣기 싫다고 할 때끄지 이야기하는 사람한티 영감님 재산 즐반을 준다고 하신다쥬?" "그르네." "그래 제가 찾으왔습니다." "그름 해 보게나." "예 이제부틈 이야기하겠습니다. 내가 한 마디 끝내면 영감님은 그래스 하구 받으 주시유." "그르지." "중국에 말입니다. 그 느른[1] 중국에 으느 해 큰 숭년[2]이 들읐습니다." "그래스." "그 느른 중국 땅에 숭년이 들으 므을 긋이 읎으지게 되니게 중국 땅에 살든 쥐가 말입니다. 수수윽만 마리으 쥐가 므을 긋을 찾으스 우리 조슨으로 건느오니라고 압록강을 근늡니다." "그래스." "한 마리가 압록강에 땀붕 뛰으 들으갑니다.” “그래스.” “또 한 마리 압록강에 땀붕 뛰으 들으갑니다.” “그래스.”
“또 한 마리가 압록강에 땀붕 뛰으 들으갑니다.” “그래스.” “또 한 마리
가 압록강에 땀붕 뛰으 들으갑니다.” “그래스.” “또 한 마리가 압록강에
땀붕 뛰으 들으갑니다.” “그래스.” “또 한 마리가 압록강에 땀붕 뛰으
들으갑니다.” “그래스.” “또 한 마리가 압록강에 땀붕 뛰으 들으갑니다.”
“그래스.” “또 한 마리가 압록강에 땀붕 뛰으 들으갑니다.” “그래스.” “또
한 마리가 압록강에 땀붕 뛰으 들으갑니다.” “그래스.” “또 한 마리가
압록강에 땀붕 뛰으 들으갑니다.” “그래스.” “또 한 마리가 압록강에 땀
붕 뛰으 들으갑니다.” “그래스.” “또 한 마리가 압록강에 땀붕 뛰으 들
으갑니다.” “그래스. 그른디 그리갹고 으쨌단 말이야. 그 다음 이야기
를 하게나.” “아 그 수수윽만 마리으 쥐가 다 근느와야 그 담 이야기가
나오지유. 또 한 마리가 압록강에 땀붕 뛰으 들으갑니다.” “또 쥐가 압
록강에 땀붕 뛰여 들으?” “예 뛰여 들으갑니다. 수수윽만 마리으 쥐가
다 뛰으 들으 근느올라면 몇 날 메칠 아니 몇 달 몇 년이 글려유. 또 한
마리가 압록강에 땀붕 뛰으 들으갑니다.” “야이 이 사람아 그만두으라.
듣기 싫다.” “영감님. 듣기 싫을 만큼 이야기했십니다. 그르니 영감님
재산 즐반 내스야지유.”

*1943년 9월 洪城郡 長谷面 智井里 西原在一

1) 넓은   2) 흉년

메기의 꿈 | 합득[1] 방죽에 몇백 년 사는 메기가 한 븐은
꿈을 꾸지 안했겠나 말이야. 몇백 년을 사는

동안에 꿈이라곤 한 븐도 꾼 일이 읎는디 꿈을 꾸읐이니 말이다. 무신
꿈을 꾸읐는고 하니 일본놈이 금줄 놋줄 늘인 듯, 츤당에 올라간 듯,
지하에 뚝 뜰으진 듯, 열 놈이 웅켜쥔 듯, 페양갓[2]에 담긴 듯, 식칼 장
도에 맞인 듯, 좌우 논을 뿌리는[3] 듯, 음지 양지 쐰 듯, 식음으로 쑥 나
오는 듯, 그른 꿈을 꾸읐단 말이야. 이게 무신 꿈인가 알고 싶으스 동
해바다로 가스 그그 사는 장대[4]를 찾으가스 꿈 이야기를 하구 꿈 해몽

을 해 달라고 했단 말이지. 장대는 메기 꿈 이야기를 다 듣구 나드니,
"그 참 마지막 가는 꿈을 꾸었구나. 일본놈이 금줄 놋줄 내린 듯한 굿
은 낚시줄을 늘인 굿이구, 츤당에 올라간 듯한 굿은 낚시줄에 글려스
우그로 올라간 굿이구. 지하에 뚝 뜰으진 굿은 낚시바늘스 빠즈스 땅
에 뜰으지는 굿이구, 열 놈이 움키듯한 굿은 두 손으로 움켜쥐는 굿이
구, 펭양갓에 담긴 듯하는 굿은 대바구니 속에 담기는 굿이구, 식칼 장
도칼 맞인 듯한 굿은 칼로 니 몸둥이를 잘리우는 굿이구, 좌우 논을 뿌
리는 듯한 굿은 소금을 니 몸에다 뿌리는 굿이구, 음지 양지 쐰 듯한
굿은 느를 지지느라구 뒤집으놨다 재츠놨다 하는 굿이구, 식음으로 들
으갔다가 스문으로 나오는 듯한 굿은 입으로 믁웄다가 밑구뭉으로 나
오는 굿이다. 그르니 이 꿈은 꼭 니가 죽는 꿈이다."

이릏게 해몽해 주니게 메기는 화가 나스 장대 눈을 후려갈겼다. 그
랬드니 장대 눈은 한쪽으로 몰려 붙게 됐다. 장대눈이 한쪽으로 몰려
붙은 굿은 메기 꿈 해몽해 주고 메기한티 은으맞인 땜이라는 그야.
*1941년 4월 唐津郡 高大面 城山里 朴太羲

1) 地名으로 合德을 뜻함　　2) 여기서는 다래끼를 뜻함. 대·싸리 따위로 결어서
바구니 비슷하게 만든 그릇　　3) 소금을 이리저리 뿌리는 것을 말함　　4) 달강
어(達江魚)라는 물고기

새끼 서 발 | 옛날에 한 집이스 으므니하구 아들하구 둘

이 사는디 으므니는 뼤빠지게 일해스 제우
제우 믁구사는디 아들놈은 빈둥빈둥 놀기만 하구 일이라구는 손두 대
지 않구 있웄다. 으므니는 보다보다 못해스 하루는, "야 이놈아, 늠들은
샌내키두 꼬구 해스 집안일을 돕는디 느는 밥만 믁구 빈둥빈둥 놀기만
하니 으찌 살겄나!" 하구 나무랬다. 그렇게 이 느슥은, "짚 좀 한 뭇 을
으다 주믄 샌내키 꼬지" 했다. 그리스 으므니는 짚을 한 뭇 을으다 주
웄는디 이놈이 샌내키를 꼬았는디 하루종일 꼰 굿이 제우 새내키 시발
밖이 안 꼬았다. 으므니가 이굿을 보구, "에이 빌으믁을 여슥, 이굿 가

지고 나가스 빌으믁든지 말든지 해라!" 하구스 내쫓었다.

이늠은 새내키 시 발을 갖고 가는디 으디만침 강게 동이장사가 동이 짐을 맨 샌내키가 끊으스스 쩔쩔 매구 있는디 이 녀석이 샌내키를 각고 있는 굿을 보구 동이 하나 줄께 그 샌내키를 돌라구 했다. 그리스 이늠은 그 샌내키 시 발을 주구 동이 하나를 으었다. 동이를 으스 각고 가는디 가다가 으든 마을에 왔는디 샘에스 으든 각시가 물을 질르각고 가다가 동이를 깼는디 이 각시가 이 아가 동이를 각고 있는 굿을 보구 쌀 한 말 줄께 그 동이를 돌라구 했다. 그러라구 하구스 쌀 한 말을 받 구 동이를 주었다.

이 아는 쌀을 자루에 느서 짊어지고 갔는디 가다가 해가 스물으스 한 집이 들으가스 자게 됐는디 쌀을 맽김스 니얄[1] 갈 즉에 돌려돌라구 했다. 그른디 이 집으 쥐가 그 쌀을 다 믁으스 이 집이스는 쥐를 잡으 스 쌀 대신 주었다. 이 아는 그 쥐를 가지구 갔는디 가다가 날으 스물 으스 한 집이 들으가스 잠스 이 쥐를 맽었다가 니얄 갈 즉에 돌라구 하 구 잤다. 그른디 그 집 괴양이가 그 쥐를 잡아믁으스 할 수 윫이 괴양 이를 주었다. 이 아는 그 괴양이를 각고 가다가 날이 스물으스 한 집이 들으가스 잠스 괴양이를 맽김서 잘 간수했다가 니얄 갈 즉에 돌려돌 라구 했다. 그른디 그 집 말이 고양이를 밟으 죽여스 그 집이스는 말을 주었다. 이 아는 말을 끌구 갔는디 가다가 죽은 츠재 시체를 짊으지구 가는 사람을 만났다. 이 아는 그 사람보고 이 말하구 그 죽은 츠재 시 체하구 바꾸자구 하니게 그 사람은 그르라 하구 바꾸으 주었다.

이 아는 죽은 츠재 시체를 읍구스 가다가 으뜬 집에 가스 하룻밤 자 자 하구스 방에 들으가스 방에다 죽은 츠재 시체를 내레놓고 벽에다 지대여 앉혀 놓구 밖으로 나갔다. 그 동안 이 집 딸이 방에 들으가스 이 아가 데리고 온 츠재를 보고 말을 글으 보았는데 대답도 않고 가만 히 있이니께 야야 함스 미니게 그만 그 츠재가 늠어줬다. 죽은 츠재니 게 늠으질밖에. 이 아가 돌아와서 내가 장가들라구 데레가는 츠재를 쥑에 놨이니 우쩔라냐고 야단췄다. 그르니게 이 집이스는 우리 딸을 데레가라 하고 딸을 주었다. 이놈은 그 츠재를 크다란 궤짝에다 느스 짊으지구 갔다. 가다가 배가 고팠는디 즈으쪽을 보니게 동네가 있는디 그 동네 한 집에 치알을 치고 무신 잔치를 하구 있는 긋 같으스 그그 가스 뜩이랑 밥이랑 은으믁고 싶으스 궤짝을 질같이다 내레놓고 갔다.

한 두부장사가 지내다 보니게 궤짝이 있으스 궤짝을 열으 보니게 시약시가 들으 있으스 그 시약시를 끄집으내구 그 궤 안에다 비지를 담북 느놓구 갔다.

이놈은 뜩이야 밥이야 잔뜩 은으믁고 와서 궤짝을 짊으지구 즈그 집이로 갔다. 즈 동네 앞 등승이에 올라스스 "으매 으매" 하구 큰 소리로 불렀다. 즈그 으매가 아들이 부르는 소리를 듣구 왜 부르냐 했다. "장재네 집이 가서 펭풍하구 채알하구 은으다 놔유. 내가 각시 하나 은으왔잉게, 장개들게" 했다. 으므니는 이 소리를 듣구 즈놈이 나가드니 각시를 다 은으왔구나 하구 좋와라고 부리나케 장재네 집이 가스 펭풍허구 채알하구 은으다 놨다.

이놈은 궤짝에스 시약시를 끄낼라구 뜨긍을 열으 보니게 시약시는 읎구 비지만 하나 가득 들으 있있다. 즈그 으매가 보구, "야 이놈아, 각시 은으왔다고 펭풍하구 채알 은으오라드니 각시는 으디 가구 비지는 웬 비지냐?" 항게 이 녀슥은 "내가 으매보고 채알하구 펭풍 은으오랬이유? 비지 각고 왔이니 비지 끓이믁게 지렁[2]하고 짐치 은으오랬지" 그르드랴.

*1943년 9월 洪城郡 長谷面 智井里 西原在一
*1958년 4월 瑞山郡 瑞山邑 老人堂 韓 老人
*1962년 6월 保寧郡 천부면 사호리 송궁부락 유문동

1) 내일　　2) 간장

혹 떼러 갔다가 혹 붙이다 | 이즌에 한 사람이 산으

로 나무하로 갔는디 나무를 하고 있니랑게 비가 보실보실 와스 나무하기를 그만두구 그그 있는 빈 집이 들으가스 비를 개고 있있다. 그른디

비는 좀츠름 개지 않고 그대로 와스 이 사람은 할 수 읎이 그 빈 집에
기양 므물구 있었다.

　해가 지구 밤이 돼스 주위는 고요하고 즉즉해즈스 심심도 해스 심심
파즉으로 노래를 불르구 있었다. 그랬드니 도깨비들이 모여와스 그 노
랫소리를 듣구 좋와라구 춤을 추스 그른 좋은 노랫소리가 워디스 나오
냐고 물었다. 이 사람은 오른쪽 뺨에 혹이 크단 게 하나 달렸는디 우시
개 소리로 이 혹에스 그른 좋은 노랫소리가 나온다구 했다. 그랬드니
도깨비들은 그 혹하구 우리가 가지구 있는 홍두깨하구 바꾸자구 했다.
그 홍두깨가 뭇하는 그냐 항게, 이긋을 뜨드리면 뭇이든지 원하는 긋
이 나온다고 했다. 이 사람은 그르자 했드니 도깨비들은 혹을 뚝 띠여
가구 홍두깨를 주었다. 이 사람은 그 귀찮든 혹이 뜰으즈스 좋은데다
가 뭇이든지 나온다는 홍두깨를 은으가지구 집이 와스 홍두깨를 뚜드
르스 뭣이든지 내각고 잘 살었다.

　이웃집에 왼쪽 뺨에 혹이 달린 사람이 있는디 이 사람한티 와스 자
네는 워틓게 해스 혹도 띠고 이상한 홍두깨를 은으각고 잘 사능가 하
구 물으스 이르이르해스 그른다고 했다. 그르니께 이 사람도 자기도
그리 보갰다고 산으로 나무하로 가스 나무하다가 빈 집에 들으가스 밤
이 되기만 지달코 있었다. 해가 지고 으둑으둑해지고 사방은 고요해즈
스 노래를 불렀다. 도깨비들이 모여 와스 그른 소리가 워데스 나오냐
고 물었다. 이 사람은 왼쪽 뺨에 달린 혹을 갈침스 이 혹에스 나온다고
했다. 도깨비들은 그 말을 듣드니, "그짓말 말라. 즈븐에도 와스 혹에스
노래가 나온다구 해스 그 혹을 띠여스 가즈 봤는디 노래가 통 나오지
않는다. 혹에스 노래가 나온다니 이 혹도 마즈 가즈다 붙이구 노래 불
르 보라" 하구 오른쪽 뺨에다 혹을 붙으 주었다. 이 사람은 혹 띠로 갔
다가 혹 하나 드 붙이구 왔다고 한다. 혹 떼로 갔다 혹 붙이고 왔다는
말은 이래스 생겼다구 한다.

＊1941년 4월 唐津郡 高大面 城山里 朴太義

줄 뺨과는 초면이나 갈비와는 구면 |

한 사람이 길을 가는디 가다가 시장기가 나스 출출해스 으디 묵을 긋이 있나 하고 가는디 으디쯤 가니게 으뜬 동네 으뜬 집이스 환갑잔치가 블으진 모양이여스 그리 들으가스 초대받은 사람츠름 여르 사람 사이에 찌으앉으스 갈비도 뜯고 술도 마시고 뜩도 집으묵고 온갖 맛있는 음식을 자꾸 묵고 있읐십니다. 그 자리에 있든 사람들은 "자네 즈 사람 아능가? 자네 즈 사람 누구여?" 이르면스 스로 쑤군대고 있읐는디 그른 소리를 들으면스도 이 사람은 그즈 묵기만 하고 있읐십니다. 아무도 아는 사람이 읎으니께 한 사람이 나스스, "이놈, 니가 웬 놈이냐?" 함스 뺨을 츨슥 츴습니다. 이 사람은 뺨을 맞고 자기 옆이 앉인 사람으 뺨을 츨슥 츴습니다. 그 사람이 왜 남으 뺨을 치냐고 하니까 아 줄 뺨이라 츴다 함스 나는 당신들과는 최면이고 또 줄 뺨과는 최면이지만 이 갈비하고는 구면이 돼스 이렇게 친하게 묵소, 하드랍니다.

＊1943년 9월 洪城郡 長谷面 智井里 西原在一

사나운 처자 |

이즌에 한 츠재가 있는이 이 츠재는 으찌나 사나웁든지 사나운 츠재로 이름이 나스 과년하두록 시집을 가지 못하구 있읐다. 이웃 동네 총각 하나가 이 소문을 듣구 이른 츠재는 잘만 구슬르문 살림 잘 할 게라구 생각하구 이 츠재 집이다가 충혼[1]했다. 그랬드니 그 츠재 집이스야 두말읎이 승낙했다. 그래스 이 총각은 그 사나운 츠재한티로 장개들게 됐는디 이 총각은 장개간 츳날밤에 새각시하구 같이 자다가 각시가 잼[2]이 곤히 자는 틈을 타스 똥을 한무드기 싸각구 색시 속곳 가랭이에다가 실그므니 늫으놓고스 각시를 흔들믄스, "아이구 이그 웬 구린내여. 아이구 이그 웬 구린내여" 함스 큰 소리를 내츴다. 그르니게 새각시는 새신랑이 야단치니게 깨각고 일어났다. 그랬드니 속곳 가랭이스 똥등이가 방바닥으루 툭 뜰으줬다. 이긋을 보구 새각시는 잠결에 모르구 똥을

다 쌌구나 하구 그만 부끄르워스 으쯸 줄 몰랐다. 시집온 후에 속상하
는 일이 생겨 사남을 부릴라구 하면 스방은 아 첫날밤에……, 하구 말
만 끄내문 각시는 그만 기가 죽으스 사남을 못 부리구 기냥 수그르지
구 말았다.

이릏게 해스 사는 동안에 아들 낳구 딸 낳구 메누리 은구 손자까지
많이 두으서 잘 살았다. 그르다가 영감이 환갑을 맞이하게 됐다. 아들
메누리 손자들한티스 환갑을 축하하는 술잔을 받고 보니 마음이 흐뭇
해지고 기분이 좋와즈스 몹시 질그웠다. 그래스 이 영감은, "얘들아, 내
이제 느그들한티 할 이야기가 있다. 느그 으므니가 츠재 즉에 으찌나
사납든지 사납다고 소문이 나스 나이 과년하도록 시집도 못 가구 있었
다. 그래스 잘만 구슬르믄 살림 잘 할 긋이라구 생각하구 내가 잘 구슬
러스 데리구 살갔다 하구스 층혼해스 장개들었는디 첫날밤에 내가 똥
을 싸스 새각시 잠든 새에 속곳 가랭이다 느놓구 깨워스 쿠린내 난다
구 야단칬드니 느그매가 일으나스 속곳 가랭이스 똥둥이가 뜰으지니
게 지가 싼 줄 알구 부끄르워각고 기가 죽으스 그 뒤부트는 사남도 부
리지 못하구 잘 살면스 느그들 낳고 이릏게 지내 왔다" 하구 말했다.
그랬드니 이 말을 들든 마누래쟁이가, 늙은 할망구가, "아 이느르 영감
탱이가 그랬구믄. 나는 그굿두 모르구 여태끄지 사남두 부리지 못하구
살았구나. 아이 분해, 아이 분해!" 이르믄스 영감한티 달라들으 수염을
몽땅 다 뽑아놨다구 한다.

*1941년 4월 唐津郡 高大面 城山里 朴太義
*1973년 8월 唐津郡 松嶽面 盤村里 李泰俊
*1973년 8월 公州邑 山城洞 金基孫 (60세, 男)

1) 請婚　　2) 잠

무식쟁이 편지 |

무식한 형제가 있는디 둘이 다 기윽
자 하나도 모르는 사람들이였다. 이
형제는 스루 밀리 뜰으즈스 사는디 하루는 형이 동생한티 누룩을 보

내 달라고 펜지를 쓰야겠는디 그까짓 펜지를 늠드르 쓰 달라기도 챙피
해스 자기가 씨야겠다 하고 여르 가지 궁리한 끝에 두루마리다가 누룩
한 장을 큼직하게 그리고 그 밑이다 손바닥에 믁칠해스 쭉 박으스 보
냈다. 아우가 그 펜지를 받으 보고, "오오 형님이 누룩을 보내라고 하
슀구나" 하고 여기즈기 누룩을 구해 봤다. 그른데 누룩이 동이 나스 읎
으스 보낼 수가 읎으스 답장을 쓰는디 형이 보낸 펜지에다 작대기를
쭉 그으스 보냈다. 형이 이긋을 받으 보고, "얘 보아라. 누룩을 보내랬
드니 읎다고 작대기를 츠스 보냈구나. 그른 놈으 브룻이 으디 있담. 불
가불 또 한 븐 펜지를 쓰 보내야겠다" 하고슨 두루마리에다 붉은 즘 푸
른 즘을 드문드문 찍으스 보냈다. 동생이 이긋을 받으 보고 "형님께스
누룩을 안 보냈드니 승이 나스 붉으락 푸르락 하슀구나. 이그 안 되겠
다" 하고는 백지에다 항아리 하나와 복숭아 하나를 그르스 보냈다. 형
이 동생으 이 편지를 받으 보고, "흥 그르면 그릏지. 제가 항복 아니 할
수 있나" 하드라고.

*1927년 2월 牙山郡 溫井面 新里 李漢有

호랑이 잡다 | 옛날에 한 사람이 질을 가는데 가다가
날이 즈물으스 으데 시고[1] 갈 집이 읎일

까 하고 사방을 둘르봤드니 즈으 믈리 불이 빤짝빤짝한 집이 있으스
그 집이로 찾으갔습니다. "여보시유 여보시유" 하고 줸을 챛으니께 므
리가 하연 할무니가 나와스 누구냐고 물읐십니다. 나는 질 가는 사람
인디 날이 즈물으스 그러니 하룻밤만 자고 갑시다, 이르니께 할무니는
그르라고 했습니다.

이 사람은 즈녁을 은으믁고 나스 원쯩일 질을 글으스 지치기도 하고
고단도 해스 잘라고 하는디 쥐인 할므니는 짚을 여르 뭇[2] 갖다 줌서 새
내키를 꼬아 달라고 했이유. 그리스 이 사람은 그 짚으로 새내키를 수
수십 발 꼬아 놨드니 이븐에는 그 새내키로 사람이 들으갈 만한 구룩을
맨들으 달라고 했습니다. 그래스 이 사람은 할므니가 시키는 대로 구룩

을 맨들읐십니다. 다 맨들고 나니 그 할므니는 그만 자라고 했습니다.

이 사람은 고단해스 그 자리에 쓰르즈스 잤는디 한참 자다가 깨 봉게 자기는 구륵 안에 들으가 있고 구륵은 낭뜨르지에 있는 높은 소나무 가지에 매달리고 있읐습니다. 야아 이그 웬 일이냐? 하고 아래를 내려다보니께 소나무 밑에는 호랭이들이 브글브글[3] 모여스 으흥으흥 하고 소리를 지르고 있읐십니다. 이 사람은 그만 무스워스 "아이구 사람 살려. 아이구 사람 살려" 하면스 소리를 질릋습니다. 그르니께 호랭이가 이 사람을 잡으믁긌다고 훌쭉 뛰으올랐는디 이 사람 있는 디까지는 못 올라오고 밑이로 뜰으즈스 나무 끝틍이에 짤르 죽읐습니다. 다음에 또 다른 호랭이가 뛰여올랐는데 이놈도 사람 있는 데까지는 올라오지 못하고 아래로 뜰으즈스 바우에 대굴통을 깨고 죽읐습니다. 호랭이들은 구륵 속에 있는 사람을 잡으믁긌다고 뛰여올랐는디 모두다 아래로 뜰으즈스 다리가 부르즈 죽고 호리가 잘라즈 죽고 이래스 호랭이가 수수십 마리 죽읐십니다. 할므니는 그 죽은 호랭이를 이 사람에게도 나누으주으스 이 사람은 호랭이 가죽을 팔으스 뜻하지 않게 부자가 됐다고 합니다.

＊1943년 9월 天安郡 觀城面 斗井里 新井炳喆

1) 쉬고　　2) 속(束). 장작·채소 따위의 묶음을 세는 단위　　3) 득실득실

미련한 놈이 호랑이 잡다 | 옛날에 한 놈이 있는디 이

놈은 나이가 스무 살이 늠도록 아무 일도 않고 그즈 그날그날 빈둥그리고 날을 보내스 즈 으므니가 하루는, "야 이놈아, 느는 나이가 수무 살이 늠도록 밥만 츠믁고 아무 일도 않고 빈둥그리기만 하냐. 다른 집 아이는 돈도 블으오고 집안일도 그들으 주는디 느는 므냐!" 함스 야단을 쳤다. 그랬드니 이놈은 그름 나도 돈 블으올게 하고스는 집을 나갔다. 이놈은 무특대고 갔다. 을매를 갔는지 가니랑게 츤명고개라는 데에 왔다. 이 츤명고개라는 디는 무스운 호랭이가 있으스 사람을 많이

잡으믁는 고갠디 이 고개를 늠을라면 사람이 츤 명이 모여스 늠으야
무사히 늠을 수 있는 고개였다. 이놈이 그기 갔을 때에는 그 고개 밑에
는 사람이 九百九十八名이 모여스 두 명만 드 모이면 늠을라고 지달
르고 있었든 참이었다. 이놈이 그기 가니께 999명이 돼스 한 명만 드
와야 늠긌다고 하고 있는디 이늠은 한 명쯤 모자라면 으뜨냐 늠으가자
고 재촉했다. 그른디 다른 사람들은 안 된다, 츤 명이 돼야 늠으야 한
다고 했다. 그른디 이놈은 당신들 안 늠을라면 나 혼자라도 늠긌다 하
고 고개 우로 올라갔다. 다른 사람들은 혼자 늠다가는 호랭이한티 잽
헤멕힌다고 한사코 말렸는디도 이늠은 듣지 않고 기냥 올라갔다.

그 고개 말랑이쯤 올라가니께 크다란 호랭이가 아흥 소리 하면스 나
타났다. 이놈은 호랭이를 보자 아이고 나 죽었다 하고 을른 그 옆에 있
는 古木나무 위로 올라갔다. 호랭이는 이놈을 보고 잡으믁긌다고 팔작
높이 뛰으스 이놈이 올라간 나무 우로 달라들었다. 그른디 호랭이는
느므 심차게 뛰으올라스 이놈을 잡으믁지 못하고 즈쪽에 있는 나뭇가
지가 좁게 블으진 사이에 뜰으즈스 몸이 끼으스 몸을 움직이지 못하고
있었다. 고개 밑에 모여 있든 사람들은 이긋을 보고 쫓아 올라와스 으
틓게 해스 그 흉악한 호랭이를 잡았냐고 물었다. 이놈은 므 그까짓 긋
호랭이란 놈이 잡으믁긌다고 달라드는 긋을 븐즉 잡으스 나뭇가지 사
이에다 끼으놔스 잡았다고 말했다. 사람들은 당신이야말로 무스운 호
랭이를 잡은 장사라고 칭찬하고 나라에다 보했다. 나라스는 그 호랭이
때문에 골므리를 앓고 있었는디 그른 호랭이를 맨손으로 잡은 장사라
고 하고 많은 상금을 내려주었다. 이렇게 게우르고 빈둥빈둥하고 놀기
만 해스 으므니 속을 쓱이든 놈이 호랭이를 잡으스 많은 상을 받으가
지고 잘 살었다고 한다.

＊1943년 9월 燕岐郡 西面 月河里 河村桂秀

어린애가 호랑이 잡다 | 옛날에 으뜬 짚은
산속에유 을륵배기

호랭이가 살었는데유, 임금님 군사들이 이 을룩배기 호랭이를 사냥하로 왔는데유, 이 을룩배기 호랭이가 을마나 독하든지유, 그 호랭이가 임금님 군사를 다 잡으믁었대유.

　이 산속에는 외딴집이 있었이유. 그 집이 아브지랑 으므니랑은 짚은 산속에스 숯을 구으스 팔으스 사는데유, 집에는 으린 아이들이 집을 보고 있었이유. 하루 즈녁에는 을룩배기 호랭이가 배가 고파스 뭇이나 잡으믁을까 하고 츠다보니께유 즈으짝에 불이 깜박깜박 하고 깜박 그리는 게 있으스 이 을룩배기 호랭이는 그리로 뛰여 내레가스 보니께 그기에는 집인데 으린아가 둘이 있잉게 즈긋을 잡으 믁겄다 하고 창문에다 대고 고개를 쑤욱 들으밀으났이유. 방에 있든 아이들은 이상한 긋이 창문으로 들으오니께 이그 뭇이냐 하고 화루에 타고 있는 장작개비로 을룩배기 호랭이 입에다 집으났이유. 을룩배기 호랭이는 깜짝 놀라 고개를 뺄라고 하는디 창문이 좁아스 빠지지 안했이유. 아이들은 자꾸 불 붙은 장작개비를 을룩배기 호랭이 입에다 딜이밀으났드니 그만 호랭이는 죽고 말었이유.

　다음날 아침에 아브지 으므니는 숯을 굽고 집에 내려와 보니께 그 독한 을룩배기 호랭이를 아이들이 잡으 놓고 있으스 깜짝 놀래각고 임금님한티 말했드니 임금님은 그 독한 을룩배기 호랭이를 잘 잡으죽였다고 칭찬하고 상금을 오츤 냥이나 주읐대유.

＊1973년 9월 22일 燕岐郡 錦南面 達田里 2區 成湳正 (14세, 男)

木川 郡守 ┃ 으뜸 시골에 베 츤[1]이나 하는 사람이 있었는디 이 사람이 베실을 하구 싶으스 논 멫 마

지기를 팔으가지구 돈 멫츤 냥 해스 서울 올라가스 으뜸 재상한티 바치구 베실 한 자리 내 줄 긋을 지두루구 있었다. 그른디 아무리 지둘르두 영 평 구으믁은 자리그든. 돈이 모자라스 그르는가 부다 하구스 남아 있는 논이며 밭이며 죄다 다 팔으스 그 돈을 재상한티다 바췄다. 그랬는디두 또 아무리 지둘르도 평 구으믁은 자리그든.

그르구 있는디 이 재상이 빙이 나스 자리에 눕게 되니게 아들들이 모여와서 아브지 재상으 빙 관호를 했다. 이 사람도 같이 달라들으 열심히 증승끗 관벵했다. 하루는 재상으 아들들은 빙관하다가 지츠스 모두 나가스 쉬구 있었다. 재상으 방에는 이 사람만이 혼자 남으 있었다. 이 사람이 가만히 생각해 보니게 이놈으 재상놈 내 돈 수츤 양 받으믁구 베실 한 자리 주지 않구 죽을라구 하는 긋이 분하구 괘씸해스 이왕 죽는 놈이니게 잘 죽으 봐라 하구 옆에 있는 목침을 집으스 냅대 두들겨팼다. 그르니게 이 대감이 죽게 되으각고 숨을 까딱까딱 하구 있었다. 이때에 대감으 아들들이 들으와스 옆으 앉으니게 대감은 이 사람을 가르킴스 또 목침을 가르침스 뭐라구 알으듣지 못하는 말을 하다가 숨을 그드웠다. 대감은 즈놈이 목침으로 나를 츴다는 말을 한긋인디 대감 아들들은 돈을 많이 바친 즈 사람을 木川 郡守나 시켜 주라는 말로 알아듣고 이 사람을 木川 郡守를 시켜 주읐다구 한다.

＊1941년 4월 唐津郡 高大面 城山里 朴太義

1) 한 해의 수입이 벼로 千石이 되는 부자

聞慶 팔랑이의 奸智 | 증상도[1] 문겡[2]에 한 플랭이가 있읐으. 이 플랭

이가 서울을 늘 올라갔다 내레왔다 함스 지내는디 여르 븐 서울 왕래를 해보니까 그냥 왔다갔다 하느니 무신 장사라도 해스 돈을 블으야긌다 하는 생각이 났으. 그리스 문경에스 나는 개금을 한 푸대 짊으지고 서울에 와스 팔으 봉게 꽤 잘 팔렸단 말이여. 그리스 개금을 자꼬 갖다가 팔었지. 그른디 개금을 한 푸대식 짊으지고 갖다 팔으 봤자 잔돈푼이나 생겼지 큰 돈은 못 블었단 말이여. 그리스 이릏게 잔돈푼을 블 게 아니라 좀 큰 돈을 블으야겠다 하고 배우개장[3]으 큰 장사치한티 찾으가스 "우리 시골 문겡에 내가 큰 개금밭을 가지고 있는디 그기스 나는 개금은 수백 슥이나 되오. 그긋을 당신한티다 팔고 싶은디 슨 돈을 주겠소?" 이랬단 말이유. 배우개 장사치가 귀가 솔깃해스 그르라고 하고

스 슨돈으로 멫백 냥을 주었네. 그른디 이놈이 개금을 가즈 와야지. 장
사치는 으스 개금을 가즈 오라고 재촉하네. 그릏게 이놈은, "좀 지다르
시유. 개금이란 오래 두으야 맛이 나니게 맛이 잘 들면 가즈 오리다.
그른디 당신이 내 말을 못 믿그든 같이 우리 개금밭을 보로 갑시다" 이
르니게 장사치는 같이 가스 보자 하고 따라나슜네.

　문겡 플랭이란 놈은 있지도 않는 개금밭이 있다고 해 놨는디 장사치
가 보로 간다고 따라나슜이니 큰일났단 말이여. 그릏지만 할 수 읎이
장사치를 데리고 문겡으로 왔는디 聞慶새재에 와스는 갑재기 대승통
곡을 함스 땅을 치면스 우네. 서울 장사치가 이글 보고 왜 우냐고 물읐
으. "아이고 즈 산을 보시유. 우리 개금밭이 즈릏게 불이 나스 타고 있
이니 이 일을 으쯔면 좋단 말이요. 개금밭이 즈릏게 타고 있이니 나는
망했소!"

　그때는 가을츨이라 산에는 단풍이 빨갛게 물이 들으 있읐이유. 믈리
스 보면 마치 불이 난 긋 같그든유. 서울놈이 단풍 물든 긋을 알 특이
있나유? 개금밭이 불이 난 줄 알고 기양 돌아왔지. 문겡 플랭이란 놈이
이릏게 해스 서울놈한티 돈을 울그믁읐다는 이얘깁니다.

＊1947년 8월 論山郡 可也谷面 屛岩里 金如山

1) 慶尙道　　2) 聞慶　　3) 梨峴場, 지금의 서울 동대문 시장

上典을 애먹이는 종 ┃ 옛날에 으뜬 양반네 집에 뜨그리라는 종이 있

읐십니다.

　하루는 이 양반이 으디를 갈라고 말을 타고 뜨그리에게 경마를 잼혀
스 가는디 가다가 즘심때가 되어스 팥죽집에 들으가스 팥죽을 사믁기
로 했습니다. 상즌을 즈쪽 방에 앉혀 놓고 뜨그리가 팥죽을 사오는디
뜨그리는 팥죽집 주인보고 우리 댁 상즌은 팥죽이 아조 뜨그운 긋을
좋와하니 팥죽을 될 수 있는 대로 뜨급게 해스 달라고 했습니다. 그르
고 즈는 식은 팥죽을 울른 믁고 상즌이 있는 방문 앞에 가 앉으 있읐습

니다.

상즌은 팥죽을 믁을라고 하는디 팥죽이 느므 뜨그워스 야잇 뜨그라하고 큰 소리를 츘십니다. 그르니게 문 밖으 앉으 있든 뜨그리는 예 함스 방에 들으가스 이 팥죽 나 믁으유? 함스 상즌 팥죽을 다 믁으 브룄습니다. 상즌은 즘잖은 츠지에 무으라고 할 수 읎이 기냥 팥죽을 뜨그리한티 뺏기고 말읐습니다.

이븐에는 상즌이 뜩국을 사오라고 했습니다. 그래스 뜨그리는 뜩국을 사오는디 사옴스 뜩국 안에 들으 있는 고기즘을 근즈 믁으면스 왔십니다. 상즌이 이굿을 보고 왜 그르냐고 물으니게 가지고 오다가 잘못해스 콧물이 빠즈스 콧물을 근즈내느라고 그른다고 대답했습니다. 그르니가 상즌은 으디 드르워스 믁겄냐, 느나 믁으라 함스 그 뜩국을 뜨그리한티 내주으스 뜨그리는 이 뜩국도 다 믁읐답니다.

＊1943년 9월 洪城郡 長谷面 智井里 西原在一

막둥이 │ 옛즉으 으뜬 양반이 막둥이라는 종을 두읐는디 이 양반이 하루는 막둥이보고 말을 매라고 항게 으린

대추나무에다 매놨다. 상즌이 말을 매고 왔냐고 항게 매고 왔다고 해스 으디다 맸냐 항게 즈으기 쬐깐한 대추나무다가 맸다고 했다. "야 이놈아, 그 으린 쬐깐한 대추나무다 말을 매면 대추나무가 죽지 않느냐. 으스 가스 큰 나무다 매고 오느라." 이릏게 말항게 막둥이는 가스 말을 큰 밤나무다 매놓고 왔다. "으따 맸냐" 항게, "밤나무다 맸이유." 했다. "야 이놈아, 밤나무다 매노면 밤이 다 뜰으질라구 밤나무다 매냐. 으스 가스 풀으 놔라!" 이릏게 야단치니게 막둥이는 가스 말을 플으 놓고 왔다. 상즌이 말을 으따 맸냐 항게, "샌님이 풀으 노라고 해스 풀으 놓고 왔이유" 했다. 이 말을 듣고 상즌은 그만 화가 나스 "야 이 미친놈아, 말을 기냥 풀으 노면 달아나지 않느냐!" 함스 욕함스 디지게[1] 뚜들으 놨다. 이르니 막둥이란 놈이 상즌을 원망할 수밖에 읎지 않겠는가 말이유.

한 븐은 샌님이 서울로 과개보로 가게 됐는디 이 막둥이란 놈이 평시 애만 멕이고 항게 서울로 데리고 가스 그따 내브리고 올 작중으로 이늠을 말 경마를 잽혀각고 갔다. 가다가 즘심때가 돼스 샌님은 즘심을 묵을라고 막동이보고 죽을 사오라고 했다. 그릏게 막동이는 가스 죽을 사각고 오는디 죽그륵에 손구락을 느스 휘휘 즈으스 오그든유. 왜 그르냐고 항게 죽 사각고 오다가 그만 지 코가 죽 속에 빠즈스 그 코를 근즈낼라고 그른다고 했다. 상즌은 이 말을 듣고, "에이 드르워스 으디 묵겠냐. 니나 묵으라" 이름스 죽을 막동이한티 내주었다. 막동이는 그 죽을 잘 묵었다.

또 가다가 상즌은 배가 고파스 이븐에는 밥을 사오라고 했다. 막동이는 가스 밥을 사각고 오는디 또 손구락으로 밥을 뒤즉그림스 왔다. 왜 그르냥게 므리가 하도 가래워스 므리를 긁다가 므리 이가 밥 속에 빠즈 들으가스 이를 챗으낼라고 그른다고 했다. "예이 드르워스 으디 묵겠냐, 니나 묵으라" 이름스 밥을 내주었으유. 막동이는 그 밥도 잘 먹었다.

이릏게 하면스 막동이는 상즌을 애믁여 감스 서울까지 갔다. 서울에 다 와스 상즌은 좀 볼일이 있으스 갔다올 팅게 느는 여그스 지달코 있그라 함스 말을 막동이한티 맽기고 갔다. 한참 있잉게 으뜬 사람이 오드니 말을 보고 막동이보고 말을 백 냥에 달라고 했다. 그리스 막동이는 그르라고 백 냥을 받고 팔고 말고삐를 띠으각고 쥐고 뒤돌아스스 있었다.

그리고 난 뒤에 을매 있다가 상즌이 와스 보고스 말이 읎잉게, "야, 막동아" 하고 불릈다. 막동이는 예 하고 대답만 하고 뒤를 돌아다보지 안했다. 상즌이, "야이 막동아, 왜 돌아다보지 않고 뒤돌아스 있기만 하냐?" 항게, "샌님, 즈는 뒤를 돌아다볼 수 읎이유. 뒤돌아다봤다가는 도즉놈한티 맞으죽으유" 함스 우는 소리를 했다. 상즌은 이 말을 듣고, "야 이놈아! 뒤에 누가 있다고 뒤를 못 돌아다본단 말이냐?" 그릏게 그 제스야 뒤를 돌아다보고스는, "에이 말이 읎으쥬네유. 샌님이 가신 뒤에 말고삐를 쥐고 있는디 웬 도즉놈이 와스 뒤돌아스라. 뒤돌아스지 않으면 죽인다고 해스 무스워스 꼼작 못하고 뒤돌아슸었는디 그 도즉놈이 고삐를 끊고 말을 가즈갔네유.”

샌님은 이 말을 듣고 으이가 읎스 암말도 못하고 이놈을 이대로 데리고 있다가는 또 무신 큰 봉변을 당할지 몰라스 시골 즈으 집으로 내려보낼 작증을 하고, “야 막동아, 느는 그만 집이로 내레가라. 나는 볼일이 있으스 좀 드 있다가 내레가겠다. 펜지를 쓰 줄 팅게 가스 즌해라” 이르면스 막동이 등에다 펜지를 쓰 주었다. 므라고 썼는고 하니 “막동이란 놈 때문에 밥도 굶고 서울 와스 말도 잃고 했이니 내레가그든 당장 죽여 브리라” 이릏게 쓰 놨다.

막동이는 시골로 내레온다고 내레오는디 한 곳에 오니께 늙은 노인이 꿀을 한 통 짊으지고 가스, “영감님 그 짐 짊으지고 가니라면 퍽 심 들지유. 즈도 즈리 가는 질이니께 지가 즈다 디리리다” 함스 그 꿀통을 뺏으스 짊으지고 앞스 갔다. 영감은 기특한 즑은이가 다 있구나 하고 그놈 뒤를 따르갔다. 그른디 즑은 놈이 획획 글으가는디 영감은 늙인이 글음이라 자꾸 뒤띀으지기만 했다. 한참 가다가 영감이 안 보일 만큼 되니게 이 막동이란 놈은 딴 디로 도망츠 브렀다.

이릏게 해스 영감을 따돌려 놓고 가는디 가다가 할므니가 메주방애를 찧고 있는 데에 왔다. 막동이는 을른 그 앞으로 가스, “할므니 할므니, 메주방애 찧느라고 심드시지유. 내가 찧으드릴께유” 함스 방애를 찧으 주었다. 할므니는 좋와라고 함스 믈 믁을 굿 좀 채려다 주으야겠다고 안으로 들으갔다. 그 새에 막동이는 메주를 방아확에스 끄내스 꿀을 븜북해스 똘똘 뭉츠갔고 쬐금 띠으놓고 도망츠 브렀다. 할므니가 나와 봉게 그놈도 읎고 메주도 읎으스 이른 벤이 있냐 함스 방애확 있는 디를 보니께 뭇이 있으스 그긋을 믁으 봉게 참 세상에 그른 맛있는 게 읎그든. 그리스 그긋을 믁느라고 쫓아갈 생각도 안 하고 있었다.

막동이란 놈은 한참 도망가다가 중을 만났다. 중한티 꿀븜북한 메주를 쬐금 떼줌스 믁으 보라고 했다. 중은 그긋을 믁으 보드니 참 맛이 있잉게 좀 드 달라고 했다. 막동이는 등을 내밀면스 이 등에 므라고 쓰 있냐고 봐 달라고 했다. 중은 읽으 보고 막동이란 늠 때문에 밥도 굶고 서울 와스 말도 잃고 했이니 내레가그든 당장 죽여 브리라고 씨여 있다고 말했다. 그러니게 막동이는, "그 글을 지우고 내려가그든 아무개하고 혼인시켜스 앞집에다 살려라고 쓰 주시유. 그르면 이긋을 드 주마"고 했다. 그르니게 이 중은 그 꿀븜북 메주를 은으묵고 싶으스 그릏게 쓰 주었다.

중이 꿀 븜북이 된 메주를 묵으 보고 세상에 이른 맛있는 긋이 으디 있느냐 하고 이긋을 으떻게 맨들냐고 물었다. 막둥이는 이긋을 맨들라면 공을 들여야 한다고 함스 절에는 금부체가 있일 팅게 그 금부체를 솥이다 늫고 멫 날 메칠을 고면은 이른 긋이 된다고 대주었다. 중은 이 말을 듣고 을른 절로 돌아가스 절에 있는 부체란 부체를 다 솥에다 집으늫고 고았는디 멫 날 메칠을 고아도 뭇이 되여야지. 금부체만 망츠 브리고 말았다.

막동이는 집이 내레와스 "샌님이 핀지²⁾를 쓰스 주십디다" 하고 지 잔등을 내밀었다. 읽으 보니게 이상하그든. 그래도 쥐인 으른으 핀지라 핀지에 씨인 대로 부랴부랴 스둘르스 그 집 딸하고 혼인시켜스 앞에다 새 집을 지으스 살게 했다.

을매 후에 샌님이 서울스 돌아와스 막동이란 놈을 죽였냐고 물응게 쥐인 게 므냐고 핀지에 이르이르하게 쓰어 있으스 딸하고 혼인시켜 즈 앞에다 새 집을 지으스 살게 하고 있다고 말했다. 샌님은 이 말을 듣고 그만 화가 블큭 나각고 막동이란 놈을 잡으다 놓고 죽도록 뚜드르 패고 그물망태 속에다 집으느서 질가으 높은 나무에다 매달고 굶으죽게 했다.

막동이는 그물망태 속에 들으각고 나무에 매달린 채 메칠을 지내고 있는디 하루는 그 밑이로 눈 하나 믄 애꾸가 지름통을 짊으지고 지나가고 있으스 막동이는 이 애꾸를 보고 "여보 여보, 당신 그 애꾸눈 고치고 싶지 않소?" 하고 말했다. 그릏게 애꾸는 왜 안 고치고 싶갰느냐? 으떻게 하면 고칠 수 있냐고 물었다. 그래스 막둥이는, "나는 원래 애꾸였는디 이 그물망태 속에 들으앉으 메칠 동안 여기 매달리고 있있드니 이릏게 애꾸눈이 나샀다"고 말했다. 그릏게 애꾸눈 지름장시는 그름 나도 그리 해 볼까 하고 막동이를 그물망태스 끄내고 지가 그 속으로 들으가스 있었다. 막동이는 지름통을 젊으지고 달아났다.

메칠 후에 상즌이 가스 봉게 망태 속에 들으 있는 놈이 곪으스 다 죽게 되고 눈 하나까지 믈으스 인제는 됐다고 그물망태째 강물에다 풍등 든즈 브뤘다.

막둥이란 놈은 지름통을 젊으지고 그그스 도망츠각고 여그즈그 돌아댕김스 지름을 팔아각고 그 판 돈으로 비단옷을 한 블 잘 채려입고 상즌 집이로 챗으갔다. 상즌은 막둥이가 온 긋을 보고 강물에 집으스 죽은 줄 알았든 막둥이가 살으스 와스 이그 워찌 된 일이냐고 야단나각고 이게 으찌 된 일이냐고 물었다. 막동이는 "강에 들으갔드니 용왕이 맞으들여스 그그스 살게 됐는디 용왕이 말하기를 '느는 즈 세상에스 좋은 일만 했는디 상즌을 나쁜 놈을 만나스 고생만 했다. 그르니나가스 니 상즌을 잡으오라'고 해스 내가 잡으르 왔소. 으스 용왕한티로 갑시다"고 했다. 그르니 상즌은 깜작 놀래각고 아이고 야야 막동아 내 딸하고 혼인하고 나도 여그스 같이 살자고 애글했다. 막동이는 못 이기는 치하고 상즌 딸하고 혼인해스 잘 살았다고 한다.

＊1943년 9월 大田邑 春日洞 木村汪之

1) 죽게, 심하게   2) 편지

막둥이 | 옛날에 한 사람이 막둥이라는 종을 두웠이유. 이 종은 상즌을 무슨 일이든지 훼방만 놓는 종이였이유.

한 븐은 상즌이 서울로 과그보로 가면스 이 막둥이를 말구종으로 해스 데리고 갔이유. 서울에 와스는 상즌은 으뜬 대감을 만나르 가면스 말을 막둥이에게 맡기고, "야, 막둥아 서울이란 디는 코 비으 가는 데 니게 말을 잃지 않게 단단히 조심해라" 이렇게 일르 두고 갔이유. 상즌이 가스 보이지 않게 되니게 막둥이는 말을 을른 팔으믁고 코만 잔득 쥐고 웅크리고 있었이유. 상즌에 일을 다 보고 와스 보니까 말이 읎으스, 야 막둥아 말 으쨌냐? 이르니까 막둥이란 놈은 깜작 놀라는 치하면스, "샌님이 서울은 코 비으가는 디라고 하스스 코를 못 비으가게 하느라고 코를 움켜쥐고 웅크리고 있었드니 으뜬 놈이 말을 훔츠갔구만유"
하고 말했이유. 에라 이놈 드 두었다가는 큰일 나겄다 싶으스, "야, 막
둥아 느는 믄즈 집이로 가라. 나는 드 볼일 있으스 내중에 가마" 이르
면스 편지 한 장을 쓰 주는디 편지를 종이에가 쓰 주면 이놈이 가다가
으쩔지 몰라스 그르지 못하게 하느라고 막둥이 등에다 썼이유. 므라고
썼는고 하니 이 막둥이 때문에 고생만 하고 타고 온 말도 잃으 브리고
했이니 이놈 내레가그든 즉시로 대매에 패스 죽여라고 이릏게 썼이유.
  이놈은 쥐인이 집이로 가라니게 집이로 내레오지유. 오다가 한 곳에
오니게 으뜬 여자가 으린애기를 읍구 힌뜩을 디딜방애로 찧고 있이유.
그리스 이놈은 그 여자한티로 가스 "아 아씨, 애기 읍구 뜩방애 찧니라
구 심드시겠이유. 내가 애기를 보면스 방애를 우겨 드릴 팅게 애기를
나 주시유" 이르니게 여자는 좋와라고 애기를 막둥이한티 맽겼그든유.
막둥이는 애기를 안고 뜩을 우기다가 뜩이 그짐 다 찧으지게 되니게
뜩을 뚤뚤 말으스 끄내각고 애기는 방애확 속에다 집으능고 달아났이
유. 여자는 방아 딛인 굿을 노면 애기가 죽겠고 하니게 그르지 못하고
그즈 방애를 딛고 즈놈 즈놈 하고 쫓아가지 못하고 소리만 지르고 있
잇이유.
  막둥이는 뜩뎅이를 가지고 한참 가다가 꿀장사를 만났이유. 막둥이
는 을른 뜩으로 말을 만들으스 "그 꿀 팔 그유?" "예 팔 그유." "그름 여
기 한 말만 파시유." 그래서 꿀장사가 꿀을 부니게 꿀은 뜩에 시며들으
스 한 말이 안 되그든유. 그르니게 막둥이는 나 꿀 안 사유 하고 뜩 말
에 남은 꿀을 도로 부으주고 갔이유. 꿀이 흠븍 심여든 뜩을 믁으 보니
맛이 기막히게 좋그든유.
  한참 가다가 으뜬 산고개에 오니게 그그 중 하나가 쉬고 있었이유.
꿀 묻은 뜩을 한 등이 띠여주니게 중은 맛있게 믁었이유. 막둥이는 지
등을 중한티 내밀고 여기 믓이라고 씨여 있능가 보아 돌라고 하니게
중은 읽으 보고 막둥이 땜에 고생도 많았고 말도 잃고 했이니 이놈이
내레가그든 당장에 대매에 패죽이라고 씨여 있다고 그그 씨여 있는 대
로 말했단 말이유. 그르니게 막둥이는 나 이 뜩 드 줄 팅게 그곳을 싹

지워 브리고 막둥이가 잘 모시고 서울까지 와스 과그도 잘 보고 참 잘
해 주었이니 내려가그든 딸하고 결혼시켜스 잘 살게 해 주으라고 씨라
고 했이유. 중은 그 뜻을 은으믁을라고 막둥이가 시키는 대로 그릏게
쓰 주었이유.

　이놈은 집이 내리와스 인사를 하니게, "그래 잘 모스 드렸느냐?" "예.
잘 모스 드리구 말구유. 그른디 샌님이 펜지를 이릏게 쓰스 주시면스
집이 내레가스 뵈라고 합디다유" 하면스 지 등을 내뵈였이유. 읽으 보
니게 막둥이가 잘해 주으스 과그도 잘 보고 했이니 내레가그든 딸하고
결혼시켜스 잘 살도록 하라고 씨여 있으스 이그 이상하다 하면스도 주
인 영감이 그릏게 하라구 했이니 안 할 수도 읎구 해스 할 수 읎이 딸
하고 결혼시켜스 잘 살게 해 냤이유.

　며칠 지나스 주인 영감이 내레왔이유. 그르니게 막둥이가 쏙 믄즈
나스스 "샌님 안녕히 다녀오십니까" 하고 인사를 한단 말이유. 죽은 줄
알았든 막둥이란 놈이 살아 있으니까 이게 웬 일이냐고 물었이유. 펜
지에 막둥이 땜에 일이 잘 되고 과그도 잘 봤으니 내레가그든 딸하고
결혼시켜스 잘 살게 하라고 해스 그릏게 했다고 하니게 이 주인 영감
은 그만 노발대발하고 즈놈은 내가 죽이야겄다 하고 죽도록 패스 가죽
푸대에다 집으느스 강물에다 띄으 브렸으유. 그래스 막둥이는 가죽푸
대 속에 들으스 뜨내려가는디 가면스 막둥이는 내 눈 반짝 내 눈 반짝
이르면스 뜨내르갔이유. 뱃사공 하나가 배를 즈면스 가다가 므이 뜨내
려오는 굿이 있는 굿을 보고 이굿이 믓이냐 하고 근즈스 보니게 가죽
푸대 속에 사람이 있으스 느 으릏게 돼서 가죽푸대 속에 들으스 뜨내
려오느냐고 물었이유. 으뜬 나쁜놈한테 매를 맞고 죽으라고 강물에 띄
워스 그래스 뜨내려온다고 하면스 지발 살려 달라고 했이유. 그래스
뱃사공은 불상히 여기고 막둥이를 근즈스 살려스 느 갈 데로 가라고
했이유.

　그래스 막둥이는 그기스 마을로 찾으가스 돈 좀 블겄다고 돈 브는
자리를 챷으다녔는디 한 곳에 일자리가 있으스 그기스 일을 해스 한
삼 년 후에는 상당히 많은 돈을 블었이유.

막둥이는 돈을 블으스 좋은 옷을 해 입구 그 즌으 상즌으 집이로 챚으갔이유. 상즌이 막둥이가 챚으온 굿을 보고 깜작 놀래며 "아 이놈 막둥아, 느는 가죽푸대에 느스 죽으라고 강에다 띠웠는디 워틓게 해스 살으스 왔느냐?" 이르니게 막둥이는 그때 강물에 띠워 주슸는디 즈는 물 속에 들어갔드니 그기에는 용궁이 있읐이유. 그래스 용궁에 들어가스 아조 잘 믁고 잘 입고 아조 편안하게 잘 살고 있읐이유. 잘 살고 있으니게 상즌님 생각이 나스 그기스 상즌님도 잘 살게 하고 싶으스 상즌님을 모시로 왔십니다, 이릏게 말했단 말이유. 그르니게 상즌은 이 말을 듣고 귀가 솔깃해가주고 그릏다믄 으스 나를 데리고 가 달라고 했이유. 그름 니얄 아침 일찍이 가십시다, 그른디 용궁에 갈라면 샌님 은 가마솥을 씨고 가스야 하고 마님은 큰 방지돌[1]을 등에 짊으지고 가시야 합니다고 말했이유.

다음날 아침에 일찍이 강가로 나가스 믄즈 상즌이 가마솥을 씨고 물 속으로 뛰으 들으갔이유. 상즌이 물 속에 들으가면스 물그품이 불룩불 룩 하면스 올라오니게 막둥이는 마님보고, "즈 보시유. 상즌님이 좋다 고 즈릏게 물그품을 내고 있십니다. 마님도 들으가시유" 했단 말이유. 그래스 마님도 방지돌을 짊으지고 물 속에 풍등 뛰여 들으가스 물그품 을 뿌룩뿌룩 하고 올렸이유. 이굿을 보고 딸이 물 속에 뛰으 들으갈라 고 하니게 막둥이는 딸을 붙잡고 "물에 들으가면 죽으. 나하고 여기스 살아" 했이유. 그래가주고 막둥이는 상즌집 사람을 다 읎애고 그 집과 그 집 재산 가지고 그 집 딸하고 잘 살읐다고 합니다.

*1973년 9월 20일 牙山郡 靈仁面 牙山里 3區 李錫夏 (61세, 男)

1) 맷돌

金復先의 奸智

金復先이란 사람으 이야기를 해 보겠십니다. 이 사람은 忠淸南道 唐津郡 新坪面 望角山 밑이 살읐다고 합니다. 이 사람으 이름자를 으 틓게 씨는지는 잘 모르겠십니다마는 다시 復자 몬재 先자가 아닌가 합니다. 이 사람은 상놈이기 때문에 생활이 아주 별스읎윘십니다. 이 사람으 집 앞집이는 대감이 살고 있읎습니다. 이 대감이 김복슨이 아부지를 불르다가, "느 이놈 지금 마님께스 딸기가 잡숫고 싶다 하니 딸기를 구해오느라. 못 구해 오면 니 재산을 다 뺏겠다" 이뤘단 말이유. 그때는 양반으로 말할 굿 같으면 상놈은 부려스 믁고사는 시대가 아닙니까? 게 즈그 아부지가 대감으 말이니까 으특흐긌이유. 딸기를 구해다가 바치야죠. 그른디 그때는 동지슫달인디 으디 가스 딸기를 구한단 말이유. 그래스 집이 와스는 꿍꿍 읋는단 말이유. 인자 김복슨이가 "아부지 왜 그렇게 읋으십니까?" 이렇게 물으니게 "아 그릉 게 아니다. 대감께서 이 동지슫달에 딸기를 구해 와야지 그롏으믄 우리 재산을 뺏는다 하니 으디 가스 딸기를 구하긌느냐." "아부지 그긋 때문에 그르시유? 지가 가스 말하고 오긌십니다." "으특흘라구 니가 가긌다는 그냐?" "염려 마시유."

이때에 金復先이는 나이가 열 살도 못된 으린 아였으유. 게 아침 일지감치 대감집이 가스 대감이 자는 방 앞으 마당에다가 큰 돌멩이를 쾅 하고 내려놨이유. 그릉께 자든 대감이 잠을 깨갂고 창문을 열고 내다보니게 상놈 아들이 있그든유. "느 웬일이냐?" "예 우리 아브지가 대감께스 멩령해스 딸기 따로 산에 올라갔다가 그만 독사한티 물려스 큰일났십니다. 무신 약으로 츠방해 주십시유." "예이끼놈! 동지슫달에 무신 독사가 있으 물린단 말이냐!" 이르니게, "대감님! 동지슫달에 딸기가 으디 있다고 따오라고 하십니까?" 이래스 대감은 암소리도 못하고 말읬대유. 그르고 보니 대감은 그 으린 놈한티 암말도 못한 긋이 분하지.

그 뒤에 대감은 또 김복슨이 아브지를 불릇는데 불르갖고 이븐에는 뭐라고 하는고 하니 마님께스 지금 태중이신데 새끼 밴 황소를 구해오느라, 이뤘단 말이유. 그르니 김복슨이 아브지는 집이 와스 또 꿍꿍 읋는 그유. 그릉게 복슨이가 "아 또 대감댁에 갔다오셨구만유?" "응. 그릏다." "므라구 했이유?" "아아 새끼 밴 황소를 구해 오라니 새끼 밴 황소가 워디 있냐, 암소는 있으도 황소가 으디 있냐 말이다." "아브지 그글 플 극증

하십니까? 지가 또 가스 잘 해 보겠십니다." 그래 또 갔이유. 가스는 돌멩이를 마당에다 쾅 내려놓고 대감을 잠을 깨게 해각고 대감이 나와스, "그래 느으 아브지 새끼 밴 황소 구해 왔드냐?" "예에 아브지가 지금 아들을 낳이유. 우리 집이 미윽이 읎이유. 대감께스 미윽 좀 주십시유." "아 이놈아 남자가 으린애 난 긋 봤느냐!" 이르니께, "아아 대감님, 새끼 밴 황소는 워디 봤십니까?" 이르니 대감이 또 할 말이 읎았이유.

그후 몇 년이 지났이유. 김복슨이도 꽤 많이 컸지유. 한 븐은 대감이 서울 갈 일이 생겨스 말을 타고 가는디 김복슨이를 마부로 데리고 갔이유. 가다가 시장기가 들으스 복슨이보고 굴이나 사오라고 했이유. 예에 하구 굴을 사로 갔는디 사각고 옴스 굴을 뒤즉뒤즉 함스 오그든유. "느 이놈아 왜 굴을 뒤즉그리느냐?" 항게 "이 굴에 내 코가 빠즈스 그 코를 근즈낼라고 그릅니다." "에 이놈아. 드르워스 으디 믁겠냐? 늬나 믁으라" 그릏게 복슨이는 그 굴을 믁았이유.

그름그름 함스 서울에 왔이유. 대감은 으디 대감을 만나로 간담스 말을 복슨이한티 맽김스, "야 이놈아. 서울이란 디는 말이다, 눈 빼믁고 코 베가는 디다. 그르니 말을 잘 챙겨라. 내 을른 댕겨오마" 이르고 갔이유.

대감이 일을 보고 와스 보니께 말은 읎구 복슨이란 놈은 손에 말고삐만 쬐끔 쥐구 눈하고 코를 부둥켜쥐고 꾸부리고 있이유. "야 이놈아, 말은 으쩌고 꾸부리고 있느냐?" "하 대감님께스 서울이란 디는 눈 빼믁고 코 베가는 디라고 해스 이렇게 눈과 코를 부둥키고 있십니다." "말은 으쨌느냐?" "아이그매 코랑 눈이랑 부둥키고 있었드니 으뜬 놈이 말고삐를 끊고 말을 가즈갔네유" 함스 손에 쥔 말고삐를 흔들으 뵈인단 말이유. 김복슨이는 대감이 간 뒤에 말을 팔으믁고 이른단 말이유.

아 참 하나 빠즈 놓고 이얘기했구만유. 대감이 탄 말을 끌고오다가 즈으기 증자나무 밑이스 맷방석을 깔고 바느질을 하고 있는 여자가 있잉께 김복슨이란 놈은 "대감님 즈그 바느질하는 여자를 내 마누라 삼을까유?" "에 이늠, 남으 부인을 으뚫게 니 아내를 삼는다고 하느냐. 잔말 말고 으스 가자." "아니유. 내가 마누래 삼을 팅게 보시유" 이르드니 그 여자 있는 디로 갔이유. 가가주고스는 이른 이야기 즈른 이야기 말을 붙으스 말을 하다가 나는 승이 내가유, 이르고 가새를 밋방슥 밑이다가 감추고 왔이유. 여자가 바느질 하다가 가새를 쓸라는디 안 보여스 가는 김복슨이를 "내 스방 내 스방" 하고 불릇이유. 그릏게 김복슨이는 대감보고, "보시유. 즈 여가자 나보고 내 스방 내 스방 하고 부르지 않습니까? 즈 여자는 내 마누라가 돼스 날보고 내 스방이라고 하지 않습니까?" 요른단 말이유.

김복슨이 아브지가 죽으니께 집안 살림을 김복슨이가 해 나가야 하게 됐단 말이유. 그른디 그기스 살다가는 아무리 생각해 봐도 살 수가 읎이유. 그리스 서울이 나가면 무슨 도리가 있긌지 하고 서울로 올라왔이유. 올라와스는 한 대감집이를 챚으갔이유. 그 대감집 문 앞을 왔다갔다하고 있읐이유. 대감이 보니게 위뜬 사람이 왔다갔다하고 있으스 웬 사람이 둘오지 않고 왔다갔다하고만 있냐고 물응게, "에 대감님 분부가 있기를 기다리고스 들으가지 못하고 있십니다. 들으가스 뵀이면 좋겠십니다" 이르는 게여. "응 그름 들으오라." 그래스 들으가스 "즈는 忠淸南道 唐津郡 新坪面스 왔십니다. 여그 와스 보니 장살했이면 돈을 불긌는디 돈이 읎으스 장살 못 하긌십니다" 이른 이야기여. "그래 장사한다면 돈은 을매 가지면 장살 하긌느냐?" 그릏게 요새 돈으로 치면은 그즈 츤 원 가지면 장사 하긌다는 그유. 돈 츤 원찜이야 암긋도 아니그든. 그즈 그지 보태주는 셈치고 돈 츤 원을 주읐단 말이유.

돈 츤 원 가지고 무신 장사를 합니까? 그즈 가지고 돌아댕김스 비룩질 해스 이백 워을 븗으각고 다음날 대감한티 가스 "츤 원 각고 장살 해스 이백 원 블읐십니다. 이자 츠스 본즌 갚겠십니다" 함스 츤백 원을 내주고 만 원 있이면 드 많이 블긌이니게 만 원만 대 주시유, 이랬단 말이여. 대감이 생각하니게 이놈이 꽤 제븝이그든. 그래서 만 원찜이야 큰돈이 아닝게 슨듯 내주읐지. 복슨이는 이 돈을 가주고스는 하나도 씨지도 않고 그지로 돌아다니는 그유. 그르다가 한 댓새 후에 돈 만 원하고 이자 츤 원하고 붙으스 만츤 원을 가주고 가스 이븐은 장사를 쏙 잘했십니다, 함스 주읐이유. 대감은 그 돈을 받으면스, "느 돈 많으면 돈 많이 블궜느냐?" 이릏게 물으니게 "아무름유. 돈 많으면 많이 블 수 있지유." "그 을마 가지면 되겠느냐?" "한 십만 원 있이면 되겠십니다." 그래 십만 원을 주읐이유. 이늠은 십만 원을 을으가주고 또 돌아 댕김스 한 푼 안 쓰고 비룩질만 하다가 한 열흘 후에 본즌 십만 원하고 이자라고 만 원하고 해스 십일만 원을 대감한티 갖다 주면스 "장살 해 보니 인제는 장삿속이 환합니다. 돈이 많으면 돈을 참 많이 블궜습니다" 이랬단 말이유. 대감이 이놈 말을 듣고 보니 장사를 쏙 잘하는 모양이유. 돈은 주면 본즌을 꼬박꼬박 갚고 이자까지 츠스 가즈오니 양심도 있는 놈이그든. "그래 을마면 되겠느냐?" "예에 한 오백만 원이면 되겠십니다." 이븐에는 실큰 불궜이유. 그래 오백만 원을 주읐이유.

김복슨은 돈 오백만 원을 받아가주고스는 그만 즈그 고향집이로 와 브릿이유.

근디 서울 사는 대감은 김복슨이 오기를 지달르는디 멫 달이 지나도 통 오지도 않고 소식도 읎으니게 그제사 아 이놈한티 사기당했구나 하고스 김복슨이를 찾으간다 이그유. 주소는 알으 놨겄다, 충충남도 唐津郡 新坪面 望角山 밑이라니가 그리 찾으갔지. 찾으 봉게 新坪面도 있고 望角山도 있고 金復先이도 있단 말이여. 게 김복슨네 집이 들으강께 김복슨이가 있단 말이여. 오래간만이구나 하면스 들으가니까 "으디스 오슀십니가?" 이른단 말이여. "나 서울스 왔다." "서울스 오슀이유? 뉘 댁이십니까?" "아 나를 몰라?" "글세유. 잘 모르겄는데유." "네가 김복슨이 아니냐? 날 모르다니." "에에 그르스유. 김복슨이는 내 동생입니다. 지금 읎는데유." "아아니 니가 김복슨이가 틀림읎는디 김복슨이가 아니라고?" "에에 그를 긋입니다. 우리는 쌍둥이가 돼놔스 남들이 모두 즈이들을 잘 구별 못 합니다. 근디 으찌스 김복슨이를 찾십니까?" "김복슨한티 빚 받을 일이 있으 왔네." "에에 그르시유. 애가 볼일 있으 나갔는디 곧 돌아올 급니다. 지달르 보시유."

그래 서울스 온 대감은 지달르고 있지. 그러면스 이른 이야기 즈른 이야기 하는데 그래도 김복슨이는 안 온단 말이유. "애가 올 때가 됐는디 워째스 안 오는 그여. 으르신네 이릏게 지달코 있자면 심심도 하고 각갑하기도 할 팅게 즈으기 방죽이나 가스 구경이나 좀 하시지유. 그 방죽은 경치가 좋아스 사람들이 많이 구경웁니다." 이놈이 이릏게 말하니까 가만히 앉으스 기다르기가 답답해스 그르자 하고 따라나슀이유. 이놈은 대감을 끌고 방죽 있는 데까지 왔그든유. 방죽에는 크단 중자나무가 이릏게 가지를 쭈욱 뻗으 있이유. 김복슨이 형이란 놈은 그 중자나무 있는 디로 가드니 나뭇가지에 올라가가주고 아이고 이이고 사람 살려 하고 큰 소리를 지르고 방죽으로 뚝 뜰으즈 풍등 물 속으로 빠즈들으간단 말이유. 서울 대감이 가만히 생각해 보니 즈놈으 동생이라는 김복슨이가 와스 보게 되면 이놈이 필경 빚 받으러 와스 즈그 형을 물 속에다 집으느스 죽였다고 함스 야단칠 긋 같그든. 그릏게 되면 내가 살인죄를 뒤집으씨게 될 긋 같단 말이유. 돈 오백만 원 받으려다가 살인죄로 몰려 죽게 되겠이니 에라 돈 오백만 원 받을 긋 그만두고 도망츠야 하겄다 하고 그 질로 뛰으스 서울로 와 쁘뤘단 말이유.

김복슨이는 물 속을 기으스 즈쪽으로 가스 고개만 내밀고 보고 있지. 서울 대감놈이 기양 도망치는 긋을 보고 옳다 잘됐다 하고 물 속에스 나와스 즈그 집이로 갔지. 가가주고스는 옷을 갈으입고 서울로 올라가 그 대감집이 찾으가스 아 빚 받으로 왔이면 빚이나 받으가지 워째스 우리 형님을 방죽 속에다 밀으놨냐고, 우리 승님을 살려 노라고 그라믄스 관가에다 고발하겄다고 막 우겨 대네유. "내가 죽인 긋이 아니네. 나무에 올라가다가 뜰으즈스 물 속으로 빠진 게네" 이릏게 말해도 으디 듣나유. 으스 우리 형님 살려 노시유. 그랗으믄 관가에다 고발하겄다고 생야단이란 말이유. 이르니 아 이그 큰일 나지 안했이유. 게 사중사중 함스 돈 오백만 원 안 갚으도 좋으니 제발 관가에다 고발 말라고 이르는 그여유. 그래도 이놈이 으디 듣나유. 부득부득 제 형을 살려 놔라, 그랗으믄 관가에다 고발하겄다고 생야단이여유. 그래 또 사중사중하면스 돈 오백만 원 줄 테니 제발 관가에 고발일랑 말으 주게, 한다는 거여유. 그래스 이놈은 못 이기는 치하고 돈 오백만 원을 받으 가지고 즈그 고향집이로 왔이유.

김복슨이는 이릏게 해서 서울 대감을 울그스 돈을 블웠는디 그때에

임진왜란이 일으났이유. 그래스 세상은 뒤숭숭해지고 해스 그때 임금
님은 榜을 사방에다 쓰 붙었이유. 이 난리를 평증할 사람은 나오느라
고. 그르니게 즌라도에 사는 화랭이 한 사람이 나스스 즈를 대장을 시
켜 주면은 사흘으면 평증하겄십니다고 그랬고, 김복순이는 즈를 대장
으로 임명하면 슥 달 안에 평증하겠십니다고 그랬이유. 그른디 李忠
武公 李舜臣는 즈를 대장으로 임명하면 7년이면 평증하겠다고 했이
유. 근디 조증이스는 李忠武公을 대장으로 임명해스 임진왜란을 평증
시켰는디 그래스 壬辰 癸巳 甲午 乙未 丙申年을 지나스 끝내는 丁酉
年에까지 가스 이 난리는 평증됐이유. 화랭이는 사흘이면 평증하겠다
고 하고 김복순이는 슥 달이면 평증시킨다고 했는디 화랭이나 김복순
이나 상놈이기 때문에 대장을 시키지 안했다는 급니다. 화랭이나 김복
순이나 그른 평증할 만한 재주가 있었는지 읎었는지 모르지마는 나라
에 그른 위급한 일이 생겼는디 양반 상놈을 따질 게 뭐 있십니까? 그
른 일이 있으스는 안 되지유.
＊1973년 8월 26일 唐津郡 新坪面 雲井里 朴城付 (49세, 男)

金先達의 奸智 | 옛날에 즌라도 그 으디에 짐슨달
이란 사람이 있었이유. 술 잘 믁고

놀기 좋아하고 호랑방탕해스 집안일이란 통 안 하고 그즈 불고가사하
고 지내여. 그르니 집이라고는 즈으 산 밑이 기딱지만한 옴팡이집 기
으들고 기으나오는 그른 집이스 살으. 봄이 되면 일기도 화창하고 꽃
도 많고 항게 사람들이 많이 산으로 놀로오지 않는가베.
　하루는 그 골 부자집 아들들 여나믓이 이 짐슨달네 집 근처에 와스
놀아. 술 마시고 뜩 믁고 뚱당그리구 논단 말이유. 그래스 짐슨달이 무
신 생각이 났는지 쌀을 여그즈그스 꾸으다가 밥을 하고 뜩을 해스 이
부자집 아들들이 노는 디로 가지고 가스 자아 이긋들 믁그나 함스 내
났으. 그릏게 이늠들이 좋와라고 그긋을 믁고 한참 놀고 있는 새에 짐
슨달은 살쩍이 즈그 집이로 와스 마누라를 불르가지고 "내가 즈그 가

스 술 믁고 뚱땅그리고 한참 놀 즉에 마누라는 이 집이다 불을 지르게 나" 이렇게 말했단 말이지. 마누라는 깜작 놀래며 왜 불을 질르냐고. "글쎄 내 생각이 있이니 나 하라는 대로만 해!" 이르고스 짐슨달은 노는 데로 와스 뚱땅그림스 놀고 있지. 그르고 있는디 "불이야!" 소리가 난단 말이여. 보니께 짐슨달네 집이 타고 있단 말이지. 그래 짐슨달이 이긋을 보고 그만 주즈앉으스 두 다리를 뻗고 땅을 치면스 대승통곡하고 운단 말이유. "아이고 이 즑은이들 대접할라다가 그나므도 옴팽이 집이 다 올라갔구나. 우리 마누라쟁이가 느들 잘 멕일라고 뭣 하다가 그만 불을 내스 집을 홀딱 태웠구나. 인자 이그 그 기딱지만한 집도 태워 읎으즜이니 워틓게 대가리 딜이밀 집도 읎으즜이니 이그 으쯔그나" 함스 울으재키네유. 그르고 있이니께 부자집 아이들은 참 보기가 안됐단 말이유. 즈그들 음식 장만하다가 불을 내스 집을 옴스라니 태워 브렸이니 이그 미안하기 짝이 읎그든유. 그래스 이 부자집 아이들은 스로 돈을 모아스 집 한 채를 사주기로 했이유. 이래스 짐슨달은 그 기딱지만한 옴팡집 대신 큼직한 집 한 채가 생겼단 말이유.

이듬해 봄이 돼스 부자집 아들들은 모여스 과그보르 서울 가겠다고 이논하고 있는디 짐슨달이 와스 자기도 함께 가겠다고 했이유. 그르니게 부자집 아들들은 짐슨달을 데리고 가기가 싫읐지만 그르자 하고 아무 날 아침에 뜨나겠다고 해놓고스는 짐슨달을 돌려보내 놓고 그 즌날 즈녁때 뜨나기로 했이유.

짐슨달이 뜨난다는 날 아침에 가 보니게 이눔들이 으제 즈녁때 블스 뜨났그든유. 괘씸하기 짝이 읎지. 이눔들 두고 보자 하고 부랴보랴 뒤쫓아가스 그날 이눔들이 와스 잘 만한 데까지 와스는 흐름한 주막에 자리를 증하고 있읐이유. 그랬드니 즈녁때가 되니게 이눔들이 와스 거 그 좋은 주막집에 자리를 증하고 그그스 술이야 밥이야 질탕 믁고 뜨들고 있단 말이유.

짐슨달은 이쪽 주막에스 그 놈들으 동증만 살피고 있지. 그리고 있는디 주막 주인이 으디로 나갈라고 해스 으디 가느냐고 물으니게 이동네 아무개 집에 오늘이 대상날이여스 지사물로 간다고 하그든. 그래스 그 집이 으디쯤 있고 승씨는 므으고 상제는 멫이나 되는가를 물으스 알아 놨이유. 쥐인이 지사물고 돌아오니까 짐슨달은 그 집이 가스 지상 앞에 읖디르스 어이어이 하고 초곡을 하지. 그르니까 상제들은 조문을 받을 수밖에 읎지. 짐슨달은 이릏게 조문하고 일으스스 지물[1] 채려 논 그를 보고 이그는 잘못 놨는데 하면스 지물을 이리 욍기구 즈리 욍기구 이란단 말이지. 그 집 상제들은 무식하든가 "아아 그래유. 그르면 잘 좀 놔 주시유" 이라그든. 그래스 짐슨달은 지물을 괴연히 이리 욍게놓고 즈리 욍게놓고 하고슨 손님들 사이에 끼으앉으스 술이며 고기며를 믁고 있읬이유. 근데 큰상제가 "아이 즈분 최멘[2]인디 당초……" 이르구 말하니까, "아아 작은상제하고 친하게 지내고 있습니다" 이라지. 작은상제가, "그래요? 난 최멘인데……" 이라니까, "아아 막내상제하고 잘 알고 지내지요" 이란단 말이유. 이릏게 해스 으물으물하면스 있다가 새벽제를 지내고 神主를 闔門시키고 할 즉에 불을 탁 끄고 지물 중에 고량진미만 도포자락 속에다 쏟으늫고스 뒷문으로 해스 울타리를 뚫고 나와스 과그보르 가는 놈들이 자고 있는 주막으로 가스 이놈들 손이며 입에다 뜩이며 고기며 과일을 조금식 물려 주고 쥐으주고스 즈으쪽에 있는 솔밭 속에 가스 숨으 있읬이유.

상제들은 합문을 하고 다시 불을 켜고 보니까 아까 조문하든 사람은 읎구 지물도 하나도 읎구 하니까 스읏 하이 이그 참 벨 꼴을 다 당했다, 듣자 하니 아무개 주막에 과그보르 간다는 놈들이 들읬다니 이그는 필경 그 놈 중에 으뜬 놈이 한 짓이다, 이릏게 생각하고 예잇 이놈들 혼 좀 나 봐라 하고 상제 삼형제가 작대기를 들고 그 주막에 쫓아가스 보니께 과연 그놈들이 뜩이며 고기며 과일을 입에 물고 손에 쥐고 있그든. 이긋을 본 삼형제는 두말읎이 그놈들을 두들켜패네. "이놈들 과그보르 가면 갔지. 으찌스 남으 지사를 망츠 놓느냐!" 이름스 마구 팬단 말이유. 이놈들은 무슨 영문인지도 모르고 자다가 날베락을 맞이니 그만 혼이 나스 보따리고 므고 다 집으내놓고 도망츠 달아나지.

짐슨달은 그놈들이 으디쯤 달아난 둣을 보고 난 담에 스을스을 나와스 뒤쫓아가면스 애들아 애들아 하고 불릲단 말이유. 이놈들이 부르는 소리를 듣고스 뒤돌아다보니께 짐슨달이 오지. 짐슨달을 보자 이놈들은 발을 믐추고 그그 주즈 앉었단 말이유. 짐슨달이 가까이 와스, "헤 그를 줄 알았다. 느그들 날 떼으 놓고 오드니 꼴 좋다. 작대기 맛이 으뜨냐? 이놈들아 느들 배지[3]들 고플 티니 이긋들이나 믁으라" 이르면스 도포자락에스 고기야 뜩이야 과일이야를 수북히 내놔 주그든. 이놈들은 이게 웬 뜩이냐 함스 믁었이유. 말하자면 죄는 짐슨달이 즈질러 놓고 매는 이놈들이 맞고 짐슨달은 이놈들한티 생색을 낸 셈이지. "날 떼놓고 가다가는 느이들 앙긋도 안 돼. 나하고 항께 가면 이릏게 잘 믁게 돼" 이르니 이놈들이 짐슨달을 떼놓고 갈 수가 있으? 그래 짐슨달하고 같이 가지. 가스는 서울에 다 왔으.

서울에 와스 과그를 봤는디 이놈들이 다 낙방을 했이유. 하나 뭐 붙은 놈이 있이야지. 그래스 짐슨달이 말했으, "얘들아, 느이들 다 낙방하고 무슨 염치로 집이 들아가겠냐? 이왕지사 이릏게 됐이니 느이들 돈냥깨나 가주고 왔이니 귀경이나 하고 돌아가자. 내 느들 팔도 귀경시켜 줄 티니 내 뒤만 따라오느라" 이르니까 이놈들도, "아이 슨달님 잘 됐십니다. 그륵하지유. 우리 즈으 강완도[4] 금강산으로 대닙시다.[5]" 그래 팔도강산 귀경차로 나슀긋다.

그래 그륵즈륵 댕기다 보니 노자가 다 뜰으쮰단 말이야. 한 달포 돌아다니다 보니게 노자가 다 뜰으쮰지. 객지에스 돈이 뜰으지면 비룽뱅이밖에 드 되여. 그르니 짐슨달은 야단났단 말이유. 무신 도리가 읎겠능가 함스 가지. 가니라니게 큰 동네가 나스. 그 동네로 들어가니게 으뜬 부자집 같은 집앞을 지내니라니게 그 지 앞에 돌이 지냈일까 한 으린애가 곤 옷을 입고 혼자 돌아다니그든. 이긋을 보자 짐슨달은 따러오는 놈들보고 "느그들은 즈으 그 숲속에 가 있그라. 내가 내중에 부르그든 그때 나오느라." 이래놓고스는 둘르보니게 아무도 읎으스 이 으린애으 멕살[6]을 바싹 추거줘구스 그 앞이 있는 쇠오즘 구등이다가 끄꾸로 냅다 집으놓고 휘휘 내둘맀으. 그르니 이놈으 아 죽는다고 큰 소리로 울으 재킨단 말이지. 그르니게 짐슨달은 아를 근즈내스 지 도포자락으로 딲으 주면스 아이고 "나 아니드면 느 죽을 뻔했구나" 이르구 있었지.

아이 우는 소리를 듣고 아이 으므니가 안에스 달려나와 보니까 으뜬 즘잖은 분이 도포자락으로 아이 쇠오줌 묻은 긋을 딲으 주고 있으스 이게 으쯘 일이냐고 물읐이유. "나는 질가는 나그넨데 이리 지나다 보니께 이 아가 쇠오즘 구등이에 빠즈스 근즈내스 이릏게 닦으 주고 있소. 나 아니였드면 이 아는 죽읐을 그유." "아이구 즈른 은인이 워데 있느냐" 그러고스는 안으로 뛰여 들으가스 자기 영감보고 우리 아가 죽을 긋을 워뜬 양반이 살려 주읐으니 나가 보라고 그랬단 말이유. 게 나와보고스는, "뉘댁인지 모르겠지만 우리 아를 살려 주읐다니 이른 은인이 워데 있소. 자 으스 안으로 들으갑시다" 하면스 짐슨달을 끌고 안으로 들으가자고 한단 말이유. "뭐 그를 긋까지야 뭐 있겠소. 그른데 나는 나 혼자만이 아니구 내 일행이 십여 명이나 되오." "아아니 십여 명이 아니라 이십 명이라도 다들 데리고 들으갑시다."

그래 짐슨달은 즑은이 십여 명을 불러가주고 그 집으로 들으갔지. 들으가스는 "이 사람들은 내 제자들이유. 이븐에 과그보로 서울 갔다가 낙방해스 집이로 돌아가는 길인데 여그 왔다가 우연히 쥐인장으 으린 아들이 그 쇠오즘 구등이에 빠즈스 죽게 되는 긋을 내가 구해 냈소. 나 아니드라면 쥐인장으 귀여운 아들은 잃을 뻔했소."

"아무름이유. 으른이 아니였드라면 자식 하나 잃을 뻔했소. 이거야말로 天佑神助입니다. 으르신네 은공은 白骨難忘이웁니다. 이 은공을 으떻게 갚아야 할지 모르겠습니다" 이르면스 닭 잡으라 믈 작만하라 하고 아조 진스승찬을 차려다가 짐슨달 일행을 대접했단 말이유. 그래스 짐슨달과 그 제자란 즑으니들은 잘 믁읐이유.

이튿날 뜨난다니게 쥐인은 하이 믈 그리 빨리 뜨나냐고 드 쉬구 가라고 야단이네유. 그래도 뜨나야 한다고 하니게 돈을 믳백 냥 주면스 노수에 쓰라고 하네유. 그래 받으가지고 나와스 동구 밖에 와스는 스루 박장대소하고 하이 아무튼 슨달님은 참 수단이 좋습니다고 추겨올리면스 감탄하니게, "아암 그릏지. 느들 날만 따라댕기면 내가 느들 굶이겠느냐? 암말 말고 따라만 다녀라."

이릏게 해스 노자를 블으스 귀경다니다가 또 돈이 뜰으줬네유. 이븐에는 으릏게 노자 좀 블가 함스 가다가 크막한[7] 주막이 나스니까 그즈 무특대고 주막에 들으가스 우리는 과그보고 오는 사람인디 여기스 하루만 쉬구 가야깄으, 그러니 그리 알구 돈은 을마든지 닐 테니 술이랑 밥이랑 잘 차려 달라고 일르 놨단 말이유. 그르니게 주막 주인은 시키는 대로 잘 차려 주으스 짐슨달이며 아들들은 질탕 잘 믁었이유.

짐슨달이 가만히 보니게 일 주막집 여펜네가 밉지 않게 잘 생겼으. 그래스 밤중에 자다가 살며시 이으나스 아랫방에스 자고 있는 주막집 예펜네한티로 가스 궁둥이를 홀딱 까고 그 여자 자는 을굴에다 대구 문질릏지. 그르니게 자든 여자는 깜작 놀래가주고 아이고 으뜬 놈이야! 함스 박박 손틉으로 긁으 놓고 소리를 질릏단 말이유. 짐슨달은 궁둥이가 홀랑 벳게즈가주고 얼른 뛰여나와스 제자리에 와스 자는 체하고 있었이유. 주막집 남자는 마누래쟁이가 소리지르는 바람에 잠을 깨 각고 우짠 일이냐고 항게, 아이 즈기 과그보고 왔단 놈 중에 으뜬 놈이 쉬염 난 놈이 나한티 달라들으 급탈을 할라구 대들으스 내가 그놈 낯짝을 손틉으로 홀랑 까 놨다고 이른단 말이유. 그릏게 남자는 불을 케고 손님들이 자는 방으로 와스 으뜬 놈이 그랬으! 다리뼉다기를 분질르 놓겠다고 야단치며 모두다 일으켰단 말이유. 쉬염 많은 놈이라구 해스 보니게 짐슨달밲에 읎그든. 그래 짐슨달 낯짝을 봉게 암시랑도 안해. 홀랑 벳게 놨다는디 아무 흔즉도 읎으. 다른 즑은이를 봐도 을굴 흘킨 사람이 읎으. 그래 주막 쥐인은 믓즉으스 기냥 스 있지. 그릏게 짐슨달은, "이놈! 네 년놈들은 이따위 짓 해가주구스 손님 돈냥이나 재물을 뺏으믁는 놈 아닌가. 내 여때 사방을 돌아다녀 봐도 이른 꼴 당해 본 일 읎다. 이른 븝이 으디 있느냐. 내 네놈들 브르쟁므리를 가르츠 놔야겠다. 이 골 사또는 내 친구야. 니얄 네놈 연놈을 잡으다 관가에다 바치겠다. 이놈!" 하고 큰 소리로 혼침을 놨단 말이유. 그러니 주막 쥐인놈은 개개 빌면스, "아이구 그즈 죽을 죄를 즜습니다. 손님 극증 마시고 그즈 용스해 주십시유. 그즈 관가에 보내 주지 말으십시유. 그즈그즈 용스해 주십시요" 이르면스 자꾸 빈단 말이유. 그래 짐슨달은, "증이 그릏다면 그만두겠다마는 으디 방자하고 무례시리 으따 대구 애무한 죄를 뒤집으씨울랴고 하느냐!"

이튿날 아침에는 으제 즈녁보다 드 잘 차린 조반을 주으스 이긋을 묵구 뜨나먼스 짐슨들은 제자보고 밥 값을 치루으라 하니게 쥐인은 "아이구 밥 값이 다 웃입니까? 기냥 가시유. 용스해 주신 긋만 해도 고마운데 밥 값은 무신 밥 값입니까? 그만두시유" 이르먼스 노자하라고 몇십 냥으 돈까지 주네유. 짐슨달 일행은 그 돈을 받으가지고 또 가지. 메칠을 갔는데 또 돈이 다 뜰으쥤이유.

짐슨달은 줄남생이[8]츠름 제자란 놈들을 데리고 가는데 으뜬 동네 앞을 지나니라니게 동네 앞으 샘에스 으뜬 여자가 물을 질고 있이유. 보니게 그 여자가 산월이 당한 긋 같으유. 배가 부르그든. 만색[9]이란 말이지. 짐슨달은 즘잖게 그 여자 앞에 가스 무릎을 꿇고 즐을 꾸벅꾸벅하지. 도포깨나 입은 남자가 그르니게 이 여자는 부끄릅기두 하구 이상도 해스 물 질다 말고 기양 부르르 즈그 집이로 가스는 즈그 남편 보구, "아이 즈그 샘에 가스 물을 질른디 웬 즘잖게 생긴 남자가 날보고 무릎 꿇고 즐을 자꾸 해싸스 기양 왔는디 그 사람 미친 사람인가 좀 가스 보시유" 이랬단 말이유. 그래 남편은, "으뜬 놈이 남으 여염집 여자를 놀리느라고 즐을 해. 요놈 다리몽생이를 부질르 놀라" 하면스 작대기를 끌구 샘가로 가스, "이놈 으뜬 놈이기에 남으 집 여자 물도 못 질게 이 지랄을 하느냐!" 함스 큰 소리를 치니게 짐슨달은, "아 여보시유. 내가 뭘 夫人을 물 못 질게 했습니까? 나는 아는 긋은 읎습니다마는 부인을 보니 부인은 지금 만색인디 부인 뱃속에는 증승할 애가 들으 있으스 느므 황송해스 기냥 지나갈 수가 읎으스 즐 좀 멫 븐하고 간다고 한 긋인데 그긋이 부인을 무안하게 한 모양이유그려" 이랬단 말이유. 그르니게 그 남자는, "아 그래유. 나는 그른 줄 모르구 그만 실례했습니다." 증승 될 아들 뱄단 말에 이 사람은 무측 기뺐든 모양이유. 그래 "아아 그르시면 그릏게 아신다니 자아 우리 집으로 들으가스 말씀 좀 드 들으 봅시다" 이르먼스 자기 집으로 가자고 하네유. "여보시유, 나는 혼자가 아니유. 내 제자가 여나문 되는데 이틀 많은 사람을 데리구 가겠습니까? 나는 기냥 가겠소.” “아 그래유. 십 명이구 이십 명이구 상관읎이니 다 데리구 갑시다” 이렇게 말하고 데리고 들으와스 닥을 잡는다 술을 받으온다 해가주고스 푸짐하게 대접했단 말이유.

그른디 이웃집에 역시 만색이 된 여자가 있었는디 이 여자가 이웃집에 뱃속에 있는 아으 장래를 잘 알으보는 사람이 와스 대접받고 있단 말을 듣고 즈도 제 뱃속에 있는 아가 무웃이 될 안가 알으보구 싶으스 이 집 여자한티 특별히 부탁해스 보아 달라고 했그든. 짐슨달은 이 여자를 이리 보구 즈리 보구 하드니 지금은 으두으스 잘 모르겠이니 니얄 아침 밝은 날에 보자고 돌려보냈이유. 이 여자는 즈으 남편한티 즈 집에 뱃속에 있는 아가 뭇이 될 안가를 잘 알으맞히는 양반이 와 있이니 가스 인사나 하라고 말하니게 남편은 술병을 들구 가스 잘 대즙하구 니얄 아침은 즈으 집에 와스 자시라고 했이유. 그래 짐슨달 일행은 다음날 아침에 그 집에 가스 또 은으묵었이유. 은으묵구스 짐슨달은 그 여자를 살펴보구 “장닥[10] 뱄으, 장닥” 이랬단 말이유. “무으여? 장닥 장닥 뱄으?” 이르디만 그만 고개를 푹 수구리구 말이 읎이유. 왜 그르는구 하니 이 집 내외는 닥장 밑이스 그 짓을 했그든유. 용케두 알으맞히니 드 뭐라구 해 암말 못 할밖에.

짐슨달 일행이 뜨난다고 하니게 증승 될 아를 밴 집이스는 노자 하라구 돈 몇십 냥을 주으유. 그래 이굿을 받아가지고 가지. 받은 돈을 쓰감스 강안도 금강산에 들으가스 여기즈기 귀경하고 인제는 절 귀경이나 하겠다고 가는디 짐슨달은 나귀를 하나 은으 타구 야들은 하인같이 꾸며가주고 호기있게 가지. 으뜬 큰 절에 들으가스 그 절 주지를 불러내스 “나는 서울 사는 아무갠디 이븐 볼일이 있으 이 골 원님 만나러 왔드니 원님은 이왕 여기까지 왔이니 금강산 절 귀경이나 하고 가라고 해스 왔다. 그르니 대사는 여기 있는 절 귀경이나 좀 시켜 달라” 이릏게 말하니까 그 주지중은, “예예 그릏게 하읍지유” 하면서 짐슨달 일행을 데리고 다니며 샅샅이 절 귀경을 다 시켜 주었이유.

절 귀경을 다 한 담에 제자들을 불르스 “나는 여기스 하룻밤을 유해야겠다. 느이들은 요 아래 내레가스 그그 주막에스 내가 내려갈 때까지 기다려라" 이릏게 말하고스는 중 모르게 불르앉히고스, "요 아래 주막으 여자가 벤벤하드라. 내가 중을 으릏게든지 해스 끌으내스 그 주막에스 술 믁이고 그 여자하고 질탕 놀게 할 트이니 느이들은 육모방맹이를 하나식 각으들고 군로사령츠름 차리고 밤중에 중하고 그 여자하고 잘라고 하그든 쫓아 들으가스 중놈을 안 죽을 만침 두들겨패스 혼침이를 내가주고 니얄 낮에 절로 끌구 오느라"고 일르 났단 말이유. 제자들은 예예 그르겠십니다 하구스 아래 주막으로 내려갔이유.

짐슨달은 즈녁을 믁고 주지중하구 이른 이약 즈른 이약 하다가 대사는 이 산중에스 중 노릇만 하면스 여자 외입을 한 일이 있는가 하구 물었이유. 중은, "외입이라니유? 중이 으릏게 외입을 다 합니까?" "그릏게 아닐세. 사람이 세상에 태여나가주고 여자 외입도 안 하고 산대스야 으디 사는 보람이 있능가. 내 오늘 외입을 시켜 줄 테니 나를 따라 나스게." "에이 별 말씀 다 하십니다. 으디 그를 수가 있십니까?" "글세 그릏게 아니라두. 요 아래 주막에 예쁜 각시가 있데. 그 각시하고 하룻밤 재미있게 지내 보게나 자 가세" 이르면스 중을 끌으니 중놈도 싫지 않은 모양이지. 못 이기는 치하구스 끌려간단 말이유.

주막에 가스 술상을 차려오라니게 주모는 참 잘 차려왔이유. 그래 주모보구 술을 따르라 하구 주그니 퀀크니 몇 잔 마시다가 짐슨달은, "나는 요 아래 친구집에 가스 쉴 테니 대사는 여기스 여자하고 같이 술을 마시게. 그르구 니얄 절이스 만나세" 이르구 휙 뜨나가 브렸으유. 중은 주모하고 둘이서 술을 주그니 퀀크니 하구 마시다가 밤이 깊으스야 불을 끄구 잘라고 했이유. 아 그른디 난데읎이 군로사령이 여르 놈이 달려든단 말이여유. 씨이리 육모방맹이를 들구 들으와스는 중놈이 으디 와스 술 믁고 여자 외입을 하냐 하면스 마구 두들겨패네유. 이놈이 패구 즈놈이 패구 당체 죽을 지경이지. "아이고 잘못했습니다. 그즈 살려 주시유. 살려 주신다면 무신 말을 하스두 다 들으 드리겠십니다." "이놈 무신 소리를 하느냐? 사또한테로 끌구가자." 한 놈이 이르니게 또 한 놈이 이놈을 우슨 절로 끌구가스 우리 나리께 여쭈고 나리가 하라는 대로 하자고 그른단 말이유. 그르니게 그릏게 하자 하고 중을 끌구 절로 와스 짐슨달 앞에다 꿇으앉혔단 말이유.

짐슨달은 제자들을 다 물르가 있그라 하구 주지중보구 으특하다 그릏게 됐는가, 이왕 이릏게 됐으니 대사는 사또한테 끌려가게 됐는데 사또한티 갔다가는 온즌할 수가 읎을 텐데 이그 참 큰일났군, 이르면스 짐슨달은 크게 극증한단 말이유. 중은 이글 보고 돈이 들으스 무사하게 된다면 돈은 을마든지 낼 테니 지발 아무 일 읎게만 해 달라고 애글복글하네유. 짐슨달은 글세 글세 하면스 입맛만 쯕쯕 다시고 있지. 그르니게 중놈은 몸이 드 달지. "돈 츤 냥이나 갖다 주구 잘 부탁하면 될까?" 짐슨달은 혼자말로 이르니게 중놈은 그 말을 듣고, "아 그릏게 해 주시유. 돈 츤 냥이야 못 내듸리겠십니까? 츤 냥 당장이라도 내듸리겠습니다. 꼭 부탁디립니다" 이르면스 달라붙는단 말이유. "그 참 가스 말이나 해 보겠다. 그름 돈 츤 냥을 말에 실으스 오느라."

중은 이 말을 듣고 돈 츤 냥을 말 열 마리에 실으 주읐십니다. 짐슨달은 이 말을 끌구간다고 절에스 나왔지. 이릏게 해스 중을 울그스 돈 츤 냥을 블으가지고 왔단 말이유.

이릏게 해스 짐슨달은 돈 한 푼 안 쓰구 금강산까지 잘 귀경하구 집이로 돌아왔는데 짐슨달을 따라다니든 부자집 아들들은 짐슨달 때문에 귀경 잘 했다구 해스 기양 있겠느냐 하구 스로 이논해스 한 사람이 논 열 슴지기식 내스 백 슴지기를 만들으 짐슨달한테 주읐이유.

짐슨달은 이릏게 해스 새 집 생기구 논 백 슴지기 생기구 금강산까지 잘 귀경했다는 그른 이얘깁니다.

＊1973년 9월 21일 牙山郡 靈仁面 牙山里 3區 李錫夏 (61세, 男)

1) 祭物, 祭需　　2) 初面　　3) 배, 腸　　4) 강원도　　5) 다닙시다　　6) 먹살

7) 커다란　　8) 남생이 새끼들이 줄 지어서 따라가는 것　　9) 滿朔　　10) 장닭, 수닭

步至華陽洞 | 옛날에는 양반 자랑을 많이 했든 모양이죠. 서울에 사는 退溪 슨생인가 栗谷 슨

생인가으 후손 한 사람이 沃川 報恩 방면으로 여행 나갔다가 華陽洞
에 이르렀는디 여기에 尤庵 宋時烈 슨생으 사당이 있으니까 참배나
하고 가겠다는 생각으로 그 사당을 관리하는 사람한테 찾으가스 인사
를 하고 우암 슨생으 사당에 참배하고 싶다고 말했단 말이죠. 그러니
까 사당 관리인은 송우암 같은 높은 으른을 지체 낮인 사람에게는 함
부로 참배시킬 수 없다고 참배를 시키지 않드래유. 그야 그르겠죠. 송
시열이라는 분은 臣儒에다 벼슬이 領議政까지 이르렀으니 그 후손
들이야 즈으들보다 드 큰 양반이라고 그만스릅게 자랑하고 있었으니
가 말이죠. 그래스 이 사람도 자기 문블이 높다는 긋을 말하고 참배하
게 해 달라고 했는데도 이 관리인은 끝끝내 들으 주지 않드래유. 그래
스 이 사람은 참배 못 하고 가게 됐는디 에잇 이놈 욕이나 하고 가야겠
다 하고 종이에다 步至華陽洞 不謁宋時烈이라고 쓰놓고 왔대유. 祠
堂 관리인이 나중에 보니까 이릏게 쓰여 있으스 그만 내가 사람을 잘
못 대즙했구나 하고 뉘우쳤답니다.
　步至華陽洞 不謁宋時烈은 漢文으로 읽으면, 華陽洞에 이르렀으나
宋時烈을 뵙지 못한다는 평범한 글이지마는 우리 말 음으로 읽으면
아조 츤하게 들리여 욕하는 글이 되는 그죠.
＊1973년 9월 24일 論山郡 陽村面 南山里 金永敦 (57세, 男)

샛서방질 하는 구렁이 | 옛날이 한 사람이 산밑에 조그만한 외

딴집에스 살고 있었으유. 그 외딴집 바깥에는 밭이 있으스 그 밭에다
농사를 지면스 사는디 그 밭에는 능구룽이 두 마리가 늘 증답게 살고
있었이유. 이 능구룽이는 아마도 부부 같었이유.
　하루는 보니게 능구룽이란 놈이 독사뱀하고 홀레를 하고 있으유. 아
무리 미물이라도 제 짝이 있는디 다른 놈하고 샛스방질 하는 긋이 괘
씸해스 이른 못된 짓 하는 놈은 죽여야겠다 하고 삽으로 찔르스 죽여
브렸단 말이유. 그랬드니 그 뒤에 능구룽이가 와스 아마도 이놈은 숫

놈인가 봐유. 그놈이 와스 이 사람을 물고 달으났이유. 구렁이한테 물
렸으니 이 사람은 퉁퉁 부으스 몸이 깍지똥같이 돼스 사경에 이르릋이
유. 그릏게 등 느메 사람들이 문병와스 으찌스 이릏게 됐느냐고 물읐
이유. 이 사람은 아 글세 우리 밭에 구렁이 내외가 사는디 하루는 보니
게 암구렁이란 놈이 독사뱀하고 홀레를 하고 있으스 아무리 미물이라
도 지 서방 몰래 샛스방질 하는 긋이 괘씸해스 삽으로 찔르 죽였드니
숫구렁이가 지 예펜네 죽였다고 나를 이릏게 물으스 그른다고 말했이
유. 이른 말을 숫구렁이가 들읐든가 베유. 하루는 구렁이가 무슨 풀잎
을 물고 와스 구렁이가 물읐든 상츠에다 풀잎을 붙여 주고 갔이유. 그
후부트 그 부기도 낫고 상츠도 낫고 해스 낫읐이유. 구렁이 같은 미물
도 아마 암놈이 샛스방질 하는 긋이 분했든 모양이죠.
*1973년 9월 29일 公州邑 山城洞 金基孫 (60세, 男)

나도 여기 있다 |
한 사람이 있는디 큰마누래를 데
리고 살다가 나중에는 작은마누래

를 은으각고 한 집이스 살았지.

　하루는 남자가 장에 갔이유. 장에 가스 장을 뵈각고 오는디 올 즉에
술을 믁고 오는디 으두운데 오다가 그만 수채에 푹 빠졌그든유. 수채
에 빠즈각고 집에 오니게 큰마누래쟁이는 밍을[1] 이래 잣이면스 내다
도 안 본단 말이유. 그른디 작은마누래는 나와스, "하이고 수채에 빠지
슜구만유. 그 계세유. 내 물을 지피[2] 가지고 까끗히 씻으 디릴께유" 이
럼스 물을 한 가마 지퍼스, 다 지핀 담에 빨가붓겨 놓고 온몸을 씻고
있는디 남편으 그긋이 끄뜩끄뜩하니게 작은마누래가, "아이고 그동안
날 못 봤다고 끄뜩끄뜩하네유" 이라그든유. 그르니게 방 안에스 밍 잣
고 있든 큰마누라가 이 말을 듣고, "아이고 나도 여기 있다고 해라" 하
드래요.
*1973년 10월 23일 大德郡 東面 梧洞里 2區 金樂順 (48세, 女)
1) 물레질 한다는 뜻　　2) 물을 끓이다

불이 나려는데 |

으뜬 양반 집 하인들이 담모퉁이에 모여 앉으스 즈그들찌리 지끌이고 있읐다. 한 놈이, "나는 우리 댁 샌님이 자시는 고기반찬 밥을 배가 툭 트지드락 배불리 믁으 봤이면 한이 읎겄다" 이르니께 또 한 늠이, "나는 우리 댁 샌님이 입으신 멩지옷 바지 즈구리에 통영갓을 씨고 살으 봤이면 한이 읎겄다" 항께 또 한 놈이 있다가, "나는 실큰 잠이나 자봤이면 좋겠다" 이러고 지끌이고 또 한 놈은, "에이 나는 샌님으 춥하고 불이 나게 한 븐 해 봤이면 소원이 읎겠다."

이러고 지끌이고 있는디 그 집 샌님이 그리 지내다가 이른 소리를 듣고, "그래 네놈이 내 춥하고 불이 나게 한 판 해 봤이면 소원이 읎다고? 그름 내 니 소원대로 하게 할 티니 으디 불을 내 봐라. 만일에 불을 못 내면 느는 살으남지 못할 긋이다!"

이릏게 말하고 춥을 내줌스 으스 불이 나게 한 판 해 봐라고 했다. 그래 이늠은 샌님 춥을 눕혀놓고 하지. 한참 야단븝슥 하면스 재미를 보는디 갑재기 춥으 눕득지를 츨슥 때럼스, "에이 빌으믹을 년아! 남은 목심이 왔다갔다하는 판인디 불이 나스 타오르는디 왜 물을 싸스 불얼 꺼! 에이 죽일 년 같으니라고!" 큰 소리를 질렀다. 샌님은 이 소리를 듣고 그놈 그놈 여간 아닌 놈이구나 하고 그대로 두읐다고 한다.

＊1941년 4월 唐津郡 高大面 城山里 朴太義

속병 고치기 |

예즌에 소금장사 총각 하나가 소금짐을 지고 소금 팔로 가는디 한곳에 가니란게 으뜬 늙수름한 내우가 가다가 이 소금장사 총각을 보드니 여자가, "여보게 총각, 우리 집에는 가지 말게. 우리는 지금 큰집이루 지시[1] 지내로 가니라구 딸 하나 두구 집을 비여 놓구 가니게 가지 말게."

소금장사 총각은 이 말을 듣구, "예 그르지유. 그른디 아즈믄네 집이 워딘지 알으야지 아즈믄네 집이 안 가지유" 하구 말했다. 그르니게 여자는, "요 등승이[2]를 늠으면 멫째 집이 우리 집이여. 우리 딸 혼자 집보고 있잉게 그 집이는 가지 말으" 하구 말했다.

소금장사는 "예예 그르지유" 하구스 등승이를 늠으가스 그 집이를 챛으가스 삽작3) 앞이 가스 아가 아가 문 따도라 했다. 그릉게 다 큰 츠재가 나와스 "우리 집에는 아무도 읎이유" 함스 삽작문을 따 주지 안 했다. "야 아가 나는 느그 외삼춘이다. 니가 으렸일 때 보구 오래 못봐 스 몰라보는구나. 내가 여그 오다가 느가부지와 느그므니를 만났는디 큰집이로 지사 지내로 간담스 느 혼자 있이니 가스 같이 집 좀 잘 보아 돌라고 하드라."

이릏게 츠재는 삽작문을 따 주구 으스 둘오시라 하구 안방으로 데리 구 가스 앉혀 놓구 즐을 했다. 소금장사 총각놈은 이 츠재를 한참 들여 다보드니, "느 속뱅4)이 있구나" 했다. "아니유. 아무 벵도 읎이유." "아 니다. 속벵이 있다. 느 해를 보면 눈이 시여스 눈이 부시지?" "예 그래 유." "느 밥을 많이 믁으문 배가 팽팽해지지야?" "그래유." "느 깔크막5) 을 올라가문 숨이 가뿌지야?" "예 그래유." "무그운 긋을 므리에 이구 가문 고개가 들으가는 긋 같지야?" "예 그래유." "그게 다 니 뱃속이 곪 아스 고름이 잠뿍6) 괴여 있으스 그른 그다. 느그 으매 아배가 그 고름 을 빼주지 않구 내브려 두구 있구나 쯔쯔."

"그름 그 고름을 빼브릴 수 읎이유?" "있지, 침을 놔스 곪은 디를 트 트러스 고름을 빼내야 한다." "그름 침을 놔 주시유." "침에는 쇠침이 있구 가죽침이 있는디 으뜬 침을 맞일레?"

이 츠재가 가만히 생각해 보니게 쇠침을 맞일 긋 같으문 아플 긋 같 구 가죽침은 안 아플 긋 같으스 가죽침을 맞겠다구 했다. "느 그름은 치매로 을굴을 가리구 두 다리를 쫙 블리구 반듯이 누으라." 이래서 츠 재는 치매로 을굴을 가리구 두 다리를 쫙 블리구 드르누웠다. 총각놈 은 츠재으 그기다가 가죽침을 늫구 찔렀다 뺐다 했다. 그르니게 츠재 는 흐연7) 물을 블큭 쌌다. 총각놈은 그 물을 종재기에다 다 받으느스 보임스 "이게 니 뱃속에 곪았든 고름이 나온 그다" 함스 인제는 으뜨냐 구 물었다. 츠재는 인제는 속이 시원해유, 했다.

츠재는 고름을 빼주구 속이 시원하게 해 준 외삼춘이 하도 고마워스 씨암탉을 잡으스 잘 대즙했다. 총각놈은 밥을 잘 믁고 나스는, "야야 아가, 느가부지 느그므니를 보구 가야겠다마는 바뿐 일이 있으스 못만 나보구 가겠다. 즈 고름 담은 종지는 잘 두웠다가 느가부지 느그므니 오그든 뵈여라. 나는 간다. 잘 있그라" 이릏게 말하구 뜨나갔다.

이튿날 아브지 으므니가 돌아오니께 이 츠재는 종지에 담은 흐연 물을 븸스, "으즈그[8] 소금장시 외삼춘이 와스 내 뱃속에 곪은 고름을 침을 놔스 빼주구 갔이유. 이게 뱃속에스 나온 고름이유" 했다. 보니게 이그 참 망칙하그든. 그만 화가 불끈 나스, "에이 쥑일 놈으 소금장사 총각여슥, 가지 말라고 그릏게 일르 주웠는디 와각고 내 딸을 요즐을 내놨구나. 에잇, 빌으믁을!" 이르믄스 흐연 고름 담은 종지를 마당으루 핵 내든쥤다. 이때 이웃집 할므니가 들으오다가 흐연 국물이 마당에 쏟아지는 굿을 보구, "아이구 이 숭년에 아까운 미음을 내든즈. 아까워라" 함스 그 하얀 국물을 핥으믁드래유.

*1943년 9월 禮山郡 吳哥面 月谷里 仁張東翰
*1962년 8월 保寧郡 大川面 목장리 李時鍾

1) 제사 2) 조그마한 고개 3) 사립문 4) 속병 5) 가풀막, 가파르게 비탈진 곳 6) 가득 7) 하얀 8) 어제

내 병 다 나았다 | 옛날에 한 사람이 있는디 아들을 삼형제를 두웠는디 모두다 효자

여. 메누리두 싯 은웠는디 이 메누리 싯도 모두다 효부여.

그른디 이 사람은 아들 메누리 중에 누가 드 효심이 있는가 알고 싶으스 하루는 즈그 할믐하구 짜구스 할믐이 갑재기 빙이 나스 앓는다구 눕게 하구 자기는 약 지르 약방에 간다 하구 갔다. 그리구 갔다와스는 아들 삼형제를 불르다 앞에 앉혀 놓구스, "야들아 이그 큰일났다. 느그므니 빙은 심상치 않은 빙이라 놔스 백약이 무효고 그 빙을 낫을라믄 남자 불알을 댈여 믁이야만 낫는다는디 남자 불알을 워디 가스 구하겠느냐?" 하구 말했다. 그르니까 큰아들은 지 불알을 띠여스 댈여드리야

쥬, 했다. 이른 말을 문 밖으스 듣구 있든 큰메누리는 문을 프뜩 열구, "아이구 그근 안 돼유. 불알을 맬여 드릴 수 읎이유" 하구 큰 소리를 츴다. 그르니게 둘째아들이, "형수님이 즈릏게 안 된다니게 형님 불알은 그만두구 제 불알을 떼스 댈에 자시도록 하지유" 했다. 그르니게 둘째 메누리가 이 소리를 듣구, "그근 안 될 말이유. 그를 수는 읎이유" 하구 생야단츴다.

그르니게 싯재아들이, "형수님들이 즈릏게 반대하니 지 불알을 떼으스 맬여 드릴 수밖에 읎십니다" 했다. 그르니게 막내메누리는, "그근 안 될 말이유" 하면서, "아들들 불알은 씨를 받으야 할 불알이니께 떼여스는 안 됩니다. 불알을 떼서 맬여 드릴라문 아브님 불알을 떼여스 맬여 드려야 할 그 아니유. 아브님은 씨두 다 받으 났이니 떼여두 벨 지장이 읎지 안해유. 으므님 빙이 꼭 남자 불알을 떼스 맬여 므으야 한다문 아브님 불알을 떼스 맬여 자시는 게 졸 긋 같십니다" 하구 말했다. 그랬드니 이 말을 들은 시으므니는 자리에스 블끈 일으나 앉이면스, "야들아 불알 떼여스 약 쓸 긋 읎다. 내 빙 다 낫았다."

*1941년 4월 唐津郡 高大面 城山里 朴太義

삐요삐요 | 므슴살이 하는 놈이 제우 장개 들으가지고 사는디 집이라고는 부읔 한 칸 방 한 칸이그든유.

살다 보니 자식새끼를 숱하게 낳아 났단 말이유. 으렵게 사니게 남으 집이 가스 일해 주으야지, 마누래는 마누래대로 남으 집이 가스 빨래도 해주고 품도 팔고 하지. 자식 새끼는 연연생이라 칠팔 남매나 나 났는디 두 내외는 증답게 잠도 못 자는 형편이여유.

으뜬 여름날인디 하루는 마누라보고, "여보게 우리가 이릏게 살면스 자식새끼들 땜에 두 내외가 증답게 잠도 못 자니 으디 살겠능가. 오늘 즈녁에는 우리 둘이 조용히 만나스 자 보세" 이렇게 말하구스, "오늘 즈녁에 근느 마을 최침지네 사랑에 가스 야심토록 놀다가 올 팅게 자네는 마당가으 대추나무 밑이다가 밀대짚을 깔으놓고 지다리고 있게."

"그러지라우" 이렇게 약속을 해 놨단 말이유.

스방녀속이 최츰지네 사랑에 가스 놀다가 야심해스 집에 왔지. 와스 대추나무 밑이를 보니게 밀대짚크녕 아무굿도 깔려 있지 않단 말이유. 방으로 들으갔다가는 아이새끼놈들이 잠을 깨각고 우루루 나올가봐 방에는 안 들으가고 마누라한티 귀땜만 해 줄라고 지[1] 늡득지[2]를 두 손으로 탁탁 치면스 꼬꼬오 하고 수탁 소리를 냈으. 그릉께 방에스 마누래가 꼬꼬 함스 암탁 소리를 내면스 나오그든. 그른디 이놈으 아새끼들이 잠을 깨각고 제 에미 뒤에스 삐요삐요 하면스 주루루 따라나오드래유.

*1973년 9월 28일 公州邑 中學洞 金健培 (65세, 男)

1) 자기　2) 궁둥이

道 닦는 머슴 | 옛날에 으뜸 동네에 과땍[1]이 하나 있

  읐으유. 벳백[2]이나 하고 늑늑히 지내는디 므슴이 읎으스 므슴을 구하고 있읐는디 하루는 웬 나이 좀 지긋한 놈이 뜨윽 와스 "아이 이 댁에스 므슴을 구하시유?" 하구 물읐으유. 그룽다고 하니게, "그름 내가 므슴 살로 왔소" 이래스 그 과땍이 이늠을 므슴으로 삼읐이유.

그래 이놈이 그 집이스 므슴살이를 하게 됐는디 이놈은 밤 열두 시쯤 되면 지 방에스 나와스 아즈므니 아즈므니 하고 찾는다 말씀이유. 왜 그르냐 하니게 "내가 꼭 쓸 디가 있는디 아즈므니가 냉수 한 그륵만 뜨주시유" 이른단 말이유. "냉수를 자네가 뜨가지 왜 나드르 뜨달래느냐?" "아니유. 아즈므니가 꼭 뜨주시야 합니다" 이릏게 말하니게 과땍은 냉수를 한 그륵 뜨주읐이유. 므슴놈은 그 냉수를 들고 지 방으로 들으갔으유. 그른디 밤마다 이 므슴놈은 과수댁을 불르내스 냉수를 뜨달라고 하그든유. 이게 하루 이틀이 아니고 매일밤 하루도 빼지 않고 그른단 말이유.

즈놈이 도대체 냉수를 으디다 쓸라고 밤마다 열두 시가 되면 뜨 달라고 하능가 알고 싶으스 하루 즈녁은 이 과댁이 살그머니 므슴 방으로 가스 문구뭉으로 들여다봤이유. 아 그랬드니 므슴녀슥은 그릇에다 쌀을 소복히 담으놓고 그그다가 초를 꼽아스 불을 환하게 켜놓고 그 옆이다 냉수 그륵을 놓고스는 이놈은 빨개붓고스는 두 다리를 쭉 뻗고스 아 그굿을 일으켜가주고 그 우에다 종이 꼬깔을 씨우고 끄득끄득하고 있단 말이유. 과댁은 그만 못 볼 굿을 봤구나 하고스는 을른 안방으로 돌아와스 드르느으스 눈을 감고 잘라고 하는디 자꾸 므슴놈으 그굿이 눈앞에 아름아름해스 당체 잠을 잘 수가 있이야지유. 그래스 뜬 눈으로 밤을 세웠이유.

다음날 밤에도 열두 시가 되니게 므슴놈이 와스 아즈머니 아즈머니 하고 찾으갖고 냉수 한 그륵 뜨달라는 그유. 그래스 뜨주니게 이 녀슥은 그 물을 가주고 즈으 방으로 들으갔는디 과댁은 이글 가스 또 보느냐 안 봐야 하느냐 하고 여르 모로 생각하면스 가봐스는 못씨지 못씨지 하는데도 자기도 모르게 므슴 방으로 갔이유. 문구뭉으로 딜이다보니 으제츠름 그르고 있이유. 한참 보다가 에잇 하고 안방으로 와스 잘라고 하는디 므슴놈으 그굿이 자꼬 눈앞에 아룽그려스 통 잠을 잘 수가 있이야지. 그래스 그날밤도 뜬 눈으로 밤을 세웠이유.

다음날 밤에도 므슴놈이 냉수를 뜨달라고 해스 뜨주웠이유. 므슴놈이 지 방으로 들으간 담에 과댁은 살그머니 므슴 방 있는 데로 가스 문구뭉으로 딜이다보니게 여즌히 그르고 있이유. 츠음에 한 븐 봤일 즉에는 망칙시르워스 못 볼 굿을 본 굿 같었는디 자꾸 보고 나니게 자세히 보고 싶은 생각이 나스 오래 딜이다보고 있웠는디 아 그 므슴놈으 그굿이 끄득끄득하는디 참 탐스럽고 볼 만하단 말이유. 과댁이 그굿을 보고 있느라니게 그만 흥분이 됐이유. 그래스 살그머니 문을 열고 들으가스 속고쟁이[3]를 블리고 므슴놈 그굿 우에 깔고 앉웠이유. 그랬드니 아 므슴놈으 불뜩 일으나드니 과수댁 따구를 갖다 때리며 땅을 치면스, "이거 나 망했다. 이그 나 망했다" 하면스 울으재꼈이유. 그르니 이 과수댁이 을마나 무색하고 무안하겠이유. 그리스 아무 소리도 못하고 앉으 있는디 므슴놈이, "여보시유 아즈머니. 내가 십 년 동안 도

를 닦고 있소. 닐이면 십 년 도가 끝나는 날인디 이제 아즈므니 때문에
도가 깨줬으니 이글 워틓게 한단 말이유. 내 도가 깨트르줬이니 인제
는 갈 데도 올 데도 읎게 됐이유. 이글 워특할라우. 내 펭생 나를 멕에
살리든가 나하고 같이 살든가 두 가지 중에 한 가지 해 주시유"이란단
말이유. 그르니 과땍은 그릏게 된 마당에 뭐라궜소. 우리 둘이나 알고
당분간 지내다가 차차 같이 살면 될 게 아닌가 이르드랍니다.
＊1973년 9월 29일 公州邑 山城洞 金基孫 (60세, 男)
1) 과부댁　　2) 벼를 일 년에 백 석 거두어들인다는 뜻　　3) 속옷

갓돌림 |

옛날에 한 놈이 있었는디 뼉다구는 양반 뼉다구이
든 모양이여. 집이 궁해가주구스는 할 수 읎이 장가
들으 가주구스는 츠가살이를 하는 그여. 츠가집이스 방 한 칸 은으가
주구스 마누라하고 따로 사는디 마누라가 밥 갖다주면 밥 믁구 술 갖
다주면 술 믁구 지내지. 그릏게 오죽 못난 생활이여. 숫굿 츠놓고스[1]
츠가살이를 하니 오죽 못난 놈이냐 하는 생각이 드니 부끄릅기도 하
고 챙피도 하그든. 그래스 하루는 마누라를 불르가고, "여보게 이릏게
은지까지나 츠가살이만 할 수 읎네. 이거 남보기도 부끄릅구 이르고만
살 수 읎으. 우리도 독립 생활을 해야 할 그 아닌가 베. 그르니 돈을 블
으야겠으." "아아니 돈을 븐다니 워틓게 블으유, 당신이?" "농사는 질
수 읎구 장사나 해스 돈을 블으 볼 생각이여." "아 당신이 장사를 하여,
워틓게?" "그릏게 돈 한 오백 냥만 마련해 주면 장사를 시작해스 한 밑
츤 잡으 볼까 하는디."

이 말을 들은 마누라는 즈으 친증으므니보고 말하고 친증으므니는
즈으 영감보고 말하고 해스 돈 오백 냥을 마련해 주었단 말이유. 이놈
이 그 돈 오백 냥을 받으들고 즈녁때쯤 해스 그 마을 뒤 고개 느므 큰
주막으로 갔으.

그 주막에는 벨 잡굿들이 다 모여들으. 그 주막 쥐인은 누군고 하니
층춘 과순디 즐대 미인이여. 을굴이 이쁘고 이지가 굳고 수즐하는 과

수여. 그 집 앞에는 문즉옥답이 멫백 슥그리가 있으. 그 주막에는 그 여자를 욕심내스 모여드는 놈들이 많으. 이 주막에를 이 녀슥이 돈 오 백 냥을 들고 뜨윽 들으갔단 말이여. 이놈이 가스 보니게 이 방 즈 방 에스 잡놈들이 모여앉으스 노름을 한다, 술을 마신다 하고 있그든. 이 놈이 방으로는 들으가지 않고 쥐인이 부윽에스 일하는 디로 뜨윽 들 으갔단 말이여. "아이구 워짠 일이유. 부윽으로 다 들으오게" "아니 나 아즈므니보고 할 이얘기가 있으 들으왔소. 내가 술을 한 잔 팔으 주으 야 되겠는디 내가 으디 술을 믁을 줄 알으야지. 그르니 내가 아즈므니 한티 부탁이 있이니 부탁을 들으 주면 내 돈 오백 냥을 주겠소" 이르면 스 오백 냥 돈을 내여뵈였그든. "무슨 부탁인디유? 그래 부탁이라니 무 슨 부탁이유?" "나 아즈므니 홀목 한 븐 주물르 보는 긋이 소원인디 홀 목 한 븐 주물르 봤이면 좋겠으." 이 말을 듣고 주막 쥐인 아즈므니는 가만히 생각해 보니 홀목 한 븐 주물리게 하고 돈 오백 냥이란 큰 돈이 생긴다면 그른 땡이 읎고 주물리는 긋이 으려운 긋도 아니고 수즐하는 디도 벨 지장이 읎고 하는 긋 같으스 그래스 그르라고 했그든. 그르니 게 이 녀슥은 주막 쥔 아즈마 홀목을 두 손으로 만즈 보고 쓰다듬으 보 고 진탕 만지고 나스는 돈 오백 냥을 승큼 내주고 즈으 집으로 왔지.

집에 와스는 생으로 앓네. 밥도 안 믁고 이불을 쓰고 끙끙 앓으. 마 누라가 보고, "아 여보 왜 이르유? 그 장사 꼴은 으뚷게 됐수? 그 장산 가 믄가는?" "아 그 믄든지 해 본 놈이야 하는 그지, 아무나 하는 그 아 니드믄. 장사 할 줄 모르는 놈이 한 븐에 오백 냥 돈 다 날려보냈네." "하이구 즈른 꼴 워데 있수. 그래 으뚷게 할 작즁이유?" "한 븐 드 해야 지. 무슨 짓을 해스든지 이를 갈고스라도 날린 돈을 찾으야겠으."

그래스 마누라는 즈으 으므니한티 가스 "제가 오백 냥 가주고스 장 사한다고 하는 긋이 츰이 일이 돼놔스 해 본 경흠도 읎구 해스 그만 돈 오백 냥을 날렸대유. 으므니, 사람 브리게 생겼습니다. 오백 냥만 드 해 주시유" 이러면스 사즁을 하니게 친즁으므니도 그 장사란 게 그르는 수도 있느니라 하고스는 영감한티 잘 말해스 돈 오백 냥을 끄내다주웠 지. 그르니게 이 녀슥은 일으나스 밥도 믁고스는 돈 오백 냥을 꾸려능

으가주고스는 집을 튀여나와스 또 그 주막으로 달려갔으. 가스는 부으
으로 들으가스 쥔댁 과수를 만났지. "아이고 오시였이유." "아이고 아
즈므니 보로 또 왔소." "뭣 땜에 또 오시였이유?" "즙대 내 오백 냥 디
렸지?" "왜 그 돈 달라고 오시였수?" "아니여. 오백 냥 또 가주고 왔으.
또 가주구 왔는디 이븐에 오백 냥 또 디릴 티니 또 부탁을 들으주시
유." "무슨 부탁이유?" "나하고 입 한 븐 맞춥시다." "아이구 그긋 으렵
지만……." 가만히 생각하니게 즈븐에 오백 냥 받고 이븐에 또 오백 냥
받으면 츤 냥 받게 되는디 츤 냥이라면 큰돈인디 이 사람과는 초면이
아니고 구면인디 즈븐에 내 살을 만즈본 사람인디 손등으리 살을 만즈
보게 한 그나 입술 살을 대해 주게 하는 그나 내 살 대해 주는 긋은 매
일반이그든. 그릏다고 수즐하는 디는 큰 지장이 읎그든. 이릏게 생각
하고 그릅시다 하고 대답했단 말이야. 그르니게 이 녀슥은 여자으 귀
를 잡고스 양짝 볼때기를 비벼대고 입을 쪽쪽 맞추고 숫바닥을 씹을
듯이 기냥 쪽쪽그리며 입을 맞추고 돈을 오백 냥 슨듯 내주고 가쁘린
단 말이여.

　이눔은 집이 와스 이불을 푹 쓰고스 또 생으로 앓고 있지. 하루 이틀
밥도 안 믁고 그르니게 마누라쟁이가 왜 그르냐고 하니게 "고연시리
한 푼 블겄다고 장사 시작한 긋이 츤 냥 돈 다 내삐렸구만. 또 오백 냥
손해봤으." 이르면스 죽네 사네 하고 돈 한 푼 블지도 못하는 놈이 츠
가집이스 기생충츠름 밥이나 축내고 그랬이니 이그 살으스 못하느냐
죽으브려야지 이라그든. 예까지[2] 나오니게 마누라쟁이는 딱해 죽겄
으. 즈 사람이 죽으면 자기는 과부가 될 그 아니여. 과부가 돼각고 으
릏게 살겄으. 그래스 으므니한티 가스 그른 이야기를 했단 말이여. "으
므니 즈 사람이 장사 속을 한다는 긋이 손해만 보고 말으스 즈르니 까
딱하다가는 즈 사람이 죽으면 나는 과부가 돼스 으릏게 살이유. 자꾸
만 죽겠다고 해유." "그래사 되겠느냐. 사람이라는 긋은 살으 나가자면
손해보는 수도 있지. 죽으스야 되겠느냐?" "돈 오백 냥만 드 달래유."
"그래 보자." 그르고 또 영감보고 또 오백 냥 내달라는 말을 못 하고 그
동안 영감 몰래 한 푼 두 푼 줏으모아 논 돈 오백 냥 있는 긋을 내주읐

단 말이야. 이릏게 해 놓고스 영감보고 사이녀슥이 돈 츤 냥이나 딜이밀고 워틓게 장사를 하는가 좀 가 보라고 했지. 그래스 영감이 사이녀슥이 돈을 가주고 나가는 긋을 뒤를 살금살금 밟아스 따라가 보지. 아 따라가 보니 사이놈이 고개 느므 주막집이로 간단 말이여. 옳지 이 녀슥이 고개 느므 주막집이 가스 노름하는 그구나 하고 뒤 밟아갔는디 아 이놈이 노름방으로는 들으가지 않고 부윽으로 들으간다 말이여. 영감은 주막집 울타리 바깥이스 가만히 은신하고 그놈으 동증을 살피고 있지.

이 녀슥이 부윽에 들으가스 쥔 아주므니 하고 불르유. 그르니게 쥔 여자는 반가워스 으스 오시유, 한단 말이지. 초면이 아니고 구면이고 돈 츤 냥을 갖다준 사람이고 또 살도 만즈 본 사람이니께. "아주므니한티 줄라고 또 오백 냥 가주고 왔소. 부택³⁾이 있십니다. 내 부택 좀 들으주시요." "하이 무슨 부탁이유?" "여기스는 말할 수 읎잉게 방으로 들으가스 이얘기 합시다." "무슨 부탁인디 그래유. 여기스 말하시유." "아니여. 방이 들으가스 꼭 이얘기해야 해요" 이릏게 말하니게 쥔 여자도 그르자고 방으로 들으갔단 말이여.

울 밖에스 엿보고 있는 영감은 사이녀슥하고 주막 여자하고 방으로 들으가니게 즈긋들이 무슨 짓을 하는지 알 수가 있으야지. 그래스 싸리문을 쑥 들으가스 방이 있는디 쪽마루 밑이로 들으가스 사이녀슥하고 술집 여자하고 들으가 있는 방에다 귀를 대구 듣고 있는 그여. 듣고 있으라니게 이긋들이 무슨 이얘기를 하는고 하니, "내가 츷븐에는 돈 오백 냥 주구 홀목만 만즈 보고 두븐째는 오백 냥 주구 입을 한 븐 맞췄는디 이븐에는 오백 냥 줄게 아주므니 그그 가상자리를 갓돌림만 한 븐 해봅시다." "아이구 그그 워틓게유. 깨딱하다가 가운데를 찔르믄……." "츤만에유. 나는 그른 짓 안 하는 사람이유. 안 한다고 한븐 약속하면 츨즈히 지키는 사람이유. 가운데는 즐대로 안 대고 그 가상자리만 살곰살곰 갓돌림만 할 팅게 염려 말으유. 요담에 아주므니가 응한다면 그때 돈 오백 냥 가지고 와스 가운데를 찔를지연증 츤만에 즐대로 안 찔르유." "증말이유?" "증말이다마다. 내가 은제 약속을 안 지

킵디가. 츳분에도 약속대로 홀목만 잡고 말고 두분째도 입만 맞추고 말지 않습디까?" "증말이지?" "아따 증말이랑게 믈 그리싸유."

이릏게 다짐을 받고 여자는 치매 꼬쟁이를 후울후울 붓드니 보얀 살을 내놓고 쓰윽 블리고 드르누웠단 말이유.

이놈은 뜻뜻한 놈으로 여자 그긋으 가상자리만 슬금슬금 돌리는 그여. "자아 보시유. 나는 갓돌림만 돌린다고 했잉게 이릏게 갓만 돌리고 있지 않수" 이릏게 일분 이분 오분 하고 있잉게 밑이 있는 여자는 여르해 과수로 지내든 과수가 그만 흥분해스 즌딜 수가 있이야지. "여보시유. 요담에 오백 냥 가즈올 긋 읎이 가운데를 그즈 줄 테니 제발 가운데 좀 찔르 주시유." 인제 여자가 이릏게 사증하네유. "에잇 여보시유, 약속은 약속대로 해야지. 나는 약속 지킨다고 하지 안했십니까. 그르니게 나는 약속대로 갓만 돌릴랍니다." "아이고 글세 그즈 줄 팅게 제발 가운데 좀 찔르 주시유." 그른디 이놈이 들으믁으야지. "그름 지금 받은 오백 냥 도루 퇴해 줄 티니 가운데 좀 대 주시유." "에잇 싫수. 나는 갓돌림만 해유." "그름 입 맞출 때 받은 돈 오백 냥 준 긋까지 츤냥 채워 줄 팅게 제발 가운데 좀 찔르 주시유." "에잇 싫수." "그르면 츠음에 홀목 만질 즉에 받은 오백 냥 준 긋도 도루 줄 팅게 제발 가운데 좀 찔르 달랑께" 이러는데도 이놈은 싫다고 고집만 부리네. "여보시유, 나 혼자 사는 몸뗑이니 임자 읎는 몸이니 나하고 삽시다." "아이 싫으. 글세 나는 마누라 있으." "그름 이 집 당신 주고 이 앞이 문즌옥답 다 줄 팅게 제발 가운데 좀 찔르 주시유." 애글하다시피 말하는데도 이놈은 연상 싫다고만 하네유.

아 그르니게 마루 밑이스 엿듣고 있든 장인 영감이 말이여, 듣고 보니게 그른 땡이 으디 있간디 즈 녀슥은 싫다고만 하니 즈놈이 미친놈 아닌가 여자 말만 들으 주면 츤오백 냥 본즌 받고 계집 생겨 집 생겨 문즌옥토 생겨 그른디 즈놈이 싫다고만 고집 부리니 그만 부애가 나스 마루 밑장에스 담붓대[4]로다가 마루 밑창을 땅! 치면스 "야 이놈아. 그만하면 들을 만하게 됐다. 찔르 주으라" 하고 소리를 꽥 질룼단 말이여. 이놈이 그 소리를 듣고 깜작 놀랐단 말이지. 깜작 놀내면스 팍 욮

던다는 굿이 그만 쑥 들으가 브렸네. 그래가주구 마누라 생기고 문즌 옥토 생기구 집 생기구 츤오백 냥 도로 찾고 이래스 돈을 블었다는 그 예유. 장사 잘 했지.

＊1973년 9월 28일 公州邑 中學洞 金健培 (65세, 男)

1) 남자로서　　2) 여기까지　　3) 부탁　　4) 담뱃대

관솔 때문에 | 옛날에 으뜬 내오가 있는디 실하에 자식이 삼형제 있든가 베여. 그른디 집안이

으려워스 단칸방이스 내오하구 아들놈 싯하구 항게 지내는디 잘 즉에는 제일 아랫묵에는 마누라가 자구 그 담에는 남편이 자구 그 담에는 막내가 자구 그 담에는 둘째, 그러구 윈 웃묵에스 큰놈이 자구 이렇게 자는디 밤이 야심해스 이놈으 영감쟁이가 느닷없이 마누라 생각이 나스 옆에스 자고 있는 마누래쟁이으 응뎅이를 쿡쿡쿡 찔르 봤단 말이여. 그릏게 마누래쟁이가 "왜 이래유?" "아아니 여봐. 한 븐 장난 좀 해봐야겠으." "아아이 애들 있는디." "애들 코 골고 짚이 잠들으 자나 벤데." "에이 구찮애" 하면스 응뎅이를 까고 내밀었는디 늘 하든 짓이라 하는디 그날은 워쩐지 오래 하게 됐으. 아마 기분이 좋아스 그랬겠지.

　그른디 이놈으 영감쟁이는 무신 생각이 났든지 예펜네 그 좋은 데를 보고 싶은 생각이 났그든. 그래 므리맡에 문지방에 놔 둔 화롯불으 관솔에 붙으 있는 불을 가주구 예펜네 다리를 블리고 그기를 보는 그여. 관솔불이 타는 긋에는 증신이 안 가고 예펜네 그그만 증신이 갔단 말이여. 그르는 동안에 관솔이 지글지글 타스 뜨그운 송진이 여자으 그그에 뚝뚝 뜰으줏단 말이여. 그르니게 예펜네는 아잇 뜨그! 함스 다리를 쭉 뻗었는디 방구석에스 므이 브스슥 소리가 나그든. 그근 므인가 하면은 자기 아브지 지사에 쓸라고 술 해 둔 술항아리를 다리를 쭉 뻗는 바람에 글으차스, 술항아리가 깨지고 말았단 말이유. 그릏게 방바닥이 왼통 술바다가 됐지. 자식놈들이 부시시 일으나가지고 큰놈이 한단 말이, "지랄, 할애브지 지산지 좆인지 다 지냈다" 이렁께 둘째놈이

"넬보틈 관솔을 따오나 보나, 관솔 따온 긋은 으두운 밤에 배깥 출입할
제 불 킬라고 따온 긋이지 제기랄 구녁 딜이다보라고 따다 놨나!" 막내
란 놈은 "아이 제기랄, 씹할 긋, 우리 집은 그놈으 구녁 딜이다보다가
망한다니께."

＊1973년 9월 28일 公州邑 中學洞 金健培 (65세, 男)

安城 鍮器장수 | 安城 유기장사 한 놈이 뻔즉뻔즉한 식기 대즙 양푼 이른 등속을 한

짐 짊어지고 "안승 유기 사려. 안승 유기 사려" 하고 외치면스 동네를
돌아다니다가 으뜬 큼직한 지와집에 들으가스 안승 유기 사라고 했으.
그 집에는 큰 집인디 조용해. 보니게 아조 층춘 즒은 색시 하나밖에 읎
으. 보니게 아마 시집온 제도 을마 안 된 긋 같으. 이 색시가 그게 므
유 한단 말이지. "안승 유깁니다. 놋그릇입니다. 좋습니다. 구경이나 하
실라우" 이르면스 유기짐을 풀으스 유기를 쭉 끄내놨지. 색시가 보니
가 뻔즉뻔즉해스 다 욕심이 나지. 요근 을마유, 요근 얼마유, 즌부 욕심
이 나는데 수중에 돈이 있이야지. 금[1]만 다 물으 보고는, "아이고 도로
느스 가지고 가시유." "아아니 왜 그르시유? 비싸스 그르시유?" "아아
니 비싸스 그릉 게 아니라 돈이 읎으스 그래유. 으른들이 즌부 나가스
스 돈이 읎구믄유." 돈이 읎으스 못 산다고 그른단 말이지. 유기장사란
놈이 아주므니 하구 불르가지고 살그므니 이야기하는 그라. 돈이 읎이
라도 살 수 있습니다, 이랬단 말이지. "아이고 남으 물견[2]을 돈 안 주고
으뜧게 사유?" "내 말만 잘 들으면 그즈 살 수 있습니다." "무슨 말인데
유?" "내 비위만 맞추으 주면 이 안승 유기, 아주므니가 달라는 대로 다
주리다."

비위만 맞추으 주면 유기를 여르 가지를 다 가질 수 있그든. 그래스
비위를 워뜧게 맞추느냐고 물으니게 잠간 아주므니 방에 들으가면 되
는 일이라고 했단 말이지. 색시가 가만히 생각해 보니게 잠간 그놈하
고 그놈 하자는 대로만 해주면 욕심나는 유기가 생기긌그든. 그래스

그르라 하고 방으로 들으갔지. 이놈은 그 색시하고 실큰 재미를 보고 여자가 달라는 대로 식기며 대즙이며 양푼이며 므으 므으 한 반 증도 주었지.

그른디 하고 난 뒤에 싱그운 근 그그그든. 그글 하고 나스 장사 밑츤 반 증도를 주고 나니 윽울하단 말이여. 그르나 약속은 약속이니게 주고슨 나왔지. 그른디 나와가지고는 그 집 대문간으 남향바지 햇빛이 비치는 디스 이놈이 흐리띠를 까놓고 그긋을 내놓고 드르누으 있네유.

게 여자가 보니게 그놈이 가지 않고 대문간에스 드르누으스 좆대가리를 내놓고 있그든. 을매 있이면 자기 집 으른들이며 스방님이며가 돌아올 텐데 즈놈이 즈르구 있이니 큰일났단 말이여. "아 여보시유. 이게 무신 꼴이유." "무신 꼴이냐고유. 이놈이 즞으스 여기스 다 말려가지고 갈라고 말리고 있소." "나는 블스 다 말랐는데유." "당신 긋은 쪼개즈스 쉬 말릇지만 내 긋은 통채가 돼 놔스 그렇게 쉬 말릴 수가 있이야지유."

아 이놈이 이르고 있으니 여자는 당황하지. 마음이 조급해스 즌딜 수가 있이야지. 까딱하다가는 집안 식구며 남편한테 들키구 나뿐 소문이 동네에 프지구 시집에스 쫓겨나구 야단났단 말이지. 그래스 받있든 식기며 양푼이며 대즙이며 다 갖다주며, "이그 가지고 을릉 가시유" 이르니까 이놈은, "주시면 가지고 가지유" 하구슨 짊으지고 가드랴.

＊1973년 9월 28일 公州邑 中學洞 金健培 (65세, 男)

1) 값　　2) 물건

뻐꾹 대가리 ｜

단간방에 두 내외하구 대가리가 커다란 과년한 아들놈이 살고 있는데 하루는 아침부텀 부실부실 비가 내리네유. 그르니깐 내외간에 딴 생각이 들으갔든지 마누라하고 무슨 장난을 좀 하야겠는디 대가리 큰 아들녀석이 있이니게 그 장난을 할 수가 있십니까. 그르니까 아브지가 그 아들놈보고 하는 이얘기가 "얘 느 왜 방구석에만 있냐? 나가스 송아지라도 좀 매고 오느라" 이랬단 말이죠. 아들놈은 아브지 말이니게 반대할 수도 없구 쭝월쭝월 함스 나가는 소리가, "참 벨일 다 보겠네. 이릏게 비가 오는데 아브지는 무슨 송아지를 월다 매라고 그르는 그여" 이러면스 나간단 말씸이여.

아들놈이 방 안에스 나가니게 나가자마자 부부는 일을 시작하는 그라. 그른데 아들놈이 문 밖에스 듣고 있느라니게 방 안에스 즈그 아브지 으므니가 이상한 이애기를 하고 있그든. 이상하다, 이릏게 비가 오는디 송아지를 매라고 하는데 월다 매라는 그여 함스 가지 않고 방 안을 엿보고 있는 그라. 그래 문틈으로 방 안을 들여다보니게 아 즈으 아브지하고 으므니하고 드르눕드니 으므니를 뜨윽 벳게 놓드니 즞통이을 뜨윽 드듬음스, "여보 여기는 워디야?" "그 양바우 아니여, 양바우." "그래여. 여기가 양바우 틈이로구믄." 즞통이와 즞통이 사이를 만지면스 그르그든. 다음에 손을 아래로 내려스 이륵흐드니 배꼽하고 배를 만짐스 "여기는 으디여?" "아 그그 모이터[1] 아니야, 모이터죠." "아참 그릏군." 그리고 손이 또 그 아래도 쓱 내레가드니 그 陰毛를 만짐스, "여보 여기는 뭐지?" "아 그 왕솔밭 아닌가베." "그릏지 왕솔밭이지." 그 담에는 하문에다가 손구락을 뜩 느면스, "이근 므여?" "아 그근 옴방동방 샘이죠."

그르구스는 남자가 물근을 연장을 쓰윽 내놓고스는 거그다가 뜨윽 딜이밀라고 하는디 여자가 그 연장을 뜨윽 쥐드니, "여보 도대체 이게 므유?" "아 그그 빠꾹대가리여" 이르면스 일을 치르는데 아 좀 있다가 들으왔으면 괜찮을 텐데 문을 브쪽 열고 아들놈이 들어온단 말이여. 그르니게 아브지는 중이를 추켜 입으면스 무안하니간 담붓대[2]에다 담배를 이릏게 담고 즈그 으므니를 홑이불로 또르르 말으스 아랫묵에 가스 이릏게 들으놨단 말이지. 그래 아브지가, "야 이놈아, 블스 송아지를 매고 왔니?" "애, 매고 왔이유." "월다 매고 왔나?" "즈으 양바우 틈으로 해스 모이터를 지나가주고 왕솔밭 근방에 그 옹당방당 옹달샘에다 맸이유."

아 이릏게 말하니 아 이놈으 새끼가 즈그들이 하든 이애기를 죄다 엿들읬단 말이지. 그래스 화가 나스 담붓대에다 담배를 담을라다가 말고 담붓대로다가 "에이끼 츤하에 고약한 놈!" 하고스 냅대 대가리를 때리니게 아들놈은, "아이쿠 뻐꾹대가리야. 이제 나 죽는다" 하고스 대굴대굴 둥굴드랍니다.

＊1973년 9월 29일 公州邑 山城洞 金基孫 (60세, 男)

1) 묘지　　2) 담뱃대

복조리 | 正月 열나흘날 밤이 되면 복조리 사라고 외치며 돌아다니는데 이 조리를 워째스 복조리라고 하는가에 대해스 그 이얘기를 좀 해보겠십니다.

옛날에 으느 마을에 아조 늑늑히 사는 과땍이 있읐이유. 그 동네 한 집이스 므슴살이 하는 홀애비가 있읐이유. 이 므슴은 이 과땍에다 마음을 두읐든지 이 과땍을 으틓게 해볼가 하고 기회를 노리고 있읐든 모양이유.

正月 열나흘날 밤이면 달이 휘영충 밝지 않습니까. 이 正月 열나흘날 밤에 이 므슴놈은 이 과부네 집 안에 있는 고목나무에 올라갔이유. 이 고목나무는 베락을 맞으스 그랬는지 위가 가지가 부르즈스 평평하게 돼스 사람이 하나 드르눌 만하게 됐이유. 그래 이 므슴놈은 그기 올라가 바지 골마리를 까고 그긋을 내놓고 쭉 뻗치고 있읐이유. 그른데 그 고목나무 밑이는 샘이 있는데 이 므슴놈으 그긋이 샘물에 가스 비츠스 마치 물 우에 둥둥 뜨 있는 긋같이 보였이유. 사람으 그림자는 나무가지에 가리워스 안 보이고.

그르고 있는데 과땍이 물을 뜨르 샘으로 나왔이유. 바가지로 물을 뜰라고 하는데 보니께 남자으 신이 물 우에 둥둥 뜨 있그든유. 탐스룹게 생긴 놈이. 오래간만에 남자으 그긋을 봤이니 이 과땍은 무슨 보물이나 본 긋츠름 이긋을 남몰래 근질라고 사방을 둘르보니까 아무도 보는 사람이 읎으스 바가지를 을른 물 속에 느스 퓠이유. 그랬드니 이긋이 읎으지그든유. 바가지로 푸니께 이긋이 아마도 물 속에 가라앉읐나 부다 하고 보고 있으니까 그놈이 또 물 위로 뜨올라온단 말이유. 그래스 빨리 집으로 가스 조랭이[1]를 가지고 나와스 그굿을 근즈가지고 속곳 가랭이를 블리고 자기 하문에다 조랭이를 꽉 대고 즈으 집으로 들으갔이유. 므슴놈은 과수댁이 이르는 굿을 다 봐 두었지유.

이튿날 중월 보름날 아침에 일직이 이 므슴놈은 그 샘에 와스 샘 속을 찌웃찌웃[2]하고 잇는디 그 과땍이 나왔이유. "아이고 워찌 이렇게 일직 나와스 찌웃그리나?" 그르니까 므슴놈이, "아주므니 으젯밤에 여기다 내가 뭘 당궈 놨는데 그때 여기 나오신 분은 아주므니밖에 읎는디 그 당궈 논 굿이 인제 와스 보니 읎으즜이니 아주므니가 그굿을 근즈가지 안했이유?" 하고 물었단 말이유. 그르니까 과수댁은, "아니 뭘 당궈 놨다는 근가?" 하고 되물으. "아이고 뿐히 아시면스 그르네유. 아주므니 으젯밤에 물 뜨로 나오슀지유?" "아 물 뜨로 나왔지." "츠음에 바가지로 뜰라다가 안으로 들으가스 조랭이를 가지고 나와스 무웃을 근즈스 속곳 가래를 블리고 사탕구에다 뿌르능고 가지 안했이유?"

이릏게 말하니 이 여자가 메라고 말하긌이유. 으제 즈녁에 자기가 한 굿을 다 알고 하는 말이니까, 그래 꼼작 못하고, "그래 그그 으릏게 그릏게 잘 알고 있는가?" 이랬단 말이죠. 그래 므슴놈은 "아주므니가 샘에스 근즈간 굿은 내가 당궈 논 굿이기 때문에 그굿을 찾이로 왔이유. 으스 내주으야 하겠소" 하며 자꼬 내노라고 졸랐단 말이유. 큰일났지. "하여간 들으가스 이야기 해 보세." 과땍은 이릏게 말하고 므슴놈을 자기 집 안방으로 데리고 가스, "내가 여기다가 그굿을 뿌르늤이니 자네가 여기스 찾으 보게" 이라면스 자기 하문 있는 데를 가르켰이유. 그르니까 므슴놈은 그름 찾으 볼께 누시유 하고 과부를 눕혀놓고 다리를 쫙 블리고 과수댁 하문을 이리 굽으보고 즈리 굽으보고 하면스 스을, "이그 여기 있는 굿도 같고 읎는 굿 같기도 하고 통 알 수 읎네유. 지 동무놈을 들이보내스 찾으 보게 할까유? 그놈이 들으가면은 따르 나올 테니 이릏게 해 봅시다" 하고 말하니 인제 이쯤 되였이니 모든 굿은 다 결중된 굿 아니겠이유. "자네 하고 싶은 대로 해보게." 과땍이 이릏게 말해스 므슴놈은 과땍하고 한몸이 돼스 팔자를 고치게 됐이유. 조랭이 땜에 그릏게 됐이니 이게 복조랭이 아니고 므이겠소.

＊1973년 9월 29일 公州邑 山城洞 金基孫 (60세, 男)
1) 조리   2) 기웃기웃

네 어미 생각 좀 못 해 | 비가 주룩주룩 내레 오는 날이였습니다.

안방에는 홀로 된 시으므니가 계시고 그 근는방에는 메누리가 있었습니다. 메누리 방에는 홀로 된 과부가 된 그 집 딸, 그러니게 시누이죠, 이 시누이가 있있는데 비가 주룩주룩 오니까 밖에 나가스 일을 할 수가 읎으스 이릏게 시누 올케가 있었이유. 시누 올케가 할 일도 읎으스 드르누으스 이른 이약 즈른 이약 하다가 시누이가 무슨 생각이 났든지 올케 올케 하고 불릏이유. 왜 그르유, 하니게, "아이고 비도 오고 즉즉한데 이른 때 츤중에스 그 남자 그긋이나 하나 뚝 뜰으쥤으면 좋겠네유" 이런단 말이죠. 올케가 이 소리를 듣고 픽 웃이먼스, "그름 그긋은 내가 줏으갖지" 했단 말이유. 그릏게 시누이가, "아이고 올케는 오래비가 있는데 뭘 가즈. 나는 혼자 사니게 내가 가즈야지" 이랬단 말이유. 그릏게 올케는, "아 내 방에스 뜰으진 거잉게 내가 차지하야지" 함스 지가 가즈야 한다고 우기그든유. 이릏게 해스 내가 가즈야 한다, 내가 채지해야 한다 하고 시누 올케가 스로 지가 가즈야 한다고 토시락토시락 짜그레기 쌈을 하고 있었이유.

  안방에스 시으므니가 혼자 쓸쓸하게 있다가 근는방에스 딸하고 메누리가 뭘 짜그락짜그락 쌈하는 소리를 듣고 즈긋들이 뭘 가지고 즈르나 싶으스 근는방으로 근느와스, "애! 느그들 뭘 이릏게 비 오는데 싸우고 있느냐? 하다못해 바느질이나 하든지 무슨 일이든지 하지 않고 싸우고 있느냐!" 이르니게 딸이 있다 하는 말이, "글세 으므니 그래 시상에 이른 일도 있이유?" "그래 무웃이 으쨌다고 그르느냐?" "아 글세 말이유, 올케하고 둘이 드르누으스 이른 이약 즈른 이약 하다가 내가 갑자기 맘이 이상해즈스 츤중에스 남자 그긋이나 뜰으즈 내리왔으면 좋겠다고 항게 아 올케가 그긋을 자기가 차지해야겠다는 게여유. 자기

방에스 뜰으즜이니 자기 굿이라고 오래비가 있이면스두 과부가 된 내
생각은 도무지 않고스유” 그르니게 이 홀으므니는, “이 싹동므리 없는
굿들아, 혼자 사는 이 에미 생각을 못 하고 느그들만 차지할라고 해!”
이르드랍니다.

＊1973년 9월 29일 公州邑 山城洞 金基孫 (60세, 男)

할아버지 할머니 숨바꼭질 | 옛날에 옛날에 으뜬

곳에 할아브지 할므니가 사는디 하루는 둘이스 숨기 장난을 했이유.
할므니가 숨은 굿을 할아브지는 을른 찾읐이유. 다음에 할아브지가 숨
게 됐는디 할아브지는 오강 속에 들으가스 숨으 있읐이유. 할므니는
찾다 찾다 못 찾고 오즘을 누게 됐는데 오강 우에 올라앉으니게 할아
브지는 오강 속에스, “오오 그름 쯨다” 했이유. 오즘을 누니까, “오오 비
가 온다” 그르구, 방귀를 뀌니까 “으으 츤동한다” 하구 일으스니게, “으
으 날이 샜다” 하드래유.

＊1973년 9월 22일 燕岐郡 錦南面 達田里 2區 李금례 (13세, 女)

提報者 색인

ㄱ

姜大善　　牙山郡 仁川面 靈岩里　　224

姜氏　　(50세, 女) 舒川郡 文山面 支院里　　329

姜興南　　忠州郡 嚴政面 牧港里　　142

郭奭鉉　　淸州郡 梧倉面 倉里　　102, 202

具在會　　扶餘郡 南面 金川里　　356

金慶鎭　　(23세, 男) 堤川郡 水山面 綾江里　　24

金俊泰　　牙山郡 溫陽面 溫泉里　　240

金川炳曄　　瑞山郡 泰安面 東門里　　376, 396

金康子　　禮山郡 大興面 東西里　　231

金健培　　(65세, 男) 公州邑 中學洞　　306, 455, 504, 511, 512, 513

金貴鍾　　(24세, 男) 論山邑 半月洞　　230

金基星　　(56세, 男) 公州邑 山城洞　　223, 224, 226, 227

金基孫　　(60세, 男) 公州邑 山城洞　　242, 313, 432, 468, 499, 506, 515, 517, 518

金기순　　(58세, 女) 淸原郡 米院面 종암리　　72, 182, 184

金樂順　　(48세, 女) 大德郡 東面 梧河里 2區　　222, 373, 373, 408, 412, 499

金德順　　(65세, 女) 永同郡 永同邑 稽山洞　　87

金敦姬　　扶餘郡 九龍面 論峙里　　445

金樂順　　(48세, 女) 大德郡 東面 梧洞里 2區　　341, 357

金蓮木　　永同郡 永同面　　65

金蓮洙　　(53세, 女) 永同郡 永同邑 中央洞　　189

金本正雄　　禮山郡 禮山面　　352, 457

金三公　　牙山郡 溫陽面 信仁里　　351

金如山　　論山郡 可也谷面 屛岩里　　259, 261, 362, 474

金永敦　　(57세, 男) 論山郡 陽村面 南山里　　250, 268, 498

金遺腹　　忠州郡 嚴政面 龍山里　　150

金殷相　　忠州郡 嚴政面 龍山里　　151

金壬成　　扶餘郡 九龍面 東芳里　　359

金正德　　忠州郡 嚴政面 龍山里　　130

金貞順　　(19세, 女) 公州郡 內山面　　232

金鍾實　　扶餘郡 恩山面 恩山里　　400

金鍾泰　　(58세, 男) 永同郡 黃澗面 秋風嶺里　　129, 180, 181

金鍾顯　　永同郡 永同邑　　173, 188, 192

金瑨圭　　(女) 扶餘郡 鴻山面 南村里　　341, 345, 363

金昌龍　　公州郡 新上面　　361

475

徐長得　　（68세, 男）陰城郡 蘇伊面 碑山里　　160
徐載皓　　（79세, 男）報恩郡 報恩邑 三山里　　18, 29, 36, 39, 52
成基煥　　（60세, 男）永同郡 永同邑 榮山洞　　168, 197, 199
成其煥　　（60세, 男）永同郡 永同邑 榮山洞　　190, 204
成湳正　　（14세, 男）燕岐郡 錦南面 達田里 2區　　472
成明淑　　（16세, 女）燕岐郡 錦南面 達田里 2區　　339
成演基　　（68세, 男）報恩郡 水汗面 畝西里　　114, 203
成完順　　（16세, 女）燕岐郡 錦南面 達田里 2區　　382, 384
成允玉　　（15세, 女）燕岐郡 錦南面 達田里 2區　　320, 323, 459
吳世玉　　（68세, 男）永同郡 永同邑　　63, 195
孫仙姬　　（19세, 女）大田市 大寺洞　　212
宋在忠　　（60세, 男）永同郡 永同邑 錦洞　　42, 43, 145, 147
宋田晃　　永同郡 永同邑 梧山里　　66, 170
松村普炯　　瑞山郡 泰安面 南門里　　444
新本凱彦　　舒川郡 舒川面 新松里　　456
辛順福　　牙山郡 溫陽面　　214
申昇澈　　忠州郡 忠州邑　　22
新安重亮　　論山郡 連山面　　238, 380, 399, 457
新井炳喆　　天安郡 觀城面 斗井里　　367, 470
申哲雨　　（57세, 男）淸州市 塔洞　　34, 37, 45
申鉉七　　忠州郡 嚴政面 牧溪里　　153
沈泳輔　　（70세, 男）淸州市 南州洞　　58, 164, 174, 175, 176, 193, 194

ㅇ

嚴桂觀　　公州郡 新上面　　405, 410
嚴柱成　　公州郡 新上面　　313, 313
延斗欽　　槐山郡 增坪邑 射谷里　　20
염경애　　（19세, 女）大田市　　212
유문동　　保寧郡 천부面 사호리 松官部落　　239, 450, 465
兪龍漢　　牙山郡 排芳面 中里　　359
兪鎭汐　　扶餘郡 恩山面 琴谷里　　216, 235, 244, 246, 366, 368
尹敬日　　洪城郡 洪城邑 오관리　　234
尹戊男　　牙山郡 鹽峙面 大洞里　　244
尹友園　　（32세, 男）淸原郡 南城面 山城里　　31
尹應秀　　牙山郡 溫陽面 法谷里　　364
尹亭南　　（57세, 男）淸州市 牛岩洞　　17, 25
李卿東　　忠州郡 忠州邑　　21
李京洙　　（65세, 男）報恩郡 報恩邑 三山里　　26, 30, 50, 148

ㅈ

張基善　　(24세, 男) 燕岐郡 錦南面 達田里 2區　　383
張長根　　錦山郡 錦山邑 桂珍里　　370, 410
張章燮　　(69세, 男) 永同郡 永同邑 山益里　　104, 122, 144, 156
全相玉　　(63세, 男) 報恩郡 報恩邑 校土里　　59
田安熙　　公州邑 班竹洞　　237
全泰順　　永同郡 黃澗面 신흥里　　19
鄭今泰　　(58세, 男) 永同郡 永同邑 稽山洞　　135
鄭燃友　　扶餘郡 扶餘邑 東南里　　338, 371
鄭泰老　　(76세, 男) 永同郡 永同邑 中央洞　　100
趙端九　　舒川郡 馬山面 羅弓里　　358
趙壽石　　(56세, 男) 淸原郡 江內面 新村里　　23
趙才用　　(67세, 男) 槐山郡 沙梨面 梨谷里 德峴部落　　108, 124, 128, 161, 166
趙重世　　牙山郡 溫陽面 左部里　　401, 405
趙喆九　　扶餘郡 內山面 妙院里　　452
池建夏　　(66세, 男) 瑞山邑　　265

ㅊ

崔福女　　(52세, 女) 永同郡 永同邑　　158, 169
崔元洛　　論山郡　　247
沈泳輔　　(70세, 男) 淸州市 南州洞　　91

ㅌ

吳澤泳　　(28세, 女) 陰城郡 蘇伊面 碑山里　　27, 55

ㅍ

平沼淸熙　　忠州郡 忠州邑 龍山里　　68, 80, 82, 88, 130, 131, 132, 179

ㅎ

河村桂秀　　燕岐郡 西面 月河里　　471
韓 老人　　瑞山郡 瑞山邑 老人堂　　215, 357, 363, 386, 403, 465
韓奎鶴　　沃川郡 東二面 石灘面　　84
韓基升　　(70세, 男) 瑞山郡 聖淵面 坪里　　217, 225, 276
韓基夏　　瑞山郡 海美面　　314, 326
韓斗源　　(84세, 男) 瑞山郡 聖淵面 坪里　　431
韓秉旭　　(67세, 男) 瑞山邑　　266
洪文子　　大田市 三省洞　　214
洪氏　　(女) 天安郡 觀城面 斗井里　　369

任晳宰

1903년 5월 1일 출생
1929년 3월 京城帝國大學 法文學部 哲學科 心理學 專攻
1946~1958년 韓國心理學會 會長
1947~1968년 서울大學校 師範大學 敎授
1958~1968, 1984~1986년 韓國文化人類學會 會長
1959~1969년 大韓精神健康協會 會長
1981년 굿학회 會長
1998년 5월 2일 作故

著書 :『팥이영감』,『이야기는 이야기』,『옛날이야기 선집』(전5권),
　　　『날이 샜다』,『봄아 어서 오너라』,『씨를 뿌리자』(이상 3권 동요집),
　　　『任晳宰全集 韓國口傳說話』(총12권)
論文 :「韓國巫俗硏究序說」,「우리나라 天地開闢神話」外

任晳宰全集 ⑥

한국구전설화 | 충청북도 편 | 충청남도 편

초　판 1쇄 발행일　1990년　5월　20일
초　판 3쇄 발행일　2003년 12월　10일
개정판 1쇄 발행일　2025년　8월　18일

엮은이　　임석재
펴낸이　　이정옥
펴낸곳　　평민사
　　　　　서울시 은평구 수색로 340 동일빌딩 202
　　　　　전화: 02·375-8571(代)　팩스: 02·375-8573

《평민사 블로그에 다양한 도서가 소개되어 있습니다》
http://blog.naver.com/pyung1976
e-mail : pyung1976@naver.com

등록번호　　25100-2015-000102호
　ISBN　　　978-89-7115-885-2　03800
　값　　　　　32,000원

任晳宰全集
韓國口傳說話

1987년 1권을 시작으로 출간된 총12권의 『한국구전설화』는 민간에 내려오던 각종 설화, 전설 등을 임석재 선생께서 당시 녹음기를 들고 다니며 직접 채록 또는 발음 그대로 필사한 것을 최대한 살려 편집한 것이기에 지금의 문법이나 맞춤법과 많이 다름을 알 수 있다. 더구나 30여 년이 지난 시간 동안 전국의 표준어법 정착으로 일부 단어, 특히 사투리 등은 현재 쉽게 읽히기 어려운 부분이 존재하게 되었다.

2025년 『한국구전설화』 12권을 다시 출간하면서 이러한 부분을 현재의 문법에 맞추어야 하지 않겠냐는 논의가 있었으나 사라진 전국의 사투리나 발음의 소리글을 그대로 보여주는 것이 임석재 선생께서 후대에 남기신 진정한 유산의 의미가 되리라는 뜻에서 원문 그대로를 다시 입력하여 출간하게 되었다.

첫 출판은 80년대 후반이지만 구술자들이 어려서부터 듣고 기억한 이야기들의 시작을 가늠해 보면 짧게는 30~60여 년 전, 길게는 그들의 조상으로부터 전해오던 이야기들이므로 전국에 떠돌던 구전설화들이 지금까지 이렇게 우리에게 기록의 유산으로 남겨졌다는 것은 책 속에 기록된 수많은 구술자들 덕분이다. 특히 이야기의 기록 연월과 구술자의 거주지, 이름까지 정확히 남긴 임석재 선생의 혜안이 없었더라면 오늘날 이러한 방대한 작업을 할 수 있을까 싶다.

책 속을 유영하다 보면 당시의 생활상에서 지금의 잣대로 평가하기 어려운 남녀 차별과 효, 성(性) 문화, 가난의 비참함과 척박한 굴레의 역사뿐 아니라 상류층의 해학이 아닌 날것의 투박함 그대로의 음성으로 고스란히 느껴져 단순한 설화 책으로 느껴지지 않고 일반 민초들의 삶이 투영되기도 한다. 또한 1980년대라고는 하지만 지금도 지방 외곽의 대중교통이 자유롭지 않은 것을 생각해 보면 전국 각지의 이야기들 중 비슷하기도 하고 전혀 다르기도 한 내용들을 비교하는 즐거움도 꽤 있다.

덧대거나 꾸밈없이 기록된 이야기들이 남겨져 오늘 우리에게 말을 걸듯이 앞으로 십 년, 이십 년 후 더 많은 표현과 문법과 문화가 달라질 우리에게 어떻게 말을 걸게 될지 기대된다.

任晳宰全集 (全12卷)

韓國口傳說話

한국구전설화 1

平安北道 篇 I | 평안북도 편 I

초판 1쇄 발행일 1987년 2월 28일

한국구전설화 2

平安北道 篇 II | 평안북도 편 II

초판 1쇄 발행일 1988년 6월 7일

한국구전설화 3

平安北道 篇 III | 평안북도 편 III
平安南道 篇 | 평안남도 편
黃海道 篇 | 황해도 편

초판 1쇄 발행일 1988년 12월 15일

한국구전설화 4

咸鏡北道 篇 | 함경북도 편
咸鏡南道 篇 | 함경남도 편
江原道 篇 | 강원도 편

초판 1쇄 발행일 1989년 5월 29일

한국구전설화 5

京畿道 篇 | 경기도 편

초판 1쇄 발행일 1990년 5월 15일

한국구전설화 6

忠淸北道 篇 | 충청북도 편
忠淸南道 篇 | 충청남도 편

초판 1쇄 발행일 1990년 5월 20일

한국구전설화 7

全羅北道 篇 I | 전라북도 편 I

초판 1쇄 발행일 1990년 9월 25일

한국구전설화 8

全羅北道 篇 II | 전라북도 편 II

초판 1쇄 발행일 1991년 4월 25일

한국구전설화 9

全羅南道 篇 | 전라남도 편
濟州道 篇 | 제주도 편

초판 1쇄 발행일 1992년 4월 1일

한국구전설화 10

慶尙南道 篇 I | 경상남도 편 I

초판 1쇄 발행일 1993년 4월 10일

한국구전설화 11

慶尙南道 篇 II | 경상남도 편 II
昌寧郡 篇 | 창녕군 편
靈山面 篇 | 영산면 편

초판 1쇄 발행일 1993년 8월 30일

한국구전설화 12

慶尙北道 篇 | 경상북도 편

초판 1쇄 발행일 1993년 9월 10일